新日本古典文学大系 明治編 30

明治名作集

谷川恵一
高橋圭一
中島国彦
池内輝雄
校注

岩波書店刊行

目次

付　録

解　説

『最暗黒の東京』細目一覧　（＊印は本巻収録分）

凡例

一　底本はそれぞれ次の通りである。

『惨風悲雨　世路日記』　単行本初版(明治十七年六月、東京稗史出版社)、国立国会図書館所蔵本。

『三日月』　単行本初版(明治二十四年七月七日、春陽堂)、高橋圭一所蔵本。

『最暗黒の東京』　単行本初版(明治二十六年十一月九日、民友社)、早稲田大学中央図書館所蔵本。

『滝口入道』　単行本初版(明治二十八年九月二十日、春陽堂)、池内輝雄所蔵本。

二　本文表記は、句読点、符号、仮名遣い、送り仮名、改行など、原則として底本に従った。ただし、誤記や誤植、脱落と思われるものは、校注者による判断によって訂正し、あるいは補った。その際、必要に応じて脚注で言及した。

1　句読点

(イ)　句読点(。、)は原則として底本のままとし、校注者の判断により適宜句間を空けた。

(ロ)『惨風悲雨　世路日記』の序は、原漢文は句点(。)のみであるが、読み下し文においては適宜読点(、)に置き換えた。

(ハ)『最暗黒の東京』は底本の句読点を尊重し、敢えて句間を空けることはしなかった。

2　符号

凡　例

(イ)　反復記号(ゝ　ヽ　〻　〱　々)は、平仮名は「ゝ」、片仮名は「ヽ」、漢字は「〻」に置き換え、「〱」「々」は底本のままとした。

(ロ)　圏点(◎　。　・　﹅)、傍線などは底本のままとした。

3　振り仮名

(イ)　底本の振り仮名は、本行の左側にあるものも含めて、原則として底本のままとした。

(ロ)　校注者による振り仮名は(　)内に、歴史的仮名遣いによって示した。振り仮名の脱字、転倒、送り仮名との重複などは、校注者の判断によって補正した。

(ハ)　『惨風悲雨　世路日記』は、漢文序の読み下し文、著者の自序における振り仮名は底本にはないため、校注者による振り仮名であっても(　)を付さなかった。本文中の底本の振り仮名はカタカナ表記であるため、校注者による振り仮名は(　)を付さず平仮名表記とした。また、校注者による振り仮名は本作の前身『月氷奇遇艶才春話』および『訂正増補　惨風悲雨世路日記』を参照したので、歴史的仮名遣いと異なるものもある。

4　字体

(イ)　漢字・仮名ともに、原則として現在通行の字体に改め、常用漢字表にある文字はその字体を用いたが、底本の字体をそのまま残したものもある。

(例)　燈(灯)　龍(竜)　躰(体)　烟(煙)

(ロ)　当時の慣用的な字遣いや当て字は、原則としてそのまま残し、必要に応じて注を付した。

5　仮名遣い・清濁

(イ)　仮名遣いは底本のままとした。

(ロ) 仮名の清濁は、校注者において補正し、必要に応じて注を付した。ただし、清濁が当時と現代で異なる場合には、底本の清濁を保存し、必要に応じて注を施した。

6 改行

(イ) 改行後の文頭は一字下げとした。

三 本巻中に、今日の人権意識に照らして不適当な表現・語句があった場合でも、原文の歴史性を考慮してそのままとした。

四 脚注・補注

1 脚注は、語釈や人名・地名・風俗など文意の取りにくい箇所のほか、懸詞や縁語などの修辞、当て字など、解釈上参考となる事項に付した。

2 引用文には、読みやすさを考慮して濁点を付したり、句間を空けた。漢文は可能な限り仮名交じりの読み下し文とした。引用文中、必要に応じて校注者による補足を( )内に示した。

3 『惨風悲雨 世路日記』は、引用文中の左側にある振り仮名を〈 〉を付して示した。

4 脚注で十分に解説し得ないものについては、→を付し、補注で詳述した。

5 本文や脚注の参照は、頁数と行、注番号によって示した。

6 作品の成立・推敲過程上注目すべき主要な点に、初出・他本との校異注を付した。

7 必要に応じて語や表現についての用例を示した。

五 付録として、『三日月』底本にある「わけがき」、各回ごとに末に添えられた細評を一括して収録した。また、『最暗黒の東京』に関連する地図を収録した。

菊亭香水

惨風悲雨 世路日記

谷川恵一 校注

〔底本〕単行本初版。国立国会図書館所蔵本。明治十七年九月出版（初版本の奥付刊記は六月だが、『郵便報知新聞』などの広告から刊行は九月）。回天学人近藤治友による序、自序、各編の目録を付す。挿絵は亭斎年参。著者大分県士族佐藤蔵太郎、出版人群馬県平民石原信三郎、発売本店東京稗史出版社。定価金六拾五銭。

〔成立〕本作の第十三回までは、「月氷奇遇艶才春話」の題で、大分県の中津で発行されていた『田舎新聞』に「鶴谷向水生」の名で一九六号（明治十三年一月二十八日）―二六一号（同年十月六日）まで断続的に十四回にわたって連載された。後に、新聞連載時の第四回を削除、新たに第二十四回までを書き加えた『月氷奇遇艶才春話』上編（明治十五年四月）・中編（同七月）が「菊亭香水」の名で東京の大角豊治郎により刊行。これをうけ、未刊だった下編を加え改題刊行されたのが本作である。本作が刊行される前に、下編を加え『嫉風妬雨花月情史』という題での出版が企図されたが（菊亭香水閲・花柳粋史編『真実比較野路乃若鹿』巻末広告、三春堂、明治十六年九月）、実現しなかったようである。

〔諸本〕『月氷奇遇艶才春話』『惨風悲雨世路日記』のいずれも版権免許を取得していなかったため、本書には、文事堂（明治十八年）・薫志堂（明治十九年）・精文堂（明治二十年）・競争屋（同）・偉業館（同）・求光閣（明治三十五年）・盛陽堂（明治四十一年）など、複数の書肆による多数の翻刻本が存在する。これらは、いずれも東京稗史出版社とほぼ同一の本文をもつ。また、明治二十八年十一月、偉業館が『訂正増補惨風悲雨世路日記』を刊行。本作を二十一回に縮めた前編に後日談を描いた後編を加え、総振り仮名の本文とした。

〔梗概〕教師である久松菊雄とその生徒松江タケがさまざまな苦難をへて結ばれるまでを、継母によるタケの他家への婚嫁、久松の他校への転出と大阪への遊学といったエピソードを交えつつ描く。前身の『艶才春話』という題名が示すように、若旦那と芸妓を登場させて市井の男女の交情を描いてきた人情本の物語が、丹羽純一郎の『欧洲奇事花柳春話』（明治十一―十二年）を通過することで、小学校を舞台とした当世の才子佳人の物語へと展開していった作品であり、措辞を含め、『花柳春話』の強い引力圏の中にある。

〔付記〕本文の校注者による振り仮名は、『艶才春話』および訂正増補版を参照したので、現在の標準的な字音表記や歴史的仮名遣いと異なるものがある。

世路日記序

甚矣哉。人世行路之難。然人不知所以為其難者。於是乎陥不測之険者。往々有之。夫人猶舟楫之於海水也。海水常有波瀾。今以舟楫渡之。安得免其浮沈哉。故能察波瀾之動静。而後能操舟楫。則無復覆没之患矣。苟反之。則魚腹之災未可知也。豈独海上之険。行路之難亦然。其可不思也哉。余嚮来於東京。初識菊亭佐藤君於報知新聞社。一見以為風流才子。既而及与之相語。亦以為慷慨悲壮大異其所見。交漸深而後益有所感焉。夫君為人。謹勅而敏邁。眉目明秀。軒軒如朝霞靄然含和気。其才尤長於艶筆。平素喜著稗史。行於世者頗多矣。余嘗謂稗史之所主。必本於風教。誘導世人以勧善。是其本分也。而近時徒作無用之書。艶言以楚楚動人。其不桑間濮上者。幾希。亦可勝嘆哉。当是時。風岸孤峭仡然於其間。以能全其体裁者。果幾許。如吾佐藤君。或可庶幾矣乎。是余之所以益感而不措也。君属者。著一書。題曰惨風悲雨世路日記。徴序於余。余受而観之。其文艶麗而流暢。巧写人世行路之難。一誦而有扼腕之嘆。再読而有拍案之快。或愀然而哀焉。或爽然而喜焉。猶名優演技而到其妙。竟至使人展観百回不倦焉。嗚呼作者。自非身遭遇其境備嘗艱難。焉能如此哉。思斯書一出。其読之者。翻然而悟行路之難。而有所警戒。以不謬其一世。若果然。則斯書之有裨[一]益於世道。豈浅鮮乎哉。是余之所以不辞一言也。明治甲申。三月下澣。春風吹暖面不寒。百花将笑之時。識於都之江東紅塵深処僑居。

尾張　回天学人近藤治友

（甚しいかな、人世行路の難。然れども人[二]その難者たる所以を知らず。是に於てか不測[三]の険に陥る者、往々これあり。夫れ人は猶ほ舟楫[四]の海水に於けるがごとし。海水常に波瀾あり。今舟楫を以てこれを渡る。安んぞその浮沈を免るるを得んや。故に能く波瀾の動静を察し、而して後能く舟楫を操れば、則ち復た覆没[五]の患なし。苟もこれに反かば、則ち魚腹[六]の災未だ知るべからざるなり。豈に独り海上の険のみならんや。行路の難も亦然り。其れ思はざるべけんや。余嚮に東京に来り、初めて菊亭[七]佐藤君を報知新聞社[八]に識り、一見して以て風流[九]才子と為す。既にしてこれと相語るに及び、亦以為らく慷慨悲壮大にその見る所と異にすと。交り漸く深くして後益感ずる所あり。夫れ君人となり、謹勅[一〇]にして敏邁、眉目明秀にして、軒軒[一一]朝霞の靄然として和気を含めるが

一　底本「稗」を訂した。
二　人はどうして艱難がやってくるのか知らない。
三　予期しない困難。
四　舵のついた舟。「舟楫（シウ）　フネカヂ」（伊藤馨撰『詩韻砕金幼学便覧』嘉永二年〈一八四九〉、秋）。
五　沈没。
六　海に沈んで命をなくすこと。
七　作者の佐藤蔵太郎（一八五五―一九四二）。鶴谷・向水・菊亭香水などと号する。佐伯藩（豊後国海部郡。現・大分県佐伯市）の下級藩士の家に生れ、大分師範学校を卒業の後、同県で小学校の教員を務める。明治十四年、帰省していた矢野龍渓に伴われて上京し、翌年一月、報知社に入社。明治十六年三月と翌年二月に前後編が刊行された『斉武名士　経国美談』において龍渓の口述を筆記した。明治十七年、報知社を出て大阪毎朝新聞社に転じた。柳田泉「菊亭香水（佐藤蔵太郎）」（『政治小説研究』上巻）に収められた「文士佐藤鶴谷伝」と題する自伝がある。
八　『郵便報知新聞』を発行していた報知社。東京両国薬研堀（現・中央区東日本橋）にあった。
九　詩文の世界に遊び色恋の情趣を解する才人。
一〇　つつしみぶかく聡明。
一一　満ち足りたさまは、朝もやがのどかにたちこめているようだ。「軒々（ケン）　トクシンノカタチ」（近藤元粋『新撰漢語字引大全』明治十七年）。「和気（クヮ）（キ）　ハルノケシキ」（『詩韻砕金幼学便覧』春）。

如し。その才尤も艶筆[12]に長じ、平素喜んで稗史[13]を著し、世に行はるる者頗る多し。余嘗て謂へらく　稗史の主とする所、必ず風教[14]に本づき、世人を誘導するに勧善を以てする、是れその本分なりと。而るに近時徒らに無用の書を作り、艶言[15]の楚楚たるを以て人を動かす。その桑間濮上[16]ならざる者、幾んど希なり。亦嘆ずる[17]に勝ふべけんや。是の時に当り、風岸孤峭[18]　その間に仡然[19]として、以て能くその体裁を全うする者、果して幾許ぞや。吾が佐藤君の如き、或は庶幾かるべきか。是れ余の益感じて措かざる所以なり。君属者一書を著し、題して惨風悲雨世路日記と曰ふ。序を余に徴す。余受けてこれを観るに、その文艶麗にして流暢、巧みに人世行路の難を写す。一誦して扼腕[20]の嘆あり。再読して拍案[21]の快あり。或は愀然[22]として哀しみ、或は爽然として喜ぶ。猶ほ名優の演技してその妙に到るがごとし。竟に人をして展観[23]百回倦まざらしむるに至る。

嗚呼　作者、自ら身にその境に遭遇し　備に艱難を嘗むるに非ずんば、焉んぞ能く此の如くならんや。思ふにこの書一たび出づるや、そのこれを読む者、翻[24]然として行路の難を悟りて、警戒する所あり。以てその一世を謬らざらん。若し果して然らば、則ちこの書の世道に裨益[25]ある、豈[26]に浅鮮ならんや。是れ余の一言を辞せざる所以なり。

一二 男女の関係を描くことに長(た)け。

一三 読み物。小説。菊亭香水の作品は、本作の前身『月氷奇遇 艶才春話』(大角豊治郎、明治十五年)や『野路乃若鹿』(三春堂、明治十六年)など。

一四 道徳によって教え導くことを本来の務めとして、世の中の人を善へと向かわせる。「稗史小説演戯芝居ノ類ハ曾テ教部ニ属セラレ勧善懲悪ヲ旨トシ風教ヲ助クルノ一端トセラレタリ」(『東京日日新聞』投書、明治七年一月三十一日)。

一五 なまめかしい言葉を美しく磨き上げることによって。

一六 みだらでないものは、ほとんどない。みだらな音楽のことをいう「桑間濮上の音、亡国の音なり」(『礼記』楽記)より。

一七 どうして嘆かずにいられよう。

一八 超然として世俗と同調しない。

一九 屹然。猛く勇ましいさま。

二〇 憤ったり口惜しく思ったり、心を揺すぶられて思わず自分の腕をにぎる。作中の世界にひきこまれること。

二一 おもわず机をたたく。作品の趣向に感じいるさま。

二二 愁いに沈んで。

二三 何度見ても飽きさせない。

二四 はたと世渡りの難しさを悟って。「行路ノ苦タビヂノナンギ」(三国一愨『続詩礎階梯』「客旅」明治十五年)。

二五 役に立つこと。

二六 どうして少ないことがあろう。「浅鮮」は少ないの意。

[一]明治甲申、三月下澣。春風暖を吹きて面寒からず、百花将(まさ)に笑(さ)かんとする時、[二]都の江東紅塵(こうぢん)[三]深処の僑居に於て識す。

尾張　[四]回天学人近藤治友　印　印）

一 明治十七年三月下旬。
二 東京の大川(隅田川)の東。
三 にぎやかな町なかの奥まった所にある仮住まい。「紅塵ノ外　ウキヨノホカ」(『詩韻砕金幼学便覧』春)、「深処　フカキトコロ」(同、雑)。
四 未詳。

五 人生におけるさまざまなできごとは、風雨によって花が咲く一方で、咲いた花が風雨に悩まされるようなものだ。
六 行き詰まって苦しむこと。「窮涸(キウコ)　キハマリツキル」(西野古海編『文章軌範訳語』明治八年)。
七 花の季節は短く。
八 「人生僅ニ五十年、少年ノ時ニ方(アタリ)テ歓楽ヲ尽サヾレバ老テ後悔スルモ亦及ビ難シト」(リットン著、丹羽純一郎訳『欧洲奇事 花柳春話』四編〈明治十二年〉五十)。「人生僅カニ五十年区々トシテ艱苦スルモ亦何ノ益カアル」(リットン著、丹羽純一郎訳『欧洲奇話 寄想春史』初編〈明治十二年〉四)。

自序

花を発かしむるも風なり　花を散らしむるも風なり　花を養ふの雨は花を洗ふの雨なるを知らんや　風雨あつて花発き　風雨あつて花散ず　蓋し[五]人生の万事は皆な風雨の花に於るが如く　花の風雨に於るが如き乎　されば栄達も喜ぶべからず　[六]窮枯も亦憂ふるに足らず　[七]春花芳を競ふ幾干時ぞ　[八]人生僅か五十年　富貴貧賤　其苦楽を異にするも　亦是れ[九]黄粱一炊の夢に過ぎず　予歳僅かに弱[一〇]冠　[一一]笈を負ふて故園を去り来つて[一二]都下に僑寄するや已に[一三]三載　三載の歳月は徒に之を経過したるも　初め期したる所の心事に到ては悉く[一四]蹉跎して　以て未だ千百の十一だも遂ぐる能はず　只[一五]碌々犬馬の齢を紅塵の間に添ふるのみ　念ふて此に至る毎に　感慨自ら禁ずること能はざるに至らずんばあらざるなり　然りと雖も　観来れば　浮世只是れ一場の夢裡に過ぎず　醒むれば跡なき人間の浮沈苦楽　又何ぞ歎ずるに足るものあらんや　[一六]頃者羇窓無聊の余　戯れに一小説を編述し　其の間　平素感ずる所の事を挿み　題して[一七]世路日記と名づく　冠するに[一八]惨風悲雨の四字を以てしたるものは　人生行路の至難たる　亦風雨の花に於るが如く　花の風雨に於るが如き状態あるを覚ゆればなり　時に明[一九]

九 夢の中でのはかない束の間の栄華。盧生(ろせい)が邯鄲の宿で、粟の飯が炊きあがるわずかの間にみた栄華の夢の故事による。「一炊夢(イツスイノユメ) ヒトヨノハカナキコトハメシタクマニユメミルガ如シトイフタトヘ」(大館利一編『懐中漢語字引大全』明治十四年)。

一〇 二十歳。「弱冠(ハタチ)」(田中正彝編『情史抄』明治十二年)。「弱冠(じやくくわん) はたちぐらい」(弄月閑人編『童蒙必読 漢語図解』二編、明治三年)。「僕猶ホ弱冠(ジヤククワン)豈ニ正理ヲ知ルヲ得ンヤ」(『花柳春話』二編〈明治十一年〉十九)。

一一 遊学のために故郷を出て。「負(フオ)笈(フキ)ヲ 書物箱ヲセオフ」(渥見竹治郎編『近世詩語玉屑』明治十一年)。「故園(コヱン) フルサト」(『新撰漢語字引大全』)。「故園(コヱン)ノ書」(『花柳春話』二編二十)。

一二 みやこに仮住まいする。

一三 三年。

一四 つまづく。うまくゆかない。「蹉跎(サタ) スヽミガタシ」(『詩韻砕金幼学便覧』雑)。「蹉跎(サダ) ヲチブレタル皃(かたち)」(国枝惟熙編・熊田惟孝訂正『詩語砕金続編』天保刊)。

一五 俗世間の中で平々凡々と歳を重ねただけです。「犬馬の齢」は、自分の年齢をへりくだっていう。

一六 旅先で何もすることがないので。故郷を後にして東京に暮していることを旅中にたとえる。

一七 「世路(セイロ) ヨワタリ」(福井淳編『新撰普通漢語字引大全』明治十七年)。「世路(セイロ)〈ヨノナカ〉」(橋本小六『増訂再校 明治詩学精選』明治十六年)。「世路難(セイロダン) ケワシキヨノナカ」(下村孝光編『普通漢語字類大全』明治十六年)。

一八 いたましい風と悲しい雨。悲惨な風雨。

一九 明治十六年の大晦日。

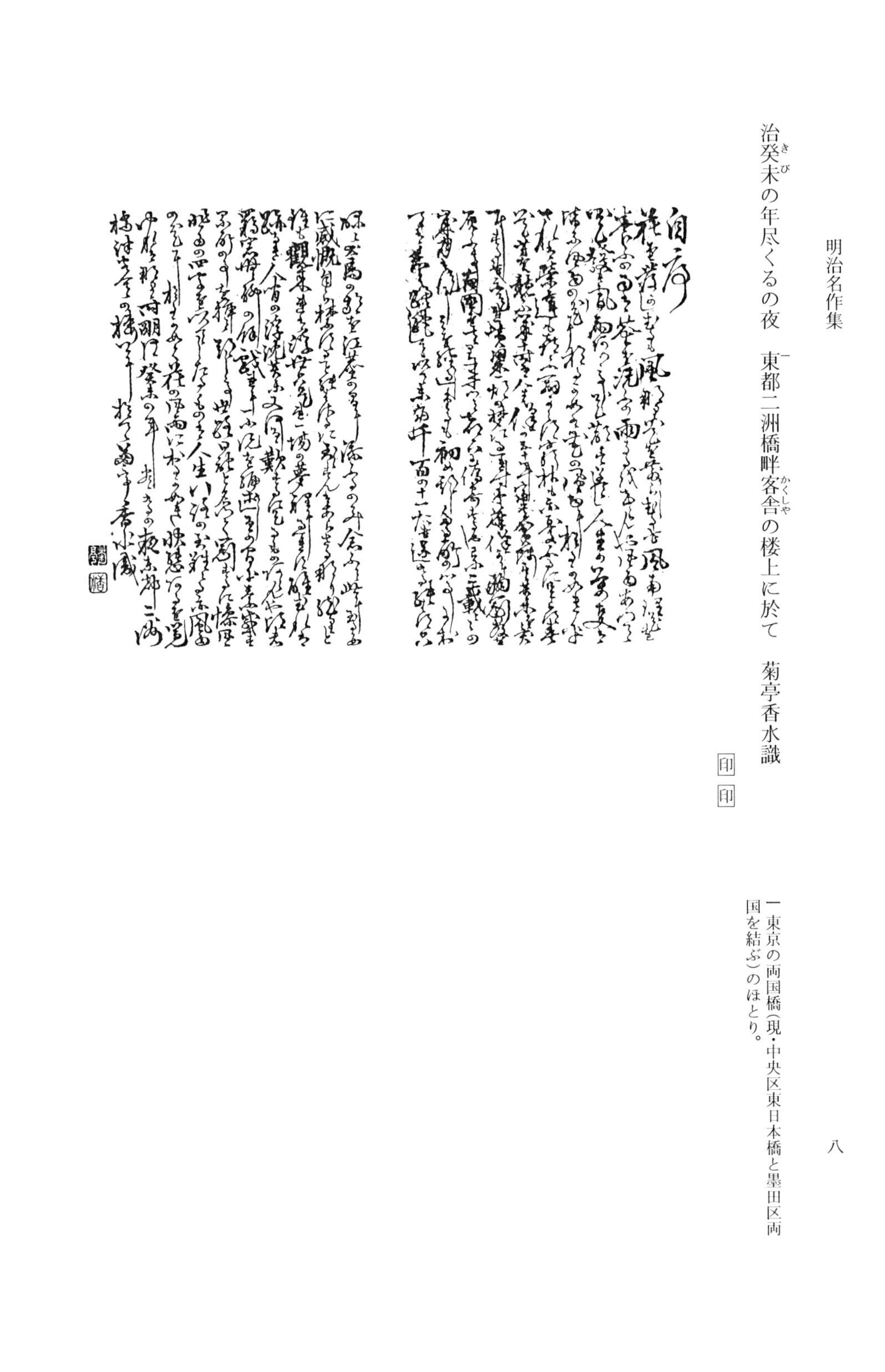

治癸未(きび)の年尽くるの夜　東都二洲橋畔[一]客舎(かくしゃ)の楼上に於て　菊亭香水識

印　印

一 東京の両国橋(現・中央区東日本橋と墨田区両国を結ぶ)のほとり。

惨風悲雨 世路日記上編目録[二]

二　以下、本目録にある対句の回目と本編のそれとの間には、送り仮名等若干の差異がある。

惨風悲雨　世路日記中編目録

一　底本「歓」を訂した。
二　底本「諺」を訂した。
三　本文五二頁では「帯」。

第十五回　世上休レ説ヲ苦ト与レ楽
人間ノ万事ハ塞翁馬

第十六回　白雲任レ教(サモアラバアレ)春事ノ晩キ
青天終ニ放レテ月輪孤ナリ

第十七回　人生ハ険阻艱難ノ裏
世事ハ悲歎[四]感慨ノ中

第十八回　一年ノ春色他郷ニ尽ク
独リ向テ二東風ニ一涙湿スレ衣ヲ

第十九回　夢ハ到ル別後三歳ノ郷
月ハ照ス五更羈窓ノ上

第二十回　遊子ノ離魂朧上ノ花
風飄リ浪捲キテ遶ル二天涯ヲ一

第二十一回　昨夜共ニ語ル羈[五]窓ノ下
今朝空ク収ム遺稿ノ書

第二十二回　痴蝶逞シテレ痴ヲ痴弥ヨ痴ニ
狂蜂忘レテレ狂ヲ狂益ス狂ナリ

四　本文六二頁では「歓」。

五　本文八一頁では「蛍」。

惨風悲雨 世路日記下編目録

一 本文九七頁では「誰」。

二 本文一〇七頁では「意」。

三 底本の返り点に誤りがあると思われ、意味をなさない。本文一一二頁では訂正されているが、それも誤りと思われる。

四 本文一二一頁では「生」。

第三十回　客路浮生両ガラ如シレ寄ノ　万重ノ浪裏一浮萍

第三十一回　〔三〕不ズ三為メニ二傍人ノ羞テ不ルニレ起タ　為メニレ郎ノ憔悴シテ却テ羞ヅレ郎ニ

第三十二回　数行ノ感涙書燈ノ下　一点ノ愁眉孤亭ノ裡

第三十三回　孝子多年天涯ノ苦　今日墓前数行ノ涙

第三十四回　人世〔四〕幾回カ傷ミ二往事ヲ一　山形依テレ旧ニ枕ム二寒流ニ一

第三十五回　心ハ期シテ二風月ヲ一興不ズレ浅　面ハ対シテ二渓山ニ一佳有リレ余リ

第三十六回　今夜月円ロク花好キ処　昔年花病ヤミ月虧クル時

第三十七回　遂ニ結デ二糸蘿ヲ一山海固タク　永ク諧ヘテ二琴瑟ヲ一天地長シ

以下一四頁

一 万緑枝頭(うしとう)に紅一点　人を動かすの春色多くを須(もち)ひず(木々の枝が緑の葉をつけている中に紅い花がひとつみえる。こうした単純な配色によって春の景色は人の心を動かす)。「紅一点　アカキハナヒトツ」「春色　ハルノケシキ」(高木専助編・矢上快雨増補『校正増補 唐宋詩語玉屑』明治十二年)。

二 明方近くなってカラスが鳴きだしたが、朝日はまだ昇らず、周囲の山はもやの中に霞んで見え、西の空にはまだ金星が輝いている。ただし、明け方に金星が見えるのは東の空である。「暁鴉(ゲウア)　アケノカラス」(『詩韻砕金幼学便覧』春)、「四山(シサン)　ヨモノヤマ」(同、冬)。「暁鴉(ゲウア)始メテ鳴テ山靄(サンアイ)猶ホ暗ラク」(『花柳春話』初編〈明治十一年〉三)。

三 大きな建物。「大廈(タイカ)　大キナゴテン」(『詩韻砕金幼学便覧』春)。

四 東向きの窓が朝日を受けてほの白んでいるが部屋の中はまだ暗い。「東窓　ヒガシノマド」(鈴木貞次郎『詩作便覧』明治十年)。「窓漸ク白シ　夜ガアケカケタコト」(『続詩礎階梯』)。

五 ひっそりとして。「寂々(セキセキ)　モノサビシ」(『詩韻砕金幼学便覧』秋)。

六 時を刻む時計の音だけが片隅で淋しく響いている。時計は早くから小学校に必須の設備とされたが、高価であったため明治十年代になってから普及した。「時器(ジキ)(トケイ)」(マレイ著、丹羽純一郎訳述『英国龍動新繁昌記』初編、明治十一年)。「学校ノ事業ヲ整斉シテ善ク其(その)法度ヲ行ハントスルニハ必ズ自鳴鐘ナキ能(あた)ハズ是(こ)レ自鳴鐘ハ時ノ過ギ行クヲ生徒及ビ教師

惨風悲雨 世路日記目録 終

ニ教ユル静黙ノ警戒者ト称ス可ク　且（つか）其（のそ）常ニ戒ムル所ハ怠（たおこ）ル勿（かな）レト言フニ因（よ）ル」（ウィケルスハム著、箕作麟祥訳『学校通論』文部省、明治九年）。「当時小学校に供へしは、多くはボンボンに非ずして、所謂八角時計なりき」（明治文学名著全集第九編『惨風悲雨 世路日記』注釈、東京堂、大正十五年）。

七 教師の居室。規模の小さな小学校では、教師は一人しかおらず、学校の中に居住するのが普通だった。 八 並べて積み重ねる。 九 床の間。

一〇 永田方正の「暗射地球訳図」（明治八年版権免許）。正射図法で描かれた世界地図。

一一 明治五年の学制頒布から間もない頃に、小学校の入門用教材として作成された掛図。単語図は事物の名称をその絵とともに示し、連語図は基礎的な単語とそれを用いた簡単な文章を並べて掲げる。いずれも『小学教授書』『小学入門』などの教科書にも収められている。

一二 天地の間に。世界に。「普天之下（フテンノシタ）　テンカジウ」（『新撰普通漢語字引大全』）。「率土（ソツト）　テンカヂウ」（『新撰漢語字引大全』）。

一三 「小学校ハ普通ノ教育ヲ児童ニ授クル所ニシテ　其（のそ）学科ヲ脩身読書習字算術地理歴史等ノ初歩トス　土地ノ情況ニ随（がした）ヒテ罫画唱歌体操等ヲ加ヘ又物理生理博物等ノ大意ヲ加フ殊ニ女子ノ為ニハ裁縫等ノ科ヲ設（うま）クベシ」（教育令第三条、明治十三年十二月改正）。明治五年の学制ではそれぞれ四年八級の下等小学校と上等小学校の課程からなり、明治十四年の小学教則綱領では各三年の初等科・中等科と二年の高等科よりなる。

一四 「少女（セウヂヨ）　ヲトメ」（『新撰漢語字引大全』）。

一五 「算盤（ソロバン）　サンヨウスル道具」（橋本小六『改正 小学読本字引』明治九年）。小学教則綱領

惨風悲雨 世路日記上編

菊亭香水著

第一回　[一]万緑枝頭紅一点　動レ人春色不レ須レ多

[二]暁鴉初メテ啼テ太陽未ダ昇ラズ　四山朦靄ヲ帯ビテ金星猶ホ西天ニアリ　堂々タル[三]大廈ノ中　[四]東窓少カニ白フシテ　四隅未ダ明カナラズ　満堂[五]寂寂更ニ人語ナク　只ダ[六]時器ノ一隅ニ分秒ヲ刻スル音ノミ凄然タリ　而シテ其一方ニ[七]小室アリ　室中多クノ書籍ト器械トヲ[八]排積ス　而シテ其[九]床間ニ懸ルモノハ[一〇]永田方正氏ガ著述ノ万国地図ナリ　壁上ニ垂ルモノハ[一一]文部省編輯ノ単語図及ビ連語図ナリ　抑モ這ハ何人ノ家屋ナルゾ　是レ言ヲ須タザルモ　当時開明ノ世　[一二]普天ノ下　率土ノ浜　到ル処トシテ設ケアラザルハナキノ[一三]小学校タル知ル可キナリ　時ニ[一四]一少女ノ書籍ト[一五]算盤トヲ抱携シテ[一六]揚々昇校スル者アリ　是レ則チ本校ノ生徒ニシテ松江某ガ女　名ヲタケト呼ブ者ナリ　[一七]年歯未ダ三五ヲ出ザルモ[一八]妖顔嫣然玉ヲ宛キ　風姿猶恰モ将ニ発ントスル花ニ似タリ　タケハ本日ノ[一九]上校ヲ告ン

第十三条では、筆算と珠算のふたつの教え方を併記しつつ、両者を併用してもよいと定めており、併用する県が多かった。

一六 「昇校(シヤウカウ)　ガツカウニデルコト」(大分県第五課編『大分県小学生徒心得』明治十一年)。

一七 「三五」は十五歳。教育令第十三条に定められた学齢は六歳より十四歳まで。

一八 あでやかな顔でにっこりと笑うさまはまるで宝石のようにまばゆく。「顔色嫣(エ)然トシテ玉ヲ欺(アザム)キ」(『花柳春話』初編一)。

一九 生徒は学校に着くと教師に挨拶し、その許しを得てから教室に入るよう定められていた(『大分県小学生徒心得』)。

以下一六頁

一 「教師(ケウシ)　シセウ」(宮崎柳条注『小学道徳論字引』明治十五年)。

二 「孤燈(コト)　サムキトモシビ」「孤燈(コト)　ヒトツノトモシビ」(『詩韻砕金幼学便覧』秋)。

三 「少年　セウネン　ワカイモノ」(森楓斎編『雅俗幼学新書』安政二年(一八五五))。「少年(セウネン)　トシワカ」(『新撰漢語字引大全』)。

四 あくびをして身体をのばす。「欠伸(ケンシン)　アクビセノビ」(『新撰漢語字引大全』)。

五 世にあらわれないで艱難に堪えるすぐれた男という意を寓した名。「松ノ類タルヤ…数百歳ヲ経テ亭亭トシテ四季共ニ色ヲ変ゼズ恰モ大丈夫ノ大難ニ臨ンデ屈セズ辛苦ニ遇フテ懼(おそ)レザルガ如キナリ」(進藤貞範編『偶評 今体幼年文鈔』「松ノ説」明治十一年)。「菊ハ春芳ヲ競ハズ群卉ニ後レテ開ク者故ニ隠逸ノ士ニ比ス」(市川清流編『故事必読』明治十年)。なお、『艶才春話』は、初出の『田舎新聞』連載分および単行本のいずれにおいても主人公を終始「少年」あるいは「教師」と呼ぶだけですませており、久松に限

ト欲シテ[一]教師ノ室前ニ到ル　此時室中[二]孤燈未ダ全ク滅セズ　余焔ハ残テ恰モ草
間ノ孤蛍時ニ光ヲ放ツガ如シ　而シテ燈下ニ[三]少年ノ机ニ憑テ眠ムレル者アリ
知ル可シ本校ノ教師タルヲ　蓋シ徹夜勉励読書シテ以テ睡眠暁ヲ覚ザルニ及
ビシナル可シ　タケハ呼ブコト数回　少年漸ク[四]欠伸シ来リ初メテ其頭ヲ擡グ
是ニ於テカタケハ更ニ本日ノ上校ヲ告グ　教師ノ少年ハ[五]姓ヲ久松ト云ヒ名ヲ菊
雄ト呼ブ　[六]年未ダ弱冠ニ至ラズト雖ドモ　資性怜悧　[七]博覧強記　[八]好ンデ文章ヲ
作リ　兼テ和歌ヲ能クス　人皆ナ其才識ニ感賞セザルハナシ　[九]殊ニ花卉ヲ愛シ
本草ニ通ズ　[一〇]優致マタ尋常少年ノ遠ク及バザル所ニ出タリ　此時教師ハ[一一]睡眼ヲ
摩一摩シ少女ヲ[一二]一視シテ　又[一三]回仰シテ[一四]柱頭ノ時器ヲ瞻ル　時器ハ室ノ未ダ[一五]朦
暗ナルヲ以テ[一六]示針明ラカニ見ル可ラズト雖ドモ　此時猶ホ未ダ五時ヲバ過ギザ
ルナルベシ　菊雄ハ起テ其ノ[一七]繙乱シタル書冊ヲ収メ　[一八]容ヲ儀ヘテ机辺ニ正座シ
タケニ謂テ曰ク「[一九]卿何ゾ本日上校ノ夙キ　而シテ子ノ他亦タ上校ノ者アルカ」
ト　此時タケハ[二〇]少シク羞色ヲ帯ビ　[二一]低声未ダ無キヲ答フ　是ニ於テカ教師ハ更
ニ[二二]温容ヲツクリ　[二三]怡然トシテ復タ謂テ曰ク「然カナル可シ　然カナル可シ　卿
ヲ除クノ他　本校豈亦タ斯ノ如ク出精　夙ニ上校スルノ生徒アランヤ　真ニ卿
ガ平素ノ勉励遠ク[二四]衆生徒ノ及ブ所ニアラザルコトハ　予ノ深ク信ジテ疑ハザル

らず、もう一方の主人公である松江タケを含め、作中人物の固有名をいっさい示さない。固有名を与えるのは本作からである。
六 教師は「年齢十八年以上」と定められていた（教育令第三十七条）。「弱冠」は、→七頁注一〇。
七 さまざまな書物を読み、豊かな知識をたくわえている。「博覧(ハクラン)　ショモツヲヒロクミル」（吉見重三郎編『修身児訓字引』明治十五年）。「強記(キヤウキ)　ヨクオボヘ」（藤田善平『小学読本巻五字引』明治九年）。
八 漢文を作り、あわせて和歌も詠む。
九 草花を愛好し、それらについての博物学的な知識を有する。 一〇 すぐれたさま。
一一 眠い眼をこすって。「一」は一度またはちょっとの意。「一摩」に同じ。「揖一揖(イフイチイフ)　アイサツ」（小川棟宇編『才子必携 文語活法』明治十一年）。「呼声(コセイ〈ヨビゴヱ〉)ヲ聞キ頭(トウ)ヲ頑(カタムケ)テ聴一聴(テイイツテイ)シ」（『寄想春史』初編八）。この形式は以下に頻出（「拭一拭シテ」一八頁一二行、三七頁一―二行、「読一読シテ」二四頁九行など）。
一二 ちらっと見て。 一三 振向いて見上げ。
一四 柱の上端の時計を見た。 一五 うす暗い。
一六 時計の針。 一七 散らばった書物をかたづけて。 一八 姿勢を正しく座り。 一九 あなた。御身。「卿(ケイ〈オマヘ〉)」（『英国龍動新繁昌記』初編）。
二〇 少し恥じらんだような表情をうかべ。「羞色顔ニ見(アラ)ハレ」（『花柳春話』三編〈明治十一年〉四十九）。
二一 小さな声で。「咳一咳低声(テイセイ)ニ説(トキ)出シテ曰ク」（『花柳春話』二編三十）。
二二 表情をやわらげて。
二三 うれしそうに。「怡然(イゼン)　ヨロコバシイ」（『新撰漢語字引大全』）。 二四 （多くの）生徒たち。
二五 学制において、小学校では半年に一度の進

所ナリ　知ル　本日ノ試験モ必ズヤ優等[二五]　亦卿ガ右ニ出ヅル者ナキヲ　然リト雖ドモ　衆生徒ノ上校ハ猶ホ時間アルベキナリ　宜シク室ニ入テ相待ツ可シ　何ゾ板席[二六]ニ屈居スルニ及バンヤ」ト　懇々細カニ至ラザル所ナキハ　教師ノ少年偏ニ少女ガ非常ノ勉励ヲ鍾愛[二七]スルノ故ナル歟　将タ他ニ亦タ求ムル所アツテ然ル歟　且ク[二八]次回ノ解ヲ読テ知ルベシ

第二回

含情暗滴千行涙[二九]
非是恨君是思君

誰[三〇]カ謂フ水心無シト　濃艶臨ムトキ波色ヲ変ジ　誰レカ謂フ花語ラズト　軽漾激スルトキ影唇ヲ動ス[三一]ト　無情ノ水花猶ホ其レ然リ　況ンヤ有情ノ人類ニ於テヲヤ　此時タケハ羞色愈面ニ形ハレ　嬋娟[三二]タル花顔益ス紅ヲ潮シテマタ霎時[三三]モ擡ルコト能ハズ　状[三四]恰モ一枝ノ海棠正ニ露重フシテ風未ダ来ラザルモノノ如シ　菊雄ハ再ビ謂テ曰「悪　卿何ヲカマタ沈思スル所アル　何ゾ遅々ス[三五]ルノ甚ダシキヤ　請フ速カニ進ムベシ請フ速カニ進ムベシ　予又聊カ卿ガ為メニ忠告セント思フノ一事アリ　然レドモ毎ネニ衆人ノ嫌疑ヲ憚リ　語ント欲シテ未ダ其時期ヲ得ズ　今幸ヒニ他生徒ノ在ラザルニ際ス　縷々陳述セン　隔坐[三六]

級試験と下等小学・上等小学を終える際の卒業試験とが課されたが、これに加え、各地では「月次試験」「比較試験」などさまざまな試験が行われるようになっていき、明治十四年にはそうした「臨時試業」を文部省が奨励・監督することとなった（斉藤利彦『試験と競争の学校史』平凡社、一九九五年）。ここでは、定期の進級試験ではない、そうした臨時の試験をいう。

二六 （教室に置かれた）腰掛けにかがむようにして座る。「屈居（クツキヨ）　カゞミキル」（『小学読本巻五字引』）。

二七 底本「鐘愛」を訂した。ひどくかわいがる。

二八 次の回で説くところを読めば分かるはずだ。『田舎新聞』に連載された「月氷奇遇　艶才春話」第一回（明治十三年一月二十八日）の末尾「看官請フ次回ヲ待テ知焉」というつなぎのことばが残ったもの。

二九 情を含んで暗に滴（したた）る千行の涙　是れ君を恨むに非ず　是れ君を思ふてなり（感情があふれて人知れず涙が幾すじも流れ出る。これは貴方のことを恨みに思うのではなく、貴方のことを気に掛け慕っているからです）。

三〇 『和漢朗詠集』に収められた菅原文時の詩。「誰カ謂ヒシ水心無シト。濃艶臨兮波色ヲ変ズ。誰カ謂ヒシ花語ハズト。軽漾激兮影唇ヲ動カス」。「上ノ句ハ水ニ心ナシトハ誰カ云シ。水ニ心アレバコソ。花ノカゲノウツル時ハ水ノ色ノ変ジテ。人ノ顔色ヲ変ズルヤウニアリケレト云ナリ。濃艶トハコクミヤビヤカナル色ヲ云ナリ。下ノ句ハタレカ花モノイハズトハ云ケルコトゾ。波ノ立トキハ花ノカゲ動テ人ノ唇ヲウゴカスヤウニ見ユルト云ナリ。軽漾トハカロキナミトヨメリ。サヾナミナルベシ。激トハ水ノウヅマクヲ云也」（『和漢朗詠集註』寛文十一年〈一六七一〉）。

以テ語ル能ハズ　請フ速ニ進ムベシ　卿何ゾ故ラニ沈思スルゾ　卿ハ未ダ誰ガ為メニモ彼ノ炭ハ吞マザルベシ　何為ゾ言ヲ出サヾル　卿ガ平素ノ聡耳ハ未ダ予ガ言ヲ伝ヘザルカ　何ゾ似ザル卿ガ平素ノ活潑ナルニ　請フ坐ヲ移セ　請フ坐ヲ移セ　然リト雖ドモ　卿若シ浅識不才予輩如キガ言肯テ聞クニ足ラズトセバ　決シテ進ムコトヲ要セザルナリ　卿ガ意果シテ然ランニハ　予ヤ復タ他日卿ニ対シテ何ヲカ言ン　否ナ他日ヲ待タザルナリ　今ヨリ予ハ卿ニ対シテ毫モ言フ所アラザルナリ　卿モ亦タ予ニ対ヒテ毫モ問フ所アラザルベシ　否　卿ノ今進マズ応ヘザル所以ノモノハ　全ク之レガ為メニ他ナラザルベシ　予復タ何ヲカ言ハンヤ　予ガ言已ニ尽ク　卿速カニ去レ」ト　辞畢ツテ而シテ机上ニ対ヒ書ヲ開テ之ヲ朗読シ又他顧スルノ状アルコトナシ　タケハ此語ヲ一聞スルヤ愕然トシテ顔色ヲ変ジ　双袖ヲ将テ面ヲ掩ヒ　暗涙潸々　マタ底止スル所ナシ少焉アツテ漸クニ自ラ其ノ涙ヲ止メ　拭一拭シテ容ヲ更メ　恨ヲ含ミテ瞳ヲ教師ノ一方ニ注ギ　従容トシテ謂テ曰ク「妾何ゾ師ガ言ニ背カンヤ　師妾ヲ愛スルノ真実ニアラズンバ　焉ンゾ斯クノ如キノ眷顧アランヤ　師ガ平素ニ寵遇ノ厚キハ　妾ノ私カニ感泣スル所ナリ　師ニ非ラザルノ他誰カ又斯ノ如ク無似妾ガ如キ者ヲシテ渥待セラルヽノ人アランヤ　師ハ真ニ妾ガ恩人ナリ　髪膚

三一　底本はこの後に閉じカギ(」)が入るが、削除した。
三二　あでやかに美しい顔をますます赤らめて。「嬋娟〈ヤサシキ〉タル嬌姿（ケウシ）」（『花柳春話』初編五）。「花顔　ウツクシキカホハセ」（岡崎元軌編・大沼枕山補『詩語抜錦』慶応二年〈一八六六〉）。「花顔（クワガン）紅ヲ潮シ羞色（シウシヨク）面ニ顕ハル」（『寄想春史』初編三）。　三三　底本「零時」を訂した。
三四　その様子は、まるで花をつけた海棠の枝が風のない穏やかな日和に露を含んで垂れかかっているようだ。海棠は美女の形容。「今暫く過ぐると、其蕾は皆花を開き、奇麗なる、赤き海棠となる、其とき、汝は、海棠を取るべし」（田中義廉編『小学読本』巻一、明治七年改正、第二）。　三五　グズグズする。
三六　隔たって座っていては話すことができない。

以上一七頁

一　「吞炭」は、炭を飲んで声が出ないようにすること。　二　よく聞える耳で私の言うことを聞くことができないのか。　三　声高に読む。
四　そのほかのことを顧みない様子。
五　両袖で顔を覆って涙を見せないようにしているが、涙はとめどなくあふれる。「女ハ袖（デソ）ヲ以テ顔（ガン）ヲ掩（オホ）ヒ潸然（サンゼン）トシテ泣クガ如キ」（『花柳春話』三編四十一）。
六　江戸語にならって語頭の「ヒ」が「シ」となったもの。「瞳（ヒトミ）」（『艶才春話』二）。
七　落ち着いて。「従容（ジウヨウ）　ユツタリ。又「ウチトケル」」（『小学道徳論字引』）。
八　女性の自称。へりくだって言う。わらわ。
九　どうしてこのように特別に目をかけていただくことがありましょう。
一〇　「寵遇（ちやうぐう）　きにいる」（『童蒙必読　漢語図解』二編）。

ノ賜ヲ辱フセシ父母ト雖ドモ焉ンゾ師ガ[一三]鴻恩ノ厚キニ若ンヤ　妾豈ニ師ガ言ニ背クベキ　妾毫モ之ニ背クニ非ラズト雖ドモ　今肯テ進マザル所以ノモノハ抑モ又故ナキニ非ザルナリ　妾今師ガ懌ヲ解ンガ為メ爰ニ之ヲ[一四]開申セン　師曾テ妾ニ語レル言アリ　[一五]瓜田ニ履ヲ納ル者ハ心瓜実ヲ取ニ非ラズト雖ドモ　其疑ヲ免カル能ハズ　梨下ニ冠ヲ整ス者ハ意梨菓ヲ盗ムニ非ラズト雖ドモ　其怪ヒヲ避ル難シト　今ヤ師独リ室ニ在リ　醜ナリト雖ドモ妾マタ女ナリ　内ツテ而シテ座ヲ同フセバ　其疑ヒ何ニ拠テカ免カルヽ事ヲ得ベケンヤ　設令傍側人ノ在ル非ラザルモ亦[一六]楊震ガ四知ノ言アリ　且ツ[一七]暗キ処ニテモ神聖ハ能ク覧給ヱルトハ是レ読本ノ誡ナラズヤ　妾曾テ下級ニ在ルノ日之ヲ講ジテ忘レザルナリ　然無ダニ　[一八]一犬虚ニ吠ヘテ万犬之ニ倣フハ是レ人世ノ[一九]通情ナリ　[二〇]浮評若シ誤テ江湖ノ唇頭ニ上ルアラバ　妾ヤ毫モ厭可キニ非ラズト雖ドモ　亦師ガ栄誉ノ幾分ヲ毀傷セン　妾豈ニ深ク慎マズンバアルベケンヤ　今師ガ言ニ随ハズシテ敢テ進マザル所以ノモノハ只此一事ノ有アレバナリ　妾何ゾ師ガ言ニ背クベケンヤ　師亦幸ニ[二一]海恕スルアレ」ト　語未ダ終ラザルニ先チ　[二二]紅涙数行　落テ膝辺ニ滴リ　[二三]繊々タル双手　又タ両袖ヲ将テ顔ヲ掩ヒ　再ビ潸々トシテ泣伏スル[二四]コト良久矣

一一　私のような愚か者を手厚くもてなしてくださる人がありましょうか。「無似（ジブ）　ワタクシ」（『新選漢語字引大全』）。「渥待」は手厚く接すること。

一二　「身体髪膚之を父母に受く」という『孝経』の言葉による。「身体髪膚（はつぷ）之ヲ父母ニ受ク。身敢テ毀（そこな）ヒ傷（やぶ）ラザルハ孝ノ始メナリ。身ヲ立テ道ヲ行ヒ。名ヲ後世ニ揚ゲ。以テ父母ヲ顕ハスハ孝ノ終（をはり）ナリ。孝経」（西村茂樹『小学修身訓』明治十三年）。

一三　大きな恩。「鴻恩（コウヲン）　オホイナルゴヲン」（『新撰漢語字引大全』）。「生涯（シヤウガイ）君ノ鴻恩（コウオン）ヲ思（オモ）ヒ」（『花柳春話』三編四十一）。

一四　申し上げます。

一五　うり畑に足を踏み入れる者はうりを盗るつもりがなくても人に疑われ、実をつけたすももの木の下で冠を整えようとする者は、そのつもりがなくてもすももどろぼうと思われる。「瓜田ニ履ヲ納レズ。李下ニ冠ヲ正サズ。文選」（『小学修身訓』）。

一六　こっそり賄賂を渡そうとした人にたいして楊震が、「天知る、神知る、我知る、子知る」と答えたという故事（『後漢書』楊震伝）。「後漢ノ楊震ガ挙グル所ノ荊州（けいしう）ノ茂才（もさい）王密。昌邑（しやういふ）ノ令ト為（な）リ。謁見スル時。金十斤ヲ懐（ふところ）ニシ。以テ震ニ遺（や）ル。震ガ曰（いは）ク。故人君ヲ知ルニ。君故人ヲ知ラザルハ何ゾヤ。密ガ曰ク。莫夜知ル者ナシ。震ガ曰ク。天知ル神知ル。我知ル子知ル。何ゾ知ル者ナシト謂（い）フヤ。密愧（は）ヂテ去ル」（『小学修身訓』）。

一七　人目にたたぬ行いも神は見ておられる。「神聖（シンセイ）　ムカシノカミ〳〵」（『新撰漢語字引大全』）。「暗き所にても、神は、能（よ）く見給へるを以て、人の、知らざる所にても、悪しきこと

第三回　一枝海棠雨余朝　被吹春風蕾将発

[二]心此ニ在ザレバ視レドモ見ヘズ聴ドモ聞ヘズト　信ナル哉ナ古人ノ言ヤ　此時教師ハ机上ニ書ヲ開キテ之ヲ朗読スルト雖ドモ其眼ハ茫乎トシテ更ニ読ム所ヲ識ラズ　只口唇ニ任セテ他顧セザルノ状ヲ為ノミ　熟ラタケガ弁解スル所ヲ聞キ[三]忿悱倏チ消散スルノミナラズ　大ニ其意ノ親切ナルニ感ジ　巻ヲ掩フテ又タ席ヲ復シ　容ヲ和ラゲ温然トシテ謂テ曰ク「於　余ガ言過テリ過テリ　請フ幸ニ恕セヨ　卿ガ智慮ノ深キト親意ノ切ナル真ニ余ヲシテ慙愧セシム　感謝ノ至リニ堪ヘザルナリ　卿若シ其言ヲシテ果シテ[四]敬遠ノ仮辞ナラザラシメバ請フ起テ室ニ入レ　マタ何ノ嫌カアラン」ト　タケハ此一語ヲ聞キ愁裏忽チ喜色ヲ帯ビ進ンデ而シテ室ニ入ル　[五]時恰モ柱上ノ時器鏘々トシテ五時ヲ報ズ　菊雄ハ起テ窓扉ヲ排キ戸外ヲ一望シテ坐ニ復ル　此時タケハ[六]転タ赧然トシテ偏ニ教師ノ発言スルヲ待ツモノヽ如シ　教師菊雄ハ微笑シナガラ徐々ニ説テ曰ク「於　何ゾ卿ガ[七]胸田ノ狭隘ナル　前言ハ余ガ真意ニ出ヅル者ナランヤ　只是レ一時戯言セシノミ　卿以テ意トスル勿レ　余ヤ又未ダ判然卿ニ語ラズト雖ドモ

をなせば、忽(たちま)ち、罰を蒙むるものなり、○人の、知らざることにても、神は、能く知り給ふて、善きものには、幸を与へ、悪しきものには、罰を与ふ」(『小学読本』巻一、第六)。

一八 一人が嘘を言うと多くの人がそれを信じて同じことを言う。

一九 世の中の普通のありさまである。

二〇 噂が世間の人びとの口にのぼるようになると。　二一 寛大な心で許してほしい。「海量(カイリヤウ)　オホキナキリヤウ」(『新撰漢語字引大全』)。

二二 涙が幾筋か膝のあたりにしたたり落ちた。「紅涙(コウルイ)潸々(サンサン)袂(ベイ)ヲ湿(ウルフ)シ号泣(ガウキウ)シテ止ズ」(『花柳春話』二編二十六)。

二三 細くきゃしゃな両手。「繊手(センシユ)　ホソキテ」(『詩韻砕金幼学便覧』雑)。「繊手(センシユ)ヲ伸バシテマルツラバースノ頸辺(ケイヘン)ヲ抱擁(ハウヨウ)シ」(『花柳春話』初編六)。

二四 「良久(ヤヽヒサシ)　ヨホドナガシ」(『小学読本巻五字引』)。「良々(ヤヽ)久フシテ」(『花柳春話』二編三十)。

以上一九頁

一 一枝の海棠雨余の朝(あした)　春風に吹かれ蕾(つぼみ)将(まさ)に発(ひら)かんとす(夜来の雨に濡れた海棠が、春風に吹かれて花を開こうとしている雨あがりの朝)。「雨余(ヨウ)　アメノヽチ」(泉要編『詩語砕金』弘化二年〈一八四五〉)。

二 「支那の古語に曰く心こゝにあらざれば視て見ゑず聴て聞ゑずと」(永田方正編『小学口授 修身談』二、明治十二年)。

三 心の中にわだかまっている怒り。

四 人を遠ざけるために間に合わせにいった言葉でなければ。

五 柱の上方の時計が鐘を鳴らして五時を報せる。『艶才

曾テ卿ガ敏才ノ凡ナラザルト智慮ノ衆ニ優レタルトニ感ジ以テ眷恋[八]ノ情止ム能ハザルナリ　真ニ是レ余ガ卿ヲ想フノ情ハ三大陸上ノ礫数[九]モ啻ナラザル所アリ　請フ卿少シク憫察[一〇]スル所アレ」ト　タケハ満臉[一一]ニ紅ヲ潮シ低声答ヘテ曰ク「妾ガ心モ亦然リ　妾豈之ヲ吝サンヤ　誠ニ師ガ資性ノ怜悧ナルト師ガ容姿ノ美麗ナルト　実ニ妾ヲシテ恋々[一二]須臾[一三]モ禁ズルコト能ハザラシム　然リト雖ドモ　マタ無似妾ガ如キ　設令焦慮死ニ到ルト雖ドモ　師ハ是レ水中ノ月、鏡裏ノ花[一四]、

春話』二の「才子意中ヲ語テ偏ニ佳人ヲ勧説シ少女事理ヲ陳ベテ還テ恩人ヲ怨嗟スルノ図」という説明が付された挿画では、教師が背にする床柱の上方に八角時計が掛けられている。「時正(ザ)ニ二十一時ノ漏声鏘々(ソウソウ)タリ」(『英国龍動新繁昌記』初編)。

六 ますます恥ずかしそうに。「赧然(タンゼン)(カホアカフシ)トシテ」(『寄想春史』初編六)。

七 心が狭い。

八 「眷恋　ナツカシク」(『雅俗幼学新書』)。「妾ガ眷恋(ケンレン)(コガ)ノ情太ダ切(セツ)ナレバ」(『花柳春話』初編八)。「君曾テ眷恋(ケンレン)セシコトアリヤ」(『寄想春史』初編一)。

九 陸地にある小石の数ほども。「三大陸」は南北アメリカの西大陸、アジア・ヨーロッパ・アフリカの東大陸およびオーストラリア大陸をいう(文部省編『地理初歩』明治六年)。

一〇 「憫察(ビンサツ)　フビンニオモフ」(『新撰普通漢語字引大全』)。

一一 嬉しさと恥じらいで瞼が真っ赤になって。

一二 「恋々(レンレン)　コヒシタフ」(『新撰漢語字引大全』)。「恋々(レンレン)ノ情アルニ似タリ」(『花柳春話』四編五十二)。

一三 しばらくの間。「須臾(シユユ)　シバシ」(『新撰漢語字引大全』)。

一四 水に映った月や鏡に映った花のように、手が届かない。

絵　画工は亭斎年参(生没年未詳)。大蘇芳年門。久松の背後には万国地図(→一五頁注一〇)が、同じく右手には単語図(→一五頁注一一)が掛かっている。

敢テ及ブ可キ所ニ非ズト　自ラ反省シテ止メ[一]難キノ情焔ヲ止メ抑ヘ難キノ恋波ヲ抑ヘ　未ダ之ヲ語ルノ期ヲ得ズシテ以テ今日ニ到リタリキ　今日　何ノ幸ヒカ師ニ接シテ親シク此ノ衷情[二]ヲ語ルヲ得ル　妾ヤ死ストモ亦遺憾アル事ナシ　妾ガ曾テ師ヲ慕フノ心タルヤ　啻ニ三大陸上ノ礫数ノミナラズ　彼ノ五大洋中[三]ノ水量モ亦及バザル所アリ」ト　菊雄ハ未ダ聞キ了ラザルニ悚然[四]其膝ヲ進メテ曰ク「卿ガ言果シテ真歟」　曰ク「妾誓テ虚言セザルナリ」ト　流眄[五]一注　言ハ悉ザル所ヲ補フ　是ニ於テカ靄然[六]タル意気倏チ相合シテ将ニ雲雨ヲ起サントス　此時[七]早ク彼時遅ク堂上戛然[八]トシテ声アリ　二人ハ驚起シ互ニ憾[九]ヲ遺テ而シテ去ル　必竟是レヨリ師弟ノ際又如何ノ事情カアル　且ク[一〇]下回ノ分解ヲ読テ知レ

第四回

高才[一一]不ㇾ免ㇾ為二人忌一
直道嘗聞二与ㇾ世疎一

浮雲[一二]明月ヲ蔽ホヒ　狂風麗花ヲ散ラス　禍福[一三]窮リ無シテ諸事意ノ如クナラザルモノハ　蓋シ人世ノ常態ナルカ　昨夜春閨[一四]夢裏ニ鴛鴦ノ枕ヲ双ベテ　今日河畔ニ骨ヲ曝ス者アリ　朝[一五]タニ後宮殿中ニ比翼ノ権ヲ専ニシテ　夕ニ湖底ノ鬼トナル者アリ　噫　歓楽ノ翻ツテ愁苦ト為ル　又奚ゾ斯ノ如ク夫レ急速ナルヤ

一 恋しい人への思いがこみあげてくるのをなんとか押しとどめた。 二 底本「哀情」を訂した。まごころ。 三 「地球上ニハ、五個所ノ大洋アリ、コレヲ大平洋、大西洋、印度洋、南大洋、北大洋ト云フ」(『地理初歩』)。
四 ためらいがちに。おそるおそる。「悚然(オツ)トシテ」(『虞初新志』巻十一「嘯翁伝」)。「悚然(シヨウゼン) ゾツトシテオソレイル」(『新撰普通漢語字引大全』)。 五 言葉に出して言えなかったことをまなざしで伝える。 六 たかまった互いの感情が一つになって行為に及ぼうとする。「雲雨ヲ起ス」は男女の情交を表現する慣用句。「蒸気は…相集りて雲となる」(田中義廉編『小学読本』巻四〈明治七年〉、第十二)。
七 事態の進行を不意に中断し転換する際に用いられる常套句。 八 建物の中に金属が触れ合う音が響いた。鐘が始業を報せた音をいう。
九 こころ(未練な気持ち)を残して別れる。
一〇 『田舎新聞』に連載された「艶才春話」は、続く第四回(明治十三年三月七日)で、思いを打ち明けた教師と少女とが心を通わせ、二人の仲が世の噂となったことを『単語篇』をもじった戯文によって描くが、単行本以降、この第四回は削除される。
一一 高才人忌(じんき)と為(な)るを免れず　直道嘗(かつ)て世と疎(うと)きを聞く(才能に恵まれた人は他人から憎まれ、正しい行いは世に疎んじられる)。「高才(カウサイ)　スグレタサイ」(渡辺元成編『精選詩学大成』明治十七年)。
一二 照り渡る月は雲にさえぎられ、美しい花は強風に散らされる。「浮雲(フウ)　ウキクモ」「狂風(クワウフウ)　ツヨキカゼ」(『詩韻砕金幼学便覧』春)。
一三 災いと幸せはかわるがわる訪れ、物事が思ったとおりに運ばないのは、人の世につきもの

然[一六]レバ説ク　彼ノ少年少女ハ一ビ[一七]其真意ヲ通ゼシヨリ　爾来[一八]好情愈厚ク　互ニ恋々ノ思ヒ須臾モ絶ユ可ラズト雖ドモ　其相接スルヤ反テ疎ヲ加ヘタルガ如クシ　肆メテ他ヨリ之ヲ察知セラレン事ヲ防グト雖ドモ　奈何セン裏[一九]ニ有ルノ思ヒ焉ゾ色外ニ形ハレザランヤ　遂ニ浮評[二〇]ハ汎ク其地方ノ人口ニ上ルニ至レリ

談話[二一]両分ス　爰ニ亦タケガ郷邑[二二]ニ一男児アリ　姓[二三]ヲ安井ト云ヒ名ヲ策太ト呼ブ　齢ヒ弱冠ヲ超過スルコト僅カニ二三　性太ダ淫恣[二四]ニシテ一向[二五]虚飾ヲ事トシ　曾テ学術ヲ講ゼズ技芸ヲ習ハズ　タヾ遊惰[二六]惟レ耽ルノミニシテ実ニ秋毫[二七]モ採ベキ所ナキノ痴漢[二八]タリ　是ヲ以テ其智識[二九]ノ薄乏ナルト品行ノ汚醜ナルトハ又言ヲ俟ズシテ知ル可キナリ　故ニ郷党[三〇]苟モ思慮ヲ有シ栄誉ノ重ンズ可キコトヲ知リ得タルノ徒ハ　皆ナ彼ガ其浮薄遊惰ヲ悪ンデ以テ之レヲ弾指[三一]セザル者ナシト雖ドモ　又夫ノ俚諺[三二]ニ謂フトコロ　及ビ難キノ恋慕ハ愚夫之ヲ為ト　策太ハ夙ニ松江タケガ容色ノ美麗ニ心酔シ私カニ恋々[三三]ノ情念絶ユル能ハズ　屢々[三四]交通ノ途ヲ求メント欲シ以テ之ヲ試ムルト雖ドモ　タケハ固ク執テ随ヒ肯ゼズ　毎ニ之ヲ嫌忌擯斥シ　言テ曰ク「苟モ学校ニ入リ書ヲ読ミ文ヲ講ジ事理ヲ解スル者ニシテ　豈痴漢彼レガ如キ徒ト採蘭贈芍[三五]ノ事ヲ謀ル者アランヤ」ト　更ニ言辞ダニ通ズルヲ屑シトセズ　然リト雖ドモ痴漢策太ハ未ダ之ヲ断念スルコト能ハ

のありさまである。一四 春の夜に夢のような契りを結んだ翌日には死んで河原に骨をさらす者がいる。「夢裡(リム)　ユメノウチ」「鴛鴦(ヱンワウ)　フウフノナカ」(『詩作便覧』)。「鴛鴦(エンワウ)　ヲシドリ」(『小学読本巻五字引』)。

一五 後宮での情事にふけっていたかと思えば、たちまち湖に身を投げて死んでしまう者もいる。「比翼(ヒヨク)　フウフノナカ」(『詩作便覧』)。

一六 それはさておき。話柄を転換するときの常套句。一七 いったん思いのたけを相手に伝えあってからは。「一ビ其真意ヲ達セシヨリ爾来(コノカタ)互ヒニ恋々ノ情須臾モ忘ル丶能ハズ　夢寐尚ホ恍惚タリト雖ドモ其相接スル却テ疎ヲ加ヘ力(ツト)メテ他ヲシテ察知セザラシメント欲スレドモ奈何セン裏(ウチ)ニアルノ思ヒ焉ゾ色ニ見(アラ)ハレザランヤ　遂ニ浮評汎(あま)ク地方ノ口唇ニ上ルニ至レリ」(「艶才春話」第五回、『田舎新聞』明治十三年三月二十四日)。一八 親愛の情。

一九 心の中にある思いがどうして外の顔つきに現れないでいよう。「思(オモ)ヒ内ニアレバ。色外(ホカ)ニ形(アラ)ハルトハ　人トシテ。内心ニ思(オモ)ヒナキコトアタハズ僅(ワヅカ)ニ喜怒憂思等ノ七情。内ニ動ケバ。其端(ハシ)外ニ。アラハレテ。人ノ為ニ察セラル、モノナリ」(蔀遊燕『漢語大和故事』元禄四年(一六九一))。「凡ソ男女ノ相恋慕(レンボ)スルヤ掩(ホオ)ハント欲スルモ必ズ言語応接ノ間ニ顕(アラ)ハル」(『花柳春話』初編六)。

二〇 噂。女生徒との色恋沙汰により校区の人民が教師の交代を願い出ているという雑報が『田舎新聞』(明治十三年二月十八日)に載っている。

二一 物語は二つに分れる。別の場面に転ずる際の常套句。二二 郷里の村。二三 底本「性」を訂した。「安易な策を弄する」意を寓した名。

二四 自堕落でわがまま。二五 うわべを飾るばか

ズ　尚ホ日夜焦心苦慮シテ其乏シキ[一]ノ智嚢ヲ倒シマニシ　偏ニ之ヲ誘引スルノ術策ヲ工夫シテ止マザルノ際　偶マタケノ已ニ教師菊雄ト綢繆[二]シテ情好膠漆[三]モ啻ナラザルトノ浮評ヲ聞ク　是ニ於テカ策太ハ大ニ其望ヲ失ヒタルヨリ悲憤忽チ胸中ニ溢レ満腔ノ怒気禁ズル能ハズ　然リト雖ドモ又直接如何トモ為スコト能ハザレバ　暫ク時期ノ到ルヲ待チテ一人鬱々[四]ト不快ノ日月ヲ送ルノミ　却テ[五]説ク　彼ノ久松菊雄ハ日々上校シテ孜々[六]汲々ト能ク校務学事ニ勉力シ　能ク其生徒ヲシテ学術進歩ノ途ヲ図ルノ他アラザリシガ　一日[七]　同地役場ノ小奴[八]　寸書ヲ齎シテ校ニ来ル　校奴[九]ハ之ヲ受テ而シテ菊雄ニ呈ス　蓋シ此書ハ「御達ノ趣キ有レ之候ニ付即刻出頭被レ下度」トノ差紙[一〇]ナリ　菊雄ハ之ヲ読一読シテ机上ニ置キ　授業時間ノ終ルヲ待チテ校事ヲ暫ク助教[一一]西川某ニ托シ　衣ヲ更メテ而シテ役場ニ到ル　必竟御達ノ趣キ如何ハ且ク次回ヲ読テ知ル可シ

第五回

黄鶴[一二]垂レ翅同ニ燕雀一
青松有レ心任ニ風霜一

少焉アツテ久松菊雄ハ役場ヨリ帰リ来ル　其顔色悒鬱[一三]トシテ心中甚ダ快カラザルモノヽ如シ　西川某ハ之ヲ迎ヘテ御達ノ故ヲ問フ　教師久松ハ応フル所

りで勉学にいそしむことがない。

二六「遊惰（ダイウ）　アソビオコタル」（『新撰漢語字引大全』）。「遊惰（だいう）　あそびにふける」（『童蒙必読　漢語図解』二編）。「遊惰（ダイウ）ヲ廃（ハイ）シテ勉強（ベンキヤウ）ニ就（ツ）クベシ」（『花柳春話』二編二十）。　二七 すこしも。　二八 ばかもの。「痴漢（チカン）バカナヲトコ」（『新撰漢語字引大全』）。

二九 知識が乏しく人となりがけがらわしい。

三〇 村の住民。「郷党（キヤウタウ）　ムラノクミアヒ」（『新撰漢語字引大全』）。　三一 つまはじき。

三二 諺に「叶う望みのない恋に愚か者は夢中になる」という。この諺については不詳。

三三 →二一頁注一二。　三四 まじわるてだて。

三五 情事を遂げようと企てる者。「贈芍採蘭（ゾウシヤクサイラン）〈ヌレゴト〉ノ態（タイ〈フリ〉）」（『英国龍動新繁昌記』二編、明治十一年）。「唯ダ親友ノ交際ノミニ止リ贈芍採蘭（ゾウシヤクサイラン）ノ事ナカラシメント欲スルハ亦難イ哉」（『花柳春話』四編五十三）。

以上二三頁

一 乏しい知識を総動員して。「智嚢ヲ倒シマニシ」とは、知恵をいれた袋をひっくりかえして、の意。　二 からみついて。「綢繆（チウビウ）　カラミツク」（『新撰普通漢語字引大全』）。

三 互いの心を通わせる親密な仲であるという噂を聞いた。「膠漆之交（カウシツノマジハリ）　ムツマジキツキアヒ」（『新撰普通漢語字引大全』）。　四 気がふさいで。「鬱々（ウツ〈）　キノコモルコト」（『新撰漢語字引大全』）。　五 場面を転換する際の常套句。「さて」。　六「孜々（シ〈）　ワキミモセズカセグ」（『小学読本巻五字引』）。　七 ある日。

八 役場の小使が短い手紙を持ってやってきた。「小奴　デッチ」（『雅俗幼学新書』）。

九 学校の小使。用務員。　一〇 召喚状。

一一 正規の教員に準ずる無資格の教員。

ナク一書ヲ懐中ヨリ出シテ之ヲ投ズ　因テ西川ハ一拝シ之ヲ披閲スレバ　豈図ンヤ久松菊雄ガ転校[一四]ノ辞令書ナリ　是ニ於テ西川亦タ言ハズ　呆然トシテ只菊雄ノ顔ヲ注視スルコト良久シ　久松菊雄ハ大息数回　漸クニシテ言ヲ出シ西川ニ対シ　言テ曰ク「噫吁　西川君　人事[一五]ハ頼ミ難クシテ栄枯ノ定リ無キハ塵世ノ常態ナリ　又何ゾ今日ヲ俟テ知ルニアランヤ　然リト雖ドモ　君請フ亦タ少シク推[一六]ヲ賜ヘ　指ヲ屈スレバ幾ンド二週年ニ垂ントス　余ノ初メテ此校ニ来ルヤ当時校則[一七]未ダ整備セズ学術[一八]未ダ進歩セズ　生徒ノ上校スル者モ亦現今半数ニ充タズ　実ニ微々寥々トシテ　試[一九]ニ旗章ヲ捲去ルトキハマタ学校ノ那辺ニアルヲ知ラザルノ景況ナリキ　余ハ不肖ナル　学浅ク識隘ク毫モ其任ニ堪ザルヲ知ルト雖ドモ　当時マタ余ガ苦心尽力スル所アラズンバ本校今日ノ盛栄ハ恐ク見ルニ至ラザル可シ　苟モ員[二〇]ニ教師ニ列スル者ハ校則教科ノ改良ト生徒学術ノ進歩トヲ冀ハザル者アラザルベク　又孜々汲々トシテ其功ヲ奏セシ者モ鮮ナ〔カ〕ラザルベシト雖ドモ　其歳月ヲ以テ之ヲ比較スルトキハ　未ダ決シテ余ガ右ニ出ヅル者ハ非ラザル可シ　果シテ然ラバ　本校改良ノ功　之レヲ誰ニカ帰セントスルヤ　自ラ誇ルニ非ズト雖ドモ亦少シク斟酌スル所アル可キナリ　夫レ然リ　然ルヲ今ヤ反シテ此転校ノ命ヲ蒙ル　嗚呼　天道[二一]ハ果シテ是耶非耶

一二 黄鶴翅(はね)を垂る燕雀と同じく　青松心(こころ)有り風霜に任(まか)す(仙人を乗せて飛ぶ黄鶴も翼をたたむと燕や雀などの小鳥と変わらなくなり、青葉をたもつ松も心に思うところがあって風と霜に耐える)。将来の雄飛にそなえ、小人物に伍して艱難辛苦に耐えることをいう。唐の劉長卿「罪所上御史惟則」詩の詩句。　一三 気がふさいでいる。　一四 勤務する学校を変更する辞令。　一五 人の世は移り変わり、人が栄えたり衰えたりすることが繰り返されるのが世の中の常である。「人事(ジジ)　ヨノコトガラ」(『新撰普通漢語字引大全』)。「塵世(ヂンセイ)　ヨノナカ」(『新撰漢語字引大全』)。　一六 おしはかってください。　一七 それぞれの学校で定めた学校管理に関する諸規則の総称。大分県の例では、「生徒入学手続」「昇校退校時限」「休業日」「生徒心得」などからなる(「大分県学事規則」第四款「校則」、『田舎新聞』明治十三年十一月二十日)。「速見郡立石学校は先般村中の協議にて旧教員を謝し更に同地の胡麻鶴岩吉氏を雇ひたりしかば氏も非常の勉強にて校則を改良し生徒を奨励し未だ幾何の月日ならずして同校の進歩大ひに見るべきものありと」(『田舎新聞』明治十三年四月三日)。　一八 生徒の学業成績もあがらず。自分が着任して他校の生徒と試験で競い、優秀な成績を修めたことを指す。　一九 学校の旗を掲げていなければどこに学校があるのかすら分からないありさまだった。「旗章(キシヤウ)朝風ニ飄(ヒルガヘ)ツテ」(『花柳春話』附録〈明治十二年〉三)。「栄町通は小学校生徒各学校の標旗(はた)を掲げ拝迎す」(『大阪日報』明治十年一月二十九日)。　二〇 定められた職としての教師に名を連ねるものは。　二一 神の下した処置は正しいのだろうか、それとも間違っているのだろうか。『史記』伯夷

抑モ此令ノ下ルヤ余ガ胸裏[一]少シク悟ル所アリ　而シテ又余ニ於テ毫モ過誤ナシト確言シ得ルコト能ハザルモノ無キニ非ラズ　然リト雖ドモ　今其ノ之ヲ論ズルニ至リテハ何ゾ特リ余ノミニ限ランヤ　滔々[二]タル教員社会　此ノ評ヲ免ルヽ者亦甚ダ鮮カル可シ　言少シク過激ニ渉ルガ如シト雖ドモ　固本県ノ学務課員[三]ニ　能ク人材ヲ観察シテ以テ之ヲ登用スルノ識見ニ富ル者アルコトナク　亦タ彼ノ巡回教師[四]ノ如キ　学区取締[五]ノ如キ　多クハ之レ愛憎ニ因テ事ヲ行ヒ私謁[六]ヲ受ケテ務ヲ弁ズルモノ少シトセズ　現ニ余ガ知ル所ノ村井氏[七]ノ如キハ　才学共ニ兼備シテ　加フルニ能ク意ヲ学事ニ注ギ　同校ノ進歩較観ル可キモノ少キニ非ラズト雖ドモ　憫ム可シ更ニ一等ヲ進ムルコトナク　之ニ反シテ彼ノ滝某[八]ノ如キハ　浅学不才[九]　一章ノ文辞スラ容易ニ之ヲ綴リ得ル能ハズ　只其長ズル所ノモノハ軽弁[一〇]ト諛笑トノミ　然レドモ彼レ既ニ彼ノ高等[一一]ニ在リ　噫　真ニ彼ノ所謂蟬翼[一二]ヲ重トシ千鈞ヲ軽トシ　黄鐘毀棄[一三]セラレテ以テ瓦釜雷鳴スルモノト言フ可キナリ　実ニ長大息ノ至リニ堪ヘンヤ　然リト雖ドモ　悲哉　身ヲ人ニ托シテ指揮左右セラルヽノ束縛身ニ於テハ　敢テ其之レガ偏頗ヲ論ズル能ハズ　又此不平ヲ訴フルニ所アルコトナシ　故ニ只彼[一四]ガ不明ハ我不幸ナリト諦ザルヲ得ザルナリ　噫　我ナガラ卑屈モ亦タ甚ダシト謂フベキナリ」ト　浩歎[一五]数。

伝の言葉。「嗟呼(あゝ)天道は果して是耶非耶」(和田竹秋『鴛鴦春話』二編〈明治十二年〉十三)。「鳴呼(ア)天道是(シ)カ非(ヒ)カ」(『花柳春話』二編二十八)。

以上二五頁

一　心の中に思い当たることがあった。「マルツラバースノ胸裏(キヤウリ)ヲ祭シ」(『花柳春話』初編十四)。　二『田舎新聞』に掲載された「艶才春話」第六回では「滔々タル○○社会」であったが、単行本以降、伏せ字がおこされる(以下同様)。

三　府県に置かれた教育担当の部署の役人。「○○課員」(「艶才春話」第六回)。

四　教育の向上を目的として小学校に派遣され、教員の指導監督を行った教員。師範学校で新しい教授法を学んだ教員が主に任命された。「巡回教師は両郡に一員を置き小学校授業上の看督に充てられ在れど周歳一回の巡回なき学校もありて無効なり」(『田舎新聞』明治十三年二月四日)。「巡回○○」(「艶才春話」第六回)。

五　明治五年の学制により地方に設けられた小学校を管理する役職。中学区ごとに地方官により名望家の中から選ばれ、それぞれ二十から三十の学区を分担した。明治十二年の教育令で学務委員に改められる。「□区○○」(「艶才春話」第六回)。　六　個人的な依頼を受けて事を処理する者。「私謁(シエツ)　ワタクシノキゲンキマヽ」(『新撰漢語字引大全』)。　七「甲氏」(「艶才春話」第六回)。　固有名が与えられたのは本作から(注八も同じ)。　八「乙氏」(「艶才春話」第六回)。

九　学問もじゅうぶん身につけておらず、とりたてて才能もない。「不才(フサイ)　サイガナイ」(『新撰普通漢語字引大全』)。　一〇　かるくちと追従笑い。　一一　高い地位についている。

一二　とても軽いものを重いとしたり、逆に非常

回。　叉手[一六]低頭ス　時ニ柱頭ノ時辰儀鏘々トシテ正午ヲ報ズ　久松菊雄ハ驚キテ曰〔ク〕「感慨ノ冗談[一七]　図ラズ時ヲ移シタリ　教場[一八]ノ生徒定テ不平ヲ鳴スナラン」ト　漸ク身ヲ起シテ去ラントス　西川遽ク之レヲ止メテ曰ク「事既ニ此ニ及ブ　復タ貴体ヲ労スル勿レ　余代テ退出[一九]ノ儀ヲ執ン」ト　趨テ而シテ教場ニ至ル[二〇]

第六回

花[二一]ハ摧テ猛雨空二フス春苑ヲ一
月ハ掩フ二行雲ヲ一惨タリ二夜天一

落陽[二二]已ニ晴景ヲ収メテ晩鴉漸ク林樹ニ躁ギ　鐘声遠ク暮ヲ報ジテ黄昏正ニ近カラントス　時ニ教師久松菊雄ハ独リ寂寥[二三]タル校ノ空室ニ留マリ　熟ラ往事[二四]ヲ追懐シ又将来ヲ予想シテ　以テ感慨自ラ禁ズルコト能ハザルノ際　跫然[二五]トシテ人ノ来タルアリ　静カニ首ヲ回ラシテ之レヲ見レバ　則チ松江タケナリ　タケハ入テ而シテ恩人ノ傍ニ坐シ礼ヲナス　是ニ於テ久松菊雄ハ之ヲ疑ヒ　問テ曰ク「時既ニ五時ニ垂ントス　卿何ガ故ニ未ダ退校ナサヾルヤ」　タケ答テ曰ク「妾少シク師ニ問ハント欲スルモノアレバナリ　即チ他ニ非ラズ　師今日甚ダ不豫[二六]ノ色アルモノヽ如ク　顔容大ニ平素ニ似ズ　妾未ダ故ノ何タルヲ知ラズ

に重いものを軽いとしたりする。ものごとを正しく判断することができないこと。注一三と共に、『楚辞』中の語句。「蟬翼(センヨク)ヲ重シト為スキハメテカロキセミノハネヲオモシトナス○濁世ノ事ハ皆ナ善悪是非顚倒スト謂フナリ」(『文章軌範訳語』)。

一三 賢者が不在となって愚か者がこれみよがしにはびこること。「黄鐘(クワウシヨウ)毀棄(キキ)セラル黄鐘ノフエモヤブリステラル○善人ノ用ヰラレザルヲ謂フ」「瓦釜(グワフ)雷鳴(ライメイ)　カハラヤキノカマノナダカクカミナリノヤウニキコエル○群小人ノ上位ニ在リ、叨(ミダ)リニ権威ヲ振フヲ曰フ」(『文章軌範訳語』)。

一四 (滝某のごとき)愚か者を上司に持ったのは私にとって不幸なことである。

一五 幾度も嘆く。　一六 腕を組んでうつむく。

一七 心のうちをくどくどと言いつのって思わず時間が経ってしまった。「感慨(カンガイ)　オモヒダスコト」(『詩作便覧』)。

一八 「教場(ケウヂヤウ)　ヲシフルヘヤ」(青木港三郎編『普通読本字引』明治二十年)。

一九 授業を終え生徒を帰宅させる際の儀式。

二〇 『田舎新聞』に掲載された「艶才春話」では、この回(「艶才春話」では第六回。第二一三号、明治十三年四月三日)を結ぶにあたって以下のことばを添える。「向水生曰(いはく)教師ガ言ノ過劇ニ渉レル当時果シテ其弊アリシ乎　将タ教師ガ見解ノ誤ニシテ絶テ其事ナキ乎　且ツ現今尚未ダ此ノ弊ヲ存シテ往々此ノ少年教師ト感ヲ同クスルノ徒ナキ乎否ハ余輩関係ナキ者ノ敢テ知(し)り得ル所ニ非ザルナリ　今其事ヲ序スルニ臨ミ単ニ教師ノ現行ヲ掲ゲテ現況ヲ知ルニ便ナラシメントスル而已」。

二一 花は摧(くだ)かれて猛雨春苑を空(むな)しふす　月は

ト雖ドモ　心中私カニ之ヲ憂ヘテ措コト能ハザルナリ　若シ妾ニ於テ貴意ニ逆フノ事アリタランニハ　請フ速ニ之ヲ告ゲラレンコトヲ　妾[一]設令百年ノ命ヲ致スモマタ其罪ヲ謝セズンバアルベカラザルナリ　師如何」ト　菊雄漸クニ其ノ叉手ヲ解キ　首ヲ擡ゲ嘆息シ　言テ曰ク「於　卿又何ヲカ言フ　敢テ無用ノ芳慮ヲ労スル勿レ　又何ゾ卿ニ関スルノ事ナランヤ」　タケ曰ク「然ラバ　師何ヲカ之レ不豫ノ色アル　請フ其故ヲ告ゲヨ　師[二]今　其ノ之レヲ告ルモ則チ妾ニアラズヤ　又何ノ嫌カアル　請フ速ニ告ラレンコトヲ」　菊雄曰ク「諾　余マタ何ヲカ卿ニ包ム所アランヤ　然リト雖ドモ　卿今余ガ言フ所ヲ聞キ　敢テ吃驚スル勿レ」ト　則チ机辺ノ革庫ヲ拈テ而シテ之ヲ開ラキ　彼書ヲ出シ　言テ曰ク「卿夫レ之ヲ一覧シテ　亦余ガ不豫ノ理ナキニ非ラザルコトヲ察知セヨ」ト　タケハ遽シク取テ一拝シ　之ヲ展テ一読スルヤ　未ダ其終ザルニ先チテ[三]紅顔忽チ蒼色トナリ　更ラニ一語ノ発スル無シテ只[四]血涙ノ潸然ト襟頭ニ滴タルノミ。　此時菊雄言テ曰ク「回顧スレバ已ニ殆ンド二週年　[五]其日曜、大祭ノ休日ニアラザルヨリハ　烈風トナク雷雨トナク　寒朝ニ炎天ニ　日トシテ卿ト相見ザル事ナク時トシテ卿ト相接セザルコトナク　互ニ言笑ヲ交ヱ互ニ好情ヲ通ジ共ニ与ニ勉励シテ他日大ニ望ム所アラント期セシモ　今ヤ事全ク[六]南柯ノ一夢ト

行雲を掩(おほ)ふ　夜天惨(さん)たり(はげしい雨で庭の花は散ってしまい、月が雲に遮られた夜空は陰惨である)。「行雲(カウウン)　ユククモ」(『詩語砕金』)。

二二 晴れ渡っていた景色も日が沈むとともに終いとなり、ねぐらに帰った鳥が林で鳴いている。日暮れ時に鳴らされる鐘の音が遠くから聞こえ、たそがれ時が訪れようとしている。「晴景(セイケイ)ハレタケシキ」(『詩韻砕金幼学便覧』春)。「新月遠山(エンザン)ニ懸リ晩鴉(バンアア)漸ク林樹ニ噪(ナ)キ」(『花柳春話』二編二十七)。「斜陽已ニ落テ晩鴉(バンア)林ニ帰リ太白(タイハク)漸ク明カニシテ遠鐘(エンシヤウ)暮ヲ報ズ」(『寄想春史』三編〈明治十三年〉二十四)。　二三 生徒が帰って誰もいなくなった教室に居残っている。　二四「往事ヲ回顧シ将来ヲ追想シ悽然トシテ寂寥ノ中ニ在リ」(『花柳春話』四編六十二)。　二五 足音をたてて。

二六 気持ちが沈んでいる様子。「不豫(フヨ)　フキゲン」(『新撰漢語字引大全』)。

以上二七頁

一 かりに百歳の長寿が与えられていたとして、それを捧げても。

二 たとえ先生が無関係だとおっしゃった私ではありませんか、どうしてお気になさる必要がありましょう。

三 美しい顔からさっと血の気がひいて。「紅顔ウツクシキカホ」(『詩語抜錦』)。「紅顔(コウガン)忽チ蒼色(サウシヨク)ト変ジ双眼血涙(ケツルキ)ヲ含ンデ」(『花柳春話』四編五十九)。

四 さめざめと流す涙が襟元にしたたり落ちる。「血涙(ケツルイ)　チノナミダ」「潸然(サンゼン)　サメぐ〵」(『新撰普通漢語字引大全』)。「血涙(ケツルイ〈チノナンダ〉)潸然(サンゼン)トシテ下(クダ)ル」(『寄想春史』初編三)。

醒ム 嗚呼 夫レ卿ヲ此校ニ見ルモ已ニ今日ヲ以テ限リトス 復タ何ノ時カ共ニ相勉励シ共ニ相苦学センヤ 然リト雖ドモ 請フ卿別後尚ホ其志ヲ変ズル事ナク 能ク自愛勉強シテ 又余ニ交リ来タルノ師ニ事ヘ 以テ宜シク昇級[七]進歩スル所アレ 煩悶以テ疾病ヲ招ク勿レ」ト 言畢テ而シテ愁然酸鼻[八]ス タケハ之ヲ熟聞シテ心中益々切ニ 胸裏マタ堪能ハザルモノヽ如ク 転タ潸然トシテ泣伏スルコト良久シキガ 暫クアリテ漸クニ其首ヲ挙ゲ 涙ヲ咽ミ 言テ曰ク「妾曾テ之ヲ聞ク 共ニ一河ノ流レヲ汲ミ共ニ一樹ノ蔭ニ息フモ[九] 前世ノ契リ他生ノ縁 之レ無ンバアラズト 抑モ妾ガ師ニ於ケルヤ 亦只ダ一朝ノ事ニ非ラザルナリ 其一ビ師トナリ弟トナリシヨリ已ニ殆ンド二週年 且ツ妾ヤ固資性至愚 毫モ天賦[一〇]ノ学才アルコトナシ 然リ而シテ 進歩今日ノ上級ニ昇リシモノハ 全ク是レ師ガ庇蔭[一一]ニ因テナリ 嗚呼 師ガ洪恩ノ厚キ啻ニ海山ノミナランヤ 妾又如何シテ何レノ時カ之ヲ報ゼンヤト 昼思夜想 須臾[一二]モ措クコト能ハザルノ際 月下ノ翁[一三] 何ゾ妾ニ福ヒスルノ甚ダシキ 図ズモ一ビ赤縄ヲ師ニ繋グノ栄ヲ得ル 妾歓極ツテ而シテ泣ク 何ゾ念ンヤ 鴛鴦[一四] 夢未ダ暖カナラザルニ先チテ池氷ノ忽チ到ラントハ 今 妾師ニ別レ 何ゾ一日モ上校スルノ意アランヤ 問フ師 然ラバ明日ヲ以テ直ニ本校ヲ退クヤ」 曰ク「然リ」

五 学校が休みになる日曜日と大祭日を除いて。大祭は、元始祭(一月三日)・孝明天皇祭(一月三十日)・祈年祭(二月四日)・紀元節(四月十一日)・神嘗祭(九月十七日)・天長節(十一月三日)・新嘗祭(十一月二十三日)の七日(秋山剛一編『東京小学通常問答』明治十一年)。官庁をはじめ諸学校が日曜日を休日としたのは明治九年。

六 はかない夢であった。夢の中で南柯という所の長官になったが、夢から覚めるとそれは蟻の国だったという故事にもとづく。

七 小学校で上の課程に進むこと。

八 うれいに沈み、(タケを)ふびんに思い悲しんだ。「酸鼻 イタマシ」(市川清流編『雅俗漢語訳解』明治十一年)。

九 同じ川から水をすくい、一本の木の下に一緒に休むのも、前の世にいたときに定まった因縁による。「コノ心ハ。樹ト河トニ。縁アリトイフニハ非ズ。一本ノ木景(コカゲ)ニ。二人雨ヤドリスルモ。熱サヲ凌(シノ)グモ。生々(シヤウ)ノ縁ナリ。一河ノ流(ナガレ)ヲ。二人汲合(クミアフ)モ。世々(セ)ノ縁ゾトナリ」(『漢語大和故事』)。

一〇 「天賦(テンプ) ウマレツキ」(大槻清二『刪修近古史談註釈』巻一、明治十五年)。「天賦(テンプ) セイライ」(『普通漢語字類大全』)。

一一 先生のおかげです。「庇蔭(ヒイン) オカゲ」(『新撰漢語字引大全』)。

一二 ほんの少しの間もがまんできないほどになった時。

一三 縁結びの神。月明かりで本を読んでいる老人が、手にした赤い縄で男女の足をつないで二人を結びつけた故事による。

一四 おしどりがむつまじく泳ごうとする前に、池には氷が張ってしまった。「鴛鴦」は、→二三頁注一四。

タケハ之ヲ一聞スルヤ再ビ潸然トシテ更ニ言フ所ナク　[一]他ノ膝頭ニ泣伏シテ歔欷スルモノ良久シ　時ニ柱上ノ時器鏘トシテ七時ヲ報ジ　[二]蒼然タル暮色已ニ遠キヨリ至ル

第七回

[三]支レ頤読レ書幾掩レ巻
含レ情遥懐意中人

[四]巨幡里落ニ双立シテ晩風ニ翻リ　笛声鼓音ニ和シテ遠ク相伝フ　[五]鮮衣ノ老若途上ニ充満シテ往来殆ンド雑沓ヲ極メ　[六]幾多ノ群童　路傍ニ嬉戯シテ遠近甚ダ喧囂ヲ為ス　抑モ這ハ何ノ夕ゾ　知ル可シ斯レ[七]田舎神祠ノ祭典タル　一郷ノ衆人ハ　貧富トナク貴賤トナク　女ニ男ニ　醜ニ美ニ　皆ナ争フテ其粧ヲ凝シ競テ其美ヲ尽サヾル者アラズト雖ドモ　憫ム可シ松江タケハ　一タビ久松菊雄ニ離テヨリ心中鬱々常ニ甚ダ楽ムコトナク　[八]熱閙此夕べニ逢ト雖ドモ戸外ダニ出ヅルヲ欲セズ　只空シク[九]寂寞タル幽室ニ座シテ　独リ書ヲ机上ニ繙キ静ニ之ヲ黙読セシガ　漸クニシテ其頭ヲ擡ゲ歎一歎シ　言テ曰ク「噫吁　人事変転ノ窮極ナキ　何ゾ夫レ斯クノ如キカ　回顧スレバ　誠ニ[一〇]客歳ノ今月今夜ハ　恰モ彼ノ師ヲ家ニ迎ヘテ[一一]盛ニ神祭ノ宴ヲ開キ　妾モ亦席ニ列ツテ[一二]自ラ弦ヲ弾ジ　通

一 久松の膝に伏してしばらくすすり泣いた。「マルツラバースノ膝頭ニ伏シ語ナフシテ悲涙潸々(サン)トシテ下ル」(『花柳春話』初編八)。「歔欷(キヨキ)潸然(サンゼン)」(同、三編四十一)。

二 暮れなずんであたりはもう薄暗くなっていた。「蒼然暮色自遠而至　エンパウカラヒガクレカヽル」(安田義和編『高等論説作文軌範』明治十五年)。

三 頤(おとがひ)を支(ささ)へて書を読み幾たびか巻を掩(おほ)ふ　情を含んで遥(はる)かに懐(おも)ふ意中の人(頬杖をついて本を読みながら幾度もその本を閉じ、心に秘めた思いにつき動かされ遠くにいる恋人に思いをはせる)。

四 大きな旗が夕暮れの風になびいて村々にひるがえり、笛の音が太鼓の音と一緒に遠くまで運ばれる。「晩風(バンフウ)　ユウカゼ」(『詩韻砕金幼学便覧』夏)、「笛声(テキセイ)　フエノネ」(同、秋)。「初夏ノ晩風」(『花柳春話』初編八)。

五 鮮やかな着物に身をつつんだ老若男女が道を行き交う。

六 多くの子供たちが道ばたに遊びたわむれ、どこもひどくにぎやかである。「戯嬉(キゲ)　オモシロクアソブ」(『小学読本巻五字引』)。「喧囂(ケンガウ)　カマビスシ」(『新撰漢語字引大全』)。

七 田舎の神社の祭礼。

八 こんなににぎやかな夕方なのに。「熱閙(ネツドウ)　ニギヤカ」(『新撰漢語字引大全』)。「熱閙(ネツダウ〈ニギヤカ〉)」(『寄想春史』初編一)。「妾ガ性元ト熱閙〈サワガシキ〉ヲ好マズ」(『花柳春話』初編四)。

九 人気のない奥まった暗い部屋で、一人で机に向かって書物を開き黙読していたが。「幽室(イウシツ)　ウスクラキザシキ」(『新撰漢語字引大全』)。

一〇 去年の同じ日の夜は。「客歳(カクサイ)　キヨネンノコト」(『新撰漢語字引大全』)。

宵甚ダ歓ヲ罄シタルノ夕ベナリ　噫今遠ク響クノ笛声鼓音ハマタ客歳ノ今夕ニ異ラザルモ　人ハ已ニ隔ツテ山河数里ノ外ニ在リ　諸事意ノ如クナラザルハ又是レ浮世ノ常ナルカ」ト　独リ感涙ノ落テ襟頭ニ滴ルヲ覚ヘザルノ際　俄然トシテ笑語ノ戸外ニ聞ユルアリ　因テ暫ク耳ヲ欹テ静ニ之ヲ聞ケバ　甲曰ク「君先ヅ進ム可シ」　乙曰ク「否ナ否ナ　君先ヅ入ル可シ」ト　互ニ門前ニ相譲テ而シテ躊躇スルモノヽ如シ　其未ダ誰ナルヲバ詳カニセズト雖ドモ　音色[一三]マタ老年ノ人ニ非ラザルヲ知ル　タケハ私カニ之ヲ怪ムト雖ドモ更ニ意トセズ猶ホ[一四]燈火ヲ剔テ書ニ対シ又顧ル所無キモノヽ如シ　少アツテ而シテ入リ来ル者アリ　タケ首ヲ回シテ後方ヲ顧ミレバ　豈ニ図ンヤ　彼ノ痴漢安井策太ノ友人ヲ携ヘテ来タルモノナリ　而シテ策太等何レノ所ニ於テカ[一五]今夕祭酒ノ饗ニ遇フテ共ニ熟酔殆ンド泥ノ如ク　踉々蹌々トシテ言語ナホ且ツ詳カナラズ　漸クニシテタケガ側ニ座ス　此時タケハ心痛ク之レヲ悪ト雖モ　マタ奈何トモ為ス能ハザルヲ以テ　静カニ机上ノ巻ヲ掩ヒ此方ニ対座シテ礼ヲナス　時ニ策太ハ双手ヲ膝上ニ置キ頭ヲ胸辺ニ低レ　言テ曰ク「余ノ今夕来タルモノハ又決シテ他ノ故ニ非ラザルナリ　伏テ卿ニ請フ所ノモノ有レバナリ　而シテ又卿ガ答辞ノ如何ニ因テハ　此ニ於テ大ニ決スル所アリ　卿能ク此ニ考一考シテ以テ[一六]必ズ

二　盛大に祭礼の宴を催し。
三　琴を弾いて一晩中楽しんだ。「通宵（セウ）ヨモスガラ」（『詩韻砕金幼学便覧』秋）。

一三　声の様子ではどうも老人ではないようだ。

一四　灯心を切って灯火を明るくして書物に向かい、読書に専念しているようだ。

一五　今晩の祭りの酒席に行き合わせ、正体をなくすほど酔っ払い、おぼつかない足どりでろれつも回らなくなっている。

一六　きっとよい返事をください。

好答スル所アレ」ト　タケハ之ヲ聞クヤ心中私カニ以為ク　痴漢ノ請ハント欲スル所ノモノハ又決シテ他ノ故ニ非ラザル可シ　今我レ一言以テ之ヲ辱シメ堅ク[一]向後ヲ誡メンカ　将タ是レ　彼レヤ固痴漢タリ　加フルニ今夕痛ク酩酊ス　設令之レニ向テ道理ヲ説ト言フトモ　更ラニ其甲斐アラザルノミナラズ　反テ彼レガ怒リニ触レ身体ヲ過ツトキハ無上ノ損害ト言フ可キナリ　若カズ欺テ而シテ速カニ退シメンニハト　タケハ意中ニ工夫ヲ旋ラシテ以テ殊更ラニ顔色ヲ和ラゲ微笑シツヽ　答テ曰ク「[二]君ガ言　果シテ如何ノ点ニ出ヅルヤハ得テ知ル可キ所ニ非ラズト雖ドモ　妾ガ一身ニ於テ堪可クンバ　何ゾ敢テ辞ス可ケンヤ」ト　策太之ヲ聞キ大ニ喜デ曰ク「卿其言果シテ虚ニ非ラザルカ」　曰ク「妾何ンガ故ニ虚言ヲ君ニ語ルベケンヤ」　策太益ス喜悦ニ堪ヘズ　而シテ此ノ時彼ノ朋友等ハ熟酔ノ以テ堪エ難キニヤ　已ニ傍ニ睡倒シテ又前后ヲ知ルコトナシ　痴漢策太ハ漸クニ其膝ヲ進メ　言テ曰ク「夫レ余ガ今卿ニ請ントスル所ノモノハ卿モ亦コレ推知スル所ナラン　抑モ余一ビ卿ガ容姿ノ美麗ナルヲ知ツテヨリ　爾来恋情禁ズル能ハズ　月ニ花ニ　雨ニ風ニ　朝ニ夕ベニ　今ノ今ニ想テ措クコト能ハザルノ真情ハ　[三]已ニ既ニ呈シタル数回ノ鄙章ニ陳ベタルガ如キナリ　然リト雖モ　卿ヤ英敏　余ヤ愚鈍　言ノ以テ採ルニ足ラズトセラ

一　今後。「向後(ゴカウ)　コノノチ」(『新撰普通漢語字引大全』)。

二　あなたがおっしゃろうとなさっているのが果してどのようなことなのか分かりませんが、私のようなものでよろしければ、どうしてお断りすることがありましょうか。

三　もう何度も差し上げた、つたない手紙で述べたとおりです。

ル丶カ　将タ意ノ未ダ卿ニ通ズル所少キカ　或ハ別ニ何等ノ故アルカ　更ニ曾テ一回ノ返章ダニ賜ラレザルハ　抑モ又タ無情ノ人ト言フ可キナリ　是ヲ以テ尋常ノ男子タランニハ到底宿願ノ及ブ可カラザルコトヲ諦メテ断然其念ヲ絶可キ所ナリト雖モ　奈何セン余ガ如キハ[四]其卿ガ固ク執テ肯ゼラレザル所ハ転タ慕フテ止ム能ハザルノ切情ヲ増シ　尚ホ日ニ夜ニ朝ニ暮ニ　焦心苦慮　須臾モ措クコト能ハザルノ際　[五]図ラズモ聞ク卿ノ已ニ教師久松ト好情甚ダ密ナルコトヲ是ニ於テカ　余始メテ卿ノ余ニ肯ゼザルノ所以ヲ知レリ　然リト雖ドモ　余当時又私カニ怪シム所ナキニ非ラズ　何トナレバ　卿ハ是レ郷里モ上流ノ家ニ生レ資産又多ク比ブ者ナシ　殊ニ卿ヤ[六]天資才美ノ二ツヲ兼有ス　然リ而シテ　彼ノ久松ヤ元是レ何者ゾ　彼レ僅ニ[七]鳶烏犬猫　毫モ益ナキノ学ヲ教エテ　漸ク自己一身ノ饑餲ヲ免ル丶者ニ非ラズヤ　之ヲ今彼ノ乞食ニ比スルモ[八]其間纔ニ毛髮ヲ容レザル可シ　而シテ卿ノ富貴ニシテ貧賤彼レガ如キ者ト好情ヲ[九]通ズト豈夫レ誰レカ之ヲ真トセンヤ　然リ而シテ彼ノ夙ニ[一〇]本地ヲ放逐セラレシ所以ノモノハ　卿又之ヲ知ルヤ否ヤ　抑モ彼レガ本地ヲ放逐サレタルモノハ　全ク余[一一]輩等ノ謀テ奇計ヲ用ヒタルノ功ニ由ルモノト言フベキナリ」ト　タケハ之ヲ聞クヤ[一二]忿恚忽チ胸間ニ溢レ　満腔ノ怨恨禁ズル能ハズ　血涙潸々　言テ曰ク

四 あなたがどうしても私の言うことを聞いてくださらないことが、かえって私の恋慕の情をどうしようもなく募らせるのです。「彼レノ切情(セツジヤウ)ヲ聞キ私(ヒソ)カニ涙(ナンダ)下ル」(『花柳春話』二編十九)。

五 あなたが教師である久松とたいへん親密な仲であることを偶然耳にしました。

六 生まれつきの美貌と才能の両方をお持ちです。

七 鳶や犬などにたとえられる、取るに足りない人物。

八 その間は髪の毛一本ほどのわずかな違いもありません。

九 底本「通フズト」を訂した。

一〇 この地から追い出された理由は。「本地(ホンチ) 当地ナリ」(桑野鋭編『小説字林』明治十七年)。「本地(ホンチ)　モトノトコロ」(『新撰漢語字引大全』)。

一一 我々が示し合わせて謀りごとを用いた結果だと言っていいでしょう。

一二 怒りがふつふつと湧きあがり、憎しみの感情を抑えることができず。「胸間(キョウカン)　ムネノウチ」(『小学道徳論字引』)。

「止メヨ止メヨ　[一]酔漢喋々徒ラニ暴言スルヲ止メヨ　妾斯ル暴言ヲ聞テ徒ラニ費スノ光陰アラザルナリ　速カニ去レ速カニ去レ」ト　言終テ復タ顧ミル所ナク　再ビ机上ニ向テ而シテ書ヲ開キ之ヲ読ントスル時　痴漢策太[二]冷笑シ　言テ曰ク「貴卿何ゾ激怒スルノ甚ダシキ　止メヨ止メヨ　請フ怒ルヲ止メヨ　[三]上戸猶ホ未ダ本性ヲ違ヘズ　陳ル所皆真実ナリ　[四]請フ復座セヨ　余今其次ヲ語ン」ト　再三再四迫ルト雖ドモ　タケハ黙シテ更ラニ肯ズル所ナシ　是ニ於テカ痴漢モ亦怒リ　言テ曰ク「汝復座セズンバ為勿レ　余モ又思フ所アリ」ト　此時タケハ首ヲ回ラシ　言テ曰ク「汝如何ニ思フ所アルモ妾ニ於テ何カアラン　[五]止メヨ妾ガ婦人ナルニ乗ジテ妄リニ虚喝ヲ加ヘンコトヲ　汝設令妾ニ向テ千説万語スレバトテ　妾豈ニ汝ガ如キ痴漢ノ意ニ従フ可キモノナランヤ　[六]徒ラニ無益ノ痴情ヲ縷陳シテ長ク此ニ止ランヨリ　寧ロ去テ郷中ヲ[七]漫行セヨ　今夕幸ニ神祠ノ祭典ナリ　或ハ又[八]余餐ヲ投与スルノ人アルモ知ル可ラズ　速カニ去レ速ニ去レ」ト　策太之ヲ聞クヤ忽チ大ニ怒テ曰ク「何ゾ言ノ失敬ナル　余偏ニ汝ガ美貌ヲ愛セバコソ暫ク堪ヘ難キノ事ニ堪ヘ忍ビ難キノ事ニ忍ビ　以テ[九]温顔甘言　其媚ヲ尽セバ　汝弥ヨ之ニ乗ジテ暴言失敬至ラザル所ナシ　今ヤ恕セント欲スルモ已ニ恕ス能ハズ　免ルサント欲スルモ又タ免シ難シ　男子ノ一ビ思

一　酔っ払いのくせに、やたらと失礼なことを言いつのるのはお止めなさい。
二　あざわらって。「冷笑（レイセウ〈アザハライ〉）シテ」（『寄想春史』初編六）。
三　酒飲みの私はこれしきではまだ正気を失ったりしません。
四　どうかもとの席に座ってください。
五　私が女だということをいいことに、むやみにからおどしするのはおよしなさい。「虚喝（キヨカツ）カラオドシ」（『新撰普通漢語字引大全』）。
六　ばかげたことをクドクドと言いたてて ここで時を過ごすより、村の中をぶらぶらと歩きなさい。「痴情（チゼウ）バカナコヽロ」（『増訂再校 明治詩学精選』）。「痴情（チジヤウ）忽チ消（キ）ヘテ」（『花柳春話』三編四十一）。
七　底本「謾行」を訂した。
八　余ったごちそうを投げ与えてくれる人。
九　柔和な顔で巧みに言葉をあやつり、気に入られようとする。「甘言温柔（カンゲンヲンジユウ）　コトバヤハラカ」（『小学読本巻五字引』）。

フ所ノモノ豈ニ達セズシテ止ム可ンヤ　汝若シ拒ガント欲セバ　百方試ミニ拒グ可シ」ト　言終ルヤ直ニ迫テ而シテ之ヲ拉倒シ[一〇]　事已ニ危フキニ至ラントス　此時跫然トシテ戸外人ノ来ルアリ　是ニ於テカ痴漢策太ハ之レニ驚キ　周章狼狽　意果スコト能ハズシテ去ル

第八回

書[一一]断碧天鴻杳々
夢飛孤枕蝶悠々

タケハ始メテ菊雄ノ転校セラレシハ全ク痴漢策太等ガ謀タルノ所以ヲ聞キ大ニ吃驚スルノミナラズ　又甚ダ忿怒ノ至リニ堪ヘズト雖ドモ　奈何セン事已ニ往時ニ属スレバ　今其之レヲ論ズルモ到底無益ノ事タリトシ　敢テ之ヲ言ハズト雖モ　心中猶ホ独リ鬱々トシテ毫モ楽シム所ナク　遂ニ積リテ疾病ヲ発生シタルニ至リタリ　却説[一二]ス　彼ノ久松菊雄ハ　一ビ官命ノ已ム事ヲ得ザルヨリ竟ニ同校ヲ退テ被命[一三]ノ校ニ赴ムキシガ　又大ニ前日ノ比ニ非ラズ　抑モ其任所タルヤ　地大海ノ陲浜[一四]ニ僻在シテ　士民[一五]概ネ蒙昧暗愚　曾テ開明ノ何タルヲバ未ダ夢ニダモ其之ヲ知ラザル者多シ　僅カニ此小学ヲ設クト雖モ　校宇[一六]狭隘結構粗悪　加之ズ其遠ク邑里[一七]ヲ距レタルヲ以テ人家ノ近傍ニ在ルアラザレバ

一〇 押し倒し。

一一 書は断(た)つ碧天鴻(こう)杳々(えうえう)　夢は飛んで孤枕(こちん)蝶悠々(手紙が二人を遠く分け隔て、独り寝の夢の中で女が遊ぶ)。「孤枕(コチン)　ヒトリネノマクラ」(『詩韻砕金幼学便覧』秋)。「孤枕ノ夢(ユメ)　ヒトリネノユメ」(『続詩礎階梯』「客旅」)。

一二 「却説(カヘツテトク)」(『花柳春話』三編四十七)。「却説(キヤクセツ)ス」(同、四編五十一)。「却説(セツ)」(同、五十七)。

一三 着任を命ぜられた学校。

一四 土地は外海に面した海辺の僻地であり。「僻在(ヘキザイ)　ヰナカズマヒ」(『新撰普通漢語字引大全』)。

一五 土地の人びとは知恵が発達せず愚かである。「士民　ドミン」(『雅俗幼学新書』)。「蒙昧(マウマイ)　ワケガワカラヌ」(『新撰普通漢語字引大全』)。「曚昧(モウマイ)　二字トモニクラシトヨミテ国ノ始メ諸事ノトヽノハザル時ヲ云」(山下厳麓編『輿地誌略字類』明治八年)。

一六 校舎は狭く、その造りは粗末である。

一七 むらざと。

四隣真ニ寂々寥々　常ネニ其眼ニ触レ常ニ其耳ニ聴モノハ　只々猛浪ノ遠ク馬躍シテ巨巌ヲ打ツト　雄風ノ遥カニ虎嘯シテ嶺松ニ抵ルトノミ　半夜孤月ヲ渺茫タル滄溟ノ上ニ眺メテハ　退之ガ潮州ノ当年ヲ想起シテ空シク其腸ヲ断チ三更猿声ヲ凄然タル巴峡ノ西ニ聞テハ　マタ菅公ガ筑紫ノ昔日ヲ追懐シテ徒ニ感涙其衾ヲ湿ハシ　真ニ罪無フシテ配所ノ月ヲ観ルト古人ノ歎辞モ今ヤ恰モ我身ニアリト　常ニ感慨ハ蝟ツテ須臾モ其胸間ヲ散ズルノ時アルコトナシ

松風稍収ツテ浪声漸ク静カニ　四隣蕭条トシテ夜正ニ闌ナラントス　久松菊雄ハ独リ寂然トシテ孤燈ニ対ヒ熟ラ往事ヲ追懐シテ転タ感慨措ク能ハザルノ際忽チ門戸ヲ敲ク者アリ　因テ出デヽ之ヲ迎フレバ　豈図ンヤ彼ノ松江タケナリ是ニ於テカ吃驚殆ンド其言フ所ヲ失ス　而シテ又心中私カニ怖ル　斯レ或ハ狐狸ノ変化シテ来タレルニハ非ラザルカト　然リト雖ドモ瞳ヲ定メテ能ク之ヲ視一視スレバ　又是レ真ノ人間ニ異ナラザルモノヽ如シ　半信半疑未ダ全ク解スル能ハズト雖モ　先ヅ之ヲ延テ而シテ室ニ入リ　遽シク問テ曰ク「夜已ニ一時ニ垂ントス　卿マタ何ノ故アツテ単身遥々ノ長途ヲ厭ハズ　殊ニ深夜ヲ冒シテ来リシゾ　余甚ダ之ヲ怪フ　想フニ卿ハ是レ真ノ人間ニ非ラズシテ或ハ狐狸ノ戯レニ余ヲ誑弄セント試ムルニハ非ラザルカ　果シテ然ラバ速カニ退ク可シ

一 底本「猛狼」を訂した。遠くで高波が押し寄せて海岸の大きな岩にぶつかる音や、強い風が峰の松に吹きつけている音が聞こえるだけである。

二 夜中に広々とした海の上にぽつりと浮んだ月を眺めて。「半夜（ハンヤ）　ヨナカ」（『詩語砕金』）。「孤月（コゲツ）　ヒトツノツキ」（『詩韻砕金幼学便覧』秋）。「窓ヲ排（ラヒ）ケバ孤月庭樹ニ宿シテ」（『花柳春話』初編六）。「ガモー湖上半夜（ハンヤ）ノ月ヲ賞（シヤ）シ」（同、二編二十四）。

三 韓愈が左遷されて潮州で過ごした時のことを思い。「潮州」は現在の広東省北東部。

四 もの寂しい猿の鳴き声が真夜中に山あいの峡谷から西方にいる私のところへ聞こえてくると。「三更」は現在の午後十一時から午前一時ごろ。「巴峡」は現在の湖北省にある揚子江の峡谷で、古来そこで聞く猿の声を詩によむ。ここでは、辺鄙な転校先での経験を詩の世界に擬した。「三更（サンカウ）　ヨナカ」「猿声（エンセイ）　サルノコヱ」（『詩韻砕金幼学便覧』秋）、「凄然（セイゼン）　モノサビシ」（同、雑）。「巴峡（ハキヤウ）　サルノタクサンイル処」（『唐宋詩語玉屑』）。「夜已（デス）ニ三更〈ニジュウ〉ヲ過グ」（『花柳春話』初編一）。

五 その昔、太宰府に左遷された菅原道真のことを思い。

六 罪を犯すことなく辺鄙な土地に行って月を眺めたいという源顕基の故事から転じて、ここでは、罪を犯してもいないのに辺土で月を眺める憂目にあうという意。「配所　ルザイノバシヨ」（大森惟中・庄原和『外史訳語』明治七年）。「源顕基ハ俊賢ノ長子ナリ、長光ノ年ニ参議ニ任ゼラル、従三位権中納言ニ至リ、恩遇ヲ蒙ル最モ深シ、サレドモ退素ノ志アリ、常ニ言フ願クハ罪ナクシテ配所ノ月ヲミルヲ得ント」（堤静斎『訓蒙皇朝蒙求』前編〈明治八年〉巻二「顕基配所」）。

長ク止テ一命ヲ失フノ悔アル勿レ」ト　此時タケハ漸クニ双眼ノ涙ヲ払ヒ拭一拭シテ　言テ曰ク「誠ニ師ガ言ノ如ク　事ノ未ダ故ヲ知ラザレバ　然カ嫌疑セラルヽモ決シテ理ナキニアラザルナリ　然リト雖モ　妾ハ是レ猶前日ノ妾ニシテ又狐狸ノ変化シタルニハ非ラザルナリ　師請フ姑ク妾ガ縷々陳述スル処ヲ聞キ　以テ其ノ疑団ヲ氷解セラレンコトヲ　妾一ビ師ニ別レテヨリ正ニ是レ八閲[一二]月　恩顔[一三]全ク拝スル能ハザルモノ已ニ二百有余日ニ垂ントス　妾懐念愈ヨ深ク妾想慕益ス切ツニ　怳トシテ夢ミ惚トシテ覚メ　四六時中未ダ曾テ忘ルヽ時アラザルナリ　而シテ為メニ肢身ノ疲瘦セル　請フ覧ヲ給ヘ　斯クノ如ク師ガ前日恩賜[一四]ノ指環モ亦タ妾ガ指ニ寛カナルニ至ル　然リ而シテ　今日妾ノ来リシ者ハ又大ニ故アツテナリ　師請フ幸ニ妾ガ陳ブル処ヲ熟聴シ憫察スル所アツテ以テ偏ニ妾ガ一身ノ処置　其宜キ処ヲ指揮セラレンコトヲ　夫レ妾ヤ固ト真ニ薄命[一五]　未ダ襁褓[一六]ノ裡ニ母ヲ喪ヒ　漸ク乳母ノ手ニ長ズト雖ドモ　抑モ又今ノ継母其人ノ如キヤ　妾今之レガ身上ヲ語ルハ実ニ宜キ所ニアラズト雖モ　賦性[一七]誠ニ苛刻ニシテ　陽ニハ妾ヲ愛スルガ如キノ状ナキニシモ非ラズト雖モ　其陰ニ妾ヲ嫌忌スルノ甚ダシキヤ　陳ベテ口頭ノ尽シ得ベキ所ニ非ラザルナリ　是ヲ以テ平素ニ妾ガ一身ノ辛苦ハ更ラニ大車巨艦ト雖ドモ恐ラク之ヲ載積シ得ル処

七　心から離れたことがない。
八　底本はこの後に閉じカギ（」）が入るが、話の転換の意と判断し削除して改行を施した。以下、同じ訂正をした箇所があるが、逐一注記しない。
九　あたりはひっそりとして、夜はまさに更けようとする。「夜（ヨ）将ニ闌（ラン）ナラントス　アケガタチカクナル」（『詩韻砕金幼学便覧』秋）。
一〇　「寂（キセ）然　シヅカ」（『詩韻砕金幼学便覧』雑）。
一一　たぶらかしてなぶる。
一二　八カ月の間。
一三　いつくしみにあふれた顔つき。「恩顔（ヲンガン）ジヒナカホ」（『新撰普通漢語字引大全』）。
一四　いただいた指輪。男女の結びつきのしるし。「珠玉（シュギヨク〈タマ〉）の指環（シクワン〈ユビワ〉）」（『寄想春史』初編一）。「指環（ユビワ）既ニ指頭ニ在リ　妾死ストモ敢テ之ヲ棄テザル可シ　蓋シ君ノ恩賜（シオン）ナレバナリ」（同十二）。
一五　不運。「薄命（ハクメイ）　フシアハセ」（『新撰漢語字引大全』）。
一六　赤ん坊。「襁褓（キヤウホウ）　コドモノムツキ」（『新撰普通漢語字引大全』）。
一七　生まれもった性質。「賦性（フセイ）　モチマヘノシヤウブン」（『普通漢語字類大全』）。

ニ非ラザルベシ　然リト雖ドモ　斯ノ如キハ皆是レ妾ガ前生[一]ノ悪因カ全ク定リタルノ業報ナリト　自ラ心ニ悟テ一身ノ不幸ヲ諦忍[二]シ　毎ネニ涙ヲ咽ミ恨ヲ慝シ　尚ホ孳々[三]汲々トシテ朝暮只其怒ニ触ン事ヲ怖ル丶ノ他アラズト雖モ　抑モ今回ノ事ノ如キニ至リテハ　妾設令父母ノ命ト雖モ又甘ジテ順フコト能ハザルナリ　是ヲ以テ一ビ之ヲ師ニ謀リ　師ガ明察[四]ノ教示ヲ受ケ以テ一身ノ定ムル所アラント欲シ　漸クニ心ヲ決シテ私カニ妾ガ家ヲ脱シ　辛フジテ今来リシ所以ナリ　師請フ幸ヒニ妾ガ言辞ヲ疑ハズ　妾ガ胸裏[五]ヲ憫察シテ　以テ宜シク教示ヲ給ハレンコトヲ」ト　言畢テ而シテ潸然涙下ル　久松菊雄ハ言テ曰ク「実ニ卿ガ信意[六]ノ有ル処ハ我レ能ク之ヲ了知セリ　然リ而シテ今此長途ヲ厭ハズシテ以テ単身夜ヲ冒シ来タル　何等ノ事タル　未ダ之ヲ知ラズト雖ドモ　豈為ニ謀ル処無ラズシテ可ナランヤ　卿請フ先ヅ来意ノ大略ヲ告ゲヨ」　此時タケハ漸ク其涙眼ヲ拭一拭シ　言テ曰ク「不幸何人ノ告グル処ニ係ルカ　将タ亦タ自ラ探知シタルカ　頃[七]ハ妾ガ母曾テ師ト曩日[八]ノ情ヲ覚リ　附スルニ無根ノ虚説ヲ以テ痛ク之ヲ家厳[九]ニ譖ス　是ニ於テカ家厳亦大ニ怒リ妾ヲ譴責スルコト酷ダ刻ナリ　妾固ヨリ此譴責ハ甘ンズル所ニシテ決シテ憂フル事ニアラズト雖モ　今ヤ妾ガ親戚中ニ於テ妾ヲ迎ントスル[一〇]者アリ　而シテ父母未ダ之ヲ妾ニ告ゲズシテ

一 前の世で悪いことをしたためでしょうか、いずれにせよすべてはかつての自分の行いの必然的な結果であると。
二 あきらめて耐える。
三 一生懸命つとめ励むさま。「孳孳(ジジ)　ツトメホネヲル」(『新撰漢語字引大全』)。「孳々(ジジ)勉強(ベンキヤウ)シテ世事ニ苦(クル)シム」(『花柳春話』二編二十五)。
四 はっきりと本質を見抜いた教え。
五 心の中をあわれみ思いやって。→二一頁注一〇。
六 本当の心。
七 このごろは。
八 先日の事情。「曩日(ノウジツ)　サキノヒ」(『新撰漢語字引大全』)。
九 父。他人に対して言う。
一〇 親が子の意向を無視して結婚相手を定めることは不当な行いであるという考えを前提とした発言。「婚姻上ニ最モ大切ナルハ婚姻ヲ結ブ可キ当人相対ノ応諾ナリ　サレドモ我国ニテハ父母ノ権ヲ以テ強テ婚嫁ニ応ゼシムル等ノ弊アリ」(「日本婚姻法改正案」『郵便報知新聞』論説、明治十四年一月十八－二十七日)。

恣マヽニ其約ヲ定ム　妾初メ之ヲ知ラズ　一ビ聞テ而シテ削胆[11]言フ所ヲ知ラザリキ　妾偏ニ忿懣ノ至リニ堪ヘズ　固ヨリ妾ガ事テ以テ一生ヲ共ニセント願フモノハ特リ師ノ有ルノミナリ　師ヲ除クノ他ハ　五大洲中[12]　全地球　又一人ノ有ルニ非ラザルナリ　是ヲ以テ　妾日夜苦慮焦心シ　偏ニ此災禍ヲ免レン事ヲ思フト雖ドモ　又婦女猿浅[13]ノ智慮　未ダ毫モ其宜シキ処ヲ知ラズ　是レ奈何シテ可ナランカ　師幸ニ教示ヲ給ヘ」ト　言ヤ切ニ意ヤ濃ニ　満腔[14]ノ真情ハ溢レテ此時ニ見ハル　久松菊雄ハ熟ラタケガ言ヲ聞キ　或ハ大ニ驚クガ如ク或ハ偏ニ悲シムガ如ク　只黙然トシテ言ヲ発セザルモノ少焉ナリシガ　漸クニシテ言テ曰ク「実ニ卿ガ今ノ言ヲ聞キ　余モ亦真ニ駭嘆[15]ノ至リニ堪ヘザルナリ　然リト雖モ　此ニ深ク省テ遠ク将来ヲ予想スル時ハ到底共ニ志望ヲ達シテ互ニ情念ヲ遂グルコト難カルベシ　是ヲ以テ　請フ卿今ヨリ決然余ガ事ヲ断念シ　父母ノ命ニ従フテ親戚ノ家ニ嫁シ　其心ヲ安ンズ可シ　余今如何ニ千思万考スルモ此他又明案ノ有ルアラザルナリ」ト　タケ之ヲ聞クヤ忽チニ其顔色ヲ変ジ遽ハシク問テ曰ク「師ガ其言ハ果シテ真ナルカ」　曰ク「然リ　真実ナリ　実ニ今卿ガ将来ヲ謀ルトキハ　又速カニ余ヲ断念シテ親戚ノ家ニ嫁スルニ若カザルナリ」ト　是ニ於テカタケハ鬱々[16]　泣涕雨下　怨然トシテ言テ曰ク「噫　人心[17]

[11] 肝をつぶす。

[12] 「五大洲　五ツノオホイナルクニ」(西野古海編『輿地誌略字解』明治八年)。アジア・アフリカ・ヨーロッパ・アメリカ・オセアニア(大洋州)。

[13] 女の浅知恵。「猿浅」は「あさましい」の表記に用いる「浅猿」を逆にして漢語めかしたもの。

[14] 胸の中で、はちきれんばかりになっている真心。

[15] 驚き嘆かずにはいられない。

[16] 気が塞がってしまい、涙をとめどなく流し、怨みがましそうに言うには。

[17] 人の心は、秋の空や流れの早い瀬のようになんと移ろいやすいことか。

ノ変転シ易キ　秋天飛河　何ゾ斯ノ如ク夫レ甚シキカ　想フニ　今師ノ飜然此言ヲ為ス所以ノモノハ全ク深キ源因ノ有テ存スルヤ知ル可キナリ　蓋シ必ズ他[一]ニ妾ニ優ルノ花アツテ雲雨夢暖カニ鴛衾歓濃カナルモノ有ルノ故ナランガ固ヨリ無似[二]妾ガ如キ者ナレバ　師ノ今更[三]飜然反目放棄スルモ決シテ理ナキニアラズト雖ドモ　妾ヤ師ガ曩日ノ言ハ銘肝[四]鏤骨未ダ之レヲ忘レザルナリ　単身数里ノ長途ヲ厭ハズ　独行夜ヲ冒シテ来リシモノハ　又斯ノ言ヲ聞ンガ為ナランヤ噫　若シ師ヲシテ妾ガ思フノ百分一[五]真意ノ有テ存セシメバ　又此言アラザル可シ」ト　語終テ而シテ怨涙鬱々　泣涕更ニ止マル所ナシ　久松菊雄ハ偏ニ声ノ家外ニ洩ン事ヲ恐レ（著者曰ク　前ニ遠ク邑里ヲ絶チ四隣人家ナシト云フト雖ドモ　深夜ノ音響ハ能ク遠方ニ達スルモノナリ　文中往々斯ノ如キ所アリ　看[六]官宜シク察シテ　以テ徒ラニ文ノ迂ナルヲ咎ムル勿レ）　温言低声[七]ニ慰諭シテ曰ク「卿ガ陳ル所皆当レリ　一トシテ其理ナキニアラザルナリ　余ハ固ヨリ卿ニ恋着[八]ス　決シテ秋毫[九]モ卿ヲ棄ルノ意アラザルナリ　則チ今此言ヲ為ス所以ノモノハ全ク是レ卿ヲ思フテナリ　卿請フ姑ク余ヲ恨ムル事ナク　能ク余ガ言ヲ[一〇]熟聴セヨ　夫レ余ノ卿ニ離ルヽハ実ニ痛恨ノ至リニ堪ヘザル所ナリ　然リト雖ドモ　今亦深ク思慮ヲ将来ニ及ボス時ハ到底互ニ志望ヲ遂ゲテ以テ快楽ノ歳月

一 私より他に好きな人がいて、仲むつまじく二人の時を過ごしていらっしゃるせいでしょうが。
二 →一八頁注一一。
三 急に心変わりをして目を向けようともしないでうっちゃっておしまいになるのも。
四 心に深く刻むこと。
五 百分の一の真心があるのなら。
六 読者。作品中での語り手からの呼びかけ。「看官（かんくわん）　けんぶつ」（『童蒙必読 漢語図解』二編）。「看官（カンクワン）宜ク下文ノ分解ヲ読テ知ル可シ」（『花柳春話』四編五十一）。
七 やさしく小さな声で慰めさとす。「慰諭（ヰユ）　ナグサメサトス」（『新撰漢語字引大全』）。
八 深く思いを寄せて忘れられない。「マルツラバース密語シテ曰ク余実ニ卿ニ恋着ス焉（ヅイ）クンゾ離去スルヲ得ンヤ」（『花柳春話』初編六）。「人ノ容易ニ恋着（レンチヤク）（ヘホレル）スル者ハ即チ曽テ真ニ恋着セザルナリ」（『寄想春史』初編一）。
九 すこしも。「秋毫（シウガウ）　シゴクスコシ」（『新撰漢語字引大全』）。
一〇 よく聞け。「熟聞（ジユクブン）　トクトキク」（『新撰漢語字引大全』）。

ニ一生ヲ送ル事能ハザルヤ明ナリ　思一思セズンバアルベケンヤ　初メニハ其命ヲ待ズシテ私カニ通ジ　今又意ニ戻テ情念ヲ達セントス　不孝モ豈又大ナラズヤ　而シテ余モ今此ノ卑職ヲ奉ズト雖ドモ　意決シテ足レリトスルニハ非ラザルナリ　必ズヤ他日大ニ望ム所アツテ　以テ暫ク此卑職ニ従事スルノミ　然ルヲ　今互ニ血気ノ為メニ全ク身神ヲ[一二]情海ノ底ニ沈メ　双親ヲ棄テ宿志ヲ枉ゲ以テ一旦ノ快楽ヲ求メントスルガ如キハ　愚モ又一層甚シキモノナラズヤ　此ヲ以テ　請フ卿宜シク今其堪ヘ難キ処ヲ堪ヘ忍ビ難キ処ヲ忍ンデ　其父母ノ命ニ従ヒ親戚ノ家ニ嫁ス可シ　余又卿ニ別ルト雖モ　[一三]皦日在天ノ間決シテ卿ガ親意ヲバ忘レザルナリ」ト　此時タケハ首ヲ擡ゲ　言テ曰ク「師請フ全ク言ヲ止メヨ　設令師今理ヲ窮メ尽シテ以テ千説万論ヲ加フト雖ドモ　妾ニ於テ更ニ情念ヲ翻シ他ニ婚姻スルノ意アラザルナリ　到底師ガ意已ニ斯ノ如クンバ　妾ガ言或ハ[一四]昔日野蛮ノ風習タルヲ免レズト雖ドモ　其操ヲ破テ意ニ適セザルノ親戚ニ嫁シ不快ノ日月ニ終身ヲ送ランヨリ　[一五]寧ロ師ガ手ニ死スルノ幾分カ本懐タルノ優レルニ若カザルナリ　而シテ又　妾ガ真実ノ[一六]阿母ハ黄泉ノ彼方ニ在リ　往テ而シテ其膝下ニ侍シ　[一七]師ガ百歳ノ後ヲ地下ニ俟ツ可シ　師幸ニ未ダ全ク妾ヲ棄テズンバ　請フ想起スルノ時ニ於テ只一遍ノ回向ヲ賜ヘヨ　是レ妾ガ[一八]今端

一一 最初親の了承を得ずにこっそりと一緒になろうとし、今度もまた親の言いつけに背いて望みを遂げようとする。

一二 身も心も情愛の世界になげうって。

一三 空に輝く太陽がある間は。

一四 まだ文明の開けていない昔の習慣。ここでは、思いを遂げられないと観念した男女が死を選ぶことを指す。「従来我邦では野蛮の風習脱せずして可惜(あたら)命をむざ〳〵と捨(す)てもそれが世の中の文明進歩を補(たす)けるか」(菊亭主人〈香水〉『貞操美談 巌の松』二、明治二十五年)。

一五 先生の手にかかって死ぬほうが私の本望としてはまだましです。

一六 お母さん。「阿母(ボア) ハ、オヤノコト」(『新撰漢語字引大全』)。「阿母(ボア) ハ、ノコト 阿ハツケ字」(『詩語砕金』)。

一七 長寿を全うされた先生があの世でおいでになるのを

一八 今わ。死にぎわ。

ノ願ヒ　又他ノ千僧ノ読経ニ増シテ成仏スル所ナリ　噫　妾ガ言已ニ尽ク」ト忽チ他ノ膝頭ニ泣伏ス　状恰モ晩秋ノ菊花　夜霜漸ク厳ニシテ其籬ニ堪ヘザルモノニ似タリ　[一]同一ニ血性ヲ賦与セラレタル人類中　誰レカ又金石ノ無情ナルガ如キアランヤ　久松菊雄ハ熟ラ此状ヲ視テ心中私カニ以為ラク　浮世ニ貧富苦楽ノ差　貴賤上下ノ別アリト雖ドモ　[二]人生マタ纔ニ五十年ノ前後ナリ　余今[三]黄昏ノ燈火ヨリ五更ノ鶏鳴ニ達スルマデ　孜々トシテ勉励シ汲々トシテ苦学スルモ　必竟只是レ宿志ヲ達シテ一身ノ名利ヲ博セントスルニ過ザルノミ　今其志ヲ枉ルモ否ラザルモ　只是レ[四]黄粱夢裏ノ栄　又何ゾ頼ムニ足ル可ケンヤト自ラ意中ニ一志ヲ決シ　双手ヲ以テ暗涙ヲ払ヒ　タケガ背辺ヲ撫シ　言テ曰ク「噫　[五]不肖余ガ如キモ　卿未ダ之ヲ棄テズ　尚ホ慕フノ深キ此ニ至ルカ　余偏ニ謝スル所ヲ知ラザルナリ　死スト雖ドモ厚意決シテ忘レンヤ　余此ニ一志ヲ決シテ　今ヨリ後永ク卿ト共ニ死生苦楽ヲ同フスベシ　卿請フ　マタ意ヲ安ンズベシ」ト　タケハ之ヲ一聞スルヤ忽チ其顔ヲ挙ゲ[六]愁裏怡然トシテ菊雄ヲ見ル状恰モ[七]枯苗雨ヲ得テ勃然再ビ生起スルモノヽ如シ　久松菊雄ハ復ビ言テ曰ク「今夕幸ニ[八]校奴モ暇ヲ請テ帰家シタリ　又毫モ意ヲ置ク所ナシ　[九]別後ノ積話将来ノ方向　尽ス可ラザルノ談ハ姑ク閨ニ就テ語ン　卿ヤ今日長途ヲ歩ム　肢

一　生まれつき温かな血がめぐっている同じ人間。
二　→七頁注八。
三　夕暮れに灯をともす頃から鶏が夜明けを告げるまで。「五更(ゴカウ)　アケガタ」(『詩韻砕金幼学便覧』秋)。「五更　トラノコク　寅刻也」(『雅俗幼学新書』)。
四　はかない束の間の栄華(→七頁注九)。
五　「不肖(フセウ)　フツ、カナモノ」(『新撰漢語字引大全』)。
六　憂いに沈んだ中にも嬉しそうに。
七　枯れてへたった苗が雨によって急に起き上がるようだ。
八　→二四頁注九。
九　別れてからどんなことがあったのか、これからどうしていくのか。「積話」は積る話。「共ニ卿ガ将来ノ事ヲ談ゼン」(『花柳春話』初編三)。
一〇　柱時計が時を報じた。
一一　→二八頁注六。
一二　夜ふけまでともっていた灯火は、その灯心の先にぼんやりと花の形をした燃えかすをつけ、ほの暗い光を放っている。「残燈(ザントウ)　アリア

身ノ疲労モ察ス可キナリ」ト　起テ而シテ臥床ヲ設ケ　已ニ共ニ閨ニ就ントス
時ニ[一〇]柱頭鏘々トシテ声アリ　醒メ来レバ是レ[一一]南柯ノ一夢ニシテ　四隅マタ人
ノ在ルコトナク　[一二]残燈幽ニ花ヲ結ンデ影自ラ暗ク　[一三]嶺松風来テ声颯々ト　夜
ハ已ニ三更ナラントス

第九回

[一四]風流才子多㆓才思㆒
腸断蕭娘一紙書

[一五]東溟朝曦ヲ孕デ一天稍白ク　海上微風ヲ送テ[一六]宿霧漸ク散ゼントス　[一七]数群ノ鷗鳥ハ潮流ニ従フテ游泳シ　[一八]幾艘ノ漁舟ハ櫓歌ヲ和シテ沖ヨリ帰ル　[一九]時維レ午前六時ナリ　此時菊雄ハ已ニ一室ヲ掃除シ了テ座ニ着ク　時ニ校奴来テ[二〇]烹茗ヲ進ム　菊雄ハ取テ而シテ之ヲ一喫スト雖ドモ　顔容又大ニ平素ニ似ズ　其[二一]快々トシテ甚ダ快カラザルガ如キハ　未ダ何等ノ故タルヲ詳カニセズト雖ドモ　心中亦意トスル所アルハ明ニ知ル可キナリ　久松菊雄ハ此ニ再ビ昨夜ノ奇夢ヲ想起シテ[二二]胸裏私カニ以為ラク　夢想ノ固ヨリ虚無ニシテ秋毫モ取ルニ足ラザルハ既ニ判然タルコトタリト雖ドモ　然レドモ亦[二三]彼ノ深ク精神ノ感ズル所　或ハ一夜ノ夢ニ入テ以テ其容貌ヲ彷彿ノ間ダニ見セシメ　[二四]夢ト知リセバ覚ザラマシヲノ

ケ」（『詩韻砕金幼学便覧』夏）。「残燈（ザントウ）　ノコリタルトモシビ」（『詩作便覧』）。

一三 峰にそびえている松に風がさっと吹きわたる音が聞こえる。

一四 風流才子才思多し　腸（はらわた）は断つ蕭娘（せうぢやう）一紙の書（詩文の世界に遊び色恋の情趣を解する才人がさまざまに思いをめぐらせていると、女のよこした手紙が彼に深刻な愁いをもたらす）。唐の伝奇小説『鶯鶯（おうおう）伝』（元稹作）に見える詩句。ただし、原詩では「風流才子多春思」。「蕭娘」は美しい女。「断腸（ダンチヤウ）　ヒドクウレフルコト」（『新撰漢語字引大全』）。

一五 東の海から朝日が昇ろうとして空がほの白んできた。

一六 昨夜からの霧も次第にはれようとしている。「宿霧（シユクム）　ユウベヨリノキリ」（『詩韻砕金幼学便覧』雑）。

一七 かもめの群が潮の流れにまかせて海をただよい。

一八 歌をうたいながら櫓をこいで漁師たちの舟が沖から戻ってくる。

一九 時刻は午前六時である。時計が報せる時刻。

二〇 「烹茗　ハイメイ　茶ノコト」（『雅俗幼学新書』）。

二一 「快々（ワウ〳〵）　コヽロヨカラズ」（『小学読本巻五字引』）。

二二 心のうちに密かに思うには。

二三 タケの深く思いつめた気持ちがひょっとすると私の夢の中に入ってきて、彼女の姿をまざまざと見させたのかもしれない。「精神（セイシン）　タマシヒ」（『小学読本巻五字引』）。

二四 「思ひつつ寝（ぬ）ればや人の見えつらむ　夢と知りせばさめざらましを」（『古今和歌集』恋）。

恨ミヲ発起セシムルニ至ルモノ無キニシモアラザル可シト　独リ熟ラ彼レヲ想ヒ是ヲ案ジ　疑念百端[一]　思想紛々　心緒乱レテ殆ンド糸ノ如シ　時ニ柱上ノ時器鏘々トシテ七時ヲ報ジ　已[二]ニシテ上校ノ生徒教場ニ充ツ　因テ菊雄ハ出テ而シテ之ニ授業ス

[三]残陽西嶺ニ没シテ余光尚ホ遠ク海波ニ映ジ　[四]一天雲収テ暮禽漸ク林樹ニ帰ントス　時已ニ午后六時ナリ　菊雄ハ終日精神ノ煩労ヲ医ント欲シ　校ヲ出デ而シテ海浜ニ到リ　独リ岸上ニ[五]佇立シテ暫ク四方ノ遠景ヲ眺望シ　稍其[六]神思ニ爽快ヲ覚ントスルノ際　忽チ[七]一夫ノ一翰ヲ齎シ来ル者アリ　取テ而シテ之ヲ閲スレバ　豈図ンヤ松江タケガ[八]手書ナリ　是ニ於テカ菊雄ハ厚ク其使者ヲ労ラヒ遽シク入テ而シテ緘ヲ解キ　之ヲ一読シ来レバ則チ其文ニ曰ク

[九]虔デ尺素ヲ呈ス　[一〇]分袂已ニ八閲月　全ク芳顔ヲ拝スル能ハザル事幾ンド此ニ二百十有余日ナリ　尊体近ロ恙ナキヤ否ヤ　妾一ビ師ニ別レテヨリ爾来[一一]愁雲胸間ニ塞リ　[一二]朝餐ノ食猶ホ喉ヲ下ル能ハズ　精神毎ニ[一三]鬱陶トシテ毫モ更ニ楽ム所ナシ　花ノ[一四]爛漫タルモ未ダ鬱ヲ消スルニ由ナク　月ノ皎々タルモ未ダ憂ヲ慰スルニ足ラズ　啻ニ憂ヲ医シ鬱ヲ消スルニ由ナキノミナラズ　之ニ逢テハ却テ前日ヲ追懐シ　之ヲ見テハ反テ往事ヲ想起シ　以テ

一　あれこれと疑いがわきおこり、考えがまとまらず、思い乱れて。「心緒(シンショ〈ノイトヽ〉)」(『寄想春史』初編三)。「思慕百端(シボヒヤクタン)」(『花柳春話』三編四十七)。
二　登校してきた生徒たちで既に教室はいっぱいである。多くの学校で生徒たちは授業開始の十分前までに教室に入るよう定められていた。
三　夕陽が西の山に沈んだあとも残照で海面は遠くまで明るい。
四　空にあった雲も消え鳥たちが林のねぐらに帰ろうとする。「暮禽(ボキン)飛ブ　クレノトリガトブ」(『詩韻砕金幼学便覧』秋)。
五　たたずむ。「佇立(チヨリツ)　タチヤスラフ」(『続詩礎階梯』)。「佇立(チヨリツ〈タヽズム〉)」(『寄想春史』初編一)。
六　こころ。「神思(シンシ)　タマシヒ」(『小学読本巻五字引』)。
七　ひとりの男が手紙を渡しにやってきた。郵便を用いず人づてに渡そうとしたもの。
八　自分で書いた手紙。「手書(シユシヨ)　オスミツキ」(『新撰普通漢語字引大全』)。
九　手紙。「尺素(セキソ)　シヨジヤウ」(『詩韻砕金幼学便覧』秋)。
一〇　お別れしてからもう八カ月がたちました。「分(ワケ)テ袂(タモト)ヲ　ワカル、コト」(『詩韻砕金幼学便覧』春)。「分袂(ブンベイ)ノ歌(ウタ)」(『花柳春話』二編二十二)。「両人分袂〈ワカレテ〉以来已ニ数年ノ星霜(セイサウ)ヲ経テ」(同、三編三十九)。
一一　うれい。「愁雲(シウウン)　モヤ〱シタクモ」(『詩韻砕金幼学便覧』秋)。
一二　「朝餐〈アサメシ〉」(『花柳春話』初編五)。
一三　気がふさいで。「鬱陶(ウツタウ)　キヲモム」(『新撰漢語字引大全』)。「情ヲ絶チ望ヲ失ヒ精神鬱陶(ウツタウ)タルノ時」(『花柳春話』二編二十四)。
一四　「爛漫(ランマン)　サキミダレル皃」(『詩語砕金続

為メニ[15]双袖ヲシテ空ク湿然タラシムルモノ　又一ニシテ足ラザル也　然リ而シテ妾茲ニ一ノ伏テ師ニ請ントスル所ノモノアリ　頃者妾ガ父母未ダ之ヲ妾ニ告ズシテ私カニ妾ヲ他ニ嫁セントス　妾初メ之ヲ知ラズ　一ビ聞テ而シテ真ニ驚愕ノ至リニ堪ヘズ　固ヨリ妾ガ[16]箕箒ヲ奉ジテ以テ一生ノ[17]所天ト為ントスル所ノモノハ　唯師ニ非ラズシテ誰ゾ　[18]不慈ノ双親　未ダ妾ガ心事ヲモ察セズシテ妄リニ妾ヲ他ニ嫁セシメントス　抑圧モ亦極レルモノ

編』）。
一五 涙で袖を濡らす。
一六 妻としてお仕えする生涯の夫としようと思うのは、ただ先生だけです。「箕箒とは、ちり取（りと）はうきにて、箕箒をとるとは、嫁（よめ）りすること也」（若江秋蘭『和解女四書』明治十六年）。「妾君ノ側（カタ）ラニ侍シテ箕箒（キソウ）ヲ奉（ホウ）ゼン」（『花柳春話』初編四）。
一七 夫。「所天（シヨテン）ヲツト」（高橋易直編『新選漢語小字典』明治十年）。
一八 いつくしみのない両親が私の気持ちも分からないで、他の人に私を嫁がせようとしています。これほどひどい抑圧はないでしょう。「双親（サウシン）フタリノヲヤサマ」（『詩作便覧』）。

ト言フ可キナリ　是ヲ以テ妾偏ニ焦心苦慮スト雖ドモ　未ダ其処置ノ宜シキ所ヲ知ラズ　願ハ一ビ師ニ接シテ親ク[1]師ガ意中ヲ陳ベ以テ師ガ明案ヲ請ハント欲スルハ心既ニ之ヲ決スト雖ドモ　数里ノ長途　婦女子ノ身　亦奈何トモスル事能ハズ　実ニ妾ガ進退谷リタリト言フ可キナリ　噫　[2]心緒ノ切ナル　豈一片紙葉ノ能ク之ヲ尽シ得ベキ所ナランヤ　加ルニ文辞拙劣　前后錯乱セリ　請フ幸ニ推読シテ以テ妾ガ胸裏ヲ憫察スル所アラレン事ヲ

書シテ此ニ至レバ[3]紅涙千行又タ言フ所ヲ知ラズ　[4]時下寒進　請フ[5]自愛セヨ

[6]可祝

月　日　　　　松江タケ拝

久松菊雄君閣下[7]

ト　之ヲ一読シ了ルヤ　菊雄ハ只[8]茫然ト叉手スルモノ良久矣

第十回

[9]背レ壁一燈惨ニ痩影一
誰家双杵動ニ新愁一

再ビ説ク　[10]当下　菊雄ハタケガ手書ヲ[11]巻舒幾回　漸クニシテ之ヲ収メ胸裏

一 正しくは「妾」とあるべきところ。
二 こんなにも切実な私の気持ちをどうして紙切れ一枚に書き尽すことができましょうか。
三 「涙千行（ナンダセンカウ）　ナミダトマラヌ」（『詩韻砕金幼学便覧』秋）。
四 寒さがつのる時候。
五 「自愛（ジアイ）セヨ　自ラ身ヲタイセツニセヨ」（『文章軌範訳語』）。
六 「かしこ」から転じた、手紙の結びに置くことば。
七 「閣下（カク）　オモキヒトノウヤマイコトバ」（『新撰普通漢語字引大全』）。
八 「茫然　バウゼン　ウツトリ」（『雅俗幼学新書』）。「茫然（バウゼン）　ウツトリ」（『小学読本巻五字引』）。
九 壁を背（せにし）て一燈痩影（そうえい）惨（さん）たり　誰（た）が家の双杵（さうしよ）ぞ新愁を動かす（ぽつんとともった灯火に向かっていると、背後の壁には痩せた影が映っている。どこかでたたく砧の音を聞いてまた愁いを新たにする）。なお、『艶才春話』では「背クレ壁ニ一燈惨シミニ痩影ヲ一」。
一〇 「当下（タウカ）　タヾイマ又ソノトキ」（『小説字林』）。
一一 広げては読み、またもとに戻したりすることを繰り返し。「巻舒（クワンヂヨ）　ノビチヾミ」（『新

熟ラ以為ク　嗚呼　昨夜ノ奇夢コソ是レ全ク今日ニ此書ヲ見ルノ兆ナリキ　然ルニテモ愍ム可キハタケナリ　彼一ビ相別レテヨリハ　只独リ堪へ難キノ愁苦ニ堪ヘ忍ブ可ラザルノ憂患ヲ忍ビ　日夜偏ニ悲歎シテ又措ク所アラザルナル可シ　今ニシテ余レ其之レヲ慰諭スル所アラズンバ　焉ゾ人ニ信アリトセラレンヤ　昔者　尾生[一二]梁下ニ溺死ス　其或ハ過タルニ似タルアリト雖ドモ　信　誠ニ彼ガ如キアリ　然リ而シテ後世ノ人　只偏ニ之ヲ誹ル者ナキニアラズト雖ドモ其ハ未ダ人ノ真意ヲ知ラザル者ト云フ可キナリ　何ハ兎モアレ事已ニ此ニ及ベルヲ告グ　豈只黙シテ之ヲ等閑ニ附スルヲ得ンヤ　且ツ今若シ猶予シテ速ニ之ヲ訪ズンバ　或ハ夫ノ[一三]轍鮒ヲ枯魚ノ市ニ問ヒ　麋鹿ヲ肉俎ノ上ニ憫ムノ悔アルモ知ル可ラザルナリト　意中私カニ一志ヲ決シ　[一四]独リ悵然トシテ[一五]叉手低頭スルモノハ良久シ　時ニ山寺ノ鐘声遠ク暮ヲ報ジ来テ　[一六]一室ノ中稍昏朦タリ　此ニ菊雄ハ校奴ヲ呼ビテ以テ点燈ノ事ヲ命ズ

[一七]却説ス　然ナキダニ秋宵ノ寥寂タルヤ　能ク人ヲシテ悲愴ノ感情ヲ発起セシムルニ足ル　矧ンヤ今裏ニ[一八]万斛ノ愁ヲ懐テ而シテ外一身ノ助ケ無キ者ニ於ヲヤ　憐ム可シ松江タケハ独リ寂々タル[一九]空斎ニ在テ　沈々タル孤燈ニ対ヒ　[二〇]蕭然トシテ窓下ニ縫衣ス　時維レ恰モ十月ノ候ナリ　[二一]颯々タル西風ハ疎雨ヲ吹キ来テ幽

撰漢語字引大全』)。

一二 魯の尾生が橋の下で女と待ち合わせをしたが、約束の時間になっても女がやってこず、増水した川の水にのまれて死んだ(『荘子』盗跖)。

一三 干し魚の店でかつて水たまりの中にいた鮒を探したり(『荘子』外物)、まな板の上にのせられた肉を見て生きていたなれ鹿を憐んだりするのと同様の後悔を味わうことになるかもしれない。

一四 憂いに沈んで。「アリス マルツラバースヲ訪(ト)テ遇(ア)ハズ。悵然(チヤウゼン)トシテ以為(オモヘ)ラク」(『花柳春話』二編二十九)。

一五 →二七頁注一六。

一六 部屋の中はやや薄暗くなった。

一七 →三五頁注一二。

一八 大きな愁い。「万斛」は量の多い意。

一九 人けのない部屋で、ひっそりと一つともっている灯火に向かって。「空斎(クウサイ)　アキイヘ」(『新撰漢語字引大全』)。「空斎(クウサイ)ノ裡(ウチ)　シヅカナショサイ」「夜沈々(ヨルチン〳〵)　ヨモイタクフケタ」(『詩韻砕金幼学便覧』秋)。

二〇 「蕭(セウ)然　モノサビシ」(『詩韻砕金幼学便覧』雑)。

二一 さっと吹き来たった秋風とともに雨がぱらぱらと窓に吹きつけ。「西風　アキ風」(『唐宋詩語玉屑』)。「疎雨(ソウ)　パラ〳〵アメ」「幽窓(ユウソウ)　ヲクフカキマド」(『詩語砕金』)。「幽窓(ユウソウ)ノ下(モト)　シヅカナマドノシタ」(『詩韻砕金幼学便覧』冬)。

窓ヲ敲キ　喞々タル寒虫[一]ハ夜霜ニ苦ンデ戸上ニ鳴ク　暗ニ声ヲ飛バシテ偏ニ愁思ヲ添ルモノハ誰ガ家ノ玉笛ナルカ[二]　タケハ針ヲ停メテ漸クニ其涙ヲ払ヒ　歎一歎シ謂テ曰ク「嗚呼　人世ニ薄命ハ各々自ラ異ニ　千百決シテ一ナル所ニアラズト雖ドモ[三]　マタ幼時ニ於テ真実ノ親ヲ喪フヨリ未ダ甚ダシキハアラザル可シ。抑モ今回ノ事ノ如キモ　若シ妾ガ真実ノ阿母在シテ現世ニ存スル有ラバ又何ゾ一身ニ此憂苦ヲ為スヲ要センヤ　必ズヤ私カニ謀ル所アツテ　以テ思望終ニ遂得サシム可キハ敢テ疑フ所ニアラズト雖ドモ　奈何セン已ニ逝テマタ在ラズ　嗚呼　人窮スル時ハ本ニ帰リ　疾病惨怛　未ダ嘗テ父母ヲ呼バザル者アラズト[四]　夫レ妾ヤ今方ニ窮ルモ将タ誰ヲカ呼ンヤ」ト　独リ燈下ニ潸然トシテ悲歎スレバ　隻影マタ壁ニ添テ与ニ共ニ悲歎スルモノニ似タリ[五]　時ニ低声戸外ニ呼ブ者アリ　タケハ乃チ起テ窓戸ヲ推シ[六]内外互ニ私語スルコト少時ナリ

第十一回

[七]栄枯無レ窮浮世ノ習ヒ
悲歎不レ一人事ノ常

[八]夜雨漸ク収テ一天雲散ジ　孤月東嶺ヲ離レテ鮮光万里ヲ照ラス　数声ノ点滴[九]ハ檐端ニ伯牙琴ヲ鼓シ　幾株ノ修竹ハ窓上ニ与可毫ヲ揮フ　隣楼ニ弦歌ノ声ヲ

一 寒さの中で鳴いている虫。「喞々タル虫　ヤカマシフナクムシ」(『詩礎階梯』)。

二 暗やみの中に聞えてきて愁いを催させる美しい笛の音は、どこの家で吹いているのだろう。「吹(こ)ク玉笛(ギヨクテキ)ヲ　フエヲフク」(『詩韻砕金幼学便覧』秋)。

三 不幸せというものはそれぞれ異なっていて、けっして同じということはないものだが。

四 どうにもならないところに追い詰められたとき、人は自分の原点に回帰するものであり、病床で憂いつつ父母の名を呼ばない者はない。司馬遷「屈原伝」(『続文章軌範』巻一)のことば。「人窮則反本(ヒトキウスレバスナハチモトニカヘル)　ヒトコンキウスレバ　オヤヲシタフ」(『文章軌範訳語』)。

五 壁に映った自分の影が、いっしょに嘆き悲しんでいるようだ。

六 窓を開いて。「窓戸(サウコ)ヲ鎖ザシ」(『花柳春話』初編八)。

七 栄枯窮(きはま)り無きは浮世の習ひ　悲歎一(つい)ならざるは人事の常(栄えたと思ったらまた衰えるということをいつまでも繰り返すのがこの世のきまりであり、さまざまな悲しみを味わうのが人間社会の常態である。)。

八 夜の雨がやっと止んで空の雲は散った。東の山からぽつんと月が昇り、遠くの方まで明るい光で照らしている。

九 軒から雨だれがしたたる響きはまるで伯牙が琴を弾くようであり、窓ごしに見える竹は与可が筆で描いた絵のようだ。伯牙は春秋時代の琴の名人。与可は竹を描くのに長じた北宋の画家。「点滴(テンテキ)　アマタリ」(『詩韻砕金幼学便覧』春)。「修竹　ナガキタケ」(『唐宋詩語玉屑』)。「檐端」は、のきさき。

一〇 家の後ろを流れる小川のせせらぎは玉が触

聞カズト雖ドモ後[一〇]渓水声ノ琮琤タルアリ　近傍ニ酒家ノ便ヲ欠ト雖ドモ前庭黄[一一]花ノ芳香ヲ送ルアリ　加之　家屋ノ結構能ク美ヲ尽シ　建築頗ル雅ヲ極ム　而シテ中[一二]活火ノ炉頭　一少年ノ少女ト相対坐スルアリ　抑モ此閑静ニシテ　而カモ甚ダ優遊[一三]ニ適シタルノ佳屋ハ何人ノ家宅ナルカ　且ツ今二人ノ少年ハ果シテ是レ何人ナルゾ　這ハ是レ久松菊雄ガ曽テ此地ニ在ルノ日ニ於テ厚ク友誼ヲ結ビタルノ友人某ガ別業[一四]ニシテ　今夕此ニ松江タケト相会セルモノナリ　凄風[一五]徐ロニ来テ降露漸ク冷カニ　四隣[一六]蕭条トシテ夜正ニ闌ナラントス　此時タケハ漸クニ首ヲ擡ゲ　双袖ヲ将テ眼涙ヲ拭ヒ　愀然[一七]トシテ言テ曰ク「高論　初メヨリ妾逐一之ヲ了解ス　通宵[一八]千言ヲ費スモ到底又同一ノ事タルニ過ザル可シ　妾ガ一身固ヨリ師ニ委ス　栄枯死生　唯師ガ命ノ随ナリ　師ガ意已ニ斯ノ如クンバ妾ニ於テ今更之ヲ拒ンヤ　宜シク其意ニ従ンノミ」ト　言畢テ而シテ涙ダ再ビ下ル　菊雄謂テ曰ク「然ラバ卿真ニ余ガ言ヲ諾スルカ」　曰ク「然リ」　曰ク「然ラバ余モ亦少シク意ヲ安ンズ可シ　夫レ浮沈[一九]苦楽ニ窮極ナキハ塵世ノ常態ナリ　今日[二〇]ノ悲歎　豈亦翻テ他年ノ喜悦ヲ媒セザルヲ知ンヤ　今堪ユ可ラザルニ堪ヘテ暫ク離別スルハ　是レ[二一]卿ガ将来ノ得策ナリ　亦忍ブ可ラザルニ忍デ以テ暫ク相隔ツルハ　是レ余ガ終身ノ為メト云フ可シ　互ニ真意ノ違アラズンバ

れ合ったような音をたてている。

一一 家の前の庭に咲く菊の花はよい香りをただよわせている。「黄花（クワウ）　キク」（『詩韻砕金幼学便覧』秋）。

一二 家の中の火をおこした囲炉裏のほとりで。「活火　イキリビ」（『唐宋詩語玉屑』）。

一三 ゆったりと日を暮すのにふさわしい素晴らしい家。「優遊（イウ）（ユウ）　アソブ」（『新撰漢語字引大全』）。「天涯（テン）（ガイ）ニ優遊（イウ）（く）シ人間一生ノ諧楽（カイ）（ラク）ヲ尽ス」（『花柳春話』三編三十四）。

一四 別宅。「別業（ベツ）（ゲフ）　シモヤシキ」（『新撰漢語字引大全』）。

一五 寒風が吹いてきてあたりは冷たい露に濡れ。

一六 →三六頁注九。　一七 →五頁注二二。

一八 →三〇頁注一二。

一九 浮き沈みと苦楽にかぎりがないのは、この世の常のありさまである。「病床ノ傍ラニ在テ塵世歓憂ノ談ヲ為シ」（『花柳春話』四編六十三）。

二〇 悲しみにくれるような目にあったとしても、それはきっと転じて将来の喜びをもたらしてくれるものである。

二一 全体として見れば生涯のためになる。

以下五〇頁

一 清らかな香を春風にのせて放つ梅の花は厳しい寒さに耐えたのであり、うららかな空に美しく咲き誇る桜の花も雪や霜の苦難を乗り越えてきたのである。「東風（トウ）（フウ）　ハルノカゼ」「清香（セイ）（コウ）動（ゴウ）ク　キヨキニホヒガスル」（『詩韻砕金幼学便覧』春）。

二 困難は人生の試金石である。「砥礪」は砥石。「砥礪（シレイ）　トイシ」（『修身児訓字引』）。

三 スマイルズ著、中村正直訳『西国立志編』（明治三―四年）三編冒頭に引かれたラスキンの言葉。「忍耐ハ。諸々ノ快楽ノ根本ニシテ。又モ

争カ相見ルノ日無ランヤ　卿請フ　思ヘ東風ニ清香ヲ放ツノ梅花ハ始メ厳寒ニ耐忍シ　陽天ニ芳姿ヲ呈スルノ桜花ハ前ニ雪霜ノ苦アルニ非ラズヤ　凡ソ物トシテ艱難ヲ経ザルトキハ　決シテ其功ヲ奏スル事アラザルナリ　夫レ艱難ハ人世ノ砥礪ナリト　又人将来ノ企望ハ只忍耐ニ由テ得ラルベシト　卿ヤ平素好ンデ自助論ヲ読ム　書中西哲ノ金言又思フ可シ」ト　タケ漸ク答テ曰ク「実ニ然リ　設令今且ク相別ルヽモ未ダ此地球上ヲ去ルニ非ラズ　焉ゾ相見ルノ日無ランヤ　然リト雖ドモ　只憂フ　師ガ今日ノ妾ヲシテ永ク今日ノ如ク眷愛セラルヽ無ランコトヲ　妾ガ心ハ固ヨリ藕中ノ糸ノ如ク　断ツト云フトモ尚ホ牽連ト日夜師ヲ思テ又忘ルヽノ時無カルベシ」　此時教師ノ少年ハ孤笑ヲ群憂ノ中ニ発シ　謂テ曰ク「卿請フ復タ言ヲ止メヨ　何等ノ愚カ卿ヲ忘レンヤ　敢テ意トスルコト勿レ」ト　此時夜風颯々トシテ戸隙ヨリ来リ燈火ヲ奪フ　是ニ於テカ室内忽チ暗黒タリ

第十二回

天道欠レ満誠真哉
請見美人多二薄命一

牢ヲ共ニシテ食スルハ未ダ以テ将来ヲ鞏スルニ足ラザルナリ　巹ヲ合シテ酳

ロ〱ノ権勢ノ根本ナリ。人将来ノ期望〈ノアテハメ〉ハ。忍耐ニ由テ得ラルベシ。故ニ久シキニ耐(タ)ザルモノハ。ソノ期望スルトコロノモノヲ失ナフコトナリ」。「忍耐(ニンタイ)　コラヘシノブ」(『小学読本巻五字引』)。四『西国立志編』の別書名。学制頒布後の小学校において教科書として用いられた。五 西洋の賢人の言葉。六 先生が現在のように私に情けをかけてくださっている状態が永くは続かないこと。七 蓮からとった糸。八 ひきつづいて。九 憂いに沈んだなかで初めて笑って。一〇 どんなに愚かでもあなたを忘れたりはしない。一一 天道満(つ)るを欠く誠に真なる哉(かな)　請(こ)ふ見よ美人薄命多し(満つれば欠けるのが天の定めというのは、まことに真理である。見なさい、いかに多くの美人が若くしてはかなく死んでいくことか)。一二 (婚礼の席で)ごちそうを一緒に食べただけでは二人の今後の結びつきを確固としたものとすることはできない。「巹を合して酳む」は杯をかわして酒をすること。婚礼の際の儀式。「婿揖婦以入、共牢而食、合巹而酳」(『礼記』昏義)を踏まえる。一三 謡曲の「高砂」。婚礼など祝賀に用いられる。一四 男女の情愛をたかぶらせ。「巫山」は中国の名山。楚の懐王が夢の中で巫山の神女と契った故事による。「巫山　神女ノコト」(藤良国編『歴代詩学精選』嘉永五年〈一八五二〉)。「巫山(フサ)　シン女ノヲルトコロ」(『詩韻砕金幼学便覧』雑)。一五 めでたい空気が明るい室内にみちわたるが。一六 ずっと一家の仲が良い状態が保たれる。「琴瑟(キンシツ)　フウフナカヨキコト」(『詩韻砕金幼学便覧』雑)。一七 威厳と権力。一八 日本で古くから行われてきた婚姻のしきたり。一九 土地によ

ハ未ダ以テ一生ヲ約スルニ足ラザルナリ　[13]高砂ノ謡曲ハ正ニ[14]巫山ヲ動カシテ[15]佳気陽室ノ裡ニ溢ル丶モ　悪ゾ永ク[16]一家琴瑟ノ能ク調フヲ知ルベケンヤ　固ヨリ[17]威柄ヲ以テ圧ス可ラズ権勢ヲ以テ服スベカラザルモノハ男女婚姻ノ一事ナリ　蓋シ終生ノ歳月ヲ偕ニシテ百年ノ苦楽ヲ同フスルモノ　豈一朝ノ容易ニ行フ可キモノナランヤ　熟ラ古来[18]本邦ニ執行スル所ノ婚姻法ヲ察スルニ　[19]其地ニ因リ其俗ニ従ヒ　多少之ガ制ヲ異ニスル所無キニシモ非ラズト雖ドモ　概シテ未ダ之ガ良法ト称ス可キモノ有ルヲ知ラザルナリ　是ヲ以テ夫ノ人ノ父母タルモノ其[20]最愛ノ児女ヲシテ全ク生涯ヲ過タシムルノミナラズ　其甚ダシキニ至リテハ[21]半夜声ヲ井中ニ飛バシ三更影ヲ梁下ニ垂レサシムルガ如キハ　世間往々載セテ[22]新聞紙上ニ散見スル所ナリ　夫レ斯ノ如キ大害ヲ醸生スルノ原因ヲ索ムルトキハ　只是レ古来行フ所ノ婚姻法未ダ其宜キヲ得ズシテ　以テ妄リニ父母ノ威権ヲ用ヒ　強テ之ヲ圧服セント欲スルノ結果ナリト言ザルヲ得ザルナリ　吁今書シテ斯ク述ベ来ラバ人或ハ言ン　然ラバ則チ著者ハ只[23]父母ノ命ヲモ之ニ従フヲ欲セズ　媒妁ノ言ヲモ之ヲ用ユルヲ要セズ　彼ノ[24]穴隙ヲ鑽テ相窺ヒ墻ヲ踰テ相従フモ　自ラ其意ニ適シ自ラ其心ニ合フノ[25]情郎婦タランニハ　共ニ毫モ間然ス可キニアラズトスル歟ト　豈決シテ然ンヤ　斯ノ如キハ之ヲ[26]野合ト云ヒ之

って、またそれぞれの習俗によって、いくぶんそのしきたりが異なるところがある。

二〇「最愛(さいあい)　いとしかわい」(『雅俗幼学新書』)。「最愛　イトヲシ」(『童蒙必読 漢語図解』二編)。

二一 夜中に井戸に身を投げたり、家の梁で首を吊ったりするようなことは。「半夜」(→三六頁注二)も「三更」(→三六頁注四)も、いずれも「深夜」。

二二 新聞の雑報記事がしばしば報じていること。

二三 両親の命令に従おうとも思わないし、仲人の言うことも聞き入れる必要はない。女性に課せられた結婚についての旧来の徳目を否定すること。「女は父母の命(おほせ)と媒妁(なかだち)とに非ざれば交(まじ)らず親(したしま)ずと小学にも見へたり」(藤井利八編『女大学宝文庫』明治十四年)。「女子の成長に及びては。吾が父母と媒妁の。その趣きに随従し。婚姻の儀を整へて。夫に嫁ぐを例とせり。是れ人間の大倫にて。女子身を立る一大事」(水野秋彦編『女訓要旨』明治十三年)。「父母ノ命ヲモ…」から「墻ヲ踰テ相従フ」までは、『孟子』滕文公下にある次のことばを踏まえる。「父母の命、媒妁の言を待たず、穴隙を鑽りて相窺ひ、墻を踰えて相従はば、則ち父母・国人皆これを賤しまん」。

二四 (垣根などに)穴をあけてこっそりと互いの様子をうかがったり、垣根を越えてひそかに相手のもとに走ったりすること。「穴隙(ケツゲキ)　スキマ」(『新撰漢語字引大全』)。

二五 情郎と情婦。愛し合う男女。「情郎(ジヤウラウ)(イロオトコ)」(『寄想春史』初編一)。

二六 婚礼の儀式をせずに男女がこっそり結びつくこと。「野合(ヤガフ)ヲ咎(トガ)メズ」(『花柳春話』二編二十九)。「野合ノ醜行(シユウカウ)」(同、二編三十)。「野合(ヤガウ)　ドレアヒ」(『普通漢語字類大全』)。

ヲ淫奔ト云フ[一]　野合淫奔ハ天下ノ人挙ナ之ヲ賤ンズル所ナリ　著者何ゾ独リ之ヲ可トセンヤ　斯ノ如キハ　若カズ寧ロ夫ノ威柄ヲ用ヒ権勢ヲ以テスルモ　其事ノ正フシテ而シテ其法ニ則ルノ優ルニハ　著者ノ意ハ只男女婚姻ノ事タル強テ威柄ヲ以テシ妄リニ権勢ヲ以テスルノ弊害多クシテ　毫モ効益アラザル事ヲ述ルノミ　看者幸ニ誤認セラレンコトヲ　叉手[二]モ説ク　彼ノ松江タケハ偏ニ久松菊雄ト夫婦タラン事ヲ希ヒ　其父母ノ命ノ如キ媒妁ノ言ノ如キハ秋毫[三]モ執テ肯ズル事アラザリシモ　一ビ菊雄ノ為ニ説破サレ　一身マタ已ム事ヲ得ザルヨリ　終ニ其言ヲ守リ　暫ク父母ノ命ニ従ヒ彼ノ親戚ノ家ニ嫁セシガ　心中毎ニ怏々[四]トシテ居常鬱々　憂悶終ニ病ヲ発シ　顔色憔悴　形容枯槁[五]　又前日ノ窈窕[六]タル風姿アラザルニ至ル。[七]

第十三回

区々[八]世帯何足論　男児別有青雲志

一言一語[九]ハ未ダ以テ人ノ心術如何ヲ決定シ得可キモノニ非ラザルナリ　一為[一〇]一行ハ未ダ以テ人ノ品位如何ヲ論断シ得ラルベキモノニ非ラザルナリ　蓋シ時[一一]ヲ得ルモノハ蚯蚓モ猶ホ蛟龍ノ如ク　勢ヒヲ失スル時ハ虎豹モ却テ鼩鼱ニ劣ル

一 男女のみだらな関係。 二 「さても」の当て字。 三 すこしも聞き入れようとはしなかった。 四 →四三頁注二一。 五 容貌がやつれ衰える。司馬遷「屈原伝」(『続文章軌範』巻二)のことば。「顔色憔悴(ガンシヨクセウスヰ)　カホツキガヤセオトロヘル」「形容枯槁(ケイヨウコカウス)　ナリカタチマコトニヤセオトロヘル」(『文章軌範訳語』)。「顔色憔悴(ガンシヨクセイウス)、形容枯槁(ケイヨウコカウ)シテ恰(アタカ)モ死セル者ノ如シ」(『寄想春史』三編三十一)。 六 しとやかで美しい容姿。「窈窕(エウテウ)　ミヤビヤカナルカタチ」(『近世詩語玉屑』)。「風姿(フウシ)　スガタ」(『小学読本巻五字引』)。 七 『田舎新聞』に掲載された「艶才春話」では、この回(「艶才春話」では第十三回。第二六〇号、明治十三年十月六日)を結ぶにあたって以下のことばを添える。「向水生曰ク「ドクトル、サウスウード、スミツス」氏ノ説ニ云フ　人痛ク其心ヲ労スルトキハ其害体ニ及ビテ其自然ノ模様ヲ損ジ其勢ヲ滅ゼザルヲ得ズ云云ト　実ニ今此ノ少女ガ如キモ痛ク心ヲ労シテ鬱々楽マザルヨリ其害脳部ヨリ漸次全身ニ波及シ以テ今日ノ如キニハ至リシナル可シ　嗚呼亦愍然ノ至リト言フ可キ乎」。 八 区々(く)たる世帯何ぞ論ずるに足(た)らん　男児別に青雲の志し有り(ちっぽけな日常生活は取るに足りない。男子には立身出世の志がある)。「世帯」は一戸をかまえて営む生計。「青雲(セイウン)リツシン」(『新撰漢語字引大全』)。「青雲(セイウン)クワント(注・官途)」(安井乙熊編『小学修身訓字引』明治十五年)。「男児ノ正義ニ由(ヨ)リテ青雲(セイウン)ノ志(コハロザシ)ヲ達シ能ク身ヲ立ルハ英人ヨリ多キハナシ」(『花柳春話』二編二十)。「伏薪(フクシン)嘗胆(シヤウタン)以テ青雲(セイウン)ノ志ヲ成サントスルノミ」(同、三編四十六)。

一二千里ノ駿馬アリト雖ドモ　若シ伯楽ノ市ニ顧（カヘリミ）ル非ラズンバ焉（なん）ゾ十倍ノ価ヒヲ増（まさ）ンヤ　一三連城ノ美玉ト雖ドモ　若シ卞和（べんか）ノ楚ニ在ラズンバ亦是レ瓦礫ト共ニ碌々（ろくろく）タルノ他アラザル可シ　嗚呼（ああ）　今ヤ少年ニシテ一四卑職ヲ奉ズルノ人　世間幾万ノ多キ中　或ハ好ンデ之ヲ勤メ或ハ甘（あまん）ジテ之ヲ奉ジ　其喜ンデ之レニ従事スルガ如キ　固ヨリ鮮（すく）ナカラザル可シト雖ドモ　然レドモ亦皆ナ悉ク然リトセンヤ　必ズヤ一五中（ウチ）黄鵠ノ翅（ツバサ）ヲ垂（タレ）テ暫ク燕雀ノ林（ハヤシ）ニ遊ビ　一六蛟龍ノ雲雨ヲ得ズシテ猶ホ鰌鮒（しうふ）ノ池中ニ在ルガ如キノ人無キヲ知ラザランヤ　嗚呼　一七青松心（しん）有（あつ）テ風霜ニ任ズト知ラズ　才子ガ真意果（はた）シテ如何（いか）ナルコトヲ　扨（さて）モ説ク　彼（か）ノ久松菊雄ハ一（ひと）ビタケト別レテヨリ　爾后（じご）鬱々トシテ毫（がう）モ楽（たのし）ム所アラザリシガ　漸（やうや）クニシテ以為（おもへ）ラク　嗚呼（ああ）　一八蛟龍モ時ヲ得ズシテ蚯蚓ト巣窠ヲ同（おなじ）フセバ蟻螻（ぎろう）ノ為メニ苦シメラルト　余今（いま）少シク為メニスル所アツテ以テ姑（しばら）ク此（この）卑職ヲ奉ズレバコソ又今日ノ如ク心ニアラザルノ卑屈ヲモ作（ナ）ス可ケレ　何ゾ止（トドマツ）テ長ク此鄙事ニ従フ可キ者ナランヤ　若（し）カズ　速（すみやか）ニ此任ヲ解（とい）テ以テ一九自主独立ノ基ヲ謀（はか）ランニハト　二〇独リ奮焉（ふんえん）トシテ此ニ一志ヲ決シ　断然二一職ヲ致シ校ヲ退キ　遂ニ二二笈（きふ）ヲ負ヒ父母ヲ辞シ　二三一身郷関ヲ背ニシテ而シテ出ヅ

九 発せられたちょっとした言葉によってその人の心の中を決めつけてしまうことはできない。
一〇 たったひとつの行いによってその人がどのくらいの人物であるかを決定してしまうことはできない。「品位（ヒンヰ）　シナノクラヰ」（『新撰漢語字引大全』）。「人民各個ノ身ト交際ノ全体ト並ンデ其品位ヲ進メザレバ「シヴヰリゼーション」ト名クルコト能ハズ」（西村茂樹「文明開化ノ解」『明六雑誌』三十六号、明治八年）。
一一 時の運に恵まれれば取るに足りない人間もひとかどの人物のように活躍するが、逆に、時流に乗り損ねると本来立派な人物であってもちっぽけな人に劣って見える。「蚯蚓　ミヽヅ」「蛟　ミヅチ　虬龍　同」「鼩鼱　ツチネズミ」（『雅俗幼学新書』）。「鼩鼱（コウセイ）　ヂネズミ」（橘道守編『小学読本字引』明治九年）。「時ニ遇（あ）バ鼠モ虎トナル」（板井慶次郎『雅俗 故事新編』明治十八年）。
一二 たとえ得難い良馬であったとしても、市に馬の良し悪しを見抜く人物がいなければ、他の駄馬といっしょに平凡な馬であるしかない。「伯楽（ハクラク）　ウマヲヨクミルヒト」（『新撰普通漢語字引大全』）。「世に伯楽有り。然して後千里の馬有り。千里の馬は常に有れども。而して伯楽は常に有らず」（韓愈「雑説」、『文章軌範』巻五）。「千里の馬はあれども一人の伯楽はなし」（貝原好古『諺草』元禄十四年〈一七〇一〉）。
一三 「連城の璧」「和氏（か）の璧」の故事にもとづく。戦国時代、楚の卞和が玉の原石を得て王に献じ、その宝玉をのちに秦の昭王が連城（多くの城）と交換しようとした（『韓非子』和氏ほか）。
一四 取るに足りない仕事に従事している人。
一五 →二四頁注一二。
一六 天に昇るための雲雨にめぐりあわない龍はドジョウやフナといっしょに池の中で過ごす。

第十四回　涙痕[一]不学君恩断　拭却千行更万行

夫レ女子ハ三界ニ我家ナク百年ノ苦楽他人ニ依ルト　不幸何ゾ是レ極レルノ甚シキカ　然リト雖ドモ亦其自カラ相想ヒ其自カラ相慕フノ男子ヲシテ　生テ[三]ハ之レト鴛鴦ノ衾ヲ襲ネ　死テハ之レト偕老ノ穴ヲ同フセシメバ　又遺憾無カル可キニ似タリト雖ドモ　諸事意ノ如クナラザルハ是レ人世ノ常態ナリ　美人必ラズ才子ニ見ヱズ　[四]駿馬反テ呆漢ヲ乗ス　[五]古今ノ通患如何トモ為ス可ラザル歟　然レバ説ク　松江タケハ一ビ親戚ノ家ニ嫁スト雖ドモ是レ固ヨリ自己ノ欲スル所ニ非ズ　只父母ノ命如何トモ為ス能ハザルヨリ止ム事ヲ得ズ　遂ニ暫ク其意ニ服シタルノミ　是ヲ以テ心中怏々　胸裡鬱々　[六]嫁シテ半歳ノ日子ハ已ニ之ヲ経過シタルモ未ダ曾テ一日ノ愁眉ヲ開ラキシコトナシ　タケハ熟ラ以為ク浮世固ヨリ意ノ如クナラザルハ何ゾ特リ我ノミナル可キニアラザルベシト雖ドモ　亦タ常ニ斯ノ如ク[七]愁雲胸ニ充テ散ズルノ時ナク　憂霧心ヲ鎖シテ晴ザルモノハ蓋シ他ニ多カラザル可シ　噫吁　[八]前生何等ノ悪報ナル　不幸豈是レヨリ大ナルアランヤ　然ルニテモ心モトナキハ　師ガ分袂以降更ニ一回ノ[九]尺牘ヲ郵送

「蛟龍」は英雄のたとえ。「蛟龍雲雨ヲ得ル　終(つひ)に池中物ニ非(あら)ズ。トキヲエテシアワセスル」(西川文仲『文語湧泉』明治十二年)。「蛟龍、雲雨ヲ得テ終ヒニ池中ノ物ニ非ズトハ人ノ大ニ為ス有ニ比ス」(『故事必読』)。
一七 →二四頁注一二。 一八 →注一一。「蟻螻」は「あり」と「けら」。つまらぬ人物をたとえる。「螻蟻(ロウギ)　アリ」(『小学修身訓字引』)。
一九 自己の出処進退を他人に左右されないようにするための一歩をふみだそう。「自主自立(ジシユジリツ)　ヒトリダチ」(『小学修身訓字引』)。「独立トハ自分ニテ自分ノ身ヲ支配シ他ニ依リスガル心ナキヲ云フ」(福沢諭吉『学問ノスヽメ』三、明治五年)。 二〇 ふるいたって。 二一 勤めを辞めて。
二二 本をつめた荷物をもって父母に別れを告げ。「笈ヲ負ヒ」は、竹製の箱を背負うことから遊学のため故郷を出ること。→七頁注一一。
二三 単身、郷里を後にして出発した。

以上五三頁

一 涙痕学ばず君恩の断を　千行を拭却(ぬぐひさ)ればさらに万行(主人の意見に涙ながらに従ったけれどもその慈しみからする決断の真意を察することなく、いたずらに泣き暮らしてばかりいる)。「君」はここでは久松タケの境遇について言う。

二 女性はどこにも寄辺がなく、ずっと他人に依存して生きていく。「女は三界(さんがい)に家なし夫の家を家とす」(『女実語教』天保十三年〈一八四二〉)。「女は三界(さんがい)に家なし夫の家を家とする也」(『女実語教姫鑑』安政三年〈一八五六〉)。「凡(およそ)女子は他の家に行(ゆき)一生身を任せ終るものなれば憂苦(うきくるしみ)堪忍(たへしのば)ざれば我身を保(たもつ)事不克(あたはず)　古人も女子と成り難く百年の憂苦(うきくるしみ)他人に任(まか)すと　宜(むべ)なるかな」(山崎先生

セラレザルノ一事ナリ　固ヨリ設令ヒ暫ク相見ズト雖ドモ　誓言恣マヽニ翻スガ如キ浮軽薄情ノ師ニ非ラザルハ　曾テ言辞行為ヲ以テ能ク信ゼラル可キ所ナリ　然リト雖ドモマタ恃[一〇]ベクシテ恃可ラザル者ハ是レ人心ノ変更ナリ　固ヨリ志ヲ学術修業ノ一途ニ注ギ　単身笈ヲ負ヒテ郷関ヲバ出ヅト雖ドモ　其都下[一一]熱鬧ノ地ニ至ル時ハ心猿[一二]豈ニ又郷ニ在ルノ日ノ如クナランヤ　彼ノ謂フトコロ[一三]眼波嬋娟　一笑百美　能ク巧ニ人ヲ眩惑スルノ魔鬼等ガ為メニ　其意馬[一四]ヲシテ誘去セラルヽノ憂ナキヲ知ルベケンヤ　何レニモセヨ　相別レテヨリ已ニ半歳　豈一片ノ書翰送ラレザルノ理アランヤ　豈一回ノ安否訊ハレザルノ訳アランヤト　独リ私カニ彼レヲ想ヒ此ヲ案ジ　一身常ニ安ンジテ楽シムガ如キノ時アルコトナシ

却説ス　爰ニ今タケガ嫁シテ所天トスルノ男子タルヤ　年歯已ニ三十有余[一五]黎顔低鼻　之ヲ彼ノタケガ意中ノ人ニ比スルトキハ　猶ホ恰モ黒烏[一六]ノ白鷺ニ於ルガ如シ　且ツ其賦性[一七]太ダ抗直ナルヲ以テ　平素毫モ郷党ニ容レラレズ　然リト雖ドモ　又タ聊カ其財産田園ノ有スル所アルヲ以テ　郷里皆ナ直接ハ彼レニ対シ擯斥スルガ如キノ状ヲナス者ナシ　閑話[一八]ハ姑ク之ヲ舎ク　扨モ彼男子ハ其名ヲ惣佑ト呼ベルガ　タケガ常ニ鬱々トシテ只管思フ所アルモノヽ如ク　未ダ

校正『女中庸教訓鏡』刊年未詳)。

三 生きている間はふたり睦まじく暮し、死ねば同じ墓に入るとすれば。「鴛鴦」は、→二二頁注一四。「鴛衾（エンキン）　コンレイノヤグ」（『詩韻砕金幼学便覧』雑）。「鴛鴦はおしどり也　雌雄はなれず中よく夫婦和合して同所におきふしをするを重鴛鴦之衾といふなり」（岡田玉山編『実語教絵抄』嘉永四年〈一八五一〉）。

四 すぐれた馬は愚か者に乗られる。「駿馬はつねに痴漢を駄（の）せて走る」（『五雑組』）。

五 昔からずっと変わらない欠点。

六 既に嫁いでから半年の月日が経ったが。

七 →四四頁注一一。

八 前生にどのような悪いことをした報いなのか。

九 手紙。　一〇 あてになるようでいてあてにならないのは移ろいやすい人の心である。

一一 繁華な都会の地（→三〇頁注八）。

一二 故郷にいたときより情欲がかきみだされるに違いない。

一三 あでやかな流し目と美しい笑顔で人を惑わす化物に心を奪われてしまう心配がないといえようか。芸妓にたぶらかされていないかと心配する。田中義廉編『小学読本』巻五（明治八年）第十七に引く、庭に巣をかけたみそさざいの雛が美しい猫に心ひかれて親が止めるのを聞かずに巣から飛び降り、あやうく食べられそうになったところを家の子供に助けられたという寓言による。雛を助けた子供を母が戒めた言葉の中に「凡（およ）ソ童子タルモノハ宜（よろ）ク季雛（注・みそさざいの雛の名）ニ鑑（かんが）ミルベシ、人ノ年猶（な）ホ少ナルトキ、夙（はや）ク其迹（あと）ヲ発スルヲ願フハ、猶彼ノ季雛ノ早ク飛ブコトヲ、学バント欲スルガ如シ、世間亦（また）一ノ魔鬼アリ、其（その）手足ノ雪白柔軟ナルコト、恰（あたか）モ剪絨（せんじゅう）ノ如ク、

毫モ真意ヲ以テ我レニ順フガ如キノ状ナキヲ瞋リ　心嘗テ之ヲ悪ムガ如キノ意ナキニシモアラズト雖ドモ　マタ未ダ其之ヲ口唇ニ発シテ以テ誚責ス可キノ事実ヲ得ザレバ　独リ私カニ行跡ノ厳ニ詰問スベキ時機有ンコトヲゾ待チ居ケル　凍雲空ニ凝テ雪片柳絮ヲ乱シ　野色黯惨トシテ勁風枯条ニ叫ブ　時維レ恰モ厳冬ノ候ナリ　此日タケハ良夫ガ帰家ノ遅刻ナルヨリ　独リ寂寞トシテ孤燈ヲ守リ炉火屢々炭ヲ添ヘテ以テ之レガ帰ルヲ待ツ　已ニシテ夜正ニ一時ナラントス　時ニ惣佑帰リ来ル　然リト雖ドモ　怪シム可シ　顔容マタ大ニ平素ニ非ラズ　其怫然トシテ太ダ喜ビザルガ如キハ未ダ何等ノ故タルヲ詳カニセズト雖ドモ　胸裡憤怒ノ情アルハ一見シテ知ルベキナリ　必竟今惣佑帰リ来リテタケニ向ヒ何等ノ事ヲ説出ス　且ツ教師ノ少年ハ其後如何ナリユクベキ歟ハ　看君且ク後回ニ説クヲ聴ケ

惨風悲雨　世路日記上編　終

眼波(がんぱ)嬋娟(せんけん)トシテ、一笑百美巧(たくみ)ニ人ヲ眩惑ス、常ニ来テ、共ニ戯嬉(きぎ)センコトヲ請(こ)フ、人一(ひと)タビ誤テ、此鬼ニ交接スレバ形影(けいえい)離レズ、能(よ)ク人ヲ、凡百(ぼんぴやく)不良ノ境ニ沈溺セシム…人既ニ彼ノ為ニ、誘去セラレ、久シクシテ、身体漸(やうや)ク疲弊シ、衣服頽(すこぶ)ル破壊スルニ及ビテハ悪鬼亦(また)肯(あへ)テ顧(かへり)ミズ、是ニ至テ殆ド零落、沈没シテ、其生ヲ営ムコト能ハズ」とある。猫は芸妓を指す明治期の隠語。「眼波嬋娟(ガンハセンケン)　メモトウルハシ」「一笑百美(イッセウヒヤクビ)　一タビワラヘバウツクシキコトカギリナシ」「眩惑(ゲンワク)　マヨハス」「魔鬼(マキ)　バケモノ」(『小学読本巻五字引』)。この寓言の教訓は「夫(そ)レ人ノ少年ナルトキハ、事々父母ノ命ヲ奉ジ謹(つつしみ)テ己ノ意ニ任ズルコト勿(なか)レ、若(も)シ或(あるい)ハ、情慾ノ起ルコトアレバ、即チ魔鬼ノ来テ、吾(われ)ニ戯ヲ挑ムナリト思フベシ」と結ばれ、父母のいいなりに気に染まない結婚をしたタケの境遇と相映じている。

一四 色欲にひかされて。「誘去(イウキヨ)」(『小学読本巻五字引』)。

一五 色黒の顔をして鼻がひしゃげている。

一六 真っ黒な烏と白鷺のように違っている。

一七 生まれつきかたくなな性質で、ふだんからまったく郷里の人たちと相容れない。

一八 それはさておき。話柄を転換するときの常套句。閑話休題。

以上五五頁

一 心から自分になつこうとしないのを怒り。

二 言葉に出して咎めだてする。

三 問い詰めることができるような行いをしないかと、その時機を待っている。

四 雪雲が空を覆って柳のわたのような雪が降りしきる。「凍雲(トウウン)　ユキクモ」「飛絮(ヒジヨ)　ヤ

惨風悲雨 世路日記中編

菊亭香水著

第十五回　[七]世上休レ説苦与レ楽　人間万事塞翁馬

[八]嬌花暴風アツテ以テ人之ヲ愛スルノ情益ス其深キヲ加ヘ　皎月陰雲アツテ以テ人之ヲ賞スルノ意転タ其多キヲ添フト　嗚呼　啻ニ花月ノ風雲ニ於ルノミナランヤ　亦タ世事人情ト雖ドモ之ニ類スルモノ甚ダ鮮カラザルナリ　[九]塵世ノ万事悉ク意ノ如クナラザルモノハ反ツテ是レ意ノ如クナルベキノ原タルヲ知ラザランヤ　然レバ説ク　当下タケハ[一〇]温柔之ヲ迎ヘ　言テ曰ク「[一一]良人今日何レノ処ニカ到ル　何ゾ帰来ノ遅延ナル　途次ノ[一二]寒威マタ察ス可キナリ　妾予メ炭ヲ添ヘテ[一三]炉火今方ニ活熾ス　宜シク煖ヲ取リ寒ヲ医スベシ」ト　[一四]叮寧懇惻偏ニ妻妾タルノ道ヲ尽スト雖ドモ　良夫敢テ肯ズルノ色ナク忽チ艴然トシテ言テ曰ク「自己ノ肢身ヲ以テ自己ニ歩行ス　何レノ処ニカ到ン　[一五]喋々詰問スルニ及ンヤ　且ツ帰期ノ遅速ハ所用ノ多少ニ由テナリ　何ゾ又聞知スルヲ要セン

ナギノワタノトブコトニテユキノフルコトニタトフ」(『詩韻砕金幼学便覧』冬)。「柳絮(ジヨ)　ヤナギノワタ」(『続詩礎階梯』)。「北風雪片(ヘン)ヲ吹キ」(『花柳春話』初編五)。

五 暗くもの悲しい野づらでは強風が枯れ枝に吹きつけてヒュウヒュウと音を立てる。

六 怒りを含んだようで、ひどくおもしろくなさそうであるのは。「艴然(フツゼン)　イカルイロ」(『新撰漢語字引大全』)。「艴然(フツゼン)トシテ曰ク」(『花柳春話』初編一)。

七 世上説(と)くを休めよ苦と楽とを　人間万事塞翁が馬(いたずらに苦楽を口にするのはやめよう。人の世の幸不幸は移ろいやすいものだから)。「禍福常ナキヲ人間万事塞翁馬ト云フ」(山口銀造『故事弁解』明治十七年)。「人間万事塞翁が馬」は「禍福のはかりがたき事」の意で、蘇東坡の詩の一節(『諺草』)。

八 強い風で散らされてしまいそうになると満開の花に対する愛着が増し、雨雲で隠されると明月を愛でる気持ちがいっそう募る。「嬌紅　コビタルハナ」「皎月　ヨクサエタルツキ」「陰(イン)雲　アメノフリソウナクモ」(『唐宋詩語玉屑』)。「遥山(ヨウザン)、皎月(ケウゲツ)ヲ孕(ハラ)ンデ」(『花柳春話』二編二十二)。

九 すべて世の中のことは思い通りにならないことがあったとしても、逆にそこからの努力次第で望みがかなうということをわきまえるべきだ。

一〇 おだやかに夫を出迎え。「温柔(ヲンジウ)　ニウハ」(『新撰普通漢語字引大全』)。

一一 「良人(リヤウジン)　ヨキヒト○妻夫ヲ指シテ良人ト曰フ」(『文章軌範訳語』)。「良人(ヲツト)」(『花柳春話』二編十七)。「妾始メテ良人(リヤウジン)ヲ見ルヲ得タリ」(同二十)。　一二 →五八頁注一。

一三 囲炉裏の炭火は今さかんにおこっている。

ヤ　殊ニ寒威凛冽　裂膚堕指スルニ至ルモ　身活火ノ炉頭ニ在テ安然睡眠スル事ヲ得バ　何ゾ他ノ苦ヲ問フニ如ンヤ　予仮令口頭ニ此等諂媚ノ言辞ヲナスモ心裏大ニ相反スルモノハ決シテ許容スル所ニアラザルナリ」ト　言了テ煙管ヲ執リ　炉椽丁丁　撃一撃　吹烟三四　又他顧セザルノ状ヲナス　タケハ之ヲ一聞シテ大ニ驚駭スト雖ドモ　マタ意中ヲ毫モ外貌ニ見ハサズ　故ラニ顔色ヲ和ゲ言辞ヲ低フシ　言テ曰ク「妾真意ニ非ラズシテ何ンガ為メニカ只口頭ニ之ヲ陳ンヤ　且ツ良人ガ帰刻ノ遅延ヲ問ヒシモノハ路次ノ寒威ヲ思テナリ　又何ノ他意カアランヤ」ト　恰モ柳条ノ狂風ニ抗セザルガ如ク静カニ之ガ弁ヲナスト雖ドモ　良夫更ニ聴聞スル所ナク忽チ眼ヲ瞋ラシ怒声ヲ発シ　言テ曰ク「於悪　マタ喋々多言スルコト勿レ　予忍ンデ汝ガ虚辞ヲ聴聞スルノ耳竅ヲ具セズ」ト　此ニ於テカ　タケモ亦其諍フ可ラザルヲ察シ箝口敢テ辞ヲ発セズ互ニ黙然トシテ言ナカリシモノ少間ナリシガ　良夫再ビ言テ曰ク「予固ヨリ汝ガ行為ノ正シカラザルコトハ能ク了知スル所ナリ　汝ガ曽テ家ニ在ノ日　教師某ト密カニ通ジ醜評ノ当時世上ニ囂スシカリシハ　誰レカ亦一人ノ之ヲ知ラザル者アランヤ　故ニ予レ初メ汝ヲ迎ヘヨト勧ムルノ時ニ於テ再三之ヲ拒絶シタリシカドモ　奈何セン只叔母(タケガ継母ヲ指ス)ノ頻ニ双親ニ説ヲ以テ　止ム

「炉火(ロクワ)　イロリノヒ」(『精選詩学大成』)。

一四 親切に心をこめて仕え、ひたすら女としてかくあるべしとされることを心がけても。「懇惻(コンソク)　カナシム」(『新撰漢語字引大全』)。「妻妾」は妻と妾をいうが、ここでは男に仕えて世話をする女性をひろく指す。

一五 くどくどと問い詰める必要はない。

以上五七頁

一 厳しい寒さにより肌が裂け指を失うことになったとしても。「寒威(カンイ)　サムサツヨシ」(『詩韻砕金幼学便覧』)「凛冽(リンレツ)　サムサツヨイ」(『詩韻砕金幼学便覧』冬)。「厳冬ニ際シテ寒威凛烈(リンレツ)」(『花柳春話』初編五)。

二 自分は火のおこった囲炉裏のそばで安らかに眠ることができるなら。

三 口先でこびへつらうような言葉をならべても。底本「諂媚」を訂した。「諂媚(テンビ)　キニイルヨウニシカケル」(『新撰漢語字引大全』)。

四 キセルを続けざまに囲炉裏の縁に打ち付けては、たばこの煙を幾度か吹かす。「丁丁」は続けて物を打ちつける音。

五 「驚駭(キヤウガイ)　オドロク」(『普通漢語字類大全』)。「驚駭(ケイガイ)　オドロク」(『新撰漢語字引大全』)。

六 道すじのひどい寒さを思いやってのことです。

七 柳の枝が強風に逆らわず、なびくように。「やなぎは風にしなふ」(『毛吹草』)などの諺にもとづく。「柳条(デウ)　ヤナギノエダ」「狂風(ケウフウ)　ツヨキカゼ」(『詩韻砕金幼学便覧』春)。

八 怒りを含んで発した声。「於(ヲ)　ヲヒテ　アヽ」(堤大介編『五経字引大全』明治十二年)。「悪(ア)　イカリヲフクム」(『普通漢語字類大全』)。

九 嘘を聞く耳を持たない。「耳竅」は耳の穴。「虚辞(キヨジ)　ウソノコトバ」(『新撰漢語字引大

コトヲ得ザルヨリ遂ニ其言ニ任セ汝ヲ家ニ迎ヘタルナリ　此ヲ以テ　予ハ今日ニ至ルマデ未ダ曾テ汝ヲ真正ノ妻ナリトハ毫モ心ニ思ハザルノミナラズ　一朝乗ズベキノ好機モ有ンニハ速ニ離縁ナサント欲スト雖ドモ　マタ不幸ニシテ未ダ其機会ヲ得ズ　遷延遂ニ今日ノ久シキニ及ベリ　今日何ノ幸カ図ラザルモ不[一一]貞汝ヲ放逐スベキノ憑実ヲ得タリ　則チ曾テ汝ト私通[一二]セル教師某ヨリ汝ニ贈リ来ルノ手書[一三]ヲ得タリ　於悪　事已ニ此ニ至テマタ何ゾ驚クヲ要センヤ　能ク其[一四]意ヲ静ニシテ以テ予ガ言フ所ヲ聞了スベキナリ　而シテ其書中記スル所ノ文章ノ如キハ　句々之ヲ読ムニ忍ビザルヲ以テ直チニ扯裂[一五]シ去リタリト雖ドモ　又全ク之ヲ破棄スルニ於テハ真偽虚実ノ判然セザランコトヲ慮リ　此ニ今其一片ヲ存シタリ　汝ソレ之ヲ一見シテ　又予ガ言ノ毫モ理ナキニアラザルコトヲ悟リ　速ニ我家ヲ去ル可キナリ　夫レ予ガ今一ビ盆水[一六]ヲ覆ス以上ニ於テハ決シテ寸時モ止ムル事能ハズ　速ニ去レ速ニ去レ」ト　急声疾呼[一七]　怒色勃々　其状殆ンド狂人タルガ如シ

全』）。「虚辞（キヨジ）　ジツノナキコトバ」（『文章軌範訳語』）。「九竅（ケフ）〈アナ〉」（中里亮『小学人体問答』明治九年）。

一〇 口を閉じて言葉を発しない。

一一 不貞を働いた咎（とが）によりお前を家から追い出すための証拠を手に入れた。「憑実」は証拠。

一二 ひそかに情を通ずる。

一三 →四四頁注八。

一四 十分に心を平静にして私の言うことを聞かねばならない。「聞了」はうけたまわって悟る。「アリス聞了（ブンリヤウ）シテ曰ク」（『花柳春話』附録七）。

一五 引き裂いてしまった。「扯裂（シヤレツ）　ヒキサク」（『新撰普通漢語字引大全』）。

一六 夫婦の関係を解消する。「覆水盆に返らず」という諺から。「朱買臣ハ家貧ニシテ薪ヲ負ヒ行々書ヲ読ム　妻之（これ）ヲ恥ヂ自カラ出テ去ル　後買臣会稽ノ太守ト為リタレバ妻復（カ）ヘランコトヲ求ム　臣曰ク能ク覆水ヲ収メバ方ニ復セント　妻其事ノ成ザルヲ知リ自カラ縊死セリ」（『故事必読』）。「女子ノ言ハ猶ホ風ノ如シ…所謂覆盆（フクボン）ノ水ヲ如何（イカ）セン」（『花柳春話』四編六十）。

一七 厳しい声でどなりたて、心中の怒りが煮えたぎっているさま。

第十六回　白雲任教春事晩[一]　青天終放月輪孤

再ビ説ク　此時タケハ双眼ノ涙ヲ払ヒ容チヲ正フシ　言テ曰ク「条理ノ可否[二]曲直ハ何ゾ大音疾呼ヲ要セザルモ低声温言能ク判然トシテ知ラル可キナリ　請フ暫ク巨声[三]ヲ発スルヲ止メヨ　且ツ良人ガ意已ニ斯ノ如ク決セバ　妾何ゾ強テ止マル事ヲ願ンヤ　宜シク良人ガ言ニ従ヒ去ル可キナリ　然リト雖ドモ　初メ妾ノ嫁シテ此ニ来ルヤ[四]マタ単身独行ニハ非ラザリキ　且ツ妾ニ父母アリ　又当[五]時媒妁ノ人無ニアラズ　良人今妾ヲ去ント欲セバ　宜シク先ヅ故ヲ父母且ツ当時ノ柯人[六]ニ告ゲ　然シテ後初メテ妾ヲ去テ可ナリ　否ラザレバ　妾仮令ヒ速ニ去レト言フトモ　妾ヤ固ヨリ単身独行シテ来タレルニアラザレバ亦今単身独行シテ去ルコトヲ欲セザルナリ」ト　敢テ容易ニ卑屈[七]ノ容色ヲ形ハスコトナシ
此ニ於テカ良夫ハ愈ヨ忿怒ノ情禁ズル能ハズ　忽チ起テ而シテタケガ頭髪ヲ攫[八]執シ嗔声ヲ揚ゲ　言テ曰ク「事已ニ此ニ至テ条理是非[九]ヲ言フベケンヤ　其曲直ヲ論ゼバ他日飽マデ論ズ可シ」ト　遂ニ引テ而シテ之ヲ家外ニ衝出[一〇]シ　堅ク其戸ヲ鎖シテ以テ又顧ル所ナシ　此ニ於テカ　タケハ偏ニ悲忿ノ至リニ堪ヘズ

一 白雲任教(さもあらばあれ)春事の晩(おそ)きを　青天終(つひ)に放(はな)ちて月輪孤(こ)なり(春の楽しみにまかせて暮方になってしまった。いつのまにか白雲が浮んでいた青空は消え、空には月がくっきりとかかっている)。「春事　ハルノワザ」(『詩作便覧』)。
二 いわんとすることが筋道が通っていて正しいか否かは大声で叫ばなくとも、小声のやわらかな言い回しでもはっきりと分かる。
三 大きな声。
四 ひとりで勝手にやってきたのではありません。
五 (結婚をした)その時。「当時(タウジ)　ソノトキ」(『新撰漢語字引大全』)。「当時(タウジ)　ソノトキ又イマ」(『普通漢語字類大全』)。
六 婚姻の仲立ちをする人。仲人。「蹇修(ケンシウ)ト柯人(カジン)トハ皆ナ是レ媒妁(バイシヤク)ノ号」(『故事必読』)。「二十歳(はたち)になりて嫁入する人の方より仲人をもつて礼儀正しく結納を送りてむかえゆれば妻と名付るなり」(貝原益軒『女論語宝箱』)。「従来婚法ニ数種アリ　媒ヲ用ヒテ婚スル者ヲ夫婦ト称シ其婦ヲ妻ト目ス　媒ヲ用ヒズシテ婚スル者ヲ妾ト名ヅク」(森有礼「妻妾論ノ一」『明六雑誌』八号、明治七年)。
七 むやみに相手に屈するようなそぶりはみせなかった。「卑屈」は目上の者や権力に屈従することで、権利としての自由に目覚めない状態についていう。「亜細亜人民ハ…自主自由ノ何物タルヲ悟ラズ卑屈ニ陥リ奴隷ニ甘ンジ愛国ノ精神ニ乏シク国家ノ休戚ヲ視ルコト恰モ秦人ノ越人ニ於ルガ如シ」(『朝野新聞』投書、明治九年七月十二日)。
八 髪の毛をつかんで怒り罵る声をあげ。
九 ことがらの筋道やその正否をあげつらっている場合ではない。

ト雖ドモ　又奈何トモ為ス能ハザレバ　遂ニ恨ヲ忍テ而シテ父母ノ家ニ還ル[一〇]　此時夜已ニ三更[一一]ナラントス　陰々タル一天ノ凄雲ハ弥ヨ凝テ弥ヨ冥ク[一二]　霏々タル満空ノ降雪ハ加ス飛デ加ス烈シ　四野黯惨[一三]　眼更ラニ咫尺ヲ弁ゼズ　寒風凛烈[一四]　肌恰モ利刃ヲ加フルガ如シ　噫呼　愍レム可シ　タケハ独リ辛フジテ此厳寒ノ深夜ヲ冒シ此大雪ノ難路ヲ忍ビ　漸クニシテ父母ノ家ニ還リ来リシガ　此時マタ門戸已ニ堅ク鎖シテ家人悉ク寝ニ就ケバ　敢テ容易ニ入ル事能ハズ　此ヲ以テ　タケハ其門ニ依リ愁然トシテ呼ブコト数回　時ニ内漸クニシテ応声[一五]ノ微カニ聞ユルアリ　而シテ猶ホ軒端ニ鵠立[一六]シテ待ツコト少間　初メテ一媼婦[一七]ノ左手ニ火燭ヲ携ヘ右手睡眼ヲ摩一摩シツヽ[一八]　門戸ヲ排テ而シテ出デ来タル者アリ　是レ則チ此家ノ雇婢[一九]ニシテ名ヲトセト呼ブ　初メタケヲ襁褓[二〇]ノ中ヨリ鞠育シタルノ乳母ナリ　此ニ於テカ　タケハ低声ニ其名ヲ呼ブ　此時トセハ始メテタケガ顔ヲ一見シ　愕然殆ンド其言ハントスル所ヲ失ス[二一]　漸クニシテ始メテ言ヲ発シ聴テ伴フテ而シテ家ニ入ル　トセハ家ニ入テ其滅ントスルノ残燈ヲ挑ゲ　燼中ニ灰没セルノ宿榾ヲ焚キ[二二]以テ大ニ凍餒[二三]シタルタケガ身躰ヲ暖タメシム　其老実懇厚[二四]　殆ンド到ラザル所ナキハ　猶ホ真実ノ母子ニ於ケルガ如シ　時ニトセハタケニ対ヒ声ヲ低シ問テ曰ク「嬢ノ今夕不時ニ来タル所以ノモノハ必ズ

一〇　家の外へ突き出した。
一一　→三六頁注四。
一二　空は次第に雪雲に覆われて暗くなり。
一三　あたりは真っ暗で何も見えない。「四野　四方ノノ」(『唐宋詩語玉屑』)。「咫尺モ弁ズルコト無シ　ワヅカノアヒダモミワケラレヌ」(吉川丈太郎編『新撰文語便覧』明治九年)。
一四　寒い風がぴゅうぴゅう吹いてまるで鋭い刃(やいば)で肌を切られるようだ。「寒風(カンフウ)」(『詩韻砕金幼学便覧』冬)。
一五　返事をする声。
一六　家の軒にたたずんで。
一七　老婆。
一八　→一六頁注一一。
一九　召使いの女。「雇夫(フコ)　ヤトヒビト」(『新撰漢語字引大全』)。「雇婦(フコ)　ヤトヒオンナ」(『普通漢語字類大全』)。
二〇　「襁褓」は「むつき」(→三七頁注一六)。「鞠育(キクイク)　ソダテル」(『新撰普通漢語字引大全』)。
二一　びっくりしてことばも出なかった。
二二　灰の中に埋れた榾(ほだ)をもう一度燃やして。「宿榾」は燃えさしの木ぎれ。
二三　冷えきった。「凍餒(トウダイ)　コヾエヒダルイ」(『新撰漢語字引大全』)。「凍餒(トウダイ)ヲ禦(フセ)ガント」(『花柳春話』初編一)。
二四　まめまめしくねんごろなさま。「老実　リチギ」(岡崎元軌編『中夏俗語藪』享和二年〈一八〇二〉)。

ヤ深キ源因ノアルナルベシ　然リト雖モ今夕偶マ不幸ニシテ乃爺出デヽ家ニ在ラズ　只一室ニ嬢ヲ最モ嫌忌スルノ阿母臥スルノミナリ」ト　タケハトセガ言ヲ聞キ大ニ其意ヲ失フト雖ドモ　又如何トモ為スコト能ハザレバ　只ダ転々悽然トシテ歔欷スルモノ少間ナリシガ　漸クニシテトセニ向ヒ涙ヲ呑デ来家シタル所以ノ情状ヲ告グ　此ニ於テカ　トセモ亦大ニ驚キ　偏ニ哀憫ノ情禁ズル能ハズ　共ニ悲歎シテ泣涕人事ヲ失スルノ際　忽チ颯然トシテ襖ヲ開キ一室ヨリ出デ来タル者アリ　是レ則チ何人ナルカ　且ク次回ヲ読テ知レ

第十七回

人生ノ険阻ハ艱難ノ裏
世事ノ悲歓ハ感慨ノ中

二人ハ不意ニ吃驚シ　斉シク頭ヲ回ラシテ其後ヘヲ顧ミレバ　是レ則チ別人ナラズ　大ノタケガ継母ニシテ当家ノ室ナリ　怒顔赫々トシテ瞋目焚々　容貌恰モ夜叉ノ出現セルニ非ラズンバ幾ンド鬼女ノ再来シタルガ如ク　一見人ヲシテ魂飛ビ魄消サシム　忽チ怒声ヲ発シトセヲ叱シ　言テ曰ク「咄　汝ヂ呆婢夜已ニ何更ニ及ビタルヲ知レリヤ　咄　家鶏ハ已ニ鳴テ数刻ヲ過ギタリ　汝聴ヲ何人ニ得テ斯ク擅マニ半夜起テ焚火スゾ」ト　直チニ炉辺ノ水瓶ヨリ一掬

一　あなたの父。「乃爺(ナイヤ/ヲウ)　ソチノヲヤヂ」(『新撰漢語字引大全』)。
二　↓四一頁注一六。
三　ひどく落胆した。
四　いよいよ悲しくなってすすり泣く。「転(ウタ)タ凄然(セイゼン)トシテ」(『艶才春話』十六)。「夜色転々寂寞タリ」(『花柳春話』初編一)。「歔欷(キヨキ)　スヽリナキ」(『新撰漢語字引大全』)。
五　哀れみの心。
六　わけが分からなくなるまで泣きつくした時に。
七　さっと風が吹くようにして。「忽(タチマ)チ颯然(サツゼン)　アメヤカゼノヲト」(『詩韻砕金幼学便覧』夏)。
八　底本「褐」を訂した。以下、同じ訂正をした箇所があるが、逐一注記しない。
九　人生の険阻は艱難の裏(ちう)　世事の悲歓は感慨の中(ちう)(人生の道のりの険しさは人を苦しませ、世の中で味わう喜びや悲しみは人を物思いへと導く)。「世事　ヨノナカノコト」(『詩作便覧』)。「悲歓(ヒクハン)　カナシヒヤラウレシヒヤラ」(『新撰漢語字引大全』)。「人間百事悲歓ニ属ス」(『花柳春話』初編五)。「人生レテ幼ヨリ壮ニ至ルノ間多クハ悲嘆憤憂ノ中ニ過グ」(『花柳春話』同十四)。
一〇　この家の主人の妻。
一一　怒りで赤らんだ顔にカッと見開いた目がくっきりと浮かびあがる。「瞋目(シンモク)　メヲムキダス」(『新撰漢語字引大全』)。「瞋目扼腕(シンモクヤクワン)　メヲムキダシハリヒヂスル」(『文章軌範訳語』)。「憤怒(フンヌ)色ニ見(ラア)ハレ満面赫然タリ」(『花柳春話』二編三十二)。
一二　凶悪な相貌を持つ夜叉(鬼神)が登場したのでなければ、死んで成仏できなかった女が生き返ってきたのかとみまごう。

ノ水ヲ以テ之レニ注グ　此ニ於テカ灰煙忽チ四方ニ飛散シテ燃火全ク消尽セリ
継母ハ再ビ大声ヲ揚ゲ罵テ曰ク「深更請ヲ得ズシテ人ノ家ニ入ル者ハ　是レ則チ盗賊ナリ　咄　呆婢　汝ガ傍ニ在ル者ハ其レ何者ゾ　今夕良人ノ亡ヲ時トシ窃ニ来テ財貨ヲ奪ントスルノ賊ニハ非ラザルカ　何ゾ速ニ放逐セザル」ト　此時タケハ漸クニ泫然タル悲涙ヲ払ヒ継母ニ向ヒ　言テ曰ク「阿母ノ震怒シ給フハ決シテ理ナキニアラザルナリ　妾来タルノ始メニ於テ之レヲ阿母ニ告ザリシ

一三 びっくりさせ肝をつぶさせる。「魂(コン)飛ビ魄(ハク)消シ」(『寄想春史』三編三十一)。
一四 舌打ちする音。
一五 愚かな召使いよ。夜が更けてもう何時になっているか分かっているのか。「更」は日没から日出までを五つに分けた時間。
一六 夜中に寝ないで火をたいているのか。「平夜」は、→三六頁注二。
一七 底本「一掬」を訂した。ひと汲みの水。
一八 よふけ。真夜中。「深更　イタクフケ」(『雅俗幼学新書』)。
一九 今晩夫が留守にしているのを好機として。
二〇 悲しみに泣きくれていた涙を拭って。「泫然(ゲンゼン)　サメ〴〵」(『新撰普通漢語字引大全』)。
二一 お母様のひどく怒っていらっしゃるのは。「震怒(シンド)　イカル」(『新撰普通漢語字引大全』)。

ハ偏ヘニ妾ガ罪ト云フ可キナリ　請フ幸ヒニ宥恕[一]アランコトヲ」ト　泣涕シテ之ヲ謝ス　此ニ於テカ　継母ハ少シク怒顔ヲ和ラゲ　言テ曰ク「吁　言辞[二]アレバマタ盗ニテハ非ラズシテ阿嬢ナリシカ　然リト雖モ　阿嬢ハ何ンガ故アレバ深夜此大雪ヲ冒シ恣リニ他家ニ来リテ安眠ヲ妨グルヲ為スゾ　甚ダ不審ノ至リニ堪ヘザルナリ　思フニ斯レ[三]不良ノ行ヒヲ為シ良夫ノ意ニ逆ヒテ遂ニ放逐セラレタルニ非ラズンバ　必ズ[四]姦夫ノ為ニ誘引サレテ私カニ自家ヲ脱出シタルモ中途忽チ放棄セラレ　一身マタ頼ル可キ所ヲ失ヒタルヨリ　終ニ此ニ来リシナル可シ　果シテ然ラバ寸時モ止ムル事能ハザルナリ　速ニ去テ而シテ家ニ帰リ宜シク心ヲ改メテ以テ偏ニ其罪ヲ謝シ　良夫ノ意ニ従フ可シ　特ニ今夜ハ我良人モ他出シテ家ニ在ラザレバ　擅ニ脱出シ来タルノ阿嬢ヲシテ止宿セシムルコト能ハザルナリ　若シ之ヲシテ留ムルトキハ他日[五]何等ノ慊遺ヲ良人ニ蒙ルモ知ル可ラズ　且ツ今暁天[六]ニ至ラザルノ際私カニ家ニ帰ルニ於テハ　世人[七]ノ情ヲ知ル者モ又極メテ鮮カルベシ　今此家ニ止ツテ一日ヲ経レバ更ニ一日帰家スルハ難キヲ増シ　二日ヲ過サバ尚ホ二日ノ難キヲ加フ可シ　宜シク斯ノ如ク我ガ阿嬢ヲ思フ親意[八]ヲ酌テ速カニ帰家スベキナリ　且ツ又仮令阿嬢ノ止ツテ此家ニ滞在センコトヲ願フト云フトモ　其ハ決シテ許ス可キ所ニアラザルナリ」ト

一 大目にみる。「宥恕(ジイヨ)　ツミヲユルス」（『新撰普通漢語字引大全』）。「宥恕(イウジヨ)　ナダメオモヒヤル」（『新撰漢語字引大全』）。

二 言うことを聞けば盗人ではなく娘様であったか。「阿嬢」は自分の娘をよそよそしく貴んで呼んでいる言葉。「心ハ射的ニ非ズシテ阿嬢(アジヤウ)ニ在リ」（『英国龍動新繁昌記』四編、明治十一年）。

三 よからぬ行いをして。「不良(フリヤウ)　ヨカラヌコヽロ」（『新撰漢語字引大全』）。

四 悪い男に誘われてこっそりと家を出たけれど途中で男に捨てられ。「姦夫(カン)　ワルキヲトコ」「誘引(イウイン)　スヽメミチビク」（『新撰漢語字引大全』）。

五 いつどんな恨みを夫から受けるか分からない。「慊遺」は遺恨に同じ。

六 夜が明けないうちに。「暁天　アカツキノソラ」（『唐宋詩語玉屑』）。

七 世間に事実が知れ渡ることもほとんどないだろう。

八 親ごころ。

或ハ甘言[九]之ヲ愛スルガ如ク或ハ厳辞之ヲ罵ルガ如ク　百方弁ヲ尽シテ其帰家ヲ促ス　此時トセハ傍ニ在テ之ヲ黙[一〇]聴スルニ忍ビズ　涙ヲ垂レテ主ニ謝シ　言テ曰ク「貴[一一]言聊カ喙ヲ容ル可キニアラズト雖ドモ　厳冬此夕ニ際シテハ　家ニ火炉ノ辺リニ在テ身ヲ活火[一二]ニ暖ムル者ダニモ尚ホ且ツ寒威[一三]ノ肌ヲ砭シテ其凜烈ヲ覚フルナルニ　貴嬢ヲシテ今ヨリ家ニ還ラシメントスルガ如キハ真ニ不慈無[一四]情ノ至リト云フ可キナリ　到底帰家ナサシメザルヲ得ザルノ事タラバ　已ニ天[一五]明ヲ待テスルモマタ晩キニハアラザルベシ　若シ一夕止メテ而シテ他日厳重[一六]ノ譴譲スル所トナランニハ　婢ガ一身ニ其罪ヲ被リテ而シテ何等ノ厳罰アルモ又甘ジテ受クベキナリ　請フ幸ニ一夕ノ宿泊ヲ貴嬢ノ為メニ聴許[一七]アラレンコトヲ」ト　言未ダ了ラザルニ先チ　継母ハ再ビ眼ヲ瞋ラシトセヲ叱咤シ　言テ曰ク「咄々汝[一八]ヂ又何ヲカ喋々スゾ　夫レ今主ノ命ニ逆フ者ハ不忠ノ婢ナリ　又親ノ言ニ順ハザル者ハ不孝ノ子ナリ　不忠不孝ノ輩ハ共ニ寸時モ家ニ在ラシムル事ヲ許サヾルナリ　速ニ立テ出ヨ」ト　此時二人ハ心中[一九]又已ニ愁訴ス可ラザルヲ察シ　只泣伏シテ更ニ言辞ヲ発スルコトナシ　良久シテ継母ハ独リ歎息シ　言テ曰ク「噫吁々々　我レ不幸ニシテ今夕良人ノ不在ヲ守レバ又タ斯ノ如ク児婢ノ為メニ軽侮[二〇]セラレ　言フ所ノ言辞毫モ用ヒラルヽコトナシ　啻ニ聴カ

九 耳障りのよい言葉で慈しむように、また厳しい言葉を浴びせて罵るように、さまざまに説き伏せて嫁ぎ先の家に帰るよう仕向ける。「甘言（カンゲン）　アマキコトバ」（『新撰普通漢語字引大全』）。

一〇 口をはさまずに聴いているのに耐えきれず。

一一 おっしゃることに口ごたえすべきではないと存じますが。

一二 さかんにおこっている火。

一三 寒さはまるで石針で肌を刺すようで、その激しさが身にこたえますのに。

一四 慈しみがなく情愛がない仕打ちである。「不慈（フジ）　ジヒガナイ」「無情（ブジヤウ）　ナサケシラズ」（『新撰漢語字引大全』）。

一五 夜明け。

一六 いつかまた厳しく咎めだてされる場合となった時には。「譴譲（ケンジヤウ）　オシカリ」（『新撰漢語字引大全』）。

一七 お聞き入れください。

一八 お前は何をぺちゃくちゃしゃべり散らしているのだ。「喋々（テウテウ）　ヤカマシヰ」（『新撰普通漢語字引大全』）。

一九 心の中では既にどんな言い訳も通じないと分かっていたので。「愁訴（シウソ）　イヽワケ」（『小学読本巻五字引』）。

二〇 「軽侮（ケイブ）　カロンジアナドル」（『小学読本巻五字引』）。「卿ヲ軽侮〈アナドル〉スルヤ」（『花柳春話』初編四）。

レザルノミナラズ　或ハ不慈無情ノ悪語[一]ヲ受ク　遺憾豈何ゾ堪ユベケンヤ　然リト雖ドモ　斯ノ如キハ全ク我ガ良人ニ後妻タルノ所以ヲ以テスルナル可シ　果シテ然ラバ　何ゾ何時マデカ止テ児婢等ガ為メニ軽侮ヲ甘受スベケンヤ　宜シク我ハ今ヨリ此家ヲ去ル可キナリ」ト　忽チ起テ而シテ出ントス　此時タケハ遽ハシク往テ其[二]裳ヲ牽キ　涙ヲ拭ヒ　言テ曰ク「妾ガ故ヲ以テ阿母去ントセバ　妾豈何ゾ止マランヤ　宜シク言ニ従フテ妾コソ此ヲ去ル可キナリ　請フ偏ニ止マラレンコトヲ」ト　此時継母ハ故[三]ラニ悲声ヲ作リ愁容ヲ粧ヒ　言テ曰ク「否ナ否ナ　子ハ此家ニ生レテ此家ニ長ズルノ人ナリ　故ニ又他[四]ヨリ来タル我ガ如キ比ニアラザルナリ　宜シク[五]我意ヲ恣ニシテ止ル可シ　我レハ今ヨリ去ンノミ」ト　固[六]ク執テ肯ゼザルノ状ヲ為ス　此ニ於テカ　タケハ転タ心意ヲ傷マシメ　偏ニ泣キ且ツ謝シテ　更ニ[七]犯サヾルノ罪ヲ謝ス　此ニ於テカ　継母ハ固ヨリ毫モ去ル可キノ真意アルニ非ラズシテ　以テ只々[八]タケヲ放出セント謀リシ奸策タルニ過ザレバ　忽チニシテ其言辞ヲ更メ　言テ曰ク「去ラントハ欲スレドモ斯ノ如ク衣ヲ牽キテ止ムレバ又遂ニ去ルコト能ハズ　嗚呼　進退維レ谷[九]ルトハ実ニ我ガ今夕ノ謂ヒナルベシ　然ラバ其請ヒヲ容レテ止マリ難キ所タリト雖ドモ暫ク此ニ止ル可シ　実ニ今我ガ此家ヲ去ルニ於テハ　阿嬢ト雖ドモ亦呆婢

一 悪口を言われる。

二 着物の下をつかんで引き止め。「裳」は着物の腰から下の部分。身をかがめて引き止めたことを表す。

三 わざと悲しそうな声をあげ、愁いを帯びた顔つきを作って。「顔色忽チ愁容（シウヨウ）ヲ顕（アラ）ハシ」（『花柳春話』初編六）。

四 よそから来た私とは比べることができません。

五 自分の考えを押し通してこの家にいつづけるがいい。「意見（イケン）ヲ恣（ホシイマヽ）ニシテ而シテ止（トヾ）ル可シ」（『艶才春話』十七）。

六 自分の主張をまげず、相手の言うことを聞こうとしない様子をみせた。

七 けっして犯してもいない罪を詫びた。

八 ひたすらタケを追い出そうとして企んだ悪巧みに過ぎなかったので。「我輩如（モ）シ此奸策（カンサク）ヲ運（メグラ）サヾレバ」（『花柳春話』四編六十一）。

九 底本「身體」を訂した。

一〇 安んじてとどまる。「安居（アンキヨ）ヲチツキキ

ト雖ドモ　共ニ此ニ安居[一〇]スルコト能ハザルノミナラズ　良人ニ何等ノ厳譴[一一]ヲ蒙ルモ知ル可ラザルナリ　然リト雖ドモ　我ガ再ビ止ルニ於テハ又此ノ災禍ヲバ免カルヲ得ベシ　故ニ阿嬢ハ速カニ去テ帰家ス可キナリ　若シ嬢尚ホ止テ遅々[一二]セバ　我レ決シテ家ニ在ラザルベシ」ト　再ビ起テ而シテ出ントスルノ状ヲ為ス　此ニ於テカ　タケハ愈々一志ヲ決シ　泣伏セルトセガ傍ニ至リ懇ロニ其背[一三]辺ヲ撫シ　言テ曰ク「卿請フ偏[一四]ニ泣涕スルコトヲ止メヨ　事已ニ此ニ至ル　設令ヒ何等泣涕スルモ豈又何ノ効カアランヤ　如カズ速ニ涙[一五]ヲ収テ尚ホ阿母ノ怒リニ触ルヽコト無カランニハ　妾今此ヲ去ルニ際シ一言ノ別辞ヲ述ント欲ス　請フ為メニ擡首[一六]セヨ　妾曾テ卿ニ受ケタル十有余年[一七]鞠育ノ洪恩ハ　未ダ決シテ之[一八]ヲ心ニ忘レザルナリ　今妾卿ニ別ルヽハ実ニ真実ノ阿母ニ離ルヽガ如キナリ　皇天若[一九]シ尚ホ薄福ナル妾ヲステズシテ他日再ビ卿ヲ見[二〇]ルノ時アラシメバ　宜シク山海ノ洪恩ニ報謝スル所アル可シト雖ドモ　聞ク人生ハ朝露ノ如ク頼ム可ラザルハ風前ノ燈火ニ等シト　夫ノ暁天ヲ待ズシテ夜半ノ嵐ニ梢ヲ辞スルノ花アルモノハ　全ク浮世[二一]無常ノ情態ヲ示セルノ天意ナルヲ知ラザランヤ　若シ今ヨリ尚ホ一層ノ不幸ニ遭逢シ再ビ此土ニ卿ト相見ルノ日アラザル時ハ　則チ是レ今夕コソ一生[二二]ノ永訣ナリ　請フ卿ハ齢[二三]ヒ巳ニ初老ヲ過グ　宜シク今ヨリ後尚ホ

ル」(『新撰漢語字引大全』)。「終身安居(シウシン アンキヨ)　一生アンラク」(『小学読本巻五字引』)。「大志を懐き区々たる地方に安居(あんきよ)を好まず」(『巌の松』一)。

一一　厳しく叱られる。「厳譴(ゲンケン)　キビシキオシカリ」(『新撰漢語字引大全』)。

一二　ぐずぐずしていると。「遅々(チチ)　グズ〱」(『新撰漢語字引大全』)。

一三　背中をなでて。「背(ハイセナカ)ヲ撫(ブナデ)シ慰メテ」(『花柳春話』附録七)。

一四　泣いてばかりいるのはよしなさい。

一五　別れの言葉。

一六　頭を上げなさい。

一七　十数年間にわたって育てていただいた恩義。「鞠育(キクイク)　ソダテル」「洪恩(コウオン)　オホキイオン」(『新撰普通漢語字引大全』)。

一八　天が幸せの薄い私を見限ることなく、将来再びあなたと会うことができたなら。「皇天(クワウテン)　ソラ」「他日(タジツ)　コノノチ」(『新撰漢語字引大全』)。「皇天上帝(カミ)」(『花柳春話』初編六)。「皇天(クワウテン)此悪奴(アクド)ト婚姻スルヲ禁ズ」(同、二編三十)。

一九　育てていただいた、山より高く海より深いご恩にきっと報いることでしょう。「山嶽之恩　ヤマホドノタカキゴオン」(『新選漢語小字典』)。

二〇　「朝露(テウロ)　アサノツユ」(『詩韻砕金幼学便覧』雑)。「如シ朝露(テウロ)ノ　人ノハカナキタトヘ」(『続詩礎階梯』「弔亡」)。「人命ハ朝露(テウロ アサツユ)ノ如シ」(『寄想春史』初編四)。

二一　この世のはかないありさま。「浮世(フセイ)　ウキヨ」(『新撰普通漢語字引大全』)。

二二　生涯の別れ。「永訣(エイケツ)　シニワカレ」(『新撰漢語字引大全』)。

二三　四十歳。

自愛摂養シテ寒暑ヲ犯ス事勿レ」ト　言畢テ潸涙ヲ拭ヒ　継母ニ向ヒ　言テ曰ク「妾此ニ唯一ノ阿母ニ請ハント欲スル所アリ　請フ幸ニ許容アランコトヲ　而シテ其妾ガ請ハントスル所ノモノハ他ニアラザルナリ　妾今家ヲ去ントスルニ際シ　只一遍ノ亡阿母ガ霊牌ニ回向ヲ為シテ去ント欲ス　願クハ寸間ノ止マルヲ許サレンコトヲ」ト　言未ダ畢ラザルニ継母ハ忽チ眼ヲ瞋ラシ怒声ヲ揚ゲ言テ曰ク「否ナ否ナ　許聴セザルナリ　寒夜何時マデカ為メニ安眠ヲ妨ゲラルヽノミナラズ　又甚ダ凍餒ノ至リニ堪ヘズ　速ニ去ル可キナリ」ト　終ニ自ラタケガ手ヲ引テ而シテ之ヲ戸外ニ衝出ス　此ニ於テカ　トセハ其残戻ニ驚キ後ヨリ続テ而シテ出ントスレバ　継母ハ忽チ堅ク門戸ヲ鎖シテ出ヅルコトヲ得セシメザルノミナラズ　又之ヲ柱下ニ縛シテ動クコト能ハザラシム　而シテ後己レハ悠々ト一室ニ入テ寐ニゾ就キニケル　此ニ於テカ　トセハ偏ニタケガ身上ヲ想思シテ九腸為メニ断ツガ如シト雖ドモ　如何セン身ハ上下ニ繋ガレタレバ又意ノ如クナル能ハズ　只空シク悲涙ノ双眼ニ泫然タルノミ　暫クシテ残燈油尽キタルカ火忽チ滅シタリ　時ニ　怪シムベシ私カニ婦人ノ内ヨリ戸ヲ開キテ出ヅル者アリ　トセハ大ニ之ヲ疑ヒ私カニ首ヲ斜ニシテ雪明ニ映カシ之ヲ見レバ　豈図ンヤ　タケガ母ノ異装ヲ為シテ出ヅル者ナリ　此ニ於テカ　驚駭

一 身体を大切に養生して、寒さ暑さにさらされることがないように。
二 さめざめと泣いて流した涙を拭い。
三 ただ一度、亡くなった母の位牌に手を合わせてからここを去りたい。四 少しの間。
五 「聴許」と同じ。→六五頁注一七。
六 むごくて理に背いたさま。
七 柱の低いところに縛り付けて。
八 腸がちぎれるほどにつらく悲しい。「九腸」は腸の全体。「九腸寸断(キウチヤウスンダン)　ハラハタガチギレルホドカナシイ」(『新撰普通漢語字引大全』)。
九 立ったままの姿勢で縛り付けられているので。「身(ミ)ハ柱下(ウチユ)ニ繋(ツ)ガレタレバ」(『艶才春話』十七)。
一〇 燃え尽きそうになっていた灯が、油がなくなったのか急に消えてしまった。「油欲ス尽ント　アブラガナクナリカケタ」(『続詩礎階梯』)。
一一 底本には「タケガ」に圏点はないが、文章の切れ目を考慮し付した。
一二 世間の人と異なった服装をして。「異服(イフク)　カハツタキモノ」(『新撰漢語字引大全』)。
一三 びっくりして急に気を失った。
一四 一年の春色他郷に尽く　独り東風に向て涙(なん)だ衣を湿(うるほ)す(春の始まりと終わりを異郷で迎え、ひとり春風に吹かれながら溢れる涙を着物でふく)。「他郷(タキヤウ)　タビ」(『詩韻砕金幼学便覧』秋)。「東風(トウフウ)　ハルノカゼ」(『新撰漢語字引大全』)。
一五 胡の地に産した馬は、獣でありながらも故郷からの北風が吹いてくるといななき、越の国に産した鳥は、鳥ながら南側の枝に巣を営む。いずれも、故郷を忘れがたいこと。「胡馬北風にいばふ　文選二十九。古詩ニ云。胡馬北風ニ依リ。越鳥南枝ニ巣フ。是は。胡馬は夷狄の馬

忽チ気絶シテ柱下ニガバト倒レケル

第十八回

[14]一年ノ春色他郷ニ尽ク
独リ向テ東風ニ涙ダ湿ス衣ヲ

[15]胡馬ノ獣ニシテ猶ホ且ツ北風ニ嘶キ　越鳥ノ禽ニシテ猶ホ且ツ南枝ニ巣フト　嗚呼夫レ人トシテ誰レカ其故園[16]ヲ思フノ情無ランヤ　誰レカ其郷里ヲ慕フノ意有ラザランヤ　設令身ハ遠ク[17]天涯万里ノ外ニ在テ　幾歳ノ久シキ故山ノ風月ニ違フ者ト雖ドモ　心常ニ家郷[18]ヲ思フテ以テ須臾[19]モ忘ルヽコト能ハザルモノハ　蓋シ是レ人間ノ通情[20]ナリ　紅楼[21]ニ酒酔ノ時ト雖ドモ　一ビ望郷ノ念起ルニ於テハ決シテ其快ヲ覚ユルコトナク　青閣[22]ニ遊興ノ際ト雖ドモ　若シ郷思[23]ノ情発スルニ於テハ毫モ其爽[24]ヲ覚ユルコトアルコトナシ　況ヤ月色[25]朦朧トシテ影自ラ暗キ羈窓ノ下ニ半夜孤雁ノ哀鳴ヲ聞キ　風雨[26]蕭颯トシテ万籟夢ヲ破ル旅牀ノ裏ニ三更百虫ノ悲声ヲ伝ルノ時ニ於テヲヤ　亦タ何人[27]カ其腸ヲ断チ　亦タ何人カ其魂ヲ消セザル者アラザラン

然レバ説ク　彼ノ久松菊雄ハ一ビ教師ノ職ヲ辞シ単身笈[28]ヲ負ヒテ故山ヲ去リ来テ此地(阪府[29])ニ遊学スルヤ已ニ幾ンド二週歳[30]　是ヲ以テ今ヤ自ラ都会ノ風習

なれば。北風をしたひ。越鳥は。南国の禽なれば。南枝に巣ふ。皆其本を忘れざる喩也」(『諺草』)。一六 ↓七頁注一一。一七 故郷から遠く離れた地にいて、何年もふるさとの自然と疎遠であった人でも。「天涯(テンガイ) ソラノハテ」(『新撰漢語字引大全』)。↓四九頁注一三。一八 ふるさと。「家郷 ワガイエノアルサト」(『唐宋詩語玉屑』)。一九 ↓二一頁注一三。二〇 人がひとしく持つ心持ち。「通情(ツウジヤウ) イヅクモオナジコヽロ」(『新撰漢語字引大全』)。「世間男女ノ通情(ツウジヤウ)」(『花柳春話』三編四十一)。二一 遊廓で酒盛りをしている時。「紅楼(コウロウ) ビジンノイマ」(『精選詩学大成』)。二二 遊廓で女と遊んでいる時。二三 「郷思(キヤウシ) フルサトエカエリタキヲモイ」(『唐宋詩語玉屑』)。二四 心がすっきりとすることはない。二五 おぼろにかすんだ月の光が差し込む旅住まいの部屋の窓辺で、夜中の空を渡る群を離れた雁の哀れな鳴き声を聞き。「羈窓(キウ)ノ夢 タビデミルユメ」(『続詩礎階梯』「客旅」)。「孤雁(コガ)ノ影(ゲカ) ヒトツノカリノカゲ」(『詩韻砕金幼学便覧』秋)。「鳴雁(メイガン)度(ワタ)ル」(同、冬)。二六 もの淋しい風雨の音に眠りを妨げられる旅寝の床で夜更けにさまざまな虫たちの悲しい声を聞く時には。「風蕭颯(セウサツ) カゼガサミシイ」(『続詩礎階梯』)。「万籟(バンライ) カゼ」(『唐宋詩語玉屑』)。「三更」は、↓三六頁注四。二七 悲嘆にくれたり魂がさまようような感じを覚えない者はない。「腸断絶(チヤウダンゼツ) ハラワタガキレルヤウナカナシムコト」(『続詩礎階梯』)。二八 ↓七頁注一一。二九 大阪。三〇 まる二年。

ニ通ジ併セテ花柳ノ情況ヲモ概ボ解スル所ナキニシモ非ラズト雖ドモ　更ニ志[二]ヲ耳目ノ慾ニ動スコトナク専ラ思ヲ学術修業ノ一途ニ凝シ　日夜偏ニ孳々汲[三]々トシテ勤学ノ外　他事アルコトナシ　然リト雖ドモ　又タ彼ノ故山ノ老親ヲ懐ト且ツタケガ身上ヲ思フノ二ツトニ至テハ　未ダ曾テ須臾モ胸間ヲ離ルヽハ時アルコトナカルベシ　習々タル谷風ハ落花ヲ捲キ　朧々タル冷雨ハ残紅ヲアラヒ[四]　九十ノ春光又将ニ空シカラントス[五]　時ニ菊雄ハ独リ僑窓ノ下ニ枯坐シテ朝来此落花ニ対シ羈中ノ感情転タ自ラ禁ズルコト能ハザレバ[六]　徐カニ夫ノ朗詠ヲ微吟シテ曰ク[七]「留レ春春不レ駐。春帰人寂寞。厭レ風風不レ定。風起花蕭索。[八]嗚呼　若シ韶光ヲシテ我ガ意ヲ知ラシメバ　今宵旅宿詩家ニ在ラシメント　夫レ和漢内外時異ナルモ　古今春ヲ惜ミ花ヲ痛ムノ情ニ於テハ豈又焉ゾ異ナル所アランヤ　嗚呼　予レノ萍蓬今年花ニ此処ニ別ル　知ラズ又明年春ニ此処ニ逢ハンコトヲ[九]」ト　感情此ニ至テ転タ遣ルコト能ハザルノ際　忽チ跫然トシテ襖[一〇]ヲ開キ入来ル者アリ　是レ則チ菊雄ガ同窓ノ学友ニシテ其名ヲ結城松雄ト云フ[一一]　年歯未ダ弱冠ニ至ラザレドモ[一二]　容姿敏然[一三]　紅顔隆鼻　一見未ダ問ハズシテ一箇[一四]ノ秀才子タルヲ知ルニ足レリ　松雄ハ元曾テ菊雄ト竹馬ヲ其故園ニ共ニセズト雖ドモ　已ニ交ヲ結デ好情ノ親密ナルコト亦彼ノ雷義ノ陳重ニ於ケルガ如シ[一五]

一 色街の事情にもほぼ通じるようになったのだが。 二 遊興のために志をふらつかせることはなく。「耳目ノ慾」は美人を見たり音曲を聞いたりしようとする欲。 三 →三八頁注三。

四 そよ吹く風が散り敷いた花びらをまきあげ、降りしきる冷たい雨が散らずに残っている花を濡らして。「谷風」は春風。「習々　ハルカゼノノドカナルナリ」(『唐宋詩語玉屑』)。

五 三カ月に及ぶ春の景色がちょうど見納めになろうとしている。「九十ノ春光」は春季の三カ月のこと。「春光(シュンクワウ)　ハルノケシキ」(『近世詩語玉屑』)。「九十ノ春風　ミツキノハルカゼ」(内山牧山編『詩語金声玉振』明治十六年)。

六 旅住まいの部屋の窓辺に一人ぽつねんと座り朝から花が散るのを眺めていると、故郷を離れ旅に出ているという感慨がいよいよ募ってきて。

七 例の『和漢朗詠集』の詩を小さく声に出して歌ってみる。

八 最初は『和漢朗詠集』巻上「三月尽」に載る白氏文集に収められた五言古詩「落花」。「春を留むるに春駐まらず　春帰つて人寂漠たり　風を厭ふに風定まらず　風起つて華蕭索(しやうさく)たり」(『和漢朗詠集』〈平がな付〉天保九年〈一八三八〉)。次は、同じく「三月尽」に載る菅原道真の七言絶句の尾聯。「若し韶光(せうくわう)をして我が意(こゝろ)を知らしめしかば　今宵の旅宿(りよしゆく)は詩の家に在らん」(同)。「蕭索(シヤウサク)　モノサビシ」(『詩韻砕金幼学便覧』秋)。「韶光(セウクワウ)　ハルノケシキ」(同、春)。

九 あちこちさまよっている私はここで今年の花と別れようとしているが、来年もまたここで春を迎えるかどうかは分からない。「萍蓬」はうきくさとよもぎ。ともに居所を定めずさまようことをたとえる。 一〇 →二七頁注二五。

此時菊雄[一六]ニ言テ曰ク「今日遇マ休日ニ際スレバ無情ノ風雨生憎ニ至テ又散歩スル事能ハズ　朝来独リ寂寞トシテ羈窓ノ下ニ枯坐スレバ無聊極ツテ殆ンド堪ユ能ハザルヨリ　遂ニ出テ君ヲ訪ヒ来シナリ　知ル君モ亦鬱陶[一七]トシテ感猶ホ僕ト同フセシコトナラン　請フ願クハ此鬱ヲ散ゼンガ為メ一椀[一八]ノ新茗ヲ煮ヨ　僕マタ途次些カ粗菓ヲ求メ来ル」ト　一函ヲ出テ机下ニ置ク　菊雄対テ曰ク「実ニ然リ　予モ朝来独坐シテ真ニ徒然ノ至リニ堪ヘザルノ際ナリキ　図ラズモ君ノ来臨ヲ得ル　一ニ幸ヒト云フ可キナリ　請フ今日ハ緩遊[一九]セヨ」ト　直ニ掌ヲ鳴ラシテ婢ヲ呼ビ　命ズルニ炭水[二〇]ノ事ヲ以テス　此時松雄ハ菊雄ニ語テ曰ク「時ニ君　頃者勝間田氏ヲ訪ヒシカ」　曰ク「否ナ　予ハ同氏ガ病ト称シ数日間来[二一]塾アラザレドモ　未ダ課業ノ繁忙ニ寸暇ヲ得ザレバ更ニ一回ダモ往テ之ヲ訪ハザルナリ　君ハ近ロ同子ニ逢ヒシカ」　曰ク「然リ　僕ハ一昨夜ヲ以テ子ガ寓居ヲ訪問セリ　然ルニ彼ガ今回ノ疾徴[二二]ハ僕甚ダ之ヲ憂フルナリ　何ントナレバ未ダ其患部ノ何辺ナルヤハ見テ之ヲ知ルコト能ハズト雖ドモ　全躰大[二三]ニ水腫ヲ来タセルモノヽ如ク　然シテ又其自ラ言フ所ヲ聞クニ「予ハ　君　不思議ニモ頃日[二四]暴ニ双手[二五]物器ヲ把握スルノ力ヲ失ヒ　且ツ遇マ起ント欲スレバ趾尖[二六]亦甚ダ重フシテ　牀ヲ離ルヽコト能ハザルガ如シ」ト　是レニ由リテ僕之ヲ考フル

一一 →七頁注一〇。
一二 いかにも賢そうな外見をしていて、生気のある顔に高い鼻を持っている。
一三 すぐれた才能のある若者。「秀才(シウサイ)　ハツメイ」(『新撰普通漢語字引大全』)。「秀才(シユウサイ)ヲ愛慕セシガ」(『花柳春話』四編五十)。「不羈独立(フキドクリツ)ノ英才子」(同五十三)。
一四 故郷を同じくする友達ではないが。「竹馬(チクバ)ノ童　タケムマニノリアソブコドモ」(『唐宋詩語玉屑』)。
一五 仲がよいことはまるで雷義と陳重のようであった。雷義と陳重は厚い友情で知られた後漢の人。「雷義茂才ノ科ニ挙ラレ陳重ニ譲ルニ刺史聴ズ　義乃チ佯狂シ髪ヲ披(ヒラ)テ走リ命ヲキカズ　時人語シテ曰ク　膠漆堅シト雖ドモ雷ト陳トニ如カズト」(『故事必読』)。「陳雷睦(チンライムツマジ)ナカヨキトモ　故事」(『続詩礎階梯』)。
一六 底本「松雄」を訂した。「友生少年ニ言テ曰ク」(『艶才春話』十八)。「菊雄ニ言テ曰ク」(『訂正増補 惨風悲雨世路日記』十一)。
一七 →四四頁注一三。
一八 新茶を一杯いれてくれ。「煎(ルニ)新茗(イメ)ヲ　シンチヤヲニル」(『続詩礎階梯』)。「新茗　アラタニセイシタルチヤ」(『唐宋詩語玉屑』)。
一九 ゆっくりしていけ。
二〇 茶をいれるために用いる炭と水などの準備。
二一 ここのところ数日塾に顔を見せなかったけれども。大阪へ来た久松菊雄が私塾に学んでいることを示す。明治十六年の『大阪府統計書』によると、同年末の時点で大阪市にあった私立の諸学校のうち、漢学が十六校、英学が三校、漢学と英学を兼修するものが二校、法学が二校あり、これらの学校に合わせて千名ほどの学生が学んでいた。
二二 病のきざし。

ニ　全ク勝間田子ガ今回ノ病症ハ脚気タルニ外ナラズト思フナリ」　菊雄ハ之ヲ聞キ大ニ驚キタルモノヽ如ク「其ハ真ニ然ルカ」　曰ク「真ニ然リ」「然ラバ同氏ガ病ヒハ脚気モ是レ殊ニ劇症ナルモノナルベシ　予曽テ聞ケルコトアリ固ト該病ハ本邦支那及ビ印度ノ地方ニ行ハレテ　以テ未ダ彼欧米諸国ニ於テハ之レアラザルトコロナリト　然シテ彼ノ病タルヤ海水ヲ東南ニ受クルノ国及ビ土地卑湿ニシテ人戸最モ稠密ナルノ地ニ頗ル甚ダシト云フ　故ニ今本地ノ如キ殊ニ勝間田ガ寓所ノ如キハ其最モ該病ノ為メニ宜シカラザルノ所トナラン　凡テ百般ノ疾病ハ多ク其不摂生及ビ不正潔ノ二ノモノニ源因セザルハ鮮シト雖ドモ　殊ニ該病毒ノ如キハ其不正潔ヨリ発生スルモノ最モ多キモノナリト云フ而シテ今夫劇ナルモノニ至リテハ　僅カニ一週間日乃至二週間日ニシテ忽チニ斃レ　稍其緩ナルモノト雖ドモ怠テ之レガ治ヲ施サヾルニ於テハ　漸々ニ其病勢ヲ加ヘ三四月乃至五六月ヲ経テマタ直チニ死スト云フ　然リト雖ドモ　通常該症ノ発生セントスルニ方ルモ決シテ未ダ著シキ徴兆アルコトナク　只初メ僅カニ下脚ノ疲倦ヲ覚ヘ　而シテ後少ク加フルニ随ヒ　下脚　指頭ヲ以テ之ヲ圧スモ皮膚只僅ニ蟻行ノ感ヲ覚フルノミト　其稍漸ク重ルニ及ンデ下脚已ニ浮腫ヲ来タシ　指頭之ヲ圧スレバ忽チニ其痕ヲ留メ　其勢ヒ弥ヨ進ムニ於テハ　上

二三 身体の内に体液がたまって腫れること。むくみ。浮腫(→七二頁注一〇)。「水腫　ミヅバレ」(『雅俗幼学新書』)。
二四 このごろ。「頃日〈ゴロ〉」(『花柳春話』初編五)。
二五 両手とも物をつかむ力がなくなり。
二六 足の先がひどく重く感じられて身を起こして床を離れることができない。

以上七一頁

一 下肢の倦怠やむくみを主な症状とする病で、進行すると心不全で死亡する。明治になって顕著に流行した。明治初期の脚気をめぐる言説には、「兵隊書生」で脚気に罹るものが多いのはこの病気が主に「年齢十八歳乃至三十歳ノ少壮者ヲ犯ス」ことと、生れた土地を離れて厳しい規律の下で集団生活をしているからだとする石黒忠悳『脚気論』(明治十一年)をはじめとして、脚気は都会に出てきた書生が冒されやすい病気とするものが多くみられる。明治十四年から十七年にかけての大阪市における脚気患者の数はそれぞれ一一〇、六八三、一四六四、一三七一名であるが(明治十四年の『大阪府統計表』および明治十五—十七年の『大阪府統計書』による)、実際にはこれよりはるかに多くの患者がいたと思われる。なお、春の終わりに勝間田の発病が描かれているのは、脚気の発症はふつう「五月中旬以後」(『脚気論』)とされるのと符合している。 二「「カツケ」ノ名ハ支那ノ病名脚気ヲ転用スルモノニシテ本邦固有ノ病名ニ非ズ…印度地方ニ於テハ此病ヲ「ベリベリー」ト名ヅク…行歩全カラザルヲ云フ　支那人之ヲ緩風ト名ヅケ脚弱ト名ヅケ又脚気ト名ヅク　東西ヨク意ヲ同フス　而シテ此病欧洲大陸ニ之ヲ見ルコトナク亜細亜殊ニ海浜島嶼ニ多シ」(『脚気論』)。 三「古人云　東南卑湿比々皆是西北高燥或ハ之レ或ル

肢忽チ把握力ヲ失ヒ下肢マタ已ニ不随トナリ　[12]心下頻リニ苦悶シテ呼吸マタ[13]不斉ナルニ至ルト　然シテ病ヒ已ニ斯ノ如キニ及ブ時ハ概ネ其全快ヲ為スコト難シト云フ　其他　予ガ該病ニ関シ聞キ得タルモノ尚ホ甚ダ多シト雖ドモ　今要スルニ　此レガ[14]初萌ノ時ニ際シ速ニ治ヲ医師ニ求ムルニ於テハ決シテ大害ニ至ラズト云ヘリ　然リト雖ドモ　世人ノ疎略ナル　多クハ之ヲ軽々視シテ敢テ顧ミル者鮮ク　後其漸ク[15]大敗ノ時ニ至リ始メテ之レヲ悔悟スル者多シト雖ドモ　這ハ之レ　所謂夫ノ[16]六日ノ菖蒲ヲ沼池ニ截リ　十日ノ菊花ヲ籬ニ摘ムト一般ニシテ　将タ何ノ効カアランヤ　然ハ然リナガラ　今同人ガ斯疾病ヲ聞キ豈之ヲ放置スルニ忍ビンヤ　宜シク尽シ得ベキノ力ヲ尽シ用ヒ得ベキノ意ヲ用ヒ　以テ之ヲ救助セズンバアル可ラザルナリ　然ルヲ予ハ今日ニ至ルマデ毫モ之ヲ知ルコトナク　今君ガ語ヲ聞キ始テ之ヲ知ルモノナリ」ト　言ヒ了ラントスル時　恰モ[17]一隅ノ火炉　炭正ニ活熾シテ　瓶湯沸々声ヲ発シ其熱ルヲ報ズ　此ニ於テカ　菊雄ハ起テ茶器ヲ出シ新茗ヲ煮テ以テ之ヲ松雄ニ進メ　尚ホ談話スルコト久フシテ松雄ハ[18]寓家ニ帰ヘリケル

鮮（すくな）シト」（難波立愿『脚気私説』明治十年）。

四　よごれている。不潔。「正潔」は「清潔」に同じ。「形容（ケイヨウ）不潔（フケツ）」（『花柳春話』二編二十八）。

五　病を引き起こす毒。明治時代初期までは、脚気は毒物（あるいは有毒な微生物）が体内に入って引き起こす病であるという捉え方が支配的であった。「脚気ノ毒質ハ必ズ一種ノ「ピルッ」ニシテ東京大阪ノ如キ人口衆多ノ都会市街ニ於テハ腐敗汚穢ノ有機物中ニ浸淫スルコト多ク　終ニ此毒質ヲ化生シ其毒大気ニ散ジ飲水ニ混ジテ体中ニ入リ」（石黒忠悳『脚気論』）。

六　一週間または二週間で。　七　兆候。

八　足の下部のふくらはぎが疲れてだるい。「病初ハ下脚ニ唯倦重ヲ覚エ行歩ニ懶（ものう）ク」（『脚気論』）。脚気の主な症状は「麻痺」「歩行困難」「血行機変」「胸腔苦悶」「水腫」とされる（『脚気論』）。　九　蟻が這っているような感覚。「最初麻痺スルニ先（さき）チテ蟻走痒ヲ覚ユル者多シ」（『脚気論』）。

一〇　むくみ。「脚気患者ノ皮膚ハ常ニ比スレバ蒼白ニシテ弾力減ズルヲ常トス　水腫ハ下肢殊ニ小腿足背ニ於ルモノ最モ多シ」（『脚気論』）。

一一　腕（の先）にものをつかむ力がなくなり。「指先ハ触覚鈍麻スルノミナラズ摘撮ノ用ヲ失ヒ或ハ把握ニ力ヲ減ズ」（『脚気論』）。

一二　みぞおちのあたりが苦しくなり。「脚気病者ニシテ多少胸腔ニ苦悶ヲ覚エザル者殆ド稀ナリ」（『脚気論』）。　一三　呼吸が乱れる。

一四　病がきざした時。

一五　組織が腐ってしまった時になって。

一六　五月五日端午の節句の翌日にあやめを切り、九月九日重陽の節句の翌日に菊を摘む。時機を逸することのたとえ。「用に立ぬと云事を。諺に。六日の菖蒲と云」（『諺草』）。「明日ノ黄花ハ

第十九回　夢ハ到リ別後三歳ノ郷ニ[一]　月ハ照ス五更羈窓ノ上ヲ

扨モ説ク　茲ニ彼ノ菊雄等ガ知友ト称スル勝間田ナル者ハ　名ヲ早苗ト呼ビ齢ヒ僅カニ十有七歳　一ビ志ヲ決シテ郷関ヲ辞シ単身笈ヲ負ヒテ此地ニ来リ止テ遊学スルヤ此ニ幾ンド三週年ナラントス　偶マ彼ノ菊雄及ビ松雄等ト其[二]門ヲ同フシテ以テ共ニ青雲ノ交リヲ結ビ　互ニ相ヒ誡テ而シテ其[三]善ヲ責メ　共ニ相謀テ而シテ其志ヲ輔ケ　情誼[四]又[五]骨肉ト雖ドモ及バザルモノヽ如ク日夜相与ニ勉励シテ毫モ惰ルコトアラザレバ　塾中皆ナ大ニ此三子ガ友誼ヲ厚フシテ以テ其志ノ確乎タルヲ称セザル者ナク　其之ヲ号ケテ三友ノ一龍トス[六]　而シテ菊雄ヲ以テ龍頭[七]トナシ　松雄ヲ以テ龍腰トシ　早苗ヲ以テ龍尾トス　蓋シ故事ヲ[八]魏ノ寧、原、歆、三子ニ取ルモノナル可シ

[九]春月烟ヲ罩メテ天色朦朧ト　四隣人定リテ夜已ニ三更ナラントス[一〇]　机上ニ残[一一]ル一穂ノ孤燈ハ焰冷ニシテ影自ラ暗ク　柱頭ニ懸ケタル自鳴鐘ハ幽ニ分秒ヲ刻シテ声転タ寂寞タリ　憫レム可シ彼ノ青年ハ偶マ病ニ罹リ[一二]　一ビ蓐[一三]ニ千里異郷ノ客舎ニ着キシヨリマタ起ツコト能ハザルノミナラズ　病勢漸ク重フシテ今

時ヲ過ルノ物ナリ　邦俗ニ十日ノ菊ト云フニ意自(おのづ)カラ相似タリ」(『故事必読』)。

一七 部屋の隅の火鉢では炭火がさかんにおこって、茶瓶の湯がふつふつと音を立て湯が沸騰していることが分かる。

一八 寄寓している家。下宿先。

以上七三頁

一 夢は別後三歳の郷(きやう)に到り　月は五更羈窓の上を照す(故郷を出て三年たってからふるさとのことを夢に見た。明方近くなって、旅住まいの部屋の窓を月の光が照らしている)。「五更」は、→四二頁注三。「別後(ベツゴ)　ワカレテノチ」(『詩韻砕金幼学便覧』秋)。なお、一一頁の目録では返り点なし。

二 同じ塾に入門して将来の立身出世を語り合う仲となり。「青雲」は、→五二頁注八。

三 善い行いをするよう相手に求め。

四 親しく思う気持ち。「情誼(ジヤウギ)　ナサケノギリ」(『新撰漢語字引大全』)。 五 肉親。

六 三人の友人が一体となった一匹の龍。龍は傑物のたとえで、将来の立身を期待されていることを踏まえる。 七 三人の中のリーダー。

八 中国の三国時代に曹操に仕えた管寧・邴原・華歆(かきん)の三人。遊学の際に知り合って仲良くなり、三人で「一龍」(華歆が「龍頭」、邴原を「龍腹」、管寧を「龍尾」)と称せられたというエピソードが『三国志』巻十二の華歆の伝に載る。「歆」は、底本「韶」を訂した。

九 春の月はけむったようにかすんで空はおぼろに薄暗く、近所の人々は眠りについて真夜中になろうとする頃。「朦朧(モウロウ)　ホノグラシ」(『新撰漢語字引大全』)。 一〇 →三六頁注四。

一一 机の上に、ひとつぽつんと置かれた灯火はうすら寒く、ほの暗い光を放っている。

ハ已ニ朝餐[14]ノ食モ猶ホ其箸ヲ執ル能ハザルニ至リ　身体大ニ疲衰シテ以テ形容[15]幾ンド生者ニ非ラザル者ノ如シ　此時早苗ハ眠ラント欲スルモ又眠ルコト能ハザルヨリ　遂ニ起坐[16]シテ孤燈ニ対ヒ独リ悵然[17]トシテ熟ラ一身ノ不幸ヲ歎ジ　又家郷[18]ヲ想起シテ以テ愛慕ノ情転タ遣ル能ハザルノ際　忽チ寓家ノ主人来リ　告テ曰ク「只今貴公子[19]ガ故国[20]某地方ニ出発スルノ汽船アリテ方ニ纜[21]ヲ解ントス　請フ速ニ用意アランコトヲ」ト　此ニ於テカ　早苗ハ病ヒ暴カニ癒エテ精神自ラ快然タリ　即チ蒼黄[22]行装ヲナシ行李ヲ収メテ而シテ海岸ニ至レバ　端舟[23]已ニ数十ノ客ヲ乗セ方ニ我ガ来ルヲ待ツモノヽ如シ　因テ直ニ之ニ乗ジテ其本船ニ搭ズレバ　汽笛一声　火輪[24]忽チ波ヲ蹴テ船已ニ中洋[25]ニアリ　此日天気朗清[26]ニシテ海上更ニ微風ナク　水面波静ニシテ船恰モ湖ヲ行ガ如シ　未ダ幾干時ナラズシテ舟子[27]来リ　告テ曰ク「船已ニ港ニ達セリ」ト　此ニ於テカ　早苗ハ直ニ上陸シ家ニ帰レバ　父母昆弟[28]　親戚旧友ハ皆ナ已ニ集ツテ　庭[29]ヲ払ヒ門ニ依リ偏ニ我ガ帰ヲ相待チタリ　此ニ於テカ　早苗ハ始メテ父母ノ顔ヲ拝シ以テ其恙ナキヲ欣ビ　マタ昆弟親戚旧友ニ対ヒ一別三載[30]ノ情誼ヲ述ブ　此時早苗ガ慈母ハ大ヒニ其成長シタルヲ見テ歓喜独リ自ラ禁ズル能ハズ　頻リニ感涙ヲ催フシテ其側ニ依リ自カラ手ヲ把リ　言テ曰ク「児ガ一ビ郷ヲ去リテヨリ回顧

一二 柱の上方に掛かっている時計が時を刻む音がかすかに聞えてあたりはひっそりとしている。

一三 故郷から遠く離れた寓居でいったん病の床についてから。「蓐」は、しとね。「異郷（イキヤウ）　タビ」「客舎（カクシヤ）　タビヤド」（『詩韻砕金幼学便覧』秋）。

一四 朝食。→四四頁注一二。　一五「形容（ケイヨウ）　ナリカタチ」（『新撰漢語字引大全』）。

一六 起きあがって座り。　一七 →四七頁注一四。

一八 故郷に思いをはせ、そこに暮らす人々への愛しさがこみあげてきてどうしようもない時。「愛慕（アイボ）　シタフ」（『新撰漢語字引大全』）。「愛慕（アイボ）ノ情止（ヤ）ムナキニ至リ」（『花柳春話』三編四十七）。

一九 あなた様。「貴公子」は身分が高い家の子弟のことで、勝間田を敬って言う。「貴公子（キコウシ）　ワカトノ」（『普通漢語字類大全』）。

二〇 ふるさと。

二一 出港しようとしている。「纜」は舟をつなぐ綱。

二二 慌てて旅じたくをととのえ。「蒼黄（サウクワウ）　アハテル」「行装（カウサウ）　タビジタク」（『新撰漢語字引大全』）。　二三 はしけ。

二四 外輪船の車輪。「火輪波ヲ破ル　ジヤウキノ、クルマガ、ナミヲ、ヤブル」（渡辺元成編『明治新撰　文語玉屑』明治十二年）。

二五 海原の中。洋中。

二六 空は明るく晴れ渡っている。

二七 かこ。船乗り。「舟子（シツシ）　カコ」（『新撰漢語字引大全』）。

二八 兄と弟。「昆弟（コンテイ）　アニオトヽ」（『新撰漢語字引大全』）。　二九 庭を掃ききよめて。

三〇 別れてから三年ぶりにまみえた親しみを口にする。

スレバ已ニ三載ナリ　三載ノ日月ハ甚ダ長キニ非ラズト雖ドモ　児ヲ思テ須臾モ措クコト能ハザル我ガ胸裏ニ在テハ実ニ千秋ノ歳月モ啻ナラザルヲ覚ヘタリキ　朝鴉屋上ニ啼ケバ偏ニ児ガ安否ノ如何ヲ案ジ　暁夢覚メ来レバ又児ガ起居ノ如何ヲ想ヒ　実ニ児ガ在ラザルノ三載ハ未ダ一日一夜ノ心ヲ安ジテ眠食セルモノアラザリキ　然ルニ児幸ニシテ恙ナク　斯ク他郷ニ成長シテ帰リ来ル阿母ガ心ノ歓　阿母ガ心ノ喜　又何物カ譬フルアランヤ」ト　再ビ涙潸々トシテ下リ　真ニ親子ノ情溢レテ而シテ傍為メニ感涙ヲ催フスノ際　杜鵑一声大空ヲ悲鳴シ過グ　驚キ覚ムレバ是レナン一場ノ仮夢ニシテ　身ハ猶ホ異郷ノ病牀ニ在リ　此時早苗ハ転タ悵然トシテ顧ミレバ　四隅黯淡　残燈明滅　月光西窓ノ上ヲ照シテ孤影只我ト共ニ愁然タルノミ

第廿回

遊子離ルレ魂ヲ朧上ノ花
風飄リ浪捲テ遶ル二天涯ヲ一

嚶トシテ其レ鳴ク鳥モ猶ホ且ツ友ヲ求ムルノ声アリ　矧ンヤ人トシテ豈其レ之ヲ求ムルノ情無カランヤ　然リト雖モ　亦其之ヲ求ムルコト決シテ容易ニアラザル可キナリ　何トナレバ　人其善悪邪正ノ由テ岐ルヽ所以ノモノ　多クハ

一 明け烏(がらす)。 二 明け方に見た夢の中に息子が出てくると、今頃どうして暮らしているのだろうかと想像し。 三 食べたり眠ったりする日常生活を送ること。 四 →一八頁注五。 五 そばにいた人びと。 六 ほととぎすの一声悲しく鳴く声が空を横切る。「杜鵑(トケン)　ホトヽギス」(『詩韻砕金幼学便覧』夏)。「悲鳴(ヒメイ)　カナシミナク」(『小学読本巻五字引』)。「杜鵑(トケン)血(チ)ニ叫(サケ)ンデ」(『花柳春話』初編八)。 七 その場かぎりのかりそめの夢。 八 あたりがほの暗い中に灯が消えかかり、西の窓を照らす月の光によってできた自分の影がぽつねんと愁いに沈んでいる。「黯淡(アンタン)　ホノクラシ」(『詩韻砕金幼学便覧』秋)。「残灯ノ影アケガタノトモシ火ノカゲ」「光リ明滅(メイメツ)　ヒカリガアカクナツタリクラクナツタリ」(『続詩礎階梯』「燈燭」)。「冬陰(トウイン)黯淡(アンタン〈マックロ〉)物色ヲモ分ツベカラザル暗夜」(『花柳春話』初編一)。 九 遊子魂を離る朧上の花　風飄(ひるがへ)り浪捲(まき)て天涯を遶(めぐ)る(故郷を離れてさまよう人が丘の上に咲いた花に心を奪われる。見渡せば吹き渡る風と波だつ海にぐるりと囲まれている)。唐の李洞「客亭対月」の詩句。「遊(ユウ)子ノ意(イ)タビ人ノコヽロ」(『続詩礎階梯』「客旅」)。「天涯(テンガイ)　テンノハテ」(『詩韻砕金幼学便覧』春)。「天涯(テンガイ)　エンポウノコトヲ云」(『詩語砕金続編』)。なお、一一頁の目録とは字句・送り仮名に差異があり、二句目の底本「遮ル天涯ヲ」を目録により訂した。 一〇 さえずる鳥も仲間を求めて鳴いている。同じように、どうして人が友人を欲する気持ちを抱かないことがあろう(『詩経』小雅「伐木」にもとづく)。「嚶(ヲヽ)」(『艶才春話』二十)。 一一 容器の形にしたがって水が形を変えるよう

是レ平素其交ル所ノ友ニ在テ存スレバナリ。 古語ニモ云フ 水[11]ノ方円ハ其器ニ随ヒ人ノ邪正ハ其友ニ在リト 真ニ然リ 故ニ三載[12]学ニ従事スルハ未ダ三載善師ヲ求ムルノ良キニ如カズ 三載善師ヲ求ムルハ未ダ三載良友ヲ択ブノ優レルニ如カズト 又聖人ノ言ニ曰ク 善[13]人ト交ルハ芝蘭ノ室ニ在ルガ如ク 久フシテ其香ヲ聞カズ 不善人ト交ルハ鮑魚ノ肆ニ臨ムガ如ク 漸クニシテ其臭ヲ聞カズト 是レ又共ニ其為メニ感化シ去ラルヽヲ言ヘルナリ 是ヲ以テ 人其交友ヲ択ブヤ豈ニ最モ誡慎[14]ヲ加ヘズンバアル可ラザルナリ 今ヤ世道全ク澆季[15]ナリト言フニハアラズト雖ドモ 貴ブ可キノ道徳ハ跡ヲ社会ニ断チシガ如ク 風俗悉ク敗頽[16]セリト言フニアラズト雖ドモ 重ンヅベキノ義節[17]ハ又更ニ何ノ辺ニカ存ス 権謀欺譎[18]以テ利慾ヲ逞フセント欲シ 浮躁軽薄[19]以テ名誉ヲ貪ント企ツルモノヽ如キハ陸続社会ニ輩出シテ 当ニ之レガ俗ヲ為セルモノヽ如キナリ 嗚呼 苟モ廉恥節義[20]ノ何物タルヲ弁知スル者豈誰レカ為メニ一大長歎息セザランヤ 世道夫レ既ニ斯ノ如ク人心亦已ニ此ニ及ベバ 人何等ノ事カ為シテ心ニ忍ビザル者アランヤ 其平素往来[21]相ヒ酌ミ 言笑相ヒ親シミ 真ニ断金[22]刎頸ノ交アルガ如キ者ト雖ドモ 一[23]ビ小利害ノ纔カニ毛髪ノ比ノ如キモノ有ルニ臨ム時ハ忽チ翻然トシテ相ヒ仇視シ 所謂陥井[24]ニ堕落スルモ敢テ之ヲ救ハザ

に、どういう人物と交わるかによって人は善くもなり悪くもなるという諺。「水ハ方円ノ器ニ随ヒ人ハ善悪ノ友ニ因ル」(近藤鉠『和漢修身格言集』明治十七年)。「水は方円(ハウエン)の器(ウツワ)にしたがふ」(『諺草』)。「水は方円の器(うつわ)にしたがひ人は善悪の友によるといふこと実(まこと)なるかな」(『女今川教訓鑑』刊年未詳)。

一二 自分で勉強するよりもすぐれた先生を探したほうが良く、すぐれた先生を探すよりもすぐれた友人を求めるほうが良い。「千日ノ勤学ヨリ。一日ノ名匠 コレハ千日独(ヒト)リ学(マナ)バンヨリモ。一日師匠ヲ求テ。教ヲ受(ウケ)ヨトナリ。…桓譚新論ニ曰ク。三歳学(マナ)バンヨリ。如(シ)カズ三歳師ヲ択(エラ)バンニハ」(『漢語大和故事』)。

一三 善人と交わるのはあたかも香りのよい草を置いた部屋にいてその香りが自分に移るようなものであり、善からぬ人との交わりは魚の干物の店で悪臭にさらされて身体が臭くなるのと同じだ。『孔子家語』のことば。「善人ニマジハルモノ久シフシテヲノヅカラシラズ覚ヘザレドモ心スナハチ善ニ化スルナリ…不善人ニ交ルモノ久シフシテヲノヅカラ覚ヘズシラズ心即チ悪ニ化スル也 人ハ只交リヲ択ムベキ事ナリ」(宮川一翠子『訓蒙要言故事』明治十七年)。「善人ト交ハルハ芝蘭ノ室ニ入リ久ウシテ而シテ其香ヲ聞ザルガ如ク悪人ト交ハルハ鮑魚ノ肆(イチクラ)ニ入リ久ウシテ而シテ其臭ヲ聞ザルガ如シ」(『故事必読』)。「芝蘭(シラン) ヨキクサ」(『新撰漢語字引大全』)。 一四 用心すること。 一五 社会の道義が衰えた末世であるとまではいえないが。「澆季(ゲウキ) ヨノスエ」(『新撰漢語字引大全』)。

一六 やぶれくずれること。 一七 道義と節操。

一八 謀りごとと偽りを弄して欲望を満たそうと思い。「双方相互ニ権謀(ケンボウ)ヲ用ヒ」(『花柳春

ルノミナラズ　反テ尚ホ之ヲ擠シ　又上ヨリ石ヲ下スガ如キハ今日ノ珍事ニアラザルナリ　[一]朝ノ莫逆ハ夕ノ讐敵ト為リ午前ノ友ハ午后ノ仇ト化ス　[二]親疎常ナクシテ好悪定リナキ　実ニ飛河秋天モ又啻ナラザルガ如シ　夫レ人心世道ノ衰微　已ニ斯ノ如キニ至レルノ[三]当時ト雖ドモ　感ズ可シ　彼ノ少年等ハ一ビ其互ニ志ヲ合セ互ニ友誼ヲ結ビタルヨリ　爾来[四]恰モ骨肉ノ同胞ニ於ケルガ如ク　憂喜艱難未ダ曽テ其之ヲ与ニセザルモノアルコトナシ

却説ス　久松菊雄ハ一ビ早苗ガ疾病ヲ聞キ心大ニ之ヲ憂ヒテ措クコト能ハズ直チニ[五]其明日ヲ以テ往テ之ヲ訪ヘバ　憫レム可シ　勝間田早苗ハ昨日ニ変ル顔色　形容蒼然トシテ大ニ疲羸シ　独リ寂寞タル幽室ノ裡ニ臥ス　此時菊雄ノ来ルヲ見テ大ニ喜ビ　哀顔[六]忽チ笑ヲ帯ビ起坐シテ而シテ之ヲ迎フ　此ニ於テカ菊雄ハ今此容姿ヲ一視シテ胸裡弥ヨ[七]悲悽ノ情ヲ起シ　遽ハシク言テ曰ク「吁君何ゾ起坐スルヲ要センヤ　宜シク速ニ[八]安臥セヨ　余ノ無情ナル　君ガ疾病ノ已ニ此ニ及ベルヲモ未ダ一回ノ来テ慰問ナサヾリキ　請フ幸ヒニ恕セヨ　然リト雖ドモ　余マタ君ガ[九]疾ニ蓐ニ在ルコトハ曽テ毫モ知ラザリキ　昨日遇々結城氏ニ聞キ始テ知リタルナリ　君[一〇]今心気如何ゾヤ　診察ヲ医師ニ求メシカ　[一一]薬餌果シテ何等ノ物ヲカ用ユル　余実ニ知ラザリキ　君ガ疾病ノ已ニ此ニ至ラント

話』四編五十二)。なお、以下、「飛河秋天モ又啻ナラザルガ如シ」(七八頁三行)までと、ほぼ同一のことばが、菊亭香水が本名佐藤蔵太郎で『田舎新聞』(明治十三年十二月八日)に載せた「閑窓独語」と題する投書の中にある。

九 うわついて軽々しく身を処して名誉を手に入れようと企てる。「軽薄(ケイハク)　ジツノナキヒト」(『新撰漢語字引大全』)。

一〇 恥を知る心や節操を守ることがどのようなことであるかわきまえている者。「廉恥(レンチ)　タヾシクシテモノニハヅル」(『文章軌範訳語』)。

一一 普段から行き来をして互いに酒を酌み交わし、談笑しながら親しみを交わす。

一二 強い友情で結ばれた交わり。「断金」「刎頸」はいずれも友情の固いさま。「易ニ曰ク二人同心ナレバ其利(キト)コト金ヲ断(ツタ)ツ」「同心ノ友ハ生死ヲ倶ニシテ頸(ビク)ヲ刎(ハ)ヌルモ悔(イク)無キヲ刎頸ノ交リト云フ」(『故事必読』)。「刎頸之交(ふんけいのこう)　なかよきつき合」(『童蒙必読　漢語図解』二編)。

一三 いったんちっぽけな利害の対立が生ずると。以下、韓愈「柳子厚墓誌銘」のことばによる。「一旦小利害ノ僅カニ毛髪ノ比ノ如キニ臨メバ。反眼シテ相ヒ識ラザルガ如シ。陥阱ニ落ルモ。一(ひと)たビ手ヲ引テ救ハズ。反テ之ヲ擠(おと)シテ。又石ヲ下ス」(『文章軌範訳語』)。「毛髪ノ比(タグヒ)　カミノケホド、云義」(近藤元粋編『文章軌範字解』明治十年)。

一四 落し穴にはまった人を救い出そうとしないどころか逆に突き落とし、あるいは上から石を投げ入れる。「之レヲ擠ス　後ロヨリツキ落ス」「石ヲ下ス　已ニ落チシ人ノ、死セザルヲ恐レ、又タ石ヲ投ゲコムコトヲ云フ」(『文章軌範字解』)。

以上七七頁

一 朝方に仲の良かった友達も夕べには敵同士と

ハ」ト　[一二]言辞懇切　親意溢レテ　友愛ノ情殆ンド同胞ト雖ドモ又及ブベカラザルガ如シ　此時早苗ハ漸クニ感涙ヲ払ヒ　菊雄ニ対ヒ言テ曰ク「兄ガ親意ノ厚切ナル　僕偏ニ謝[一三]スル所ヲ知ラザルナリ　僕不幸ニシテ今回疾病ニ罹リシモ初メ心ニ以為ラク　之レ必ズ軽々タル病ニ過ギザルベシ　マタ医師ニ就キ治ヲ求ムルヲ要センヤト　何ゾ図ン　暴カニシテ病勢大ニ加ハリ　一ビ蓐ニ就キシヨリ日未ダ一週間ナラザルニ已ニ此ノ篤キニ至レリ　今ヤ又タ誰ニ頼リテカ[一四]医治ヲ求メ誰ニ請フテカ[一五]看護ヲ願ハン　若シ此儘ニシテ癒ユルアラズンバ　是レ則チ[一六]天命ナリ　是レ則チ命運ノ尽クル所ナリト　独リ自ラ一身ノ不幸ヲ[一七]諦覚シ他又毫モ思フ所アルコト無シ　然リト雖ドモ　只相別レテヨリ已ニ三載　久シク相見ザル父母ノ顔　今一回ノ拝スルコト能ハズシテ而シテ空シク[一八]客土ニ遺骸ヲ埋ムルコト　是レ僕ガ偏ニ憾トスル所ナリ」ト　言終テ而シテ[一九]涙ダ泫然下ル

此時菊雄ハ早苗ガ[二〇]心情ヲ憫察シテ偏ニ悲愴ノ情ニ堪ヘズト雖ドモ　故ラニ其言ヲ改メ　言テ曰ク「吁　君又何ヲカ言フ　君ガ言辞ハ甚ダ謬レルモノハト言フ可キナリ　且ツ[二一]固ヨリ不肖ト雖ドモ又余等ヲ棄テヽ顧ミザル　何ゾ一ニ此ニ至ルカ　余甚ダ君ガ言ヲ恨ムルナリ　抑モ[二二]親友ノ真ニ親友タル所以ノモノハ果シテ何等ノ辺ニ在ルカ　彼ノ楽ミヲ与ニスルモ其憂ヒヲ同フセザル[二三]都人士ガ薄情ヲ

なり、午前の友は午後の敵となる。後半は、太陽暦に移行して以後の明治の時刻の概念で前半を言い換えたもの。「莫逆(バクゲキ)　ナカノヨイトモダチ」「午前(ゴゼン)　ヒルマエ」「午後(ゴゴ)　ヒルスギ」(『新撰漢語字引大全』)。

二 親密になったり疎遠になったりをめまぐるしく繰り返し、好意と悪感情とが入れ替わるさまは、まるで流れの早い川面や秋の空模様のようだ。　三 今の時代。現代。→六〇頁注五。

四 血をわけた兄弟。

五 外見を見ると皮膚の色が青ずんで身体がひどく弱っているようであり、もの寂しい奥まった暗い部屋に独りふせっていた。「形容」は、→七五頁注一五。「幽室(イウシツ)　ウスクラキザシキ」(『新撰漢語字引大全』)。「疲羸(ヒルイ)　ヨハリツカルヽ」(『新撰普通漢語字引大全』)。「顔色蒼然(サウゼン)タリ」(『花柳春話』二編二十二)。

六 生気のない顔にぱっと笑みを浮べ、起き直って座り、久松菊雄を迎えた。「起坐(キザ)　タチスハル」(『新撰漢語字引大全』)。　七 悲しくいたましい心持ち。　八 安らかに横になる。

九 病床にふせっている。　一〇 気分はどうか。

一一 薬はどんなものを用いているのか。

一二 ねんごろな言葉には親しみの情がこもっていて、その友達をいつくしむ気持ちは兄弟の間といえども及ばないほどである。「友愛(イウアイ)　ケウダイナカヨイ」(『新撰漢語字引大全』)。

一三 以下、次行「初メ心ニ以」まで底本に傍点なし。　一四 治療。「医治(イチ)　ナホシヲサム」(『新撰漢語字引大全』)。

一五 病人の世話をする。「日夜看護〈カンビヨウ〉ヲ怠ラザレドモ」(『花柳春話』初編八)。

一六 あらかじめ定められた運。運命。「天命(テンメイ)　シゼンノヨシアシ」(『新撰漢語字引大全』)。

バ君是レ余等ト共ニ平素弾指シ厭悪スル所ナラズヤ　夫レ余等ノ君ニ於ル豈ニ都人士ガ軽薄ノ交リヲ学ブ者ナランヤ　思フニ今君ガ此言アル所以ノモノハ　全ク余輩ガ已ニ慰問スベキヲ慰問セズシテ遷延今日ニ至レルヲ怨嗟セル故ナラン　若シ果シテ然ラバ　余偏ニ之ヲ謝スルナリ　請フ幸ニ海恕セヨ　余昨日君ガ疾ヲ聞キ心中之ヲ憂ヒテ措クコト能ハズ　由テ暫ク黌舎ヲ退キ君ガ側ニ在テ偏ニ看護ヲ尽サント欲シ　已ニ来テ寓ヲ此家ニ移セシナリ　請フ君幸ニ余ヲ行路人視スルヲ止メテ　又少シク安意スル所アレ　且ツ結城氏モ又共ニ来テ君ガ看護ヲ為サント欲シ　已ニ余ト共ニ師ニ請フテ一時彼ノ黌舎ヲ退キタレバ　今将ニ来テ宿ヲ此家ニ転ズ可シ　此ヲ以テ良ヤ君他郷ニ在リト雖ドモ亦決シテ憂慮スルコト勿レ」ト　切言以テ偏ニ之ヲ慰諭スルモ　是レ只早苗ガ疾病ノ上他郷ニ在テ身毫モ依ル無キヲ憂ヒ　転タ疾ヒヲ加ヘンコトヲ制セント欲スレバナルベシ　此時早苗ハ菊雄ガ言ヲ一聞スルヤ　感涙数行　只泣伏シテ言無カリシガ　漸クニシテ起キ　言テ曰ク「実ニ兄等ガ親意ノ厚切ナル　骨肉ノ父母兄弟ト雖ドモ豈能ク及バンヤ　僕死スト雖ドモ厚意決シテ永ク黄泉ノ下ニ忘ルヽコト能ハザルナリ」ト　言ヒ了ラザル時忽チ跫然トシテ来ル者アリ　是レ則チ他ニアラズ　彼ノ三友ノ一生タル結城松雄ナリ　此ニ於テカ　夫レヨリ共

一七 はっきりと悟る。「諦視(テイシ)　ハッキリトミル」(『新撰漢語字引大全』)。
一八 故郷を離れた土地になきがらを葬る。
一九 涙がぽろぽろとこぼれ落ちる。 二〇 心をふびんに思い。「憫察」は、→二一頁注一〇。
二一 もちろんふつつか者ではあるが、そんな我々(久松菊雄と結城松雄)をほったらかしにして気にもかけず、どうしてひとえにこんな状況になってしまったのか。
二二 「親友(シンユウ)　シタシキトモ」(『詩韻砕金幼学便覧』春)。「家ニ父母ナク世ニ親友ナク」(『花柳春話』初編七)。 二三 都会に暮らす人々。

以上七九頁

一 いまいましく思う。
二 いとわしく思い憎む。
三 うらみに思って嘆く。「怨嗟(エンサ)　ウラミナゲク」(『新撰普通漢語字引大全』)。
四 底本「海怒」を訂した。→一九頁注二一。
五 まなびや。「黌舎(クワウシヤ)　ガッカウ」(『新撰普通漢語字引大全』)。
六 ゆきずりの人のように見ることをやめて。「行路(カウロ)　トヲリミチ」(『新撰漢語字引大全』)。
七 少しは心を安らかにしていてはどうか。
八 ねんごろな言葉。「切諭(セツユ)　タツテイヒサトス」(『新撰普通漢語字引大全』)。
九 →四〇頁注七。
一〇 深く心を動かして涙を流す。
一一 あの世。「黄泉(クハウセン)　チノシタ」(『詩韻砕金幼学便覧』雑)。「黄泉(クワウセン)ノ客(カク)」(『花柳春話』三編三十三)。
一二 →二七頁注二五。
一三 昨夜共に蛍窓の下に語る　今朝空(むな)しく遺稿の書を収む(昨日の夜友と一緒に勉学に励ん

ニ相ヒ謀テ医ヲ迎ヘ薬ヲ求メ　昼夜互ニ側ヲ去ラズシテ　而シテ偏ニ心ヲ看護ノ事ニ尽サヾルモノアルコトナキハ　真ニ頼母シキ事ト言フ可キナリ

第廿一回　昨夜共語蛍窓下　今朝空収遺稿書

一四人間到ル処青山アリ　骨ヲ埋ムル墳墓ノ地ハ地トシテ無キニアラズト雖ドモ其志ヲ立テヽ父母親友ニ別レ　一五一身笈ヲ負テ故園ヲ去リ遠ク異郷ノ地ニ来テ此ニ学ニ従事スル者　未ダ其業ノ成ラザルニ先チテ　一朝病魔ノ為メニ襲ハレ独リ自ラ恨ヲ呑ミテ命ヲ一六羈窓ノ下ニ殞ス者　其心情果シテ如何ゾヤ　一七他日錦衣ヲ故郷ニ着ケント思フノ体軀ハ空シク異郷ノ土ニ委シテ一八遊魂其止マル所ヲ知ラザルニ至ル時ハ　豈亦何人カ為メニ一九悲愴哀激ノ情ヲ起サヾル者アラザランヤ

然レバ説ク　彼ノ菊雄等ハ偏ニ親友ノ疾病ヲ憂ヒ　為メニ暫ク学ヲ廃シテ居ヲ其僑寓セル客舎ニ移シ　日夜傍ヲ離ルヽコト無フシテ以テ医薬看護毫モ怠ルトコロアラズト雖ドモ　奈何セン又二〇天運ノ至ル所ハ人力ノ得テ挽回スルコト能ハザルカ　将タ二一命数ノ限レル所ハ治療ノ以テ及ブ所ニアラザルカ　愍レムベシ　勝間田早苗ハ医薬毫モ其効ヲ奏スルコト無フシテ以テ身体大ニ衰弱シ　已ニ

でいたのが、今朝は死んでしまったその友人が書き残してくれたものを手にする)。「遺稿(ヰコ)　カタミノソウコウ」(『精選詩学大成』)。なお、一一頁の目録とは字句・返り点に差異がある。

一四 幕末の周防国(現・山口県東部)の僧月性が遊学に際して作った詩の一節。「男児志を立てて郷関を出づ。学若し成る無くんば復た還らじ。骨を埋むる何ぞ期せん墳墓の地。人間到る処青山有り」(「癸卯の秋。将に東遊せんとして。此を賦し壁に書す」、関重弘・藤田亀編『近世名家詩文鈔』安政五年〈一八五八〉)。「男児志を立て郷関を出づ　学若此に成ずんば生て再び還らじとは誰も書生が故郷(ふるさと)を別るゝ時の勢ひ」(『巌の松』二)。

一五 →七頁注一一。

一六 旅寝の部屋で命を落とす。

一七 いつか立身出世を果して故郷に戻ろうと思う。「故郷には。錦をかざる」(『諺草』)。「錦ヲ衣(キ)テ　コケウヘハナヲカザル」(『詩韻砕金幼学便覧』春)。「故郷ヘハ。錦ヲカザル　コノ諺ハ。他国ニ行(キ)テ。立身シテ。富貴ニナリ。故郷ヘ帰(カヘ)リテ。昔ノ人ニモ。己(ヲノ)ガ栄花ノアリサマヲ見スルコソ。本意ナレトイフ俗語ナリ」(『漢語大和故事』)。「所謂(イハユ)ル錦衣(キン)ヲ着(キ)テ故郷(コキヤウ)ニ還(カヘ)ル者」(『花柳春話』附録一)。

一八 居場所のない死後の魂がさまよっている時は。「遊魂(イウコン)　サマヨフタマシヒ」(『新撰漢語字引大全』)。

一九 悲しくいたましい気持ち。

二〇 天によって定められた運命。「天運(テンウン)　トキノメグリアハセ」(『新撰漢語字引大全』)。

二一 定まった寿命。「命数(メイスウ)　イノチ」(『新撰漢語字引大全』)。

今日ニ至リテハ殆ンド全快ノ期又望ム可ラザルノ状ニ及ベリ

雨滴羈窓ヲ敲テ四壁湿然ト　孤燈花ヲ結ンデ夜已ニ闌ナラントス　此時早苗ハ漸クニ夢覚メ来リ　正ニ言ヲ発セントシテ猶ホ発スルコト能ハザルモノヽ如シ　此ニ於テカ　松雄ハ直チニ冷水ヲ以テ之ヲ進ム　因テ僅カニ其口唇ヲ湿シ漸ク微声ヲ発シ　言テ曰ク「請フ二君宜シク就寝セヨ　連宵ノ夜起　為メニ貴体ヲ害センコトヲ僕偏ニ憂フルナリ」ト　菊雄曰「吁　君又タ何ヲカ言フ　余

一 雨だれが旅住まいの窓を打ち、四方の壁はしっとりと湿り気を帯びている。「四壁(シヘキ)　ヨモノカベ」(『新撰漢語字引大全』)。「四壁(シヘキ)湿ヲ帯ビテ冷気肌(ハダ)ヲ侵(オカ)セドモ」(『花柳春話』二編二十六)。
二 ともし続けた灯心が(丁子の)花のような形となり、夜も更けわたろうとしている。「夜已(スデ)ニ闌(ラン)ナリ　ヨナカニナル」(『詩韻砕金幼学便覧』冬こ)。
三 毎晩夜更かしをする。

等仮令ヒ通宵[四]眠ラザルモ決シテ害アラザルナリ　君却テ心頭[五]ニ懸ル勿レ　心気今如何ゾヤ」　早苗曰ク「少シク痛苦ヲ覚ヘザルナリ　然リト雖ドモ　僕ガ病已ニ今日ノ篤キニ至レバ　又自ラ到底快癒スルノ期無キヲ知ルノミナラズ　斯クマデニ僕ヲシテ友愛ヲ辱フセシムルノ二君ト永訣ノ日モ已ニ遠キニアラザルコトヲ信ズルナリ　[六]生前ノ厚恩　万一ヲ謝スルノ時アラズシテ　死後ノ事　亦之ヲ二君ニ依頼セザルヲ得ザルニ至ル　噫呼　僕ガ一身　二君ヲ煩ハスルノ甚シキ　何ゾ一ニ此ニ至ルカ　是レ蓋シ夫ノ仏家ノ所謂前世ノ宿縁[七]ナル者ニ因ルカ　国ヲ波濤数百里程ノ遠キニ隔テヽ此膏肓[八]ノ症ニ罹ル　若シ君等二兄ノ親愛[九]ヲ蒙ルアルアラズンバ　彼ノ草ヲ敷キ塊ヲ枕トシテ[一〇]命ヲ路傍ニ終フモ又未ダ知ル可ラザルナリ　然ルヲ斯ノ如ク今褥上ニ寝ネテ医薬尽サヾル所ナク　安ジテ鬼録ニ正寝ニ上ラン[一一]コト　是レ偏ニ二君ガ友情ノ庇蔭[一二]ニアラズシテ得可ヤ　真ニ僕ガ不幸中ノ幸ト言フ可キナリ　只憾ム好情斯ノ如キ親友ニ交ルノ日短フシテ　以テ友誼斯ノ如キ二君ヲ棄独リ空シク先チテ幽冥界[一三]裡ニ趣カンコトヲ」ト辞了テ而シテ涙潸然[一四]タリシガ　夫レヨリ呼吸漸クニ迫テ又言ヲ発スル事ナク只眠レルガ如クニシテ遂ニ翰音一声[一五]　暁ヲ告グルノ頃　享年僅カニ十有七才ヲ一期トシ　遂ニ草上一片ノ朝露ト共ニ其命ヲ終リタリ　此ニ於テカ　菊雄及ビ

四 一晩中起きていても。「通宵」は、→三〇頁注一二。
五 「心頭(シントウ)　ココロノウチ」(『小学道徳論字引』)。
六 生きている間に受けた恩に少しも報いることなく。「万一」は万のうちの一の意。
七 前の世からの因縁。「宿縁(シユクエン)　マヘカラノヱン」(『新撰漢語字引大全』)。「所謂ユル宿縁(シユクエン)ノ免カレ難キ者ニ非ザルナカランヤ」(『花柳春話』附録七)。
八 底本「膏盲」を訂した。不治の病。「疾ヒノ療(イヤ)ス可カラザルヲ膏肓(カウクワウ)ト曰ヒ」(『故事必読』)。「膏肓　難治ノヤマヒヲ云フ」(江口成徳編『立志編故事集』明治十七年)。
九 親身になって慈しむこと。「親愛(シンアイ)　シタシクイツクシム」(『新撰漢語字引大全』)。
一〇 草をしとねに、土くれを枕にして。のたれ死の意。
一一 死んで天子の御殿にのぼる。死に際して破格の待遇を受けること。「古人ト作(ナ)リ鬼録(キロク)ニ登ルハ皆ナ人ノ已デニ亡ブルヲ言フナリ」「男子ノ死スルヲ寿、正寝(セイシン)ニ終ルト曰ヒ」(『故事必読』)。
一二 →二九頁注一一。
一三 あの世。
一四 涙をはらはらと流した。「語終(ヲハ)ツテ潸(サン)然涙(ナンダ)下ル」(『花柳春話』二編二十)。
一五 天まで届くような声を一声あげて鳥が夜明けを報じた頃。

松雄ガ悲歎ハ更ニ譬フルニ物アルコトナク　悲哀転輾[一]　泣涕雨下　共ニ其尸上[二]ニ泣伏シテ哭慟[三]スルモノ良久シカリシガ　斯テ止ム事ヲ得ベキノ場ニアラザレバ漸クニシテ其悲涙ヲ収メ　共ニ埋葬ノ事ヲ謀テ之ヲ某野寺[四]ノ墓所ニ埋メ　一片ノ碑石ヲ建テヽ永ク之レガ紀念ノ標トセリ

第廿二回

[五]痴蝶逞レ痴痴弥痴
狂蜂忘レ狂狂益狂

北風枯桑ニ叫ンデ厳霜前庭ニ満チ[六]　寒月中天ニ懸テ夜已ニ初更ナラントス[七]　一室ノ中三箇ノ男児　火炉ヲ擁シテ而シテ置酒スル者アリ[八]　時ニ甲乙ニ言テ曰ク「兄ガ過般ノ奇謀[九]果シテ其功ヲ奏シ　曾テ胸間ニ鬱積セル怨塊[一〇]モ一朝ニシテ消散スルコトヲ得タル以上ニ於テハ　請フ予約ノ如ク亦余ガ為メニ彼ノ一事ヲ尽力セヨ」　乙曰ク「諾　実ニ過般ノ妙計[一一]ハ真ニ妙ナリシト雖ドモ　抑モ亦先生ガ彼ノ偽書　否ナ義気[一二]ヲ仮ルニアラズシテ焉ゾ事全ク成ルヲ知ル可ケンヤ　僕爾来心中快ニ堪ヘザルナリ　豈亦厚謝スル所無フシテ可ナランヤ」　丙ハ未ダ二人ガ言話[一三]ヲ解スルコト能ハザルガ如ク　傍ヨリ問テ曰ク「僕君等ガ談毫モ推知スルコト能ハズ　請フ願ハクハ少シク其大意ヲ告ゲヨ」　乙曰ク「否々

一　悲しみにのたうちまわり、涙を雨のようにそそぐ。「輾転(テンテン)　ネガヘリ」(『新撰普通漢語字引大全』)。
二　亡きがらの上。
三　死者を悼んで泣く。「哭慟(コクドウ)　イタミナク」(『新撰漢語字引大全』)。
四　とある郊外の寺。「野寺(ジヤ)　ノ、テラ」(『新撰漢語字引大全』)。
五　痴蝶(ちてふ)痴を逞(たくましう)して痴弥(いよいよ)痴なり　狂蜂(きやうほう)狂を忘れ狂益(ますます)狂なり(花にむらがる蝶は花に呆けてますます花に心を奪われ、むやみに飛びまわる蜂は調子はずれであることを忘れてますます常軌を逸する)。「痴蝶(チテフ)狂蜂(キヤウホウ)神(シン)(コヽロ)翻ヘリ魂(コン)(タマシヒ)飛ビ知ラズ何レノ花ヲ愛シテ何レノ花ニ宿シ何レノ春ヲ占メテ何レノ春ニ眠ランコトヲ」(『英国龍動新繁昌記』初編)。
六　葉を落とした桑の木に北風が音をたてて吹きつけ、家の前の庭には霜が一面に降りている。「北風枯桑ニ叫ンデ」は唐の孟郊「苦寒吟」の詩句にもとづく。「霜厳(ゲンシモ)　シモツヨシ」(『詩韻砕金幼学便覧』冬)。「厳霜墜(ツオ)　シモガヒドイ」(『続詩礎階梯』)。
七　冬の月が夜空高くかかり、時刻はもう初更となった。「初更」は現在の午後七時から九時ごろ。「初更　イツ、　イヌノトキ」(『雅俗幼学新書』)。「初更　イッツ」(山本北山『詩藻行潦』天保十一年〈一八四〇〉)。「初更〈ハチジ〉ノ鐘」(『花柳春話』初編六)。
八　火鉢を囲んで酒盛りをしている者がいた。「置酒(チユシ)　サカモリ」(藤井維勉編『掌中明治詩学便覧』明治十二年)。
九　このあいだの思いもよらぬ謀りごと。「奇謀(キバウ)　フシギナテダテ」(『新撰漢語字引大全』)。

一四足下輩ノ得テ関スル所ニアラズ　且ツ亦容易ク他ニ漏スベキノ事ニアラザルナリ」　丙復タ曰ク「交已ニ此ニ至ル　何ノ隔意アツテカ独リ僕ニ秘スルヲ為スゾ」　乙曰「斯ノ如キ佳話ハ独リ僕等風流ヲ愛スル社会ノ楽シム所ニシテ到底足下等ガ若キ一五担糞以テ一生ヲ田畝ノ間ニ送ル輩ノ知ル所ニアラザルナリ無用ノ言辞ヲ費シテ徒ラニ酒盃ヲ止メンヨリ　請フ一六速カニ僕ニ伝ヘヨ」ト　丙ハ之ヲ聞キ大ニ怒リテ曰ク「何ゾ足下ガ言ノ失敬ナル　足下僕ヲ指シテ一七担糞漢ト云フ　足下亦果シテ何者ゾ　苟シクモ農家ニ生レテ農事ヲ勤ムル者豈時トシテ糞汁ヲ担ハザルヲ得ンヤ　又之ヲ担フ何ゾ決シテ賤シトセンヤ　足下ガ如キハ　身農家ニ成長シナガラ毫モ父母ノ業ヲ為サズ　啻ニ之ヲ為サヾルノミナラズ亦大ニ之ヲ賤シメ　日々一八遊惰放逸ニシテ更ニ何等一事ノ為シ得タル一九技能ヤアル　加之猥リニ人ノ子女ヲ欺テ毎ニ二〇不良ノ醜行ヲ極ム　誰レカ之ヲ知ラザランヤ　然リ而シテ　今僕ヲ称スルニ担糞漢ヲ以テス　何ゾ自己ヲ省ミザルノ甚ダシキヤ」ト　乙亦大ニ怒リ大声ヲ発シテ曰ク「汝ヂ愚夫　尚ホ何ヲカ饒舌ス　寸時モ此処ニ在ルヲ容サヾルナリ　速ニ立テ去ル可シ」　丙曰ク「否ナ汝ヂ他ヲシテ去ラシメンヨリ宜シク己レ先ヅ自ラ去レ」「否ナ　汝ヂ去ル可シ」「汝ヂ去レ」ト　互ニ二一急呼疾争シテ而シテ又止マルノ状アルコトナシ　此

一〇 心にわだかまっていた怨み。
一一 巧妙な謀りごと。
一二 正しい行いを貴ぶ心。
一三 話していること。話し。
一四 お前のような者がかかわりを持つことができるようなことではない。
一五 肥(こえ)を担いで生涯を田畑で過ごすような者たち。
一六 早く僕に杯をまわせ。
一七 肥かつぎの男。「担夫(タン) ニモチ」(『新撰漢語字引大全』)。
一八 勝手気ままに遊び暮らす。「遊惰」は、→二三頁注二六。「放逸　ハウイツ」(『雅俗幼学新書』)。
一九 わざ。「技能(ギノウ)　ワザハタラキ」(『新撰漢語字引大全』)。
二〇 道徳上許されない恥ずべき行い。
二一 慌しく言い争って。

時甲ハ二人ニ向ヒ　言テ曰ク「請フ暫ク其争ヒヲ止メヨ　余甚ダ困却ノ至リニ堪ヘザルナリ　且ツ余ハ始メヨリ二人ガ言ヲ聞キ　未ダ決シテ何レヲ理[一]トシ何レヲ非ナリトスルニハアラズト雖ドモ　本宵[二]ノ論議タル　全ク策太君[三](乙ヲ称ス)ノ言フ処甚ダ条理ニ違ハザルヲ信ズルナリ　因テ某子(丙ヲ称ス)ハ今ヨリ退室セラレン事ヲ望ム」ト　此ニ於テカ　丙偏ニ慨歎[四]ノ至リニ堪ヘザルガ如ク忽チ顔色ヲ改メ　甲ニ言テ曰ク「其ハ師ガ言ナリト雖ドモ小生甚ダ心服スルコト能ハザルナリ　何トナレバ彼レ始メニ於テ僕ヲ罵リ担糞漢ト呼ブ　此ヲ以テ僕亦此悪声[五]ニ応ヘタルノミ　何ゾ独リ非ヲ僕ニノミ帰シテ退室セラル可キノ理アランヤ」　甲曰ク「黙セヨ　余ガ権ヲ以テ去ラシムルモノナリ　何ゾ喋々弁論スルヲ得ンヤ　速ニ立テ去ル可シ」　乙復タ曰ク「一校ノ権ハ固ヨリ教師ニアリ　汝ヂ常ニ夜間来[六]ツテ教訓ヲ蒙ルノ恩アルヲモ顧ミズ　何ゾ喋々師ニ抗スルヲ為スゾ　速ニ立テ去ル可シ」　丙曰ク「無論一校ノ権ハ師ニアルコト僕固ヨリ之レヲ知レリ　然リト雖ドモ　僕ノ本校ニ来ルヤ決シテ遊劇[七]ノ為メニアラザルナリ　且ツ僕ノ夜間本校ニ通フモノハ又晩近[八]始メタルノ事ニアラザルナリ　彼ノ前ノ教師久松菊雄君在勤セラルヽノ時ヨリシテ此校ニ通フ者ナリ　而シテ彼レ策太ハ何ンガ為メニ近時屢々夜間来校スゾ　小生未ダ其故ヲ知ラズト

一　道理にかなっていること。　二　今晩の議論。　三　安井策太。　四「慨数(ガイタン)　イキドホリナゲク」(『新撰漢語字引大全』)。　五　悪口に対して言葉を返しただけだ。　六　夜来て教えを受ける。ここでは夜学ではなく個人的に教えてもらうこと。　七　遊び戯れる。「劇　ヲドケクルフナリ」(津江左太郎編『詩文必携訳文全書』明治十一年)。　八　近頃。「晩近(バンキン)　チカキコロノヨ　輓近」(『普通漢語字類大全』)。　九　筆算と手習いなど。
一〇　小学校の設立のために町または村が合議して拠出した経費。「協議(ケフギ)　ソウダンイッチスル」(『新撰普通漢語字引大全』)。
一一　今晩のような集まりは差し控えてもかえって友情に反することになると思って。
一二　学校に関係者でない者がやってきて酒を飲んで食物を食っても構わないという規則があるのですか。
一三　前から考えていることがないわけではないので。「異日(キジツ)　イツヤラ」(『新撰普通漢語字引大全』)。「異日(キジツ)　マヘド」(『新撰漢語字引大全』)。　一四　何も言わず座っていた。
一五　蟻螻(ぎろう)初(はじ)めて驚く雲雨(うんう)の後　蛟龍(かうりゆう)已(すで)に去て池中空(むな)し(蟻や螻〈けら〉といった虫たちは、雲がわいて雨を降らしたかと思うと池にいた蛟龍〈みずち〉が天に昇っていなくなっているのに驚く)。「蛟龍」は、→五三頁注一六、「蟻螻」は、→五三頁注一八。「螻蟻制ス　龍モ水ヲハナレテヰレバアリヤケラニイヂメラルヽ」(『続詩礎階梯』)。
一六　一つの儲けがあれば同時にまた一つの損がないことはない。「夫レ世間一利アレバ必ズ一害アリテ利ノ至ル所、害モ亦至リ　利害相ヒ結デ離レザルハ猶響ノ声ニ応ジ影ノ形ニ随フガ如キ勢ヒアリ」(織田純一郎『通俗　時弊論』明治十

雖ドモ　察スルニ書算[九]習字等ヲナスガ如キ者ニアラズ　然ラバ則チ只是レ遊劇ノ為メニ来タレル者ナリ　同一ノ協議費[一〇]ヲ投ジテ設立セル共有ノ本校ニ　一ハ学問ノ為メニ通ヒ　一ハ遊劇ノ為メニ来ル　其遊劇ノ為メニ来ル者ヲ止メテ而シテ学問ノ為メニ通フ者ヲ去ラシメントハ　豈ニ条理ニ違フ者ト言ハザルベケンヤ　此ヲ以テ僕ハ設令師ガ言ト雖ドモ決シテ心服スル能ハズト主張スル所以ナリ　且ツ師ニ問フ　僕今夕[一一]ノ如キハ之ヲ避クルモ其情ニ戻ルモノアルヲ憂ヒテ已ムヲ得ズ独リ止リ此酒席ニ連ルト雖ドモ　固[一二]学校ニ於テ他人来リ恣リニ酒食シテ不可ナキノ制規アルカ　僕異日[一三]思フ所ナキニシモアラザレバ今些カ之ヲ質スルナリ　請フ又之ガ弁ヲ聞ンコトヲ」ト　此ニ於テカ　甲及ビ乙ノ二人ハ共ニ丙ガ当然ノ理ニ屈シテ更ニ一言ノ発スルモノナク　只茫然トシテ箝口[一四]シ居タリケル

第廿三回

蟻螻[一五]初テ驚ク雲雨ノ後
蛟龍已ニ去テ池中空シ

一利[一六]アレバ随テ一害アリ　一得アレバ亦一失[一八]ナキ能ハズ　物[一七]ニ利害ノ相ヒ伴フハ是レ数ノ免カレザル所ナリ　蓋シ利害得失其之ヲ比較シ来テ　以テ利其

三年)。「一得あれば一失あり」(土肥助郎編『一読百感立志奮発　金言万集』明治二十年)。

一七 ものごとには利益と損失とがつきものであることは、なりゆき上しかたがない。「利害(ガイ)　ヨシアシ」(『新撰漢語字引大全』)。

一八 儲けと損失。「得失(トク/シツ)　ウルトウシナフ」(『新撰漢語字引大全』)。「利害得失　ヨシアシ」(『新選漢語小字典』)。「能ク万物ノ是非(ヨイ/ワルイ)得失(ソン/トク)ヲ弁解(ワカ/ル)スルヲ得ン」(『花柳春話』初編六)。

以下八八頁

一 わずかな損。 二 大きな利益。

三 県が置かれた地域。県。

四 学校に関する事務を司る学務課(→二六頁注三)の役人。「学務(ガク/ム)　ガクモンノツトメ」(『新撰漢語字引大全』)。

五 欧米をモデルとした中央集権的で画一的な教育の実施を目指した明治五年の学制に代わった明治十二年の教育令は、地方の状況に配慮しつつ町村を単位とした学校の運営へと方向を転換するものであり、自由教育令とも呼ばれたが、就学者が減少するなどしたため明治十三年に改正され、学務委員などの任命権を官選の府知事・県令に与えるなど教育に対する府県の統制を強化するものとなった。こうした問題は、折から盛んになった民権運動を巻き込み活発な議論が展開された。公権力の教育への関与についてのここでの言及は、改正教育令のもとでの干渉教育をめぐる議論を踏まえている。

六 教育課目の設定に適切さを欠くものが多く。小学校のカリキュラムは文部省の教則綱領にもとづいて府知事または県令が各地の状況を考慮して定めることとなっていた(教育令第二十三条)。 七 教師の任免が的確に行われない場合が

害ヲ購フニ足リ　得其失ヲ補フニ余ラバ　其之ヲ以テ利トシ得ト為サヾル可ラズ　然ルヲ　今若シ之レニ反シテ　細害ヲ除カント欲シ併セテ為メニ巨利ヲ失ヒ　[一]瑣失ヲ防ガント企テ却テ為メニ[二]大得ヲ棄ツルガ如キヲ為ス者アラバ　之ヲ称シテ豈智者ト言フ可ケンヤ

扨モ　彼久松菊雄ガ曾テ教師ノ職ニ従事シタルノ[三]県地ニ於テ　[四]任ヲ学務ニ奉ズルノ官吏等タルヤ　[五]概ネ其智識ニ富メル者アラズシテ以テ教育ノ事毫モ其真理ヲ解スル能ハズ　故ニ干渉ス可ラザルノ事ニ於テハ妄リニ之ニ干渉スルモ其干渉セズンバアル可ラザルノ事ニ至テハ曾テ之ヲ問フ事ナシ　是ヲ以テ　[六]教課ノ設ケ甚ダ其宜シキヲ失スルモノ多ク　教員ノ[七]黜陟大ニ其当ヲ誤ルモノ少シトセズ　宜ナル哉　身ハ只[八]庁堂ニ空論ヲ唱ヘテ以テ毫モ管内ヲ巡視スルニアラザレバ　県下ノ民情之ヲ実際ニ知ルニアラズ　各校ノ景状之ヲ実際ニ知ルニアラズ　授業ノ方法之ヲ実際ニ知ルニアラズ　生徒ノ学術之ヲ実際ニ知ルニアラズ　教員ノ勤怠之ヲ実際ニ知ルニアラズシテ　以テ只[九]彼浅学不識ナル巡回教師ガ待遇ノ厚薄ニ因テ到ル処毀誉ヲ恣マヽニシタル一冊ノ巡回日誌ト　[一〇]無知頑愚ナル学区取締ガ愛憎賄賂ニ由テ以テ己レガ私偏ヲ逞フセル一片ノ上申書トニ由テ　[一一]以テ之レガ褒貶黜陟ヲ為シ　[一二]之レガ改正変更ヲ決行セルヲ以テ　其実際

少なくない。町村立学校の教員の任免は府知事または県令が行った(教育令第四十八条)。「黜陟(チユツチヨク)　シリゾケルトモチユルト」(『新撰漢語字引大全』)。 八 県庁の役所。「県庁(ケンテウ)　クニノヤクシヨ」(『新撰漢語字引大全』)。 九 無学な巡回教師(→二六頁注四)が巡回先の学校のもてなしが手厚かったかどうかに応じて褒め言葉やけなし言葉を言いたい放題に書きつらねた巡回日誌。「待遇(タイグウ)　アシラヒ」(『小学道徳論字引』)。「毀誉(キヨ)　ソシルトホメルト」(『新撰漢語字引大全』)。 一〇 愚かで頑固な学区取締(→二六頁注五)が自分の好き嫌いや賄賂をもらったかどうかによって書いた、わたくしごとでほしいままに内容がねじまげられた一枚の上申書。「固陋(コロウ)頑愚(グワングウ)ノ徒」(『花柳春話』二編二十四)。 一一 教師を褒めたり貶(おと)めたりしてその任免を行う。「褒貶(ホウヘン)　ヨクイヒワルクイフ」(『新撰漢語字引大全』)。「褒貶(ハウヘン)交(コモ)々来ル」(『花柳春話』三編三十七)。 一二 学校の運営の改変を断行する。 一三 他人の悪口を言って取り入ったり、おべっかを言って取り入ったりといった手段を巧みに用いれば。「讒諂(ザンテン)　ソシリヘツラフ」「面諛(メンユ)　ツイシヤウヰイフ」(『新撰漢語字引大全』)。 一四 容易に教師の等級を上げることができる。 一五 →五五頁注一八。 一六 安井策太が久松菊雄を他の学校に転出させるために謀りごとをめぐらしたことを指す。「私怨」は個人にかかわる怨み。「私怨(シエン)　ワタクシノウラミ」(『新撰漢語字引大全』)。 一七 少し。わずか。 一八 悪口を真に受けて。「讒言(ザンゲン)　アシクイフ」(『新撰漢語字引大全』)。 一九 悪賢く、心がねじけていて人に媚びへつらう。底本「好佞」を訂した。「狡猾奸佞(カウクワツカンネイ)(ワルカシコク)へつら

ヲ誤リ其至当ヲ失フ少ナカラザルモ　又怪シムニ足ラザルナリ　此ヲ以テ　些カ学識アルニアラザル者ト雖ドモ　[一三]讒諂面諛　巧ニ之ヲ施セバ[一四]容易ク其等ノ進ムヲ得　又才学共ニ有セル者ト雖ドモ　正義ヲ守テ阿ラザレバ決シテ其級ヲ昇ル能ハズ　嗚呼　又浅間シキ景状ナラズヤ

[一五]閑話姑ラク之ヲ舎ク　扨モ彼学区取締ハ　[一六]一狂児ガ私怨ノ故ヲ以テ之ヲ讒セシモノナリトハ毫モ悟ル処無フシテ　以テ[一七]僅々タル賄賂ノ為メニ忽チ[一八]其讒言ヲ容レ　直ニ[一九]狡猾奸佞ナル[二〇]戸長等ト之ヲ謀リ　一片ノ上申書ニ彼ノ秀[二一]才慎直能ク校務ヲ力ムルノ久松菊雄ヲバ容易ク之ヲ他ニ転勤セシメタルガ　是レ所謂細害[二二]ヲ除カント欲シテ為メニ併セテ巨利ヲ失ヒ　瑣失ヲ防ガント企テ為メニ却テ大益ヲ棄ツルト同一ニシテ　彼久松菊雄ガ退職ノ後　復タ彼レガ如ク勉励能ク校事ニ尽力シ　温厚偏ニ生徒ヲ[二三]愛育スルノ良教師ヲ得ルコト能ハズ　或ハ[二四]尊大倨傲ニシテ毫モ[二五]村民ニ容レラルヽ事ナク　或ハ[二六]懶惰怠慢ニシテ曽テ授業ニ意ヲ用ユルコトナク　或ハ[二七]貪婪飽クヲ知ラズシテ偏ニ利欲ヲ謀ル者アリ　或ハ[二八]放蕩身ヲ顧ミズシテ常ニ[二九]淫酒ニ荒ム者アリ　此ヲ以テ　屢教師ノ転[三〇]任ハ之ヲ官[三一]ニ求メテ為スト雖ドモ　未ダ曽テ毫モ意ニ適スル者ヲ得ル事ナシ　是レ蓋シ只偏ニ教師ノミ　尊大倨傲　懶惰怠慢　[三二]貪慾放蕩ナルニアラザルナリ　彼レ学区取締

〈イツハリ ヘツライ〉」（『寄想春史』初編三）。「姦佞(カンネイ)　ネジケビト」「佞姦(ネイカン)　ヘツラヒモノ」（『新撰漢語字引大全』）。

二〇 底本「尸長」を訂した。行政の末端を担わせるために町や村に置かれた役職。「戸長(コチヤウ)　ヒトクルワノシマリ」（『新撰漢語字引大全』）。

二一 すぐれた才能を有し、慎み深くて正直な。

二二 以下は八八頁二—三行とほぼ同文。

二三 慈しんで育てる。「愛育(アイイク)　イックシミソダテル」（『小学道徳論字引』）。「愛育(アイイク)　ヨクソダテル」（『小学読本巻五字引』）。

二四 偉そうにして驕りたかぶっている。「尊大(ソンダイ)　オ、ヘイナルコト」「倨傲(キヨガウ)　オホヘイ」（『新撰漢語字引大全』）。「徒(タイ)ヅラニ声名ヲ貪(ムサボ)ルガ如キハ之レヲ倨傲(キヨゴウ)ト称シ識者(シキシヤ)ノ悪(ニク)ム所ナリ」（『花柳春話』二編二十五）。

二五 むらびと。「村民(ソンミン)　ヒヤクシヤウ」（『小学読本巻五字引』）。

二六 怠けてするべきことを怠(おこた)る。「懶惰(ライダ)　オコタル」（『小学道徳論字引』）。「懶惰(ライダ)　オコタル」「懶惰(ライダ)　ブセウモノ」（『小学読本巻五字引』）。「懶惰(ランダ)　ズルイ」（『新撰漢語字引大全』）。「近来彼輩頗ル懶惰(ランダ)ニシテ其職ヲ怠(オコ)タル」（『花柳春話』二編二十八）。

二七 欲深い。「貪婪(タンラン)　ヨクガフカイ」（『新撰普通漢語字引大全』）。「貪婪(ドンランヘタンヘ)　ムサボル」（『小学道徳論字引』）。

二八 やりたいようにふるまう。「放蕩(ハウトウ)　ドウラク」（『新撰漢語字引大全』）。「放蕩　ハウタウ」（『雅俗幼学新書』）。

二九 みだらな行いと飲酒。

三〇 勤務や任地をかえること。「転任(テンニン)　ヤクガヘ」（『新撰漢語字引大全』）。

三一 県の役人に上申して行う。

三二 欲ぶかい。「貪慾　トンヨク」（『雅俗幼学新書』）。

及ビ戸長等ノ[1]不明ニシテ　未ダ其人ヲ観視スルコト能ハザルノ罪ニ由ルモノト云フベキノミ　[2]彼レ輩只人ノ短所ノミ之ヲ視ルヲ知テ以テ其長ズル所ハ毫モ之ヲ察スル事能ハズ　此ヲ以テ概ネ人物ヲ誤認セザルモノアル事ナシ　嗚呼利害得失　其之ヲ比較シ来テ　利其害ヲ購フニ足リ得其失ヲ補フニ余ラバ　其之ヲ以テ利トシ得ト為サズンバ[3]豈又底止スル所アランヤ　此ヲ以テ　其今日ニ至リテハ　始メテ大ニ久松菊雄ノ失フ可ラザルヲ悟リ　却テ己等ガ[4]軽挙ノ過チヲ後悔シ　偏ニ菊雄ガ前日ノ功労ヲ称シテ転タ[5]愛慕ノ情ヲ起セシト云フハ　愚モ亦甚シキト言フ可キノミ

第廿四回

[6]恨与積雪滋深矣
憂似惨雲凝未開

却説ス　扨モ又　松江タケハ[7]不慈無情ナル継母ガ為メ遂ニ戸外ニ衝出セラレテ　マタ奈何トモ為スコト能ハズ　熟ラ其[8]胸裏ニ以為ラク　恨ヲ忍ビ哀ヲ乞フテ　今ヨリ再ビ帰ランカ[9]惨酷良夫ガ許　焉ゾ知ランヤ容易ニ容レンコトヲ　[10]怒ヲ冒シ呵責ニ堪ヘ　尚ホ暫ク止ラン事ヲ願ンカ[11]残忍継母ガ家　亦決シテ聴サヾル可シト　[12]行止道絶ヱテ進退此ニ谷リ　一身置クニ処無フシテ暫ク[13]檐下ニ彷徨

一 本質を見抜く力が乏しく、どういう人物であるかを見極められない。二 ああいったやから。あいつら。「人呼テ曰ク彼レ輩淫蕩、情ヲ恣(ホシイマヽ)ニスト」(『花柳春話』二編二十七)。

三 どうして利害得失の衝突がやむことがあろう。

四 軽はずみな行い。「軽挙(ケイキヨ)　カルハヅミ」(『新撰漢語字引大全』)。

五 慕う心情。→七五頁注一八。

六 恨み積雪と滋(ますます)深し　憂ひ惨雲に似て凝(こ)りて未だ開(ひら)かず(恨みの気持ちは雪が降り積もるようにますます深くなり、憂いは黒雲のごとく凝り固まってまだ解けない)。

七 無慈悲なまま母。八 →四三頁注一二。

九 むごい夫のもとにどうして簡単に入れてもらうことができるだろう。「惨酷(サンコク)　テヒドイ」(『新撰漢語字引大全』)。

一〇 怒られるのをやり過ごして、厳しく叱られることに堪え。「呵責(カセキ)　セメル」(『新撰漢語字引大全』)。「朝暮(テウボ)ニ呵責(カシヤク)ヲ被(カフム)リテ」(『花柳春話』二編二十七)。

一一 無慈悲なことをためらわずに行う。「残忍(ザンニン)　ムゴヒ」(『新撰漢語字引大全』)。

一二 先に進むにもここに止まるにも、道は途切れてにっちもさっちも行かない。

一三 底本「擔下」を訂した。家の軒下を行ったり来たりしていると。「彷徨(ハウクワウ)　イキカヘリ」(『新撰漢語字引大全』)。

一四 降ってくる雪片が空一面に乱れ飛び。「鷺(ロ)ノ如ク　ユキノミタテ」(『詩韻砕金幼学便覧』冬)。「霏々(ヒヽ)　ユキアメトブ」(同、雑)。

一五 吹きつける寒風は鋭い刃のように肌を切り裂かんばかりだ。「凜々(リンリン)　キビシクサムイカタチ」(『新撰漢語字引大全』)。「風刀惨(サンタリ)　風ノサムサガ刀デハダヲキルヤウナ」「膚(ハダヘ)裂

スレバ　恰モ[一四]鷺大ノ降雪霏々トシテ満空ニ散乱シ　[一五]刀利ノ凄風凜々来テ膚ヲ裂クカト疑フ　此時タケハ転タ[一六]悵然トシテ偏ニ一身ノ不幸ヲ歎ジ　心中熟ラ亦思フ　嗚呼　曾テ吾レ幼時[一七]中将姫ノ伝ヲ読ミタルノ日　心私カニ以為ラク　[一八]仮令浮屠氏ガ人界ノ無常ヲ説キ　世事ノ[一九]敢果ナキヲ示シテ以テ偏ニ善行ノ方便トセルト雖ドモ　[二〇]苟モ性ヲ人間ニ稟クル者　豈残酷斯ノ如キヲ極ムル者アルアランヤト　為メニ一読再タビ之ヲ繙クヲ欲セザリキ　何ゾ図ンヤ　其事啻ニ[二一]空造著書ノ紙上ニ止マラズシテ　今日当サニ我身上ニ有ラントハ　嗚呼　雪ニ哀児ノ継母ガ為メニ[二二]其困阨ヲ極ムルモノハ　[二三]昊天モ傍視シテ其当ナリトセラル丶カ何ゾ[二四]古今時ヲ異ニスルモ其跡ヲ同フスルノ此ニ至ルカ　而シテ彼姫ハ遂ニ人界無常ノ頼ム可ラザルヲ歎ジ[二五]世上塵事ノ敢果ナキヲ悟リ　以テ決然身ヲ[二六]仏門ニ帰シ　永ク[二七]浮世ノ外ニ其終身ヲ送リタリト　嗚呼　妾ヤ今将タ何レノ所ニカ[二八]帰適セン　彼ノ姫ニ倣フテ身ヲ仏門ニ帰センカ　今日ノ仏門ハマタ昔日ノ比ニアラザルヲ奈何セント　[二九]千思此ニ窮リ万考此ニ尽キ　終ニ一心ヲ決シテ　而シテ言テ曰ク「噫　我レ誠ニ誤テリ誤テリ　一身ノ不幸ヲ重ヌル已ニ此ノ極ニ至テ而シテ尚ホ且ツ[三〇]朝露ノ命ヲ惜ム　其之ヲ惜ムガ故ニ尚ホ斯ノ如キノ[三一]窮阨ニ陥ルナリ。如カズ　命ヲ今降ル雪ノ潔キト共ニ消滅シ去ンニハ　豈ニ何等ノ事カ又

ント欲ス　サムサノヒドキコト」(『続詩礎階梯』)。 一六 →四七頁注一四。

一七 平安時代に生きたという伝説の女性。継母に虐待され山に捨てられ、やがて当麻寺に籠って仏門に帰依し、この世の無常を観じて曼陀羅を織った。雪中での継母による拷問のくだりを付け加えた浄瑠璃や草双紙などで親しまれた。「中将姫の浄瑠璃を聞くにさへ継子呵責(いじめ)は快よからぬに…先月の大雪の日に小児が寝小便をしたとかで大人さへ寒さに絶え兼るを丸裸にして雪の中へ放り出し足駄にて蹴るやら雪を取て打附(うつけ)るやら命も絶々(たえ)になるまで責折檻(せめせっかん)する」(「雪責め」『絵入朝野新聞』明治十六年三月二日)。 一八 たとえ仏教の僧侶たちが人の世の無常とはかなさを示すことを人を善い行いへと仕向けるための手段として持ち出したのだとしても。「浮屠(フト)　シユツケヲイフ」(『新撰漢語字引大全』)。

一九 通常は「果敢ナシ」と漢字を当てるが、「果(か)」という音に引かれての表記か。

二〇 人間として生をうけた者がどうしてこんな無慈悲な行いを平然とすることができようか。

二一 空々しい作りごと。 二二 苦しみ。「困厄(コンヤク)　ナンジウ」(『新撰漢語字引大全』)。

二三 天もそばから見てそれを正当なことと見なすだろうか。「昊天」は大空の意で、ここでは造物主としての天。

二四 今と昔と、語られる時代は違っていても、語られることがらは同じである。

二五 世の中の煩わしいことがらに振り回されることのはかなさを悟り。

二六 仏の教え(を説くところ)。「仏門(ブツモン)　ホトケノヲシヘニイル」(『新撰漢語字引大全』)。

二七 世の中。うきよ。→六七頁注二一。

一身ニ[一]鬱集(アツマ)ルノ憂苦アランヤ　十有七年ノ歳月ハ妾ガ[二]天与ノ命数ナリト諦覚スレバ亦(また)何ゾ誰ヲカ恨ムル所アランヤ」ト　漸(やうや)ク思(おもひ)ヲ定メテ其処(そこ)ヲ去リ　歩ヲ予(あらかじ)メ知ルノ深淵ニ取ツテ而シテ出ヅ　タケハ已(すで)ニ死ヲ決シ意ヲ定メテ以テ我ガ家邸ヲ出(いづ)ルト雖(いへ)ドモ　亦(ま)タ此暁天(げうてん)ヲ以テ現世ヲ離ルヽノ期ナルカト想起スレバ　行路豈(あに)マタ進マンヤ　屢々(しばしば)首ヲ回(めぐ)ラシテ後方ヲ顧ミレバ　[三]墨雲惨憺　家何(いづ)クニカ在ル　所ヲ失シ雪ハ途上ヲ塞(ふさい)デ歩(ほ)マタ進ム能ハズ　[四]暗涙潸々(さんさん)漸(やうや)クニシテ其(その)深淵ニ達スレバ　凄風凛冽トシテ[五]天地只(ただ)一色ニ　水面全ク凝結シテ恰(あたか)モ[六]天然ノ玻璃(はり)ヲ蓋(おほ)フガ如シ　此時タケハ漸(やうや)クニ其(その)涙ヲ払ヒ自(みづか)ラ意ヲ決シテ而シテ已(すで)ニ身ヲ翻(ひるが)ヘサントスルヤ　忽(たちま)チ人アリ　遽(いそがは)シク来(きたつ)テ之(こ)レヲ[七]抱留シ遂ニ其(その)意ヲシテ果タス事ヲ得ザラシム　嗚呼(ああ)　抑(ソモ)此来人(らいじん)ハ何人(なんびと)ナルカ　[八]善悪邪正ハ稗史(はいし)ノ例ニ倣(ならつ)テ未ダ知ル可(べか)ラズ　且(しば)ラク下編ニ説クヲ聴ケ

惨風悲雨　世路日記中編　終

二八 身をよせる。 二九 さまざまに考えをめぐらしたが良い考えに至らない。「千思万想　トヤカクヲモフ」(『中夏俗語藪』)。

三〇 はかない命(→六七頁注二〇)に執着している。

三一 やるせない苦しみ。「窮厄(キウヤク)　ナンギ」(『新撰漢語字引大全』)。

以上九一頁

一 群がり集まる。

二 定められた寿命だと悟ってみれば。

三 黒雲が空を覆ってあたりは薄暗い。「惨澹(サンタン)　モヤ〳〵」(『詩韻砕金幼学便覧』雑)。

四 人知れず涙をこぼし。「潸々」は、底本「潜々」を訂した。

五 空も地面も白一色となって。

六 自然にできたガラス。「天然(テンゼン)　シゼントニ云コト」(『新撰漢語字引大全』)。「天然(テンネン)　ニ由(ヨリ)テ然ルナリ」(『花柳春話』二編二十)。

七 いだき止める。

八 この人が善人なのかそれとも悪人なのか、小説の構成の仕方にしたがって、ここではまだはっきりとはしない。「稗史」は俗な読み物の意で、ここでは回を追って物語を進行してゆく章回小説のことをいう。「稗史(ハイシ)　クサザウシ」(『新撰漢語字引大全』)。

九 乍(たちま)ち暖にして柳条気力無し　淡晴花影分明ならず(気温が急に上がると柳の枝はだらりとして元気がなく、晴れた空は淡くかすんで花の姿もはっきりとしない)。南宋の楊万里の「春晴、故園の海棠を懐(おも)ふ」の詩句。「気力(キリヨク)　ゲンキ」(『小学読本巻五字引』)。「花影(クワエイ)」(『詩語砕金』)。「花影深シ　ハナノカゲ」(『近世詩語玉屑』)。

一〇 高い場所に登って下を眺めると、かまどの

惨風悲雨 世路日記下編

第廿五回

午暖柳条無気力
淡晴花影不分明

菊亭香水著

[一〇]高台ニ登臨スレバ　竈烟殷々　民家幾万　櫛比鱗次　更ラニ其ノ数ヲ知ラズ熒々煌々　人眼ヲ眩シ　心魂ヲ奪フ　初メテ此地ニ来タル者ハ[一一]蹌々踉々往来ニ迷ヒ　[一二]行人ニ躓ヅキ　未ダ其ノ[一三]黄蒼狼狽セザル者稀シト　這ハ是レ此地ノ繁栄[一四]熱閙ヲ評シタルノ詞ニシテ　実ニ本邦無双ノ大都　[一五]三府ノ一タル大坂[一六]市街ノ繁盛ハ殆ンド筆紙ニ尽ス能ハズ　宜ナル哉　全国ノ船舶　百貨ヲ載積シテ此港湾ニ[一七]輻輳スルモノ　[一八]朝夕ニ千艘ノ入ルアレバ夕べニ千艘ノ出ヅルアリテ　港内常ニ[一九]帆檣林立　汽笛ノ発着ヲ報ズルモノハ四六時中ニ其声ヲ絶ツコトナク[二〇]一刻売買　万金ヲ争フノ[二一]富商大估ハ堂々トシテ其[二二]廛舎ヲ列ネ　加フルニ市街人民ノ活潑侠気ニ富メル　又他府下市民ノ遠ク及バザル所ニ出ヅルモノ多ケレバナリ　此処ハ[二三]名ニ負フ道頓堀　[二四]演劇場ノ所在タリ　其熱閙繁栄タルハ更ラニ筆

煙が盛んに立ち昇り多くの人家がどこまでも軒を連ねていてどれだけの人家があるのか分からない。光り輝くその美しさに目がくらみ心を奪われる。「櫛比(シツビ)　ヒシトナラブ」「鱗次(リンジ)　ツラナル」(『新撰普通漢語字引大全』)。「熒熒(ケイ〱)　光リ明ラカナル貌」(『文章軌範字解』)。「正ニ煌々(クハウ〱)　アツイケシキ」(『詩韻砕金幼学便覧』夏)。

[一一] よろめくようにして歩みを進めていると道に迷ってしまい。「蹌踉」はよろめく。「酔歩蹣跚(マンサン)蹌々(サウ〱)踉々(ラウ〱)」(『花柳春話』二編二十七)。「蹌々踉々(ヒヨロ〱)トシテ来ル」(尾崎三良・桜井能監『学生必携 文学自在』明治十二年)。

[一二] 道を歩く人。「行人(カウジン)　ミチユクヒト」(『詩韻砕金幼学便覧』冬)。

[一三] 顔色を変えてうろたえない者はほとんどいない。「黄蒼」は黄色と青色で、顔色の変わるさま。冒頭よりここまでの記述と同様の表現が以下に見える。「高台ニ登臨スレバ竈々ノ煙。幾万ノ民家賑々ノ地。夫レ都(べす)テ南ノ土地ハ陽気市廛ニ満チ。幾許(バイク)ノ居盧相ヒ望ミ。高下鱗次ス熒々煌々。眼光ヲ奪ヒ。心魂ヲ失フ。初メテ此ノ地ニ来ル者ハ。皆ナ蹌々踉々行人ニ躓キ狼狽ス。其ノ繁華混雑。言語ニ尽シ難シ」(石田魚門『方今大阪繁昌記』〈原漢文〉初編、明治十年)。

[一四] →三〇頁注八。

[一五] 三大都市。京都・大阪・東京。

[一六] 底本「市外」を訂した。

[一七] 集まる。「輻輳(フクソウ)　ヨリアツマル」(『新撰普通漢語字引大全』)。

[一八] 港の繁昌を表わす成語「出船(デブネ)千艘入船千艘」(藤井乙男編『諺語大辞典』明治四十三年)にもとづく。

[一九] 帆ばしらがたくさん並び立って。「帆檣林立ス　ホバシラガ、ハヤシノ、ヤウニ、タツテ、アル」(『明治新撰 文語玉屑』)。

紙ニ尽ス能ハズ　看官察シ給フベシ　伝ヘ聞ク此地固ト渺漠タル一ノ曠原ナリシヲ　慶長年間安井道頓ナル者アリテ　官ニ上書シ開墾ノ事ヲ企テ　東堀ノ水流ヲ西回セシメテ堀江ヲ通ジ　木津川ニ到テ海ニ注ガンコトヲ謀リシニ　官之ヲ允ルシ　功亦タ成ツテ今ニ及ブコト数百年　故ニ後世人呼デ道頓堀ト称スト云フ　呼応喧囂　肩摩轂撃　一場ノ雑沓ヲ極メテ　老幼男女百種ノ人衆　東西南北ニ散ズルモノハ　此日ノ演劇已ニ終テハヤ打出シノ景状ナリトハ　問ハズシテ知ル可キナリ　時已ニ午后六時ヲ過ギ暮色蒼然トシテ咫尺ノ人顔猶ホ明カニ見ル可ラズト雖ドモ　芳紀正ニ二八許リノ婀娜嬋娟タル一少婦女ヲ伴ヒシ男女ノ一行　婢女ノ如キ者ヲ合セテ其数凡ソ六名許リ　同ジク劇場ヲ出デヽ　而シテ其ヲ距ルコト甚ダ遠カラザル一ノ清潔ナル酒楼ノ中ニ投ジタルハ　未ダ其何人タルヲ知ルニ由ナシト雖ドモ　身亦タ中等以上ニアルノ一家族タル可キヲ知ルニ足レリ

甲曰ク「君杯ヲ伝ヘ給ヘヨ　実ニ本日ハ久々ノ愉快ナリキ」　乙曰ク「然リ僕モ君モ久敷ク本地ニ遊ブト雖ドモ　身蛍雪ノ窓下ニ在レバ　未ダ斯ル世上ノ快事アルモ敢テ常ニ観ルコト能ハザルナリ　殊ニ勝間田氏一ビ死セシヨリ以来ハ心中鬱々トシテ実ニ浮世ノ頼ムニ足ラザルヲ感ジ　勉励スルモ只ダ懶キヲ覚

二〇 わずかの間の売り買いで大きな儲けを得ようと競う。 二一 営みの大きな商人。 二二 店。
二三 有名な道頓堀。現在の大阪市中央区にある道頓堀川南の地域。「道頓堀、難波新地等ハ、繁盛ノ地ニシテ、演戯歌舞場アリテ、殊ニ華美ヲ競フノ一市街ナリ」(菅原矢三郎編『大阪府管内地理小誌』明治十二年)。
二四 芝居小屋。道頓堀には「五場ノ演劇(シバイ)。春秋ノ角觝戯(スマウ)諸々之妓楼」があった(『方今大阪繁昌記』初編)。「今大坂にて角。中。戎座の三座を大芝居と呼ぶ」(米繙笑史編『大坂穴探』明治十七年)。

――以上九三頁

一 →四〇頁注六。
二 「伝ヘ聞ク慶長ノ頃。寂寞タル曠野ノ地。安井道頓氏。上書シテ一大街巷ヲ開ヒテ。東堀ノ水ヲ以テ。西ニ回シテ堀江ヲ歴(ヘ)。木津川ニ出シ海ニ入ント請フ。官始テ其乞ニ准ス。開闢功成ツテ。今ニ及ブコト数百年ナリ。故ニ名(なづけて)道頓堀ト曰フ」(『方今大阪繁昌記』初編)。
三 一五九六―一六一五年。
四 豊臣秀吉に仕え、大坂城の築城や堀割の開削を行った。
五 淀川の下流。「(淀川の)本流、尚南ニ赴キ、大阪ニ至リテ、又西ニ流ル、其下流、安治川、木津川ノ二派トナリテ、海ニ達ス」(『大阪府管内地理小誌』)。
六 大阪の運河の一。「街市ノ間ニ、溝渠ヲ疏通シ、大川ノ水ヲ引テ運輸ニ便ニス、其最モ長キモノヲ、東横堀、西横堀、長堀、道頓堀トス」(『大阪府管内地理小誌』)。
七 呼びかけたりそれに答えたりする声がやかましく響き、雑踏の中でもみくちゃになる。「肩

ユルガ如キコト多カリキニ　幸ヒ本日ハ君ガ発議ニ因リ図ラズモ数月ノ積鬱[一六]ヲ散ジ得タリト雖ドモ　予ハ斯ル時ニ際スルモ尚ホ往事ヲ想起シテ　客歳[一七]ハ君及ビ彼ト予ト共ニ此ニ来タリシヲ追懐シ　覚エズ心中ニ無量ノ哀情ヲ発起シタリキ」　甲曰ク「然リ　実ニ我々ハ未ダ身ヲ蛍雪ノ窓下ニ置キテ日夜ニ苦学ヲ為スト雖ドモ　幸ヒニシテ身体ノ健康ナレバ又斯ル愉快ヲ尽スノ日ニ会フコトアルベキモ　彼レ勝間田ガ如ク未ダ苦学ノ中ニ在テ果敢ナクモ異郷ノ土トナリシコソ実ニ憫然[一八]モ一層ノ甚シキモノト云フ可キナリ　且ツ我々ハ成業[一九]ノ後再ビ故山ニ帰リテ以テ家ニ在ルノ父母子弟ニ対面シ　笑フテ今日ノ苦ヲ昔日ニ語ルヲ得ルノ日アル可キモ　彼レガ家ニ在ルノ父母兄弟ハ只彼レガ死シタルヲ夢ノ如ク幻ノ如ク伝フルモ信トセズ　信トスルモ尚ホ疑フテ未ダ之ヲ忘ルヽコト難カル可キナリ　然シテ彼レハ固[二〇]次子ニシテ出デヽ他ノ家ヲ嗣ギ　即チ勝間田ハ其姓ニシテ本姓ハ新藤ナリト　且ツ其妻マデモ定マレルモノアリシト言ヘリ　這ハ一夕彼レガ自ラ予ニ語リタルノコトナレバ敢テ虚言ニハアラザルベキナリ」　乙曰ク「実ニ然ルカ　今日ハ遇々観劇ノ愉快ヲ覚ヘテ稍々積鬱ヲ排ントシタリシニ　又斯ル悲哀ノ談ニ渉リ却テ愁情ヲ惹キ起シタリ　請フ是ヨリ話ヲ転ジテマタ浮世ノ快楽ヲ語ル可キナリ」　甲曰ク「然リ　実ニ楽ミ極[二一]マツテ又悲ミヲ

摩轂撃」は道の混み合うさま。「肩摩(けんま)　ヒトゴミ」(『新撰漢語字引大全』)。「市街は人家稠密往来は肩摩轂撃其頻繁思ふべく又た一目してこれが大都会たる事を知る」(『大坂穴探』)。

八 興行の終わりを報せる太鼓が鳴っているときのありさま。

九 あたりは暮れなずもうとしていて、間近にいる人の顔もはっきりとは見えない。「咫尺之間(シセキノアヒダ)　ワヅカノアヒダ」(『新撰普通漢語字引大全』)。

一〇 年齢十六歳前後のなまめかしく美しい一人の少女。「二八　十六ノムスメ」(『詩韻砕金幼学便覧』雑)。「女ノ年未ダ二八ニ盈(ミ)タザレドモ」(『花柳春話』初編一)。

一一 召使の女。

一二 富裕な商人や中高位の役人など、中間層以上の社会階層に属する一家。

一三 酒杯をこちらへ渡してくれ。

一四 塾や学校などの教育機関に属して勉学にいそしむ身であるから。「蛍雪(ケイセツ)　ガクモンニセイダスコト」(『精選詩学大成』)。

一五 勝間田早苗。

一六 永らく沈んでいた気分を晴らすことができた。

一七 →三〇頁注一〇。

一八 かわいそうな。「憫然(ビンゼン)　アハレ」(『新撰普通漢語字引大全』)。

一九 「成業(セイゲフ)　ワザガデキアガル」(『新撰漢語字引大全』)。

二〇 二番目の子。

二一 「歓楽極まつて哀情多し」(漢の武帝「秋風辞」『文選』巻四十五)にもとづく。

来タシタリ　君請フ更ラニ一酒ヲ命ゼヨ」ト　此ニ於テカ　乙掌ヲ鳴ラシ酒ヲ命ズ　且ツ甲ニ言フテ曰ク「時ニ本日左側[一]ナル高桟ノ中央ニ在リシ年二八許リノ処女ハ頗ル嬋娟[二]タル容姿ナリキ　若シ之ヲシテ文章ニ形容セバ　梅花春ニ逢[三]フテ将サニ綻ビントスルガ如シトモ言フ可キカ　然シテ甚ダ怪ム可キハ其窈窕[四]タル美人ニシテ屢々眦[五]ヲ君ノ方ニ送リ　心私カニ想フ所アルモノヽ如ク見ヘタリキ　若シ兄ニシテ一ビ花ノ真意ヲ問ハント欲セバ　必ズヤ三更[六]月ヲ踏ンデ来レト答フナルベシ　真ニ怨羨[七]ノ至リニ堪ヘザルナリ」　甲曰ク「否ナ否ナ　美人ノ眦ヲ此方ニ注ギタルハ全ク君ガ端麗[八]ナル風采ニ其心ヲ動カシタルモノナル可シ　若シ君ニシテ一ビ求ムル所アラバ其事ハ直チニ成就スベキナリ真ニ怨羨ノ至リニ堪ヘザルナリ」ト　甲言ヒ乙駁シ　互ヒニ相ヒ戯レテ尚ホ酒杯ヲ傾ムクルノ際　忽チ一連[九]ノ男女其隣席ニ入来タルアリ　此ニ於テカ　固ヨリ障襖[一〇]ノ之レガ間隔ヲ為スアレバ　未ダ其何人タルヲ知ルニ由ナシト雖ドモ甲乙二人ハ忽チ其ノ談話ヲ中止シケル　必竟今此ノ二生[一一]ハ何人ナルカ　且ク下回ノ分解ヲ聴ケ

一　舞台に向かって左側にしつらえられた桟敷席。左右にあった桟敷は最も上等の席。
二　→五五頁注一三。
三　春の訪れとともにまさに咲こうとしている梅の花のような。美人の形容。
四　→五二頁注六。
五　流し目。
六　真夜中に月明かりをたよりに訪ねてきてください。「三更」は、→三六頁注四。
七　うらやましくてならない。
八　整った麗しい容貌。
九　連れだっている男女。「一聯(イチレン)　ヒトツレ」(『新撰普通漢語字引大全』)。
一〇　障子。
一一　二人の書生(→一〇二頁注一〇)。

第廿六回

至険非山也非海[一二]
誰知人世行路中

話柄[一三]却テ中編第二十四回ニ次グ　当下[一四]タケハ不意ニ驚キ首ヲ回ラシテ之レヲ顧レドモ　時恰モ陰雲[一五]惨淡咫尺ヲ蔽ヒテ未ダ明ラカニ其何人タルヲ弁ズル能ハズ　此ニ於テカ　疑ヒ益ス解ルコトナク　猶ホ瞳ヲ定メテ能ク熟視スレバ豈図ランヤ。是レ則チ我ガ曾テ嫁スルノ時　其媒妁ヲナシタルノ郷人[一六]江崎寛治ナル人ナリ　然リト雖ドモ　疑団[一七]ハ尚ホ凝結シテ解クル能ハズ　遽シク問テ曰ク「君ハ是レ江崎ノ老爺ニアラズヤ　何ンガ故ニ深夜大雪[一八]ヲ冒シテ此処ニ来タルゾ　請フ其故ヲ告ゲヨ」　寛治答テ曰ク「然リ　余ハ江崎ニコソ　今夜此処ニ来リシ所以ノモノ問ハザルモ豈告ゲザランヤ　卿今暫ク意ヲ静カニシ余ガ語ル所ヲ一聴セヨ　何ヲカ秘センヤ　余今夕大雪ノ甚ダ劇シケレバ　未ダ黄昏ヲ過ギザルヨリ牖戸[一九]ヲ密封シテ寝ニ就キタルガ　半夜[二〇]ニ至リ　白衣[二一]ノ異人　鬚髪共ニ鶴白ナル者　我ガ枕頭ニ立チ　告テ曰ク「今夕タケ某ノ深淵ニ於テ身ヲ投ゼントス　汝往テ救フ可シ」ト　已ニシテ夢醒メ来タレバ　四隅[二二]烏黒　又絶テ人ノ在ルコトナシ　此ニ於テカ　少シク心怪[二三]シム所ナキニアラザルモ又之ヲ意

一二 至険(しけん)山に非ず也(ま)た海に非ず　誰か知(しら)ん人世行路の中(行く手をはばむ最も困難な場所は山でもまた海でもない。人がこの世を生きていく中で遭遇する大きな困難をいったい誰が知ろう)。
一三 話は変わって、中編第二十四回の続きとなる。「話柄(ワヘイ)　ハナシノタネ」(『小説字林』)。「爰(ココ)ニ説(トキ)起ス話柄(ワヘイ)」(『花柳春話』初編一)。
一四 →四六頁注一〇。
一五 雲が空を覆ってあたりは薄暗く、少しの距離でもはっきりと見えない。「陰(イン)雲　クモリシクモ」(『詩韻砕金幼学便覧』秋)。→九二頁五行。
一六 村びと。
一七 心の中の疑いはいっそう凝り固まって解けない。「疑団(ギダン)　ウタガフ」(『新撰普通漢語字引大全』)。
一八 激しく雪が降るのをものともせずに。
一九 窓と戸口を閉め切って。「牖」は窓。「牖戸(ヨウコ)　マドト」(『唐宋詩語玉屑』)。
二〇 夜中。→三六頁注二。
二一 白い着物を着た髪もひげも真っ白で不思議な人物が私の枕元に立って。「枕頭(チントウ)　マクラノホトリ」(『詩韻砕金幼学便覧』雑)。
二二 あたりは真っ暗で。
二三 不思議に思う。

トセズ　暫クシテ眠ントスルニ再ビ来リ告グルコト前ノ如シ　斯ノ如キモノ已ニ三回ニ及ビタレバ　是レ或ハ[一]尋常ノ仮夢ニアラズシテ又[二]神聖ノ夢寐ノ間ダニ之ヲ告グルニアラザルカト　疑念毫モ解スルコト能ハズト雖ドモ　試ニ起テ此処ニ来タレバ　豈図ランヤ　果シテ卿今方ニ身ヲ此深淵ニ投ゼントス　余若シ後レテ今一歩ヲ誤ランニハ　豈マタ救フ可ラザルノ大害ニ至ルモ知ル可カラザルナリ　[三]聖神擁護ノ致ス所ニ由ルカ　幸ヒニシテ卿ガ此危ヲ救フヲ得タリ」ト

一 普通にみる絵空事の夢。
二 眠っている間にくだされた神様のお告げではあるまいか。「神聖」は「聖神」（六行）、「神霊」（九九頁四行）に同じ。
三 神様がお守りになったおかげ。

タケハ之ヲ聞テ疑ヒ猶ホ益ス解クル能ハズ　[四]事幾ンド夢裡ノ如ク　其言亦肯テ真ナリト認メ難キモノ少ナカラズト雖ドモ　涙ヲ収メ言テ曰ク「聖神ノ事　[五]霊夢ノ如キハ固ヨリ妾ノ得テ知ルトコロニアラズト雖ドモ　老爺ノ偶然此ニ来テ妾ガ死ヲ止ドム　亦是レ真ニ不審ノ至リニ堪ヘザルナリ　良シヤ[六]神霊ノ之ヲ止メシムルアリトモ　妾ヤ[七]此ノ福薄ナル人世ニ生テ長ク在ルコトヲ欲セザルナリ請フ為メニ止ムルコト無シテ以テ妾ガ意志ヲ遂サシメヨ」ト　再ビ走テ而シテ[八]巌牆ノ下ニ至ントス　此ニ於テ　江崎寛治ハ遽ハシク其手ヲ捕リ之ヲ止メ　言テ曰ク「嗚呼　卿ガ迷心[九]　何ゾ[一〇]一朝ノ窮窘ニ由テ理害ヲ前后永遠ニ省リミザル一ニ此ニ至ルカ　況ヤ窮窘ノ却テ他日快楽ノ因タルヲ知ベカラザルニ於テヲヤ卿今浮世意ノ如クナラザルコトノ多キヲ歎ジテ貴重ノ[一一]性命ヲ空クシ　雪片ト共ニ消滅セントスルモ　将諸事悉ク意ノ如クナル可キカ　何ゾ思ハザルノ甚ダシキ　諺ニ言ハズヤ　[一二]性命ハ物種ナリト　夫レ人間一生ノ[一三]轗軻逢遭ハ固ヨリ決シテ一ナル可キニアラザルナリ　[一四]彼ノ鳥啼キ花笑フノ佳晨ハ此霜辛雪苦ヲ経タルノ后初メテ至ルモノニアラズヤ　卿今少シク反省スル所アレ」ト　[一五]懇々弁ヲ尽シテ而シテ之ヲ慰諭シ　漸ク説破シテ而シテ遂ニ己レガ家ニ伴ヒ帰リタリ
必竟向後何ノ譚カアル　且ク下回ノ分解ヲ聴ケ

四 夢のなかでの出来事のようであり。
五 夢のお告げ。不思議な夢。
六 神。「神霊（シンレイ）　カミノミタマ」（『新撰普通漢語字引大全』）。
七 幸せの薄い生涯。
八 危険な場所。「巌牆」は高くそびえた土塀。『孟子』尽心上の語。「巌牆之下　カベノクヅヘラントシタルモトニハタヽヌトイフコト」（美濃部繁栄編『四書訳語』明治十二年）。
九 心の迷い。
一〇 ひとたび苦しいめにあうと、遠い将来まで見通した利害の判断ができなくなる。「窮窘」は苦しみ。「窮窘（キウキン）　ゼツタイ」（『新撰漢語字引大全』）。「理害」は道理にかなっていることと、それに悖ること。
一一 底本「姓命」を訂した。いのち。「性命（セイメイ）イノチ」（『新撰漢語字引大全』）。
一二 命あっての物種（ものだね）。「性命（セイメイ）ハ是レ物種（ブツシユ）ナリト」（『訂正増補　惨風悲雨世路日記』十五）。「死ぬのは何時（つい）でも容易（たやす）いこと性命（いのち）があての物種（ものだね）とか」（『巌の松』二）。
一三 生涯に出くわすさまざまな困難。「轗軻（カンカ）　ナンギスル」（『新撰漢語字引大全』）。「志ヲ得ザルヲ轗軻ト曰フ」（西村竹間・金井知義編『初学必携故事釈義』明治十一年）。「逢遭」はめぐりあい。「遭逢（サウホウ）　デアフコト」（『新撰漢語字引大全』）。
一四 春は厳しい冬を凌いではじめて訪れる。「佳晨」は日よりのよい朝の意。
一五 ねんごろに繰り返し言葉をかけて慰めさとし。「懇々（コン〳〵）　ネンゴロ」。「慰諭」は、→四〇頁注七。「懇々（コン〳〵ネンゴロ〳〵）論（ユサトシ）シ来テ」（『英国龍動新繁昌記』初編）。

第廿七回　愁心不与花相係　偏到花時愁更縈[一]

風[二]ハ漏声ヲ引テ枕上ニ来リ　月ハ花影ヲ移シテ窓前ニ到ル　時已ニ夜一時ナラントス　齢ヒ凡ソ三十許リノ一婢　春秋[三]尚ホ未ダ破瓜ヲ出デザル一少女ガ病[四]枕ノ傍ラニ在テ之ヲ看護シ　今方ニ薬湯[五]ノ煮ヱタルヲ以テ尚ホ其枕頭ニ進ミ低声問フテ曰ク「心気若シ太ダ悪カラズバ薬汁今方ニ煮ユ　請フ服薬シ給ハレザルカ」ト　此時少女ハ未ダ全ク睡眠ニ就カザリシガ　之ヲ聞キ静カニ其頭ヲ回ラシ　言フテ曰ク「否ナ否ナ　妾ハ服薬スルヲ欲セザルナリ　且ツ夜已[六]ニ闌更ニ及ビタリ　春寒尚ホ冷ヤカナルヲ覚フ可シ　請フ速カニ寝ニ就ク可シ　妾ガ病痾[七]ハ固ト薬汁ノ以テ医ス可キニアラザレバ　敢テ之ヲ服セザルモ可ナリ」ト　言ヒ終リ双眼[八]ニ暗涙ヲ含ミ　深沈[九]鬱々　心裏大ヒニ憂フル所アルモノヽ如シ　此ニ於テカ　婢言フテ曰ク「於戯[一〇]　又尊姐ガ恣言ヲ出ス　婢曽テ之ヲ人ニ聞ク　凡ソ人ノ疾病[一一]ハ固ト皆其心気ノ所為ニ因テ発生スルモノナレバ　其之ヲシテ尚ホ重カラシムルモ　之ヲシテ直チニ癒ヤサシムルモ　只其心気ノ所為ニ因テナリト　今尊姐ノ如キハ全ク自ラ疾ヒヲ醸シテ尚ホ自ラ之ヲ重クスル

一 愁心花と相(あひ)係はらず　偏(ひとへ)に花時に到(いた)りて愁へ更に縈(めぐ)る(季節の移ろいと愁いに沈む心持ちとは関係がない。花が咲く時節がやってきても悲しみはいっそう募るばかりだ)。「縈　ツキマトフナリ」(『詩文必携訳文全書』)。「花時　ハナノジセツ」(『詩作便覧』)。

二 風は時を報せる鐘の音とともに枕元まで吹き来り、窓辺にさし込む月の光は花の姿を映し出す。「漏声」は水時計の音から転じて、時刻を知らせる鐘の音。「漏声(ロウセイ)ヘ(トケイ)ノ)九時ヲ報(ハウ)ジ」(『花柳春話』三編四十五)。「枕上(チンセウ)　マクラノウヘ」(『詩韻砕金幼学便覧』秋)。「枕上(チンセウ)　マクラノホトリ」(同、冬)。「花影」は、↓九三頁注九。

三 年齢がまだ十六歳を超えない一人の少女。「破瓜(ハク)　十六サイ」(『精選詩学大成』)。「破瓜(ハクワ)　女ノミヅアゲ」(『新撰漢語字引大全』)。

四 病人の枕。

五 煎じ薬。

六 もう夜更けになっている。「闌更」はたけなわの時刻。

七 やまい。

八 両目に涙をためて。「暗涙」は隠れて流す涙。「双眼(サウガン)少ク涙(ナンダ)ヲ催(モヨ)フス」(『花柳春話』四編五十二)。

九 すっかりふさぎ込んだ様子で、心中では何かひどく憂いているようだ。「深沈(シンチン)　オチツク」(『修身児訓字引』)。「鬱々」は、↓二四頁注四。

一〇 ああ、またお嬢様が気ままなことを言う。「尊姐」は女子の尊称。「只尊姐(ソン)ノ命是レ従(シタガ)ハン」(『花柳春話』二編二十九)。「尊姐(ソンショ)〈ヲジヨウサン〉」(『英国龍動新繁昌記』初編)。

一一 病気は本来その人の心の働きによって起こ

モノト言フ可キナリ　請フ且ク其一三自暴ヲ忍ビテ服薬ナシ給ハレンコトヲ　是レ婢ガ偏ニ願フ所ナリ」ト　少女曰ク「然リ　疾病ノ心中ヨリ発起スルハ妾モ又之ヲ知レリ　然リト雖ドモ　世上ノ医師ハ只身体ノ疾病ヲ診察シ得ルノミニシテ　未ダ心事ノ病ヒ一四ニ至リテハ豈能ク之ヲ推知センヤ　今妾ガ病痾ハ身体ノ病痾ニアラズシテ則チ心事ノ病ナリ　婢ガ勧ムル薬汁ノ如キハ　身体ノ衰弱ヲ快復シ得ルノ効験アリトモ　豈妾ガ心事ノ疾病ヲ癒セシムコトヲ得ベケンヤ」ト

婢又膝ヲ進メテ　稍其声ヲ低フシテ言フテ曰ク「尊姐ガ心事ノ疾病　婢豈之ヲ知ラザランヤ　婢夙ニ之ヲ察シタルナリ　此診察ニ至リテハ　如何ナル名医ノ大家ト雖ドモ亦婢ガ右ニハ出ザルベシ　然リト雖ドモ　尊姐ガ心事ノ病痾タル又身体ノ疾病癒ヘテ而シテ臥床ヲ出ヅルノ日ニアラザルヨリハ　到底快復スルコト難カル可キヲ信ズルナリ　此ヲ以テ　今偏ニ薬餌ヲ勧メテ　以テ一日モ速カニ尊姐ガ疾病ノ全快センコトヲ祈ル所ナリ」ト　言未ダ終ラザルニ先チ少女ハ少シク羞色ヲ帯ビ　言フテ曰ク「妾ガ心事ヲ如何ニシテ知リ得ベキヤ　妾未ダ曾テ之ヲ他ニ告グル所アラザルナリ」　婢微シク笑ヲ含ミ　言フテ曰ク「尊姐ハ固ヨリ未ダ口ヅカラ之ヲ告ゲズト雖ドモ　仕ヘテ此家ニ在ルコト已ニ十載一五ニ幾ラントス　平素尊姐ガ傍ラニ在ルモノ　未ダ婢ガ如キハアラザルナリ　婢

るものだから。

一二 自分から病気を作り出すだけでなく、さらに自分でそれをいっそう重くする。

一三 すてばちになりそうな気持ちを抑えて薬をお飲みください。「自暴(ジボウ)　ミシラズ」(『新撰漢語字引大全』)。

一四 心をおかす病。

一五 十年。

豈ニ之ヲ知ラザランヤ　婢能ク尊姐ガ心事ノ疾病ヲ明カニ察シタルナリ」ト少女ハ益ス之ヲ怪ミ　病ヲ忍ビテ其頭ヲ擡ゲ婢ニ向ヒ　言フテ曰ク「爾ヂ此ノ如ク確言セバ　誠ニ其大意ヲ述ベヨ　到底察知シ得ベキノコトナラザレバ　徒ラニ附会[一]ノ推測ヲ述ブ〔ル〕ナルベシ」ト微笑ス　婢曰ク「若[二]シ正中ヲ語ラン敢テ吃驚シ給フ勿レ」ト　少女笑テ之ヲ諾ス　此ニ於テカ　婢ハ貌[三]ヲ改メ少女ニ向ヒ説キ出ス所ノ事ハ　長キヲ以テ下回ヲ看ルベシ

第廿八回

[四]寄レ語陽和如有レ意　不レ妨寒谷与先回

[五]登時婢ハ右指ヲ屈シ暫時思考スルモノヽ如クナリシガ　漸クニシテ微シク笑ヒヲ含ミ　言テ曰ク「必ズ驚キ給フコト勿レ　今尊姐ガ心事ノ疾病ヲ診察シテ其容体ヲ述ンニハ　病根タル遠ク客歳[六]ノ春ニアリテ　而カモ百花[七]ノ爛漫タル間ダヨリ来タレルモノナリ　尊姐一日婢ヲ倶シテ中ノ島ニ遊行[八]シ　夫ヨリ川ヲ遡テ桜ノ宮[九]ニ詣ルアリ　時ニ遇マ両個ノ書生[一〇]　共ニ其年[一一]未ダ弱冠ヲ出デザル可キ　容貌最モ端麗ナルモノニ逢ヘリ　是レ尊姐ガ心事ノ病根因テ以テ発起シタル所ニアラザルカ　婢ガ診察敢テ違ハザルコトヲ信ズルナリ」ト　此時少

一 こじつけ。
二 あなたの心の中をぴたりと言い当てても、きっとびっくりなさらないでください。
三 居ずまいを正して。
四 語を寄す陽和如(も)し意有らば　妨げず寒谷与(もと)に先(ま)づ回(かへ)るを（春風よ、もしお前に心があるのなら、冬の谷に春が先にめぐってくるのを邪魔しないことだろう）。『訂正増補 惨風悲雨世路日記』十七では「不レ妨(サマタゲズ)寒谷(カンコク)春先(マヅ)回(カヘルコト)」。「語ヲ寄ス　マウス」「陽和(ヤウクワ)　ノドカサ」（『精選詩学大成』）。「陽和(ヤウクワ)ハルノカゼ」（『近世詩語玉屑』）。
五 そのとき。「登時(トウジ)　ソクジ」（『小説字林』）。「登時(トウジ)　ソノマヽ…登ト云テモ当時ト云テモ即時ノ義ニ通用ス」（『雅俗漢語訳解』）。
六 →三〇頁注一〇。
七 花が咲き乱れる時節。→四四頁注一四。
八 中之島を歩きまわり。土佐堀川と堂島川の間にある中之島（現・大阪市中之島一－六丁目）には公園が設けられ、その中にあった豊国神社は桜の名所として知られた。
九 東成郡にある桜宮神社（現・大阪市都島区中野町一丁目）。一帯は桜の名所。「桜宮ハ、淀川ノ東岸ニアリ、一帯ノ長堤、無数ノ桜樹ヲ栽ス、花時ノ景色甚(はなは)だ美ナリ」（『大阪府管内地理小誌』）。
一〇 「書生(シヨセイ)　ホンヨミビト」（『新撰漢語字引大全』）。
一一 年齢はまだ二十歳を超えておらず、顔かたちがいちばん整って美しい若者。「弱冠」は、→七頁注一〇。

女ハ[一二]転タ羨然トシテ忽チ双瞼ニ紅ヲ潮シ　更ニ一言ノ出ス所無フシテ　以テ只婢ガ顔ヲ熟視スルノミ　婢又言フテ曰ク「婢今已ニ老フト雖ドモ　又一回ハ[一三]少時ヲ経テ来タリタルナリ　此日尊姐ガ心意ノ在ル所　能ク之ヲ察知セシナリ　請フ又何ヲ苦ンデ婢ニ秘ス所カアル　[一四]爾后尊姐ノ常ニ[一五]鬱陶トシテ毫モ楽シマザルガ如クナルヨリ　未ダ故ヲ察知シ給ハレザルノ[一六]尊迺公令慈ニ於テハ痛ク之ヲ憂ヘラレテ　私カニ婢ヲ傍ニ召シ問ヒ給フニ尊姐ガ心事ノ如何ヲ以テセリ　当時婢妄リニ確言スルコト能ハズト雖ドモ　或ハ尊姐ガ頃日ノ鬱陶トシテ楽シミ給ハレザル所以ノモノハ之レガ為メニハアラザル可キカト　幻ロゲニ前事ヲ陳述シタリ」ト　此時少女言フテ曰ク「当時阿母ニハ何等ノ言アリタルカ」

婢曰ク「一ビ婢ガ言ヲ聞キ痛ク驚キ給ヒタルガ如クナリシモ　又婢ニ向ヒ懇ロニ言テ曰ク「阿嬢ノ斯ル心事ヲ察知スルモノハ何ゾ速カニ之ヲ告知セザル　而シテ其書生タルノ人ハ何国何地ノ人ニシテ　且ツ当時寓シテ[一七]何辺ニ住スルヤ」ト　然レドモ婢未ダ固ヨリ何国ノ人タルヲ詳カニセズ　況ヤ住処身上ノ如キハ敢テ知リ得ベキノ事ニアラザレバ　答ヘテ具ニ述ブルコト能ハザリシニ　令慈又言フテ曰ク「若シ其生国身上ヲシテ詳カニシ敢テ不可アラザルノ人士ナリトセバ　迎ヘテ阿嬢ガ良夫タラシメンノミ」ト　爾后又迺公ニモ謀リ給フ

一二　慕わしそうにまぶたをぽっと赤らめ。
一三　若かった時代があった。「少時(ジセウ)　ワカキトキ」(『新撰漢語字引大全』)。
一四　そのあとで。「爾後(ジゴ)　ソノ、チ」(『新撰漢語字引大全』)。
一五　気がふさいで。→四四頁注一三。
一六　ご主人様と奥様。「迺公」は「乃公」と同じく、あなたの父。「乃公(ダイコウ)　ゴシユジンサマ」(『刪修近古史談註釈』)。
一七　どの辺に下宿しているか。

所ナルガ　私カニ人ヲ以テ彼ノ書生ヲ諸処ニ探ムルガ如キノコトアリト雖ドモ[一]天縁ノ未ダ其期ニ至ラザルカ。曾テ之ヲ得ルコト能ハザリシニ　遇マ客秋某レノ日[二]　東道頓堀ノ梨園[三]ニ於テ再ビ彼ノ二個ノ書生ヲ見タリ　当時　婢私カニ之レヲ尊姐ニ告ント欲セシカドモ　又迺公ノ前ニ在リ[四]　令慈ノ後ニ在ルアリテ未ダ其事ヲ果タス能ハズ　空シク劇終テ而シテ帰途ニ就キシハ遺憾物ノ譬フ可キモノアラザルナリ　然ルニ又遇マ酒楼ニ到リシ時　障隙[五]ヨリ隣席ヲ窺ヘバ豈図ンヤ　再ビ彼ノ容貌端麗ナルノ両生アリ　此ニ於テカ　之レヲ尊姐ニ告ント欲シ再三其意ヲ示スト雖ドモ　尊姐ハ此時殊ニ不豫[六]ノ色アルガ如ク　敢テ他ノ言辞ヲ聴クコトアラザレバ　語ントスルモ語ル能ハズ　月頃日頃ニ想ヒ給フ人ハ咫尺[七]ニ在リナガラ知ラデ空シク過ギ給ヒシハ去年十月ノ事ナリキ　爾来尊姐ガ疾病ハ漸クニ重キヲ加ヘテ未ダ毫モ快復セラレズ　再ビ百花ノ候ニ及ベリ　聞ク頃日[八]ノ天朗ニ諸処ノ花木モ稍々其蕾ヲ破リテ已ニ三分[九]ノ春色ヲ着ケタルヨリ　遊歩ニ出ヅルノ騒客[一〇]ハ陸続トシテ一日ヨリ多キナリト　願クハ尊姐ノ疾病モ速カニ快癒ニ至リ　又婢ヲ倶シテ遊歩郊行[一一]スルノ日遠カラズシテアランコトヲ　然ル時ハ又彼ノ意中ノ人ヲ或ハ花間[一二]ニ見ルノ奇幸アルモ知ルベカラザルナリ　到底速カニ疾病ノ快癒セラレザルニ於テハ　百般ノ志望悉ク遂ゲ得

一　あらかじめ定まった二人のえにしがまだそうした時期に達していないのか。「忽然面会ヲ得ル豈ニ天縁(テンエン)ニ非ズヤ」(『鴛鴦春話』初編〈明治十三年〉二)。
二　去年の秋のある日。
三　道頓堀の東にあった芝居小屋。道頓堀には東から順に弁天座・朝日座・角座・中座・大西座が並んでいた。「劇場(シバイ)五ケ所あり　東より第一を弁天座と号す　旧名若大夫座　第二を朝日座第三角の座と称す　第四を中の座と称す　第五を大西の芝居と称す　四季共に興行の絶間なし　贔屓の大幟は風に翩翻(ヘンポン)し芝居茶屋は軒を並べ比類なき繁昌筆紙に尽しがたし」(馬場文英編『三府名所独案内図会　大阪之部』明治十六年)。「芝居の事は梨園乃至劇場と云へるは誰も知れど」(『大坂穴探』)。
四　ご主人様と奥様が近くにいらっしゃったので、お知らせすることができませんでした。
五　障子のすきまから隣をのぞくと。
六　→二七頁注二六。「快々(アウアウ)不豫(ヨブ)ノ色」(『花柳春話』四編五十)。
七　目の前にいらっしゃるのに。「咫尺」は、→九四頁注九。
八　このごろの好天に。「頃日」は、→七一頁注二四。「天朗　テンキヨキ」(『明治新撰　文語玉屑』)。
九　三分咲きとなっています。
一〇　景色や景物をめあてに出歩く浮かれ人。「騒客」はもと詩人のことをいうが、ここでは詩歌をたしなむ人をきどって浮かれ歩く人の意で用いる。「騒客(サウカク)　文人」(『詩語抜錦』)。
一一　景色をもとめて町はずれに出掛ける。「初秋郊行(ショシウコウカウ)　七月ゴロノベアルキスルコトナリ」(『詩語砕金続編』)。

ルコト能ハザルベシ」ト　婢ノ辞ヲ尽シテ之ヲ慰ムルニ　小女ハ稍其愁眉ヲ開キ　尚ホ[一三]衾上ニ起坐シテ[一四]繊手漸クニ[一五]双鬟ノ垂髪ヲ理シ　言フテ曰ク「真ニ婢ガ言ハ妾ガ意中ヲ悉シタルナリ　然シテ[一六]家厳ハ猶ホ人ニ依テ彼ノ人ノ所在ヲ探メ居ルヤ」　婢曰ク「大ニ之ヲ探索セルナリ　故ニ尊姐ガ[一七]宿望ノ達シテ以テ心事ノ疾病快癒スルノ日ハ決シテ遠キニアラザルベシ　此時[一八]却テ身体ノ病痾ハ心事ノ快癒ヲ[一九]妨グルノ悔ナキヲ保スベカラズ」ト　言ヒ終テ而シテ笑フ　少女曰ク「否ナ否ナ　若シ幸ヒニシテ彼君ノ所在ヲバ探メテ之ヲ詳カニスルモ　[二〇]無似妾ガ如キ者ハ忽チニ嫌厭セラレテ　到底志望ヲ達シ得ルノ日トテハアラザルベシ」ト　婢曰ク「嗚呼　尊姐ノ何ヲカ言ヒ給フ　[二一]彼ノ君等ハ設令[二二]端麗美貌ナルモ固是レ一個ノ書生ナリ　尊姐ハ[二三]大家ノ令秀ニアラズヤ　且ツ尊姐ノ美麗ニシテ豈誰カ厭フ者アランヤ　一言ノ下直チニ喜ンデ承諾スベシ」ト　少女曰ク「否ナ然ラズ　世人或ハ[二四]只書生ナリ書生ナリト之ヲ蔑視スル者ナキニアラズト雖ドモ　書生ノ多キ　豈悉ク之ヲ蔑視ス可キノ人ノミナランヤ　且ツ今日他郷ニ書生トナツテ身ヲ学窓ノ下ニ苦ルシムルモ　皆ナ[二五]他日其志ヲ達シテ以テ錦衣ヲ故山ニ翻サント欲スレバナリ　是ヲ以テ[二六]僅々タル財貨ノ為メニ豈其心ヲ移スベケンヤ　若シ其之ヲ移スガ如キハ未ダ真正ノ大志アラザルノ書生タルベシ

一二　咲き乱れる花の中でお目にかかるという思いがけない幸い。
一三　底本「襝上」を訂した。寝床の上に起き上がって座り。
一四　↓一九頁注二三。
一五　底本「双髪」を訂した。「髪」は「鬢」の異体字。顔の両側に垂れかかった乱れた髪を整え。
一六　↓三八頁注九。
一七　かねてよりの望み。
一八　（病は気からというのとは）逆に身体の病が心の病の癒えるのを邪魔することとなってしまい、後悔することにもなりかねません。
一九　底本「防グル」を訂した。
二〇　↓一八頁注一一。
二一　あのお方たち。
二二　整った美しい顔立ち。
二三　りっぱな家のお子様ではないですか。
二四　いたずらに大望を口にするけれども、海の物とも山の物ともつかず、都会の風に染まって堕落してしまう書生たちに世間は厳しい視線を向けた。「当時の書生は名而已（のみ）にして多くは怠惰に流れ佳美を好み学ばざる者あり　又甚しきは学費も空しく酒色に供し遂に廃学帰省して竹木と共に朽るに至る」（『横浜毎日新聞』明治五年十月十三日）。
二五　いつかは立身出世して故郷に帰ることを望んでいるからです。
二六　少し。

妾曾テ一話ヲ聞ケリ　昔時当地ニ落魄[一]セル一個ノ書生アリシガ　聊カ才力[二]ノ取ル可キモノアルガ如クナルヨリ　人アリテ之ヲ或ル一富豪ノ家ニ説キ　此書生ヲ迎ヘンコトヲ勧メ且ツ意ヲ其落魄書生ニ語リシニ　書生ハ欣然[三]トシテ承諾スベシト思ヒキヤ艴然[四]トシテ悦ビズ　其人ニ語ツテ曰ク「我レ曾テ叢中ニ一小蛇ヲ捕ヘ　針頭ニテ其腰尾[五]ノ辺ヲ刺シ之ヲ放ツ　后数年　一日[六]天油然トシテ黒雲起リ沛雨盆ヲ傾クルガ如シ　時ニ忽チ一龍ノ雲ニ乗ジテ昇天スルヲ見ル　然ルニ此龍ノ腰尾ニアタリ大ナル一ノ瘡痕[七]アリキ　正ニ我ガ今日ノ如キ　利ノ為メニ志ヲ変ジ財ヲ思フテ節ヲ屈セバ　其事[八]当時ニ在ツテ甚ダ小ナルガ如キト雖ドモ　他日志ヲ得テ名ヲ天下ニ揚グルノ日　其過チハ恰モ小蛇ガ針瘡ノ　他年昇天ノ時ニ於テ顕レテ大ナル瘡痕ヲ止ムルガ如クナルベシ」ト　宜ナル哉　此ノ落魄書生コソハ　天下ニ其高名ヲ轟カシタル某先生ガ未ダ書生タリシ時ナリキト　是ヲ以テ　決シテ只々軽視スベキモノニアラザルハ世間ニ多キ書生ナリ」ト　婢ハ少女ガ老成[九]ナル此一話ヲ聞キ　暫シ黙然トシテ更ラニ其言フ所ヲ知ラザルガ如シ

一 落ちぶれた一人の書生。「落魄(ラクハク)　オチブレル」(『新撰漢語字引大全』)。
二 才知のはたらきに見るべきものがあるので。「才力(サイリヨク)　ハタラキ」(『新撰漢語字引大全』)。
三 喜んで承知するに違いない。「欣然(キンゼン)　ヨロコブ」(『新撰漢語字引大全』)。「承諾(しようだく)　うけがふ」(『童蒙必読 漢語図解』二編)。
四 怒りを表情に現して、喜ばなかった。「艴然」は、→五六頁注六。
五 しっぽ。
六 ある日、空にもくもくと黒い雲がおこり、盆の水をひっくり返したような猛烈な雨が降った。「沛雨」は激しく降る雨。「油然(イウゼン)　クモノヲコル皃(さま)」(『詩語砕金続編』)。「沛雨(ハイウ)　フリダスアメ」(『詩韻砕金幼学便覧』夏)。
七 きずあと。
八 現在。
九 おとなびた話。「老成(ラウセイ)　スベテデキアガリシヒト」(『新撰漢語字引大全』)。

第廿九回

[一〇]合志同意利断金　咲他貧富定交情

[一一]鐘声初更ヲ報ジテ行人漸ク少レニ　細雨檐端ニ滴テ街頭稍々寂寞タリ　時ニ[一二]一客舎ノ楼上ニ両個ノ青年相対坐シテ而シテ語ルモノアリ　是即チ一個ハ久松菊雄ニシテ今一個ハ結城松雄ナリ　[一三]当下松雄ハ菊雄ニ言フテ曰ク「真ニ歳月ノハ移リ易キ　猶ホ昨日ノ如クナルモ已ニ[一四]期年ナラントス　早苗子ガ没シタルハ恰[一五]モ客歳本月ノ下浣ナリキ」　菊雄曰ク「実ニ然リ　一夢ノ如キモ猶ホ一週年ニ及ビタリ　於戯　[一六]光陰我レヲ延タズト　我々今日猶ホ書生トナツテ悠々歳月ヲ異郷ニ送ルモ　[一七]到底何レノ日カ其成業ヲ期スベキ　故山ヲ出デシヨリ已ニ三歳未ダ宿望ハ十ニ一ツモ之ヲ達シ得ルコト能ハズ　思フテ此ニ至レバ毎ニ感慨ノ至リニ堪ヘザルナリ」　松雄曰ク「予トテモ国ヲ去テ已ニ四週年ナラントス未ダ毫モ其志ヲ得ルコト能ハズ　只徒ラニ空シク歳月ヲ重ヌルノミ　真ニ慨歎ノ至リニ堪ヘンヤ　然リト雖ドモ　学已ニ君ノ地位ニ至リ　文已ニ君ノ才アレバ　其志望ヲ達スルノ日　又決シテ遠カラザルベシ　僕ガ如キハ[一八]浅学不才　到底何レノ日カ其志望ヲ遂ゲ得ルノ時ヲ期スベケンヤ」　菊雄曰ク「君ガ言ハ全

一〇 志を合はせ意を同(おな)じうす利金を断つ　咲(わら)ふ他の貧富交情を定む（心を一つにして同じ目標を目指せば、成就できないことはない。他の人びとが貧富にあくせくしているのを笑いとばして二人の結びつきを固くする）。前句は『易経』のことばにもとづく（→七七頁注二二）。「交情（カウジヤウ）　ツキアヒガラ」（『新撰漢語字引大全』）。

一一 鐘の音が初更の時を報らせると道行く人も次第に少なくなり、小雨で濡れた軒端から雨だれがしたたり落ちているだけで、通りはひっそりと静まっている。「初更」は、→八四頁注七。「細雨（サイウ）　コマカナルアメ」（『詩語砕金』）。

一二 とある下宿屋の二階で。

一三 →四六頁注一〇。

一四 一周年。「期年（キネン）　ムカハリドシ」（『新撰漢語字引大全』）。

一五 去年の同じ月の下旬。

一六 我々にはおかまいなく月日はどんどん過ぎゆく。「陶淵明の詩に曰く。盛年は重て来らず。…歳月は人を待たず」（亀谷省軒編『修身児訓』巻三、明治十四年）。

一七 いったいいつになったら学業が成就するだろう。「成業」は、→九五頁注一九。

一八 →二六頁注九。

ク反対ヲ語ルモノナリ　学力文才君ノ如キハ　青年ノ人ニシテ多ク求メ得ベカラザルナリ　且ツ過日ハ大ニ師モ君ガ学問ノ上達シタルヲ[一]賞誉シ居ラレリ　実ニ固地方ヨリ出タルノ書生ハ　自ラ[二]卑謙スルコト甚ダシク　決シテ[三]外望ヲ力メザレバ　敢テ彼ノ[四]都人士ガ驕慢不遜　自ラ尊大ニシテ他ヲ蔑視シ　徒ラニ[五]外飾ヲ力メテ虚名ヲ博セントスルガ如キノコトアラズト雖ドモ　到底実力ノ有テ存スル所ヲ比較シ来レバ　[六]彼輩ノ如キハ固ヨリ取ルニ足ラザル[七]浅学無識　不文不才輩ノミ多クシテ　其少シク実力アル者ノ如キ者ハ十中僅カニ一二ニ過ギザルベシ」　松雄曰ク「固ヨリ我輩ノ如キハ浅学不文ナリト雖ドモ　又彼ノ都人ノ徒ラニ虚名ヲ博セントシテ汲々[八]実務ヲ為スヲ顧ミザル輩ノ如キハ　実ニ憫笑スルニ堪ヘザルナリ　時ニ　君ガ[九]過般ノ著述ハ已ニ稿ヲ脱シタルカ」　菊雄曰ク「然リ　已ニ稿ヲバ脱シタリ　然レドモ之ヲ発兌セント欲スルニハ多額ノ資本ナカルベカラズ」　松雄曰ク「全部凡ソ幾冊ナルヤ」　菊雄曰ク「[一〇]紙数凡ソ四十余葉ノ一冊ニシテ全部十二冊ナリ　然レドモ今之ヲ[一一]五号活字ニシテ十二行三十字洋書形ノ書冊トセバ　一冊二百余ページノ書二冊ニシテ一部ヲ全フスベシ然レドモ　今之ヲ[一二]出版スルニハ殆ンド二百円余ノ資金ヲ要スベキナリ　二百ノ金額ハ固ヨリ決シテ多キト言フニアラズト雖ドモ　今日書生ノ身上ニ於テハ又

一　ほめる。

二　へりくだる。

三　外見を飾らないので。

四　都会の人びとがおごりたかぶっていること。「都人士」は、→七九頁注二三。「驕慢(ケウマン)　ワガマヽ」(『新撰普通漢語字引大全』)。「不遜(フソン)　ヘリクダラヌコト」(『新撰漢語字引大全』)。「驕慢放肆(ケウマンハウシ)　キガタカクテキマヽナ」(『小学読本巻五字引』)。

五　うわべを飾り立て、内実の伴わない名声を得ようとする。「虚名(キヨメイ)　アダナ」(『新撰漢語字引大全』)。

六　あいつら。

七　学問も浅く知識もない、文章も書けず才能のかけらもないやから。

八　実地の仕事。

九　先ごろ取り掛かっていた著作。

一〇　(浄書した原稿をもとに整版本で出版すると)一冊の紙数はほぼ四十余丁。

一一　五号活字を用い、一頁につき十二行、一行あたり三十字に本文を組んで印刷した洋書の造本の書物。当時のものでは、『百科全書』『平民学校論略』など明治十年代前半の文部省が刊行した図書や、福沢諭吉『帝室論』(明治十五年)・矢野龍渓『経国美談』などが該当する。五号は当時の書籍の本文を印刷するのに一般的に用いられた活字のサイズ。「洋書(ヤウシヨ)　セイヤウノシヨモツ」(『新撰漢語字引大全』)。

一二　みずから出版の責任を負って刊行する。明治五年の出版条例以降、書籍業でないものも書物を刊行することが認められるようになった。

容易ク之ヲ発兌スルコト能ハザルナリ　此ヲ以テ予ハ幾分カ苦心セシ折カラ幸ヒニシテ一知人ノ周旋ニ因リ　斯ル幾分カ[一三]世益ヲ為スノ事業ヲ計ル者アレバ其財ヲ貸与シテ志ヲ達セシムルコトヲ好メル或ル一豪商ノ秋田某ナル者ノ許ニ至リ　[一四]予メ主人ニ情ヲ告ゲタリシニ　又幸ヒニシテ其主人モ之ヲ賛成シ且ツ[一五]書名ノ社会道徳篇ト題セルヲ深ク喜ビ　願クハ今[一六]一回筆者其人ノ自ラ原稿ヲ携ヘ来リ示サレンコトヲトノ事ナレバ　予ハ少シク心ニ快シトセザル所ナキニシモアラズト雖ドモ　一回知人ト共ニ其家ニ至ント思フナリ　敢テ[一七]不可アラザル可キカ　請フ幸ニ忠告ヲ垂レヨ」　松雄曰ク「其ハ無上ノ幸ナルベシ　君先ヅ至ツテ其主人ニ就キ其事ヲ[一八]談決セヨ　豈ニ何ノ不可カアランヤ　元来[一九]本地ノ富豪ニハ斯ル書名ヲ喜ビテ賛成シタルコトナルベシ」ト　猶ホ其他談話ニ時ヲ移シテ　夜漸ク[二〇]闌ナラントスル頃　松雄ハ別ヲ告テ而シテ自己ノ寓舎ニ帰リタリ

第三十回　[二一]客路ノ浮生両ガラ如シレ寄ルガ　万重ノ浪裏一浮萍

扨モ菊雄ハ知人ノ媒介ニ因リ　一日　稿ヲ携ヘテ自ラ富豪秋田ノ家ニ趣ク

一三　少しは世の中のためになる。

一四　事前に主人に事情を話すと。

一五　中村敬宇の『西国立志編』にならってつけられた架空の書名。菊亭香水が『田舎新聞』に載せた投書「閑窓独語」(→七七頁注一八)は、旧来の道徳がすたれ、「公衆ノ利害」を無視してひたすら自己の利益のみを追求するようになった明治の社会を嘆き、国会開設を目指してわきおこった運動の中にも名誉と金銭を狙っているものが混じっていることに説き及んでいる。

一六　さらに一度。

一七　少しでもよろしくないと思われる点はないか。「不可(フカ)　ガテンセヌ」(『新撰漢語字引大全』)。

一八　話し合って決める。

一九　この地(大阪)の金持ち。

二〇　→三六頁注九。

二一　客路の浮生両(ふた)つながら寄るが如し　万重(ばんちょう)の浪裏一浮萍(ふへい)(故郷を離れてはかない生活を送る二人が寄り添っている。海上に漂いながら大波に翻弄される浮き草のように寄るべのない身である)。「客路(カクロ)　タビノミチ」(『詩韻砕金幼学便覧』春)。「万重(バンチヨウ)　カサナリカサナル」(『新撰漢語字引大全』)。

主人　名ヲ豊ト呼ブ　出テ而シテ之ヲ迎ヘ　初メテ他ノ容貌動作ヲ一見シ　威望端麗　又大イニ尋常一般ノ書生輩ト同ジカラザルヨリ　益ス之ヲ厚敬シ　頓テ一室ニ延テ而シテ之ヲ饗シ　且ツ夫ノ草稿ヲ一読スルヤ　弥ヨ其人為ヲ推シテ増マス之ヲ敬愛スルノ情ヲ発シ　直チニ之レガ資財ヲ出シテ以テ印刷ニ付センコトヲ約諾シタリ　此ニ於テカ　菊雄ハ大ニ喜ビ深ク其厚意ヲ謝シ　言テ曰ク「今ヤ社会ノ風習全ク浮躁軽薄ノ極度ニ達シ　義気人情ノ如キハ更ラニ之ヲ言フ者ナク　只己ガ利ヲ求ムルニ汲々トシテ毫モ恥ヲ知ルコトナキヨリ　徒ラニ有害無効ノ著書ヲナシ江湖幾万ノ子弟ヲ惑ハスモノ尠ナカラズ　此ヲ以テ当時新タニ発兌スルノ著書ハ汗牛充棟モ啻ナラザルガ如シト雖ドモ　其世益ヲ為スノ書籍ニ至リテハ実ニ寥々暁星ヲ見ルガ如シ　是ヲ以テ　今少シク社会ニ廃タレタル道徳ヲ挽回シ些カ人民ノ失ヒタル気節ヲ喚発セシメントスルガ如キ書ヲ著ハスモ　書肆ニ於テ敢テ之ヲ発兌スルコトヲ好マズ　斯ハ特リ書肆ノ愚ニアラズシテ　又世人ノ敢テ是等ノ書ヲ購読スル者稀ナケレバナリ　故ニ　今少シク才略アルノ学士ニ於テハ　殊更ラニ当世ニ適合シタルノ小説稗史ヲ著ハシ　暗ニ道徳ヲ回復シ気節ヲ喚発セシムルガ如キコトヲ力ムル者少ナカラズ　又一ノ便法ト云フ可キナリ　故ニ　実ハ本稿ノ如キモ　之ヲ書肆ニ示シテ以テ

一 威厳があり整った風采。
二 深く敬って。
三 とある部屋へ案内して。
四 人柄。
五 うわついて軽々しい。「軽薄」は、↓七七頁注一九。
六 他者に対して果たすべき務めを重んじる心と、他人を思いやる気持ち。
七 書物が厖大な量にのぼるさま。
八 ほんのわずかなことは、まるで夜明けの空の星のようだ。
九 強い心根と揺らぐことのない信念を呼びおこさせる。「気節（キセ）キマヘ」（『小学読本巻五字引』）。
一〇 本屋。「書肆（ショ）ホンミセ」（『新撰漢語字引大全』）。
一一 底本「侍リ」を訂した。
一二 才能があり知略にすぐれた学者。「学士（ガクシ）ガクシヤ」（『小学修身訓字引』）。
一三 現代の世の中の需要に見合った小説を発表して、ひそかに、すたれた道徳を挽回し、人民の気概を呼びおこそうとする者が少なくない。「稗史」は、↓九二頁注八。
一四 便宜をはかったやりかた。

発兌セシメンコトハ難事ニアラザルヲ知ルト雖ドモ　[一五]固ト一己ノ利慾ヲ目的トシテ其業ヲ営ムノ書肆ニ於テハ　或ハ此ノ如キ書ノ発兌スルモ[一六]世ニ行ハルヽコトノ少ナカランコトヲ恐レ　到底事速カニ決シ難キヲ思ヒ　始メヨリ未ダ之ヲ書肆ニ示スコトヲ為サヾリシカドモ　悲哉　身一介ノ書生ニシテ久シク他郷ニ遊学スレバ　又自ラ之ヲ発兌スルノ力アルコトナク　是ヲ以テ　稿成ルモ空シク之ヲ[一七]函底ニ秘シテ経過シタリシニ　幸ヒ貴君ノ厚意ニ因リ始テ我ガ志ヲ達スルヲ得タリ　喜ビ豈ニ何事カ之ニ如ンヤ」ト　此時主人ハ菊雄ニ向ヒ謝辞ノ過ギタルヲ述べ　且ツ言テ曰ク「今[一八]卒然トシテ斯ノ如キ言ヲナサバ或ハ失敬ノ罪免カレ難シト雖ドモ　只誠ニ之ヲ陳べテ以テ些カ貴意ヲ伺ント欲スルナリ若シ言ノ[一九]忌諱ニ触ルヽガ如キアラバ幸ニ[二〇]海恕シ給ヘ　貴君若シ長ク此地ニ在テ斯ノ如キ事業ヲ為サンニハ　[二一]衆人群居シテ雑劇ヲ極ムルノ学塾ニ在ンヨリ寧ロ閑静ナル一[二二]書室ニ在テ之ヲ為シ給フハ如何ン　貴君若シ果シテ閑静ヲ欲シ給ハヾ　固ヨリ清潔[二三]灑洒ト云フ可キニハアラズト雖ドモ　幸ニシテ我家一棟ノ[二四]離亭アリ　移リテ之ニ閑居セバ又[二五]俗塵ノ喧囂ヲ耳ニセラルヽコトアラザルベシ然リト雖ドモ　若シ貴君ニシテ徒ラニ他人ニ受ルコトヲ快シトシ給ハレズンバ又[二六]迂生ニ一ノ願事アリ　迂生ニ一個ノ男児アリテ今年歳漸ク七歳　通フテ日々

一五 自分一人の利益。
一六 世の中に受け入れられる。買って読まれる。
一七 人に見せないようにして。「函底」は箱の中。
一八 急に。「卒然(ソツゼン)　アハタヾシイ」(『新撰漢語字引大全』)。
一九 気にいらないことを言って機嫌をそこねる。「忌諱(イキ)　イミハヾカリ」(『新撰漢語字引大全』)。
二〇 →一九頁注二一。
二一 多くの人びとが群がって混み合っている宿。「学塾」は書生の寄宿所。
二二 書斎。「書室(シヨシツ)　ガクモンジヨ」(『詩語抜錦』)。
二三 洗い清めた。
二四 はなれ。
二五 俗世間の騒々しさ。「喧囂」は、→三〇頁注六。
二六 わたくし。自分をへりくだっていう。「迂叟(ウサウ)　ボケヲヤジ」(『新撰普通漢語字引大全』)。

小学ノ門[一]ニアルアリ　貴君ガ朝夕ノ間余[二]ヲ以テ之ニ読書[三]ヲ授ケ給ハレンニハ又迂生ニ於テ幸ヒ之レニ如クコトアラザルナリ」ト　此時菊雄ハ心中熟ラ思フ若シ主人ノ言ニシテ果シテ口頭ノ巧辞[四]ニアラザレバ　固ヨリ我レ今書生タリ未ダ志ヲ遂ゲ得タルノ時ニアラザレバ　或ハ爾后著書ヲ発兌スルガ如キノ便ニ於テモ大ニ益スル所アルナルベシト　此ニ於テカ　菊雄ハ自ラ其意ヲ決シ　深ク主人ノ親意[五]ヲ感謝シ其厚意ニ負カザルノ意ヲ答フ　此ニ於テカ　主人モ又大ニ歓ビ　遂ニ此日ハ別レヲ告ゲテ寓舎ニ帰リ　后数日ニシテ菊雄ハ其居ヲ此秋田ガ離亭ニ移シケル

第三十一回

不為傍人羞不起[六]
為郎憔悴却羞郎

扨モ説ク　秋田豊ハ大ニ彼ノ久松菊雄ヲ敬愛シテ朝昏[七]親カラ其ノ安否ヲ訪フガ如クシ　且ツ日々其家児[八]ヲシテ書ヲ抱キ業ヲ受ケサシムルニ　児モ又能ク謹ンデ菊雄ヲ尊敬セザルコトアラザルヨリ　菊雄モ亦其ノ厚遇ニ感ジ　懇教懇誨[九]日々敢テ惰ルコトナシ　斯ノ如クスルコト已ニ数旬[一〇]ナルヨリ　今ハ主人モ大ニ其心ヲ安ンジ　一日菊雄ノ勤苦ヲ慰ント欲シ宴席ヲ設ケテ以テ菊雄ヲ請

一 当時の小学校は六歳で入学すると、初等科三年、中等科三年、高等科二年の順に学年を上っていく制度であった。
二 朝晩の手のすいた時間。
三 書物を読んでその意味を理解させる。
四 口先だけのきれいごと。
五 親身な心くばり。
六 前句の返り点は「不下為二傍人ノ一羞テ不ル二起タ上」と付すのが通常。傍人の為に羞(は)じて起(た)たざるにあらず　郎の為に憔悴却て郎に羞(は)づ(そばに人がいるのが恥ずかしくて起き上がらないのではありません。思い焦れたあまりやせ衰えた姿を情人に見せるのが恥ずかしいのです)。「傍人(バウジン)　カタワキニヰルヒト」(『新撰漢語字引大全』)。
七 あけくれ。
八 家の子供。
九 ねんごろに教えさとし。
一〇 数十日。

フ　此ニ於テカ　菊雄亦辞セズシテ其席ニ至ル　時恰モ艶陽ノ候ニ属シ　前庭数朶ノ花木ハ花正ニ満開シテ灼々其ノ坐間ニ映ジ　海鱗野肴　排ラネテ堆積岳ヲナシ　芳醇美醁　薫ジテ飲マザルニ先ヅ人ヲ酔ハシム　已ニシテ酒数行時ニ主人言フテ曰ク「尊君一ビ弊家ニ移寓シ給ハラレシヨリ已ニ数旬ノ日子ヲ経ルト雖ドモ　常ネニ一室ニ閑居セラルヽヲ以テ鄙生及ビ頑児ノ他ハ未ダ一謁ヲ辱フセズ　願クハ荊妻及ビ賤女ニモ此席ニ一謁ヲ賜ハラルヽアラバ　真ニ

一一 晩春の時節。「艶陽(エンヤウ)ノ天　ハナサカリノソラ」(『詩韻砕金幼学便覧』春)。

一二 花をつけた数本の木。

一三 (日に照り映えた満開の花が)きらきらと光り輝くのが座敷の中に反射して。「灼(シヤク)々キラ〳〵」(『詩語抜錦』)。「座間(そこら)を取片付」(『巌の松』三)。「座間(ざしき)を取片付けて」(同五)。

一四 海山のごちそうを並べて山のように積み上げ。

一五 よい酒。「芳醇(ハウジユン)　ヨキサケ」(『新撰漢語字引大全』)。「美醁」は美酒。

一六 酒を幾度か酌み交わし。

一七 わたくしと息子の他はまだお目にかかっておりません。「鄙生」はみずからを、「頑児」は自分の子供をへりくだっていう。

一八 わたくしの妻と娘。「荊妻」はみずからの妻を、「賤女」は自分の娘をへりくだっていう。

幸ヒ甚ダシト云フベシ　敢テ尊意ヲ伺フナリ」ト　菊雄曰ク「[一]野生来テ殊遇ヲ辱フスルコト已ニ数句　然ルニ未ダ一回ダモ親シク[二]令室閨秀ニ拝眉シテ斯ノ謝辞ヲ陳ブルヲ得ズ　此ヲ以テ　今拝眉センコトヲ得ルハ野生ノ自ラ偏ニ願フ所ナリ」ト　此ニ於テカ　主人ハ大ニ喜ビ　頓テ其妻女ヲ宴席ニ招キタリ

是レヨリ先キ　此家ノ少女チヨハ病褥ニ在ツテ　一ビ少年ノ図ラズモ我ガ家ニ来タリシコトハ　婢ノ私カニ告グルニ因リ曾テ聞知シ居タリシト雖ドモ　事甚ダ怪シム可キモノ多キヲ以テ　只婢ガ一時我レヲ欺キ我ガ病鬱ヲ慰センガ為メ[三]戯レニ構造セルノ仮事ナリトシ　毫モ信ヲ置クコトアラザリシカドモ　再三再四之ヲ告ゲテ止マザルヨリ　若シ或ハ朝暮偏ニ念願スルノ天満宮[四]我ガ誠意ヲ憫レミ給ヒテ或ハ斯クマデニ恋フ意中ノ人ヲ我ガ家ニ導キ給ヒタルモ知ル可ラズト　今ハ婢ガ言ヲ半バ之ヲ疑フモ半バ又之ヲ信ゼルガ如ク　且ツ[五]病痾モ今ハ稍々其怠リタルヲ覚ユルヨリ　自カラ寄寓ノ何人タルヲ一見セバヤト思フノ情頻リニ発起シテ止マザルノ折シモ　此日遇マ天晴レ花ノ麗ラカナルヨリ　家父ハ観花ノ宴ヲ催フシ且ツ[六]列宴ノコトヲ勧メラルヽヨリ　母ノ後ヘニ随ヒテ今此席ニ臨ミタルナリ　当下チヨハ初メテ菊雄ヲ一見シテ婢ガ言ノ果シテ違ハザルニ驚キ　[七]心魂共ニ飛揚シテ又止マル所ヲ知ラザルガ如ク　[八]満顔ノ羞色ハ赧然ト

一 私のようなものがお邪魔して特別のもてなしを頂戴する。「野生」は自分をへりくだっていうことば。「殊遇（シユグウ）　ナミコエタアシラヒ」（『新撰漢語字引大全』）。

二 奥様とお嬢さんにお目にかかって。「令室（レイシツ）　オウチカタ」（『普通漢語字類大全』）。「閨女（ケイヂヨ）　ムスメ」（『新撰普通漢語字引大全』）。

三 おもしろがってこしらえた作り事。

四 大阪天満宮。現在の大阪市北区天神橋二丁目にある。主な祭神は菅原道真。

五 病気の状態も次第によくなってきたので。

六 宴の席に連なる。

七 心が体からあこがれ出て、ふわふわと飛びまわって一カ所にとどまらない。「心魂（シンコン）已ニ天外ニ飄揚（ヘウヤウ）スルカト疑フ」（『花柳春話』三編四十六）。

八 恥ずかしさで顔じゅうを真っ赤にして。「赧然」は、→二〇頁注六。「羞色（シユウシヨク）面ニ顕（アラ）ハレ満顔（マンガン）紅ヲ潮（テ）ス」（『花柳春話』附録三）。

シテ恰モ前庭ノ花ヨリ紅ヒナリ　チヨハ家父ガ命ニ因リ賓客ニ向テ礼ヲナスモ只[九]黙拝スルニ過ギザルノミニシテ　正シク其首ヲ擡グルコト能ハザルノミナラズ　漸クニ逡巡シテ遂ニ慈母ガ後ヘニ至リタリ　菊雄ハ今此ノ二人ニ厚ク礼ヲナシ且ツ我ガ身ノ来テ厚意ヲ蒙ムルヲ謝スル中ニモ　夙クチヨガ顔容ヲ一見シテ　心私カニ之ヲ怪シミ胸裏熟ラ之ヲ懐フニ　果シテ客秋ノ頃　道頓堀ノ梨園ニ於テ相見タルコトヲ想起シ　今此家ニ於テ親シク宴ニ列ナルノ[一〇]奇会ヲ思ヒ只恍然トシテ暫ク他事ヲ忘レタルガ如シ　然リト雖ドモ菊雄ハ固ヨリ其資性[一一]謹粛ニシテ毫モ其色ヲ面ニ見ハスコトナク　尚ホ[一二]酒盃ヲ伝ヘテ共ニ歓ヲ尽シ　一坐皆ナ大ニ酔ヲ催フシタリ　時ニ主人ハチヨヲシテ[一三]絃ヲ鼓サシメタルモ　チヨハ病後堪ヘザルヲ以テ僅カニ一曲ヲ奏シケルガ　既ニシテ[一四]遅々タル春陽西嶺ニ没シ　[一五]皎々タル素月マタ東天ニ懸リタリ　此ニ於テカ　[一六]饌ヲ新タニシ觴ヲ洗ヒテマタ更ラニ酌ミ　一坐皆大ニ酔フテ而シテ伏レヌ　時ニ[一七]一朶ノ断雲月光ヲ掩ヒ[一八]一陣ノ夜風燭ヲ滅シ　[一九]席間暗黒　マタ何等ノ事アリシヲ知ラズ

九 黙っておじぎする。
一〇 思いがけない出会い。
一一 慎み深い。「謹粛(キンシユク)　ツヽシム」(『新撰漢語字引大全』)。
一二 人から人へ盃をまわして。
一三 弦楽器を演奏させたが。ここでは弾いたのは琴。
一四 春になって日が長くなり、夕陽は遅く西の山に沈む。
一五 明るい月が東の空に浮ぶ。「皎々(カウ/\)　シロシ」「素月(ソゲツ)流ル　ツキガカタムク」(『詩韻砕金幼学便覧』秋)。
一六 新たなごちそうを調え、盃を洗って再び酒を酌み交わし。
一七 一群れの雲が月を覆い隠し。「断雲(ダンウン)　キレ/\ノクモ」(『詩韻砕金幼学便覧』秋)。
一八 底本「一陳」を訂した。ひとしきり吹いた夜風で明かりが消え。
一九 座席を設けた部屋は真っ暗になり。

第三十二回　数行感涙書灯下[一]　一点愁眉孤亭裡

孤燈明滅トシテ冷焔微カニ人ヲ侵シ[二]　寒光落チナントシテマタ輝ヲ含ム[三]　時已ニ夜二更ナラントス[四]　此時マデモ久松菊雄ハ独リ机上ニ書ヲ閲シテ未ダ眠ルコトアラザリシガ　心中感ズル事ヤアリケン　忽チ浩歎シテ巻ヲ掩ヒ[五]尚ホ愁然トシテ叉手スルモノ少焉ナリシガ[六]　漸クニシテ其首ヲ擡ゲ独リ自カラ言フテ曰ク「嗚呼　人生意ノ如クナラザルモノハ何ゾ一ニ此ニ至ルカ[七]　一ビ故園ヲ離レシヨリ指ヲ屈スレバ已ニ三載　身幸ヒニ義気アル人ノ厚意ニ因リ飢餓ノ二ツヲ免カルヽヲ得ルト雖ドモ　初メ期シタル所ノ心事ニ於テハ多ク蹉跎シテ[八]未ダ十ノ一二ヲ得ズ　膝下ニ在テ飽マデ孝養ヲ尽ント欲スルモ　残年ノ纔カナル老親ニ暌違シテ[九]遠ク此異郷ニ遊ビ　未ダ曾テ之ヲシテ安意セシムベキノ報ヲナスコト能ハズ　故人風樹ノ歎ハ[一〇]之ヲ心ニ忘レズト雖ドモ　人世行路ノ易カラザル又タ奈何トモナスコト能ハズ」ト　独リ感涙ノ滴々襟頭ニ下ルヲ覚ヘザルノ際[一一]忽チ窓戸ヲ叩ク者アリ[一二]　因テ菊雄ハ心ニ怪シム所ナキニアラズト雖ドモ　起テ而シテ鎖ヲ啓ケバ[一三]　豈図ンヤ窈窕タル[一四]一個ノ美人ナリ　而シテ徐カニ其入リ来

一　数行（すうかう）の感涙書灯の下　一点の愁眉孤亭の裡（うち）（灯りのもとで本を読んで感動の涙を流し、はなれの部屋の中でひとり愁いに沈む）。

二　ぽつねんと灯る灯火は時に消えかかろうとし、その炎は見る人に寒々とした感じを与える。「孤燈（コトウ）明滅（メイツ〈キエ〉）タル」（『花柳春話』初編二）。

三　寒々とした灯が消えかかってはまた明るくなる。「寒光（カンクワウ）　サムキカゲ」（『詩韻砕金幼学便覧』秋）。

四　現在の午後九時から十一時ごろ。

五　ため息とともに本を読むのを止め。

六　しばらく腕組みをして愁いに沈んでいたが。

七　人生は自分の思った通りにならず、いったいどうしてこんな境遇に至ったのだろう。

八　つまづいて。うまくゆかずに。

九　老い先の短い親に背いて。

一〇　昔の人が言ったように、孝養を尽そうとした時に親はいない（→一二一頁注一二）。

一一　感きわまって涙が襟元にしたたり落ちる。

一二　→四八頁注六。

一三　留め金をはずして扉を開けると。

一四　→五二頁注六。

タルヲ見レバ　是レ則チ当家ノ児女チヨナリケル　此ニ於テ久松菊雄ハ大ニ驚キ胸裏[一五]卒カニ騒然トシテ其為ス所ヲ失シタルガ　漸クニシテ心意ヲ鎮メ　チヨニ向ヒ言テ曰ク「卿ハ此家ノ令娘[一六]ナラズヤ　何等ノ所要アルアレバ独リ自カラ来タラレシヤ」ト　問ハレテチヨハ赧然[一七]タル面ヲ正シク擡グル能ハズ　尚ホ忸怩[一八]トシテ坐端ニ在リシガ　漸クニシテ言テ曰ク「期ス可カラザルノ事ヲ期シテ[一九]求メ得ベカラザルノ事ヲ求ムハ　痴情[二〇]ノ迷霧ニ心ヲ蔽ハレテ正シキ道ニアラザルコトハ自カラ之ヲ知ルト雖ドモ　又止メント欲シテ止ムル能ハズ　妾[二一]郎君ヲ一見シテヨリ日夜ニ焦心苦慮スルモノハ　又一日ニ非ラザルナリ」ト　言ヒ終テ袖ヲ挙ゲ半バ其顔ヲ掩フ　菊雄ハ之ヲ聴キ　言テ曰ク「卿ガ其言辞ハ余偏ニ感謝ノ至リニ堪ヘズ　然リト雖ドモ　余ヤ固ト一介浮萍[二二]ノ書生　頼テ迺公ノ厚意ヲ受クルモノ少々ナラズ　然ルニ今卿ト一旦墻[二三]ヲ踰ヘテ相見ユルガ如キノコトヲナスアラバ　是レ恩ニ酬ユルニ仇ヲ以テスルモノト言フ可キナリ　此ヲ以テ　卿ガ親意ノアル所ハ余深ク之ヲ感謝スルト雖ドモ　卿ガ需メニ応ジテ以テ卿ガ意ニ従フコト能ハザルナリ」ト　チヨ曰ク「真ニ無似[二四]妾ガ如キ者ニシテ敢テ斯ル情願ヲ郎君ニ請ムルガ如キハ　所謂雲梯霞鳥[二五]　固ヨリ及ブベキ所ニアラザルコトハ自ラ之ヲ知ルト雖ドモ　然レドモ又抑ヘ難キノ情焰ト止メ難キノ

一五 心が急に動転してどうしていいか分からなくなったが。「騒然(ザウゼン)　サハガシ」(『小学読本巻五字引』)。
一六 お嬢様。
一七 恥じらいで赤くなった顔をまともに上げることができないで。
一八 恥ずかしそうに部屋の隅に座っていたが。
一九 待ち望んではいけないことを期待し、手に入れることのできないものを求める。
二〇 恋心がつのって見境いがなくなっていることは自分で分かっているのですが。
二一 あなた。

二二 ひとりの風来坊の書生。
二三 不正な仕方で結ばれる。→五一頁注二三。
二四 →一八頁注一一。
二五 雲にはしごをかけ、霞の中に千鳥を捕えようとする。諺「雲に梯(かけはし)、霞に千鳥」にもとづく。望みの達しがたいことのたとえ。

恋波トハ知テ而シテ之ヲ制スルコト能ハザルヲ奈何セン　郎君ノ為メニ寝ヲ廃シ郎君ノ為メニ食ヲ忘レ　魂思夢想　遂ニ病ヲ醸シテ以テ臥床ニ在ルコト数閲月　病間尚ホ以為ク　病ヒ癒ユルコト無フシテ以テ若シ命ノ終ルアラバ　誰レカ妾ガ心ノ誠　誰レカ妾ガ胸裏ノ切ナル　他日郎君ニ伝フベキカト　思フテ此ニ至ル毎ニハ　生キテ甲斐ナキ世ノ中ニモ流石ニ命ノ惜シマレテ紅涙夜衾ヲ染メ来タリシガ　皇天全ク妾ヲ遺テズ　一ビ郎君ヲ導ビキテ妾ガ家ニ来タラシ給フ　妾前日郎君ノ恩顔ヲ拝スルヤ心私カニ死スト雖ドモ遺憾ナキヲ覚ヘタリキ　妾ガ意已ニ斯ノ如ク　妾ガ情已ニ斯ノ如キモ　尚ホ郎君ノ之レヲ憫察シ給ハラルヽアラズンバ　妾寧ロ死スルニ如カザルナリ　且ツ一ビ郎君ニ見ヘテ満胸ノ心意ヲ告ゲ　宿年ノ切情ヲ陳ベ得タルノ幸ヒヲ得レバ　前日空シク焦慮苦死スルノ徒死ニ優レルモノ万々ナルヲ覚ユルナリ　而シテ今之ヲ告ゲ之ヲ陳ベテ　一点ノ芳情ヲ郎君ニ辱フスルコト能ハザル所以ノモノハ　全ク妾ガ無似ナルニ因テナリ　又誰レヲカ怨ムル所アランヤ」ト　言ヒ終テ紅涙泫然更ニ止マル所ナシ　此ニ於テカ　久松菊雄ハ大ニ苦心シ胸裏熟ラ以為ク　余レ若シ家女ガ斯ノ如ク言フモ尚ホ強テ之レガ意ニ戻ルアラバ　又果シテ如何ノコトヲ為ス可キヤ知ル可ラズ　如カズ　一旦欺キテ去ラシメンニハト　其言ヲ和

一 寝ても覚めてもあなたのことを思い。
二 数カ月を過した。
三 病気が少しよくなったとき。「病間（ビヤウカン）コヽロヨキヲリ」（『詩韻砕金幼学便覧』雑）。「請フ病間（ヘイカン）ヲ待（マチ）テ談話セヨ」（『花柳春話』四編六十一）。
四 いったい誰が私の真心と胸中の切ない気持ちをいつかあなたに伝えることができるのか。
五 涙で夜具を濡らしたことでした。
六 天の神様は私をお見捨てにならないで。→六七頁注一八。
七 →三七頁注一三。
八 ふびんに思ってくださらなければ。→二一頁注一〇。
九 切ない気持ち。
一〇 いつぞや空しく思いを焦がし苦しみの中でむだ死にをしそうになったことに比べれば、どれほどましかと思います。
一一 少しの情けもあなたからかけていただくことができない。
一二 さめざめと泣き。
一三 家の娘。

ラゲ言フテ曰ク「卿ガ言ヲ聞キ卿ガ情ヲ知リテ　[一四]余モ草木金石ニアラザレバ其真意察ス可シト雖ドモ　余輩ハ　只一朝[一五]無媒ノ苟合ヲナシ以テ足レリトスルガ如キハ　寧ロ初メヨリ苟合セザルノ優レルニ如カザルコトヲ覚フルナリ　[一六]卿若シ言フ所ヲシテ果シテ信ナラシメバ　何ゾ[一七]一時片刻ノ歓娯ヲ図ツテ終身ヲ誤マルガ如キノコトヲ為サンヤ　余偏ニ卿ガ言ヲ喜ビ且ツ求メテ終生ヲ偕ニセンコトヲ願フナリ　然リト雖ドモ　婚姻ハ百年ノ大事ニシテ　豈ニ[一八]苟且ノ之ヲ為ス可キモノナランヤ　然ルニ　今此ニ卿ガ言ニ従ヒ苟合セバ　則チ卿ハ淫奔ノ女トナリ　余ハ亦[一九]穴隙ノ夫タルコトヲ免カレザルナリ　今日之ヲ[二〇]強忍スル所以ハモノハ　他日[二一]佳期ノ至ルヲ待ツテ　[二二]合卺ノ歓　公然アルノ時ヲ思フテナリ卿　請フ幸ニ反省セヨ」ト　チヨハ之ヲ聴キテ大ニ喜ビ「郎君ガ言果シテ真ナルカ」　菊雄曰ク「天壊レ地覆ルノ日ニ会フアルモ　余ガ言ハ違フベカラザルナリ」　此ヲ以テ　卿　請フ幸ヒニ疑ヒヲ余ガ言ニ措クコトナク　且ク言フ所ニ従フテ以テ此室ヲ退出シ　家人ヲシテ[二三]梨冠瓜靴ノ嫌疑ヲ被ムルナカランコトヲ図レ」ト　チヨハ之ヲ諾シ　再三其ノ違フナカランコトヲ陳べ　終ニ[二四]悄々トシテ書斎ヲ出テ自己ノ寝室ニ帰ヘリケル

一四 私も心ある人間ですから。
一五 媒介人を立てない、道に背いたかりそめの結びつき。
一六 以下、「信ナラシメバ」まで底本に傍点なし。脱落と判断して補った。
一七 一時の楽しみを得ようとして。「片刻(ヘンコク)　シバシノアイダ」(『新撰漢語字引大全』)。「歓娯(クワンゴ)　ヨロコビタノシム」(『詩語砕金』)。「アリスト歓娯(タノシミ)ノ日ヲ送レリ」(『花柳春話』初編七)。「歓娯(クワンゴ)ヲ為ス」(同、附録七)。
一八 一時の間に合わせに行うことではない。「苟且(コウショ)　マガリナリニシテオク」(『新撰漢語字引大全』)。
一九 垣の穴から出入りする夫。婚儀を経ずに結ばれた夫の意。→五一頁注二四。
二〇 必死にこらえる。「強忍(キヤウニン)　ヨクコラヘシノブ」(『新撰漢語字引大全』)。「強忍(キヨウニン)　シンバウツヨシ」(『小学読本巻五字引』)。
二一 よき時節。「佳期(カキ)　ヨキニチゲン」(『新撰漢語字引大全』)。
二二 婚礼の式を挙げる。→五〇頁注一二。
二三 まぎらわしい行いによって他人の嫌疑をうけること。→一九頁注一五。
二四 しょんぼりと。

第三十三回　孝子多年天涯苦[一]　今日墓前数行涙

扨モ菊雄ハ其後ナホ家女ノ数々来リテ自ラ其情ヲ訴フト雖ドモ又容易ニ其請メニ応ズルコトナク　毎ニ之ヲ敬遠シテ以テ空シク退去セシムルヨリ　チヨハ愈ヨ其心思ヲ傷タメ　千万苦慮シテ日夜措クコト能ハザルノ切情ハ　却テ未ダ菊雄ガ来タラザルノ前日ニ幾倍蓰[二]セルヲ覚フルナルベシ　而シテ又チヨノ父母ハ未ダ児ガ心事ヲ詳ニセズト雖ドモ　疾病ノ漸クニ快癒シテ以テ今ハ鬱陶タル前日ノ如クナラザルヨリ大ニ歓ビ　且ツ或ハ是レ全ク彼ノ少年ノ其人ナリタルニアラザルカト推知スル所ナキニアラザルヨリ　一夕婢ヲ招キ私[三]カニ情ヲ尋ヌルニ　果シテ察スル所ニ違ハザルヲ告グルヨリ　双親ハ大ニ其奇縁ニ驚ロキ[四]シガ　固ヨリ菊雄ノ品位毫モ卑賤ナラザレバ　家ニ迎ヘテ之ヲチヨノ夫トナスモ決シテ其不可ナキコトヲ歓ビ　私カニ機ヲ待テ而シテ此事ヲ菊雄ニ告ント思ヒ居タルノ折カラ　一夕菊雄ハ　煌シク来リ　告ゲテ曰ク「只今郷里ヨリノ電報ニ拠レバ家父病ヒ最モ危篤ナリト　因テ鄙生ハ今ヨリ帰国ナサント欲スルナリ　海[五]山ノ厚意未ダ塵滴モ之ガ酬ル所無フシテ以テ俄然帰国スルガ如キハ　大

一 孝子多年天涯の苦　今日墓前数行(すうかう)の涙(長い間遠く異郷にさすらいつつ親を思ったあげく、墓の前で涙を流す今日を迎えた)。「天涯」は、→七六頁注九。

二 底本「幾倍蓯」を訂した。何倍もの。「蓰」は五倍の意。「倍蓰(バイシ)　ナンゾウバイ」(『新撰漢語字引大全』)。

三 こっそりと事情を問いただすと。

四 思いがけない関わり。

五 計りしれないほどの親切なもてなしを受けながら、未だほんの少しもそれに報いてはいないのに。「厚意(カウイ)　シンセツ」(『新撰漢語字引大全』)。

ニ鄙生ガ本意ニアラズト雖ドモ　又タ已ムコトヲ得ザレバナリ　請フ幸ニ我ガ薄情ヲ咎メ給フコトナカランコトヲ」ト　主人ハ之ヲ聞キ大ニ驚キ　言テ曰ク「迺公ノ病ヒ危篤ヲ報ズルガ如キハ実ニ大事ト言フ可キナリ　速カニ帰国セラレテ充分ナル看護ヲナシ給フ可シ」ト　起テ而シテ一封[六]ノ金貨ヲ取リ来リ　言フテ曰ク「這ハ甚ダ些少ナリト雖ドモ些カ送別ノ微意ヲ表スルノミ　若シ迺公ノ病ヒ速カニ平癒ニ帰シ給フニ於テハ　請フ再ビ来坂セラレンコトヲ　屈指必[七]ズ相待ツベキナリ」ト　且ツ主人ハ又其妻及ビ少女ニモ此事ヲ告ゲ　互ニ別辞ヲ述ベテ而シテ再会ヲ約シケル　此時少年ハ厚ク其親切ヲ衆ニ謝セシガ　今主人ヨリ贈ラレタル封貨ヲバ固ク辞シテ之ヲ受ケズ　遂ニ秋田ノ家ヲ出タリ　夫ヨリ菊雄ハ結城松雄ノ寓所ニ至リ　事情ヲ匆々[八]ノ間ダニ陳ベテ暫間[九]ノ別ヲ告ゲ汽船ニ搭ジテ其家郷ニ帰リケルガ　何ゾ図ンヤ家父ハ其帰着セシ前暁[一〇]ヲ以テ已ニ命ヲ終リタレバ　菊雄ガ悲歎愁傷　果シテ如何ゾヤ

第三十四回

[一一]人生幾回傷往事
山形依旧枕寒流

[一二]樹静カナラントスルモ風停ラズ　子養ント欲スル時親已ニ在サズト　嗟吁

六 ひと包みの金貨。二十円・十円・五円・二円・一円の五種類の金貨が鋳造されていた。

七 指折り数えてきっとお待ちします。

八 慌しく。

九 しばらくの別れ。

一〇 前日の明け方。

一一 人生幾回往事を傷(いた)む　山形旧(きう)に依て寒流に枕(のぞ)む(人生には過去を追懐して悲しむことが何度もある。昔と同じ山に向かい、寒々とした冬の川に臨む)。『三体詩』に収められた唐の劉禹錫「西塞山」の詩句。「人世ノ変遷ヲ数ジテ、山河ノ窮リ無キヲ羨ヤム意ナリ」(石川鴻斎『三体詩講義』明治十七年)。「往事(ワウジ)　スギシコト」(『詩作便覧』)。「山形(サンケイ)　ヤマノスガタ」(『詩語砕金続編』)。

一二 孝養をつくそうにも親は死んでこの世にいない。『韓詩外伝』巻九の有名な一節。「山田古嗣、幼ニシテ母ヲ喪ス、一日、韓詩外伝ヲ読ミ、樹静ラントスレドモ風止マズ、子養ハントスレドモ親待タズノ語ニ至リ流涕シテ書ノ濡ルヽヲ覚エザリシトゾ、人ノ生ハ限リアリ、故ニ吾ガ養ヒヲ尽サズシテ、父母共ニ死スルトキハ、後悔ユトモ及バズ、故ニ幼ヨリ善ク此ノ語ヲ守リ、孝行ヲ尽サヾル可カラズ」(木戸麟編『修身説約』三巻十六、明治十一年)。

夫レ身ヲ立道ヲ行ヒ名ヲ一世ニ揚ゲテ以テ父母ヲ顕ハスハ[一]　固ヨリ孝ノ道タリト言フト雖ドモ　其学ニ久シク他郷ニ遊ンデ長ク二親ノ膝下ニ暌違シ[二]　多年蛍雪ノ業漸ク卒ヘテ宿昔青雲ノ志[三]僅カニ其之ヲ達セントスルノ暁ニ至ル時ハ父母已ニ浮世無常ノ逆旅ヲ辞シテ万古不窮ノ故宅ニ帰ルノ日ニ及ビタランニハ[四]将タ何ニ由テカ之レニ事ヘ　将タ何ヲ以テカ之ニ孝ヲ尽スヲ得ンヤ　縦令ヒ錦衣ヲ着ケテ故園ニ帰リ　斜陽原頭ノ墓[五]前ニ対ヒ涙ヲ濺デ其業ノ成ルヲ告グルモ[六]無情一片ノ碑石　泉下百年ノ人[七]　豈又何ノ歓ブ所カアラン　只暮風ノ颯々ト時ニ来テ松柏樹頭ニ悲声ヲ為スアランノミ[八]　嗚呼　亦世ノ学ニ遠ク他郷ニ遊ブノ人[九]　幾分カ思慮ヲ此一点ニ注グ所ナクシテ可ナランヤ　再説ス　扨モ彼ノ久松菊雄ハ一ビ家父重症ノ報ヲ得テ周章[一〇]更ニ措ク所ヲ知ラズ　匆忙[一一]直チニ行李ヲ収メ汽船ニ搭ジテ而シテ帰国シタルモ　時已ニ後ク家父ハ其前暁ヲ以テ空シク簀ヲ地下ニ易フレバ[一二]　マタ敢テ音容ヲ生前ニ仰グ能ハズ[一三]　是ヲ以テ　菊雄ハ深ク其臨終ニ会ハザルコトヲ悲シムノミナラズ　生前一日〔ノ〕看護ダニ為サヾルヲ[一四]憾ラミ　転タ人界ノ無常ナルヲ歎ジ頻リニ浮世ノ敢果ナキヲ観ジ　爾後只鬱々世上ヲ厭フモノヽ如ク[一五]　忌服[一六]已ニ晴ルヽノ後ト雖ドモ　猶ホ未ダ戸外ダニ出ヅルヲ欲セズ　独リ快々ト幽室ノ裡ニ籠居シテ[一七]空シク心ヲ傷マシムルノ他アラザ

一 孝行の最終目的を説いた『孝経』の語。「身ヲ立テ道ヲ行ヒ。名ヲ後世ニ揚ゲ。以テ父母ヲ顕ハスハ孝ノ終ナリ」(『小学修身訓』)。
二 父母に背き、その側から離れて。
三 立身して世に出ようという長年の志。「宿昔(シユクセキ)　ムカシ〳〵」(『新撰漢語字引大全』)。「青雲ノ志」は、→五二頁注八。
四 この世のはかない旅の宿りに別れを告げ、永遠に続く住まいに戻る。「逆旅(ギヤクリヨ)　ハタゴヤ」「故宅(コタク)　モトノスマヰ」(『新撰漢語字引大全』)。
五 入り日の射す野原に立つ墓。
六 心を持たない墓石。「無情(ムジヤウ)　コヽロナイ」(『詩語砕金続編』)。
七 死者たち。「泉下之客(せんかのかく)　しんだひと」(『童蒙必読 漢語図解』二編)。
八 暮れ方の風がさっと吹いてきて、松と柏の木のいただきが悲しい音をたてる。
九 世の中の、故郷を離れ遊学している人。
一〇 慌てて何をしているのか分からない状態で。「周章(シウシヤウ)　アハテル」(『新撰漢語字引大全』)。
一一 慌しく。
一二 死ぬこと。「易簀(エキサク)　死スルコト」(『唐宋詩語玉屑』)。
一三 親しくおもかげに接し声を聞くことができない。「音容(インヨウ)　コヱカタチ」(『新撰漢語字引大全』)。
一四 →九一頁注一九。
一五 世をいとわしく思い、世間から遠ざかる。
一六 喪に服する。
一七 満たされない気持ちで一人奥まった暗い部屋に閉じこもる。「快々」は、→四三頁注二一、「幽室」は、→三〇頁注九。

ルヨリ　一家[18]又為メニ之ヲ憂ヒ　或ハ其曽テ親友ノ人ニ依リ消鬱散悒[19]ノコトヲス、ムト雖ドモ　菊雄ハ更ニ之ヲ容ル、ガ如キノ色アラザリシガ　一日偶マ心中感ズル所ヤアリケン　自ラ郊外ニ散歩セントシ　早暁ヨリシテ自家ヲ出タリ　時恰モ素商[20]ノ候ニ属シ　天気晴朗　高陽和煦[21]　殆ンド春朝ノ閑麗ナルガ如シ　殊ニ野外澄景[22]ノ好趣タルヤ　一望万頃[23]　稲田ヲ渡タルノ清風ハ来テ神ヲ爽快ナラシメ[24]　四顧千嶺[25]　錦繍[26]ヲ粧フノ紅葉ハ観二月ノ花ヨリ美ナリ[27]　扨モ菊雄ハ郷ヲ出デ国ヲ去リテ　長ク都府繁栄ノ土地ニ遊ビ　朝ニハ眼ヲ羅綺[28]ノ灼爍[29]ニ眩ジ　夕ニハ耳ヲ車馬ノ喧囂[30]ニ聾スルコト久シカリシヲ以テ　今此ノ山色野景[31]ノ清浄幽致ナルヲ眺メ　精神大ニ活暢[32]ヲ覚ヘテ以テ積日ノ憂鬱モ一朝ニ之ヲ払除シタルモノ、如シ　時ニ適々懐中ノ時器[33]ヲ見レバ　二針已ニ十二点ノ処ヲ重指ス[34]　此ニ於テ久松菊雄ハ　其路傍水涯[35]ニ沿ヒタル一小亭ニ投ジ　暫ク席ニ就テ而シテ休息シタリケル

第三十五回

心期ニ風月ヲ興不レ浅カラ[36]
面対シテ渓山ニ佳有レ余リ

当下亭婢[37]ハ茶菓ヲ盆上ニ載セ来リ　之ヲ捧ゲテ且ツ酒肴ノ請否ヲ伺フ　菊雄

一八 家の者たちが心配して。
一九 結ぼれた心を解きほぐす行い。
二〇 秋の時節。「素商」は秋の異称。
二一 よい天気で陽が昇って穏やかに暖かい。「晴朗(セイロウ)ノ日　テンキノヨキヒ」(『詩韻砕金幼学便覧』春)。「此日天気晴朗(セイラウ)」(『花柳春話』二編二十三)。
二二 清らかな野の景色のすぐれた趣き。「野外(ヤグワイ)　ノベ」(『詩語砕金続編』)。
二三 ひと目で無数の田を視界におさめる。
二四 心をすっきりとさせ。
二五 四方に連なる無数の山々を眺め。
二六 きれいに色づいた紅葉。
二七 二月に咲く春の花より美しい。杜牧「山行」の「霜葉は二月の花よりも紅なり」の句を踏まえる。「起テ窓戸ヲ開ケバ前峰ノ霜葉恰モ夕陽ニ映ジテ紅二月ノ花ヨリモ尚ホ美ナルガ如シ」(鶴谷佐藤蔵太郎『閑窓独語』『田舎新聞』)。
二八 美しい着物のきらびやかなさま。
二九 底本「芮爍」を訂した。
三〇 往来をゆく車などのやかましさ。
三一 山野の景色の清らかで静かなさまを眺め。「水光山色　山ヤ川ノケシキ」「野景(ヤケイ)　ノ、ケシキ」(『詩語金声玉振』)。
三二 のびのびとして生動する。
三三 懐の時計。懐中時計。
三四 長針と短針はともに十二時を指していた。
三五 道端の水辺にあった小さな茶店。
三六 心、風月を期す興浅からず　面、渓山に対して佳余(あま)り有り(心の中で美しい景色を待ちもうけるのは興趣が深いものだ。実際に山と谷を眺めるとその美しさは期待した以上だ)。
三七 茶店の女。

曰ク「其ハ後刻我レ之ヲ命ズベシ　余少カ子ニ問ハント欲スル所ノモノアリ　此地近傍　眺望ニ富メルノ酒亭ナキカ　若シ之レアラバ幸ニ教ヘヨ」ト　則チ[一]嚢裏ヨリ若干ノ銭貨ヲ出シ　之ヲ[二]紙ニシテ亭婢ニ与フ　婢一拝シテ之ヲ受ケ　大ニ喜デ厚ク謝シ　暫ク考思スルノ状ヲナセシガ　忽チニシテ頭ヲ擡ゲ　客ニ向ヒ言フテ曰ク「アリ　道少シク隔ツト雖ドモ　貴客ノ至テ[三]優遊セラルヽニ最モ適シタルノ一楼アリ　其ハ固ト割烹ヲ業トシ[四]酒肴ヲ鬻グノ店ニ非ラズト雖ドモ　若シ之ヲ欲シ玉ハンニハ　近隣其業ヲ為ス者アリテ敢テ命ノ随ナラザルコトナシ　請フ該楼ニ至リテ優遊[五]勝娯ナシ給ヘ」ト　具サニ其家号地理等ノコトヲ教ユ　此ニ於テカ　久松菊雄ハ大ニ喜ビ　再ビ亭婢ニ問フテ曰ク「真ニ然ルノ楼アランニハ　余今ヨリ赴キテ其処ニ至ル可シ　然シテ又其楼ハ何人ノ家ニ係ルゾ」　亭婢答テ曰ク「該家ハ元ト頗ル豪農ノ家ニシテ　曽テ数町ノ田園ト山林トヲ所有シ　財産当時近郷ニ比ブ者トテハアラザリシカドモ　諺ニ云フ如ク　[六]盈ツル時ハ欠グルト　屢々不幸ノ至ルアツテ父子共ニ皆ナ世ヲ早フシ　爾后又他ヨリ[七]嗣子ヲ迎ヘテ其婦人ヲモ娶リアリシガ　尚ホ不幸ニシテ　其嗣子ナル人サヘ遊学中去年ノ[八]弥生ノ下浣　[九]難波ノ客舎ニ病死セシヨリ　[一〇]当時ハ只々[一一]女ノ主ト其ガマダ若キ婦人トノミ　此ヲ以テ主ノ人モ今ハ浮世ノ無常ヲ観ジ

一　財布の中から。
二　紙に包んで。
三　ゆったりとくつろぐ。→四八頁注一三。
四　酒と肴を調えて客をとる店。
五　楽しみを尽くす。「勝遊(ショウユウ)　オモシロキアソビ」(『新撰漢語字引大全』)。
六　「盈(ミ)ツレバ虧(カ)クル」(『諺語大辞典』)。月の満ちかけのように、ものごとは絶頂期が過ぎると衰える。
七　跡継ぎの男子。
八　三月下旬。
九　大阪の宿で。
一〇　現在は。
一一　女主人とその跡継ぎの若い婦人だけ。

テ偏ニ栄華ノ永ク保チ難キヲ悟リ　家ニ貯フルノ財貨ヲ散ジテハ以テ世ノ貧人ヲ救ヒ　[一二]廩ニ積メルノ禾穀ヲ施シテハ以テ路頭ニ立ツノ窮民ヲ恵ミ　只管心ヲ慈善ノ事ノミニ止メテ偏ニ[一三]陰徳ヲ積ムコトヲ楽シミトシ　又其ガ邸宅ノ甚ダ広大ナルヨリ　周囲ニ水陸数百種ノ花木ヲ植ヘ四季美花ノ絶ユル時無カラシメ何人ヲ問フコトナク随意ニ到リ[一四]縦覧セシムルヨリ　人皆ナ該家ノ宏荘美麗ヲ極メ主人ガ[一五]慈仁博愛ヲ知ラザル者アラザルナリ　殊ニ今ヤ時恰モ菊花ノ候ニ際スレバ[一六]東籬一層ノ観アル可シ」ト　菊雄ハ今亭婢ガ語ルヲ聞キ　心中一二ノ疑フベキモノ無キニシモアラズト雖ドモ　又再ネテ之ヲ質セズ　遂ニ別レヲ告ゲテ而シテ[一七]野亭ヲバ出デニケル

　[一八]編者曰　利ヲ貪テ飽クヲ知ラズ　慾ヲ逞フシテ[一九]底止ナク　交際ノ親疎ヲ一銭ノ損得ニ分チ　人情ノ如何ヲ[二〇]毫利ノ有無ニ忘ルヽガ如キ　[二一]貪婪軽薄狡猾奸佞　無気無力　無操無節　[二二]人間義気ノ何タルヲ知ラズ　社会道徳ノ何タルヲ解セザルガ如キ者多々ナル都会ノ人士中ニハ　未ダ夢ニダモ知ラザル者多カル可シト雖ドモ　彼ノ地方　義気ノ尊ブベキヲ知リ道徳ノ重ンズ可キヲ解シ　専ラ正直潔白ナルヲ主トスルノ地ニ於テハ　富有ノ人　不幸ニシテ世ヲ早フスルカ　或ハ家ニ不慮ノ災禍等アルニ於テハ　彼ノ産ヲ

一二 倉に蓄えてある米。
一三 人知れずめぐみを施しつづける。「陰徳(インドク)　ヒトシラヌメグミ」(『新撰漢語字引大全』)。
一四 自由に見物させる。「縦覧(ジュウラン)　カツテニミセル」(『新撰漢語字引大全』)。
一五 慈しみ深く、平等に愛を及ぼす。「慈仁(ジジン)　イツクシム」(『小学道徳論字引』)。「慈仁(ジジン)　ジヒジンシン」「博愛(ハクアイ)　ヒロクカハユガル」(『新撰漢語字引大全』)。
一六 東の垣根に咲いた菊が見事でしょう。「東籬(トウリ)　キクノマガキ」(『詩韻砕金幼学便覧』秋)。
一七 村外れの茶店。
一八 著者がいう。
一九 止まることなく。
二〇 ささいな儲け。
二一 欲深く浅はかで、ずるがしこく媚びへつらい、気力もなければ節操にも欠ける。「貪婪」は、↓八九頁注二七、「狡猾奸佞」は、↓八九頁注一九。
二二 世の中で果たすべき務めを顧みず。

分チテ貧人ニ与ヘ　又ハ道路ヲ修繕シテ行人[一]ノ便ヲ計リ　或ハ山麓坂道ノ傍ラニ茶店ヲ設ケ以テ往来ノ旅客ニ施行スルガ如キ者ハ往々ニシテ之レアルアリ　今此豪農ノ女主ノ如キ挙動ヲ貪婪軽薄ノ耳ニ聞テ狡猾奸佞ノ心ニ思ハンニハ　或ハ無欲経済[二]ヲ知ラザル者トモ評スベシト雖ドモ　又人ノ慈善仁愛ノ心モテ為スノ事ハ豈決シテ他[三]ノ之ヲ間然スベキモノナランヤ

第三十六回　今夜月円花好処[四]　昔年花病月虧時

[五]秋葉風吹テ黄颯々タルモ肌未ダ冷カナラズ　晴[六]雲日照ラシテ白粼々タルモ体更ニ熱ヲ覚ヘズ　実ニ遊歩[七]郊行センニハ此時ヲ以テ最モ適シタルノ好時季トス　扨モ菊雄ハ道ヲ亭婢ニ教ヘラレタル方ニ取リ漸ク其地マデ至リシガ　果シテ言ノ違フコトナク　向方山[八]ニ沿ヒ少シク丘キ処ニ方リテ　翠[九]紅樹間　一門屋ノ聳ユルヲ認ム　此ニ於テカ心大ニ喜ビ遂ニ歩ヲ曲ゲテ而シテ其下ニ至レバ　[一〇]磴道又数十級アリ　因テ之ヲ登リ　始メテ其門ニ入レバ　実ニ広闊[一一]麗浄地更ニ一埃ヲ止メズ　而シテ時恰モ東籬[一二]黄花ハ発クアリテ芳香鼻ヲツキ来ル　首ヲ回ラシテ後方ヲ眺ム[一三]レバ　数[一四]里ノ郊色眼中ニ集リ　幾多ノ村邑足下ニアル

一　→九三頁注一二。
二　欲がなく家財の保全運用を知らない者。「経済（ケイザイ）　ヨワタリ」（『新撰漢語字引大全』）。
三　他人があれこれと言い立てるものではない。
四　今夜月円（まど）にして花好（よ）き処　昔年花病む月虧（か）くる時（今夜満月のもとで美しい花をめでている。それにひきかえ、昔は欠けた月のもとでしおれた花を眺めていたことだ）。
五　秋風がさっと吹いて黄ばんだ木の葉を揺らしても冷気を感ずるほどではない。
六　晴れた空に浮んだ雲が日の光をうけて白く輝いていても、さして暑いわけではない。「晴雲　ハレタクモ」（『詩作便覧』）。
七　→一〇四頁注一一。
八　向かいにある山づたいの小高い所に。
九　色づいた葉と緑の葉とをこき混ぜた木々の中に門が立っているのが見えた。
一〇　数十段の石段があった。「石磴（セキトウ）　イシダン」（『詩韻砕金幼学便覧』夏）。
一一　広々として清潔で地面には塵ひとつなかった。
一二　東の垣根に菊の花が咲いていて。「黄花（クワウクワ）　キク」（『詩語砕金』）。
一三　底本「眺メバ」を訂した。
一四　遠くまで広がる郊外の景色を一望すれば、多くの村里を見下ろすことができる。

ガ如シ　時ニ一少婢ノ出デヽ而シテ迎フルモノアリ　因テ菊雄ハ伴ハレテ其坐席ニ就ク　此時日已ニ黄昏ニ近カラントシ　[15]斜陽西嶺ニ没シテ晩烏漸ク樹梢ニ躁ギ炊烟林頭ヲ抹シテ野色稍蒼然タリ　[16]遥カニ響ク山寺ノ暮鐘ハ　声殷々トシテ偏ニ悲愁ノ意ヲ起サシムルガ如シト雖ドモ　[17]身又山海数百里ノ外ニ在テ空シク桑梓ヲ思フノ夕ベニアラザレバ　[18]幽音ノ却テ閑邃愛ス可キヲ覚ヘ　[19]遠ク連ナル数行ノ帰雁ハ　影凄涼トシテ転タ感時ノ情ヲ発セシムニ似タリト雖ドモ　彼

一五 夕陽は西の山に沈み、梢では烏が鳴く(→二七頁注二二)。夕飯の支度をする煙が林の上をよぎり、野の景色は少し薄暗い。「炊烟(スイエン)メシタクケムリ」(『詩韻砕金幼学便覧』雑)。「野色(ヤショク)ノゲシキ」(『詩語砕金』)。

一六 山寺で暮方につく鐘の音が遠くから響きわたってきて。「暮鐘(ボショウ)ノ声(コエ)　イリアヒノカネ」(『詩韻砕金幼学便覧』春)。

一七 遠く離れたところで夕方に故郷を思っていた頃とは違い。「桑梓(ソウシ)　フルサト」(『新撰漢語字引大全』)。

一八 底本「歯音」を訂した。(山寺の鐘の)かすかな音色が奥深く静かであるのが、かえって好ましいと思える。

一九 連なって空を渡りねぐらに帰ってゆく雁の列がいくつか遠くに見える。もの寂しいその姿は過ぎゆく時についての感慨を引き起こすようだが。

ノ波濤天涯ノ地ニ客トナツテ徒ラニ故山ヲ慕フノ日ニアラザレバ　猶ホ[一]長天暮色ノ佳趣ナルヲ楽シムニ足レリ　此ニ於テカ　菊雄ハ独リ茶菓ヲ喫シテ[二]四際ヲ眺望シ　心熟ラ以為ク　嗚呼　彼ノ[三]街衢縦横　家屋櫛比　往来雑沓　車馬絡繹[四]千丈ノ浮埃ニ衣ヲ染メ　万斛ノ黄塵ニ頭ヲ埋ムル都府熱鬧ノ汚濁ナル　争デカ此ノ[五]田野曠闊　山水秀媚　[六]四顧清涼トシテ鳥声閑ナル郊外天然ノ清浄ニ如クコトアランヤト　興趣殆ンド云フ可ラザルヲ覚フ　[七]須臾ニシテ[八]皎々タル明月東嶺ヲ昇リ　清光冷艶　席ヲ照ラシテ坐間恰モ白昼ノ如ク　[九]野色一斉　降露遍ネク　地上猶ホ大湖ノ堅氷ヲ結ブニ似タリ　時ニ　適々別室ノ方ニ当リテ[一〇]亮瀏タル琴声　夜風ノ間ニ聞ユルモノアリ　因テ菊雄ハ耳ヲ欹テ意ヲ静カニシテ之ヲ聞クニ　[一一]其調曲幾ンド曾テ我ガ作レル所ノ歌ニ異ラザルモノヽ如シ　此ニ於テカ　独リ大ニ之ヲ怪ミ　掌ヲ鳴ラシテ先キノ少婢ヲ呼ビ[一二]弾琴ノ何人タルヲ問フ　婢容易ニ答フルノ色ナシ　尚ホ屢々問フニ　漸ク答テ曰ク「琴ヲ弾ズル者ハ当家ノ婦人ナリト雖ドモ　客ノ招キニ応ジテ而シテ[一三]酒間ニ出ヅルガ如キコトヲ為サヾレバ　貴君ノ殊ニ之ヲ問フモ又無益ナランノミ」　菊雄笑テ曰ク「之ヲ問ヒシモノ　何ゾ此ニ聘センガ為メナランヤ　且ツ余ハ性トシテ之ヲ傍ニ聞ンヨリ寧ロ遠ク隔テヽ而シテ只ダ其音曲ノミヲ聞クヲ以テ無上ノ楽ミトハスルモノ

一 天空が暮れなずむさま。「長天(チヤウテン)　カギリナキ大ゾラ」(『詩語砕金』)。
二 四方の景色を眺め。
三 道が縦横に交叉し家々が連なって、行き交う人で往来は混雑し、車や馬もひっきりなしに通る。「馬車ノ往来絡繹(ラクエキ〈ヒキツヾキ〉)」(『英国龍動新繁昌記』初編)。
四 着ているものが埃まみれになり、土けむりの中に頭を突っこんでいるような、都会の人ごみの濁って汚れたさま。
五 田畑や野原が広々とひろがり、山や川の風景はまことに素晴らしい。
六 あたりが涼やかで鳥の声がのどかに聞える郊外の清らかな自然。「月色清涼(セイリヤウ)」(『花柳春話』二編二十二)。
七 →二一頁注一三。
八 明るい月が東の山の端に昇り、清らかな月の光が差し込んで部屋の中はまるで白昼のようだ。「清光(セイクワウ)　キヨキヒカリ」(『詩語砕金』)。
九 野には一時に露が降り、大きな湖に氷が張ったように見える。
一〇 明るく清らかな琴の音色。「声瀏亮(リウリヤウ)　ネノサエシコト」(『詩韻砕金幼学便覧』秋)。
一一 調べと節まわし。
一二 誰が琴を弾いているのか。
一三 酒の席。

ナリ　而シテ今之ヲ問ヒシ所以ノモノハ　些カ[一四]曲音ノ曾テ心ニ記スルニ似タル
ガ如キモノアルヲ覚ユレバナリ　他決シテ毫モ意アルニアラザレバ　請フ又余
ヲシテ尋常男児ノ好色輩ト同一視スルヲ免ルセ」ト　少婢答ヘズ微笑シテ去ル
少焉シテ障ヲ開ラキ一室ヨリ出デ丶此ニ来タル婦人アリ　但見ル[一五]風姿麗艶　容
貌佳絶　[一六]嬋娟タル妖顔ハ後園ノ菊花モ猶ホ其色ヲ羞ルガ如ク　[一七]窈窕タル嬌態ハ
前峯ノ明月モ又其光リヲ失フニ似タリ　[一八]翠髪新タニ理メテ[一九]緑雲両鬟ニ滴リ　[二〇]淡
粧更ラニ成ツテ遠山双眉ニツク　花瞼ノ鮮カナルハ芙蓉ノ露ヲ帯ビテ旭日ヲ
迎ヘ　[二一]繊腰ノ軟カナルハ楊柳ノ烟ヲ罩メテ東風ニ向フガ如シ　[二二]金釵斜メナル処
双蝶花ヲ弄シ　[二三]羅綺翻ル処　異香席ニ馨ル　佳人ハ遽ハシク菊雄ノ傍ラニ至
リ「師妾ヲ遺レ給ヒシカ」ト　一言未ダ終ラズシテ双眸已ニ暗涙ヲ催フシ　又
言フ所ヲ知ラザルガ如シ　此ニ於テカ　久松菊雄ハ事ノ甚ダ不意ニ驚キシガ
瞳ヲ定メテ能ク之ヲ熟視スレバ　何ゾ図ランヤ　[二四]曾テ百年ノ佳約ヲ結ビ一生ノ
苦楽ヲ共ニス可シト天地ヲ拝シテ誓ヲナシタル彼ノ弟子タリシ松江タケナリ
然リト雖ドモ　タケハ曾テ親戚ノ家ニ嫁シタレバ又此家ニ在ル可キノ故ナキヲ
以テ　菊雄ハ益々疑惑ヲ生ジ　心中殆ンド夢裡ニ在ルノ思ヒアリテ又容易ク言
辞ノ発スル所ヲ知ラザルガ如シ　[二五]登時タケハ紅涙ヲ払ヒ　菊雄ニ対ヒ言フテ曰

一四 聞き覚えのある曲のようだ。
一五 麗しくなまめかしい姿で、顔かたちもとびきり美しい。
一六 →五五頁注一三。
一七 →五二頁注六。
一八 黒髪を新しく結い上げ、美しい髪が頭の両側に垂れかかっている。「緑雲鬟(リョクウンクワン)　ウツクシキカミ」(『詩語抜錦』)。
一九 底本「両髪」を訂した。→一〇五頁注一五。
二〇 薄化粧をほどこした顔を遠山のけぶったような細長い眉が引きしめ、花のように美しい顔は露に濡れた芙蓉の花が朝日をうけて輝くようである。「花瞼(クワケン)　ハナノ、ヤウナルホヽ」(『近世詩語玉屑』)。「妾ノ齢(ヨハヒ)既ニ長(チヤウ)ジテ花瞼(ケン)春(ハル)暮(ク)レ」(『花柳春話』三編四十一)。
二一 ほっそりとした腰つきはなよなよとして、まるで楊柳が霞の中で春風に軽くたわんでいるかのようだ。「繊腰(センヨウ)　ホソキコシ」(『詩韻砕金幼学便覧』雑)。「楊柳(ヤウリウ)ノ腰(コシ)　ホソキコシ」(『詩語抜錦』)。
二二 斜めに挿した金のかんざしには花にたわむれる二匹の蝶の姿があしらわれ。「金釵(キンサイ)　キンノカンザシ」(『詩韻砕金幼学便覧』雑)。
二三 動くにつれて美しい着物がひらひらすると、えも言われぬよい香りがただよう。
二四 生涯の契り。「百年(ヒャクネン)　一生ノコト」(『詩語砕金続編』)。
二五 →一〇二頁注五。

ク「僂指スレバ[一]已ニ六回ノ星霜ヲ経過シタルヨリ　師ハ業ニ已ニ忘レ給フナル可シト雖ドモ　妾ヤ心ニ記シテ当時ノ誓言[二]未ダ秋毫モ忘ルヽ事能ハザルノミナラズ　花春月秋[三]　時ニ物ニ　只師ガ別後安否ノ如何ヲ思フテ須臾モ忘ルヽ時アラザルナリ　何ゾ速ニ恩言[四]ノ発スルアツテ一片ノ芳辞賜ハレザルヤ　妾ガ心正[五]ニ断絶ス　君ガ思ヒ何ゾ知ルコトヲ得ントノ詩句コソ真ニ妾ガ今宵ヲ詠ゼシナルベシ　一別六歳[六]以降ノ愁苦モ只師ニ逢フノ日アルヲ楽シミテ之ヲ慰メ　言フ可カラザルノ艱難辛楚モ再ビ師ニ見ユルノ時アルヲ待テ之ヲ忍ビ　一心只師ニ[七]依頼シテ六年間ノ憂キ歳月ヲ悲歎ノ中ニ経過シ来リキ　殊ニ此月此夜コソハ恰モ六年以前ニ在テ師ト郷人某ガ別業[八]ニ当時浮世意ノ如クナラザルヲ歎ゲキ仮リニ暫間[九]ノ離別ヲナセシタベナリ　是ヲ以テ　旧時ノ光リヲ[一〇]更メザル東嶺ノ明月ハ徒ラニ妾ヲシテ当年ヲ想起セシムルノ媒トナリ　為メニ感情自ラ禁ズルコト能ハザルヨリ　独リ琴ヲ鼓シ　曾テ師ガ作レル所ノ長歌[一一]ニ和シ聊カ憂悶ヲ遣ントセシ時　図ラズモ婢ノ来テ調曲ノコトヲ告ルアリ　此ヲ以テ胸中頻リニ動キ心頭[一二]転タ措キ難キヲ覚フルモノアルニヨリ　私カニ起テ障外ニ至リ静カニ来客ノ何人タルヲ窺ヒシニ　何ゾ図ンヤ　師ノ我ガ家ニ在ントハ　皇天[一三]全ク妾ガ師ニ繋グノ良縁ヲ断タズ　以テ此ニ再ビ師ヲ導キ給ヒタルニアラズ

一　指を折って数えればもう六年の歳月が過ぎましたから。
二　その時誓った言葉をまだ少しも忘れてはいません。
三　春の花、秋の月。
四　おことば。
五　私の心はちぎれてばらばらになりそうです。どうして離ればなれになっている貴方の思いを知ることができましょうという詩の文句は、まさしく今宵の私の心を詠んだものです。唐の郭震「子夜春歌」の「妾心正断絶、君懐那得知」(『唐詩選』巻六)を指す。「断絶(ダンゼツ)　タチキル」(『新撰漢語字引大全』)。
六　お別れして六年。
七　たよって。
八　→四九頁注一四。
九　しばらくの別れ(四九頁六行以下)。
一〇　かつてと同じように照らしている東の峰にかかった明るい月。
一一　五七調の句を連ねた歌に合わせて。かつて久松菊雄が作り歌った長歌の旋律を琴で奏でること。
一二　心を落ち着けることができない。「心頭」は、→八三頁注五。
一三　天の神は私と先生とを結びつけた縁を完全に断ち切ったわけではありませんでした。

シテ何ゾ斯ノ奇遇[14]アルヲ得ベケンヤ　妾歓極ツテ而シテ又為ス所ヲ知ラザリキ
師請フ　長ク沈思セズシテ以テ幸ニ一言ノ芳辞ヲ出シ　妾ガ意ヲシテ早ク安カラシメ給ハレヨ」ト　此時菊雄ハ漸クニ叉手[15]ヲ解キ　タケニ言フテ曰ク「真ニ卿ナルカ　我レ殆ンド夢裏[16]ニ在テ　尚ホ夢中ニ処スルガ如シ　昨日ノ如クナルモ已ニ六年ノ星霜ヲ経過セシカ　嗚呼　光陰ノ速カナル　今更驚クニアラズト雖ドモ　又何ゾ代謝[17]ノ迅キ　回顧スレバ当時余ガ年未ダ少ニシテ世事ヲ思考スルノ智慮ニ乏シク　又卿ト雖ドモ年猶ホ未ダ少ニシテ互ニ一身前途ノ艱険ナルヲモ血気[18]ノ情熱ニ忘レテ　以テ一旦伉儷[19]ノ誓ハ結ビタリシガ　所謂彼レモ只一時ノ事ニシテ　今ヤ余ハ猶ホ孤独[20]以テ在ルモ卿ヤ已ニ人ノ家ニ嫁シ一家ノ婦トナリテ斯ク歓楽ノ歳月ヲバ送レルナリ　然ルニ今夜図ラザルモ此ニ来リ大ニ此殊遇[21]ヲ辱フス　是レ又昔縁ノ聊カ存スル所アツテ以テ然ルカ　嗚呼実ニ世事ハ奇トコソ言フ可キモノ多キナリ　問フ卿ハ已ニ秀玉[22]ヲ挙ゲタルカ　六年ノ間ダ実ニ殆ンド別人ヲ見ルガ如キノ感アルナリ」ト　タケハ今此語ヲ聞キ[23]呆然トシテ言無カリシモノ少焉ナリシガ　忽チニシテ怨涙[24]潸々　言テ曰ク「何ゾ師ガ言ノ無情ナル　妾ヤ無智暗愚ナリト雖ドモ　未ダ決シテ師ガ思フガ如キハ思想ヲバ秋毫モ之ヲ心頭ニ懐カザルナリ　師已ニ之ヲ忘レ給ヒシカ　将タ前

一四　思いがけないめぐりあい。「奇遇(キグウ)　フシギナデアヒ」(『新撰漢語字引大全』)。
一五　腕組みを解いて。
一六　夢の中にあってさらに夢を見ているようなものだ。菊雄とタケとの再会は、『花柳春話』の末尾でマルツラバースが偶然アリスとの再会を果たした場面を踏まえる。「僕又驚愕殆(ホトン)ド手足ノ措(オ)ク所ヲ知ラズ　眼(メ)眩(ゲン)シ魂(タマシヒ)迷ヒ恰(アタカ)モ夢裡ニ夢ミル如キノ思ヒアリ」(『花柳春話』附録二)。
一七　移りかわり。「代謝(ダイシャ)　カハリツイヅ」(『新撰漢語字引大全』)。
一八　はやりたつ心のおもむくままに熱をあげて。「血気(ケッキ)　ハヤリキ」(『小学読本巻五字引』)。
一九　結婚の誓い。「伉儷(カウレイ)　フウフ」(『新撰漢語字引大全』)。「伉儷(フウフ)ノ約ヲ結ビタリシガ」(『花柳春話』附録七)。
二〇　独り身。
二一　特別のもてなし。「殊遇(シュグウ)　ナミコエタアシラヒ」(『新撰漢語字引大全』)。
二二　お子様をもうけられましたか。
二三　ぼんやりとして正気を失ったようになって。
二四　うらみの涙をはらはらとこぼして。

日ノ誓約ハ全ク妾ヲ欺キタル一時ノ戯言ナリシカ　師曾テ仮リニ離別ノ夕ベ即チ六年前ノ月日モ違フコトナク恰モ今月今宵　妾ニ語リタルノ詞ヲバ全ク之ヲ忘レシカ　[一]夫レ浮沈苦楽ニ窮極ナキハ塵世ノ常態ナリ　今日ノ悲歎亦翻テ他年ノ喜悦ヲ媒セザルヲ知ンヤ　今堪ユ可ラザルニ堪ヘテ暫ク離別スルハ　是レ卿ガ将来ノ得策ナリ　亦タ忍ブ可ラザルニ忍ンデ以テ且ク相隔ルハ　是レ余ガ終身ノ為ト云フ可シ　互ニ真意ノ違フアラズンバ争デカ相見ルノ日無ランヤ　卿請フ　思ヘ東風ニ清香ヲ放ツノ梅花ハ始メ厳寒ニ耐忍シ　陽天ニ芳姿ヲ呈スルノ桜花ハ前ニ雪霜ノ苦アルニアラズヤ　凡ソ物トシテ艱難ヲ経ザルトキハ決シテ其功ヲ奏スルコトアラザルナリ　夫レ艱難ハ人世ノ砥礪ナリ云々ト　妾ヤ此師ガ数語ハ以テ心ニ忘ルヽノ時ナカリシナリ　而シテ毎ネニ只憂フルモノハ　師ガ国ヲ去リ他郷ニ在テ若シ寒暑[二]不順ノ時気ニ犯サルヽガ如キノコトアランニハ　誰レカ傍ラニ在テ師ヲ看護シ　誰レカ薬餌ヲスヽムル者アルト思フテ　斯ノ如キノ事ニ至ルマデモ未ダ胸頭ヲ離ルヽコトアラザリキニ今ヤ師ガ恙ナキ恩顔ヲ拝スルヲ得テ　歓喜殆ンド陳べ尽ス能ハザルニ先チ　何ゾ想ハンヤ師ガ斯ル無情ノ言ヲ聞ントハ」ト　言ヒ終テ而シテ涙ダ再ビ泫然タリ　菊雄ハ言ヲ改メ　言フテ曰ク「余実ニ卿ガ[三]親意誠切　謝スル所ヲ知ラザル

一 以下、九行までは四九頁一三行以下で語ったこと。

二 季節の変わり目におとずれる異例な暑さや寒さ。

三 真心をもって親身に思いやること。

ナリ　然リト雖モ卿ハ已ニ嫁シテ人ノ妻ニアラズヤ　仮令ヒ一旦百年ノ誓言ヲ為スト雖ドモ　其ハ只私カニ之ヲ結ブモノニシテ　決シテ公然父母ノ許ス所ニアラザルナリ　然リ而シテ今ヤ卿ハ身已ニ人ノ妻ニシテ　豈如何ゾ私カニ他ニ情ヲ通ズルヲ得ンヤ　余ニ守ルノ操節ハ実ニ感謝スルニ堪ヘズト雖ドモ　卿ガ良人ニ破ルノ貞道ハ　将タ何ヲ以カ之ヲ購フベケンヤ」ト　言未ダ終ラザル時隣室声アリ　言テ曰ク「否ナ否ナ　阿嬢ガ事ヘテ一生ヲ共ニスルノ良人ト言フベキハ　君ヲ除クノ他決シテ有ルニアラザルナリ」ト　頓テ障ヲ開ラキ出デヽ而シテ此席ニ来タルノ婦人アリ　共ニ頭ヲ回ラシテ之ヲ顧ミレバ　是レ他ナラズ　彼ノタケガ継母ナリ　必竟継母ハ出デヽ今何等ノ言ヲナス　且ク次回ノ解ヲ聴ケ

第三十七回

遂ニ結デ糸蘿ヲ山海固ク
永ク諧テ琴瑟ヲ天地長ク

継母ハ今二人ガ傍ラニ来リ　厚ク礼ヲナシ　言フテ曰ク「未ダ事ノ首尾ヲ知ラザレバ共ニ疑ヒ給フベシト雖ドモ　我ガ今夕此処ニ臨ミタル所以ノモノハ決シテ怪シムベキニアラザルナリ　我ガ従来ノ所為　全ク深意ノアルアツテ

四 その身はもはや人の妻となったからには、どうしてこっそり夫以外の男と結ばれることができようか。
五 私に対して操を立てること。
六 あなたが夫への貞節を破る罪はいったいどのようなことで償うことができるでしょう。「良人」は、→五七頁注一一。

七 遂に糸蘿(しら)を結んで山海固く　永く琴瑟を諧(かな)でて天地長く(ついに結婚して末永く仲良く暮らした)。「糸蘿を結ぶ」は結婚すること。「山海固く」「天地長く」はともに不朽の意を添える文飾。

[一]卿等二子ガ為メニ謀リタルノ事タリト雖ドモ　其又(また)或ハ[二]無慈不敬ニ出デタルガ如キモノ多キヲ謝シ　且ツ聊(いささ)カ心中ヲ卿等二子ニ告(つげ)ント欲スル所アレバナリ　請フ幸ヒニ疑ヒヲ解(と)ヒテ以テ暫(しばら)ク我ガ言フ所ヲ聞聴(ぶんちやう)セヨ　事已(すで)ニ今日ニ至リテハ又(また)[三]何ヲカ包マンヤ　始メ阿嬢ノ君ト情好親密[四]ナルヲバ無情ニモ強(シイ)テ妨ゲシ所以(ゆゑん)タル　全ク永ク一生ヲ共ニシテ以テ百年[五]ノ伉儷(かうれい)タラシメント思ヘバナリ　当時卿(けい)等年(とし)尚(な)ホ少ニ　阿嬢ハ漸(やうや)ク二七[六]ニシテ　君未ダ弱冠[七]ニ至ラズ　此(これ)ヲ以テ仮令(たと)ヒ当時両家ノ父母ニ告ゲ公然婚姻ヲナサシムル決シテ難(かた)キニアラズト雖ドモ　到底卿(けい)等二子ガ将来ノ幸福タルベキニアラザルコトヲ察シ　故意ニ之ヲ割(サイ)テ以テ卿等ヲ隔居[八]ナサシメンコトヲ謀リタルナリ　而シテ其(その)之ヲ裂キ隔居セシメンガ為メニ暫(しばら)ク親戚ノ家ニ嫁セシメタル所以(ゆゑん)ノモノハ　予(あらかじ)メ意ヲ我ガ甥ニ告ゲ　彼(か)ノ痴漢策太等ガ強迫ヲ避ケシメント為(な)シタルモノナリ　此(これ)ヲ以テ一旦名(めい)[九]籍(せき)ハ定マリタルガ如キニ似タリト雖ドモ　其実(そのじつ)只々暫間(ざんかん)彼レガ許(もと)ニ寓居セシメタルニ過ギザルノミ　而シテ一夜[一〇]阿嬢ノ帰家セルヲ我ガ留メザリシ所以ノモノハ又大(おほい)ニ深意ノ有(あり)テ存セバナリ　則チ当時彼(か)ノ痴漢ノ徒ハ私(ひそ)カニ相謀(あひはかつ)テ以テ阿嬢ヲ得ント欲シ　偏(ひとへ)ニ阿嬢ヲシテ該家ヲ去ラシメント企ツルヤ甚ダ切(セツ)ナリ　此(これ)ヲ以テ　我(われ)只偏(ひとへ)ニ阿嬢ヲシテ該家ヲ離レザラシメント欲スルヨリ強面(ツレナ)クモ当夜(ソノヨ)

一　あなたがた二人。
二　慈しみに欠ける無礼な行い。「不敬(フケイ)　ブレイ」(『新撰漢語字引大全』)。
三　何を隠すことがあるでしょう。
四　仲が良く親しい。「情交(ジヤウカウ)　フタリノチギリ」(『新撰漢語字引大全』)。
五　永遠に結ばれた夫婦。
六　十四歳。
七　二十歳。
八　離ればなれにする。
九　夫の家の戸籍に入ったように見えるが。「名籍(メイセキ)　ニンベツチヤウ」(『新撰漢語字引大全』)。
一〇　→六一頁一行以下。

ハ之ヲ帰セシナリ」ト　此時タケハ双眼ノ感涙ヲ払ヒ　継母ニ対ヒ言フテ曰ク「今阿母ガ言ヲ聞キ真ニ厚恩ノ忝ケナキ　謝スル所ヲ知ラザルナリ　故ヲ以テカ　当時良人ノ妾ニ於ケル　毎ネニ殆ンド他人ニ対スルガ如シ　敢テ毫モ夫妻ノ状ナカリシナリ　然リト雖ドモ　妾今阿母ガ語中聊カ疑フ所無キニアラザルモノアリ　其ハ固ヨリ其人ノ妻タルニアラザルノ妾ヲシテ　偶マ師ガ書ヲ送ラ[一一]レシヲ痛ク怒リ　[一二]半夜遽カニ帰家セシメタルガ如キハ　妾甚ダ其意ヲ知ラザルナリ」ト　継母曰ク「其モ又我ガ謀リタル所ナリ　若シ阿娘ヲシテ永ク該家ニ在ラシムル時ハ　[一三]又阿嬢ノ心意果シテ如何ニ変ズ可キヲ知ルベカラザルヨリ願クハ他未ダ夫定ラザルノ家ニ遣リ　以テ此君ガ[一四]成業帰国ノ日ヲ待タシメンコソ良計ナルベケレト思フノ折カラ　当家ノ当時専ラ婦ヲ求ムル由ヲ聞キ　且ツ娶ス可キノ嗣子ハ他ヨリ已ニ迎ヘタリト雖ドモ　今ヤ学ニ他国ニ在リト聞クヨリ　之ヲ私ニ甥ニ告ゲ事ニ托シテ以テ阿嬢ヲ去ルベシト謀リシニ　恰モ好シ当時彼ノ痴漢等ハ学校ニ在勤セル教師ニ依頼シテ[一五]一通ノ偽書ヲ認メ　之ヲ甥ガ許ニ送ラシメタリ　此ヲ以テ　固ヨリ甥ハ其偽書タルコトヲ知ルト雖ドモ　今之ヲ幸トシテ阿嬢ヲ出ダス可キノ口実トシ　以テ[一六]秋毫モ故ナキノ阿娘ヲシテ該家ヲバ出ダセシナリ　然リ而シテ　阿娘ノ家ヲ出テ帰家セシヲ又我レ之ヲ止メ

一一　→五九頁五行以下。
一二　→三六頁注二。
一三　あなたの気持ちがどのように変わるかもしれないので。
一四　→九五頁注一九。
一五　→八四頁一一―一二行。
一六　少しの落ち度もない。

ザリシハ　彼ノ始メ仮リニ媒妁ノコトヲ依頼シタル江崎主[一]ガ家ニ暫ク阿嬢ヲ托シテ以テ[二]当時ノ望ミニ応ゼント謀リタルナリ　然リト雖ドモ　阿嬢ノ再ビ出デ去ルヤ　苟モ我ガ斯図ヲ誤ルニ於テハ又如何ノ大害ニ至ラシムルモ知ル可ラザルヨリ　直チニ跡ニ斜メニ随ヒテ中途急ニ江崎ノ許ニ赴キ事情ヲ告テ　以テ速カニ至リ卿ヲ連レ帰ヘランコトヲ依頼シタルコトナリキ　然レドモ又卿ガ尋常婦女子ノ無智ナルガ如キニアラザレバ　其一旦心ヲ決スルヨリハ到底容易ナルノ言辞ヲ以テ之ヲ遏[三]止シ得ルコトノ難キヲ慮リ　故サラニ言ヲ神霊[四]ノ告ゲニ仮ラシメタルナリ」ト語ルヲ聞キテ　菊雄及ビタケノ二人ハ只ダ茫然タル状ニ又敢テ一言ダモ発スル所ヲ知ラザルガ如クニゾ見エニケル　暫クシテ久松菊雄ハ継母ニ言フテ曰ク「更ニ令[五]慈ガ親意　我レ一ニ謝ス可キ辞ヲ知ラザルナリ」ト　此時継母ハ言フテ曰ク「此ヲ以テ　君ノ偏ニ阿嬢ヲ疑ヒ　已ニ他ノ家ニ嫁シタルト言ハルヽモ　未ダ決シテ真正ニ他ノ妻トナリ其夫婦ノ誓ヲナセシモノニアラザルコトヲ知ラル可キナリ　加之阿嬢ハ毎ネニ一心唯々貴君ヲ思フノ他又決シテ余意アルニアラザルナリ　已ニ此ノ疑団ヲ解シ　已ニ此ノ親意ヲ憫[六]察セバ　請フ偏ニ昔日ノ誓言ニ違フコトナク　阿嬢ヲシテ六年ノ長キ君ニ尽シタルノ操節ヲ空シカラシムルコトノ無カランコトヲ」ト　此時菊雄ハ転タ継母

一　→九七頁六行。
二　その時養女を求めていたこの家の要望にこたえようとたくらんだのです。
三　とどめる。
四　→九七頁一二行以下。
五　お母様。他人の母の敬称。
六　お察しくださったなら。→二一頁注一〇。

ガ言ニ感ズルガ如ク　稽首[七]之ニ答ヘテ曰ク「令慈ガ厚意　我レ偏ニ謝スル所ヲ知ラザルナリ　然シテ聊カ問フ　初メ当家ノ嗣子トナツテ遊学中難波ノ客舎ニ空シク命ヲ殂セシハ其名ヲ何ト呼ビシ人ナリシヤ」ト　此時タケハ傍ヨリ其名及ビ年齢ヲ告グ　菊雄ハ未ダ之ヲ聞キ了ラザルニ先チ双眼忽チ暗涙ヲ催セリ此ニ於テカ　他ハ大ニ之ヲ怪シミ　タケハ再ビ其故ヲ問フ　菊雄ハ漸クニ涙ヲ払ヒ　言テ曰ク「其早苗子コソハ　我ガ阪地[八]ニ遊学ノ時　同塾中ニ在テ門ニ共ニシ　無二ノ交リヲ結ビタル友人ニテアリタリキ」ト　夫レヨリ其一朝病ニ罹リ終ニ起タザルニ至リシマデノコトヲ語ルニ　何レモ其袂[九]ヲ湿然タラシメザルハナシ　此時又一室ヨリ出デ来タルノ婦人アリ　是レ則チ当家ノ女主ニシテ名ヲ秋シクト云フ　徐[一〇]カニ坐ニ就キ厚ク礼ヲ述べ終テ　菊雄ニ言フテ曰ク「隣席ニ在テ君ガ言辞悉ク之ヲ聞キ　又今他ハ之レヲ陳ブルヲ要セズ　只願クハタケノ君ヲ慕ヒテ六年ノ長キモ一日ノ如ク　曾テ其貞操ヲ破ラザルノ切情[一一]ヲ憫レミ前日ノ約ヲ履ンデ以テ此ニ更ニ結婚ノ儀ヲ容シ　固ヨリ粗悪矮小ノ白屋[一二]ナリト雖ドモ　来テ家跡ヲ相続ナシ給ハレンニハ　何ノ幸カ之レニ加フルアランヤ若シ君ノ此事ヲ許容セラレ給ハンニハ　直チニ今夕ヲ以テ仮リニ其式ヲ執ラント欲スルナリ」ト　菊雄ハ良久シク言ナカリシガ　主人ニ答テ曰ク「貴意尊言[一三]

七 深く頭を下げて。「稽首(ケイシュ)　ヒレフス」(『新撰漢語字引大全』)。
八 大阪の地。
九 袂が涙で濡れない者はなかった。
一〇 底本「除カ」を訂した。
一一 →一一八頁注九。
一二 貧しい者の家。
一三 あなたのお考えとお言葉。

不肖ノ我輩ニ於テ豈何ノ辞スル所アランヤ　然リト雖ドモ余ニ家兄老母アリ[一]宜シク相ヒ告テ　他日芳意ニ答フル所アル可キナリ」ト　此ニ於テカ　女主ハ衆ヲ延テ席ヲ後室[二]ニ移シ　兼テ準備セルノ酒肴ヲ以テ大ニ此人々ヲ饗応シ　主客共ニ十分ノ興ヲ尽シテ　而シテ菊雄及ビタケガ継母ハ此夜此ニ一泊シ　其翌晨[三]ニ至リテ帰家セシガ　後数日ヲ経テ菊雄ノ家ヨリ人ヲ以テ其ノ諾シタル由ヲ言ヒ入レ　佳辰[四]吉日ヲ撰ビテ而シテ終ニ結婚ノ礼ヲゾ執行シタリケル　而シテ

一 兄と年老いた母。「家兄（カケイ）　シヤケイ」（『新撰普通漢語字引大全』）。

二 奥まった部屋。

三 翌朝早く。

四 よい時節。「佳辰（カシン）　ヨキジセツ」（『新撰漢語字引大全』）。

時正サニ明治十四年十一月ノ初旬ニシテ　世ハ恰モ明治二十三年ヲ期シテ国会[五]ヲ開設スベシトノ大詔アリタルノ時ニ際シ　挙国ノ人心大ニ奮起シテ　苟モ志[六]ヲ国事ニ懐ク者ハ皆ナ争フテ四方ニ奔走シ　有志ヲ集メテ人心団結ノ事ヲ謀ラザルハナシ　時ニ会マ彼ノ難波ニ別ヲ告ゲタル学友結城松雄ノ訪ヒ来タルアリテ　留マルコト数日　共ニ国事ヲ論ジ当世ヲ談ジヽガ「今ヤ男児タル者ノ安ンジテ僻隅[七]ニ逸居シ在ル可キノ秋ニアランヤ」ト　互ニ主義ヲ共ニシ目的ヲ同フシテ　大[八]ニ改進自由ノ説ヲ主張シ　翌十五年歳始[九]ニ及ビ　二人共ニ再ビ故郷ヲ跡ニシテ東京ニ来リ　今ヤ現ニ某ノ[一〇]政党ニ加盟シ　演説ニ文壇[一一]ニ専ラ彼ノ改進自由ノ説ヲ主張シ居ルト云フ

惨風悲雨　世路日記下編　大尾

五　民権運動の高まりにつき動かされるかたちで、明治十四年十月十二日をもって明治天皇が下した国会開設の詔勅。

六　国の政治を動かそうと考える者。「国事(コクジ)　クニノコト」(『新撰普通漢語字引大全』)。

七　片田舎にかくれ住む。「逸居(イツキヨ)　ヨヲサケテキル」(『新撰漢語字引大全』)。

八　旧弊を改めて社会を進歩させ、人民の自由な活動をおしひろげることを主張し。民権運動が掲げた包括的な目標に沿った主張。

九　年の初め。

一〇　板垣退助を党首とする自由党が、わが国最初の政党として結成されたのが明治十四年十月。翌年四月に大隈重信を党首として立憲改進党が結成され、ともに民権運動を担った。菊亭香水は『面白叢談　寄合話』に明治十六年九月の第一号から同年十二月の第三号まで「向水生」の名で連載した「滑稽政島一週奇譚(コッケイセイトウイッシュウキダン)」において、田舎で風雅な暮しをしていた五十歳近い男が少年達の政談を聞いてにわかに「政治ノ思想」に目覚め、政党に入ろうとはるばる東京へ出てくるが、「自由党」の壮士から「慷慨悲憤ノ気象」に乏しいといって一蹴されると、こんどは壮士気取りで「開進党」の事務所へ行ったものの、我が党は「着実ノ精神」を旨としており「急躁激昂ノ徒輩」はお断りだと言われてすごすご引き返すまでを描いている。

一一　文筆の世界。

村上浪六

三日月（みかづき）

高橋圭一 校注

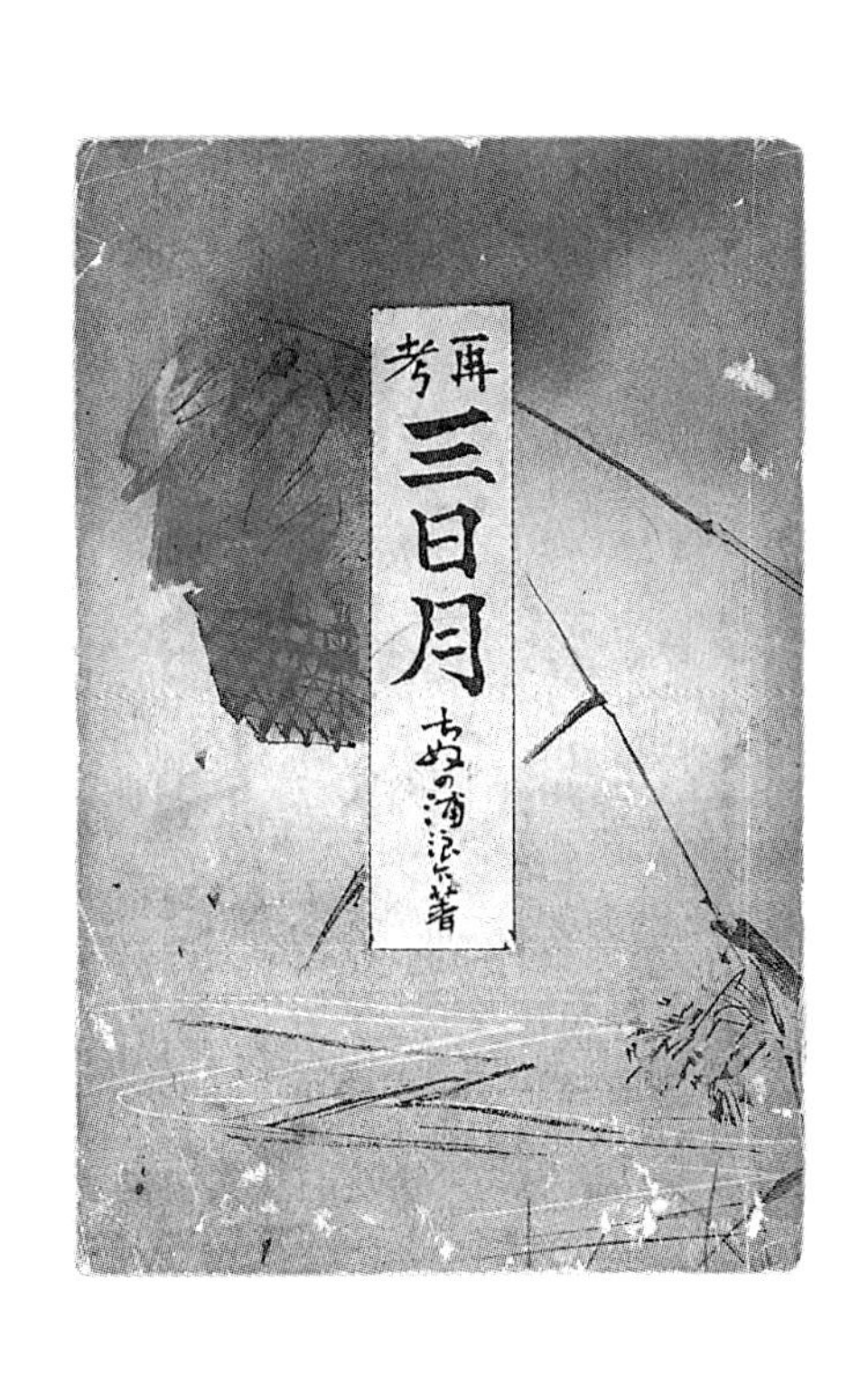

〔初出〕『報知叢話』(『報知新聞』日曜附録)明治二十四年四月五日－六月二十八日に連載、全十二回(六月十四日は休載)。

〔底本〕単行本初版。架蔵本。書名「再考三日月」。菊判、一二四頁。二十七字詰め十三行。森田思軒の序、村上浪六のはしがき、主人公三日月の口絵、わけがき、本文と続く。わけがきには、「うやむや隠士」こと安部徳太郎が雑誌掲載時毎回細評を寄稿してきたこと、単行本ではそれを一回ごとに挿入した旨を断わる。池の水際の篝火(本文二一〇頁参照)を描いた表紙と口絵について浪六は「表紙も口絵も描いてやるべしと、蓋し菊版を絹糸に綴ぢて表紙絵を裏より表へ廻し口絵を袋張(ふくろばり)とせし」(『我五十年』)という。明治二十四年七月七日出版。著者村上信、発行者和田篤太郎、発行所春陽堂。定価二十銭。

〔諸本〕初版は早稲田大学所蔵の二部と関西大学所蔵の一部を確認した。本文末尾の「大塚村美人茶屋の遺物」は明治二十四年九月二十日出版の増補再版から付され、この部分の底本は早稲田大学所蔵本(柳田泉文庫)。増補版は版を重ね、七版では浪六の新たな「はしがき」が付され十数版に至った。明治四十一・四十二年に春陽堂から『浪六傑作集』上下が発行され、上巻に収録。昭和二－六年に玉井清文堂から出た『浪六全集』全四十五巻には収められていない。

〔梗概〕享保頃の江戸の侠客、町火消の頭三日月治郎吉の一代記。子供の頃武士と争い三日月形の傷を両学に負ってついた仇名が三日月。三日月は酔って狼藉した旗本たちを斬ったが、町奉行白須甲斐の計らいで下総佐倉藩領内に住んでいた。殺された旗本の友人兄弟が佐倉藩家老田原大角方に集まり、三日月を大角屋敷に呼び出して彼を殺そうとしたが、子分の働きもあって急を知らせに来た妻共々悠々と立ち去る。その後、大角に強盗の汚名を着せられた三日月は江戸に戻り、白須甲斐(隠居して寛斎)に匿われる。寛斎は大老酒井若狭守に呼ばれた帰りに闇討ちに遭い、三日月は大老屋敷に預けられる。三日月の子分たちと今も旗本たちを匿う佐倉藩士とが闘諍(とうじょう)に及び、数十人の死者を出す。佐倉藩江戸屋敷が火事になるが町火消たちは消火に当たらず、あわや町火消と佐倉藩士・町奉行以下の大乱闘という時、町火消の頭取役山谷の国五郎と三日月が両者を引き分け、騒ぎを鎮める。旗本らは寛斎暗殺を白状し、大角も切腹家名取り潰し。酒井若狭守・息子の現白須甲斐らの見守る中、三日月は琵琶法師の弾く琵琶の音に耳を傾けつつ見事に切腹する。

〔付記〕「うやむや隠士」の細評は「わけがき」も併せ一括して、付録として巻末に収めた。

三日月　序

報知新聞の一[一]たび報知叢話[二]を出だすや　其(そ)の小説皆(み)な多少の称評[三]を世人に獲たり　而して　ちぬの浦浪六[四]著(あら)はす所の三日月　尤(もつと)も[五]嘖々(さくさく)を極む　或は曰く露[六]伴なり　或は曰く紅葉[七]なりと　竟(つひ)に斯(こ)の将(ま)さに興らむとするの青年記者は　姓を村上といひ名を信(まこと)といひ　文苑[八]に入るの日猶(な)ほ浅くして　英[九]を吐く未(いま)だ衆(おほ)からず　固(もと)より露伴紅葉の作家林[一〇]を望むに足らずと雖(いへど)も　亦(また)之を肯(がへん)ぜざる一[一一]有骨書生なることを知るもの莫(な)し

村上君　三日月を輯合(しふがふ)[一二]し釐(をさ)めて一冊となさむと欲し　余の一言を徴[一三]す　会(たま)ま日光の遊ありて諾を宿する[一四]こと半月　頃者(このごろ)　排印(はいいん)[一五]既に成る　乃(すなは)ち之に序して曰く

昔し仏国のデユーマ[一六]は　ル[一七]ヰ十四世の史を校理(かうり)[一八]するに因りて　偶(たま)ま[一九]ダータグナン実録を見て其事を奇とし　検討百端(ひやくたん)[二〇]　遂(つひ)に三銃士伝を著はせり　君の此(この)編に於(おけ)る　頗(すこぶ)る之に類す　君幼より意気を重(おもん)じ　稍(や)[二一]や一二当世の大人[二二]に識(し)らる　誤(あやまつ)て世波(せいは)[二三]の旋渦(せんくわ)[二四]に捲去(まきさ)られて　自(みづか)ら文持[二五]する能(あた)はず　四方に飄零(へうれい)[二六]するもの数載(すさい)　交る所游俠(いうけふ)[二七]角觝(かくてい)[二八]の士多し　一夕(いつせき)[二九]故老の談に感じて治郎吉の事を異とし

一→解説。二→解説。三 好評。四 村上浪六の筆名。明治期の作品の多くを、この筆名で発表し、大正に入っても使用した。「ちぬの浦」については、『魚屋(ととや)助左衛門』(青木嵩山堂、明治二十八年)一で浪六が「泉州堺の史を按ずれば、神武天皇の皇兄五瀬命(いつせのみこと)が矢疵を洗ひ玉ふて、うちよする浪に血を染出(だい)せしかば、血沼(ちぬ)の海といひしを其ころの土音に、ちぬの浦と称へし土地」と説明している。五 読者の評判が最もよかった。「尤も」は「最も」に同じ。六 幸田露伴(一八六七―一九四七)。七 尾崎紅葉(一八六七―一九〇三)。八 文壇。九 優れた文章を世に出す。一〇「林」はその人たちが大勢集まっている場所。「望む」は遠くから眺めること。浪六は、遠くから眺めているだけでは飽き足りなく思っている。一一 気骨のある若者。一二 これまで『報知叢話』に連載してきたものをまとめて。一三 序文を乞うた。一四 引き受けたものの書かないでいる。一五 印刷。一六 アレクサンドル・デュマ(一八〇二―七〇)。十九世紀フランスの作家・劇作家。代表作『三銃士』『モンテ・クリスト伯』等。一七 以下、次行「三銃士伝を著はせり」までデュマが『三銃士』に付した「序」による。一八 校訂。一九 クールティル・ドゥ・サンドラスの偽回想録『ダルタニャン氏の覚え書』(佐藤賢一『ダルタニャンの生涯』岩波新書、二〇〇二年)。二〇 色々な角度から検討して。二一 ようやく(少し成長して)。二二 浪六は少年時代から、明治維新の志士で旧薩摩藩士中島健彦(西南戦争で戦死)や同じく税所篤(後に元老院議官・枢密顧問官)の知遇を得た(浪六『我五十年』「中島健彦」「税所篤」、至誠堂、大正三年)。

或は隠者の門を敲(たた)き[一]　或は上野の書籍館(しよじやくくわん)[二]を尋ね　経営惨澹(さんたん)[三]乃ち此編を成す
其の治郎吉等の挙手投足[四]闊達(くわつたつ)[五]にして清白なる　彼(か)のアソス。ポルソス。アラミス[六]等の毎(つ)ねに卑猥(ひわい)に流れ易(やす)きに比して　甚(はなは)だ径庭(けいてい)[七]たるもの有る若(こと)きは　則(すなは)ち我(わ)が『男達(をとこだて)』の彼のナイトフツド[八]と相似て相同じからざる所以(ゆゑん)なり

然(しか)れども　余が最も君の文に取るものは　其(その)皮と肉とに在らずして其骨[九]に在り　一字を指し一句を摘む[一〇]　皆佳ならざるなし　而して全篇に就(つき)て之を看れば破砕累堞(るいだ)[一一]之を串通(せんつう)する所のもの有るなし　之を没骨(ぼつこつ)[一二]の文と謂ふ　君は則ち婉言(ゑんげん)[一三]柔語(じうご)　従容(しようよう)として叙(の)べ来るが如くして　其中(そのうち)常に一道稜層(りようそう)[一四]の気ありて之を貫く　是れ骨也　余は是(ここ)に於て　益(ますま)す晃山廟(くわうざんべう)[一五]が当時海内(かいだい)[一六]の妙工を聚尽(しゆうじん)して　而(し)かも徒(いたづ)らに破砕累堞の小観[一七]をなすに終りしを惜(をし)む

辛卯(しんばう)[一八]六月十七日

報知新聞社に於て

思軒居士[一九]

二三 世間の波。 二四 渦巻に呑みこまれて。
二五 持ちこたえる。
二六 木の葉が風に翻るように、所定めずあちらこちらとさまようこと数年間。
二七 侠客・やくざ。 二八 相撲取り。 二九 老人。
以上一四三頁

一 年寄りの家に行って昔の話を聞き。
二 当時、上野公園内にあった東京図書館(明治十三年より。同三十年に帝国図書館と改称)の通称。明治・大正・昭和前期を通じて、学問しようとする者に親しまれた(『上野図書館八十年略史』国立国会図書館支部上野図書館、一九五三年)。夏目漱石『野分』(明治四十年)八「今日は一寸上野の図書館迄調べ物に行つたです」。
三 様々に思案をめぐらし、苦心を重ねて。
四 「一挙手一投足」に同じ。一つ一つの行動。
五 物事にこだわりがなく、いさぎよい様。
六 アソス(アトス)、ポルソス(ポルトス)、アラミスは三銃士。毒婦ミレディーと彼らとの交渉など卑猥と評しうる。
七 かけ離れている。
八 knight hood. 騎士道。
九 内田魯庵の『三日月』評(『国民之友』一三三、明治二十四年十月)に「骨とは何ぞや？ 蓋し言語の外にあるもの「想」に属するならん歟」という。
一〇 一字一句だけを取り上げてみれば、どこも素晴らしい。以下、次行「没骨の文と謂ふ」まで、浪六以外の作家の文章についていう。
一一 つまらない小さなものを積み上げているだけで、その中を貫くものがない。
一二 「没」は「ない」の意。骨のない文章。
一三 ものやわらかな言葉を使って、すらすらと

はしがき

文学はむづかしきものと聞く。わけて小説は小むづかしきものと聞く。なみ六元来(ぐわんらい)この道に不案内なれば。筆[二〇]とりて物いはんなどの野心は夢さら〲なし。たゞ過(すぐ)る四月[二一]より報知新聞が日曜毎(ごと)に発兌(はつだ)せる報知叢話へ。何か墨[二二]つけてみよと思軒居士がいはれしまゝ。心まかせ気まかせになぐりつけたるを取纏(とりまと)め。春[二三]陽堂の主人に口説(くど)かれて是(これ)ぞ実(まこと)の筆[二四]おろし。喃(なう)はづかしや。されど濡[二五]れたうへの露いとひ何かせん。まゝよ。筆[二六]ついでに画も遣(や)つてのけんと竟(つひ)に斯(かく)の如し。

辛卯六月上旬

ちぬの浦なみ六識(しる)す

書いているように見えて。
一四 鋭くかど立った意気。
一五 日光東照宮。徳川三代将軍家光によって寛永十三年(一六三六)に竣工した。
一六 寛永年間(一六二四-四四)の日本中の名人を皆集めて。
一七 つまらない外観。
一八 明治二十四年。
一九 森田思軒(一八六一-九七)。→解説。
二〇 『徒然草』一五七段「筆を執れば物書かれ」を意識した表現か。
二一 明治二十四年四月五日、『報知叢話』一号発行。
二二 書いてみよ。
二三 和田篤太郎(一八五七-九九)。尾崎紅葉・幸田露伴・坪内逍遙・森鷗外をはじめ、明治文壇の作家たちの作品を多く出版した。山崎安雄『春陽堂物語』(春陽堂書店、一九六九年)に浪六との交渉が記されている(「村上浪六にてこずる」)。
二四 「筆おろし」には、物事を初めて行うの意の他に、男子が童貞を破るの意もあることから、「はづかしや」と続く。
二五 諺「濡れぬ先こそ露をも厭え」。過ちも一度犯してしまうと、その後はもっとひどい過ちも平気で犯すようになる。
二六 文章を書くという恥ずかしいことをしてしまったのだから、いっそのこと画もついでに描いてしまおう。

以下一四六頁
一 一五一頁一四—一五行に以下と同じ文句が見える。

ちぬの浦

なみ六画

[一]よきかひ手御坐候へは
何時にても此いのち
うりまふし候
たゞし現金取引の事
みそかはらひは
御ことはりまふし
おき候

絵 浪六自画の口絵。彩色も施されている。三日月の髪型は障子鬢(びん)。→注一四)。月代(さかやき)額際から頭上にかけて髪を剃った部分)と髭の剃り跡が青々しい。刀は落とし差し(柄を上に鐺(こじり)。→一六七頁注二一)を下に向けて、刀を体に平行に差す差し方)にしている。ややじだらくで、男伊達には体に水平に差す「貫木(かんぬき)差し」の方がふさわしい。鍔の下には下緒(さげお)。→一六六頁注一〇)が巻きつけられている。鞘には責(せめ)。→一五一頁注三〇)が四つまで見える。帯は名古屋帯(→一九八頁注一一)。

二 町人の侠客。→補一。 **三** 行動が粗野で下品で愚かなことといえば、まるで子供が遊んでいるようだが。 **四** 「骨」は困難に立ち向かい意志を貫き通す気力。気骨。「腸」はしっかりした性根。今の人間には気骨も性根(はらわた)もない。ただ、魚のはらわたなら魚河岸にあるの意。 **五** 一文の半分。ごく僅かな金銭。町奴には骨や腸があるので、少しは値打ちがあるの意。 **六** 「徳川」を川の名前と取って下に続く。「花をうつせし」は「花を植え替えた」。今は徳川家が栄えているの意。浪六『鬼あざみ』(青木嵩山堂、明治二十九年)一「徳川の流水(ながれ)に浪たゝぬ三代の主人(あるじ)」。 **七** 一六六二年。 **八** 幕府・大名から町人に対して出した法令。この町触れは実際に寛文二年七月十三日に出されている(『江戸町触集成』一巻、塙書房、一九九四年)。 **九** 大額。鬢を後ろに下げて小さくして、額を広くする剃り方。 **一〇** 今後してはならない。 **一一** 正徳年間は一七一一―一六。享保年間は一七一六―三六。 **一二** 侠客唐犬権兵衛が好んだという、額際を広く見せるために、髪を大きく抜き上げた額。

三日月

ちぬの浦浪六　著

所謂る彼の町奴[二]。六法むき。男達。などいへる者の一生を見るに　其の野卑[三]にして且つ愚なること殆んど児戯に似たれども　人[四]に骨なく腸は魚河岸にのみある今の世に　豈に半文[五]の価ひなからんや

序説

[六]徳川の流れに花をうつせし寛文[七]二年寅の七月、奉行所よりの町触[八]れに『町人若きもの大びた[九]ひ取候者有レ之、自今[一〇]已後無用可レ仕事』とありしを五十余年の昔しと見て、正徳[一一]のすへ享保の頃ろ、又もや唐犬額[一二]に板倉屋源七[一三]が余波りの障子鬢[一四]かき上げて銀の針線[一五]を元結とし、身の拵へ衣裳の作りは小唄に残る深見十左[一六]を其まゝ縄鼻緒[一七]の駒下駄[一八]に江戸の八百八町を踏鳴らし、男の中の男と立てられし治郎吉といふ六法むきの臂突[一九]あり、辱めを受くれば飛ぶ鳥おとす大名の行列を遮ぎつて数百の武士を敵手に腕[二〇]を叩き、義に感ずれば非人乞食に膝[二一]

一三　未詳。「源七」の振り仮名は初出『報知叢話』では「げんひち」。

一四　半頭(はんこう)のことか。喜多村筠庭『嬉遊笑覧』(文政十三年(一八三〇)序)巻一下に「常の奴あたまの中程に横に毛を剃残して、今俗これを障子といふ。その処まで剃て、後のかたをそらで置、是半頭なり」(『嬉遊笑覧』(一)、岩波文庫、二〇〇二年)。なお、『三日月』の続編『後の三日月』(明治二十八年。『浪六傑作集』下、春陽堂、明治四十一年所収)二では「板倉屋源七が余波(なごり)と聞く水櫛の障子鬢に抜上げの大額」とある。

一五　浪六『侠客列伝』(明文館書店、昭和六年)所収「緋鯉の藤兵衛」に「男として名あるものゝ最後　その頃の慣(なら)ひで髻(もとどり)の切れぬやう銀の針金に巻立て」。

一六　浪六が参照したと思われる酔多道士(すいたどうし)田島象二(一八五二―一九〇九)の『本朝侠客伝』(旭昇堂、明治十七年)に深見重左衛門の伝が収まる。「重左衛門は…深く俳句を嗜(たし)み延宝の末難波の梅翁宗因江戸に下りし頃(こ)ろ、其門に入て之を学び一時(あるとき)の句に

　名月やきて見よかしの額きは

と、蓋(けだ)し其身小兵(こひやう)にして額(ひたひ)を広くぬきあげたればなり。其頃の小歌に額のきはの前から見へぬを来てみよかしのエ〳〵と諷(うた)ひしは此重左衛門に源(もと)くなり」。

一七　縄でなった鼻緒、縄緒。見てくれを構わない質素なもの。

一八　台・歯ともに杉や桐の一木から、くりぬいて作った下駄。元は湿地用であったが、江戸の男子は普段履きとして近所に出るときに用いた。

一九　これも侠客の異称。　二〇　「腕を振るう」と同じ。一五一頁六行・一五六頁一三行等にも出る。

二一　膝を曲げ体をかがめて相手を敬うこと。

を屈めて　三尺の小児にも礼を欠かず、十四歳の頃ろ日本橋にて一人の武士と物いひ争ひざま、雨あがりの泥脛あげて蹶付けしかば、武士は髪逆立つばかりに憤りて治郎吉が腕首を捉へ、無残にも其両手を欄干の上に重ねおき　刀の小柄抜き取りて田楽刺しにズバと打付けたり、性来無双の不敵ものなれど、未だ十五に足らぬ身の何とて堪るべき、みる〳〵うちに顔の色青く唇も紫を帯び、黒血ながれてポトリ〳〵と川へ滴たるを　武士は冷笑ひつゝ「小童奴、痛むか、其の代り小柄は汝に呉れる」と　其のまゝ五六歩行き過ぎんとせし後ろより治郎吉声をかけて「待つた、お武家、いよ〳〵此の小柄呉れるか」意外の一言に流石の武士も荒胆ひしがれ、立ちかへりはしたれども呆れて答へなし、治郎吉は血走る眼を上げてジロリと武士の面を睨み「有難ふ御座ひます」いふや否や必死の力を込めてヱイとばかりに双手を引けば、べり〳〵と音して紙を裂く如く、縫はれし縁は離れて己のが手に戻れど、小柄は尚ほ依然として血糊のまゝ橋の欄干に残れり、山なす群衆は悽みに打たれて言句なく、武士は草履脱ぎ捨てゝ一目散に逃げ出すを見るより、掌の真只中から指の股へ掛けて割り切つたる儘の手に小柄を抜取り「サンピン待つた　礼をいふ」と叫びつゝ跡を追ひし治郎吉の振舞ひ、あはれ此の魂ひ身丈と共に延びなば行末いかなる者と

一　初出「蹴付け」。「蹶」は、けつまづくこと。
二　刀の鞘に添えて差しておく一〇センチメートルほどの小刀。装飾を凝らしたものが多い。紙や紐を切る等、現在のナイフと同様に使われた。
三　田楽豆腐の真ん中を竹串で刺すように、刀や槍で中央を貫くこと。
四　出血量が多いと血は黒っぽく見える。
五　間違いなく、確かに。
六　どぎもを抜かれ。
七　欄干に刺し留められた掌は自由になったが。
八　べっとりと血で濡れたまま。
九　その方が早く走れる。あわてて逃げる様。浪六『たそや行灯』(明治二十七年。『浪六傑作集』下所収)十「南無三と残る身体(みうち)の痛疼(いたみ)も忘れて草履脱捨て、…土堤を一文字に駆出すや否や」。
一〇　最下級の武士が年に三両一人扶持を給せられたことから、武士を嘲って呼ぶ語。
一一　感嘆詞。ああ。
一二　江戸の町では火の手が上がったとき、火見櫓(→一九七頁注三四)の半鐘を打つことになっていた。火の手の遠近によって打ちかたに違いがあったが、特に近火の場合は半鐘の中を撞木で擦るように打った。これを「スリ半鐘」という。
一三　浪六の創作か。→補一。
一四　貞享(一六八四―八八)頃から天明(一七八一―八九)頃まで流行した男子の髪型の一種。頭の中央を大きく剃り、両方の鬢を三味線の撥先の形に剃りこんだもの。
一五　大物。その世界の実力者。

ぱちびん
(加藤曳尾庵『我衣』)

なりやせん、恐ろしく〳〵と身の毛を立てゝ　江戸中の噂に騒ぐことスリ半鐘の音より高く、其ころの大侠客むさし一文字といへる者に養はれけるが、かの疵痕さながら三日月の如くなりしかば、是より人皆な治郎吉と呼ぶ者なく『両手の三日月』とて二十六の暁には数百のばちびん奴を養ふて大達者となり、同じ流れの男を磨きし花川戸に家を構へ、もろ脛を風に吹かして市中を横行しつ、弱くば除けて通す、強くば手鞠に取らん、懐ろの白紙二帖は見てくれにあらず、腰に落す三尺無反は伊達にさゝぬ、二百六十余の大名にもあれ、八万八騎の旗本にもあれ、イザといはゞ屍の山を積んで血の雨ふらしくれん、頼まれてヨシといはゞ命ちに熨斗つけて其の場で進上せんと、花の大江戸に只ならぬ一種の花を咲かしてけり

第一回

秋の入日は尚ほ山の腰に茜の模様おきながら、麓の森を覗く鎮守の片割作りより早や暮れかけて、続く藪越しにチラ〳〵見ゆる燈火は、村の媼が虫の音に負けじと繿褸さすにや、賤の乙女が冬来ぬらんと心いらちて夜機織るにや、群に離れし後れ烏の一羽二羽、あはたゞしげに羽ばたきして　戦ぐ稲田の細路に、

一六 浅草寺と隅田川の間の地名。現・台東区花川戸。歌舞伎『助六由縁江戸桜（すけろくゆかりのえどざくら）』（正徳三年〈一七一三〉初演）で知られる侠客助六や幡随院長兵衛（→一六七頁注一三）が住んでいたとされる土地。　一七 「手玉に取る」と同じ。

一八 血刀を拭うのに用いる。侠客のみだしなみ。浪六『妙法院勘八』（大日本雄弁会講談社、大正十五年）「漕ぎ上る水に逆（さか）ひつゝ血を洗ひ、懐中（ふところ）の白紙に幾度か押拭うて」。

一九 長さ約九〇センチメートルで、刀身に反りのない刀。侠客が好んで身に付ける。浪六『侠骨三人男』（誠文堂、大正八年）「琴の糸もて巻き立てたる三尺（じゃく）無反（むぞり）の太刀を横たへ」。

二〇 『寛政重修諸家譜』所載の大名家は二六四（小川恭一『江戸の旗本事典』「はじめに」講談社文庫、二〇〇三年）。　二一 旗本は徳川家直属の家臣の内、知行が一万石以下で将軍に面会することができる家格の者。俗に「旗本八万騎」と称するが、浪六は他の作でも「八万八騎」としている。『たそや行灯』二「八万八騎の御当主を除いて」。

二二 進物を贈るときに品物に添える小紙片。「熨斗を付けて進上」は丁重に差し上げるの意。

二三 茜色。緋色。

二四 その土地を守る神を祀った神社。

二五 社殿の棟木の上に左右に交差して突き出した千木（ちぎ）を取り付けた神社の造り。浪六『大阪城』（青木嵩山堂、明治二十九年）九「鎮守の森の片割作（かたそぎづくり）に半輪（はんりん）の朧月かゝりて」。

二六 こおろぎは「冬を迎えるために着物のほころびを継ぎ合わせよ」、すなわち「つづれさせ」と鳴くという。浪六『呂宋助左衛門』（青木嵩山堂、明治二十九年）二「きのふのまゝの夏衣さて何とせむ、…つゞれ刺せとぞ啼く虫に急がれて」。

二七 心焦って。

面白き桔梗苅萱を会釈なく踏躪り、ひけば靡く女郎花の裾に当るも頓着せず、景色から風流人が見なば泣きも出さん武骨の竹刀肩に打かけて、脇見もやらずノツサ〳〵と歩み行く大の男あり

漸く近づきて薄萱草生ひ繁る村外れの小家が軒に立止りしが、浮世に枷なき独身の気楽さ、今帰りしともいはず、曲みし柱に掛けたる縄鍵を指もてフツときり、かつぎしまゝの竹刀の革柄に戸を推しあけて内に入り、暫し手探りに何をか求めしが、舌打鳴らして破れ窓より顔さし出し「婆さん、向ふの婆公、火打石と火奴を貸して呉れ、頼んで置た飯も持て来い」音太き声にて五六度呼べば、軈て遥かの向ふに板金剛の音して　提灯片手に飯籠さげし一人りの老女「帰らしやつたか、けふもきついお手柄であろう、今も今とて若ひ衆が寄合ふてお前様の噂、城下のお武家が束になつても叶ふまい、これから村に悪徒が暴れ込んでも心配いらぬ、其れは其れとして嘸お腹が空いたことでがな、夜食すんだら又来てお江戸の談し聞かして下され、忰も嫁も楽んでな」「いや其うも行くまい、しかし此の城下では手答へする程の者に未だ逢はぬ、試合に勝つて看板踏み砕くか酒代呉れるかと、道場破りの罪な商売も近ごろ頓と面白くない」談話のうちに老女は行燈に火をうつし、枯柴を炉にうちくべ、何くれとな

一 初出「ピンとすねたる」。 二 おみなえし。女郎花はなよなよとした美人になぞらえられることが多い。 三 当時は濁って発音した。ヘボン『和英語林集成』(三版、明治十九年。講談社学術文庫版、一九八〇年)「Tonjaku トンヂヤク」。 四 嘆かわしく思うの意。 五 「脇目もふらず」と同じ。よそ見もせずに。 六 「のさのさ」とも。「のしのし」「のっしのっし」「のさりのさり」もほぼ同意。大またでゆっくりと横柄な態度で歩む様。浪六『鬼あざみ』十「さらに憚かる気色(ろい)なき面魂(つらだましひ)、のさ〳〵と歩み来つて」。 七 細長くて強い葉を持つ草の総称。薄(すすき)も含まれる。刈り取って屋根を葺くのに用いる。 八 自由を束縛する者のいない独り暮らし。「枷」は底本「架」、初出によって改めた。 九 革で巻いた柄(刀の手で握る部分)。初出「革柄にて戸を推しあけ」。 一〇 火打石は石英などの硬い石で、火打鉄(ひうちがね)と打ち合わせて発火させる。その火を移し取るのが火奴(火口)で、「いちび」という植物の茎を炭化させ、焼酎や焔硝を染み込ませて点火しやすくしたもの。 一一 草履。→補三。 一二 おひつ(おはち)のことか。 一三 すばらしい。すごい。 一四 初出「暴(ばあ)れ込んでも」。 一五 ここでは晩飯の意。 一六 相手として張り合いのある者。 一七 武芸を教える道場に行って他流試合を申し込み、勝てば証拠として道場の看板を剝ぎ取る。負けた道場主は看板を持ち帰られる代わりに金を払うのが通例。それで「商売」という。 一八 初出「商賈(せうばい)」。 一九 諺。田舎では近所同士の仲がよい。 二〇 「独りごつ」で、独り言を言う。 二一 足の疲れをほぐしている。浪六『鬼あ

く心づくして立去るを、男は飯籠引よせて箸取りながら「あゝ、[19]田舎ものに他人ないとは能くいつた」[20]独りごちつゝ飽まで食を終へ、[21]もろ脛なげ出して己のが拳に叩き初めたり、

此の男なにもの、燈の光りに照らす様みれば『[22]名月や来てみよがしの大額』身の作り衣服の地なども色目立たず、髪さへ世を忍びて[23]豆本多に結ひたれど、[24]百会の穴まで抜き上げて額角を[25]錐鋒にせる跡は、隠せど紛れなき臂突きの大達もの、[26]棕梠柄に[27]赤銅の合せ鍔トコロ〴〵に[28]板金入れて、布巻の[29]叩き鞘に銀の[30]責五つまである[31]長脇差は、命ち売りし[32]金看板の形見にや、色浅黒き三十七八の骨太に、苦み走つて眼鋭き面魂ひは只とも見へず、両の手の裏表かけて三日月の疵痕あるこそ、大江戸に一名物といはれし治郎吉が[33]身の果とはいはで知るべく、三年まへ[34]飛鳥山の花咲く中に物いひかけて旗本十七人を斬りしが、[35]異なる奉行のなさけに惜まぬ首を貰ふて　[36]江戸の砂を跡足に蹴りつ、行衛知れずと聞へしが　偖は尚ほ浮世に住みて此の山里に身を置くなりけり、

[37]『よき買手御座候へば何時にても此の命ち売り申候　但し[38]現金取引のこと晦日ばらひは前以て御断り申置候』と　[39]薩摩の白上布に墨くろ〴〵と認めたる[40]帷子を着て、[41]皆朱に三日月を染め抜いたる大団扇あほりながら、大道狭しと

ざみ』十一「ずいと伸して身を横たえながら、おのが療治に毛脛を叩く折しも」。

三 →一四七頁注一六。浪六は『元禄女』前編(隆文館、明治四十年)一でも「名月や来て見よがしの小唄に残る当時流行の大額」と使っている。

三 →補四。 二四 頭の中央、つむじのあるところ。「百会(ひやくえ)」は鍼灸のつぼの一つであるので、「穴」はつぼの意の「けつ」と読むべき。

二五 鬢の額際の剃り方のことか。

二六 柄を棕梠の木の皮で巻いた刀。糸巻・革巻が普通で、やや変った柄。

二七 鍔(ほとんどが鉄製)の縁を赤銅の薄板で覆った赤銅覆輪のことか。浪六『高倉長右衛門』前編(駸々堂、明治三十九年)十八「白刃(やいば)は名誉(ほまれ)の業物(わざもの)なれど粧飾(つくり)は茶糸柄(ちやいとづか)の鉄鍔に赤銅の添細工(そへざいく)」。同『妙法院勘八』に「赤銅の重ね鍔」。

二八 金属を薄く延ばして板状にしたもの。

二九 表面を棒で叩いて大小の皺を付けた、漆塗りの鞘。浪六『武士道』後編(明治三十六年。『浪六全集』四十、玉井清文堂、昭和五年所収)一「磨(みが)きの鞍置馬を牽かせ叩き鞘の槍を荷(にな)はせて」。

三〇 鞘が縦に割れないようにはめる環状の金具。胴金(どうがね)とも。→一四六頁口絵。「大勢を相手にする場合、鞘も利用しなければならなかった。鉄鐺(こじり)と鉄環で固めてある鞘は容易には割れないし、それで一撃すれば相当の威力がある」(笹沢左保『木枯し紋次郎』(一)所収「流れ舟は帰らず」光文社文庫、一九九七年)。この「鉄環」も「責」と同意。

三一 長さ一尺八寸(約五四センチメートル)以上の長い脇差。江戸時代、大刀を差すことは許されなかった町人が用いた。侠客は常に身に帯びていた。

肩怒して江戸の市中を横行せし男も、笑止[一]や眼前の草臥れに堪へかねて頻りに膝を叩きいたりしが、軒端に集く[二]虫の音漸く冴へて、更け行く秋の夜の月　山の端にかゝりしと覚しく、破れし窓を漏れて此方の戸袋[三]に怪しき[四]影をうつしぬ、なに思ひけん「あゝ」と溜息つきて起ち上り、行燈片よせ夜具[五]をのべ枕をおき、軈て庭草履穿きて門の戸際に立寄りしが、個は心なき身にも優しや月を見んためか、何心なく戸を引あけて顔さし出だす鼻先へピカリと光りし白刃の鋒、南[六]無三、流石に駭きながら慣れし石火[七]の掛引に間一髪[八]も容れず、ハタと戸を閉ぢて脇差取らんとフリかへれば、曲もの内にもありて天井の方より音もせず飛び下りて蹲りたるは　必条手練[九]の敵ござんなれ[一〇]、江戸をいでしより夜昼鳴[一一]つて堪らぬ腕だめし、刃物なくとも手獲にしてくれんずと、庭[一二]より躍り上るや否や猿[一三]臂を延ばして引攫み、エイヤトばかり矢声[一四]を掛けて後ろへ投ぐれば、敵は柔術の秘訣を極めしものか、身の軽きこと毛の如く紙の如く、力余りて投げし主は後ろざまに撞と仆れ、曲ものは又音[一五]もせず庭に蹲りぬ、「うぬ」とばかりに跳ね起きて上よりムヅと組めば　個は其もいかに、敵は人間ならで己のが一枚の布子[一六]なりけり、思へば宵のほど壁の上なる釘に吊しおきしを、力に任せて戸を閉ぢし響きに落ちたるなり、可惜[一七]むだ骨折つて我ながら呵しと笑ふ遑[一八]のあらば

三二 文字を金箔にした立派な看板。ここでは、持ち主の侠客が命を張って生きたことがよくわかる形見の意。宝暦(一七五一—六四)頃の侠客に「金看板の甚九郎」という者もいた。
三三 なれの果て。落ちぶれた姿だとはいわなくてもわかるだろう。
三四 現・北区王子の飛鳥山公園。江戸時代からの桜の名所。ただし八代将軍吉宗の命で桜が植え始められたのは享保五年(一七二〇)で、三日月が事件を起こしたのも享保五年のことである。
三五 ちょっと変った奉行の情け。奉行は後出(一五五頁九行)の白須甲斐。
三六 諺「後足で砂をかける」(恩を仇で返す)による行文。　三七 初出「善(よ)き」。
三八 現金と引き換えでなければ売らない。月末払いというのは、あらかじめお断りしておく。
三九 麻織物の一種で盛夏用の生地としては最適。原産地は沖縄の八重山・宮古で、薩摩を経て諸国に販売されたため、こう呼ばれた。
四〇 夏用の単衣の着物。　四一 真っ赤。

以上一五一頁

一 お気の毒。
二 底本・初出ともに「集(たす)ぐ」。意によって改めた。
三 縁側の敷居の端に設けた雨戸を収納する囲い。
四 初出「怪しき形ちを画(がえ)きぬ」。
五 蒲団を敷き。「のべ」は「延べ」。
六 驚いたり失敗したときに思わず発する語。
七 一瞬の対応。「石火」は「電光石火」と同じ。
八 間髪をいれず。咄嗟に。
九 「必定」と同じ。きっと、かならず。
一〇 さあ来い。手ぐすね引いて相手を待ち受ける時にいう。浪六『侠骨三人男』「さては彼奴(やきっ)か、ござんなれ八幡梵天」。

こそ、戸外の敵は実の人間　そこ動くなと、脇差取つて左の指先に三寸の[19]鯉口、
柄に手をかけ戸際に窺ひ寄り、足場[20]はかりて中腰となりつ、眼配りて待てども
敵[21]さらに踏込まず、されど耳傾くればザワ〳〵と私語く声しけり、三尺無反の
電光[22]ヅラリと抜いて真向に振翳ざし「江戸で男を売つた三日月の治郎[23]が今ま飛
びだす、一人りづゝは面倒だ　剣の襖[24]作つて待つて居れ」と流石は比類なき
大達もの、名のりかけて内より戸を蹴破り、躍り出づれば敵の影[25]だもなし、勢
ひ抜け力うせて不思議に堪へやらず、幾度となく家の周囲を馳せめぐりて求む
れどいよ〳〵敵はなし、門口に佇み首傾けて暫し考へ、又た首を上げて四辺を
見れば、人の背よりも高き薄萱草の露を宿して風に弄ばるゝが　ザワ〳〵と音
して人の私語くに似たるのみか、隈なき月をうけて　おり〳〵ピカリ〳〵と光
るは宛がら白刃[26]の鋒に異ならず、治郎吉ハタと膝を叩き、又カラ〳〵と高く笑
ひしが、思へば二度の失策に腹立しさの限りなく、蹴破りし戸と引割きし布子
を恨めしげに睨みながら、脇差鞘におさめて床の上にニヂリ上り、再び建[27]つる
戸もなければ月の入るまゝに枕とつて打臥せしが、おり〳〵何を思ひけん、独
りクツ〳〵と笑ひけり、

門の戸あけ放ちたるまゝ、秋の夜風吹き入りて燈火消へしも知らず、有明の

一一 自分の腕力・技能を発揮したくてうずうずする。一九三頁五行「腕が鳴つてキウ〳〵音がするは」。
一二 家の中の土間。
一三 腕を長く伸ばして。
一四 「やあ」という掛け声。
一五 これは一体どうしたことか。
一六 木綿の綿入れ。 一七 もったいない。
一八 「暇」に同じ。
一九 刀を抜く前に、一〇センチメートルほど柄を引き出すこと。「鯉口」は刀の鞘の口。鯉が口を開けた形に似ていることから称する。鐺(こじり)。↓一六七頁注二一)を下げ、静かに柄を引くことを「鯉口を切る」という(梶原皇刀軒『図説日本刀用語辞典』私家版、一九八九年)。浪六『蔦の細道』(青木嵩山堂、明治三十一年)一「城主(みき)の大事あらずむば鯉口三寸ぬくまじと誓ひし伝来の鞘を」。
二〇 足の置き所を考えて。
二一 ちっとも。初出「更らに」。
二二 刀の光を稲妻の光になぞらえた。
二三 以下、「治郎」「治郎吉」が混用される。
二四 剣を衾(「襖」は当て字)のようにびっしりと隙間なく並べ立てる意。「矢衾(やぶすま)」「槍衾」からの連想であろう。衾は寝具の一つで、寝るときに体を覆うもの。浪六『蔦の細道』八「よしや其三蔵(もの)を鉄桶(てつとう)の中に置いて白刃(やいば)の襖に囲ふとも」。
二五 姿すらない。
二六 桃川如燕口演、伊東専三(橋塘)編輯『新説暁天(あかつき)星五郎』(東京金玉出版社、明治十七年)二十一「六個(むたり)の白刃(しらは)は秋の野の芒(すすき)に増さり、降る雪を払つて乱れ振り降ろす」。
二七 閉める。

月さし覗けど雁金[一]ともいはず、高鼾虫の音を驚かして正体なき治郎吉が身を、いつのまに何処より来にけん二十三四の女盛り、しかも山里には聞馴れぬ優しき声もて「三日月どの、みか月どの」幾たびか呼びかけて揺り起せども答へなし「エヽ埒あかぬ、これは何う[二]したもの」

第二回

郭公[三]ならで見るまに落つる有明の月、後徳大寺の呆れ顔かりて女の姿ジロ〳〵「何しに来た」花も実もなき治郎吉の詞に女は腹たゝしく膝すりよせ「妾を誰と思ふて」「エヽ白痴女、世の中に女房忘れる奴があるか」「サその女房が夜昼かけて江戸から尋ねて来たはヨク〳〵[四]、それを其うとも思はず、骨折れるほど呼んでも鼾ばかり」「愚痴いふな、用をいへ」妻は俄かに笑ひ出しオホヽヽヽ「いかな事とて相も変らぬ一てつ[五]、よう来たと一こと位ひいふても」あとは流石に口籠りつゝ、勝手知らねど早や百年も住馴れし思ひ、小褄か[六]ゝげてイソ〳〵と夜具をたゝみ、曲みし破窓の戸をモドかしげに引開けつ、スベ箒[七]とつて掃き出さんとするを見て治郎吉急に手をあげ「まて、十日余りの無性に積つた塵埃が舞ひ上る、ヱヽ髪が汚れるは、それ、此の手拭で頭を包め」鉄壁[八]

一 雁が音。雁の鳴き声、転じて雁そのものもいう。「月」と「雁(が音)」とは俳諧の付合(つけあい)語。付合語は互いに連想関係にある語。

二 (三日月がどうしても目を覚まさないので)どうしたらいいだろう。自問の語。

三 大田南畝(一七四九―一八二三)の狂歌「ほとゝぎすなきつるあとにあきれたる後徳大寺の有明の顔」による(『万代狂歌集』文化九年(一八一二)刊、巻二夏)。『百人一首』の「ほとゝぎす鳴きつるかたをながむればたゞ有明の月ぞ残れる」(後徳大寺左大臣藤原実定)のパロディ。三日月が後徳大寺のようにあきれてきょとんとした顔で女を見る。

四 よっぽど(訳があってのこと)。

五 「一徹」。強情。

六 動くのに邪魔にならないよう着物の裾を捲(ま)くり上げて。

七 「しべ箒」とも。藁しべで作った小さな箒。

八 鉄壁に平気で頭を打ち付ける荒くれ男。浪六『俠骨三人男』「鉄壁ものかは岩石なんのその、まして我に等しき肉体の男一疋」。

に頭衝うたんづ荒男も、おかしや妻の黒髪一筋が大事大切、おのが手拭を取つて投げやりぬ、折しも対家の老婆は丸瓦[九]に藁火[一〇]を盛りて入り来りしが、見馴れぬ美婦のナレ〳〵しきを訝りて会釈しながら物いはず、治郎吉かくと見て笑ひながら「ヤア婆公、不意に厄介ものが増へた、万事たのむ」都鄙老若の別ちこそあれ、後[一一]は引とりて女同志の言葉も優しく、問ひつ答へつ細々と打語りぬ、

五年たゝば復た江戸に出る三日月の影、それまでは必ず便りすなと言置きし妻が、三[一二]年越に暁[一三]かけて此の草叢へは何故と、さすが片心[一四]に掛りつ　老婆の去りし後にて妻に問へば、飛鳥山の騒ぎも一たびは治りしものゝ、斬られし旗本の親類縁者が手を連ねての讒言に、恩うけし白須甲斐が奉行職を剝がれしのみか、猶も事むづかしふなりしかば、一といはれし子分の鬼若三次[一五]が其の下手人と名のり出て、三尺高き棘台[一六]に笑ふて睡りし始終の物語、きく治郎吉は膝組み直して「ヨシ慥かに聞いた」妻は尚もすり寄りて声潜ませ「そればかりではない、お前が此所に居ること知れて、其の旗本の友達兄弟が十四五人」キリヽと上げし眉根[一七]もろとも「ムヽ[一八]来おつたか」「きたとも、しかも佐倉の家老に縁もつ者があつて皆その邸宅に隠れて居るとのこと、子分衆が親方の大事、我も〳〵と騒いだなれど、一てつのお前が言置いたこともあれば、一まづ妾が前き

九 円筒を縦に割った形の瓦。
一〇 藁を燃やして焚いた火。
一一 三日月の言葉を聞いて、すぐに老婆と妻がしゃべりだす。
一二 三年あまりを経て。
一三 前の晩から翌朝までの時間を費やして。
一四 少し心に懸かって。
一五 講談速記本に『鬼若三次』(今昔亭桃太郎口述、岡本小兵衛速記、大阪島之内同盟館、明治二十八年)があるが、内容は無関係。この講談と本作の先後関係は未詳。
一六 獄門台のことか。関根只誠(一八三五―九三)の『只誠埃録』巻二〇六、石川一夢の条に「佐倉宗吾茨木台架罪に行はれる条」とあり(関根俊雄編『せきね文庫選集』第一期、教育出版センター、一九八三年)、只誠の次男黙庵が『只誠埃録』を主な資料として著した『講談落語今昔譚』(雄山閣、大正十三年。平凡社東洋文庫版、一九九九年)では、「茨木台」に「いばらきだい」と振り仮名を付している。
一七 眉毛の鼻筋に近い部分。眉根を上げるのと同時に声を出す。
一八 岡本経一は「ムム(むむ)」という語法は、うむ、ふむよりも軽く心にうなずくの意であるが、時には疑問や否定の場合もある」とする(『半七捕物帳』五巻解説、旺文社文庫、一九七七年)。

へと昼夜をかけて知らせに来た、油断はならぬ、胆[一]ある子分衆二三十人は是非よび下して」口[二]に任せてツカ〳〵といひかけしが、日頃より知る良人の気質、俄かに心付いて其の顔色をうかゞひ「もし腕[三]づくの外で男を欠く事もあろうかと、晴着の衣裳一重ねと金子も百両用意して来たほどに」治郎吉思はず膝を叩ひてニコリと打笑み「オヽ能く気が付いた、流石むさし一文字の娘、三日月治郎が女房お菊」誉められて嬉しまぎれにホヽと笑ひ「何は偖おき片時も早う子分の衆を」「いや其れには及ばぬ、しかし小車源次は達者か」「ハイ鬼若さんの跡は源次さんが引取つて立派にお前の名代」「ヨシ〳〵源次が目[四]の玉黒いうちは心配いらぬ」夫婦が物語る折から村の男一人うろたへながら飛来りしが、治郎吉を招ひて耳に口あて、暫し何をか私語きしが、又あはたゞしく走り出でぬ、

治郎吉は妻を見返りて「お菊、一文奴[五]が物いひに来るとか、高が知れた宮[六]相撲一疋、捻つて飛ばすに造作なけれど其れも罪[七]だ、寝て聞くほどにあしろうてやれ」いひつゝコロリと横になりて手枕すれば、馴れし臂突きの妻は抜目もなく如才もなく、枕屏風[八]もて打囲ひぬ、

程もあらせずドヤ〳〵と入り来りし五六人、向[九]ふ疵を看板にかけて皆な胴金[一〇]巻の一[一一]本おとし、中にも一きは目立つ大兵[一二]肥満の男が毛脛あらはして声ふりた

一　胆っ玉の座った。浪六『海賊』(青木嵩山堂、明治二十八年)十二「胆ある男一人(にん)に和子を抱せて」。　二　ためらうことなく、ずけずけと。
三　力業以外のことで恥をかく。
四　生きている間。
五　銭一文ほどの値打ちしかない、つまらない者。
六　「宮相撲」は神社の境内で行われる相撲。そこで相撲をとるような素人と嘲った語。
七　罪作りなこと。無慈悲な仕業。
八　枕もとに立てる小型で丈の低い屏風。

枕屏風
(『絵本世都乃刻』安永4〈1775〉)

九　逃げ傷ではなく、体の正面に受けた傷を売物にして。　一〇　環状の金具(→一五一頁注三〇)で補強した刀。
一一　腰に落とす意で「差す」と同じ。長脇差を一本差すこと。侠客・博徒の風。
一二　図体が大きくて太った男。
一三　「めろう」の転。女を罵っていう語。
一四　赤みを帯びた尻。「猿の尻(つけ)ぁ赤いぞ、牛蒡(ごぼ)焼いてぶっつけろ(神奈川)」(北原白秋編『日本伝承童謡集成』改訂新版、五巻、三省堂、一九七五年)。　一五　自分の名を知らないはずはあるまいと、大袈裟に威張った語。浪六『仍如件』後編三十九(青木嵩山堂、明治三十九年)「この江戸に住で息の根の通ふからは、…露の谷五

て「此家の主人に逢はう」お菊はサワがず襟かき合して「妾は留守を預る女房、御用があれば聞ておきませう」「イヤ女郎[13]では談判が付かぬ、しかし折角来た甲斐に名乗つて帰ろう」猿[14]に似たる臀ひんまくりて腰うちかけ「耳[15]あるからは名を知るはづ、前髪剃つて本場[16]の土俵を踏んでも、二段目[17]あらして貧乏神[18]から幕[19]へ飛込んだ不動山秀五郎だ、反が十二手　捻が十二手　投の十二手　掛の十二手、あはして四十八手[20]は箸取る時も備はる男一貫[21]」お菊は口に手を当てゝ冴へたる声に一入高く笑ひ「相撲の講釈お門が違ふ、夏の上気せが秋になつても未だ去れぬ気の毒さ」なほも笑ひの声を止めず、この頃の野辺に露深き女郎花を、其まゝうつす[22]優女が会釈[23]もなくポンと打込みし言葉の鋒に、胸貫かれて頓[24]には返答も出でず手足も出でず、互ひに顔見合して真黒き面に白き眼をパチツかすのみ、慾深き鳩が豆鉄砲[25]に打たれしを思ひ出して、お菊はます〳〵腹をかゝへつ堪へやらず、不動山は怒りの顔色アワヤ片脛[26]かけんとせしが、何思ひけん俄かに収めて「小癪な女郎の頤[27]引割く筈なれど、秀五郎が女を相手にしたと囃されては男がたゝぬ、後日来るとき夫婦もろとも念仏[28]忘るゝな」睨み散らして「皆来い」と　子分引連れ出でんとせしに、破れし枕屏風の物影より「蚊蜻蜓[29]野郎待て、主人さまが逢ふて呉れるは」声[30]と等しくヌツクと立つた

郎といふもの、面(つら)は知らずとも名は聞及ぶ筈」。 一六 江戸の回向院(現・墨田区両国)での大相撲が浪六の念頭にあるか。ただし、回向院境内で初めて勧進相撲が興行されたのは明和五年(一七六八)であり、定場所となったのは天保四年(一八三三)のことである。それ以前の興行場所は、深川富岡八幡宮はじめ諸所を転々としていた。 一七 江戸時代から明治初めまで、相撲番付の上から二段目に記載されていた幕下力士をまとめて呼んだ通称。 一八 十両筆頭のこと。十両でありながら幕内力士と取り組まされるため、こう呼ばれた。真龍斎貞水講演、今村次郎速記『観世音利生記 野狐三次』(弘文館、明治二十九年)十六「両国梶之助は東の方の幕下の頭(かしら)俗に貧乏神といふ」。 一九 幕内。 二〇 相撲の技の総称。→補五。 二一 諺「男は裸百貫」(男は裸でも銭百貫文の値打ちがある)と「男一疋」(一人前の男として恥ずかしくない男)、「裸一貫」(自分の身一つの無一文)等を混用したものか。浪六は好んで使用する。一八〇頁一五行にも。他作に、『古賀市』(青木嵩山堂、明治二十八年)四・下「それも目の見ゆる男一貫ならば」。 二二 「移す」。野辺の女郎花を屋内に運んできたような、しとやかで美しい女。 二三 初出「会釈なく」。 二四 すぐには。 二五 諺「鳩が豆鉄砲を食ったよう」。突然のことに驚いて目を見張っている様。「慾深き」を冠した意味は不明。 二六 片脚でお菊を蹴ろうとしたが。 二七 「頤」は下あご。しゃべれないように口を引き裂く。 二八 死ぬことを覚悟しておけ。浪六『妙法院勘八』「いふ事あらば心残りのないまで、いうて見よ、ついでに念仏も忘るゝな」。

る三日月治郎、両腕さし上げて筋骨を揉みつゝ梁の塵も飛ばんばかりの大あくび、ノサ〳〵と二足三足歩みいでゝ片膝なげ出せば、お菊は脇差とつてソト良人の傍らに置きぬ、不動山もさるもの、立帰つて突き出す膝と膝とは僅か一尺生死の界、従ふ子分は庭に並んで四方に眼配れり、治郎吉は両の掌を敵の鼻先きへ示し「見へたか」不動山も騒がずセヽラ笑ひ「オヽ三日月治郎と知つて来た、江戸でこそ少しは蠢いたにせよ、脱走つて下総へ来たからは此の不動山に一言の挨拶すべきはづ、それもよし、うぬが痩腕で佐倉の城下へ道場破りに行くと聞て臍がよれるは、上総下総に羽を伸す秀五郎を知らぬか、サ改めて挨拶しろ、いやなら念仏いへ」治郎吉は身動きもせず頤撫でゝジロ〳〵見まはし「蟠まる龍の髯を引くとは汝がこと、鷹が飛べば糞蠅も飛びたがる腰抜野郎、口たゝくはよけれど寄るな、触らば忽ち粉骨砕身、シヤツ面洗ふて出直せ出直せ」いひつゝ空嘯ひて傍ら人なきが如し、不動山は眼怒らし　膝立直して脇差引きつけ「三日月起て」治郎吉カラ〳〵と笑ひながら「やさしい奴、無言で飛付かば攫み殺そうと思つたれど、三日月起ての一言に人間の心地した、ヨシ起つてもやろう、しかし前刻の相撲講釈が小耳に残つて片腹痛い、土俵は踏まぬ三日月なれど相撲で敵対せふ」秀五郎もニコリと笑み「其の一言聞いた、場

一九 蚊に似た大型の昆虫。長い脚は折れやすい。痩せた人や弱い者を罵るときにいう。浪六「緋鯉の藤兵衛」(『侠客列伝』所収)「自分の目から見ると蚊蜻蛉野郎に等しい奴の多いため」。

二〇 声と同時に。

――以上一五七頁

一 棟(ね)の重みを支えるために柱の上に渡す木材。「梁塵を動かす」は、中国漢の時代、魯の虞公(ぐこう)が美声で歌うと梁(はり)の塵が動いたという故事から、歌声の妙をいう成句。ここではそれを、ことさら大声を出しつつあくびをする形容に用いている。　二 初出「立(た)ち並んで」。

三 (江戸から)逃げ出して。「ふける」は「脱走」の訓みではなく、いわば俗語訳。

四 現・千葉県北部と茨城県の一部。

五 (挨拶のないのは)まあいいだろう、許してやろう。

六 堀田氏十一万石の城下町。現・千葉県佐倉市。→一六六頁注五。

七 おかしくて、へそがよじれる。

八 現・千葉県中央部。

九 威勢をふるう。浪六『仍如件』前編(青木嵩山堂、明治三十八年)二十七「天下に羽を伸(の)す三家の威勢(いきほひ)」。

一〇 弱い者が自分の力もかえりみず強者に立ち向かうたとえ。三日月は自分を竜になぞらえている。浪六『原田甲斐』前篇(青木嵩山堂、明治三十二年)「身の分際も弁へざる尾籠(びろ)の推参者め、…睡れる龍の頤(あぎと)の髯を曳くとは汝(おの)れがこと」。

一一 諺「鷹が飛べば糞蠅も飛ぶ」。凡人が非凡な人の真似をすることのたとえ。　一二 しゃべる。

一三 身体中を粉微塵にするぞ。浪六『十文字』後篇(青木嵩山堂、明治二十九年)八「片手の扇子

所と日は」「イヤ汝が勝手次第、三日月の足が此の大井戸村[二一]を離れたら何時でも掛れ」「慥かに約束する、忘れて哮[二二]へるな三日月」治郎吉ペロリと舌を出して「二枚[二三]は無い」不動山も漸く立上りて子分もろとも「復た逢ふは」言葉を残して去る後ろより「お菊、塩まけ」と良人の声[二四]の下、妻は胴巻[二五]の財布探りて一両小判を十四五枚バラ〳〵と投げ付けたり、驚ひて見返る二人の子分、南無三とばかり不動山怒りの拳固めて其の横面をシタゝカ打てば、ヨロ〳〵[二六]一[二七]二間のめつて撞と斃れ伏す、内には夫婦が高く笑ふ声ワハゝゝゝオホゝゝゝ

「イヤモウ聞たく〳〵、小気味よう聞いた」ワメきながら背門の薄萱草おし分けて出づる村の男四五人、落ち散る小判を[二八]スカしつタメつジロ〳〵見まはし「[二九]踏んでは勿体ない、脛が曲るぞ、勘作気を付け、頓平跨ぐな」と 浅瀬を渡る五位鷺[三〇]を其まゝ、首を縮め腰を屈め爪足たてゝ入来るを見て 治郎吉は笑ひながら「村の衆、それを拾ふて一杯飲んで呉れ」「これは又た途方もない、此の大枚[三一]は我等で扱はれぬ、お庄屋さまに相談して村評議にかけ、同じ貰ふなら秋祭りの入費にする、喃 杢衛門、去年の報仇、隣り村に鼻あかしてやろう」と 一枚〳〵掌に載せておしいたゞきつゝ拾ひ集むる様はいとおかし、

此の日の昼過るころ、武家奉公の仲間[三二]三人、一人りは文函[三三]携へて先きに立ち、

を握(にぎ)り詰め、寄らば忽ち粉骨砕身」。
一四 「顔」を罵っていった語。
一五 空を仰いで相手など眼中にないという態度をとる。 一六 初出「思ふたなれど」。
一七 初出「起てといふた一言」。
一八 不動山がいきなり手を出さず、正々堂々と三日月と戦おうとしたことを、まともな人間らしいと賞した。浪六『仍如件』後編四十一「どこやら五体の片隅に人間らしい匂ひが出て来たぞ」。
一九 ちらっと耳に残っていて、ちゃんちゃらおかしい。 二〇 相撲を取ったことのない。初出「土俵の砂は蹈まぬ」。
二一 現・千葉県千葉市若葉区大井戸町。当時佐倉藩領。 二二 「泣く」を卑しめた言い方。
二三 舌は二枚ない。「二枚舌」は嘘をいうこと。
二四 言われるや否や。
二五 細長く縫った袋で、中に金銭や貴重品を入れて胴に巻きつける。 二六 初出「ヨロヨロと」。
二七 一間は一・八メートルあまり。
二八 「ためつすがめつ」と同意。いろいろな角度からよく見ること。
二九 同様の表現に、浪六『魚屋助左衛門』十「黄色いものは厠(かはや)の外(ほか)で見たことのない目に、おどろいて躓(つま)づくなよ、足が曲るぞ勿体ない」。
三〇 中型の鷺。日本各地の水辺に棲息している。同様の表現に、浪六『雪だるま』(駸々堂、明治三十八年)九「浅瀬を渉(わた)る鷺の如く背を丸め足を爪立てゝ」。 三一 大金。
三二 大名や武家に仕えて、主人の使いやお供、邸内の掃除などに従事した。身分は町人。「折助」「奴」などとも呼ばれた。
三三 書状を入れて持ち運ぶ蓋付きの細長い箱。

続ひて魚籠に酒樽荷ふて入り来りぬ「城下へ道場破りに行く御人と聞て、佐倉の家老職田原大角方より使ひの者、書状披ひて贈物うけて下され」治郎吉は心に思ひ当ることやありけん、訝りもせず其書面を読めば

　いまだ親しからねど此ごろ城下の噂に聞及ぶ、武門の老職として斯程の者を見ざるも遺憾なれば、今日七ツ時[一]より邸宅へ来るべし、初見参[二]に酒酌まん

との文意なり、治郎吉少しも躊躇はず「田原の御家来、立帰つて伝言たのむ、書面の赴き委細承知、お礼は参上して直き〳〵申上る」

仲間のもの去りぬ、お菊は慌てゝ良人にすり寄り「なか〳〵寸分[三]の油断も出来ぬ、覚悟していたなれど斯う至急とは」治郎吉は大胡座に烟草くゆらしながら目[四]を閉ぢて「心配すな、ムヽ面白くなつて来たはへ」

第三回

村の茅屋根を吹く嵐サと音して、辛く[五]も宿る木の葉一二枚ヒラ〳〵と落ちぬ、日脚漸く傾きて七ツ時には間もあらじ「お菊、今いつたこと忘るゝな」いひつゝ低き軒端を屈んで出づる大男、三年ごしに今日こそ飾る晴れ衣裳は、月に

一　午後四時頃。
二　初めての面会に酒を酌み交そう。
三　ほんの僅か。
四　初出「目を閉ぢて」なし。
五　かろうじて枝にとどまっている。
六　髑髏のこと。侠客野晒語(悟)助からの思いつきか。↓補六。
七　衣服の派手な模様。
八　向きを互い違いにした半円を長くつなげた文様。
九　地色が白の博多帯。博多帯は近世中期以降、上質の男帯として珍重された。

一度の空に見るばかり　他人には許さぬ三日月に、野[六]晒しを染抜いたる伊[七]達模様、輪[八]連ぎの白[九]博多を拳[一〇]長に結び、叩[一一]かば鞘を離るゝ脇差のおとしやう、両の手を懐ろにして少し反身になり[一二]つ、裾を蹴つて踏み出す歩みやう、天晴れ勇[一三]みの中に色添へて歌[一四]舞伎にせまほしき六法むき、見送る妻は何思ひけん戸口に佇みて涙含めり、治郎吉ふりかへりて声鋭どく「ヱヽ気[一五]をつけ」矢を放つが如き一言一足の下へ、因[一六]果も脆き秋の痩蛙ピヨコリと飛びいでゝ踏みひしがれぬ、治郎吉慌てゝ片足あげつ眉を顰め、手負ながら路傍の草叢へ這ひゆくを哀げに見やりて「怪[一七]我だ、けがだ、許してくれ」

　大井戸村より佐倉の城下へは三[一八]里の路程、半ば歩んで坂[一九]戸も過ぎつ高[二〇]渡の前なる畷[二一]まで来しに、並木の松影より躍り出でゝ大[二二]の字なりに立塞がる男あり「待草臥れた三日月、眼くらんで見違ふな、不動山秀五郎だ」治郎吉は懐ろ手のまゝ睨み付け「他[二三]の約束に時刻が後れる、邪魔すな、そこ退け」秀五郎ツカ〳〵と歩みより「今朝の一言忘れたか、但[二四]し又た怯れが出たか、所[二五]詮叶はぬと諦め付いたら這ひ蹲ばつて砂[二六]なめれ」治郎吉空を仰ひで大口あきつ高[二七]笑ひ「さて〳〵合[二八]点の悪い奴、そこ退けとは汝を助ける情けだ、しかし折角の頼み、面倒みて相[二九]撲つてやろう」さしたるまゝに脇差を後ろに廻はし、二足三足退ひて

一〇「拳」は帯の結び目の中心。「拳長」は結び目の両脇に出た部分が拳よりも長い、粋な結び方。
一一 脇差を落とし差し(→一四六頁絵注)にしているため、少しの振動でも鞘から刀身が抜け落ちやすい。
一二「なりつつ」と同意。七行「あげつ」も「あげつつ」、一四行「あきつ」も「あきつつ」と同意。浪六の文章には頻出する。
一三 勇ましいうちに男の色気もあって。
一四 (三日月は)歌舞伎役者にしたいようないい男。
一五 (家を出るときに涙を見せるのは不吉なので)気をつけろ。
一六 あわれな、不幸せな。「脆き」ははかない。
一七 わざとでない過ち。初出「怪俄」。浪六『高倉長右衛門』前編四十「や、御免なれ、怪我ぢや、怪我ぢや、うかと致した」。侠客の眼が弱者にそそがれた、浪六には珍しい例。
一八 約一二キロメートル。
一九 現・千葉県佐倉市坂戸(さかど)。
二〇 未詳。あるいは「馬渡(まわたし)」(現・佐倉市馬渡)の誤りか。
二一「縄手道」とも。真っ直ぐな道。
二二 両手両足を大きく広げて踏ん張った様。
二三 初出「外」。
二四 それとも。
二五 怖気(おじけ)づいたか。
二六 命令形。砂をなめろ。浪六『鬼奴』(春陽堂、明治二十五年。『浪六傑作集』上、明治四十一年所収)四「首骨折つて門前の砂舐(な)めれ」。
二七 大声で笑うこと。相手を馬鹿にした態度。
二八 察しの悪いやつだ。
二九「相撲(すま)ふ」は相撲をとるの意。浪六『鬼あざみ』二「膏汗(あぶらあせ)ゐい〳〵と相撲ひぬ」。

大手広げつ頤[一]もて「サ来い」不動山は兼ての覚悟、クル〳〵と衣服ぬぎ捨つれば喰ひ入つたる占込[二]に流石は叩き上げし骨格、力足[三]踏んで便々[四]たる腹なでおろし、両腕を向ふざま[五]に地につけ、狗居[六]になつて息を含み[七]睨み上げ、足の親指もてジリ丶〳〵と土[八]を食みつ丶進み寄る有様は、長け十丈[九]の鬼をも[一〇]抱きすくめんといはぬばかり、治郎吉は立つたるま丶冷かに見下して笑みを含み「もの〳〵しい其ざま　三遍まはつてワンといへ」いかで躊躇ふべき　不動山は火炎を吐くの勢ひ、エイヤオーと立上り、占込ポンと叩ひて疾風の如く突き入つたり、治郎吉は両腕さしのべてムズと引ツ組みしが、敵は何さま此道の手練もの、治郎が右手[一一]をタグリ込むや否や外股に手を掛け　高無双[一二]に極めんとせしが、土俵の砂こそ踏まね此方も剛のもの、忽ち腰をあづけて捻らんとすれば　敵又た振つて外ダスキ[一三]に掛けたり、かけられて流石の治郎も我知らず足もと浮きしに、不動山スカさず得たり[一四]と突ツ掛け来るを、翻つてヤツとばかり声もろとも、相撲にては肩スカシ[一五]　柔術に取つては関流[一六]の引[一七]おとし、敵の肩先に手をかけ体を捻つて左りへスカせば、鉄もて鋳たらんやうの不動山秀五郎も、あはれ夜風に木の葉の散る如く、あてどもなき空を摑んで砂蹴り上げつ一間二間三間あまり、四間も離れし松の根方に地響き打つて撞と仆れたり「約束の相撲勝負は済

一　あごでサア来いという。相手を見下した高慢な態度で指図している。
二　「まわし」の正式な呼称。「締め込み」と書くのが普通。
三　相撲取りらしく四股(しこ。両足を交互に揚げて強く地面を踏みしめる動作)を踏んで。
四　太鼓腹。
五　相手に向かって突き出すように。
六　不動山は「狗居仕切り」をしている。「江戸時代に行われるようになった、土俵に両手をつき、腰を落として仕切る型のこと。犬が腰を下ろして前足をそろえている姿に似ていたので、このようにいった」(金指基・財団法人日本相撲協会監修『相撲大事典』現代書館、二〇〇二年)。
七　息を止めて。
八　足先が地面に食い込むほど力をこめて、少しずつにじり寄る様。浪六『高倉長右衛門』前編十三「(槍と刀の真剣勝負で)じり〳〵と足の親指に大地を食(は)みながら近寄るかと見れば」。
九　一丈は十尺、約三メートル。
一〇　類似した表現に、「鬼をも手捕(てど)りにせん」(一八二頁二行)、他作に「鬼とも組むべき」「鬼でも取り挫(ひし)ぐ」などがある。
一一　「ゆんで」は左手のことだが、底本振り仮名ママ。初出も同じ。
一二　相撲の技の一つで、右(左)差し手を相手の外高ももにあて、背負うようにしてひねり倒すのをいう(笹間良彦『図説日本武道辞典』柏書房、一九八二年)。
一三　「外たすき反り」のことか。↓補七。
一四　しめた。　一五　↓補八。
一六　「関口流」の誤りか。関口流は関口八郎右衛門氏心(うじむね。のち柔心)が創始した、江戸時代に最も流行した柔術の一流派。

んだ、不足はあるまい、サ是からは外[18]の腕づくだ、汝に尋ぬることがある」いひつゝ大跨に歩み寄る治郎吉の面魂ひ[19]、不動山は腰骨シタタカに挫きて堪へかぬれど、こゝ[20]一生懸命と跳ね起きて又もや躍り掛るを、こたびは一瞬の手[21]のうち稲妻の働き、忽ち取つて抑へて動かせず「ジタバタすな、相撲と事が違ふは」片膝を敵の背にかけて　右の指先を喉輪に探り入れ、一捻り占め上ぐる柔術の精妙[22]「此の三日月が気[23]を知つて物いひかけ、折よくば相撲の手でヤレと頼んだザブ[24]があろう、名をいへ、白状しろ」不動山は色青ざめて苦しき息もたえぐ〱「知らぬ、三日月、汝も男なら詮議する手間で此の秀五郎を斬れ、腕づくで負けたからは一言[25]いはぬ」治郎吉は何思ひけん忽ち手を放ちてニコリと笑み「思つたよりは骨ある奴、復た逢ふまで命ちは預けおく」言葉を残して後見かへらず脇目もやらず、夕日に間近き秋の縄手道、伊達模様の裾さばき面白う、脇差の銅金を輝かして城下の方へ歩み行くさま、稲田に立てる案山子まで天晴[26]れ男といひたげなり、

佐倉の市街へ足踏み入れし頃は黄昏過ぎて早や暮れ果たり、虎子[27]を求むるにあらねど、我から進んで虎穴に入るは持つて生れし病ひの一つ、普く浮世を療治する臆病神[28]に憎まれて、こゝに只だ一人り洩らされし不幸もの、城の大手[29]を

一七 柔道の古式の型のうち、表十四の一つ(川村禎三『柔道』ベースボール・マガジン社、一九六〇年)。一八 相撲とは別の。
一九 激しい気迫のこもった顔つき。
二〇 せっぱつまった命の瀬戸際。
二一 (柔術の)手並み、腕前。稲妻のように一瞬のうちに手が動いて。
二二 技量が優れていること。
二三 気性を知って、言いがかりをつけ。
二四 侍(さぶらい)を卑しめていう語。浪六『毒婦』後篇(青木嵩山堂、明治三十五年)三「相手の武士(ぶさ)を片付けて」。
二五 一言の文句もいわない。
二六 ああ素晴らしい男だ。
二七 諺「虎穴に入らずんば虎子を得ず」(大変な危険を冒さなければ功名は得られない)。出典は『後漢書』班超伝。ここでは、功名を求めるわけでもないのに危険を冒したがるの意。浪六の描く侠客にはこの種の行動がよく見られる。『侠骨三人男』「虎穴に入ツて採(さぐ)るべき虎子はなけれど…燃ゆる火元に踏ん込んで水を注ぎし後」。
二八 臆病な心を生じさせる神。「臆病神がつく」「臆病神に引かされる」の形で臆病な気持ちになるの意に使うのが普通。臆病神のおかげで世間一般の人は危険から身を遠ざけ無事でいられるのだが、三日月は臆病神にとりつかれないので、常に危険な道を進んでしまう。浪六『日本武士』(青木嵩山堂、明治三十四年)所収「臆病三之助」に「この後(のち)の三之助、いつしか臆病神に見放されて生涯数度の戦場に、あはれ勇士と唄はれて」。なお、初出は「臆病神に」の下の「憎まれて、こゝに」なし。
二九 大手門。正門。

右に見て武者窓[一]つゞく門前に番人の耳驚かし「約束の時刻に後れたれど、大井戸村の道場破りが来たと伝へてくれ」内には兼てまちうけしと見へ、一人りの仲間いでゝ会釈しながら「こなたへ」といふ、治郎吉大手を振つて門内に進み入れば、若き侍二人　玄関の左右に手燭[二]携へて扣ゆるは案内者ならむ「夜分に邪魔して済まぬ」[三]かざらぬ武骨の挨拶もろとも　厳めしき式台[四]へ音たてゝ踏み上れば、一人は前きにたち一人は後ろより付添ひぬ、治郎吉は脇差とつて左の手に提げ　右を懐ろにせるまゝノサばり返つて大道を歩むに等しく、幾室となく打過ぎて奥深く進み入りしが「暫らく」[五]と声かけて前後の二人跪[六]きつゝ襖を左右に引あくれば、ともし[七]連ねたる銀燭さながら白昼の如く、正面に坐蒲団重ねて豊かに肱を几[八]にもたせ、輝くばかりの刀架[九]に白糸柄[一〇]の大刀かけて坐せる相貌、あくまで武道に鋳へし四十三四の赤ら面[一一]、鬢の毛縮みて額に顕はす筋[一二]二本「当藩の老職[一三]田原大角である、許す[一四]、近う寄れ」治郎吉は脇差さげたるまゝヅカ〳〵と進み入りて座敷の真只中に二王立[一五]、大角の面体を見下ろし見詰めて座しもせず「御領分に身を置く下郎なれど、今日はお招きに因つてワザ〳〵出掛けた客分[一六]、敷物なくては臀が据はらぬ」会釈もなく吐き出したる大言に、大角ムツと怒りの色あらはせしが　又おし静めて苦笑ひ「オヽ是は主人の

一　武家屋敷の長屋(→一八〇頁注一二)などに設けた太い縦格子をはめた窓。
二　人を導くために使う明かり。燭台に持ち運びの便のために柄を付けたもの。
三　愛想のない、ぶっきらぼうな挨拶。
四　玄関に設けられた、座敷より一段低い板敷の部分。
五　しばらくお待ちあれ。
六　底本・初出ともに「踞」。意によって改めた。
七　たくさんの銀製の燭台に蠟燭を立て並べた様はまるで白昼のようで。すこぶる贅沢な様。
八　ひじかけ、脇息(きょうそく)。初出は「曲六」だが、これは椅子の一種なので本文の方がふさわしい。
九　大小二本の刀を横に架けて置くための台。
一〇　白糸で巻いた派手な飾りの柄。「白柄」とも。近世初期の旗本奴(武士の侠客)には「白柄組」を名乗る集団もいた。
一一　歌舞伎用語で「赤面(あか・あかっつら)」は時代物の敵役・悪方。
一二　青筋。静脈。癇症であることを示す。
一三　家老職。
一四　この「許す」は、大角が最後に三日月にかける言葉の中でも繰り返される(→一七〇頁二行)。

手燭
(式亭三馬『戯場訓蒙図彙』8，享和3〈1803〉)

刀架
(梶原皇刀軒『図説日本刀用語辞典』梶原福松，1989)

失念 コリヤ誰か敷物[一七]を」声の下より若侍、当時には希代[一八]の奢り 水色羅紗[一九]の重ね蒲団を持ち来りぬ「生れつき骨が硬うて膝折る[二〇]ことの出来ぬ男、御免蒙る」いひつゝ[二一]脇差左り[二二]に引き付けて投げ胡座[二三]、大角目を円くしてジロ〳〵[二四]見まはし「名は何と申す」「治郎吉といふ」「ムヽ、鎗一本[二五]の武士に欲しい立派[二六]の骨がら、此の城下の有ゆる道場を破りしと聞ひて大角益〻慕はしい、生れは江戸らしう思ふ、年は幾歳であるぞ」治郎吉は目を閉ぢて頬の辺りを撫つゝ「身の上ばなしに来ぬはづ、お手紙の文面、まづ御馳走に預りたい」

主客の隔たりは畳を横に二枚、一喝叫べば血糊を滾す奇怪の酒宴、大角は盃とり上げて酌する童にナミ〳〵つがせながら「治郎吉、毒見[二七]とか唱へて主人が先づ飲むぞ」「イヤ御念の入つたこと」大角一息に飲み乾して又つがせつゝ「気の毒ではあるが重ねる[二八]ぞ」いひつゝ二度の盃を半ば飲んで台に置き、片膝たてゝ笑を含みながら「治郎吉、山海の美味は常に飽きて居る、如何である、此の大角が貴様に所望する肴、整へてくれまいか」治郎吉はワザと恍気[二九]がほ「其の肴とは」「イヤ外でない、貴様の命ち貰ひたい」いひつゝ左りの手は早や刀架に近よれり、治郎も油断せず脇差の鍔本を指に抑へつセヽラ笑ひ「お易い御用、しかし此治郎吉はチトお前様[三〇]の庖丁に掛り悪い、印幡[三一]の沼の小鮒

一五 「仁王立ち」に同じ。いかめしく立ちはだかった様。身分の高い人を見下ろすのはきわめて無礼な態度。
一六 客の身分であるので、自分にも主人同様に座蒲団を要求する。
一七 初出「敷物もて」。
一八 世に稀な、非常に珍しい贅沢。
一九 ポルトガル語 raxa、オランダ語 rascia より。上等の毛織物。陣羽織や火事羽織など人目に付く衣装に用いることが多い。
二〇 正座することができない。
二一 初出「といひつゝ」。
二二 脇差を身から放さないのも無礼な態度。
二三 足を組まずに前へ投げ出して座ったか。
二四 初出「治郎吉をジロ〳〵見まはし」。
二五 外出の際に従者に槍一本持たせることのできる、ひとかどの身分の武士。「槍一筋」とも。浪六『仍如件』前編十二「小禄ながら江戸の空で槍一筋の男」。
二六 堂々たる体軀。そこからにじみ出る風格も含めていう。「骨法骨柄」と続けることもある。浪六『鬼あざみ』三「あまり小気味の善い男振(おとこぶり)、馬士(まご)には惜しき骨柄(こつがら)」。
二七 本来なら客にまず勧めるところであるが、主人が酒に毒の入っていないことを証明するために、客より先に飲む。
二八 もう一杯続けて飲むぞ。
二九 「恍」は我を忘れぼんやりしている様。気のつかない風で。
三〇 貴方の刀では私は斬れない。相手の腕前を馬鹿にしていった語。
三一 千葉県北部利根川下流の沼。佐倉のすぐ北。

鯲が御身分相応」大角スツクと立つて「ソレ客人、獲物が掛つた」声と等しく襖蹴放ちてズラリと列んだる十四五人の武士、抜連れたる白刃は燭に映じて霜夜の篠薄、されど茲に、[一]六尺の身を[二]胆魂ひで作り上げたる治郎吉は　坐したるまゝ声荒らげ「騒ぐな[三]サンピン、三日月治郎だ」

第四回

我物ならねど[四]熨斗目の袖に[五]佐倉十一万石を包む田原家の裏門通り、堀溝の石縁を伝ふて彼方此方を窺ふ男あり、宵の星明りにシカと見へねど、陽炎の如く走る面かげ　音たてず地を踏むは[六]イヅレ曲もの、ㄱの字なりの隅屏に身を寄せつ、腰なる脇差を鞘のまゝ抜ひて壁にモタせかけ、鍔際に片足かくると等しく[七]猿臂を延ばして屋根の[八]裏桁に縋りつ、[九]身は宙を抛ぐる鞠　ヒラリと跳ねて屏内に躍り入れば、[一〇]下緒を解ひて口に噛へしものか、[一一]主の影もろとも脇差も亦た生けるが如く飛んで入りぬ、

表門には優しき女の声「たのみます、御門の衆たのみます」武者窓より漏るゝ燈火の光り、人の私語く声きこへながら答へなし、女は堪へかねて近より[一二]クゞリ門うち叩き「お召に因つて大井戸村から参つた者の妻、俄かの用事

一　約一八〇センチメートル。
二　体中に気力の満ち満ちた。「胆魂ひ」は「きもだま」「きもったま」ともいい、気力、胆力のこと。
三　→一四八頁注一〇。
四　身分のある武士の通常礼服で、麻裃(あさがみしも)の下に着用した。袖の下部と腰のあたりに縞目を織り出したものが多い。「袖に包む」で自分の影響下に置く、牛耳るの意。田原大角は佐倉藩を私物化している。
五　佐倉藩は堀田正盛・正信が藩主の時代、寛永十九年(一六四二)から万治三年(一六六〇)まで十一万石。正信の時には義民佐倉惣五郎の騒動が起こっている。ただし、当時(享保八年〈一七二三〉四月から)は松平乗邑(のりさと)領で六万石であった。延享三年(一七四六)再び堀田氏領(十万石)となり、明治に至った。
六　(正体はわからないが)いずれにせよ。
七　→一五二頁注一三。
八　屋根の裏側にあって、屋根の棟と平行に渡された材木。
九　同様の表現に、浪六『侠骨三人男』「鞠を抛(な)ぐるが如くに走(は)せ入りつつ」。
一〇　刀の鞘に付いている紐。刀を帯に結び留めるのに使う。→一四六頁口絵。
一一　(脇差の)持ち主の姿。
一二　「潜り門」。潜って出入りするような低く小さな門。表門を閉めた後の出入りに使う。
一三　「尖り声」。とげとげしい声。
一四　「奇怪」はけしからぬこと、許されないこと。

に良人を迎ひのため」拳の痺るゝばかり続けざまに音たつれば、内より人を叱るに馴れしトガリ声[13]「無礼もの、女の分際で武家の門叩くは奇怪千万[14]」「これは申訳のない、一こう式作法を心得ぬ田舎女、何事もお免し蒙つて良人に一寸」「だまれ、其の町奴は殿のお手料理[15]で御馳走にあづかる筈、望みならお伴食を願つてやろう、夫婦もろとも」聞くより女は一入せき込んで拳に力を入れ「分に過ぎた御馳走に酔仆れては済[16]まぬ、又た畏れ多いが殿さまに一言のお礼も申上げたい」内には稍[17]しばし音なかりしが、軈て一人歩みよる気はい「待て、今あけて遣はす」クヾリ門の開くや否や彼の女ツと走せ入りぬ、

裏[18]と表はイザ知らず、こゝ鉄桶[19]とせる奥坐敷の真ッ只中、白刃[20]もて作る屏風に輝き亘る銀燭の下、三日月治郎は脇差の鐺[21]を突き立てゝ大胡座のまゝ、不敵にも右の手さし延べて銚子[22]引きよせ「急くな〳〵、秋の夜は長い」いひつゝグイと飲んで舌うち鳴らす傍若無人「この三日月を幡随院[23]と見て不足あるまい、しかし水野[24]に受取れぬサンピンども」ソレといはゞ八方より畳んでアビセかくる乱刃の中に身を置きながら　兎[25]の毛で衝いたユルギ[26]もなく、あまりの無頓着に胆ひしがれて拍子ぬけたる十余人、流石の大角も刀引ッさげて立つたるまゝ足踏み出さず、敵ながら天晴れ剛[27]と思ふ色を隠して指さしつ「お客人、

「千万」は程度が甚だしい意を添える。初出は「千般」。

一五 （殿の）手討ちの意をかける。お菊もそれと気付くが、わざとわからないふりで後の言葉を続ける。浪六「馬方藤五郎」（『侠客列伝』所収）「うぬ等の庖丁で手料理になる若蔵ぢやアねエ」。

一六 申し訳がない。

一七 少しの間。

一八 裏門通りから曲者が塀を乗り越え邸内に入ったことと、表の潜り門から女が入ったこと。

一九 防御が甚だ厳重で隙がないことを鉄の桶にたとえた。

二〇 一五三頁五行「剣の襖」と同意。

二一 刀の鞘の末端部の名称。また、その部分を包む金具をもいう。

二二 近世に使われた酒器。注ぎ口と弦（つる）が付いていて、燗酒をこれに移して酒席に出し、盃に注ぐ。現在の銚子のことは燗徳利という。

近世の銚子（『守貞謾稿』後集1，嘉永6〈1853〉）

二三 幡随院長兵衛。近世初期の町奴、ひいては近世の侠客の代表的人物。江戸の花川戸（→一四九頁注一六）に住んだ。田島象二（酔多道士）『本朝侠客伝』でも巻頭に置かれている。生年未詳、明暦三年（一六五七）に旗本奴の頭領水野十郎左衛門（→次注）に殺害された。

二四 水野十郎左衛門。生年未詳。『本朝侠客伝』に詳伝があり、旗本奴中の大立て者。幕府に所行を咎められ、寛文四年（一六六四）切腹を命じられた。

二五 ごくごく僅かなことのたとえ。

二六 「揺るぎ」。動揺。

二七 剛の者。豪傑。

下郎には珍らしい奴で御座らぬか、なれどモハヤ釜中の魚[一]、袋の鼠、まづ此まゝ置ひてユル〳〵見るも一興、好い慰みで御座る」勇を駆つて[二]大量を粧ひつ[三]アハゝゝゝと笑ふ折しも、かねて[四]今宵の事に与かる一人の者あはてゝ走せ来りしが、俄かに跡退りして顔の色青ざめぬ、大角声かけて「何用か」「只いま女が、大井戸村のもの、此奴の妻と申し居ります」「ムゝいよ〳〵興が乗つて面白い、引立てゝ来い」吉か凶か治郎吉の鉄腸[五]にヒシと応へ、思はず眉を昂げて眼を見張る程も[六]あらせず、物凄き[七]此の場に時ならず咲きし一輪の花「これはお立派なこと、妾は三日月の妻、良人の骨を拾ひに」声も終らずアハレ室を隔てゝ聞ゆる物音、叫び呼ぶ声、大角訝りてキッと目くばせすれば、太刀風ピューと音して殺気に閃く十五本の白刃、おの〳〵真ッ向に振翳して取巻き詰寄るを遅しと、待受けたる治郎は片膝たてゝ左は脇差の鍔もと、右の指を畳の合せ目にサシ込み、アハヤはね返して[八]横ナグリに斬込まんず勢ひ、妻は後ろに燭台[九]の根もと握つて斜めに窺ふ凄まじさ、髪の毛に鉄千斤を繋ぐ掛引[一〇]、こゝ一転瞬[一一]一呼吸の其とき「人質捕つた、待てッ」叫ぶ声と等しく飛鳥の如く駈け来る一個の男、身軽き旅装に山形[一二]脚絆[一三]キリ草鞋のまゝ、追ひ縋る男女を後ろざまに蹴佇しつ、三歳ばかりの小児を小脇に引ッ抱へて立つたる様は、色白の小兵[一四]なが

一　煮るために釜の中に入れられている魚。「袋の鼠」と同意。浪六『高倉長右衛門』後編（駸々堂、明治三十九年）九十四「釜中の魚は飛で跳出し、袋の鼠は底を喰破りて遁るゝとも」。

二　勇気を駆り立てて、奮い起こして。

三　心が広い様、度量が大きい様。大角は大物ぶっている。

四　初めから今晩のことを準備してきた。

五　鉄でできたはらわた。容易に物に動じない心。浪六『高倉長右衛門』後編九十一に「満身これ胆魂（きもだま）をもて寸隙（すきま）なく詰込みし鉄腸の身なれど」。

六　間もなく。

七　ぞっとするほど恐ろしい。

八　畳を敵勢の中へ投げ込んでおいて。

九　一六四頁九行の「銀燭」。武器代わりにしようとしている。

一〇　「斤」は「鈞」とあるべきところ。「一髪千鈞を引く」は一筋の毛髪で千鈞（一鈞は三十斤、一斤は約六〇〇グラム）の重いものを引く意から、きわめて危険なことをするたとえ。

一一　「一瞬」と同意。

一二　「脚絆」は膝から脛あたりを覆う布。旅行時にはこれをきつく締めることによって、足が疲れにくくなる。「山形脚絆」は未詳であるが、あるいは江戸製の「山付」の

表　裡

江戸脚半「山付」
（『守貞謾稿』15）

ら二十八九の唯ならぬ面つき「揃ひも揃つた木偶のぼう、見ンごと其の白刃おろして見ろ、三日月の腕[15]といはれた小車源次だ」用捨もなく小児の喉輪に手を掛けんとするに、大角あはてゝ我知らず手を上げ足をツマだて[16]「マヽ待て、コリヤ待つてくれ」「オヽ待つてやろう、しかし此場の始末は何うする」あはれや最愛の児を捕られて　己のが気脈[17]まで縛り上げられし大角[18]ます〳〵セキ込み「イヤかた〴〵、兎も角も刃を収めて、ナヽなに、大角別[19]に存じ寄が御座る、エ、ナニ兎も角」あまりの見苦しき怯れ[20]ざま、気の毒にも腹立たしく所詮甲斐なしと思ひけん、一人り行き二人り去りて十五人の姿いつの間にか影[21]もなし、源次の飛込みしより治郎吉は一言も出さず、又た銚子引よせて残りの酒をクビリ〳〵と飲みながら「源次、罪な事すな、其の餓飢戻してやれ、折角の張合ぬけてトンと興さめた」いひつゝ立つて小児を我手に抱き取り「お菊、われも[22]一疋生んでくれ、オヽ泣くな〳〵」畏ろしさ打忘れて次の室に騒ぐ女どもを顧み「女中衆、ソラ戻す、慥かに怪俄はないぞ」小児を其方に向けて蜘蛛を追ふ[23]如く畳を叩けば、無心にも虎口を脱れしといひたげに這ひゆきぬ、大角は呆れて立つたるまゝの木像[24]　言句もいでず、治郎吉笑ふて二三歩進み寄りつ息吹きかけ「ヤイ大角、汝[25]が奸計と此の源次が忍び込んだを差引ひて不足あるまい、但[26]

ことか。
一三 黒木綿を裂いた布切れを鼻緒に用いた草鞋。
一四 小柄。
一五 片腕。
一六 「爪先立って」と同じ。あわてて伸び上がった体勢。
一七 外気を吸い内気を吐き出すための管(だく)。縛られると息ができない。
一八 初出「大角は」。
一九 (この場で三日月を殺すのとは)別の計略。
二〇 意気地のない有様。
二一 姿を消した。
二二 お前も(俺の)子供を一人産んでくれ。「われ」は相手を卑しめて呼びかける語。言葉は乱暴だが、三日月なりのお菊への愛情表現。
二三 「追ふ」は追い払う。小児の後ろから畳を叩いて前方に追い立てる。
二四 木像のように動かず声も立てない。いわゆる「固まっている」状態。
二五 大角が三日月を騙し討ちにしようとした悪と、源次が不法侵入した悪とで、お互いに差し引きゼロである。
二六 それとも(文句が)あるか。

しあるか、あれば腕よつて[一]今こゝで聞く」大角あはてゝ額の汗を拭ひ「フ、不足はない、許す、早く帰れ」「イヤ許すとは何事だ、五分と五分との掛引に頤[二]が過るは」二たび三たび急所を衝かれて返す言葉もなく、ジリ〳〵と後ろに退きて個も亦た終に影を隠しぬ、治郎は源次と妻に目くばせしながら脇差の柄[三]を叩ひて声はり上げ「三日月治郎がお立ちだ、見送りしろ、案内しろ」源次も続ひて草鞋のまゝの足踏み鳴らし「怯気の付いたドブ鼠、出損なッたら首だけ[四]ツン出して[五]大達ものゝ帰りを拝み奉れ」勇士が戦場を引揚ぐるに等しく、[六]唔きに唔く自負広言、治郎吉は燭台とつて真ッ先に立ちつゝ、襖障子の分ちなく当るに任せ脛を上げて蹴かへし蹴破り、お菊は其の次、源次は[七]殿り承はるといはぬばかりズラリと抜ひたる白刃提げて眼配りつ「[八]二本棒出ろ、今お帰りだ」ワメひて玄関に至るまで敵一人の影も認めず、うろたへて逃げ迷ひたる仲間に[九]大門あけさせ、三人うち揃ふて悠々と去りぬ、

「源次いつ来た、今夜の働きは上出来〳〵」治郎吉が誉むる言葉に源次の答へも待たず、お菊は流石にホツと息をつきつゝ良人の袖を引き「妾が一人り心配最中、思ひがけなう源次さんが見へて、幸ひ斯うした手筈に」治郎は振返へりて少し声トガらせ「[一〇]あれ程いつて置いたに、白痴女、怪我して取返へしがな

一　「腕によりをかけて」と同意。
二　口が過ぎる。対等な喧嘩をしているのに「許してやる」などとは思い上がった言い方だ。
三　意気の揚がっている様。浪六『原田甲斐』後篇（青木嵩山堂、明治三十三年）「しきりに大刀（だいた）の柄を叩く血気の藩士およそ三百余人」。
四　「突き出す」の転。勢いよく出す。軽侮の気持ちがこもる。
五　→一四九頁注一五。
六　『書言字考』（享保二年〈一七一七〉刊）巻八に「唔（クチタヽク）」。
七　軍勢が退却する際、最後尾にあって敵の追撃を振り払い自軍を守りつつ退却する勢。きわめて危険で困難な任務。転じて単に列の最後もいうが、ここでは原義を活かしたやや大袈裟な表現。
八　刀と脇差を差した武士を罵っていう語。浪六『鬼奴』三「ほざいたり下郎」「ぬかしたり二本棒」。
九　初出の振り仮名「だいもん」。
一〇　一六〇頁一四行で、お菊にいったことを指す。

るか」蹴られて滾す[一一]笑渦の露

[一二]此の頃の月いづるにはナカ〳〵、待たで星明りを頼りに帰るこそよけれと、三人互ひに語りつゝ城下を離れて一里ばかり、[一三]一本畷にかゝりし向ふにチラつく提灯の火三つ四つ、眼定めて見れば朧ろに読む[一四]御用の二字、幽かに響く多人数の足音「シマつた、油断すな源次、[一五]かけられた」急に又た語をつぎ「お菊、面倒だ、隠れろ」

第五回

尋ものの触書[一六]

異名三日月事

江戸生れ当時[一七]領内大井戸村住　治郎吉

三十七八位

右治郎吉妻

近来江戸より来りし者のよし　きく

二十五六位

一一 「笑渦の露を滾す」で、にっこりしてえくぼができること。浪六は女性が微笑む場面でしばしばこの表現を用いる。『音曲天女』(『報知叢話』明治二十四年六月十四日)上「此ごろは靨(えくぼ)の泉も一入(しほ)露を湛(たた)へて滾るゝぞ床しけれ」。『古賀市』一・上「お絹は思はず小膝を進めて、惜気(をしげ)もなく笑渦(ゑくぼ)の雫ぽたく〳〵と滾しぬ」。

一二 この頃の月はすぐには出ないの意だが、第五回冒頭の触書によれば、三日月たちが田原邸へ行ったのは九月二十九日(太陰暦)。それならば月は出ない。

一三 真っ直ぐな一本道。

一四 江戸時代、犯人逮捕に向かった捕吏が携帯した提灯には「御用」の二字が書かれていた。桃川如燕『新説暁天星五郎』二十四「御用と記したる提灯下(さ)げし一個(ひとり)の奴隷(しもべ)」。

一五 罠にかけられた。↓一六九頁注一九。

一六 江戸時代、幕府・諸藩から出された禁止事項の書き付けをいうことが多いが、ここでは後出の人相書と同意。近世の実際の人相書を参照して作ったものらしい。↓補九。

一七 事件当時。

異名小車事

同　源　次

二十八九位

右之者共儀[一]　当九月廿九日夜、家老職田原大角屋敷へ忍込み　土蔵[二]を
切破り(きりやぶ)金子(きんす)衣類を盗去らんとせし処　番人の者に見付られ、折柄(をりから)主人
の不在、家来の手少きに乗じ乱暴狼藉を　働(はたらき)候而已(のみ)ならず　召捕(めしとり)の為
め向ひし役人に手向(てむかひ)致し七人まで殺傷のまゝ逃亡致(いたし)候段、厳科(げんくわ)之罪
人、重々不届(ふとどき)[三]至極に付き　見当り次第訴人[四]致候者へは相当の褒美
可レ遣候(つかはすべく)　万一他家御領分内にて見付候節は其処(そのところ)の町役人村役人庄
屋等へ内々届出の上　早速引返して当藩へ訴人可レ致者也(いたすべきものなり)

享保八癸(みづのと)卯年十月一日　　佐　倉　藩

人相書

治郎吉　色浅黒く、眉毛濃く、目大、鼻高、頭は抜上げの大額、
骨太にして身丈六尺余りもあるべく、両の掌に三日月な
りの疵痕(きずあと)あり、

き　く　色白にして中肉中脊(ちゆうぜい)、人並勝(すぐ)れて美形[五]なり、

一 以下の内容は、役人七人を殺傷したこと以外、すべて田原大角の虚偽の申し立てによる。
二 防火防犯用に土で塗り固めて作った蔵。母屋と軒続きの内蔵には、金や貴重品を収納する。
三 江戸時代の判決文中で、「不届」の語は重い刑に処せられる場合に用いられ、軽い刑の時は「不埒」の語が使われる(石井良助『江戸の刑罰』序、中公新書、一九六四年)。
四 罪人を訴え出ること。江戸幕府は褒賞金を与えて訴人を奨励した(明和七年〈一七七〇〉の町触)。
五 容貌の美しいこと。男女ともに用いる。人相書に「美形」の語は異例。
六 幼児の小さな手の形容。浪六『武士道』前編(明治三十六年。『浪六全集』四十所収)四「四歳の女児は…紅葉の如き手を支(かつ)へながら」。
七 年末の準備に追われて忙しくしているのが、いかにも浮世らしい光景だ。
八 足をせわしなく小刻みに動かしている様。
九 現・千代田区五番町。武家屋敷が集まっていた。浪六は自作の中で旗本の住まいとしてこの地を選ぶことが多い。『元禄女』前編一二「天下の直参といふ旗本の巣を構へて軒を並べし番町のうち、土手三番町に二番目の高取(たかとり)と数へらるゝ」。水野十郎左衛門(→一六七頁注一四)の屋敷もここにあった。
一〇 角屋敷。
一一 「見付」は見張り番のいる城の外門のこと。市ケ谷見附は江戸城三十六見附の一つで、番町

源次　色白、眉毛濃くして長く、目並、鼻高く、痩形にて並男より小兵の様なり、左右いづれか慥かならざれど　額の中央より眉毛を割り眥（まなじり）に掛けて斜めに一文字の刀痍（かたなきず）鮮明なり、

師走の空に吹く風は余波り惜気にピューと泣く、笑ふは[六]紅葉手あげて来ん年を待つ小児のみ、江戸の町々は[七]歳暮の用意に浮世のけしき添へ、道行く人の足端も何となら[八]刻むが如き　其の下町のせはしきに似もやらず、こゝは静けく並ぶ屋敷町、[九]土手三番町の[一〇]角引廻して[一一]市ケ谷見付を望む一構は、[一二]白たゝき中黒の[一三]一本道具、以前の町奉行白須が住居とは門の屋根瓦に[一四]九曜の紋どころ疑ひなし、主人の甲斐は腹黒き人の為め[一五]職剝がれしより、争ひもせず機を見て退く智者の[一六]顰み、病に仮托けて嗣子に世を譲りつ、今は名さへ寛斎と呼んで詩歌俳諧の風流三昧、今朝も[一七]黎明より起きいでゝ独り書斎の窓にホヽ笑み、前夕より降積りし雪景色に寒さ忘れて嘆称措かず、急に手を拍つて侍者を呼び「雨具と傘を持て、ナニ　イヤ〳〵[一八]気儘に雪見がしたい、供はいらぬぞ」

[一九]黒丹後の[二〇]長合羽に[二一]柄袋かけたる細身の大小、[二二]渋蛇の目の傘を携へて、書斎よ

から市ケ谷に出る口に築かれた門。
一二 叩き鞘。→一五一頁注二九。
一三 道中を往来する際に先頭に立てる一本の槍のこと。
一四 一個の円形を中心に、その周囲にやや小さめの八個の円形をめぐらした形。

九曜
（千鹿野茂『日本家紋総鑑』角川書店, 1993）

一五 （奉行）職を辞めさせられてから。→一五五頁八―九行。
一六 顰みに倣って、の意。
一七 明け方。
一八 松尾芭蕉のよく知られた句「いざさらば雪見にころぶ所迄」（『花摘』等）が念頭にあろう。
一九 丹後地方で産出した絹織物の丹後縮緬や丹後縞を黒く染めたもの。
二〇 着物の下まで届く丈の長い合羽。浪六「女俠柳屋お辰」（『俠客列伝』所収）「武家風の長合羽に身を纏ひ渋蛇の目の傘をさして、人なきを幸ひに立寄りし風情、言葉の上にも直参の家柄と見られる」。
二一 雨や雪のとき、濡れて柄の剝げるのを防ぐために大刀や脇差の柄を覆う袋。
二二 蛇の目傘は、広げた時の中心部と周辺部を黒や青に塗り、中間部分は白地のまま残したもの。「渋蛇の目」はその上から柿渋を引いたもの。『守貞謾稿』巻三十には「戸主等、京坂は渋蛇の目を用ふ…江戸は渋蛇の目も用ひず。白の紅葉傘なり」。

奴蛇の目傘　黒蛇の目傘
（『守貞謾稿』30）

り庭伝ひに門前へ出でし白須寛斎、肩衣[一]を脱ひで茲に三年を歴れど、何となく残る昔の面影、五十三四の半白[二]を筈長き[三]弓形に元結[四]かけて、誰が目に見るも優に凛々しき槍馬[五]の老武士、爪皮[六]の下駄歯を雪に食ませつゝ低吟[七]しながら我屋敷を離れて半町[八]あまり行く向ふより、竹の皮笠[九]に赤合羽[一〇]の武家下郎一人、素足のまゝの草鞋に雪玉[一一]を跳ねて急ぎ来しが、顔も上げず小腰[一二]を屈めて道を譲り過ぎんとする様、やさしき[一三]者と見る寛斎は振返りて笑ひながら「其方達には雪が仇敵であるの、しかし酒[一四]といふ味方もある」慰むる声きくより彼の下郎は近よりて片手を雪につき「御前、恐ながら白須の御前では」「ムヽ予は甲斐である、其方は何者か」下郎俄かに笠を取りて声沈ませ「治郎吉奴で御座います」「オヽ治郎か、久しい、が、其の風体は如何致した」「イヤ是れは申上ぐる迄もない事、実は唯だお暇乞にと存じて図らず[一五]途中で」いふ顔ツク〲と見る寛斎は心の中に思ふことやありけん、四辺り見まはして「邸宅へ来い」

広き庭園の奥深く雪もつ[一六]竹に囲まれし数奇屋[一七]のうち、寛斎は炉に残る今朝の火に炭を添へながら「こゝへは誰も来ぬやう申付置いた、うち寛座[一八]で宜い、サこちへ〱」治郎吉は赤合羽を踏石の傍に脱ぎ捨て、雪を摑んで足を磨り洗ひつヽニジリ上り、脇差[一九]を壁の片隅に推しやりて双手をつき「舅一文字より引続

一 公職を退いてから。「肩衣」は袖なしの上着。袴と一対にして、武士の正装である「裃(かみしも)」となる。
二 白髪混じりのごましお頭。
三 「筈」は弓弭(ゆはず)で、弓の両端の弦(つる)を掛ける部位。中央部分が尖った山形をしている。浪六『奴の小万』(明治二十五年。『浪六傑作集』下所収)八「筈長き大束(おほたぶさ)に太元結(ふともとゆひ)を絞り掛けたる勇みの色香」。

鶴岡八幡宮蔵弓の弭の形
現在の弓の弭の形
弭
(笹間良彦『図録 日本の合戦武具事典』柏書房, 1999)

四 髪の毛を根元から集めてきて、束ねて結うのに用いる紐やこより。その束ねた部分を「髻(もとどり)」「たぶさ」という。
五 供の者に槍を持たせ、自分は馬に乗って往行することを許された歴々の老武士。浪六『破太鼓』(明治二十六年。『浪六傑作集』上所収)八「天下直参と世にいふ鎗馬の武士一人」。
六 下駄の爪先に付けて、雨水や泥・雪のかかるのを防ぐ覆い。革または油紙製。「爪掛(つまがけ)」とも。

背
爪掛
(『守貞謾稿』30)

七 謡曲の一節(小謡)を小声で謡いながら。武士らしい品のよい嗜み。
八 五〇メートルあまり。
九 筍を包んでいる皮を裂き、編んで作った粗末な笠。「竹の子笠」とも。

ひての御恩、わけて此の治郎奴が為めに大切の御役目にまで」いはんとすれば寛斎急に手をあげて「イヤ〳〵、予が若輩の砌り一文字には言葉に尽せぬ大恩[二〇]ある、又た、其方が事で役目になどゝは以ての外、全く劇職に堪兼ねて此方から願つた訳、其れは兎も角、暇乞に参つたとは如何(いかが)な次第であるか」治郎吉は思はず膝進ませつ、懐中より一枚の書ものを取出して寛斎の前におき「此の治郎が命ちの捨時と心得ます」いひつゝ片手は畳につけて片手は膝の上、眉を昂げ眼を張りて主人の色[二一]を窺ひ「事[二二]にも寄れ、己のが悪事を包[二三]んで此の治郎を盗賊呼はり、剰さへ下総一円の津々[二四]山里までも其の張紙、ウヌ、死際の晴れ業、見事腕一本で佐倉十一万石を買取る考へに御座います、なれど又た、万一御前に御迷惑か[二五]ゝろうかと是れのみ、何卒御意のほどを」流石の寛斎も姑し言葉なく、唯だ僅かに洩らすは「奇ツ怪至極[二六]な奴ども、其方が気質でム、察[二七]しやる」なほも其の触書を見詰めて考へ沈みしが「此の事は始めよりの行掛り、予も胸に据へかぬる、治郎吉、其方が命ちを予に使はして呉れまいか、悪しくは使はぬ」治郎はニコリと笑みて「御前、さし上げます、生憎[二八]く熨斗の不用意、御免蒙つて此のまゝ」「オヽ本懐[二九]に存ずる」折しも笹葉に積る雪おちてバサリと音しぬ「治郎吉、達人が首斬る太刀音に似て居るぞ」「潔う存じます」

一〇 赤色の桐油紙で作った安価な合羽。武家の下僕などがよく使ったので、彼らの俗称ともなった。
一一 雪をあたりにはね散らかしながら。
一二 ちょっと腰をかがめて挨拶して。
一三 (礼儀をわきまえた)殊勝な者、感心な者。
一四 酒を飲めば体が暖まる。同様の表現に、浪六『原田甲斐』前篇「この寒天(さむぞら)に布子一点寒曝(さら)しの男一人、たとひ衣手うすくとも酒さへあれば何のその」。
一五 思いがけず。
一六 枝葉に雪の積もった竹。
一七 茶の湯のために建てられた小さな建物。
一八 『書言字考』巻八に「寛(クツログ)」。
一九 貴人に対する礼儀として、刃物を自分の身から遠ざけている。第三回、田原大角との対面の場とは対照的(一六五頁三行「脇差左りに引き付けて」)。
二〇 この大恩は結局明らかにされない。談洲楼燕枝の『三日月治郎吉』(『人民』明治三十七年四月)では、冒頭に若き日の白洲(ママ)甲斐が遊女に金を無心されて工面できず、相手を一文字と知らずに追い剝ぎを働こうとして一文字から意見されて帰る、というエピソードが読まれている。
二一 気色。　二二 よりによって。
二三 包み隠して。　二四 通常は「津々浦々」。
二五 これだけが。「気掛かりでございます」が省略されている。
二六 「奇怪千万」(→一六七頁注一四)と同意。
二七 (三日月の怒りを)推察し同情する。
二八 現在の「あいにく」の古語。命に熨斗を付けて進上する(→一四九頁注一二)はずのところだが。
二九 希望が叶って嬉しく思う。

第六回

年たちかへる正月廿二日の夕暮、当時の大老職[一]酒井若狭守より白須寛斎へ宛てし一封の招状、又た例の歌[二]にや詩にや、但し[三]は過ぐる日に敗れし棋[四]の仇討か、帝鑑[五]の間に裳[六]を垂れて政務[七]の枢機を預かり、殿中の長廊下に三家三卿[八]を譲らする権家[九]なれど、風流の交りに冠席[一〇]なく、職[一一]に居らねば槐門[一二]を潜るの誹りを受けず、唯(た)だ日頃の如く両若党のみを随へ、程も遠からぬ牛込[一三]の酒井邸へ足を運びぬ、

天下の大老と旗本の隠居、公けには同席もならざれど、私交[一四]の心易げに主人が常の室、とはいへ華美を尽せし局の一室に相対ふて、銀燭[一五]を剪らせつゝ歌集[一六]を繙き互に評し合ひしが、若狭守は俄かに物思ひせし如く小性の者を遠ざけ、自ら起て螺鈿厨子[一七]より取出せし一封を寛斎の前に置き「今日殿中にて佐倉城主より内願[一八]との書面、取敢へず受けて披き見れば、彼が国家老へ忍入り且召捕の者を殺害せし盗賊は足下[一九]の邸に潜み居るよし、就ては無事に引渡すやう申付呉れと、サ、斯様な文言、余り埒なさ[二〇]、ヨモヤ[二一]とは存ずれど一応」寛斎は片頬に笑みを寄せて其書を手にだに触れず「是は〳〵、些細の義に御意を煩はして恐

一 享保九年(一七二四)当時、大老はいない。ここで酒井若狭守を出したのは、三代将軍家光時代の大老酒井忠勝(讃岐守)を祖とする若狭小浜藩主酒井氏を想定しているのであろう。ちなみにこの時の藩主は酒井若狭守忠音(ただと)で、享保八年から十三年まで大坂城代を務め、その後老中に転じている(『寛政重修諸家譜』巻六十一)。
二 和歌と漢詩。
三 それとも。
四 囲碁。
五 大名が江戸城本丸に登城した際に詰める部屋(殿中席)の一つで、「古来御譜代の席」(深井雅海『図解・江戸城をよむ』原書房、一九九七年)。小浜酒井氏は帝鑑の間詰め。
六 「裳」は衣の裾。「裳を垂れる」でその場所にいるの意。
七 最も重要な政務。
八 「三家」は徳川氏の一族で家康の子を祖とする尾張・紀伊・水戸の三家をいう。「三卿」も徳川氏の一族で田安・一橋・清水の三家。田安家は享保十六年(一七三一)、一橋家は元文五年(一七四〇)、清水家は宝暦九年(一七五九)に始まるので、本作当時はまだ存在しない。
九 「権門」と同意で権力者のこと。
一〇 「上座」のことであろう。
一一 (白須寛斎が)公職に就いていないので。
一二 「槐門」は大臣の異称。「槐門を潜る」で権力者のもとへ通って追従すること。
一三 現・千代田区富士見二丁目にあった牛込見附外の北西部、市ケ谷に北接した地。現・新宿区矢来町。小浜藩の下屋敷は酒井忠勝(→注一)の頃より明治に至るまで牛込にあった。
一四 私的な交際。
一五 →一六四頁注七。蠟燭の芯を切って灯を明

縮仕る、イカにも其の盗賊どもは此の寛斎が邸宅に」若狭守は暫し顔を打守り[二二]て眉を顰め「ソは又た、何故」「明智の御大老、申上ぐる迄もなく御賢察あらんが、全体、隠居の身分にも致せ天下の直参が斯る大罪人を養匿ふ上は、封書にて内願申上ぐるに及ばず、立派に[二三]届出でゝ御掟の手続に従ひ掛合ふべき筈、ソレを、私事を頼み上ぐる様なる致方は佐倉殿の誤り、イヤ、御先方に何か故[二四]障がある故と心得ます」若狭守は稍々膝を動かして「成る程、ムヽ足下の事に如才あるまい、シテ其の盗賊を養匿ひし子細は」「イヤ盗賊と申すも佐倉殿の御勝手、全く以て悪人にあらず、恐れながら寛斎が奉行職を汚せしころ、町奴治郎吉なる者が旗本十七人を飛鳥山に斬りしが事の起り、元来、身分をも顧みず白昼に乱酔[二五]して町家の娘子供に無体[二六]を働き　ソを見兼ねて物言ひし町奴の刃に掛つて　槍馬の武士が十七人まで斃れしは以ての外の不覚、恥辱、不用意、[二七]表面立ては直参の面々家にも係はらん[二八]と気の毒に存じ、其の町奴に五年の遠慮[二九]を申付けたが却て我が愚鈍、流石に公けの争ひこそ起さねど　残りし親類縁者が此の寛斎に恨みを重ね、遂には」「左様〳〵、明[三〇]奉行の聞へありし足下が俄かの不[三一]首尾を訝しう存じた、此の若狭が其頃に今の身分ならば」「こは有難き仰せ、なれど、職を剝がれしは全く此身の不肖[三二]、又た我が落職のあと即ち唯今

るくする。
一六　自分が詠んだ和歌の草稿を書き留めたものを、お互いに披露しあっているのであろう。
一七　「螺鈿」は真珠のような光を放つ貝殻をいろいろな形に切り取って、器物の表面に装飾として施したもの。贅沢な品。「厨子」は書籍や調度品を収納する家具。箱型で前面は両開きの扉で、内部に棚があるのが普通。
一八　公にはしない内々のお願い。
一九　初出の振り仮名「そこ」。「そち」は、「そこ」より目下に対する言い方。次頁以下では「そこ」と読ませているので、ここも「そこ」と振り仮名を振るべきところ。
二〇　あまりにも滅茶苦茶で馬鹿馬鹿しい。
二一　まさか(そんなことはあり得まい)。
二二　じっと見詰めて。
二三　正式に。表向きに。
二四　さしさわり。
二五　泥酔。
二六　無理無法なことを仕掛け。
二七　このことが表沙汰になっては。
二八　武士が町人に斬り殺されたとあっては、その家は断絶を免れない。
二九　謹慎。
三〇　「名奉行」に同じ。
三一　具合の悪くなること。ここでは奉行職を解かれたことを指す。
三二　愚かさ。能力のなさ。

の奉行が明鑑[一]にて治郎吉の穿鑿はげしきゆへ、鬼若三次といゑる者が下手人と名乗出で、磔刑[二]、イヤはや、其は兎も角、申さば下手人は既に無き道理、然るに、近ごろ治郎吉が佐倉殿の御領分に身を置くこと、彼の斬られし人々の兄弟朋友が聞付けて跡を追ひ、卑怯にも詐欺を以て家老田原が邸へ引寄せ、既に危ふき処を治郎吉の弟分源次なる者に妨げられたるを、奸智の大角早くも二度[三]の計をめぐらし、己[四]のが権威に盗賊として公然の召捕を差向けしにより、絶体絶命、やむなく七人を斬捨てゝ遁れし次第、又た其者どもを寛斎が養匿置くは恐れながら天下への御奉公と存じて」「ムヽ、委細明瞭[五]致した、が、天下への御奉公とは」「されば、此の治郎吉は異名三日月といへる侠客、下々では達者[六]とも臂突[七]とも申すもの、性れつき世の中に懼るゝ事を存ぜず、子分と唱へて異体[八]同心の命知らずがヱヽ、殆んど五六百もあらんか、其の子分にも又た子分、申さば陪臣陪々臣[九]といふ有さま、事の善悪に拘はらず治郎吉が指さす所[一〇]は水火の中も物の数と心得ず、肉を刻み骨を削り胆に焼鉄[一一]あつるもニコリと笑ふて声立てぬが此奴等の本性、モシ此度の一条を其の子分共が聞付けなば、ヨシ[一二]聞くに致せ治郎吉を手放さぬうちは容易なれど、一旦彼が憤怒の余り躍りいでゝ子分の者に佐倉殿と指させば忽ち一珍事、ソレのみならず、江戸八百八町[一三]の火消人足[一四]、

一 ことの善悪を見定める眼力。
二 はりつけの刑。罪木(ざいぎ)に両手両足を縛り付けた後、槍で突き刺して殺す。主殺し、親殺し等の重罪を犯した者が処せられた。
三 第二の計画。→一七一頁三―五行。
四 自分の権力、威勢を利用して。
五 はっきりとわかった。
六 男伊達と同意。
七 →一四七頁注一九。
八 身体は違っても心は同じ。
九 「陪臣」は家来の家来、「陪々臣」はそのまた家来。
一〇 水の中だろうと火の中であろうと平気で飛び込む。それほど度胸が据わっているの意。浪六『脊の自休』(春陽堂、明治二十七年)十二「火水(ひみづ)の中央(なか)に笑ふて死するほどの男は慥(たし)かに百人」。
一一 焼けて赤くなった鉄を胆に押し付けられても。
一二 「ヨシ」は「よしや」と同意。たとえ聞いたとしても。
一三 江戸市中の町の数。実数ははるかに多く、享保年間(一七一六―三六)に千六百町余に達していた。
一四 享保三年(一七一八)に設けられた町火消のこと。「鳶の者」は彼らが鳶口を持ったことからの異称。鳶口は燃えている家を壊して延焼を防ぐ道具。

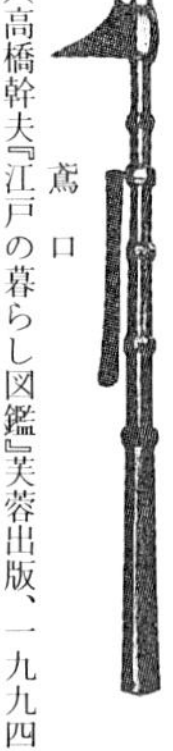

鳶口

(高橋幹夫『江戸の暮らし図鑑』芙蓉出版、一九九四)

即ち鳶の者といふは皆な彼れの息かゝりし者なれば、[一五]スリ半鐘に[一六]四十八組の輩が騒ぎ立つるさへ小事ならずと心得ます、就ては此一件は始めより寛斎が行掛り、成るべくは無事にと存じ、ワザと養匿ひ置く次第」と　身動きもせず声も立てず[一七]要を摘んで静かに説き出だしたる白須寛斎、若狭守は興ありげに聞居たりしが、又た俄かに[一八]眉宇を曇らせ「此の太平の世に、シカも下々に左様な者があつては、ム、捨置けぬ」「イヤ御心配に及ばず、治郎吉が命ちは此の寛斎が自由に使ふ約束が」「約束とて他人の心、他人の[一九]性命を随意には」「ナニ〳〵、[二〇]一諾を重んじて身を殺すも悔ひぬは彼等が慣ひ」若狭守は膝を打つて[二一]三嘆し「噫　あるべき武門に魂なく無くて宜き町人に其の骨、世は[二二]むづかしうなつて来た」寛斎は始めて膝を進ませ「次第に因れば一人の治郎吉を殺してなりとも、しかし、茲に一つの心掛りと申すは　去る十八日の夜、源次といへる者が邸宅を脱走せし一条、此の者は至て激烈の性にて、いはゞ[二三]炎の中に小車の転廻するが如きものと聞けば、モシ如何様の事を仕出さんかと」「サレばな、大体かゝる事は至急の所置が肝要、若狭は明日殿中にて[二四]一方を諭す、足下は今夜の中に治郎吉とやらに腹切らす工夫を、嗚呼、聞けば聞くほど[二五]侠骨[二六]芳ばしき奴、惜むに余りあれど、致方ない」

一五　↓一四九頁注一二。
一六　町火消は、いろは四十七文字から「へ、ら、ひ」を除いて代わりに「百、千、万、本」を加えた四十八組に分けられていた。
一七　要点をかいつまんで。
一八　眉のあたり。転じて「表情」。
一九　「生命」に同じ。
二〇　一度承知して引き受けたこと。
二一　(三日月の気性に)深く感心して。
二二　扱いにくくて煩わしく。
二三　気性の激しさの形容。同様の表現に、浪六『破太鼓』二十三「もつて生れし火車(くわしや)の一徹」。同『鳶の細道』七「猛火を渡る車輪に等しき小太郎」。
二四　佐倉城主のこと。
二五　義侠心に富んだ気性。
二六　強く心がひかれる様。好ましい。浪六『十文字』前編(青木嵩山堂、明治二十九年)十五「おもへば彼も優しや、見ればこれも骨かんばしや」。

夜いたく更けて星の影暗く、雨気を含んで土手の松が枝を鳴らす風凄く、人影に吠ゆる犬の声さへ聞へずなりぬ、折しも牛込の方より堀端伝ひに見ゆる提灯の光り、水に映じて上下二つの団火伴なふて歩むがごとく、やゝ市ケ谷見付に近づかんとする時、あはれ提灯おちてパツと燃ゆるに閃く稲妻「何者ツ」と叫ぶ一声「ヱイ、オー」と掛くる切声　続ひてバタ〳〵と走る数人の足音　伝通院の初夜つく鐘も遠音に響きて一入の惨を添へぬ、

土手三番町の白須が邸へ宙を飛んで駈け戻つたる若党一人、クヾリ門を叩く間もあらばこそ　叫びながら突き入りて「曲もの、御隠居の大事、市ケ谷の堀端、危い」声聞付けて俄かに騒ぐ家内の者より、長屋の戸口蹴放ちて躍り出たる大の男、脇差提げて玄関前を斜めに走りざま「御家来衆、続ひた〳〵」呼声はあとに残りながら、ぬしの身は早や門外に跳ね出たり

第七回

噫、這ひ蹲ばつて百万遍の頓首すればとて頸骨の曲らん例しなく、蹴られても踏まれても脊に帆を掛け　向ふ脛に馬の字書いて遁げ出す世に、ふしぎや大切の命ちを粗末に扱ふ男一貫、もて余して売らん〳〵と叫べども三十八の今

一 江戸城の外堀。
二 本物の提灯の光と、下の堀の水に映った光。
三 ようやく。
四 刀の光(→一五三頁注二二)。
五 短い掛け声。浪六『鬼奴』三「ゑツやツと掛け切声」。
六 現・文京区小石川三丁目にある浄土宗の寺。徳川家康の生母於大の方や孫の千姫を祀る。市ケ谷見附近辺ならば、市ケ谷八幡の時の鐘の方がよく聞こえたであろう(浦井祥子『江戸の時刻と時の鐘』一章、岩田書院、二〇〇二年)。
七 午後八時から九時頃。
八 凄惨さ。むごたらしさ。
九 空を飛ぶように急いで。
一〇 →一六六頁注一一。
一一 以下、息が切れて言葉が続かない様を表現している。
一二 大名や旗本屋敷の周囲に設けられた、家来を住まわせるための長屋。
一三 初出「内(ちう)」。
一四 お辞儀。どれほどぺこぺこ頭を下げても、首が曲ったままになってしまうわけではない。
一五 馬のように早く走る意の浪六の創作か。浪六『毒婦』後篇三「三十六計の奥の術(て)、向脛に馬の字を書て駆出します」。
一六 白須寛斎に命を預けたこと。
一七 もったいない。
一八 諺「死は易うして生は難し」。原拠は『史記』趙世家「程嬰(ていえい)曰く、死するは易く、孤を立つるは難きのみ」か。『太平記』巻十八「瓜生(うりふ)判官老母事　付程嬰杵臼(しょきう)事」にも出る。
一九 弓の弦(つる)のように神経を張り詰めていること。
二〇 心が勇んではやる様。「彎かん由なく」と続けて、その気持ちの持って行き場がないの意。

まで買手なく、たま〳〵の[一六]善き客のがさじと思ひしも水の泡、さりとて今更ら野末の犬の腹肥やさんも[一七]可惜らもの、偖こそ始めて悟つたり生は易し死は難しと、否、[一八]死は易く生は難しといふこそ人の常なるに、あはれ浮世の片輪男、[一九]気の張弓に[二〇]心の矢竹を彎かん由なく、縄も鉄鎖もなけれども[二一]我から攻て恩人の[二二]門長屋に繋がるゝ三日月治郎、燈火の影に腕を組んで思案に苦るしむ折から戸口を叩ひて若党の声「至急に御前が召す、至急〳〵」治郎吉はつと身を起して帯しめ直し、[二三]無腰のまゝ草履[二四]うがちて侍部屋より案内にひかれ、奥まりたる一室の[二五]閾に踵を重ねて身を円めつ、あはれや[二六]丸行燈の光り眩ばゆげに頭を垂れ「恐れながら御心中を察し上げます」「オヽ心外には存ずれど何事も[二七]命である、治郎吉、離れて居ては語るに不便、近う〳〵」手を取らんばかりに優しくいふは今の白須が主人、年の頃ろは三十に二つ三つも足らざらんか、どこやらに残る父寛斎が威厳の面影、治郎吉はやう〳〵イザリ寄りて猶も頭を擡げ得ず「一昨夜の[二八]凶変も基を訂せば皆な此の治郎吉が故、御家来の注進を聞くや否や宙を飛んで駈付けたれど ザヽ[二九]残念にも、あゝ、[三〇]御最後の場を去らず腹掻切らんと脇差抜きしものゝ、イヤ〳〵、一度ならず二度ならず果ては斯る大罪を脊負ひし身、我手で死んでは相済まぬ道理と、ソヽ其まゝスゴ〳〵立帰つて

「矢竹」は「弥猛」の当て字で、直前の「弓」の縁でこの文字を用いた。
二一 自分で自分の罪を責めて。
二二 長屋(→注一二)と同じ。長屋の一部を開けて門が作られていたのでこういう。
二三 丸腰。刀を持たないこと。 二四 履いて。
二五 「閾」は敷居、部屋の境に敷いた溝を掘った横木。「踵」はかかと。敷居を踏むことは避けるのが通例。諺「敷居を踏むのは親の頭を踏むのと同じ」。『躾方(しつけかた)小笠原百ヶ条』(天保十四年〈一八四三〉)「先(まづ)第一披露書百ヶ条可嗜(たしなむべき)次第…一しきゐへのぼる事」。あるいは、そういう作法もあったか。浪六『後の三日月』六「襖おしあけつゝ、閾に踵を重ねて半身を畳に据ゑしは…三日月治郎が後家の尼」。
二六 火覆いが円筒形の行灯。小堀遠江守が始めたとされ「遠州行灯」とも。

丸行灯
(井原西鶴『西鶴諸国ばなし』1)

二七 天命、運命。このあたり、うやむや隠士(→解題)の「余り冷淡に過ぐるが如し」と評したところであろう(→付録)。 二八 悪い出来事。
二九 「間に合いませんでした」が省略されている。
三〇 寛斎の亡くなったその場所から動かず。

お長屋で夜一夜血の涙[一]、何とか[二]お言葉の下るまでと、昨日の御葬式にもワザと御遠慮申して余処に見るせゝ切なさ」鬼をも手捕[三]にせんづ大の荒男[四]がポロリと落す一雫、そを拭ひも得せず潜むる声に力を込め「ホヽ骨が砕くるより辛う存じます」又もや暫し言葉を止めて両の掌をピタリと畳につけ「若様、御前、申上ぐる面目も御座いませんが、なに、とぞ、此の治郎吉奴に親殿様の仇を討てと、イヤ、たゞ、死ねとの御免しを蒙りたう存じます、ネヽ願ひ上げます」あはれや鉄腸[五]を絞りし涙ハラ〳〵と落すを、さきの程より黙然と聞居たる主人も声を曇らせ「其方が今の一言、満足に存ずる、父が仇は必ず[六]其れと予も悟つて居る、倶に天を戴かぬ古語[七] 草を分け[八]土を発きて討ちたけれど、コリヤ、今日大老酒井殿より細々と懇切の内命[九]もあれば暫く胸を抑ゆるは、勿論、公然そ[一〇]の筋の穿鑿に油断なく、遠からぬうち召捕るは疑ひない、ヨシ大老が事を分ての内命も顧みず予が一人にて仇討するはまだしも、此の事を其方に任す訳には行かぬ、な、分つたか」諭すが如く慰むるが如く 頭を傾けて差俯むける治郎吉が横顔をスカシながめ「治郎吉、しかし其方に一つの頼みある、明日、イヤ昼は憚りある、夜分に大老の邸宅へ往て呉れ」此の言葉を聞くや始めて頭を上げ「お言葉を返して恐れ入りますが、御大老のお邸宅へ此の治郎吉が、如何の

一 漢語「血涙」から生じた語。激しい怒りや悲しみから出る涙。
二 自分に対して何らかの指示が下りるまで（自分から行動はするまい）。
三 生け捕り。
四 荒々しく粗野な男。
五 →一六八頁注五。「はらわたを絞る」は、「はらわたを裂く」と同意で、腸を引き裂かれるほどの苦しさを味わう意。浪六『大阪城』九「幸作、千辛万苦の腸(はらわた)しぼる顔色(かほいろ)を」。
六 きっと誰（田原大角）であると。
七 『礼記』曲礼上「父の讐は共に天を戴かず」。「古語」は古人の言葉、格言。
八 徹底的に捜索する意の慣用的表現。
九 表向きではない内々の命令。
一〇 奉行所の探索。瀧川政次郎『長谷川平蔵』（中公文庫、一九九四年）一部三章補遺「江戸時代に「其の筋」という言葉がよく用いられたのは、一般庶民にとって、幕府の役所の管轄が解し難いものであったからである。明治時代になって、ヨーロッパ系の法律が継受せられてからは、裁判、警察の地域及び事物の管轄は明らかになったが、「其の筋」なる語は依然用いられた」。

御用で」「イヤ〳〵、何事か存ぜぬが、父より大老へ其方の事を物語りあるよし、即ち最後は其の帰途であつたは、就て大老より一度其方を見たいとの事、往けば委細が分る、予が手紙を遣はすから其れを持参して、明晩暮方より」いひつゝ九曜の定紋ちらせる匕首[11]を取出し「これは父が秘蔵の藤四郎吉光[12]、焼刃[13]の塩梅[14]、にほひの工合、名作である、きれるぞ、サ、其方に遣はす、いづくへ行くにも身を離すな、宜いか」治郎吉は何思ひけん　ツヽと進寄りて匕首を受取り　幾たびか推戴き「先殿様に差上げし治郎吉が命ち、御前、もはや何事も申上げません、有難う存じます」「ムヽ長屋へ下つて今夜はユル〳〵寝るが宜い」

四つ半[15]の時計[16]を聞ひて長屋に立帰つたる治郎吉、行燈の小影に胡座組みしまゝ「ムヽ」とばかりに考へ沈みしが、静かに頭を擡げて左りに匕首を取り、右の手さしのべて燈火[17]を掻きたて、手拭[18]を口に噛んで一膝ユスリ寄り、おし戴ひて抜放ちたる刃は九寸の吉光、水気[19]を含んで尖鋒よりポトリと露の滴たらんばかり、そを打かへし[20]てスカしつタメつ瞳を凝らす様は、凄まじくも分厘[21]の隙間なく山崩るゝも動ぜぬ壮貌「天晴れ業もの[22]」と独り言[23]つゝ鞘に収めて傍らに置き、又もや腕を組んで心を潜むる折しも、武者窓[24]を漏るゝ春の夜風ふき入り

一一　鍔(つば)のない短刀。その長さから「九寸五分(くすんごぶん)」とも。切腹するのにも用いる。『書言字考』巻七「匕首(ヒシ)　今ノ世短刀之属」。
一二　鎌倉中期の刀鍛冶、粟田口吉光(通称藤四郎)が鍛えた名刀。伊勢貞丈(一七一七-八四)の武家故実書『安斎随筆』巻三十(『改訂増補　故実叢書』九、一九九三年)に「天下の三腰　正宗　義弘　吉光」。吉光は特に短刀製作の名手として知られる。
一三　刀身を赤く熱した後、水に入れて急に冷やす(焼き入れ)と硬度が増し、よく物が切れるようになる。その刀身の硬くなった部分。ここで物を切る。
一四　「匂」。焼き入れした時に焼刃にできる刃文(波のような模様)を形成する線。
一五　現在の午後十一時頃。
一六　和時計。高価な上、調節が厄介であったので庶民には普及しなかったが、大名や旗本の屋敷には「時計の間」が設けられていることが多かった。
一七　灯心の先にたまった灰を掻き落として、火の勢いを強め明るくすること。
一八　刀のさびのもととなる湿気を防ぐため、自分の息がかからないようにする。
一九　研ぎ澄まされた刀身の形容。浪六『古賀市』一・下「一寸ばかり抜きみれば、露ぞ滴(た)だる水気ふくんで眼(まな)を奪ふ白刃(やい)の光輝(えさ)」。
二〇　何度も何度も色々な角度から繰り返してじっと眺める様。
二一　ほんの僅かの。
二二　名工が鍛えた切れ味のよい名刀。
二三　→一五一頁注二〇。
二四　→一六四頁注一。

て、鬢の毛乱れ[一]頬の辺りに散り纏ふを、指先に巻付けて腹立たしげに引抜き、一息吹きかけて宙に飛ばせば　舞ひ上つて落つる燈火の上、ジリ〳〵と焼け[二]うせるを何と思ひけん　瞬きもせず見詰て舌打鳴らし「ヱ、ツ」

[三]さらぬだに淋しき屋敷町の夜更けて聞ゆるは、火の用心を警むる諸家の声々、はや九ツ[四]を報ずる拍子木の音と、細くたゑ〴〵に唄ふ流しの豊後節[五]、うれしき身には浮世の真味こゝにあれど、物思ふ心には人間の感慨いとゞ深く、朧ろに天井へうつる行燈の輪形、壁に画く己のが影さへ澄み亘る真夜中ごろ、治郎吉は猶ほ寝ねもやらず、身を柱に持たせかけて眺むる武者窓の外に、燈火の光りを受けて見ゆる人間の首一つ、訝りながら眼を定めてキット睨みつけ「何もの」その首は動くと共に声を潜めて「ゲ源次で、小車の」治郎吉は暫し物をも言はざりしが、やがて起ち上つて「ヱ、何と思つて、ドどの面さげて舞[六]ひ戻つた」なほも見詰めて言葉をつぎ「いま開けてやるは、表御門へまはれツ」

門内に引入れて長屋に連れ来り、行燈を中央に隔てゝ治郎は声鋭どく「源次」一声の息の下ジロ〳〵其の姿を見まはせば、顔の色青ざめて眼中[七]に血筋を引き、旅装束の裾に白みわたる砂塵りは、遠路を走[八]つたるまゝにや息づかひさへ荒く、おり〳〵懐ろに手を差入れて額を皺めつ、右の鬢先に梨地[九]の如き磨り

一　初出「乱れつ」。

二　初出「焼けうせる有様」。

三　ただでさえ人声が少なくて淋しい武家屋敷の続く町。

四　現在の午後十二時頃。初出「九つ時(とき)」。

五　豊後浄瑠璃。浄瑠璃節の一流派。都一中(みやこいっちゅう)の弟子である宮古路豊後掾(みやこじぶんごのじょう)が京都で語り出した。江戸で大いに流行したのは、豊後掾が享保十九年(一七三四)に江戸に下って興行してからのことである。男女の情愛を煽情的に語るものが多い。また豊後節から派生した常磐津節・富本節・清元節・新内節などの総称としても使用される。浪六は後年(昭和六年)、初代鶴賀新内(しんない)を主人公とする小説『鈴木新内』を刊行しており、その口絵に自ら新内に扮した写真を掲げている。

六　一七九頁一一―一二行「去る十八日の夜、源次といへる者が邸宅を脱走せし」を受ける。

七　眼が血走っている様。

八　『和英語林集成』三版「Washiri-ru　ワシル」。

九　蒔絵の一種で、漆を塗った上に金銀の粉末を撒き、さらに漆を塗った後研ぎ出して梨の実の表面のような感じに仕上げた物。ここは、たくさんの小さな傷から血が滲み出している様。浪六『たそや行灯』十五「辛苦の頬に梨地の如き磨傷(すりきず)にじませ」。

傷、脚絆の上より左の脛に布を巻きたる様は[一〇]唯とも見へず「源次、痛みを負つたな」声かけながら膝を進め「アレ程いつたにナゼ脱けた、しかし、[一一]今は詮ない、が、ド何処へ往つた、言へツ」問はれて源次はイザリ寄りつゝ「コヽ此の様で舞戻つたも、義兄、余処で死度くない一心、遣損なつた謝罪を兼ねて此処へ眠りに帰つた、脛は兎も角、コヽ此の左りの横ツ腹に突き傷、[一二]佐倉から十三里の路程を、半分は[一三]追ツ立て籠に揺られ　半分は懸命で駈付け、コヽこたへた、こたへたツ」張りつめし気力ゆるんで俄かに苦痛を覚へしにや、這ひ寄つて治郎吉が手を持ち添へ己のが横腹に探り入れて「コ是れだ〳〵、所詮、助からない」幾重にも巻付けたる布を徹して水飴の如く血糊の湿出たるに　流石の治郎も駭き顔「源次、しツかりしろ、よく戻つた、男だ、佐倉で何うした、敵手は誰れ、[一四]彼奴か」稍セキ込んで[一五]声に励みを添へ、[一六]事の仔細を問はん遑も心掛り、庭に飛下りて檜杓おツ取り[一七]瓶の水掬はんとする其の隙を覗ひ、源次は早くも襟くつろげて吉光の匕首を抜放つや否や逆手の[一八]電光、巻付けたる布の上より背骨へ徹れとばかり、[一九]秋茄子を噛むが如くプツリと音たてゝ突込んだるハズみ「ムヽン」と叫ぶ一声に、治郎は振返つて躍り上りつ右の脛をあげ、アワや後ろに仆れんとする源次の[二〇]肩にシカと踏掛け、身を屈めて声も急はしく続け呼び「[二一]反る

一〇 ただならない様、普通でない様子で。
一一 今そのことをいっても仕方がない。
一二 佐倉と江戸との間は十三里(約五二キロメートル)あまり。
一三 後ろからせき立てられるように急ぐ駕籠。
一四 田原大角。
一五 声をかけて励まし。
一六 事情を尋ねているその間。
一七 源次に気付けのために水を飲ませようとしている。
一八 →一五三頁注二二。
一九 秋茄子は肉質がしまっていて皮はやや固く、はじけるように破れるのが特徴。
二〇 肩に右足をかけて押しとどめる。
二一 のけぞるな。反り返るな。綱淵謙錠『斬』(河出書房新社、一九七二年)五「三島のように、あれほどの深さで真一文字に切った場合…肉体はどういう反応を示すのであろうか。…二つの倒れ方が想定される。それは切腹のさいの身体の角度による。瞬時に襲ってくる全身の痙攣と硬直により、膝の関節で折れ曲っていた両脚がぐっと一直線に伸びるためか、角度が深いときはガバとのめるように前へ倒れ、角度の浅いばあいはうしろへのけぞるのである」。

な源次、反るな〱源次反るなツ」叫びつゝ後背[一]の両脇より双手を差込み双膝に体を挟み、左りの腕首を固く握らせ　右の手にて匕首の柄握る拳を抑へ「早まつた源次、眼を閉ぢな、一心に行燈の火を睨め、睨んで何[二]か言へ　聞くぞ源次、火を見失ふな、物いへ」源次は抱かれながら大息吹ひて声震はせ「ナ、なに、いふ事ない、途中でカヽ書いた、ものが夕袂に、見て呉れツ」聞くや否や治郎吉は耳に口あて「慥かに聞ひた」いひ終つて行燈の火に満身の息ふきかくれば、燈火きへて忽ち黒闇々[三]の其中に　喰しばる歯の根を推して漏るゝ治郎が涙声「南無[四]、南無阿」もち添へて柄をまはすにや、はツ〱と吐く源次が一期の苦痛、腥き[五]風に散る門前の白梅一輪、たが手にか拾はれむ、

第　八　回

今朝より降りいでし猫毛[六]の春雨、蝶の翼を濡らして花の香を誰が家におくる、住居は待乳山[七]の片辺[八]り山谷堀[九]の岸根、隅田[一〇]の流れに竹屋の渡江よぶ声は更なり、金龍山[一一]の鐘の音さへ色添[一二]へて聞ゆるは処から、みやこ鳥[一三]に事問はんより江戸の意気地を尋ね来よ、火の粉の中で物語らんづ四十八組の頭取役[一四]、七十一の白髪を頂けど昔しの腕[一五]にヨリは戻らず、むさし一文字が形見の伯父、山谷の国五郎

一　以下、三日月が手伝って源次に切腹をやり遂げさせる。
二　遺言。
三　「黒闇」を強調した言い方。真の闇。死後の暗黒をも象徴している。浪六『井筒女之助』(明治二十四年。『浪六傑作集』上所収)十五「咽喉(のんど)にプツリと音たつれば、一期(いちご)の悲鳴もろとも傍(かた)への灯火(ともしび)を蹴つて黒闇々」。
四　「南無阿弥陀仏」の略。
五　血生臭い風。浪六『井筒女之助』七「血煙り立つて腥き風あほれども」。
六　猫の毛のように細く柔らかい春雨の雨脚。
七　現・台東区浅草七丁目。隅田川に臨む小丘。
八　片隅。
九　待乳山のふもとから隅田川に注ぐ山谷川の俗名。吉原遊廓に通う遊客の猪牙(ちょ)舟が盛んに往来した。
一〇　隅田川の川面を伝う竹屋の渡し舟を呼ぶ声は(艶っぽいと)いうまでもない。「竹屋の渡江」は山谷堀の入り口の金龍山下瓦町と西岸の小梅三囲(みめぐり)神社鳥居下(現・墨田区向島二丁目)を結ぶ渡し舟。もとは「竹屋」という船宿の持舟であったので、その屋号を呼んで舟を招いた。後に一般の渡し舟もできたが、やはり「竹屋」と称した。
一一　金龍山は待乳山の別称。待乳山聖天宮の時の鐘の音。
一二　聞こえてくる音が艶っぽいのは、吉原に近いという場所柄のせいだ。
一三　『伊勢物語』九段「名にし負はばいざこと問はむ都鳥わが思ふ人は在りやなしやと」に拠(よ)る文飾。

とて皺腹[一六]たゝきつ物いふ阿爺あり
　昼過ぐれど雨は猶ほ歇まず、家内には主人の阿爺がうたゝねの枕おしやり、我手を後ろに廻はして腰の辺りを叩きながら「あゝ春雨に誘はれてウト〳〵と遣つて退けた心持は、ナカ〳〵、千両〳〵[一七]」独り言の声きゝ付けて待兼ねしといはんばかり、せはしげに室間の襖ひきあけて「伯父さん、お目が覚めて、オヽ、昼飯の用意も整ふてある、そして足の利く[一八]駕を一挺」なかば言はせず阿爺は俄かに笑ひ出しアハヽヽヽヽ「お菊ぼう、老人を其様せき立てゝ呉れるな、三歳児を預けたと訳が違ふて立派な六尺の男、しかも、男の中の男が存[一九]分あつてのこと、まして先様は外ならぬ白須の御前、それのみか源次も一所に居れば心配いらぬは、とはいへ、女房の心に取つては、イヤ祭して居る」お菊はモドかしげに膝すゝめて声に力を入れ「祭して呉れるばかりでは気が済まぬ、トンと埒あかぬ、前夜も前夜、今朝も今朝、泣付ひてアレほど頼んだに、寧そ、花川戸[二〇]へ一走りして誰か子分の衆へ」「エヽ、野郎どもに知らせて堪るものか、それでなくてさへ、毎日の様に此の老爺をセメつけに来る最中だは」お菊はコヽぞと思ふ色みへて「ソレでは今ま直ぐに是れから」「あゝ幼少ときから親の一文字より此の伯父を慕ふた丈けに　今となつては無理ばかり並べて困らせ

一四 町火消の総取締り。なかでも名前を知られたものは「顔役」と呼ばれた。頭取の下で各組に号令したのが「頭(かしら)。組頭)」。三日月はこの頭である。
一五 よりをかけた腕を元に戻さない。腕はなまっていない。浪六『夜嵐』(明治二十六年。『浪六傑作集』上所収)八「はやおひ〳〵と寄る年波の遂には腕にヨリの戻るは必定」。
一六 太平の世を謳歌するという意の「鼓腹」(『十八史略』五帝、帝尭の条)を利かせた表現。
一七 小判千両に匹敵するほど、すばらしく値打ちがある。「酔覚(よひざめ)の水千両に直(ね)が極(きま)り」(『柳多留』一三二編〈天保五年(一八三四)刊〉)。
一八 「足が速い」と同意。「利く」は持っている能力が十分に発揮される意。
一九 思うところ。
二〇 三日月が家を構えていた所。→一四九頁注一六。

おる、可愛[一]やつだ、が、お菊ぼう、まだ小児と思ひの外[二]おれを盲目にして頻りに治郎を誉めたてたはム、たしか十七の春から、其の時の事を覚へて居るか、三日月は強くて男が立派だ、人の談話に聞ひた深見十左[三]を見る様なと」「エヽ又た老人の癖[四]に其の様なことを、今の妾が心は其処どころか、夜昼うち通しての心配」言葉をきり体をそむけてピンと強ねて見すれど、心に問へば思はず散る顔[五]の紅葉、浮世馴れたる色[六]のとゞめは二八[七]に増りて見どころ多し、

阿爺は最愛の姪にせがまれて、否、実は今朝チラと耳にせし寛斎の横死に、治郎が身の上を気遣ふ折柄なれば、年こそよれ昔の名残り一本おとし[八]、羽織は畳んで左りの肩に打掛け、裾を斜めにカラげて裏金[九]厳しう反をうたせし雪駄ばき「お菊ぼう、皆の奴等、往つてくる、イヤ〳〵、駕は途中で乗るは」いひつゝ若き者四五人とお菊に送られ、門口に出でんとする折しも何処よりの客にや、二[一〇]枚だての町駕[一一]一挺ドカりと御ろすや否や、垂簾を推上げて「伯父御[一二]」と声かけヌツと顕はれたるは三日月治郎、目早く見て取るお菊が声「伯父さん、あれ、オヽ[一三]」

母屋と離れて庭園の中に建てたる一座敷、内には主人の阿爺と治郎が膝つき合しての密談も半ば過ぎ「伯父御、今ま言つた通りの事情、どの道[一四]から足を付

一 「かわいい」と同意。近世以来明治期までよく用いられた。『和英語林集成』三版「Kawai カワイ 可愛」。

二 （お菊が三日月に恋心を抱いていることに）国五郎が気付いていないと思って。

三 →一四七頁注一六。

四 「癖として」の意。

五 恥ずかしさで顔を赤くした様。

六 「色は年増に止めを刺す」（色恋をするには年増女が一番だ）から「年増女」の意。年増は二十四、五歳から三十歳前後の女性で、前出の触書にはお菊は「二十五六位」（一七一頁一四行）とある。

七 十六歳。娘盛り。

八 →一五六頁注一一。

九 磨滅を防ぐために、雪駄の裏のかかとの部分に打ち付けた鉄の薄板。

一〇 前後二人の駕籠かきが担いで走る普通の駕籠。急ぎの場合は、「四枚肩の早駕」（浪六『高倉長右衛門』後編百）、「鼻綱二人助骨（すけぼね）二人本肩（ほんかた）合して六人の韋駄天」（同『たそや行灯』十二）等、人数が増す。

一一 都市の路頭で客を待って乗せた駕籠。「辻駕籠」とも。

一二 人物を表す語に付けて敬意を表する。

一三 国五郎の発した語。

一四 どうしたところで結局。

前

町駕籠
（『守貞謾稿』後集3）

けても、所詮二度とは世に出られぬ身、イヤ素より其の覚悟、就て[一五]死後の事は
万事たのむ、わけて、お菊は女房ながら此の治郎が為めには大切なやつ、猶ほ
此上[一六]とも面倒を」阿爺は目を閉ぢて幾たびか打うなづき「よし頼まれた、心配
すな、お菊ぼうは言ふまでもない、花川戸の野郎ども其他の子分が事も慥かに
承知した、ソレにつけても憫然[一七]な奴は源次、重ね〴〵悪むべきは佐倉のサンピ[一八]
ン、よし、治郎、何事も心に掛けず立派に思切つて遣つてくれ、万〳〵一、今日
のお召が無理卑怯な計略で、其の毒手に掛つたと聞かば天下の大老でも佐倉で
もナヽなんだ、年こそ老れ山谷の阿爺、八百八町のスリ[一九]半鐘を鳴らして火の粉
の雨を降らし、屋敷もろとも焼立てヽ虫一疋も免がすものか、治郎、しツかり
遣れ、死後は引受けた」老ても逸物[二〇]キカぬ[二一]阿爺、治郎は思はず片頬に笑みを含
んで「イヤ、決して其の手数に及ばぬ、たとへ如何なるとも治郎が最期には指[二二]
一本もさヽせぬ覚悟、又た、今の御大老は白須の先殿様とは別して御入魂[二三]の間
柄、就ては男の潰れる事もあるまい、伯父御、治郎が身は安心して、たゞ、
死後を頼む、イヤ斯ういふうち時刻が後れる」いひつヽ起たんとすれば阿爺は
俄かに袖を引とめ「治郎、ソヽ其れで済むか、お菊ぼうにも余処[二四]ながら名残り
惜んでやれ」無理に引据へて己のは庭園づたひに母屋の方「お菊ぼう、お菊ぼ

一五 そういうことだから。一三行「就ては」も同じ。
一六 今まで同様今後とも。
一七 「不憫」「不愍」に同じ。三遊亭円朝『真景累ヶ淵』六「泣て居る容子が憫然(ふびん)だと云つて」。
一八 →一四八頁注一〇。
一九 →一四九頁注一二。
二〇 優れた者。
二一 「聞かぬ」。頑固な、意地っ張りな。
二二 少しも手出しをさせない。
二三 特別に親密な仲。初出の振り仮名「ぢつこん」。
二四 それとなく。

う」呼ぶ声に如何で後るべき、待わびて障子引あけ椽端より走り出で「伯父さん、妾まで遠ざけて置いて全体何の談話が」阿爺は[一]言葉せはしう手を上げて後ろを指さし「エヽ文句[二]たゝかず早う行け、又た愚痴こぼして[三]叱られな[四]」

雨やみて日は未だ暮れねども、金龍山の[五]七ツ半を報ずる鐘の音近く、[六]待乳の森に啼く鳥の声を後ろに聴きなし、[七]広徳寺門前を二枚だて[八]先綱かけて[九]矢声激しく走る一挺の町駕、半町あまりも隔てゝ其の町駕を失はじと見へつ隠れつ追ひ行く十七八人のばちびん奴、折しも横町より[一〇]国司か譜代か何れの大名にや行列美々しう出で来るに、駕人足は駭きて其まゝタジ〳〵と[一一]十間あまり引返へしつ路傍の軒下に寄せかけたり、行列は此方の道筋へ向はねど、先手の[一二]徒士四五人バラ〳〵と駈来つて下総なまりの声鋭どく「何ものか、見れば町駕、無礼な奴、乗人を引ずり出せ」駕の中より[一三]相模麻の重ね草履を穿ちしまゝの片足なげ出し、音太く響く声にて慌てもせず「いづれの御大名かは知らねど、[一四]お通り筋を遮ぎつたでなく、又た横ぎりしたといふでなく、コヽまで引下つて畏れ入るに何のお咎め、草深いお国本とは事が違ふ、[一五]甍の波をうつ大江戸で御座る」

半町あまり後ろの方に此有様を見し十七八人の者「なんだ〳〵、[一六]道具を見ろ、紋処は何藩だ」声に応じて一人のもの「[一七]黒羅紗の[一八]三本道具、[一九]丸に並び鷹の羽、

一　せきたてられて咄嗟に言葉を出すのももどかしく。
二　「言う」を卑しめた言い方。
三　叱られるなよ。
四　初出では、この後花形(✿)が二行入る。
五　午後五時頃。
六　待乳山は木で覆われていたのでこういう。
七　現・台東区東上野四丁目にあった臨済宗大徳寺派の円満山広徳寺。現在は練馬区に移転している。待乳山からほぼ西に二キロメートルあまりの距離。
八　車などにつけて引く綱。駕籠でも用いることがあったか。一八八頁注一〇の『たそや行灯』に見える「鼻綱」も同じものか。
九　→一五二頁注一四。
一〇　国持大名のこと。一国以上を領する大名で、仙台伊達家・加賀前田家・薩摩島津家などそのほとんどが外様大名。
一一　二〇メートル弱。
一二　歩いて主君の供をする下級武士。ここでは大名行列の先に立って通行人を追い払う「先払い」をしていた。
一三　相模(現・神奈川県)産の麻で製した麻裏草履のことか。→補一〇。
一四　氏家幹人『江戸藩邸物語』(中公新書、一九八八年)「路上の平和」には、行列の先頭を横切ったり(供先切)、間を横切ろうとしたり(供割)して刃傷沙汰になった実例が載せられている。
一五　瓦葺の屋根の続く大都会。浪六『後の海賊』(青木嵩山堂、明治二十八年)四「甍(いらか)の浪うつ江戸三界」。
一六　槍のこと。
一七　槍の鞘の覆いに黒色の羅紗(→一六五頁注一九)を使った。
一八　行列に三本の槍を立てることが許されたの

[二〇]印しは菱に十文字、サヽ佐倉だ」聞くや否や、中にも勝れて大のばちびん奴おどり上つて脇差たゝき「佐倉だ、天の与へ、ソレ行列をぶツ潰せ」「駕に怪我さすな、敵手に中を見せるな」「やツつけろ、佐倉と聞ひて[二一]堪忍袋が破れた」互ひに叫び励まし罵り合ひ、斯る事には馴れたる[二二]命売りの奴ども「目潰しやれ」といひざま　砂を摑んで身は宙を躍るが如く踵は地につかず、おめき叫んで行列の横ざまを真一文字に衝き掛けたり、

不意をうたれながらも流石は武門「狼藉ものッ」叫びながら二百に余る武士が懸命の働き、みる〳〵うちに血烟り立てゝ三四人の奴バタ〳〵と仆れたり、「斬つたぞ〳〵」「サンピン[二三]おつを遣るぞ」呼はりながら[二四]無二無三、懼るゝことを知らず死することを感ぜず、掛引もあらばこそ剣法も用らばこそ、[二五]ムネ厚き新刀を打振つて横なぐりに「エイ〳〵」と声かけ踏込む勢ひに、しらけて見ゆる敵の中より割つて出でたる一個の武士、大刀引ツさげ町駕を目掛けて駈け寄るや、遮ぎる奴二人を物の見事に斬り伏せつ、[二六]かへす尖鋒を町駕の中にズバと突き入れたり

は薩摩・仙台・越前の三家のみ。普通の国持大名は二本道具で佐倉藩も二本であった(市岡正一『徳川盛世録』明治二十二年。平凡社東洋文庫版、一九八九年)。

一九 堀田家の家紋は「堀田木瓜(もっこう)」で、これではない。

丸に並び鷹の羽

堀田木瓜

(『図解いろは引標準紋帖』京都書院, 1992)

二〇 槍印。槍の柄に付ける標識。大名行列で家名の印となった。「菱に十文字」は堀田家の替紋。

二一 「堪忍袋の緒が切れた」とも。もうこれ以上辛抱できない。

二二 「命知らず」と同じ。

二三 しゃれたことをしやがるぞ。

二四 脇目も振らず、ひたむきに。浪六『元禄四十七士』(大正三年。『浪六全集』四十四、昭和五年所収)「瑞光院」に「遺恨(うらみ)の白刃(やいば)を真向に無二無三と存ずれど」。

二五 「ムネ」は「棟」で、「峰」に同じ。刀の刃の反対側。「新刀」は慶長年間(一五九六—一六一五)以降に作られた刀の総称。浪六「馬方藤五郎」(『俠客列伝』所収)「講釈の多い細身の名刀よりは峰の厚い新刀(しんとう)の叩ッ斬に捨身の勝負」。

二六 返す。返す刀は斬りつけた刀をもとに戻す勢いで、もう一度他方へ斬りつけること。

第九回

広徳寺門外に血烟りサツとたちて、命ちは斯様に捨玉へといはぬばかり、十六人の奴が算[一]を乱せし屍に自慢[二]の銘をうち、一人の逃傷[三]怯れ傷はあらねど、笑[四]止にも気の毒や、武門の敵手こそ五十に近き死様[五]の見苦しさ、其[六]は兎まれ角まれ、事の基因は一挺の町駕、主[七]や誰れ様は如何にと思ひしに、空蝉[八]の殻駕[九]微塵に砕かれながら、夏の昼寝に蚊を殺せしほどの血痕もなし、

何事[一〇]ぞ、点火[一一]ごろより山谷の阿爺が許へ馳集ふ町奴は引きも絶らず、或は三人或は五人、螘蟻の甘露を慕ふが如く、うち連れ組み合ひ誘ひ合ふて、詰[一二]めたりや詰めたり、六分[一三]は家外に溢れて此処に一団かしこに一団、おくれて駈付けし者は待乳山の上下、おの〳〵印[一四]章うつたる勇みの長提灯を囲みつ、額を集め腕を組みて私語き合ふ有様、ソレといはゞ其まゝ[一五]砂烟り巻ひて立たん気色に木[一六]の葉の露も蒸せて宿らず、

こゝ楼上には眩ゆきまで燭台を燈し連ねて、廓座[一七]に主人の阿爺を取囲んだるは、多くの中に重立ちし三十余人の町奴、皆な胴金[一八]巻きの脇差ひきつけて大胡坐、水櫛[一九]いれしばちびん頭髪ふりたてゝ「サア、斯様なつたからは一寸も退

一 「算」は算木。占いに用いる細い棒。その算木が散乱しているように死骸が散らばっている様。『太平記』巻一「頼員回忠(カヘリチユウ)ノ事」「二十二人ノ者ドモ、互ニ差違(サシチガヘ)々々、算ヲ散セル如ク臥タリケル」。

二 「銘を打つ」は表に掲げて称すること。「逃傷怯れ傷」(→次注)がなく、勇敢に戦って死んだことを屍が自慢している。浪六『夜嵐』二「江戸の春舞台はこの乃公(おれ)が一人で背負(しよ)つて立つと口にいはねど面(つら)に自慢の銘うつたる」。

三 逃げようとして敵に後ろから斬り付けられた傷。臆病のあかしで武士としては甚だ不名誉な傷である。 四 愚かしい。おかしい。

五 町奴にはなかった「逃傷怯れ傷」が武士に多いのである。

六 それはともかくとして。「兎まれ角まれ」は「ともあれかくもあれ」が変化したもの。

七 「主」と同意。近世語で、「あのかた」の意。

八 「から」にかかる枕詞。

九 底本・初出ともに「売」。殻の俗字「売」を誤まったものとして改めた。

一〇 いったい何事が起こったのか。

一一 あかりをともす頃。日暮れ時。

一二 よくもまあこれだけ詰めかけたものだ。

一三 六割。

一四 長提灯は細長い円筒形の提灯。これに組名を書いたものを町火消たちは持っていた。

長提灯
(歌川広重『江戸の華』より)

一五 巻き上げて。浪六『鬼奴』七「鉄蹄(てつてい)大地を

かぬ、聞けば源次大哥といひ、又た今日の十六人といひ、サヽ佐倉の二字が癪に触つて堪らぬは」「よく言つた、全体の基因は飛鳥山にしろ、こ[二〇]ツ旗本にしろ、今では佐倉が当の仇敵だ、大名に遠慮して片時も江戸に住めるものか」「そうだ〱、三日月の子分は皆な男だと世[二二]の中に歌はれたい、死んで地獄で一花咲かすも妙[二一]だ」「面白くなつて来た、腕が鳴つてキウ〱音がするは」「イヤおれも脛[二三]ツぽしがムヅ〱して来たぞ」「オヽおれもだ、これを無事に済ましたら後が困る、第一寝ざめが悪くて胆ツ玉が夜鳴する」いひたきまゝの言葉に[二四]艶は持たねど、げに[二五]青竹を割りし東男の勇[二六]み、中に一人しほれながら畳を叩き「全体、此家の阿爺が恨みだ、アヽ今更ら愚痴だが己れは阿爺を恨む」聞ひて主人の阿爺は組んだる腕を俄かに解き「モヽ尤もだ、一言ない、しかし能く聞け、親子兄弟に勝つた男と男の間柄、何[二七]しに隠したかろう、ソレを今まで治郎が事は知らぬ〱と包み隠したは、全く深ひ子細があつたからだ、なれど、今日の十七人が目早く治郎の駕と知つて追ツ掛けたと聞ひてからヱヽしまつた、所詮ダメだ、此上は皆なを集めて一相談と思つた折に血腥ひ通報、おひ〱聞付けて兎も角も此の阿爺が膝下[二八]へ寄つて呉れたは、イヤもう、嬉しう思ふは、治郎が聞ひても嘸よろこぶだろう、山谷の国五郎が改めて礼をいふ、又た治郎

蹴りつ砂烟（すなけぶり）を巻いて一散に駆出（いだ）しぬ」。

一六 人々の熱気で露も蒸発してしまう。

一七 「車座」と同意か。遊廓で客を遊女や芸者たちが取り囲んだような体か。

一八 →一五六頁注一〇。

一九 水を付けて鬢の乱れを整える櫛。これで髪を梳くのが町奴の風俗。浪六『後の三日月』十五「撥鬢の大額、水櫛の隙髪（すきがみ）に蟬折（せみおれ）の髷節、世にいふ町奴の額際」。

二〇 小旗本（こはたもと）の促音化。旗本を嘲っていう。

二一 すばらしい。面白い。

二二 世間の人から賞賛されたい。

二三 「脛」をことさらに卑しめた言い方。浪六『毒婦』後篇三「上州勝か野州勝か知らねエが、この脛ッぽしは親ゆづりだ」。

二四 飾り気はないものの。

二五 「竹を割ったような」と同意。気性がさっぱりしていて陰険なところのない様。

二六 勇み肌の男。「男伊達」と同意。

二七 どうして隠したりしたかろう。反語。

二八 初出の振り仮名「ひざもと」。

が名代[一]として礼をいふ」かの恨みをいひし奴は何思ひけん　姿にも似ずポロ〳〵と涙こぼして又た畳を叩きはじめ「阿爺、ソレだから己れは尚更ら恨む、礼をいふとは何事だレヽ礼をいふとは、他人行儀も程があるは、水臭い、礼とは何んだ礼、礼、エヽ腹が立つてカヽ悲しくなつて来た、おツ皆の兄弟、山谷の阿爺と親分[二]とに礼を言はしてスヽ済むか、済むなら済むといへ、サア敵手は己れだ」他の者は俄かにクツ〳〵と笑ひ出し、互ひに袖ひきて声潜めながら「彼奴には何日も愚痴[三]で困る、余り正直過ぎてチト足らなひ処がある、慰さめて機嫌取つて遣れ、相談の邪魔になる」いふを耳敏く聞付けて「ナヽなんだ、足らなひとは何が足らない、慥か邪魔になると言つたな、よし、言つた奴こヽへ出ろ」阿爺は起ち上つて頻りに手を振り「マヽ待つた、白といふも黒といふも皆な心は一つだ、サアこれから此の阿爺が言ふこと能く聞ひて呉れ」

折しも家外に待草臥れし数多の奴ども、足踏み鳴らして手を上げつ声々に「どうだ〳〵」「相談纏まつたか」「何時でも用意は大丈夫だ」阿爺は障子ひきあけ楼欄[四]に倚つて見亘せば人間の山、我家の軒下より待乳の山へ掛け、山谷堀の向ふ岸、隅田の堤の一広場、勇み提灯は宇治[五]の川瀬の蛍火も斯くやあらん、今更らに驚きつヽ我知らず独り言「アヽ治郎は見事な男だ」

一　代理。

二　三日月。並べて出したのは、国五郎が三日月の名代として礼をいったため。

三　愚か。阿呆。

四　「楼」は二階建ての建物。「欄」は欄干と同意。

五　「宇治」と「蛍」とは付合語。梅盛(ばいせい)編『類船集』(延宝四年〈一六七六〉刊)に「宇治…蛍」「蛍…宇治」。

阿爺は座に戻つてドカと坐し、三十余人の町奴を珍らしげにジロ〳〵見まはし「イヤ来たは〳〵、山谷の国五郎も此の歳になつて此の全盛[六]は始めてだ、しかし、斯う大勢[七]が寄集まつては町奉行が目を付ける、兎も角も今夜は一同に退かせて呉れ」「阿爺、町奉行は何だ、全体、今の奉行は鬼若三次の敵だぜ」「事の序だ奉行から、やツつけろ」わるあがき[八]の子に強情らるゝ如く、阿爺は顔[九]を皺めて「イヤ〳〵、まだ考が若い、もし奉行からケチを付けられて、思はぬボロを出しては気が利かぬ、五百に余る三日月の子分が一生一代の掛引だ、小を捨てゝ大を摑むが真の臂突き、前刻も言ふ通り、十六人が大名の行列破つた罪で獄門[一〇]に晒さるゝは知れたこと、ソレさへ文句を出さず手も出さぬ覚悟、万事は此の阿爺に任してくれ」

汗水[一一]になつて説きつ諭しつ、一(ひと)先づ今夜を無事に退かせしものゝ、いはゞ紙[一二]の袋に火を盛りし心地、流石の阿爺も胸に手を置ひて思案に夜の更くるも知らず、

「伯父さん、伯父さん」頻りに物いひ掛くるお菊が顔を、いつになく睨みつけて声鋭どく「ヱヽ喧ましい、治郎は無事だ　早く寝ろツ」折しも夜は次第に更けて幽かに聞ゆるスリ半鐘の音、伝へ〳〵て俄かに近く鳴り亘りぬ、阿爺は

六 遊女や芸者に客が多くついて売れっ子になること。自分の所へ大勢の町奴がやってきたことを、おどけてこう表現した。
七 幕府は近世初期から大勢が寄り集まること、すなわち徒党を結ぶことを禁じていた。
八 度を越した悪ふざけをする子供。
九 顔に皺を寄せて。「顔をしかめて」と同じ。
一〇 牢内で斬首の上、首を小塚原(こつか)か鈴ケ森(すずがもり)の獄門台にさらされる。磔(→一七八頁注二)に次ぐ重刑。
一一 汗びっしょりになって説得して。
一二 町奴たちの気性が激しく一触即発の状態であることをたとえた。同様の表現に、浪六『十文字』前編十三「宛(さな)がら薄紙に火炎(ほのほ)を包める如き会津若松城の主人(あるじ)」。

以下一九六頁
一 半鐘の音が乱れてきた。
二 現・台東区北部、湯島・本郷・上野の高台の下。
三 しまった。→一五二頁注六。三日月の子分の誰かが暴発したと思った国五郎のセリフ。
四 屋敷の奥まったところにある建物。
五 「鞘の間」のことか。それならば、細長く畳を敷いた室。幅は一間が普通。
六 ことさら香を焚き込めたわけではないが。
七 「羽二重」はなめらかで光沢のある絹織物。それを茶色に染めてある。茶色は江戸人に好まれた色。八 二枚重ね着して。
九 座るときに敷く敷物。現在の座蒲団に当たる。
一〇 →一八一頁注二六。

掌を耳朶にあてゝ膝を立て「唯のスリと音が違ふ、ヤア拳が狂ひ出した、お菊、若い奴を呼べッ」

　何ものとも知れず門の戸を破るゝばかり打たゝき「スリだ〱」阿爺は内より声高く「場所は、見当つけろ」声に応じて「下谷、佐倉の邸宅だ」「南無三」

第十回

　奥殿の鞘造りなる一室のうち、こむるにあらねど焼きし名香の馨り床しく、茶染羽二重の袷衣かさねて蓐に膝を埋め、小堀が名残りの遠州行燈を引寄せ、竹畳の見台に向ふて書見せるは酒井若狭守、隣室に響く五ツの時計に耳をたて「誰か来よ〱」声に応じて小性の者いで来りぬ「甲夜に待たせ置いた町奴を呼べ」領承しつスベリ出でんとするに再び声かけ「衣類などは其まゝで宜ひぞ、作法を強ゆるな、万事彼れが勝手に致して遣れ」

　当時には偖もふしぎの事かや、一室のうちに天下の大老が町奴と膝を交へ、しかも人払ひしつ密談に時をうつせり、只だ洩聞へしは若狭守が声「合点まいつたか、世の為である、引下つて屠腹を、士分の扱ひ取らするぞ」続ひて聞ゆるは治郎が声「前例なき御懇命、下郎の身には冥加至極、謹んで御受致すべ

一一 書見台とも。本を置いて読む台。

見台
(棚橋正博・村田裕司『絵でよむ江戸のくらし風俗大事典』柏書房, 2004)

一二 午後八時頃。 一三 初出「甲夜のほど」。「よい」は日が暮れて間もない頃。甲夜(こう)は中国で夜を五つに区分した、その最初の時間帯。今の午後七時頃から九時頃。曲亭馬琴『南総里見八犬伝』三輯(文政二年〈一八一九〉刊)巻五、三十「浜路は甲夜(よひ)に逐電せしかば」(濱田啓介校訂、新潮日本古典集成別巻『南総里見八犬伝』二、二〇〇三年)。 一四 初出「コリヤ衣類などは」。自分の前に出るからといって、わざわざ着物を改めさせるには及ばない。 一五 士農工商という身分差が厳然として存在していた江戸時代。 一六 「切腹」に同じ。 一七 近世には切腹が許されるのは武士のみであった。町人であれば縛り首(罪人の手を後ろ手に縛り、首を前に出させて斬首する)になるところ。浪六『仍如件』前編四十二「大泉周左衛門、いよ〱切腹を仰せ付けられぬ、加之(しかのみならず)も生涯いづこにも立難き浪々の身が旧恩の君家に士分の最後を賜はるぞ、武夫冥利(さむらひみやうり)、有難く謹で頂戴せよとの事」。 一八 親切な仰せ。 一九 有り難いことこの上ない。 二〇 なにとぞお許しいただきたい。 二一 必要な世話をやいてやれ。 二二 大きな声をあげて。 二三 →一五三頁注二四。 二四 大声で怒鳴りつけること。浪六は他の作品でもしばしば使用する。 二五 (強い敵に対し講談でもよく使われる語。

き、なれど、治郎吉奴は俄かに命ちが惜しくなり、死ぬ事は平[20]に御免を」「何と申す、聞及んだとは全く相違の返答ぶり、ム丶」あとは又た潜めきて聞へざりしが、やゝ程経て大老が[21]高く呼ぶ声に、隔て居たる小性いでゝ伺へば「この治郎吉は子細あつて屋敷に留置く、表の者共に申付けて不自由なきよう[22]手当を遣はせ、よいか」

[23]刃の襖にもあれ鉄壁にもあれ、[24]大喝一声叫んで蹴破るに何の苦は持たねど、[25]色香床しう斜めに出づる梅が枝には、かたき頸骨を縮めて潜るの譬へ、[26]浮世に厄介かくるも今しばしと覚悟しつ、又た捕はれし大老の長屋は[27]露の命ちの置どころ、思へば過ぎし飛鳥山の血の雨、鬼若三次の笑ひ死、[28]さては恩ある貴人が非業の死、続ひて哀れを遺す源次の最期、けふの途中に[29]十七人を見殺にせしも重ね〴〵の罪作り、あはれ、[30]敵といふは彼れの味方、味方といふは彼れの敵、いづれにせよ、一人の我ゆへ此うへ如何なる罪や作らむ、今宵大老への催促その方つかば、[31]寸を延ばさず三日月治郎が[32]日本晴れの最期ぞや、此後の敵味方、堪忍せよ〳〵、

ふけゆく夜風に伝ふ[33]半鐘の音色、治郎は耳傾けて聞きつゝ不審の思ひ、折しも邸中の[34]火見櫓より番人の足軽が呼ぶ声は流石に職がら、[35]夜陰に馴れし[36]遠音の

ては向かって行くが)梅の花のような優雅なものを見ては頭を下げて通る。侠客らしい態度。
二六 生きているのも、もう少しの間だ。
二七 露命。露のようにはかない命。 二八 さらにまた。 二九 第九回一九二頁二―三行には十六人の屍とあり、一九三頁一三行には十七人が追ったとある。 三〇 敵味方というのは、その立場の違いをいっているのに過ぎない。そのどちらもが自分(三日月)一人のために大変な被害を蒙っている。 三一 ほんの少しの猶予も置かず。
三二 「天晴(あっぱ)れ」に同じ。浪六『武士道』前編二十「悠々として立退きし体、あはれ日本晴の腸(はらわた)」。 三三 第九回末で国五郎が聞いた半鐘と同じ(一九五頁一六行)。 三四 火事の際に登ってその方角や状況を眺め、通報するために設置した櫓。大名家の多くは自邸に設けていた。

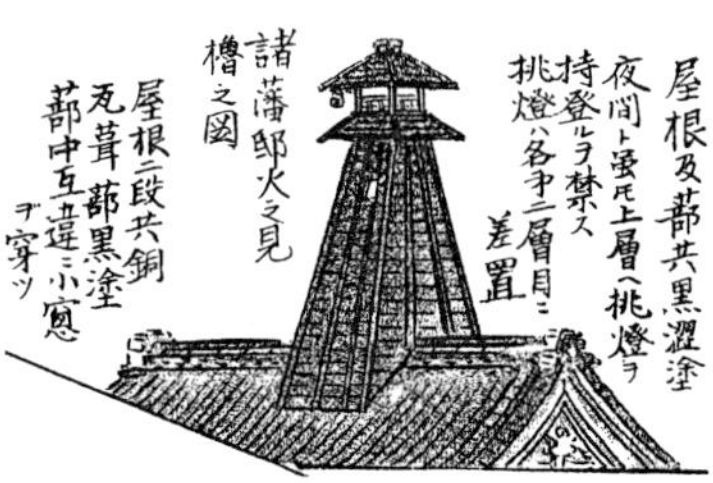

火見櫓
(『風俗画報』臨時増刊『江戸の花』上, 東陽堂, 明 31.12)

三五 夜のくらやみ。
三六 遠くまで聞こえる声を、細く長く伸ばして。

咽喉に細く跡を引き「下谷の方角失火[一]で御座る、失火で御座る、下谷の方角で御座る、風は北七分西三分[二]、火先は色冴へて一本もやし[三]、町家には御座らぬ、いづれかの屋敷[四]火事に御座る」櫓下には伝へて拍子木の音をたて長屋〳〵を呼びまわるに、治郎は枕おしやりて万一やと心に掛る一思案、まて、下谷の屋敷ソレではなきか、こゝは大老の役宅いづれ駈注進[五]あらむ、と思ふ間もなく窓下を馬に鞭うつ蹄の響き、門前に勢振ひ[六]の嘶きと共に玄関の方に聞ゆるは「町奉[七]行所より失火の御届け、下谷徒士町[八]、佐倉殿の中屋敷[九]で御座る」夜具はねのけて岸破[一〇]と起き上る治郎が忍喝[一一]「しまツた」

素肌のまゝの袷衣に名古屋帯[一二]ひきしめ、九寸の藤四郎吉光を手拭にクルんで前半[一三]に横たへ、長屋を駈出でゝ侍部屋の内玄関[一四]に声せはしく「今宵お召によつて参上のまゝ、お邸宅にお留置となつた町奴に御座います、至急〳〵、御当番お重役の方まで願ひます、お執達[一五]〳〵」[一六]

一団[一七]の天を焦がして星を爍き落[一八]さんず下谷徒士町、方二町に余りて建連ねたる佐倉の屋敷は炎焔もて包まれぬ、轟き亘る黒烟り[一九]は幾段の波を打つて西北に靡くかと見れば、渦巻きつゝ又た立直る綻びより紅の舌を吐き、おり〳〵凄まじき物音に地響きすると等しく、燃へながらの椽とび梁はねて[二〇]、どツとゆるぎ

一 過失によって起こった火事。
二 北北西のことか。　三 未詳。　四 大名屋敷。
五 馬を飛ばして事件を報告しにくること。
六 馬が背中を振るうこと。
七 火事の際に真っ先に注進するのは、若年寄配下の旗本から選ばれた御使番の役目であったが、町奉行からも与力や同心が報告に出された。
八 現・台東区台東一―四丁目、同東上野一―二丁目辺り。
九 大名の別邸。隠居した藩主の住居や非常時の避難所として使われることが多かった。
一〇 突然の激しい動作を表す語。『書言字考』巻八「岸破倒(カツハト) 俗語」。　一一 忍んで吐き出す声。このあたり、第九回末(一九六頁四行)の国五郎の対応と意図的に似せている。
一二 夏の帯地(現代の名古屋帯とは異なる)。男伊達が好んで締めた。→一四六頁口絵・補一一。
一三 着物の前身頃の半ばのことか。浪六『大石内蔵助』(講談社、昭和八年)「赤穂の城中」に「家伝の小刀を前半に差し」。
一四 内輪の者が出入りするために表玄関とは別に作られた小さな玄関。浪六『蔦の細道』九「犬猫の通路(かよひ)に等しき脇の小門を潜つて内玄関に向ふ哀れさ」。
一五 「執達(しつたつ)」は上意を下へ伝えることであるので、この場合この字を用いるのは不適当。
一六 初出では、この後花形が二行入る。
一七 ひとかたまりの火炎。
一八 溶かして落とそうとする。近藤元粋編『新撰会玉篇大全』(青木嵩山堂、明治三十年)巻中「爍(シヤ) カヾヤク トラカス ケス」。　一九 黒煙りの中から時おり真っ赤な炎の見える様。
二〇 「椽」は垂木。屋根を支えるために棟から軒まで並べて渡す長い木材。「椽とび梁はねて」は

たつ火の粉は中空に舞ひ上り、下には老幼が遁場うしなひ泣き叫ぶ声、今までも見へし定紋の印纏[二一]は既に影うせて、烟りに咽び火に焼かれつ狼狽へ走る藩士の哀れさ、表門裏門は更なり四面の長屋を半ば焼仆して、はや三つ葉四つ葉[二二]の殿造りさへ落ちんとするに、無残[二三]にも奇怪なるかな、四十八組の人足こゝの屋根かしこの庫蔵に溢るゝばかり立ちながら、一人の踏込んで消止めんとする者なく、さりとて佐倉の屋敷より外へは一片[二四]の火の粉も散らさず、江戸[二五]の名物と櫓々にスリ出す半鐘の音は、腕にヨリかけて翻へす纏[二六]ばれんに勇み添へつゝ、鯨波の声のみ打上げて只だ四方より見物したりける、

げにや、徳川の花に数へしは大名火事に町奉行[二七]の騎出し、スワといひざま釣[二八]り鞍を嘶く馬の背に投げかけ、定紋うつたる晴れ装束に火事頭巾[二九]の錣ながして、与力同心[三〇]を前後に随へ馳付け見れば、こはいかに、炎焰を巻ひて燃へ上れども一人の火掛り[三一]する者なく、四面の屋根より鬨を作つて見物せる有様に、奉行は憤怒の声もろとも采配[三二]うち振つて鞍壺[三三]に伸上り「奇怪[三四]の奴ども、後の咎めを恐れぬか、掛れ〳〵、火掛りせよ〳〵」呼べど叫べど其の甲斐あらばこそ、こゝかしこの屋根瓦を纏の石突[三五]に叩き砕ひて躍り上り「火の粉の中で物いはすな、奉行でも大名でも手の中だ」前代未聞の振舞に髪逆立ちし奉行は一も二もなく

屋根が焼け落ちたことを意味する。
二一「纏(まとい)」と同じ。→注二六。
二二 建物が三棟四棟と連なった立派な造りの御屋敷。浪六『武者気質』(青木嵩山堂、明治三十年)三「世にありしころは三葉四葉の殿作りなりしが」。
二三 (火消たちが)冷酷で。
二四 初出「一粒(ひとつぶ)」。
二五 諺「火事と喧嘩は江戸の花」。
二六「纏」は火消の組を示す旗印。消火に際しては、纏持ちが印纏を持って火の風下にある屋根に登り、下から組の者が纏持ちに水をかけて守り、延焼を防いだ。火消にとって最も重要な看板道具。「ばれん」は「馬簾」。纏の下部の「白いヒラヒラした飾りであって、白い羅紗厚紙の房をたらし、いろは四八組にちなんで四八本あり、たがい違いに二枚重ねになったもの」(山本純美『江戸の火事と火消』「火消の道具」河出書房新社、一九九三年)。ただし、そのような形に固まったのは寛政年間(一七八九―一八〇一)であるらしい。なお、纏をじっと突き立てていると和紙製の馬簾は熱気で焦げてしまうので、纏持ちは重さ二〇キログラムの纏を振って、火の粉を跳ね飛ばした(黒木喬『江戸の火事』三章、同成社、一九九九年)。

二番組内め組の印纏(歌川芳虎『江戸の花子供遊び』安政5〈1858〉より)

二七 出火の際は町奉行は直ちに現場に駆けつけて、町火消の指揮をとった。
二八 未詳。

「ソレ召捕れ」と大喝一声の下、罵る声を見当に四十余人の与力同心、アワヤかけ上らんとする折しもあれ、水薦[一]かけし七八挺の駕を取囲みつ、炎焔を踏んで走り出たる佐倉の藩士百人あまり、半は駕を守護つて指す方に向はんとし、半は踏止まつて奉行に力を合はさんず勢ひ、見るより四方の屋根に纏ばれんを一時に振りたて「おツ、出た〳〵、本尊[二]が出た、お見舞申せツ」只だ[三]見る瓦[四]は飛んで雨とやいはん霰とやいはん、奉行も藩士も不意をうたれて狼狽へ騒ぎ、あはれや詮術つきて一先づ退かんとせるを見すまし、東の辻より顕はれ出たる一群の人数、皆な板ザシコ[五]の長袢纏に二つ割[六]りの頭巾、濡れ草鞋ふみしめて手[七]カギ引ツさげたれど、印の纏もなく働き[八]道具もなきは必条[九]くせもの「遁げるな盲目奉行、恥を知れ佐倉のサンピン、引ツ返せ〳〵」呼はりながら足並作つて駈寄らんとするに、奉行は俄かに馬の頭を立直して鐙[一〇]ふん張り、抜放ちたる白刃もて藩士と手の者を励まし「斬り捨てツ、斬り込め、斬れ〳〵、斬れツ」

どう〳〵と鳴り亘る火の手は万千の篝火、宙に翻へして抛げ出す瓦は秋の夕日に飛交ふ小鳥、彼方は抜き連れたる白刃[一一]の炎焔に映じて、早や血糊を灑ぐかと怪しむばかりに益々勢を添へ、此方は四方より振立つる纏ばれんの音、かつは馴れし火事場の掛引に愈〳〵勇を駆り、敵、味方、あはや近寄つて既に斯う

一九 火事のときに町奉行がかぶって出た頭巾。「錣」は頭巾の後ろと左右の三方に垂れて頸を覆うもの。

火事装束兜頭巾(『守貞謾稿』14)

二〇 町奉行出馬の行列は、与力同心その他合わせて五十数人に及んだ(山本純美『江戸の火事と火消』「江戸の華・町火消」)。
二一 火に向かってゆくこと。消火活動。
二二 軍陣で大将が指揮をとるのに用いる、二、三尺の棒の一端に房を、反対側に緒を付けた物。町奉行が火事場に持って出たものか。
二三 鞍の凹んだ部分で人が腰を下ろすところ。
二四 →一六七頁注一四。
二五 槍や薙刀(ここでは纏)の端に付ける金具。

以上一九九頁

一 水で濡らしたむしろ。火の粉を防ぐ。
二 事件の張本人。 三 中国の白話小説で、文の途中で注意を他に向けさせる時によく用いられる「只見」「只看」の訳語。浪六はこの語を後々まで好んで使うが、あるいは上田秋成(一七三四-一八〇九)で知ったか。→補一二。 四 実録『め組の喧嘩』(『近世実録全書』三所収、早稲田大学出版部、大正六年)にも火消たちが相撲取りに対して瓦を投げつける条がある。火消の喧嘩ではよく見られる光景。 五 「サシコ」は「刺子」。綿布を重ねて細かく刺し縫いしたもの。「板ザシコ」は板のように固くしたものをいうか。町火消は火に近づく前に全身を濡らして火気を凌ぐが、

と見ゆる折しも「まつた、相方まつた、山谷の阿爺が首ツン[一二]出す、まて、まつた〳〵」叫びつゝ横合より斜めに割つて中間を隔てたり、其の道に育ちしが今ぞ[一三]名残りの場所、国の字を染抜ひたる[一四]播磨革の伊達羽織に、ワザと頭巾は後ろに投げて七十の禿頭を火に照らし、磨きたてたる[一五]セメ入りの手カギ携へ、左には勇みの長提灯を振翳し、火の手の風下に鬢の白髪を吹かしたる様、みんごと〳〵、

「そこ退け阿爺、この場を何と心得る、奉行の馬前に無礼もの、蹄に掛くるぞ、そこ退け」「ヤア阿爺、急危い〳〵、退いた〳〵」国五郎は敵味方の真ツ只中に立塞がつて双手をあげ「御馬前は素より承知、四十八組の頭取役　山谷の国で御座る、此の場へ出たに御不審ない筈、兎も角も、[一六]一先づ御引上げ願ひます、ヤイ野郎ども退けツ、御引上げ願ふ、皆の奴ひけツ」こなたの軒端に寄掛けたる[一七]竹梯子を目早く見付け、老ひても力量　そを大地にバタと横たへ「山谷の阿爺が[一八]桁かけた、火事場の作法は別で御座る、此の竹梯子を蹄にお掛けあつては御為めになるまい、ヱ、野郎ども寸を踏出して見ろ、御引上げ〳〵、退けツ〳〵」

四方の屋根には印纏を突立てゝ咽喉を破る鬨の声、下には奉行と町奴が[一九]懸命

刺子はよく水を含むので、必ず刺子の長半纏を着た。半纏には組の目印が付いていた。**六** 町火消が着用した猫頭巾のことか。頭からかぶって、目だけあくようになっていた。

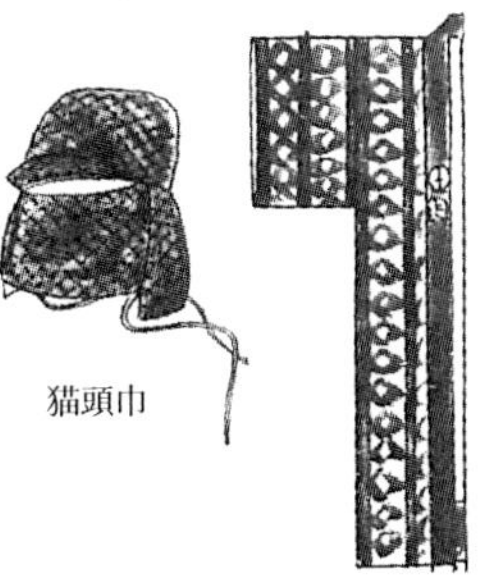
猫頭巾　長半天
(『守貞謾稿』14)

七「手鉤」。約六〇センチメートルほどの小型の鳶口(↓一七八頁注一四)。**八** 町火消が火事場に向かうときは、鳶口の他に刺叉(さすまた)・竹梯子(↓注一七)・竜吐水(放水器。幕府が支給した最初は明和元年(一七六四))・玄蕃桶(げんばおけ)などを持って出動した。**九** ↓一五二頁注九。**一〇** 鞍の両側につるしてあって、馬に乗るときに足を掛けたり、鞍に腰を下ろした後に足を載せたりする道具。**一一** 刀身に火が映って、まるで血に染まったように真っ赤な様。**一二** ↓一七〇頁注四。ここでは自分に対して使っているので、ややへり下った感じを与える。**一三** 死に場所。**一四** 革の羽織は頭取とその下の頭(↓一八六頁注一四)にのみ許された。「伊達羽織」は人目を引くような派手な羽織。**一五**「責」。↓一五一頁注三〇。**一六** 以下一五行まで、国五郎は奉行と火消たち交互に声をかける。**一七** 屋根に登って消火活動をするための道具。水を含んだ新しい青竹で作った。**一八** 喧嘩を預かるの意か。**一九** 命を懸けて。

必死に争ふ喧嘩の花、中を割つて昔しの腕を叩く阿爺が侠骨、その晴れを添へんとや、今ぞ[一]ゆり巻ひて落つる殿作りの響もろとも、雨と降る火の粉を凌ひで俄かに立つる竹梯子に、見れば猿の如く体を捻つてスラ〳〵と登一人あり、頂上の金輪[二]に腰を持たせて双脛を河津[三]まき、丸に剣酸漿[四]の紋うつたる弓張提灯[五]を高く翳して、身を伸しつ四方を睨んだる大額の男、炎焔に照らされて満面朱を灑ぎ、宛がら赤鬼の中空に躍りかゝるかと疑ふばかり、響き亘る大音あげて「大老酒井家より火事見[六]の下郎、鎮まれ〳〵」

第十一回

[七]ふく風のもとをたゞせば秩父おろしと、こゝは童の唄ふ大塚村[八]、土[九]一升に金一升の江戸つゞき、三味の音じめの音羽町[一〇]に隣れど、俄かに品下る田舎のけしき、その村外れなる龍泉寺[一一]の門前に、さゝやかなる杉の生垣ゆひめぐらして、古りたる松の小影に竹の網戸を半ば開き、道ゆく人を呼びとめて渋茶くみだす美人ありしが、あはれや五年前に脆くも消て苔の下、今は余波りの色香たづねて美人茶屋の名こそ残れど、主人は六十路に上ぼる老婆なりけり、

昼過るころなりけん、一挺の駕を寺の門前に待たせおき、誰が亡魂の墓詣で

一　大きく旋回するように炎を巻き上げて崩れ落ちる。

二　梯子の天地には赤銅が被せてあった(黒木喬『江戸の火事』三章)が、金輪のことは不明。

三　相撲の決まり手、「河津掛け」のことか。この手は左右どちらかの足を相手の足の内側にかけるが、ここでは両足を竹梯子にかける。

四　酒井家の家紋。

丸に剣片喰(『図解いろは引標準紋帖』)

五　竹を弓のように曲げて、その上下の間に提灯を掛けて張り開くようにしたもの。竹の湾曲した部分を握って持つ。長提灯(→一九二頁注一四)よりも小ぶり。

六　『風俗画報』臨時増刊『江戸の花』上編(東陽堂、明治三十一年十二月)「武家火消」の中に「火元見役の事」の条がある。「又諸大名よりも一の火元見二の火元見とて二騎三騎づゝ出づることとなるが、馬廻役(うままわりやく)の人出ると見えたり。…別に又中間手子(ちゅうげんてこ。屋敷の雑用をする下人)の火元見なるもあり。是は大国の大名方騎馬火元見の外に出すなり。手子には力量勝れ身の丈高くして且つ男振(おとこぶり)の好(よ)きを撰ぶを常とす」。

七　出典未詳。「秩父おろし」は埼玉県西部の秩父連山から吹き下ろしてくる北風のこと。

八　現・東京都文京区大塚。江戸近郊の村。曲亭馬琴『南総里見八犬伝』四輯(文政三年〈一八二〇〉刊)巻一、三十一「われは武蔵の江戸にちかき、大塚村に由緒(よし)ある郷士、犬塚信乃戍孝(いぬつかしのもりたか)といふもの也」(新潮日本古典集成別巻『南総里見八犬伝』二)。

にや手向も済みて帰りがけ、網戸を推して此の茶屋に入り来る男あり、おぼろ[一二]富士といへる大あみ笠を面深に引被り、真岡木綿[一三]の黒き袷を裾短かに、名古屋帯グル〳〵と巻付けて横むすび[一四]、尺にも足らぬ布まき物を腰に差したるまゝ、床几にドカと臀うちかけて「茶をくれ」呼べど答へなし

もとより広からぬ住居なれば、椽伝ひに木の間がくれ[一五]の一室のうち、病人ありとおぼしく俄かにセキ込む痰のつかへ、かつ[一六]は人の慌てゝ介抱する気わい[一七]手に取る如し、かの男は深あみ笠を傾けて聞居たりしが、いつしか其れも静まりしと思ふころ、又もや声かけて「茶をくれ、茶を汲め」

始めて客ありと心づきけん、十歳ばかりなる女の童かけいでたるが、今までも事に追はれしとみへ、かひ〴〵しく[一八]小づま端折り袖まくりあげたるさま、育てがら小まざくれて[一九]愛々しく、雪の腕[二〇]は肱にも靨の露を滚し、浮世を知らぬ花の面を惜気もなく釜の前に突つけ、やがて塗盆に茶菓ひきそへて持ち来り「お客さま、めしませ」男は笠の中よりシミ〴〵と其の顔を打守るありさま「あゝ争はれぬは、歳はいくつになる、なに十一、ムヽよい娘ッ子だ」いひつゝソと手を取れば、まだ整はぬ眉ひそめて驚き逃げんとモガくに「いや怖いことない、よい物を遣る」右の手を懐ろに差入れて摑み出だせし紙包みの重げなるを、女

九 諺。都会は土地の値段がきわめて高い意。

一〇 大塚村に隣接する護国寺の門前町。一丁目から九丁目まであった(現・文京区音羽)。元禄年間(一六八八-一七〇四)から色茶屋があり、享保年間(一七一六-三六)に禁止されたものの、その後また色町となった。直前の「三味の音じめの」は「音羽町」を出すための序詞であるが、同所が遊所として栄えていたことによる。

一一 龍泉寺の寺号は全国にきわめて多く、近隣の現・文京区白山四丁目にもあるが、大塚村にもあったかは不明。

一二 男がかぶる肩までかかる大きな編笠。頂きが平らなところを、富士山の山頂が霞でおぼろになっている様になぞらえて名付けた。

おぼろ富士
(江島其磧『傾城禁短気』2, 宝永 8〈1711〉)

一三 現・栃木県真岡市近辺で産した木綿織物で、真っ白にさらした美しい織物として知られた。ここではそれを黒く染めている。「真岡」は「もおか」と発音する。

一四 帯の両端を左右に長く伸ばして結ぶこと。

一五 木々の間から見え隠れしている。

一六 と同時に。

一七 気配。様子。

一八 ↓一五四頁注六。

一九 子供が大人びた様子をする。こましゃくれる。大槻文彦『言海』(明治二十二年)「こまじやくれ」。

二〇 真っ白な腕は肉付きがよく、肘のあたりに笑窪のような凹みが見える。

の童が掌にシカと握らせて「こりや、早く大きうなれ」
　折しも主人の老婆いで来りしを見て、女の童は持たれし手を振りほどきつ、走りよつて紙包みを示し何ごとか私語くに、老婆は受取りて驚きしが又たカラ〳〵と笑ひ、其を掌に載せて男の前に小腰[一]を屈め「これは〳〵、お戯れに掛つ[二]て可惜ら胆潰しました」一文二文の茶料にも客を扱ふ渡世がら、老ひの笑ひに世辞[三]もたせて推戻さんとするに、男は身動きもせず冠れる笠のみ横に振りて「戯れでない、慥かに呉れた」老婆は呆れて男の姿ジロ〳〵見まはし「何の訳で此の大金を、お茶代にしては途方もない」「イヤ茶の料でない、あの娘ッ子に呉れた」老婆は後ろに立てる女の童を振返りて又た此方に向ひ「どなた様か、婆々が安心のため、お名前と其訳を」男は腰かけたるまゝ稍や屈みて声低く「源次が身[四]の者だ、小車の」きくより老婆は俄かに女の童を引寄せ、其の身も共にスリ寄りて言葉[五]せはしう「いよ〳〵此まゝお返し申されぬ、是非ともお名前を、いづれさまで」「物忘れの早い婆さん、五六年前までは龍泉寺へ墓詣りのおり〳〵休憩んだことある、姿風俗こそ変れ、物ごし言葉つきで其れと知れるはづ」いひつゝ両の掌を向ふざまに出して「花川戸の、これだ〳〵」思はず立てし老婆が高声[六]「あれ、三日月の親」「叱ッ」

一　→一七四頁注一二。
二　(客の)冗談に引っ掛かって、つい驚いてしまいました。
三　愛想をこめて。
四　身内。味方の者。
五　(気があせって)早口に。
六　大声。

奥の一室より病みほうけて[七]続かぬ声ながら、流石に残る金ぴら[八]の侠[九]なる言葉はりあげ「ミヽ三日月に逢はう、不動、不動、不動山、秀五郎だッ、身動きナヽならぬ、こゝまで脛ツぽし[一〇]、ふんだしてくれ」きくと等しく大あみ笠にビクリと小[一一]動ぎ打つて、かけたるまゝの腰を其方に捻り「はツてな、こいつは妙だ、花見[一二]の帰りに瓢簞[一三]拾つた心地がする、婆さん、今の声はぬしが親類か、たゞし[一四]他人か」「イエ、あれは近ごろ来た甥」といひさして慌たゞしう走り込むに、女の童も続ひてかけ入りぬ、

笠かぶりしまゝ其の一室にゆきみれば、あはれ金剛力士[一五]の面影ありし秀五郎も、今は夜具はねのくる力さへなく、僅かに片腕を立てゝ身を持たせつゝ　病苦を忍んで組みし胡坐の肉も落ち骨高し[一六]、治郎は立ながら笠の端に手を掛けて見おろし「ふしぎな場所で思はぬ出会ひ、互ひの物いひ[一七]は先づ後刻、とにかく其ざま気の毒だ、笠とつて面みせる筈なれど、けふは事故あつて舅の墓詣りに[一八]我身ながら借りて来た三日月治郎、かぶりものは此まゝ許せ、汝も横にぶッ仆れて寝ながら語れ」秀五郎は窪みし眼を見上げて大息つぎ「此ざまでは、定めて、[一九]料理甲斐、なかろう、が、まゝ其処に蹲まつて聞け、きひてくれッ」何となく[二〇]濁る互ひの言葉に角たちて、様子を気遣ひつゝうろ〳〵せる老婆と女の童

七 病気のために弱り果てて、途切れ途切れの声だが。
八 「金平」。近世初期の金平浄瑠璃が作り出した架空の主人公の名で坂田金時の子。超人的な力を持つ荒武者。ここでは、強いことをたとえる語(「金平のような」)として使われている。
九 侠客らしい勇み肌な。
一〇 歩いてきてくれ。
一一 僅かにゆらして。
一二 未詳。思いがけない拾い物をしたの意か。
一三 底本・初出ともに「瓢蕈」。意によって改めた。
一四 それとも。
一五 仏教を守護する大力の神。執金剛神。仁王。
一六 やせて骨が目立っている様。
一七 言い争い。
一八 自由に外出のならない身であるが、今日は舅の墓参りのために、内々に許しを得て来たことを、こう表現した。
一九 相手をやっつけてしまうこと。↓一六七頁注一五。
二〇 あいまいな言い方の中に何やら不穏な響きがある。

を振返り「伯母御ッ、ス、少しの間、表へ〳〵」治郎も手をあげて声静かに
「婆さん、花川戸だ、心配いらぬは」
治郎は後ろざまに手を伸べて[一]障子ピタリと閉めつ、枕下に大胡坐の膝動かし
「秀ッ」胆に応ゆる大侠の一声を、病みながらも返へす不敵の音声「三日月ッ」
睨み上げつゝ少し這ひ出して、苦しげなる息を気に呑込み[二]「事の行掛りで、男が頼まれた一本通し[三]、骨と肉が離るゝもと思つた[四]、なれど、あまり、無法卑怯な田原大角、見限つて今では汝に味方する、イヽヤまて、聞け、味方とは此の秀が懺悔の事だ」「よし、分つた、苦しい咽喉を過ごすな[五]、おれから言つて聞かせる、こゝら辺りも噂があろう、四日以前、真夜中ごろに佐倉の中屋敷に火の粉が降つたと聞くや　南無三、もし子分の奴等がとの心掛り、御大老の火事見下郎となつて駈付けたは、この面を看板にかけて[六]互ひに無益の罪作りさせぬため、また十七人[七]の武士、イヤそれも承知、白須の親殿を暗殺にかけた[八]証拠は速くにあがつて、しかも佐倉の中屋敷が隠れ場所、それがため殿中で御大老から直々のお掛合あつたれど、佐倉も大名、しられてオメ〳〵つん出しもなるまい、折からの火事、イヤ、おれは知らぬが[九]、機を銜た[一〇]御大老の指図に早くもソレと張つた網、みんごと掛つた十七人を其まゝ牢舎[一一]拷問[一二]に、かわいや腸が乾上つて[一三]

一　前を向いたまま手を後ろへ伸ばして。
二　気力で息を整えて。
三　「一本差し」と同意か。それならば、長脇差を一本腰に差した侠客のこと。
四　たとえどんな苦しい目にあっても(頼んだ者の名前は出すまい)。
五　あまり喋るな。振り仮名「のんど」は「のど」の古語。「過ごす」はある行為をやり過ぎること。
六　大勢の子分たちに見せて。
七　田原大角に匿われていた者たちのことなので、「十四五人」とあるべきところ。一六行、二〇七頁三行の「十七人」も同様。
八　振り仮名「やみ」は「闇討ち」から。「かける」は計略にはめるの意。
九　自分の差し金ではないが。
一〇　機会をねらった。
一一　牢屋に押し込めること。
一二　江戸時代には、笞(むち)打ち、石抱き、海老責め(この三つを「責問い」、もしくは「牢問い」と総称した)、釣し責め(単に拷問といえばこれを指す)の四種が行われた。佐久間長敬『拷問実記』(『江戸時代 犯罪・刑罰事例集』所収、柏書房、一九八二年)。
一三　→一四七頁注四。性根がなくなってしまって。

脆い哮面[一四]、白状[一五]の書取に最早や爪印すんだ、引ツ続ひて御公儀より佐倉藩へぺタリと来たは外でない、家老田原大角は切腹の上の家名取潰し、イヤこいつ其うなくて叶はぬ、十七人が面の皮[一六]ひんむいた白状に動きもならぬ釘付だ、また奉行[一七]も当夜の不首尾[一八]で隠居の申渡され、しかし呵しう思ふな秀ツ、裁判は片手[一九]打でない、火掛りせぬ罪は四十八組より一人づゝの遠島[二〇]、この治郎も、あすは立派に罪科をいたゞく覚悟」目を閉ぢて聞居たる秀五郎は、苦しき息もろとも胸毛を伝ふ冷汗ぬぐふて「ナヽ何もいはぬ、三日月、面倒ついでだ、ヤヽやつ[二一]てくれ」「まて、外に尋ぬる事がある、此家の婆々がためには孫、あの娘ツ子が父の名を知らぬか」「ソヽそれだ、三日月の弟分、小車源次と、伯母が余処[二二]ながらの談話を聞た時の」「イヤ源次とばかりでは、まだしも、その源次を殺したは汝だ」「ナヽなに」「さわぐな、今さら詮ないが、すぎし夜に田原が邸へ暴れ込んだ男があろう」「アヽある、主人の大角が二日以前に江戸へ出府したとも知らず、空巣を衝きに来た曲もの」「それよ、その曲ものが源次だ、見あらはされた死物狂ひ、こつぱ侍[二三]を八九人やツつけた横合から、不意に槍玉[二四]かけたは慥かに相撲[二五]あがり、とは汝に相違ない、迚も助からぬ深傷と腹掻切つた最期の遺書に委しいは」おどろく秀五郎うけて何をか言はんとせしが、またセキ

一四 泣きっ面。
一五 罪状を認めたことを記した口書(くちがき)に、印判の代わりに指先に印肉をつけて捺す爪印も捺した。ただし、武士の場合は書判(花押)をしたはず。
一六 白を切っていた者たちの真実を暴いた。彼らの白状によって(大角は)言い逃れできない。
一七 一九九頁九行に登場した町奉行。
一八 不手際。
一九 一方にのみ贔屓して不公平なこと。
二〇 江戸時代の刑罰の一つ。流罪とも呼ばれた。江戸からは、大島、八丈島、三宅島他に流された。死罪に次ぐ重刑で、誤って人を殺した者、博奕をした者、女犯の僧侶等がこの刑に処せられた(刑務協会編『日本近世行刑史稿』上、一編十八、矯正協会、一九七四年)。
二一 自分を殺してくれ。
二二 それとなく。
二三 「木端侍」。取るに足らない弱い侍。
二四 槍で突き刺した。
二五 元相撲取り。

込む痰に咽喉を衝かれて苦しき声を絞りあげ「フヽ筆と、紙、取つてくれツ」[一]震ふ拳に筆握りて墨も続かぬカスリ[二]書き、治郎は取上げて笠ごしに読下せしが、いく度かうなづきて声を潜め「あゝ折角の男も立[三]どころが違つて憫然に思ふは、奸計のワナが解けかゝつた恐ろしまぎれに、使[四]ふた人形を欺りよせ毒[五]を盛るは昔から有る手だ、汝も脛腰[六]たゝば田原大角ゆるすまい、この治郎も味方が殺さるゝより却て一増[七]の悪み、なれど、今は互ひに公儀の科条[八]つき、秀ツ、汝も善根ばかり植た男であるまい、天[九]だ、命だ、諦めろ」「ソヽそう思つて、居ればこそ、返[一〇]り忠の訴人にも出ず、恨みを呑んで犬死するのだツ、ミヽ味方は仇となつて、仇に此の心中察してくれと頼むツ」「よし、よし、しかし不思議なは敵同士が縁を繋ぐ此家の、ムヽこの事胸に抑[一一]へていふな、いへば返らぬ事に伯母を泣かす道理」「ソヽそれよ、只だ一人りの伯母へ十余年の無沙汰した、[一二]ばかりで此の行違ひ、モヽもし、其間に首つん出して置かば、アヽあの娘から亘りをつけて、三日月、汝の腕[一三]ともなつたもの、オヽ惜しい事したツ」「よく云てくれた、おれも、源次が隠し女あるとウス〳〵耳にしたなれど、それが此家の娘で、コヽ子まであるとは、最期に遺した書付の裏に、行末は養ひ取つてくれとの頼み書き、あゝ憫然なやつ、けふは一生の名残りに舅の墓詣り

一 初出ではこの後、「ソそこに、あるツ」と続く。
二 かすれた墨跡で書くこと。
三 「男を立てる」で、男としての意地を貫くこと。
四 自分が利用した人間。
五 例えば、実録『伊達厳秘録』(『近世実録全書』十巻所収)は寛文年間(一六六一―七三)に起こった仙台藩伊達家の御家騒動を脚色しているが、その中に逆臣たちが腹心の家来荒木和助を口封じのために毒殺する場面がある。明治九年初演の歌舞伎『実録先代萩』(河竹黙阿弥作)でも、この場面は受け継がれている。
六 「足腰」に同じ。
七 「一層」に同じ。ただし、「一倍増し」の意も込めている。
八 罪状。
九 天命(天が定めた寿命)をことさら強調していった。
一〇 主人や味方を裏切って敵に尽くすこと。
一一 初出「胸に抑へて」なし。
一二 それだけで。
一三 →一六九頁注一五。
一四 舌をかんで死ねというのであろう。浪六『破太鼓』二十四「刃物なくては得死なぬ腐れ根性みてくれる近う寄れ…なるほど人間一死を甘んぜば、舌喰切つても果んもの」。
一五 不動山が三日月に殺してくれと再度頼んだ

かた〴〵、源次が遺子を見に寄つたに、思はぬ汝に出会つて、あゝ、不充分ながら四方八方の用すんだ」いひつゝ摺寄つて又た一入声を低くめ「秀ツ、万々一外から知ては汝も免れぬ罪科だ、病ほうけた其ざまで見苦しい、今夜の中に[14]刃物使はず死ね、[15]イヽヤ、それ、造作ないが、善悪ともに今は治郎の腕なまつた、よいか、これで別れる」

旭に向ふて[16]露を払ふ鬼あざみ、敵味方うちとけて、見上ぐる秀五郎、見おろす治郎、大あみ笠をヒラりと振つて出でんとする障子影に、俄かに聞ゆる老婆の泣声、女の童もおろ〳〵声に只だ呼ぶは「お婆さん〳〵」

第十二回

春の夜の嵐に散る花は[17]狼藉を極むれど、花の[18]神はなどか忙はしかるべき、落ちて流るゝ水は岩に[19]せかるれど、水の性は自づから[20]閑けし、

あはれ[21]恩義の露に身を濡らす治郎吉、けさ[22]黎明のころより起出でゝ、清水くみあげつ頭髪を洗ひ櫛り、[23]あくまで浴湯を果てゝ後ち、かねて用意の[24]麝香を酒に溶ひて五体へ磨り含ませ、衣服を更めて[25]豊かに躬を床柱に寄せながら、扇子を半ば開き小骨を爪弾きして　声低く[26]隆達節を唄ふさま、吹けば馨る袖動かし

ことに対する返答。(自分が)不動山を殺すのは簡単なことだが。

一六 「鬼あざみ」は薊(あざみ)の葉にとげのあることから、ことさら恐ろしげにこう呼んだもの。三日月、不動山が不似合いな涙を混えている様を表した。同様のものに、浪六『深見笠』(明治二十七年。『浪六傑作集』下所収)二十四「鬼あざみ絞れば露の玉とかや」や、同『浪六漫筆』(春陽堂、明治二十六年)「おもかげ」中の「池の水際(みぎは)の鬼あざみ、捻つて絞らばなどか一滴のやさしき露を滾(ぼこ)さゞるべき」などがある。

一七 取り散らかっていること。

一八 「神」は精神の意。

一九 堰きとめられるけれども。

二〇 穏やかである。

二一 「露」は浪六がしばしば挿入する語。ここでは、恩義を蒙った意。

二二 →一七三頁注一七。

二三 十分に。

二四 麝香鹿の香嚢(こうのう)を乾燥して製する香料。舶来品で珍重された。酒に溶いて用いることは未詳。浪六『侠骨三人男』「(切腹の朝)みづから鏡に対(むか)うて隙間なく頭(かうべ)に名香を摩り込み」。

二五 ゆったりと。

二六 堺(現・大阪府堺市)の僧で後に還俗した隆達(りゅうたつ)(一五二七-一六一一)が歌い始めた小唄。寛文年間(一六六一-七三)には三味線や一節切(ひとよぎり)(尺八の一種)に合わせて歌われ大いに流行し、元禄期(一六八八-一七〇四)頃まで残っていたらしいが、本作当時(享保年間(一七一六-三六))は絶えていたはずである。

て平生よりも眉宇[一]晴れ眼も涼しげに、彩る如き鬢髯のあと青く顔の色さへ爽〳〵しう、げに覚悟ある男の心すみて優[二]なり、

＊　＊　＊　＊

[三]時はいつ、享保九年四月[四]二十六日、処は当時の大老職酒井若狭守が庭園[五]の坪、春も過ぎて卯月に近き一天[六]の闇を照らさんと、かけ連ねたる篝火[七]は昔し鎌倉山[八]の四十八個所も斯くやあらむ、咲き残る花は落ちて若葉茂れる森の此方、かげ[九]を倒まに丹花の漣漪[一〇]をうつ池の鏡も物凄く、こゝ一段の夜露を含む芝生の上、[一一]二間四方の仮屋を組んで　修行門の設け涅槃門の幕さばき、白絹もて巻ける畳に未だ血を滾さねど、[一二]物色いとゞ寂びて心[一三]ある武人の涙しぼるに堪へたり、

その仮屋に対ふて十余間の彼方には、殿作り[一四]の局々[一五]を明放ちて広々たる武者[一六]椽つゞき、庭前の篝火と争ふ銀燭の光りに見亘せば、主人の若狭は袴の稜を正して中央に座を占め、客は其が傍らに当代の白須甲斐、いま太平の世に一生の見もの老て[一七]の物語りと　乞ふて詰めたる百余人の藩士は、肩衣[一八]を重ね袖を連ねて左右に居流れ[一九]つ、げにや前代に聞かず後世にあるまじき晴〳〵しさに、月夜ならねど塒を迷ひいでし鳥[二〇]の羽ばたき冴へて後は、夏まちわぶる草葉の虫も怖ぢて音を得立てず、只おり〳〵の若葉もれくる夜嵐に、砕けて落る篝火の水に音

一　↓一七九頁注一八。心配事がなくて晴れ晴れしたさま。

二　殊勝である。

三　講談師が講談の初めにいう「時はいつなんめり」にならったか。

四　次行に「卯月に近き」とあり、一五行に「夏まちわぶる」、二一五頁二行でも「卯月まつ夜」という。この箇所が三月の誤りか。

五　坪庭。中庭。

六　空全体。陰暦二十六日であれば闇夜である。

七　鉄製のかご（篝）に松の木を入れて焚いた火。本作の表紙にはその絵が描かれている（↓一四一頁）。

八　「鎌倉山」は神奈川県鎌倉市周辺の山。「四十八個所」は鎌倉時代に京都の警護に当たった武士の詰め所である「篝屋」の数。浪六はそれを鎌倉にあったと誤解していたか。

九　池の面に篝火が映っている様。「丹花」は赤い花。

一〇　「漣」も「漪」もさざ波の意。『書言字考』巻二「漣漪（サザ）」。

一一　切腹の場所に設けられた仮の建物。一間は約一・八メートル。↓補一三。

一二　辺りの景色にはしっとりと落ちついた風情がある。

一三　ものの哀れを知る武士が涙を流すのにふさわしい。

一四　↓一九九頁注二二。

一五　小部屋。

一六　「広縁」と同意か。浪六『髯の自休』十六「自休じろ〳〵見廻して武者椽を伝ひ書院を打越え」。

一七　年を取ってから、（こんなことを見物したと）話の種になる。

一八　↓一七四頁注一。

するも惨[21]なり、

はや時刻来りぬ、壺金[22]の外るゝばかりに庭門サツと八文字に開かせ、一人の案内者前にたち介添の侍四人を後ろに従へ、悠然として六尺に余る躬を運びいでし三日月治郎吉、庭前の用意と武者椽[23]の晴れをジロリと眺めて笑みを含み、以て生れし身[24]の振りざま　ノサバリかへつて一歩々々大地に足跡を印けんばかり、作法を守りて無紋[25]水色の上下こそ着たれ、頭は流石に忘れぬ大額[26]の障子鬢[27]、新たに巻立てし銀[28]の針線を燃上る篝火に照らし、小うた[29]に唄ふ蟬折れ[30]を天に跳ねかへしつ、並居る椽の正面に近づきて立つたるまゝに頭を下げ「当家の御前、白須の御前、まづ、御機嫌うるはしう」若狭守は膝すゝませて開きし扇[31]にあほりたて「立派々々、見事じや、甲斐どの、頭髪の結様が一種の勇みを添へてナカ〳〵奇じや、伊達に風流とは是れであろうな」白須甲斐は斜めに身を捻りて言葉静かに「治郎吉、其方は果報者じやぞ、御大老へは予から御礼を申し上げおく、たゞ日頃の胆[32]を弛めず御目に掛けい、一人の町奴が切腹を斯くまで致さるゝは、一つには其方が性来の潔白[33]を愛せられ、また一つには弓矢[34]の哀れといふものじや、よく心得たか、いはゞ互ひに親子二代の見知合ひ、予は其方を一入ふびんに思ふの余り、かゝる晴れの最期を目前に見て嬉しく本懐[35]じや」なに

一九　大勢の人が整然と居並ぶ。
二〇　ここでは鳥のこと。
二一　聞く者の心を痛ましくさせる。
二二　開き戸の開閉用に取り付ける、鉄棒を差す軸穴の開いた金具。壺金物(つぼかなもの)。浪六『後の三日月』十一「江戸随一といふ道場口の壺鉄(つぼがね)外(づは)れむばかりに戸を推開き」。
二三　大老酒井若狭守、白須甲斐はじめ大勢の武士たちが、並んで自分を見守っている晴れがましい様子。
二四　派手な動作を見せびらかす様。
二五　「無紋」は無地。工藤行広編、天保十一年(一八四〇)『自刃録』「用意道具之事」に「切腹の節、…夏は白帷子、上下は、水浅ぎ無紋の麻上下也」(『武士道全書』十、時代社、昭和十八年)。
二六　→一四七頁注九。
二七　→一四七頁注一四。
二八　→一四七頁注一五。
二九　人によく知られた。
三〇　天和・貞享年間(一六八一-八八)に流行した男伊達の髪型。髷の刷毛先(はけさき)。男性の髷の、束ねた毛の先端)を細くして上へそらし、蟬のような形にしたもの。

蟬折れ
(加藤曳尾庵『我衣』)

三一　相手を褒めそやすときにする動作。
三二　度胸を据えて。
三三　心に汚れのないこと。
三四　「弓矢」は弓矢取る者、すなわち武士で、「武士の情け」と同意か。
三五　→一七五頁注二九。

思ひけん治郎は俄かに頭を垂れて仰ぎみず、髷の[一]ハケさき震はせて芝生に落す一雫の涙「有がたく、心得ます、あゝ今更ながら、さて〳〵御声の[二]似ませることツ」[三]満座しめりて暫し音なし、

稍ありて若狭守は扇子もて招くが如く「ゆるす、其まゝ近う」言葉に従ひ治郎は武者椽の端にイザリ上りて庭園を背に坐しぬ、小性の者が運びいづる銚子盃、主侯はまづ飲んで治郎に与へつ並居る家臣を見まはし「皆の者、よく見ゆるか、立派の男じやの、どう考へても予は惜しく思ふ、甲斐どの、御身よりも盃を取らされい」あらためて又た白須より受けし後ち、治郎は懐中の白紙とりいだして二つの盃を包み、[四]おしいたゞひて静かに傍への小性に預けたるさま、体を捻り目を斜めに見居たる主侯は思はず膝をうつて「ナカ〳〵[五]しほらしい致方を仕おる、天性々々、皆のもの見たか」治郎は両手をついて頭を下げ「[六]夜陰に時刻うつツては却て恐れ入ります」「まて、まてよ、何なりと望みの品を遣はす、といふ訳にゆかぬな、コリヤ皆のもの、此の治郎を慰さめ得さする考へは付かぬか、オ、幸ひソレ〳〵、近ごろ本国より呼寄せた[七]琵琶法師がある、最期の送り、其方がために一曲」治郎は両手をつきしまゝ頭を擡げてニコリと笑み「恐れながら御無理を申し上げます、何卒、同じうは其の琵琶の一曲を、腹

一　「刷毛先」。→二一一頁注三〇。
二　（御父上に）似ていらっしゃる。
三　その場の雰囲気が沈んで。
四　頭の上に捧げ持った後に。
五　態度が優美な様。
六　「夜陰」は夜分。時刻が遅くなっては。
七　『平家物語』（平曲）を代表とする語り物を、琵琶の伴奏で語って全国を旅した盲目の法師。鎌倉時代に始まり室町時代を通じて行われたが、江戸時代には幕府によって庇護され、大名や旗本の屋敷で平曲の教習や演奏に当たった（『日本音楽大事典』平凡社、一九八九年）。ただし、浪六がここに琵琶法師を出したのには、明治十四年、吉水経和と西幸吉が明治天皇の前で弾奏した頃から興隆に向かった薩摩琵琶が背景としてある（越山正三『薩摩琵琶』ぺりかん社、一九八三年。島津正『明治以前薩摩琵琶史』ぺりかん社、一九九七年、等）。

かツきりながら聴きたく存じます、冥途に伴ふ音曲の調、勿論、介錯人[八]を御免蒙ぶつて」駭く百余人の藩士が呆れ顔、甲斐は更なり[九]、主侯は左右をジロ〳〵見まはしながら、また眼を円かにして治郎を打守りつ[一〇]「勇ましい奴じや、ム、それこそ昔し戦国に聞及んだ大丈夫の魂ひ[一一]、甲斐どの、さて〳〵逞ましき性根で御座るな、うい奴じや[一二]、なか〳〵の奴、ソレ誰かある、かの琵琶法師を呼べ、急げ〳〵」

身には検校[一三]の服を纏ふて小性に手をひかれつ、倭錦[一四]の袋に入れし琵琶一面を抱へ、しづ〳〵と歩み来りしは六十余りの盲人、主侯が指図の場処に坐して静かに礼を正しぬ「検校、予は若狭である、今夜は平生と違ひ、天晴れ勇者の最期を送る一曲、かまへて[一五]心神[一六]を凝らせ」盲人は眉うち顰めて小首を傾け「お側[一七]の方まで伺ひます、只いま御前の御詞に勇者が最期を送る一曲とか、されば奇[一八]代に大切の晴業[一九]、時の心は其まゝ音調に移るの古語[二〇]、せめては其の勇者が人となり姓名を」家臣の言葉も待たず主侯は稍せきこみ「異名は三日月、名は治郎吉といふ前代未聞の男達であるは、故あつて只いま屠腹[二一]致すのじや」「さて〳〵物凄[二二]や、しかしまた、我道に取つては一生一代の調べ、冥加至極[二三]に心得ます」いひつゝ袋の紐といて琵琶とりいだすを、さきの程より瞬きもせず見詰る

八 切腹の際に側に付き添っていて、首を切り落として死ぬ手助けをする人。
九 「言うも更なり」の略。白須甲斐が驚いたのは言うまでもない。
一〇 じっと見つめながら。
一一 江戸時代の切腹には介錯人が必ず付くが、『太平記』や戦国時代の軍記には切腹後自らとどめをさした例が多く見られる（大隈三好『切腹の歴史』六、七、雄山閣出版、一九九五年）。
一二 殊勝な、けなげな。もっぱら目上の者が目下の者を誉めるときに使う。
一三 盲人に与えられた最高の官名。京都の久我（がこ）大納言家から授けられた。
一四 わが国で織った日本風の模様のある錦。「唐錦（からにしき）」に対していう。「錦」は数種類の色糸で文様を織り出した厚地の高級な織物。
一五 必ず、きっと。
一六 精魂を傾けて演奏せよ。
一七 直接身分の高い人に話しかけるのは無礼にあたるので、傍らにいる家来に取次ぎを願っている。
一八 世にも稀で。
一九 大勢の目の前で行う名誉な業。
二〇 出典のあるらしい書き方だが、未詳。
二一 切腹。
二二 →一六八頁注七。
二三 →一九六頁注一九。

治郎が不審の面相[一]「いかゞ致した」甲斐に声かけられて気付ながらも、なほまた見つめて「他事に亘つて恐れ入ります、が、あの検校は何とやら見覚への」きく盲人は小耳にはさみて「そら仰せらるゝは、今夜の勇者でお在すかな」「検校どの、間違へば御免あれ、ム丶、[二]二十五年の昔し、日本橋で小童の両手を欄干に重ねた田楽ざし」[三]きくと等しく盲人は見へぬ眼を張りて　声する方に膝を向け「ナ丶なんと、いはるゝ」「イヤ其時のお武家に能く似て居らるゝは、寄る年波に変りこそすれ、面ざしは昔し見たまゝ、しかも左りの頬に赤き痣」盲人は俄かに音声を変へて呆るゝばかりの驚愕「梵天、[四]八幡、サ丶懺悔いたす、其の武士で御座る、して御身は」「即ち小柄を貰ひうけた小童、久しぶりの対面に、まづ御無事は何より重畳」[五]盲人は額に流るゝ汗を拭ふて太き息つき「御場所がら、憚り御座れば何事も申さぬ、あの時の怖ろしさ胆に応へて両刀なげすて、不幸の眼病に盲目となりしを幸ひ、中年ながら一心不乱に修行いたした琵琶法師、さても〳〵」「イヤ此の浮世を面白う暮したも実は賜はつた小柄が原因、怨恨はおろか、御礼申す、また最期を其の人の琵琶に送らるゝも深い因縁」「改めて、そこの勇者に申す、雨夜の城了[六]が伎に及ばずとも、この検校が[七]生血を凍らして弾ずる一曲試みられよ」「頼む検校どのツ」満座呆れて又暫し

一 顔つき。
二 初出「ヱ丶」。
三 →一四八頁注三。
四 梵語の「ブラフマン」に由来する、仏法の守護神。直後の「八幡」は八幡大菩薩に誓って偽りなく、また転じて、「決して、断じて」「是非とも、どうか」といった気持ちを込めて使う語であるが、浪六は「梵天八幡」「八幡梵天」と続けることが多い(→一五二頁注一〇引用)。
五 喜ばしい。
六 『嬉遊笑覧』巻六上「楽曲」の琵琶法師のくだりにその名前が出る。「城了が聞雨の歌、夜の雨の窓をうつにも暗ければ心はもろき物にぞ有ける、天聴に達し夜雨と勅号を下されしとかや…おもふに、雨夜の城了が事を伝へ誤れるにや」。
七 生き血。生き血は「注ぐ」のが普通で、「凍らせる」のは珍しい。浪六『奴の小万』十二「筆端に生血(せいけつ)を注ぎ絹布に魂魄(たまひ)を投込まば」。
八 「風」を擬人化し、手があるものとしていった語。「雨脚」と対になる。
九 介錯人(→二一三頁注八)。三日月は自分の首を打ち落とす介錯は断ったが、切腹の際の細かい世話をするために残っていた。
一〇 行儀正しく正座すること。
一一 底本振り仮名ママ。「ゆんで」とすべきとこ

音なし、
卯月まつ夜の癖なれや、木々の若葉の露を払ひつ、湿気を含む風[8]の手は音もせず忍び寄れど、こゝかしこの篝火は一時にさツと色冴へて、物凄くも夜陰を奪ふ仮屋のうち、まして二人の介添[9]は葦束に火を点じて左右より中を照らせば、治郎吉が端坐[10]せる様は鬢の毛の動ぎも手に取る如く、こなたの武者椽には主侯を始め甲斐その他の人々も、思はず肩を張り拳握りてジリ〳〵と膝おし詰めたり、

治郎は一礼して稍や反身となりつ、無紋の肩衣はねのけて襟くつろげ、左手[11]を伸して前なる短刀、これぞ恩人が形見の藤四郎吉光九寸五分、せめての罪亡ぼしと推戴きつ、逆[12]に巻付けたる白布の中際とつて右手[13]に持替へ、空三方[14]を後へに廻すと等しく、いくたびか[15]腹なでおろして臍の上通り一寸ばかりの左り坪、折しも撥[16]つて掻鳴らす琵琶の曲、筧[17]の水の落つるにや、笹葉を伝ふ夜の雨にや、謡ふ唱歌[18]の声冴へて哀れに凄く聞ゆるは

武蔵野[19]に。草はしなぐ〵多けれど。つむなにすれば偖もすくなし。

治郎は耳をすましてニコリと笑み、篝火に照る尖鋒を思ふ坪にあて 拳[20]に一ゆり込むると見れば、早や白刃の光り半ば没して迸る血しほを見せじと、左手

ろ。一六行も同じ。

一二 『自刃録』「用意道具之事」に「切腹の短刀は、九寸五分が故実なりといへども、八九寸のものなればよし。白木の三方に載る也。…短刀の仕立様は、柄を抜、…奉書紙にて、逆にくる〳〵と巻、又布にても巻といふ」。

一三 底本振り仮名ママ。「めて」とすべきところ。

一四 「三方」は儀式の際に物を載せる台。四角い盆の下に、前・右・左の三方に穴のある台を取りつけたもの(→注一一)。

一五 『自刃録』「切腹人之事」に「切腹の作法は、其座に直り候と、検使へ黙礼し、右より肌を脱、左を脱終り、左の手にて刀を取、右の手を添、押戴き、切先を左へ向直し、右の手に持替、左の手にて三度腹を押按(み)、臍の上一寸計(ばかり)の上通りに、左へ突立、右へ引廻す也」。

一六 弦を手前から向こうに払うように弾くバチさばき。

一七 浪六は『呂宋助左衛門』二でもほぼ同一文言を使って琵琶の音を形容している。あるいは慣用句か。「はるぐ〵肥前の平戸より呼上せたる琵琶法師、…筧を伝ふ水の音か、笹葉を走る夜の雨か、撥つて掻鳴らす琵琶の上手の一調子」。

一八 音楽に合わせて唄うこと。当時の発音では「しょうが」(『和英語林集成』三版)。

一九 盲僧琵琶を現在の薩摩琵琶に改良した島津忠良(日新公。一四九二—一五六八)が作詞したと伝えられている『武蔵野』冒頭の一節。「武蔵野に、草はしなぐ〵多けれど、摘む菜にすればさても少し」(中内蝶二・田村西男編『日本音曲全集 五巻 琵琶全集』日本音曲全集刊行会、一九二七年)。人は多くても有用な人材には乏しいの意。

二〇 拳を一揺らしして中に押し込む。

を添へて刃[一]を指股に挟みつゝ掌もてピタリと切口を抑へ、静かに抜きし吉光を両眼の間近く取上げて、差出す葦束の火にスカしながむる不敵の剛、

武者椽には主侯の若狭守、ツと立上つて二歩三歩すゝみいで「切つたり〳〵、皆の者あれ見よ、子孫に語り伝へて手本に致せツ」続ひて聞ゆる白須甲斐が声「治郎吉、治郎吉、夜風が吹くぞ」並居る百余人の藩士は感に堪へて、袖すり合す音のみ聞へたり、

たへては続き、つゞきては絶へ、げにや金砂[二]を篩ふ琵琶の低調[三]は、この時またも一きは冴へて掻鳴らす手も繁く、唄ふ声さへ朗かにすみて

思[四]ひたち。いづる三日月ながむれば。はや山の端に木がくれて。かすみそめたる大空や

治郎は刃の血糊を嘗め取つて、鬢[五]の毛に刃亘り三四度サラ〳〵と引き、流石に今は震ふ拳ながらも見ごと切口へ探り入れ、半ば俯しつゝ横一文字に右へ引まはしつ、息[六]ふかじと歯の根のたゝんばかりに唇を結び、抜て返す尖鋒を過たず咽喉[七]三寸、

焚き連ねたる篝火も今は漸く影を潜めて、夜風冷かに湿[八]めり亘るは庭園の青葉のみかは、朧ろに包む陰気に閉ぢられて、細くたへ〴〵に哀れを引く検校が

一　一旦腹に突き込んだ刀をまた抜いた。田島象二『本朝侠客伝』「水野十郎左衛門」の以下の一節によるか。「十郎左衛門は…貞宗の短刀を逆手に取り　法の如く紙に巻て切先一寸許りを出し　左の肋へズト突いれ　右肋へ廻し　手以て斫口を押へ短刀を抜とり　之を咏めて莞爾と笑ひ　天晴の切味にて日頃の本望こゝに足れり」。
二　「金砂」は砂金。ふるいにかけて砂金を採集するときのさらさらという音。
三　低い音。振り仮名の「しのび」は忍び音から。
四　以下の二行『武蔵野』に見えない。浪六の創作か。
五　刀に鬢の油をつけて切れ味を良くする。
六　息を吹き出すまい。息を止めたまま。
七　頸動脈を断ち切り、これで絶命する。
八　庭園の青葉だけでなく、この場の人々の気分も湿っぽくなっている。
九　『武蔵野』「春去り秋は蟬の声、さても果敢なき浮世かな、…引よせて結べば草の庵にて、解くれば旧の野原なり」。夏目漱石『吾輩は猫である』十一「高が一尺四方位の面積だ。猫の前足で掻き散らしても滅茶々々になる。引き寄せて結べば草の庵にて、解くればもとの野原なりけり。入らざるいたづらだ」。人口に膾炙した一節であった。
一〇　『古今和歌集』巻四、秋歌上所収の素性法師の歌。詞書「藤袴を、よめる」。正しくは「藤ばかまぞも」。

声

春[九]さり秋は蟬の声とても。はかなき憂きを引よせて。結べば草の庵にて。
とくればもとの野原なり。とくればもとの野原なり

『[一〇]ぬし知ぬ香こそ匂へれ秋の野に誰がぬぎかけし藤ばかまぞや』元文[一一]四年の秋のころ、かの大塚村なる美人茶屋のあと、翠かはらぬ松の小影に小やかなる竹行燈かけて『みかづきのかげ』といへる七文字を認し、茶の料は取らで人の憩ふに任する家居あり、源[一二]氏の君が白く哀れといひし籬根の夕顔を越して、おり〳〵見ゆる主人の女[一三]房は年のころ四十路に上れども、憎くや昔の色香うせで袖[一四]の余波りも床しげなり、水[一五]の流れや行く人の他[一六]生の縁を引とめて、世[一七]渡りならぬ朝な夕なに茶をくむは、萩か尾[一八]花か今ま一しほの色盛り、二十の上に指おりかぬるぞ恨みなれ、

[一九]大塚村美人茶屋の遺物

墨染の法衣こそ纏はねど、心は髪と共に世をふりきり、いはゞ英[二〇]雄さつて仙を学ぶの意趣、伊達の気まゝに育ちし肌やせて、今この一つ家

一一 一七三九年。三日月切腹(享保九年〈一七二四〉)の十五年後。
一二 『源氏物語』四帖「夕顔」の巻による。ただし、光源氏が「白く哀れ」と言うことはない。「いと青やかなるかづらの、ここちよげにはひかかれるに、白き花ぞ、おのれひとり笑(みえ)の眉ひらけたる「遠方人(をちかたびと)にもの申す」と、ひとりごちたまふを、御随身(みずいじん)ついゐて、「かの白く咲けるをなむ、夕顔と申しはべる。花の名は人めきて、かうあやしき垣根になむ、咲きはべりける」」(石田穣二・清水好子校注、新潮日本古典集成『源氏物語』一、一九七六年)。
一三 お菊。なお、第五回の触書では「二十五六位」(一七一頁一四行)。
一四 艶っぽい風情も慕わしい。
一五 諺「水の流れと人の行く末」(どちらも先のことは、はかり知れない)による行文。「水の流れや」は後の「行く人」を導き出すために置かれている。
一六 先の世から結ばれた縁。この茶屋に腰をかけて茶を飲むのも、深い因縁があってのことである。
一七 商売としてではなく。
一八 薄(すすき)の花。
一九 以下本文末までは、明治二十四年九月二十日出版の増補再版本から加えられた。
二〇 諺らしい書き方であるが、未詳。浪六の『後の髯重』(明治二十六年。『浪六傑作集』下所収)二十六にも「あゝ世上は嫌(いや)と名聞(みやうもん)抛(なげ)捨つれば英雄去つて仙を学ぶの道理」と見える。漢の高祖の軍師であった張良が、晩年は世俗のことは捨てて神仙の術を学んだことによるか(『史記』留侯世家。『唐詩選』五言古詩、李白「下邳〈かひ〉の圯橋〈いきやう〉を経て張子房を懐〈おも〉う」)。

を秋香庵と名づけしも、思へば菊といひし浮世の余波り、[一]つながる縁の美人を蝶と呼ぶも哀れなり、そが庵室に掛けたる一軸は、かの治郎吉が春の宵の酒きげんに、ふしくれだちし腕まくりて[二]螺の如き手に筆にぎり「やい皆の奴、三日月が心は斯うだ、這ひ寄つて見ろツ」満坐の子分を驚かしたる筆の跡、もとより[三]能書ならねど墨痕おどりて紙を抜出でんとす

[四]借用申す和歌の事

いざゝらば茂り生ひたるとがの木の
　とが〱しきをたてゝ過ごさん

三日月　終

一 第十一回に登場した、三日月の子分小車源次の娘。

二 節くれだってごつごつした拳。講談師のよく用いる形容。

三 上手な字。振り仮名「たくみ」は「巧み」より。

四 『嬉遊笑覧』巻一下「容儀」のだて風のくだりに、「だてとは立なるべし、物をたて通さむとするをいへり「夫木」に(為家)「いさゝらば茂り生たるとがの木のとが〱しさをたてゝ過さん」(『日本随筆大成』別巻七、吉川弘文館、一九七九年。岩波文庫本には為家の歌なし)。「夫木」は『夫木和歌抄』(私撰和歌集、延慶三年〈一三一〇〉頃成立)、「為家」は藤原為家(一一九八－一二七五)、「とが〱し」はとげとげしい様。

松原岩五郎

最暗黒の東京（抄）

中島国彦 校注

松原岩五郎（一八六六―一九三五）。別号岫雲・二十三階堂・乾坤一布衣）は小説家・記録文学者。伯耆国（現・鳥取県）淀江町で生れ、上京してさまざまな職業に就きつつ学び、内田魯庵・二葉亭四迷の知遇を受け、春陽堂などから小説『好色二人息子』（明治二十三年）、『かくし妻』（同二十四年）、『長者鑑』（同二十四年）などを出版。明治二十五年秋に国民新聞社に入社、『国民新聞』に貧民窟ルポルタージュを連載、同二十六年に『最暗黒の東京』を刊行し、読者の賞賛を得た。姉妹編とも言える『社会百方面』（明治三十年）などの著作もある。日清戦争時には、『国民新聞』の従軍記者として朝鮮に渡り、『征塵余録』（明治二十九年）を刊行。明治三十三年、博文館に転じ、『女学世界』編集長を務めた。

〔初出・底本〕単行本初版。早稲田大学中央図書館所蔵本（坪内逍遙旧蔵）。明治二十五年十一月から同二十六年八月までの間に『国民新聞』にタイトルを変えて断続的に連載されたいくつかの貧民窟ルポルタージュを再構成、書下ろしを加え、『最暗黒の東京』として乾坤一布衣の名前で明治二十六年十一月九日発行。挿絵は久保田金僊。奥付は、著作者松原岩五郎、発行者垣田純朗、発行所民友社。定価拾三銭。書名は、表紙・扉・はしがき冒頭は「最暗黒之東京」だが（前二者は同一の毛筆の書き文字）、本文直前の内題・本文末は「最暗黒の東京」なので、その事実を尊重し、本巻ではこれを採用した（同様のケースに明治三十二年刊の横山源之助『日本之下層社会』単行本があるが、本文には「の」が見られるがその他の部分は一貫して「之」であり、事情が異なる）。初出から初版に至る経過は、初出をほぼそのまま利用した部分や、かなり修訂した部分などがあり、複雑である（補注一参照）。

〔諸本〕民友社版は第五版まで刊行。さらに文庫を含めて何度か翻刻されており、補注一にまとめたので参照されたい。

〔抄出箇所〕本巻には、はしがきの他に、本文全三十五章のうち、全体の半分強の十八章を抄出して収録した（細目一覧参照）。前半の力のこもった下谷万年町・四谷鮫ケ橋・芝新網町の三大貧民窟の実情を描く部分に、特異な伊香保の光景を描く一章を添え、後半の人力車夫を描く部分の主要な五章を採用した。抄出箇所に付された挿絵は全て収録し、新聞初出後描き直された場合は、元の初出挿絵を脚注に紹介した。

最暗黒之東京

[一]国民新聞紙上既に世の喝采を博したるもの。今や其(そ)の粋を抜き、且つ新たに材料を得て増加するもの殆んど過半。以て斯(こ)の冊子と為す、世人若(も)し

[二]◎最暗黒の東京とは如[三]何なる所なるか？◎木賃宿の混雑は如何なる状態なるか？◎残飯屋とは何を売る所なるか？◎貧民倶楽部は誰に由(よ)りて組織されしか？◎飢(うゑ)は汝等に如何なる事を教ゆるか？◎飢寒窟(きかんくつ)[四]の経済は如何？◎汝は何故に貧となりしか？◎貧天地(ひんてんち)の融通は如何？◎汝は貧街(ひんかい)の質屋を知るか？◎小児と猫は如何なる時に財産となるか？◎新開町(しんかいてう)は何(ど)の方角に在(あ)るか？◎銅貨は何故に翅(つばさ)を生ずるか？◎座食(ざしよく)とは何を意味するものなるか？◎黄金と紙屑と孰(いづ)れか価貴(たか)きか？◎老耄車夫(らうもうしやふ)は如何？◎生活の戦争は如何？◎下層の噴火線とは何ぞ？◎車夫の食物は何ぞ？◎下等飲食店第一の顧客は誰か？◎飲食店の下婢(かひ)は如何？◎労働者考課状(かうくわじやう)は如何？◎日雇労役者の人数幾何(いくばく)？◎蓄妻者及独身者の状態は如何？◎夜店(よみせ)の景況は如何？

其他鬻市(せりいち)は如何、朝市は如何、[五]文久銭市場は如何、渾(すべ)て是等の疑問を解釈せん[六]

一 明治二十年二月十五日創刊の雑誌『国民之友』に三年遅れて、明治二十三年二月一日に民友社から創刊された新聞。「貧民」「窮民」の存在を一つの社会問題として捉える視点や論調が、創刊時から顕著であった。↓補一。

二 「最暗黒」は、英語の darkest の訳語として定着したものであろう。その背景には、General Booth (William Booth, 1829-1912) の *In Darkest England and the Way Out*, 1890 などの著作が、いち早く紹介されていたという事実がある。後出の「(廿)最暗黒裡の怪物」の章に、「近来世に最暗黒といへる文字猥りに利用されて世間其解説に苦しむ者多し」(二八二頁三―四行)という一節がみえる。やや早い使用例としては、松原が「最暗黒の東京」の言い方を用いる前に、明治二十五年四月十三日『国民新聞』所載の「最暗黒の東京 下宿屋改良」(無署名)に、「東京は日本の最暗黒場たり。暗黒なる東京の中、最も暗黒なる者は下宿屋也」とする用例もある。↓補二。

三 以下の問いかけは、本作の各章とほぼ呼応する。章題の語句が直接見られないものでも、「汝は何故に貧となりしか？」が「(十一)飢寒窟の日計」の後半を示すように、その関係は十分たどることができる。

四 飢えと寒さの世界。饑餓窟。「飢寒窟」、次行の「貧天地」の二語は、本作にも大きな影響を与えた大我居士(桜田文吾)『貧天地饑寒窟 探検記』(↓補一)を踏まえていよう。

五 文久銭は四文銅銭で、明治期は一厘五毛として通用。そのような小額通貨で商う市場をいう。

六 「…せんと欲せば」「…に学べ」「…なり」のような表現は、力強い語調を形成するものとして当時よく用いられたもの。明治二十六年一月の

と欲せば、来(きた)つて最暗黒の東京に学べ。彼は貧天地の予審判事[一]なり、彼は飢寒窟の代言人[二]なり、彼は細民[三]を見るの顕微鏡にして、亦(また)彼は最下層を覗くの望遠鏡なり。

『青年文学』十五号の「青年文学値下広告」にも、「今日に於て敬虔且つ真摯なる声を聞かんと欲せば青年文学を読め　青年文学は真摯文学の張本人なり」とある。

以上二三一頁

一 明治十三年制定の治罪法から大正十一年公布の刑事訴訟法に引き継がれた（昭和初めの法改正で廃止）、捜査と公判の中間に位置する非公開の刑事手続きを「予審」といい、「予審判事」は被告人の訊問や事実調査を通して、公判開始・免訴・公訴棄却を判断した。

二 弁護士。明治初期から、明治二十六年の弁護士法制定まで用いられた。

三 下層の貧しい人々。「コマヘノモノ。下民」（大槻文彦『言海』二版、明治二十四年）。「貧民」と同じ意味合いを持つが、明治二十年代からよく用いられるようになった。なお、「貧民」という語についても、昭和二十四年一月、生活社刊の西田長寿編『都市下層社会』の「解題」に、「貧民という言葉は、当時では、乞食浮浪者から下級の職人、日雇人、土方、近代的工業労働者までありとあらゆる無職者、無産者、零細自営業者を総称した言葉であつて意味が極めて漠然としている」とあるように、それぞれの語のニュアンスは必ずしも明確ではない。

四 松原岩五郎の筆名。→二二五頁注一三。

五 以下のはしがきに当たる部分は、初出、明治二十六年八月九日『国民新聞』。「東京 最暗黒の生活」の第一回に当たる。「有志家倫動(ロンドン)府の乞食を論ず」と題された挿絵（図①）があり、本

最暗黒の東京

乾坤一布衣

生活は一大疑問なり、尊きは王公より下乞食に至るまで、如何にして金銭を得、如何にして食を需め、如何にして楽み、如何にして悲み、楽は如何、苦は如何、何に依ツてか希望、何に仍てか絶望。是の篇記する処、専らに記者が最暗黒裏生活の実験談にして、慈神に見捨られて貧児となりし朝、日光の温袍を避けて黒暗寒飢の窟に入りし夕。彼れ暗黒に入り彼れ貧児と伍し、其間に居て生命を維ぐ事五百有余日、職業を改むるもの三十回、寓目千緒遭遇百端、凡そ貧天地の生涯を収めて我が記臆の裡にあらむかと。聊か信ずる所を記して世の仁人に愬ふる所あらんとす。

某年某月、日、記者友人数名と会餐す、談、偶ま龍動府の乞丐に及ぶ。彼等が左手に黒麺包を攫みて食ひつゝ右手に空拳を握ツて富豪を倒さんとするの気色は、如何に世界の奇観なるよ。英の同盟罷工、仏の共産党、乃至孛露の社会党、虚無党、其事件の起る所以を索ぬれば、必らず其処に甚だしき生活の暗黒

文一一行「某年某月」以下の部分には、「其一 探検者の人相」という見出しが付されている。

六 まとまった文書の形に記述すること。

七 わたいれ。古綿を入れた、どてら。通常は「縕袍」「縕袍」と表記。ここは、日光のあたたかさをいう。

八 実際より日数をオーバーに表現している。すぐ下の「三十回」も同様。

九 種々雑多な事がらに目をとめたり、出会ったりした。「百端」は「万端」に同じ。

一〇 情け深い立派な人。

一一 昭和三十八年五月『国文学 解釈と鑑賞』掲載の、山田博光「二葉亭と松原岩五郎・横山源之助」は、「友人」の一人に二葉亭四迷を想定することもできるとする。

一二 ロンドンの細民については、ブースの書物(→二二一頁注二)のほか、例えば明治十七年から十八年にかけて『郵便報知新聞』に断続連載された矢野龍渓「龍動通信」などによるか。

一三 ストライキ。

一四 バクーニンらの無政府主義者などを指すか。

一五 孛漏生(プロイセン)と露西亜(ロシア)。プロイセンはプロシアともいい、現在のドイツの一地方。通常の漢字表記は「普魯西」。

一六 宮崎夢柳『鬼啾々』(明治十七年十二月—十八年四月『自由燈』に断続連載、のち、自由燈出版局より同十八年十月刊)は、ロシア虚無党の事跡を描く。

図①

なかるべからずと。談ずる者は咸当年の俊豪、天下有志家の雛卵[一]にあらずんば亦是れ世界大経世家の嫩芽[二]たり、其議論は毎に宇内[三]の大勢に亘ッておのづから年少気鋭の譏を免かれざりしと雖も此段記者の感慨を惹くもの決して小少にあらざりし。時正に豊稔、百穀登らざるなく、然るに米価[四]荐りに沸騰して細民咸飢に泣き、諸方に餓死の声さへ起るに、一方の世界には無名[五]の宴会日夕に催ふされて歓娯の声八方に涌き、万歳の唱呼は都[六]門に充てり。昨日までは平凡のものと思ひし社会も是に至ッて忽然奇巧の物となり、手を挙ぐれば雲涌き足を投ずれば波湧くの世界。奚んぞ独り読書稽古の業に耽るべけんやと、乃ち大事は他に秘し、独り自から暗黒界裡の光明線たるを期[七]し細民生活の真状を筆端に掬ばんと約して羇[八]心に鞭ち飄然と身を最下層飢[九]寒の屈に投じぬ。

此の行元より予に一[一〇]の資あるなし、亦元より一の声援あるなし。蓋し我れ一個人の学問及び智識が、即ち我が智慧及び我が勤労乃至我が健康が最暗黒の世界に於て何程我れに福祉[一一]を与ふるものなるかを見るは、独り貧窟探検者としての我れを知るのみにあらずして、学問修業者たりし我を知るに於て大に利益あるべく、且又我が貧に居る一時の課業たるに止まらずして以て我人生に於ける生涯の活試験たらずんばあらず、と。即ち我は我に一厘の資本を与へず、亦

一　雛と卵。未熟な者、また将来を期待される者。
二　若い芽、新芽。成長が期待される者のたとえ。
三　天下、世界。
四　大規模な米価高騰に抵抗した大衆の運動はいくつかあるが、明治二十三年一月の富山市民衆による騒動が日本海側を中心に拡大した事実がある。明治三十二年四月、教文館刊の横山源之助『日本之下層社会』の付録「日本の社会運動」の一節によれば、明治二十年の米価を九十九とすれば、明治二十二年は一一七、二十三年は一七七と高騰が顕著である。なお、「荐りに」は、しばしば。
五　道理のない宴会。明治の欧化政策の一つとして建設された鹿鳴館が開館したのは、明治十六年十一月二十八日。以後、夜会・舞踏会の鹿鳴館時代がしばらく続く。本作が書かれた時期には当時の隆盛はすでにみられないが、飢餓に対する代表として「宴会」が取り上げられたのであろう。
六　都(みやこ)の中。
七　底本「斯」を訂した。
八　旅中の情、旅情。「羇」は、旅、旅人の意。
九　底本「餓」を振り仮名により訂した。初出は「饑」。
一〇　財産、たくわえ。
一一　一社会人としての生活の充足。
一二　名声、よい評判。
一三　ここで、筆名の「乾坤一布衣」の語の意味が説明される。
一四　実際は数カ月で、ややオーバーに表現したもの。
一五　初出も「九月下旬」とあるので、明治二十六

一の声誉[一二]を被せしめず、所謂[一三]着のみ着の儘たる天涯の一漂泊的貧児を以て数[一四]年間最暗黒裡の食客たらしめんと期したるにありき。

天涯の一漂泊的貧児、如何にして最暗黒裡の食客たりしか。

時に九月下旬[一五]残暑の炎熱は猶いまだ路上の砂塵を熾くに容赦なく、馬に蹴らる砂、車に跳らるゝ烟、撒水の為めに立昇る炎塵、往来の人は蒸せるが如く、殊に労働者の困難、暑に中らるゝの人、往々路上に見る。斯る時の挿画的光[一六]景として常に一群の乞児[一七]、朝市の店晒しとなりし生瓜生茄子を噛りつゝ軒下に立ち。或は一(ひ)ト山五厘の腐れたる桃子を恵まれて僅かに飢を凌ぎつゝ猶あらゆる掃溜を捜して饐[一八]たる飯、餒[一九]れたる魚の骨を拾ひ食する様は如何に彼をして悚然[二〇]たらしめしよ。ト八言へ彼も今は貧児の一人なり、縦し其衣はいまだ乞児の如くに敝れず、其身はいまだ乞児の如くに穢れずと雖も。彼が数日間の露臥[二一]と数日間の飢渇は著るしく彼の人相を窶[二二]さしめて。誰人の眼にも正しく彼は、貧天地の産[二三]にして「乞食の児も三年経てば云々[二四]」の運命を以て成長せし底の者と外は思はれず。路傍の警察官も彼を一の立的坊[二五]として咎むるの外に咎むるを要せず。往来の人も彼を一の乞食として憐れむの外に憐れむの事情を有たず。炎天を凌ぐ為めに頭上に麦藁笠一蓋を頂き、煮[二六]しめたる如き着物の双つの

年八月九日の紙上に載ったことを踏まえると、前年明治二十五年九月の取材体験を書いていることになろう。

一六 ある状態を典型的に示すような場面。挿絵になるような、誰にでも訴える印象的な光景。

一七 通常は「きつじ」「ほいと」と読む。「乞食」に同じ。以下には「乞食」の語もみられる。

一八 腐ってすっぱくなった。

一九 (魚や肉が)腐敗した。

二〇 恐れすくむ様子。

二一 「ろが」とも読む。「野宿」に同じ。『言海』二版の「のじゆく」の項に、「露天(ノテ)ニ宿スルコト。露臥」とある。

二二 みすぼらしくさせて。

二三 出身。

二四 乞食の子も三年たてば三歳になる。通常は、人は誰でも年月がたてば成人になるの意。ここは意味を変えて、三年たてばやはり乞食になってしまう、とした。

二五 明治・大正時代に坂の下などに立ち、車を待って後押しなどして金をもらった労働者。後出の「(二)木賃宿」では、「立坊」とも表記(二三〇頁一〇行)。本巻末収録の「(十九)無宿坊(やどなしぼう)」に、「人力車の後押を以て坂下に立つものは毎(ねつ)に一銭的の報酬にして粟餅一片を以て僅かに空腹を補ふ、…雨にも蓋(かさ)なく雪にも着衣(きもの)なく唯日光の温袍に浴して生活する野生的の生涯にして所謂立焉坊(たちんぼう)なり」とある。また、明治三十六年八月、社会主義図書部・金尾文淵堂刊の児玉花外『社会主義詩集』(発禁)の詩「壁一重」の一節に、湯島の切通しを念頭に「外に家なき立ン坊が／凍えを雪に顫(ふる)ふなり」とある。

二六 古びて汚れた。

袂に腐れたる李を包みて忽然と[一]谷中の墓地に顕れ、乞食の群がり遊ぶ辺を立食ひつゝ行けば或る者は[二]猜忌の眼もて睨み、或者は[三]胡乱の眼もて咎むるに拘らず、既に其同類たるを認識せし眼色を試験して彼は大に満足し。嗚呼斯くてこそ我れ混堂乞児の飯を喰ひ得べく癩病患者介抱をも為し得べし。イザ速やかに彼等が窟に入りて新らしき[四]賓客とならめや。と貧窟探検者たりし彼が当時の[五]為躰は実に斯の如くにてありき。彼が[六]野宿、彼が飢渇、並びに堕落せる彼が李の立食は。要するに彼れが暗黒大学に入る予備門修行の前一日の課業にてありき。

[七](二)貧街の夜景

日は暮れぬ、予が暗黒の世界に入るべく踏出しの時刻は来りぬ、いざさらばと貧大学の入門生は何の職業を有てる者とも就かぬ窶しき浮浪の躰にて徐々と上野の山を下れば。早くも眼下に顕はれ来る一の[八]画図的光景。其れは恰かも[九]蒸汽客車の聯絡せるごとき棟割の長屋にして、東西に長く、南北に短かく斜に伸びて縦横に列なり、左方は[一〇]寺院の墓地に[一一]彊られて右の方一帯町家に出入して凸字或は凹字をなせる一区域は。是ぞ府下十五区の内にて最多数の廃屋を集めたる例の貧民窟にして、[一二]下谷山伏町より万年町、神吉町等を結び付たる最下層の

一 明治三十五年四月、大学館刊の原田道寛『乞食』の「七 乞食の巣窟」に、「寂莫たる場末に散在する神社仏閣の軒下若(もし)くは床下は、悉(ことごと)く彼等の塒(ねぐら)に占領されて居る」とあり、「谷中の日暮里、小石川の音羽、谷中の天王寺付近」などの名が挙がっている。警察の干渉を受けにくい、食糧にありつきやすい、といった理由も記されている。 二 そねみ嫌うこと。

三 うさんくさいこと、疑わしいこと。

四 他から来た人。客人。

五 『言海』二版も「ていたらく」に「為体」の漢字を当て、「アリサマ。スガタ。ナリユキ」とする。

六 後出の「(二)木賃宿」に、「暗黒界に入るべき準備として数日間の飢を試験し、幾夜の野宿を修業し、且殊更に堕落せる行為をなして」とある(二三二頁五—七行)。

七 初出、明治二十六年八月十三日『国民新聞』。見出し「其二 貧街の夜景」。「最下層の地面」と題された、上野の山から山下の貧民窟を見た挿絵(図②)を付す。

八 後出「(七)残飯屋」の最後でも使われる表現(二五一頁一一行)。典型的・印象的な映像、という色彩を持つ。「挿画的光景」(→二二五頁注一六)と類似した表現。

九 細長い一棟の建物を、棟と直角の壁で仕切って何軒かの住まいを連ねた形の長屋。最も初期の貧民窟記録である、明治十九年三月二十四日

図②

地面と知られぬ。

町家[13]を俛りて一歩此の窟に入り込めば、無数の怪人種等は、今しも大都会の出稼を畢りて或る者は鶴嘴を担ぎ、或る者は行厨[14]を脊負ひ、或る者は汗に塩食たる労働的衣服を纏ひ、或者は棒擦になりし土木的の戎衣[15]を着し、三人五人づゝ侶をなして帰るは是れ即ち一日の労役を十八銭の小銅貨[16]に換へたる日雇人の一類にして例の晩餐の店に急ぐなるべく、其後より敷紙[17]の如くに焼たる顔の車力[18]夫婦は、僅かに一枚の手巾を以て愛児の肚を包み、梟に嘲けられたる如き可憐の貌を夕景に曝らさせつゝ其が臥床に帰る後より十二三の貧少女、姉と見[19]ゆるは三味線を抱へ妹も同じく手に扇子を持ちて編笠を頂き、稼ぎ溜めたる幺麼[20]の銭を数へつゝ戻る其跡より耄々しき羅宇屋[21]煙管の老爺、或は下駄[22]の歯入する老爺、子供だましの飴菓子売。空壜買の女連、紙屑拾ひ、往来諸商人、而して此の窟[23]の特産物たる幼稚園的芸人の角兵衛[24]獅子等は、各々其の看護者に伴なはれて、茹蟹[25]亦は蜀黍[26]の焙り炙を食ひつゝ疲れて殆んど歩めざる足を曳づりて蹈け転びつ、

貧窟出入の要衝[27]とも言ふべき町家の辻には、今荷を解きたるばかりの夕河岸[28]商人、戸板に茄子、胡瓜、馬齢薯、芋、蒟蒻、蓮根の屑等を列べ出す八百屋、

一四月八日『朝野新聞』に断続連載された、著者不詳「府下貧民の真況」(連載二回目から「府下貧民の真景」と改題)に、「間口九尺奥行四間の長家を棟よりして前後に界(ひさか)し一方口となせり是は柱　羽目(めは)等を倹約せん為め二軒を合併して建たるものなり」とある。

一〇 下谷万年町にある浄土宗の長光寺を指すか。

一一 区切られて。「彊(きょう)」はさかい、境界の意。

一二 以下はいずれも上野公園の北東に広がる一帯(→付図1)。直前に「例の」とあるように、誰でもすぐにイメージできる場所として知られる。→補三。

一三 明治四十一年二月の『風俗画報』臨時増刊三八〇号「新撰東京名所図会」第五十二編、下谷区の部二の万年町の項に、「一丁目の辺には多少の町家あり」とある。「俛(ふ)」は、身をかがめるの意。ぬっと入っていく感じを出す。

一四 「行厨(こうちゅう)」は、外出先で食べるものを入れる器物。わりご。弁当のこともいう。　一五 軍服。

一六 「カペーク」はロシアの貨幣単位。カペイカ、コペイカとも。ルーブルの百分の一。まとまった額である紙幣ではない小銭ということ。

一七 紙製の敷物で、渋紙を厚く貼り合わせたもの。「紙ノ敷物、糊ニテ厚ク貼リ、渋ナド延(ひ)ク」(『言海』二版)。

一八 大八車などを引いて荷物運搬をする人。「車ニテ荷ヲ運送スルヲ業トスル者。車脚夫」(『言海』二版)。なお、『言海』二版には、「車夫」の項に「クルマヒキ。シヤリキ」とある。

一九 家の前で音曲を演奏し金を乞う門付(かどづけ)の姉妹。

二〇 わずかの。「麼」は、細かい、かすかの意。

二一 キセルの竹の管を取り替えることを業とする人。

或は塩鮭、干鱈、乾鯣、鯖、鰺の干物、串柿を売る五十集屋[一]、是に対する漬物屋の店には、ヒネ沢庵、漬茄子、辣薑[二]、梅干の一山百文売、其隣なる居酒屋の前には熟鳥、熟鯣、炙唐もろこしと匂を以て道を塞ぎ。或は古下駄の土店[三]、我楽多、古着。何れも貧窟の需用に相応したる商品を列べて夕景を賑はす中にも夕河岸の魚屋は最も活潑なる手腕を揮ひて鰐[四]、鮪を割き、鰤、鰹魚を料理し、傍より蟹を茹出す女あれば鰕を撰りつゝ盛出すに忙がしき小童は奇異なる数取の呼声を以て叫べり。数多の人は皆夕河岸の店に簇まつて其新鮮なる一臠[五]を買はんと欲し、或は破肉を需めて帰る人、或は刺身を依頼する人、見物する人は四方より群がり来つてさながらの黒山を築き成せり。

総ての店頭に油煙は耀やき始めぬ、如何に最暗黒の夜景の賑はしきよ。其居酒屋には数多の労働者入浸りて飲み、其飯屋には無数の下等客混み入りて食ひ其寄席といへる下等の演芸所は混雑せる老幼男女の客に依つて満され、頻りに演台の余響を戸外に鳴しつゝ客を招くを見たり。貧大学の入門生は是等の雑響を遮りて一直線に他の暗黒へ踏入れば、夜景の将に尽んとする処に於て、一個の煤りたる檐行燈[六]を見掛けぬ。即ち是れ木賃宿[七]にして下層人種の雑多混合する所なり。依て予は謂へらく、まづ我が貧大学課程の第一就業として今夜此の混

二二 下駄は、摩滅すると歯を取り替えて使用した。

歯入れ屋
(若月紫蘭『東京年中行事』春陽堂，明 44)

二三 「しま」は、私娼窟や貧民窟など、ある限られた地域をいう。以下、たびたびこの漢字一字で貧民窟を意味させている。

二四 越後獅子。獅子頭をかぶった子どもの芸。

二五 底本「茄」を訂した。以下、同様の対処をした箇所があるが、逐一注記しない。茹でた渡り蟹。 二六 とうもろこしを醤油をつけながら焼いたもの。 二七 要所。要ともいうべき所。

二八 魚河岸で夕方に立つ市で魚を仕入れた商人。

以上二二七頁

一 干し魚・塩魚などを売る店。 二 底本「竦薑」を訂した。 三 地面に品物を並べた店か。

四 鮫(めさ)の古名。魚屋の情景については、↓注八図③。

五 一切れ。「臠」は、切り身のこと。 六 底本「擔」を訂した。のき、ひさしに架かった行燈。

七 旅人が自炊して燃料代だけ払い泊まった宿や、粗末な安宿のことをいうが、大都会においては貧民がわずかな宿料で身を寄せる場所として存在した。大我居士「貧天地」(『貧天地饑寒窟探検記』所収)に、「今の木賃宿又二つの種類あり、一は箸、曲物(まげもの)、片口、土鍋などの道具を有し自己の住家(すみか)の如く永く滞留するものにて、中には十二年間の滞留者ありといはゞ読者は驚

合洞窟に入込み、貧天地の一部分を代表する各種の人物に就て、其状態を見届けんと踵を旋らして此の家に入りぬ。

(二)木賃宿[8]

木賃宿に入つて、まづ見るものは其店の雑物なる哉、吁予をして須臾らく彼等と共に遠征的行商又は遍歴商人、旅芸人、千ケ寺[9]僧、回国巡礼等の群に入らしめよ。彼等の生涯は如何に旅行的椿談[10]綺話を以て満さるゝよ。彼等は今其小説の第一回を終つて都会に須らく休息を執の時なり、されば其の、彼等行商[11]輩が遥征的輜重[12]たる諸種の道具箱、芸人軽業師等が曲座を設くべき長柄の傘、天幕、及其棹、二十四拝[13]の負櫃、回国者[14]の笠、或は錫杖[15]、杖の類、長途の労に擦切たる韈草鞋に至るまで歴々[16]として彼等宿泊者の混雑を示したり、まづ例に依て宿料[17]三銭を払ひ、宿主の命令的注意に従ひて履物を紙片にて結び椽の下へ投込み置き、案内されて座敷へ行けば、其処は三間開放[18]したる座敷にて二十畳ばかり敷かるゝ処なり。中央の柱に掲げたる一個ブリキの箱に入れたるランプ、是れ此の室内を照らす燈火にぞある。泊り客既に五六人ありて各一隅に割拠し、杉の丸太を五寸許に切落したるを枕となして仰向様に臥したるもあれば、

かるなるべし、他は一具を有(も)たず、外にて飲食し唯雨露を防ぐにあるもの是なり、浅草は即ち後者多く、万年町新網町は前者多し」と紹介されている。→補四。

八 初出、明治二十六年八月十六日『国民新聞』。見出し「(二)木賃宿」。「貧街の夜景」(翌十七日掲載。図③)、「木賃宿に諸人混入(こ)る」(図④)と題された二枚の挿絵を付す。

図③

図④

九 願を立てたくさんの寺を参拝する僧。江戸中期に始まり、日蓮宗の僧や信徒に多い。L・ハーン『日本瞥見記』(*Glimpses of Unfamiliar Japan*, 1894)に、「その人たちは日本全国を見物して歩き、道中ずっと乞食をしながら暮して行ったばかりでなく、一種の行商のようなことをしながら、口すぎして行ったということである」(平井呈一訳『小泉八雲作品集』第五・六巻、恒文社、昭和三十九年七・八月)と紹介されている。

一〇 珍談。珍しく思いがけない話。

一一 行商(ぎょうしょう)の人々。

一二 長旅のために備えられた軍隊の荷物のような。「輜重」は荷物を運ぶ車、転じて旅人の荷物。

其枕を煙草盆に代用して煙管を敲く人、亦一人は例のランプの下に剃刀を持ちて危座[一]しつゝ頻りに顋を撫で居たりしが。蓋し室内の混雑するに先立ちて今の間に髯を剃置ものならむ。新賓客なる余は右側の小暗き処に座を取りしが其処には数多積重ねたる夜具類ありて垢に塗れたる布団の襟より一種得ならぬ[二]臭気を放ち、坐ろに木賃的の不潔を懐はせたるのみならず、予の隣に坐せる老漢[三]は所謂小供たらしの文久的飴売[四]なるが其煮しめたる如き着物より紛々と悪臭を漲らし、頸筋又は腋の下辺を荐りに掻き捜しつゝ、所在なき徒然に彼の小虫[五]を嚙み殺しつゝありしを見て予は殆んど坐に堪へがたく、機会を見て何処へか場所を転ぜんと思ひ居るうち、又四五人の客どや〳〵と入り込み来れり、見れば皆何れも土方、日雇取的人物にして半身に襦袢一枚引掛けたる立坊風の男、或ひは老車夫もありしが　続いて帰り来たりしは旅商売の蝙蝠傘[六]直しを職とする夫婦連の者にて中に四才ばかりの小児を伴れて居たりしが、其の妻なる者は広き世間の木賃的経験を積み来りし者と見へ、万事頗る世馴て軽快なる愛嬌を有ち、其入り来るや室内の数多き人を見て「マア沢山こと叔父さんが」と一言まづ其小児を嬉ばせつゝ予が傍らに座を占めて双方へ会釈しぬ、予は傍らに居て密かに彼女の容貌を見れば、色黒くして鼻低く、唇皮厚くして其歯は鉄漿[七]もて

[一三] 親鸞の教えを伝えた関東時代の二十四人の高弟(二十四輩)を開基とする寺院を巡拝する人。
[一四] 諸国を巡って霊場廻りをする人。大正元年十二月、左久良書房刊の島崎藤村『千曲川のスケッチ』の其七「巡礼の歌」に、「灰色の脚絆に古足袋を穿いた、旅窶れのした女の乞食姿にも、心を引かれる。巡礼は鈴を振つて、哀れげな声で御詠歌を歌つた」と描かれている。
[一五] 僧侶・修験者の持つ杖。頭部に数個の鐶をかける。[一六] たくさん並ぶ様子。
[一七] 当時の木賃宿の一泊宿料としては標準。「下駄を脱げば直ちに三銭の屋根代(宿泊料の事)を払へと請はる」(大我居士「貧天地」)。
[一八] 貧民窟の木賃宿は、どこもこうした大広間に人を大勢泊めていた。大我居士「貧天地」に、芝新網町の「沢部」と称する木賃宿の情景として、「此家は十六畳の一長室にて奥に高格子あるのみ　左右は壁なり　表の一間を入口と流口の二ツに用ゆ、故に実際は十四畳敷きなり、…何れの木賃宿も一客一畳　即ち是貧天地の法律なり」という一節がある。

以上二二九頁

[一] 正しく座ること。正座。「危」は、気高く端正の意。[二] 一通りでない。なみの程度ではない。[三] 年寄りの男。[四] 子ども相手の飴屋。二二七頁一一行に「子供だましの飴菓子売」とある。

飴売り
(平出鏗二郎『東京風俗志』上，冨山房，明32)

染めゐたりしが、其面貌の酷だ醜なるにも似ずして自然に嬌趣[八]を持ち、其天地を以て家とする底の坦懐[九]と人を見て悉く同胞と見做すの慈眼を以て挙動たり。時に傍らに一人の日雇取らしき若者ありて、其綻びかゝりし襦袢の袖を縫ひ止めんとしてありしが、彼女は忽ち其覚束なき手風を見て傍より褫ひ取り。串戯の内に手際よく縫止めて与へければ若者は頻りに其親切を喜び謝せり。予は是を見て窃かに謂へらく、吁彼の女は既に混合洞窟の木銭宿を以て美はしき家庭となす。万一彼女誤つて囚獄の人となる事あらむか。恐らくは彼の囚徒等に接しても尚亦叔父、叔母の情愛を以て親切を尽すの人たらむかと。果せる哉、彼女の坦々[一〇]たる懐に宿りし彼が小児は、手に二顆の桃を持ちつゝ此の数多き人々の一座を喜びて室内を戯れ廻り、最後に彼の飴売なる老漢の肩に取縋りて甚麼[一一]なる技芸[一二]を習ひつゝ喜びしは何となく、予が眼[一三]に剰りて見えにき。其内に又幾人か帰り来り。宿の主婦来つて床を伸かんといふに、各々立上りて手伝をなせしが、一畳一人の割なれば随分究屈[一四]を感ずるならんと思ひ居りしに、事実は其れをも許さで、一張の幮に十人以上の諸込なれば、何かは以て耐るべき。蒸さるゝ如き空気の裡に労働的の体臭を醞醸[一五]し、時々呼吸も塞がんばかりなるに加へて蚤の進撃あり、蚊帳は裙より壊れたれば蚊軍は自由に入るべく。斯の

五　虱(しらみ)のこと。

六　幕末に伝わった蝙蝠傘は、明治になり番傘に代わって盛んに用いられた。傘直しも明治の風景の一つである。

七　鉄漿(かね)付け(おはぐろ)の風習は平安の昔からあるが、江戸時代は女性の成女式の儀式としても多く行われ、既婚女性の象徴としての意味もあった。明治に入って、西洋にはない野蛮な風習とされ次第に消滅した。

八　「愛敬」「愛嬌」。ほほえましいかわいらしさ。

九　胸にわだかまりのないこと。虚心坦懐。

一〇　安らかな。変化のない様子。

一一　おぼつかない。「いかがしい」と同義。

一二　『言海』二版の「わざをき」の項に、「可笑シク面白キ手振足蹈ヲシテ、歌ヒ舞ヒテ、神人ノ意ヲ和ゲ楽マスル技」とある。

一三　黙ってみていられないほどである。

一四　「窮屈」に同じ。

一五　ある雰囲気がじわじわと作り出されること。

境界[一]に在ても猶予は彼の捫虱的[二]飴屋の傍に近かざらん事を祈り居りしが。命[三]なる哉、いつしか既に伝染せし事と見へて膝のあたり不思議にむづ癢くなりしを以て指頭を入れて模索見しに果して是れ一個の因循的[四]小虫なり。彼が垢膩を啖ひ血を喰ひ飽きて麦粒の如くに肥りたるものなれば余りの事に予が手を以て潰す事も得ならざりし。嗚呼偽なる哉。偽なる哉。予は曩日[五]斯る暗黒界に入るべき準備として数日間の飢を試験し、幾夜の野宿を修業し、且殊更に堕落せる行為をなして以て彼等貧者に臆面なく接着すべしと心密に期し居たりしに、是れが実際の世界を見るに及んで忽ち戦慄し、彼の微虫一疋の始末だに為すことを得ざりしは我れながら実に腑甲斐なき事なりき。吁想像は忝なく癩乞丐[六]の介抱をも為し得べし。然れども実際は困難なり虱を捫る翁の傍にも居がたし。

(三)[七]天然の臥床と木賃宿

蚊軍[八]蚤軍の襲撃とは平凡なる形容のみ、其実如何程うるさき蚊、耐へがたき蚤、シラミの為めに攻めさいなまるゝかに至つては予をして殆んど言語を断たしむ。唯終夜睡眠を摩りつゝ頸筋を搏ち、腋下を擦り、背中を撫廻し足底を抓き、左りへ坐し、右へ転じ、起きて見つ臥て見つ、或は立ち上り、衣を揮ひ、

一 自分の立場。「境涯」に同じ。
二 虱をひねりつぶしていた飴屋。「捫」は、ひねりつぶすの意。
三 天の定め、めぐり合わせであろうか。
四 ぐずぐずしていること。ここは、しつこく潜んでいること。
五 「曩日（のうじつ）」は、先ごろの意。
六 癩病（ハンセン病）の人と乞食。
七 初出、明治二十六年八月二十日『国民新聞』。見出し「（四）天然の臥床と木賃宿」。「虱虫の三種」（図⑤）、「光風霽月」（図⑥）と題された二枚の挿絵を付す。

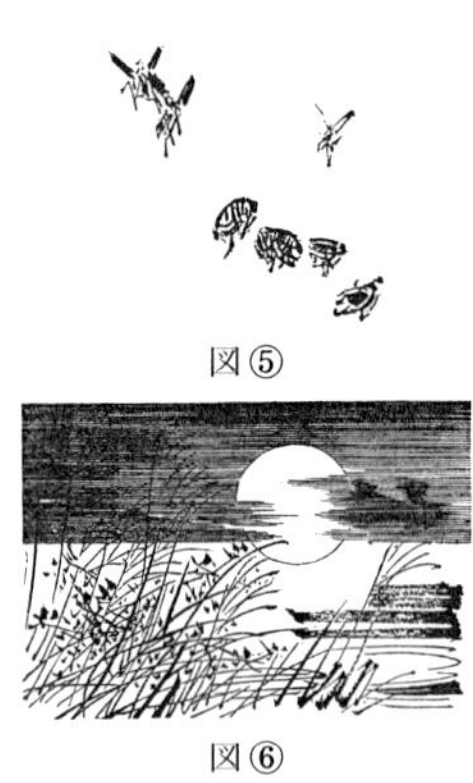
図⑤
図⑥

精神朦朧として不快限りなく、眠らんと欲して眠る能はず、輾転反側[9]以て一夜を明かす、是れ実に混合洞窟の実境なり。早起盥漱[10]せんと欲するに完全なる銅盥[11]なく。僅かに鉄葉の錆たる物一個、生温き濁水を汲みたる手桶と共に便所の側に出しありしが予は猶口漱ぎとして是等の物を使ふを欲せず。表口の開くや否、驀然に飛び出して新鮮なる大気を呼吸し、八方駈け廻りて僅かに堀井戸を見出し其処にて漸く釣瓶顔を浣ひけり。

貧窟探検者としての余は当時如何に意久地のなかりしよ、一見したるばかりにて驚きし貧窟の怪人種、虱を捫りて噛つぶせし飴売翁の傍らを怖るゝ位の臆病者如何で癩乞丐の看病がなさるべき。唯一夜の経験にて懲りし木賃宿の実況は端なく[12]日頃の野宿を懐ひ起して柔かき草の寐床を慕わしめたるも無理ならず。然れども思へ、鬼の如き腕を持ち、鋼のごとき身体を持ちて働らく彼の日雇取、土方の如きすら、三度の食事を省き着たき衣物を買ひ得ずして毎夜三銭づゝの木賃を払ふもの是れ何故ぞ。是れ仮令其蚤シラミ、蚊、臭気、醞醸、苦熱を以て圧らるゝと雖ども猶其の寝床は、彼の柔らかにして涼しく美にして裕なる天然の臥床にも勝る処あるが故なり蓋し蓐[13]の臥床も千夜に一夜の風流として偶然の天象を楽むには此上もなき娯戯なれども、是を積極的の臥床として

八　明治三十四年三月、新声社刊、同編『創作苦心談』の「小栗風葉君」の項で、風葉は、明治三十一年九月に『読売新聞』に連載し、同三十三年五月、春陽堂から刊行された、下流社会を舞台にした小説『恋慕ながし』を書く時、「東京の木賃を観察しやうと思つて、常の身なりよりは、極めて汚い風をして場はづれの木賃宿へ這入りこんだ」といい、「さあ寝るとなると、私丈は虱と蚤に苦(くる)められて、とても寝るわけにはゆきません、頃は秋のくれですが、外(ほか)の先生達は、裸体になつて、平気に眠つて居るのですよ、ところが隣に居る土方らしい男が目をさまして「兄貴、お前は未だ木賃が始めだろう、着物をきて寝ちやとてもダメだ、真裸体(まつぱだか)にならなけれやー虱と蚤に苦しめられるよ」と云つてくれたので、云ふ通りに早速実行すると、いかにも襲撃が少くなつて、前よりは苦痛が減じました」と思い出を語っている。

九　寝つかれず、ごろごろすること。

一〇　底本「盥嗽」を訂した。手を洗い、口を漱ぐこと。

一一　銅盥。かなだらい。

一二　思わず。ただちに。

一三　草。

は到底論あるべからず　風流の臥床としては柔らかき緑色の氈[一]も、積極的の寐床としては露に濡りし蕁艸[二]の上なり。彼の木賃宿に於て醞醸せる躰臭に蒸さるゝは患難と雖もそれ尚忍ぶべし、然れども三更星[三]を侶として寂寞の天地に身を沈むるは永く耐べき事にあらず。且又蚊軍蚤軍に襲撃さるゝの苦は随分苦なりと雖も、野に臥して深更[四]蛇、蝦、蟇等に枕席を捜らるゝの気味悪きに比すれば敢て酷だしき苦痛にあらざるべし。是を以て熟々懐へば曾て人間自適の頂上と我が心に契り秘めし古し聖の西行[五]が「独り住む片山里の友なれや――」と読み残したる一首の名歌、乃至芭蕉[六]が明月の一句、共に是れ古今の名吟、千古[七]の絶誦として口を絶たず、嵐に晴るゝ曙ぼのゝ月を眺めては頭陀袋[八]。いざ是れからはと一生涯を檜木笠、一笻[九]の杖の軽に任せし夢の世界を楽みたりしが今にして是を思へば吁我もまた凡夫に落ちけり、片山里の独り住も飢ては流石詩も神髄に入るを得ず。仮令よもすがら池をめぐりて明月のあざやかかを見るとも常に我が庵なく我が臥床なくして奚ぞ美景の懐ろに入るべき、西行も三日、露宿すれば坐ろに木銭宿を慕ふべく、芭蕉も三晩続けて月に明さば必らずや蚊軍、蚤虱[一〇]の宿も厭はざるに至るべし。嗚呼木賃なる哉、木賃なる哉、木賃は実に彼等、日雇取、土方、立坊的労働者を始めとして貧窟の各独身者輩が三日の西行。

一　もうせん。「氈(せん)」は、毛織の敷物。
二　いらくさ。とげがあって触れると痛みを感じる。ここは、「緑色の氈」に対して悪い条件であることを表す。
三　現在の午後十一時から午前一時の間。
四　深夜。夜更け。
五　西行『山家集』冬の、「冬歌十首よみけるに」のうちの一首、「ひとり住む片山陰の友なれや嵐に晴るゝ冬の夜の月」(孤立した山に一人住む私の友といえば、嵐のあと晴れて澄み切った冬の夜の月だけである)を踏まえる。引用が不正確だが、下の句を「冬の山里」とするものもあり、それが混同したものか。九行の行文からみると、著者はどうやら、「独り住む片山里の友なれや嵐に晴るゝ曙ぼのゝ月」と記憶していたのではないか。
六　貞享四年(一六八七)、松尾芭蕉四十四歳の時の名句「名月や池をめぐりて夜もすがら」(中秋の名月の今宵、月光の池水に映えるあたりを一人徘徊し、夜もすがら感興に浸ったことである)を踏まえる。
七　昔から讃えられてきた詩や歌。
八　何でも入るような大きめの袋。
九　通常は「きょう」と読む。杖に適した竹の一種。
一〇　松尾芭蕉『奥の細道』で、尿前(しとまえ)の関を越え、山中の粗末な番小屋に泊まった時の句、「蚤虱(のみしらみ)馬(うま)の尿(ばり)する枕もと」を踏まえる。

三夜の芭蕉を経験して而して後慕ひ来る最後の安眠所にして蚤、シラミ元より厭ふ処にあらず、苦熱悪臭亦以て意となすに足らず、彼の一畳一人の諸込部屋も五六の破幮[11]に十人逐込の動物的待遇も彼等の為には実に貴重なる瑶[12]の台にして、茲に体を伸べ茲に身を胖くして身体の疲労を恢復し以て明日の健康を養ひ、以て百年の寿命を量るにあれば、破れ布団も錦繡の衾にして、截り落し[13]の枕も是れ、邯鄲の製作なりと知るべし、

(四)住居[14] 及び 家具

露宿と木銭の比較的優劣論を偶感しつゝ予は混合洞窟を立出。早速此の身を容べき恰好の窩を見附出さんものと種々に苦考せしが何分にも、土地不案内なるものなれば、さし当つて是れぞといふべき妙計もなければまづ兎も角も此の社会に於て職業一ト通りの容子を見るこそ第一の便利ならめと堅く心に期して裏々窟々を貫あるき。端より端まで残る方なく一ト通りの検分を遂げたりしが。吁予は此日図らずも生来未だ曾て見し事のなき数多の巧緻なる美術品を見たり。実に予は是まで何処の博覧会[15]、如何なる勧業場[16]、製作場に於ても嘗て見し事あらぬ奇なる天然物、妙なる製作品、驚くべき手芸品を見たり。乞ふ諸君決して

一一 破れた蚊帳。

一二 美しく立派な建物。

一三 官吏登用試験に落第した盧生が、趙の邯鄲で道士から栄華が意のままになるという不思議な枕を借りて、黄粱一炊の夢の栄華を味わったという故事による。

一四 初出、明治二十六年八月二十二日『国民新聞』。見出し「(五)住居及び家具」。「貧家の家什木の片に縄を穿ちて履く」(二三八頁)、「甓り車」(図⑦)と題された二枚の挿絵を付す。

図⑦

一五 近代の文明の展示場としての位置を占めるもの。

一六 人を集め技術を習得させてさまざまな製品を作り展示する場所をいい、明治初期において各地の産業振興に役立った。また、のちの「勧工場」(商店が組合をつくり一つの建物の中に種々の商品を陳列して販売したところ)のことも一部では「勧業場」といった。

笑ふなかれ、生活は実に神聖なり、貧は実に壮重の事実なり。苟も人間生活上の事実とあらば、其れが鹿鳴館の仮装舞踏会と貧民社会の庖厨騒ぎとに軽重のあるべき筈なし、否寧ろ仮装舞踏に向ツては其れを笑ふべき無遠慮も貧の庖厨に向ツては其れが酷だしき残忍の所為たらずんばあらず。嗚呼彼等の家は元来如何なるものなるか。彼等の什器は如何なるものなるか、彼等の衣服彼等の食物は如何なるものなるか而して彼等は元来如何にして生活しつゝあるか。読者試みに想像せよ、彼等の家、彼等の什器は古来未だ曽て如何なる人にも画かれず、亦如何なる書にも記載せられざるなり。世には数多の博覧会、美術会、共進会あり、然れども彼等の家、彼等の什器の実画はいまだ描き出されざるなり。世には数多の画工名匠ありて、お姫様の弾琴、華族の宴会、花禽、山水の数多く画かるゝに拘はらず、絶えて彼等の家具什器は画れたる事なく、世には数多の文人作家ありて、才子の入浴、佳人の結婚、或は楠某の忠戦の事など仰々しく記載さるゝに拘らず、いまだ曽て彼等の生活的実境は記述されたる事あらざるなり。博覧会にても見るべからず共進会にても見るべからず画師にも書かれず、小説家にも作られず、画にもなく書にもあらざる一種特別なる世界の事物を見し事なれば、其事物は悉く新規の物にして予の見聞は空前に新奇なら

一 二二四頁五行「無名の宴会」を具体的に示したもの。「フハンシーボール」は fancy ball.
二 「庖」「厨」とも、台所の意。
三 産業振興のために、品物を出品させて展覧し審査する会。
四 著者不詳「府下貧民の真況」に、芝田町一丁目（現・港区芝五丁目）の貧民街の様子として、「内には切れ畳三枚を布（し）き古擂盆（すりばち）に灰を入れて歪（ゆがみ）し五徳を置き之に氷裂（ひび）たる土鍋と燻（くすぶ）りたる土瓶を懸け毀れたる流（ながし）のごときものありて此上にて鮭の頭売れ残りの雑魚を料理し右の土鍋にて煮る様は魚屋丈に魚を食うと思ふも可笑（をかし）けれ　飯も此土鍋にて焚き其側は新聞の反古紙にて張りたる二ツ折りの縁（ふち）も巻き屏風にて囲み此外には例の欠茶碗のみなれば先づ内に入れば一目にて家内の道具を数へ得らるなり」という一節がある。
五 この頃の「お姫様の弾琴」を描いた絵画作品として、亀井至一（一八四三―一九〇五）の『美人弾琴図』（当時の題は『深殿弾箏図』）という油絵があ

『美人弾琴図』

ざるを得ざりき。予は実に貧家の事物の為めに予が耳目を洗礼[九]したり、嗚呼彼等の住家は実に[一〇]九尺の板囲ひなり、而して其周囲は実に眼も当られぬ程大破に及びたるものにして、其床は低く柱は才かに[一一]覆らんとする屋根を支へ、畳は縁を切して角々藁をばらしたる上に膝[一二]を容れて家内数人の団欒を採る、或は縄もて仏壇を掲し、亦は古葛籠を掃めて神躰を安置し、以て祖神、祖仏を奉祀[一三]するの崇敬心を壊らず、而して驚くべきは其家財とも称すべき什器にして、土竈は恰も癩病患者の頭の如くに頽れ、釜の縁は古瓦の如くに欠け、膳には框[一四]なく椀は悉く剝げたるもの、擂鉢の欠たるも猶火鉢として使はれ、土瓶のヒヾ[一五]キたるも猶膏貼して間に合さる、且其の日用什器として使用さるゝ傘は甚麼なるものなるか、是れ其骸に各種の巾をハギ集めて僅かに開閉さるゝものなり、其履物は什麼、是れ実に木の片に縄、綴切、竹の皮等を綯りて僅かに足を繫ぐものなり、而して又、其夜具臥床の類は如何、是れ亦実に彼等が生活の欠陥を表する好材料にして、神秘なる睡眠を取るべき彼の布団は風呂敷、或は手拭の古物、又は蝙蝠を剝ぎたる傘の幌などを覆ふて才かに絮の散乱するを防ぐの丹[一六]青物なり。是実に彼等の家具及び什器なり。世人は是を見て其事欠[一七]の甚だしきを笑ひ、或は殊更に彼等が狂言染たる生活に甘んずるものと思為して嘲笑する

る。明治二十三年四月から七月にかけて上野公園で開かれた第三回内国勧業博覧会に出品されて有名になった作品である。

六 未詳。

七 未詳。

八 南北朝時代の武士、楠木正成のこと。正成を主人公にした小説は明治時代に数多く見られる。

九 ヘボン『和英語林集成』三版(丸善商社書店、明治十九年)の「英和」の部「Baptism」の訳に、「Senrei, shinrei, baputesuma, kwanchō, seisen」とある。

一〇 一尺は約三〇・三センチメートル。

一一 やっと、辛うじて。

一二 足を入れる。転じて、その中に身を置く。ここは、みすぼらしい家に住むこと。

一三 おまつりする。

一四 かまち。周囲の枠のこと。

一五 皹(ひび)が生じる。

一六 通常は「丹精」「丹誠」と表記。心を込めて作られたもの。ここは、工夫したもの。

一七 ことかき。不足なこと。間に合わせ。

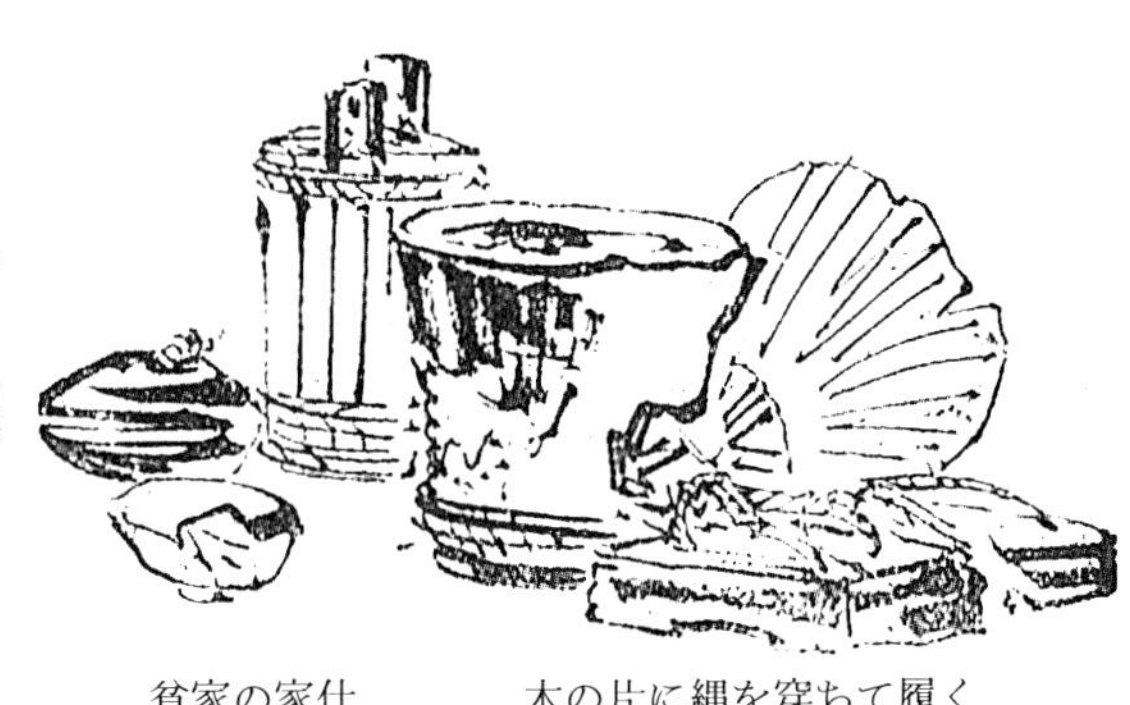

木の片に縄を穿ちて履く　　貧家の家什

者なきにあらず、然れども思へ、彼等本来何を苦しんで斯る狂言染たる真似をなすものならむ。彼等は実に生活上止むを得ずして此の事欠を表はすものなり、彼等は実に必要に迫つて斯の狂言染たる態を描き出すなり。知らずや彼等の生活はスベテ「欠乏」といへる文字を以て代表され居るものなるを。彼等既に万事欠乏の裡に生活す、奚ぞ其欠乏を満たす為めの経営[一]なからむや。木片に縄を穿ちて履物となす、是れ実に彼の欠乏を充たすの大経営にあらずや、土鍋のヒヾカキたるに膏紙して物を煮る、是実に彼の欠乏を満たす為の惨憺なる心計にあらずや。世にミ[二]カエルアンジロ亦は甚[三]五郎左匠等が惨憺の意匠に製作たる彫刻を見て感ぜざるものは美術を知らざるものとなす。然れども貧者の事欠道具を見て其意匠を思はず、単に不器用なる狂言道具として是を冷笑するは酷だ残忍なるものといはざるを得ず。何となれば元彼等の醜しき不器用品例令蝙蝠の幌を剝して作り

絵　底本ではこの挿絵が最初にみえるものだが、すでに紹介したように、初出にはここまでに多くの挿絵が付されていた。同じ図柄だが単行本収録の際に描き直されているものもみられる。署名が添えられたものもみられるが、いずれも久保田金僊(きんせん。金仙とも)の筆。画家・舞台装置家として知られる久保田金僊は本名吉太郎、明治八年九月十九日生れ、昭和二十九年十月九日没。日本画家久保田米僊(米仙とも)の次男。一歳上の兄久保田米斎も画家で、国民新聞社に籍を置いた後、渡欧してパリのパンテオン会のメンバーとして活躍。父米僊は『国民新聞』創刊に際し専属画家となっており、その縁で、まだ十代の若い金僊が挿絵を担当する機会を得たのであろう。日清戦争時には、父と一緒に従軍画家として活躍、両名は全十冊の『日清戦闘画報』(大倉書店、明治二十七―二十八年)を刊行している。久保田親子については、平成十一年六月、雄山閣出版刊の今西一『メディア都市・京都の誕生』参照。

一　工夫を凝らして何かをすること。

二　西洋の彫刻家の代表として、イタリアルネッサンス期のミケランジェロ(一四七五―一五六四)は、明治の人々によく認識されていた。

三　江戸時代初期の彫り物師・大工として知られる左甚五郎のこと。播州明石の人だが、生没年などは不詳。江戸へ出て徳川家に愛され、日光東照宮、上野寛永寺など著名な建築を手がけた。その名人芸は講談によっても伝えられた。

四　浸透。

五　広漠。果てしなく広い。

六　陸軍軍人福島安正(やすまさ。一八五二―一九一九)は、ドイツ公使館付武官としてヨーロッパに渡った。帰

たる布団夜着の類と雖も其一旦必用に迫つて製作するの心計惨憺に至つては決して彼の古昔の名匠大家等が経営せし図案に異なるなければなり。斯の如く彼等は万事欠乏の裡に生活す。金銭は社会の流通物なれども彼等の社会には金銭なるもの殆んど[四]融液する事なし。精巧なる器具、美麗なる什器、あらゆる物貨は世上に積れて人々の自から取るに任かされたる程の有様なれども彼等の為めには、鏡中の花、水中の月にして元より是れを取る事能はず又た取つて是れを使用するの権利を褫奪され居るもの丶如し。故に彼等は物貨山積したる大都会の中央に住ながらも猶其身は[五]曠漠たる無人の原野にあるもの丶如し、伝へ聞く[六]福島中佐が西比利亜にて購ひし毛皮の[七]韈は格好不器用にして粗製の甚だしきもの若し是を[八]穿ちて東京市中など歩かば直に路上の物笑ひとなるべき程の者なれども食物なく人情なき蒙古の野を跋渉するには是が実に必用の什器にして是に依て一万「キロメートル」の行程を旅行し来りし中佐の為には実は一代の珍宝たるべく寔に稀世の什物として保存さる丶者ならむ。左れば彼等が所用に属する、欠げたる土瓶、破れたる擂鉢に於ても亦同じく食物なく人情なき砂漠の生活に於て使用し来り、是に依つて湯を飲み是に依つて粥を啜り来りし彼等の為には実に貴重なる什器、尊き家財にして決して傍らより見て以て笑ふべき品に

国に際し、明治二十五年二月十一日紀元節の日にベルリンを出発、ペテルブルク、モスクワを経由し、ウラル山脈を越え、さらにシベリアを単騎横断し、翌年六月帰国、世界の人を驚かせた。日露戦争にも出役、のち男爵・陸軍大将になった。明治二十六年三月二十五日、海南文庫社刊の『福嶋中佐遠征日記 伝記 歓迎詩歌』(巻末に詩・和歌・漢詩を添える)や、同年五月十三日、井ノ口松之助刊行の森川機一編『福島中佐遠征実記』などの出版物には、取り立てて「毛皮の韈」についての言及はみられない。『福島中佐遠征実記』には、「然れども中佐は毛帽を用ひず耳鼻を蔽はず寒気に抗抵するの度合を試み以て西伯利亜(シベリ)の冬時も決して意と為すに足らずとせり」などとし、愛馬にまたがる中佐の絵も添える。こうした出版物は福島中佐帰国の前にすでに刊行されており、その壮挙を国を挙げて讃えるシステムを生み出している。

『福島中佐遠征実記』挿絵

七 前後の文脈と振り仮名から判断すれば「靴」が正しいと思われるが、底本のママとした。
八 履物を身に付けること。衣服を着ることも「穿つ」という。

あらざるを知る

因に言、金銭を以て調達する事能はざる人々の器具が如何なるものなるかは此の窟を一見して始めて知る事なるが、彼等は火事場に於て焼縮れたる鉄板又は鉄葉の銹たるを拾ひ集めて是を漏る庇の天井に補ひ、或は一升樽の鏡[一]の抜けたるを拾ひて是を手水鉢に代用し、瓦石を集めて手造の炉を切り、又は天竺綿[二]などを包める舶来の布嚢を展ばして畳の上布に使ひ亦是を夜の具に用ふるなどは随分惨憺の景状なり。而して茲に彼等が真の経営に依て作られたる物と思はるゝは彼等廃人が出稼の時に用ゆる躄車[三]にして、縁は溝板を以て打附たるが如きものにて底に竹を渡し、前後に真棒を貫て其れに松の木を輪截にしたる歯を穿ちて輾となし、棹を以て地を押すに随つてゴロ〳〵と進み行く様に作りたるものなり、実に是れ独棲[四]のロビンソン的製作物にして彼等が砂漠の旅行に於て欠くべからざるの要具たるべく而して其経営たるや彼の黒塗[五]の人力車舶来[六]の自転車等の精巧なるものに比しても猶数十倍の手間を費したるものなること明らかなり

(五)貧街の稼業[七]

一 酒樽のふた。「鏡開き」の「鏡」も同じ。

二 天竺木綿。やや厚手の白生地木綿織物。

三 いざり(足が不自由で、立って歩けない人)の乗る車。初出に挿絵がある(→二三五頁図⑦)。

四 底本「独逸」を初出により訂した。「ロビンソン」は、イギリスの作家ダニエル・デフォー(一六六〇―一七三一)の『ロビンソン・クルーソー』(一七一九年刊)を踏まえる。

五 人力車でも「黒塗」は、役所・会社や特定の家などに属するお抱えの人力車を指す。明治二十八年一月の警視庁刊『警視庁統計書』明治二十六年版には、登録された人力車夫のうち、自己所有でない借人力車夫が三万一九二四人、自己所有車を持つ車夫が一万十七人という数字が出ている。→補五。

六 ドイツ人ドライスによって一八一〇年代に発明された自転車は、明治十四、五年に輸入され始めていた。大正十五年十一月、春陽堂刊の石井研堂『明治事物起原』に、「二十二三年より追々流行となれり」とある。

七 初出、明治二十六年八月二十三日『国民新聞』。見出し「(六)貧街の稼業」。「家の前に便所を設けり 両便所」と題された挿絵を付す(図⑧)。底本にも同題の挿絵を掲げるが、描き直されている。

貧窟探検の記に曰く裏より裏へ貫け、窟より窟へ入り込みて偶々行き止まりの所に突き当れば、天窓を掻きて跡返りするは、常に拠所なき処に建られたる此の社会の総後架[八]とか言ふ共同の便所なり。尤も此の貧窟は以前[九]に一寸記載し置し如く、一の荒地に向ツて蒸汽客車の四輪車を並べたるが如きものにて裏もなければ表もなく、随て往来として人道の完全なる通路なく、卍字或は巴字の形に地面を透かして[一〇]家を建列ねたるものなれば人道の中央点に当ツて雪隠所[一一]を設くるも元より苦情あるべき筈なしと雖も。茲に住居する人々が家に居て是を眺むるに、正しく南風の薫じ来らんとする処、日光、月光の恵を投げんとする処を掩蔽して常に悪臭を放たす。是れ其地代を上ぐるに忙しき地主の慈善に依ツて然らざるを得ず。貧窟に来ツて住する人常に是の義を会得せざるべか

家の前に便所を設けり　　両便所

図⑧

八　長屋や多くの人が共同生活している所の共同便所。貧民窟の共同便所については、著者不詳「府下貧民の真況」に、「井戸と厠は一番地内に一ヶ所づゝなれば少なくも七八戸多ければ十五六戸にて使用するを常とせり」とある。
九　二二六頁一一―一二行「恰かも蒸汽客車の聯絡せるごとき」の一節を指す。
一〇　隙間をこしらえる、間をおくの意。
一一　便所。

らずと　其れより旋ツて此の窟々にて渡世する者を見るに、まづ最も多きは車挽[一]にして、日雇取、土方諸職人其大部分を占め、屑買、屑拾ひ、羅宇屋[二]、鋳掛屋[三]、蝙蝠傘直し、笊屋、ブリキ屋、塗師屋[四]、陶器焼ツギ[五]鼻紙漉[六]など世の廃物を繕ふて活計する手工人を始めとして、彼の祭文語り[七]、辻講釈、傀儡遣ひ、覗き機関等の縁日的野師[八]、又は幼稚園的芸人たる角頭獅子[九]の児供を飼ひて稼がする親方、日済[一〇]の高利貸、損料屋[一一]、縁日小商人、売卜者、灸点家、按摩、巫医[一二]、看板書、其他巡拝修業者としては千ケ寺僧[一三]、六部[一四]、巡礼等あり、晩商[一五]としては宮物師納連師[一六]あり、其他瓜、茄子を売る小八百屋、塩鮭干魚を商ふ小魚屋、薪店、其外夜商売の路上商人、古下駄、古着の繕ひ、内職人としては寸燐の箱屋、小道具屋及び荒物兼帯の焼芋屋、児供を集へて文字焼をなす一文菓子の小張、楊枝削り、鼻緒縫、石版色附、足袋屋仕事、葉煙草伸し、団扇の骨削り、金具磨き、紙屑撰り、其他の小稼業に至ツては到底枚挙して尽すべきにあらず。

偖見渡すところ数十種の世渡り稼業、其好を着べきの数決して寡きにあらずと雖も、如何せん、此裏にて稼業する人々の儲け高となる処は多きも二三十銭を昇らず寡きは一日僅か五六銭の手間賃にて就業する位なれば、奚でか一人たりとも新らしき賓客[一七]を請じて是に餖俎[一八]するの余裕あるべき。寧ろ彼の土方日

一　車挽（人力車夫）をはじめ、以下に羅列されている職業については、本作の他の部分で具体的に描かれているものも多い。
二　→二二七頁注二一。
三　鍋・釜などの漏れを防ぐため穴をふさぐ職人。
四　漆塗りの職人。
五　割れた陶器を接ぐ職人。
六　廃紙を鼻紙に再生させる職人。
七　門付（かどづけ）の説経祭文。「でろれん祭文」とも（→二八九頁注二三）。浪花節の前身。
八　香具師（やし）。祭りや縁日などで見世物を行い、品物を売る。テキヤ。
九　角兵衛獅子（→二二七頁注二四）。
一〇　日割りで取り立てる形で金を貸す商売。
一一　物を借りた時に、消耗していく分の償いとして支払う代金を「損料」という。使用料を取ってさまざまなものを貸す商いが「損料屋」と呼ばれる。　一二　病人の枕元で祈禱する者。
一三　→二二九頁注九。
一四　六十六部のこと。書き写した法華経を全国六十六カ所の霊場に納めるため諸国の社寺を巡る僧。江戸時代には民間の人にも浸透した。
一五　まともな品物を商わない人々。本作にまとめられるルポルタージュの連載に並行して、著者はその補遺の色彩を持つ文章を『国民新聞』に書いていた。その一編「裏店（うらだな）」の一回目（明治二十五年十一月十三日）に「晩商」の項があり（のち明治三十年五月、民友社刊『社会百方面』所収。→補一）、「晩商とは渾（すべ）て正実なる品を買（あきな）はざる猪牙（ちょ）商人の一類をいふ」とあり、「皆それぐ〵の趣向を凝らして、広き世間の垣目を潜つて通る」「蜜柑の皮黄金のごとくにして身は古綿花のごとくなる是晩商の物なり」「晩商は品（もの）を売（る）にあらずして口を売な

雇取、米搗の部屋。亦は軽業師、見世物師等の部屋にて多人数寄り集り健全なる労働を以て立てられたる組合あらば直ちに馳せて新食客たるべきを期するなれども、此の窟に於ては更に斯の如き部屋的組織の完全なるものなかりしを以て余が身を投じて研究すべき貧大学の第一課程は須らく他の貧窟に於て取らざるべからざる事を観じたれば　貧天地の最後の探験は是れを第三学期の課業に譲ッて一トまづ茲を立去りたり。

(六)[一九]日雇[二〇]周旋

下谷を去つて浅草に行き、[二一]安部川町の或る土方部屋を訪ねて予は一応の申込を為せしが、人員充実の[二二]廉を以て謝絶され、其れより花川戸といへる処の同業の[二三]部屋頭を尋ね行きしが是亦多人数の故を以て談判ならず、去て馬道六丁目に住する[二四]人受の某といへる親分株の処へ行き軽業師仲間か或は他の野師輩の連中に加はりて一ト稼ぎしたきよし申込たりけるが、是も又早速の運びに至らずして廃みたり。而かるに此の内にて偶と仲間同士の渡り合の事柄に付て二ツ三ツ聞き知る事ありたりければ、心俄かに発明したる如く彼の英語初学者が字書に縋ツて[二五]代議政躰論などを辿り読むの心にて如何なる大暗黒裏、大怪窟にも躊躇

り」と記されている。
一六「宮物師」は魚類を、だますようなやり方で商う。「納連師」(「暖簾師」とも)は野菜類を、前注の「晩商」に、「買手の白人なるを見て取れば日向物に弁を着て菜園を売抜。姦策密売商人よりもはなはだし。日向物とは菜疎屋の棚に数日を経て枯葉の萎びしものをいふ、野れん師の輩是れを購出して茎を整し見面を替て買手をあざむく事、宮物師の手際に劣らず。宮物師が魚類を贋るは猶、のれん師が野菜を似せるに異ならず、日本橋の市必ず是れあり、神明の市必ず是れあり。生物、干物、塩物等いづれ贋の利くものを担ぎて随分無理な細工を施こす、魚屋にして魚屋にあらず野尾屋にして八百屋に非ざるなり」とある。一七 →二二六頁注四。
一八 台上に食物を並べること。ご馳走すること。ここは、仕事を分け与えること。一九 この章から「(廿)最暗黒裡の怪物」までは、底本刊行時に新たに書き下ろされた部分(→補一)。挿絵も、これが初出である。二〇 底本「週旋」を訂した。
二一 浅草の貧民窟としては松葉町などが知られているが、各種文献では他の町の名も多い。浅草寺や吉原の裏など、地理的に日の当たらない場所である。明治二十三年六月十五—二十日『国民新聞』に断続連載された「窮民彙聞」に、「浅草区阿部川町貧者の大部はさながら乞丐同様の看あり」とある。大我居士「貧天地」には、「下谷より転じて浅草に入り松葉町、清島町、北田原町地方、今戸、橋場、花川戸の貧民を観る」「此日浅草馬道の木賃宿「中西屋」といふに宿る。此あたり釜屋、越後屋など同業多し」とある。
二二 理由。

なく身を投じて充分なる研究をなすべき事を期したり。然るに豈図らんや。此の近傍に於て東京第一と言はんよりは恐らくは日本第一の最暗黒の怪窟として。[一]士君子の口には其名称を唱ゆることを憚かられたる[二]旧世界の遺跡ありて存じ。而して其怪窟たるや。凡そ世に在とあらゆる悪心の結晶体、生活の犠牲。魔物の標本、誘惑の神、肉慾の奴隷等が心中の争闘を以て活動する混合洞窟にして東京中の秘密と言はんよりは寧ろ日本国、恐らくは世界中の秘密の集り来ツて爆裂する最後の大戦場ともいふべき処にして、誘惑の神、悪魔の変形等が活潑なる技倆を揮ふ処たらんとは。左れば一朝此の怪窟の裏面に立入ツて、錦と飾られたる裏の雑巾的紋様を見るならば。凡そ世にありふれたる人情の[三]僻処、曲処、痛所、癢所は歴々として我等の眼底に映じ来るべくして、人間生活の側面而も最も錯雑したる人間生活の側面、若しくは美の粧飾を剝がしたる世話心中の狂態は。日常の茶談として喫飯、喫烟の間に感得さるべきの処。坐ながら世相の秘密を知るべき大機関的洞窟の眼前数尺のところに在らんとは。予は是を聴いて[四]狂踊一番、一切の経画を抛擲して直ちに此の魔窟に向ツて身を投ぜんと決心したりき。然れども運命の手綱は勇み立つ駒の[五]韁を引止めたり。予は顧へり嗚呼我れ未だ人に仕ふるを得ず、奚んぞ鬼神に仕ふるを得ん、いまだ

三三　本巻末収録の「(三十三)日雇労役者の人数」に、「大衆せる人数　皆其(そ)の親方なるものに隷属して勝手に就業するを許されず、親方は此の社会の小隊長にして棟梁とも言ひ　又た部屋頭とも言ひ　稍(やゝ)威権あつて配下四五十人を引率するを以て相当なる顔役となす」とある。

三四　人から慕われ、信用がある。身元保証をして仕事の紹介をする職業「人請」を「人受」と表記したとも考えられる。

三五　イギリスの政治哲学・経済学者 John Stuart Mill の著作 *Considerations on Representative Government*, 1861(現行訳『代議制統治論』)。イギリスの政治構造を実証的に分析、代議制を善しとしながらも、多数決や選挙権の問題などを指摘した著作。前橋孝義訳『弥児 代議政体』が明治二十三年四月に開新堂書店から刊行されたが、原書もよく読まれた。

以上二四三頁

一　徳行高く学問に通達した立派な人。

二　本作の、昭和五十五年十一月刊、現代思潮社版の神郡周の注は、「吉原遊廓をいうならん」とし、昭和六十三年五月刊、岩波文庫版の立花雄一の注は、「柳原界隈のことをいったものであろう」とする。「柳原」は、万世橋(→二八五頁注二八)から神田川に沿って浅草橋にいたる地域で、古着屋が多いので知られた。立花雄一が援用する松原岩五郎の「探検実記 夜の東京」(引用されている「曖昧茶屋」云々の一節は、「夜の東京」ではなく、「探検実記 東京の最下層」の一節)や樹下石上人(横山源之助)の「貧民の正月」(『文芸倶楽部』明治四十二年一月)には確かに柳原が出てくるが、本文の「誘惑の神、肉慾の奴隷等」(五行)という表現、浅草に近い場所とい

貧窟の単純なるを探り得ず、何ぞ能く魔窟の錯雑せるを探り得るの技倆あらむやと坐ろに身の程を観念して茲を立去りたり。

往けよ飢寒窟、満目[六]襤褸の世界に、予は浅草より又下谷へ戻り、上野山崎町[七]より、根津宮下町、小石川柳町、伝通院裏、牛込赤城下、市ケ谷長延寺谷町等大都会の周囲を縁取れる各小貧窟の裏々をさまよひて終に山の手第一等の飢寒窟と聞へたる四ツ谷鮫ケ橋[八]といふ処に来れり、

鮫ケ橋に入ツて予は予て聞き及びたる親方株の清水屋弥兵衛[九]といへる人を尋ねたり。弥兵衛氏は田舎出の人にて土方上りの人物、稍宏量[一〇]にして仁心ある処よりして貧人の倚信[一一]を得。其言は貧窟間に多少の貫目[一二]を持ちて聴ゆるものなりしが。一面識なきにも拘らず予が一個の労働者として活計の事を謀りしに。「人間は遊んでゐて食するものにあらず」「壮き漢が骨を惜むといふ事あるべからず」といへる老農的金言[一三]を実践躬行する彼れの口よりものいわせて終に予を近所の残飯屋[一四]へ周旋なし呉れたり。

吁残飯屋、残飯とは如何なるものか、是れ大厨房の残物なるのみ。諸君試みに貧民を形容するに元と奈何なる文字かよく適当なりと見る。飢寒、襤褸、廃屋、喪貌[一五]、然れども予は是れが残飯亦は残菜なる二字の最も痛快に最も適切な

う説明からみて、吉原と考えたい。柳原が他の地域以上に「怪窟」であったという文献は見当たらない。

三 遠く離れた場所、ゆがんで邪な場所。このような表現は、吉原と考えるにふさわしい。

四 踊り勇んで。「踴」は「踊」に同じで、通常は「よう」と読む。

五 底本「韡」(「靴」の別体)を訂した。

六 見渡す限り。

七 上野山崎町は、万年町(→補三)一帯のかつての町名。明治二年、山崎町に周辺の寺地を合わせ万年町と改称した。以下、三大貧民窟(芝新網町、下谷山伏町、四谷鮫ケ橋谷町)以外の小さな貧民窟を幾つか並べる。→補六。

八 現在の新宿区若葉一―三丁目、南元町。のちには「鮫河橋」とも表記。明治二十四年一月、『スタチスチック雑誌』五十七号掲載の呉文聡「東京府下貧民の状況」の「四谷区」の項に、「同区にて貧民の多きは鮫ケ橋谷町及び箪笥町の二ケ所とす。その内谷町は最も困窮者多くして裏長屋などは目もあてられぬ有様あり、南京米の粥などにてやうやく今日の露命を維げる者多しとの事なり」とある。→補七。

九 この人物については未詳。

一〇 度量が広く情け深い。

一一 信頼。「倚」は、頼る、寄りかかるの意。

一二 威厳、貫禄。

一三 年をとり経験を積んだ農夫のような尊い言葉を、実際に実行する。

一四 貧民窟を特徴付けるものの一つとして、以下、具体的に「残飯屋」について記していく。→補八。

一五 みすぼらしい姿。

るを覚はずんばあらず。而して今予は是の貧民を形容するに適切なる残飯若しくは残菜を実にしたる残飯屋を目前に控へたり、予は往ざらんと欲するも得べからず、予は飛んで往きぬ。

残飯屋の家屋

　まづ見る貧窟残飯屋の光景、西より入れば窟の入口にして少しく引込みたる家なりしが。較広き表の空地には五六枚の筵を舗きて残飯の饐[一]れたるを麴の如く日に乾したるものありしが。是れ一時に売切れざりし飯の残りを糒[二]となして他日売るものにやあらむ。彼等の為には即ち是が彼の凶荒備蓄的の物ならむかと想像せしめたり。家は傾斜して殆んど転覆せんとするばかりなるを突かい棒もて是を支へ、軒は古く朽て屋根一面に蘚苔を生し庇檐は腐れて疎らに抜けたるところより出入する人々の襟に土塊の落ちんかを殆ぶむ程の家なりしが。家内は田舎的

一 「饐(い)」は、すえるの意。↓二二五頁注一八。
二 干し飯(い)。乾燥させて保存食とした飯。

の住居にして坐舗よりも庭広ろく殆んど全家の三分の二を占めたる処に数多の土取笊[三]、半切桶[四]、醤油樽、大なる壺、粗き瓶其外残飯残菜を容るゝに適当なる器具の悉く不潔を帯びて不整列に並ばり居るを見たりき。然るに何ぞ図らむ此の不潔なる廃屋こそ実に予が貧民生活のあらゆる境界を実見して飢寒窟の消息を感得したる無類の(材料蒐集に都合よき大)博物館なりしならむとは。

因に言ふ。一面識なき予も弥兵衛氏の尽力によりて他の労働的賓客となる事を得たりしが、其妻なる者も亦田舎的、朴訥仁[五]にして背に其赤ン坊を負ひながら予を残飯屋へ案内する途中「奈何に斯の如き事務まるや否や、兎も角二三日の辛棒あれかし」と言ひ。其雇主へ紹介して「何分白人なればよろしく」と予を乾児的[六]に抑へて依頼し。其れより二三日を経て見舞ひし時に「奈何に骨は折れざるか　若し辛くば代人を差入るべし」と種々親切に慰藉せしが、其度毎に予は彼女の仁心[七]を掬したりき。

(七)残飯屋

弥兵衛氏の周旋を以て其日より余は残飯屋の下男となり、毎日、朝は八時、午は十二時半、夕は同じく午後の八時頃より大八車[八]に鉄砲笊[九]と唱へたる径[一〇]一尺

三　土木工事などで、必要な土を採取し、運搬するときに用いる笊。
四　底の浅い、たらいのような桶。
五　質朴、無口で飾り気の無い人。
六　「乾児」は、子分、手下の意。
七　情け深い心を汲み取った。
八　江戸時代から使われた、荷物運搬用の大きな二輪車。二、三人で引く。八人分の仕事をするとされ、こう呼ばれた。
九　紙屑を入れて背負う細長い笊。
一〇　底本「経」を訂した。

あまりの大笊、担ひ桶、又は半切、醤油樽等を積みて相棒二人と共に士官学校[1]の裏門より入り、三度の常食の剰り物を仕入れて帰る事なるが、何をいふにも元来箸より外に重き物を持たる事のなき身が俄かに斯る荒働きの仲間に入りたる事なれば其労苦は実に容易の事にあらず、力は無理をしても出すべきなれど労働の呼吸に不案内なるより毎々小児の如き失策を重ねて主人の不嬉嫌を買ふ事一方ならざりし。されど是も亦貧大学の前期課程なれば茲の我慢が肝要なりとジツと辛棒する内、日ならずして其呼吸も覚はり、後には最寄の怪人種等より番頭々々と尊称さるゝに至りき。去程に此の残飯は貧人の間に在ツて頗る関係深く彼等は是を兵隊飯[2]と唱へて旧くより[3]鎮台営所の残り飯を意味するものなるが。当家にて売捌くは即ち其士官学校より出づる物にて一ト笊(飯量凡[4] 十五貫目)五十銭にて引取り是れを一貫目凡そ五六銭位に鬻く、尤も是に属する残菜は其役得として無代価にて払ひ下ぐるものなるが。何が扨、学校の生徒始め教官諸人数。[5]千有余人を賄ふ大庖厨の残物なれば、或る時は彼の鉄炮笊に三本より五六本位出る事ありて汁菜是に準じ沢庵漬の截片より食麺包の屑、乃至魚の骸、焦飯等皆其れ〳〵の器にまとめて荷造りすれば殆んど是れ一小隊の[6]輜重ほどありて朝夕三度の運搬は実に我々人夫の労とする所にてありき。而

一 市ケ谷台(現在の自衛隊市ケ谷駐屯地)にあった陸軍士官学校。明治元年八月、京都に兵学校が設けられたのが始まりで、同七年十月に陸軍士官学校条例が制定され、同十二月かねて尾張侯上屋敷があった市ケ谷台に建設中の校舎が一部完成したので移転した。明治四十年九月、『新小説』に掲載された田山花袋「蒲団」四に、「中根坂を上つて、士官学校の裏門から、佐内坂の上まで来た頃は日はもうとつぷりと暮れた」という一節がある。「佐内坂」は、正しくは「左内坂」。敷地の北西にも門があったが、ここは北東の門を指すか。なお、正門は敷地の南側である。

二 通称「兵隊飯」の具体的に詳しい記述があるのは、明治三十年十一月十三日―十二月十一日『報知新聞』に断続連載(二十回)された著者不詳「昨今の貧民窟(芝新網町の探査)」で、「在東京の聯隊は竹橋の近衛一、二聯隊赤阪一ツ木町同三聯隊麻布六本木第一師団歩兵一聯隊赤阪同二聯隊麻布龍土町同三聯隊等にて此諸兵営の残飯及び副食物の残りは実に夥(おび)だしきものなるが多くは府下の各貧民町にて売捌き居れり　新網町にては南十二番地を其売場と定め、夏期は午後冬期は午前に四斗樽五六本に盛りたるを荷車に積み運び来て売始むるに味噌漉一杯の値三銭五厘より四銭位にて一銭以上ならば何程にても其需(もと)に応ぜり　若し一銭を購(あが)ひて之れを粥となせば二人の口を糊するに足ると云ふ」とある。

三 陸軍の兵営。「鎮台」は、明治四年に治安維持、外敵防御のために置かれた明治初期の陸軍の指令組織、編制単位をいい、廃藩後当初は四カ所だったが、明治六年には東京・仙台・名古屋・大阪・広島・熊本の六鎮台となった。明治二十一年

して此の残物を買ふ者如何と見渡せば、皆此界隈貧窟の人々にして、是を珍重する事、実に熊掌鳳髄[七]も只ならずといふべく。我等が荷車を輾きて往来を通れば、彼等は実に乗輿[八]を拝するが如く、老幼男女の貧人等皆々手毎に笊、面桶[九]、重箱、飯櫃、小桶、或は丼、岡持[一〇]などいへる手頃の器什を用意しつゝ路の両側に待設けて。今退たり、今日は沢山にあるべし、早く往かばやなどゝ銘々に囁やきつゝ荷車の後を尾て来るかと思へば、店前には黒山の如く待構へて、車の影を見ると等しくサヾメキ立ちて宛然福島中佐[一一]の歓迎とも言ふべく颯と道を拓きて通すや否や。我れ先きにと笊、岡持を差し出し。二銭下さい、三銭お呉れ、是れに一貫目、茲へも五百目[一二]と肩越に面桶を出し腋下より銭を投ぐる様は何に譬へん、大根河岸[一三]、魚河岸[一四]の朝市に似て其混雑尚一層奇態の光景を呈せり。其お菜の如き漬物の如き。煮シメ、沢庵等は皆手攫みにて売り、汁は濁醪[一五]の如く桶より汲みて与へ、飯は秤量に掛くるなれど若し面倒なる時は各々目分量と手加減を以てす。饌の剰り、菜の残り元来払下の節に於ては普通一般施与的[一六]の物品なれども一旦茲へ引取ツて売鬻けば亦是れ一廉[一七]の商品なり。或は虎の皮、土竈、アライ。株切などと残物の上に種々な異名を附けて賞翫するは中々に可笑し。株切とは漬物の異名にして菜漬沢庵のごとき亦は胡瓜茄子の如き、蔕

に「師団」に再編制される。「鎮台」という言葉は、いかにも明治の初年の世相を示していよう。

四 一貫は約三・七五キログラム。

五 昭和四十四年九月、秋元書房刊の山崎正男編『陸軍士官学校』の資料によると、明治二十一年から始まった「士官候補生」制度により、当時の採用は各期二〇〇名前後で修学期間は一年六ー八カ月である。明治二十五年は、一月に第四期生のうち五十九名が入校(計二〇六名)、七月に第三期生一三七名卒業帰隊、十一月に第五期生のうち一四三名、翌一月に七五名が入校(計二一八名)、となっている。「千有余人」という表現は、ややオーバーか。

六 →二二九頁注一二。

七 熊の手のひらと、想像上の鳥鳳凰の髄。中国の珍味中の珍味(八珍)のうちの二つ。

八 天子の乗り物。

九 一人盛りの曲げ物食器。

一〇 食べ物を入れて持ち運ぶのに用いる、蓋と持ち手の付いた平たい桶。

一一 →二三九頁注六。福島中佐の新橋帰着は明治二十六年六月二十九日で、その模様を翌日の『時事新報』が報じている。→補九。

一二 五百匁(もんめ)。一貫(→注四)の半分。

一三 京橋のたもとにあった青果市。

一四 日本橋と江戸橋の間の北岸、現在の中央通りの東側一帯にあった魚市。

一五 滓を漉さない日本酒。濁り酒。

一六 施し与える。無料の。

一七 それなりの。

残物屋にて貧民飯を買ふ

若くは株の付たる頭尾の切片をいひ。アライとは釜底の洗ひ流しにして飯[一]のあざれたるを意味するものにして土竈とは麺包の切片なり　是其中身を抉りたる食麺包の宛然竈の如き形なせるより斯くは異名したるものとぞ、扨虎の皮とは如何、是れ怪人種等の調諧[二]にして実に焦飯を異名したるものなり。巨大なる釜にて炊く飯は是非とも多少焦塩梅に焚かざれば上出来とならざるより釜の底に祀られし飯が一面に附着して宛然虎豹の皮か何ぞのごとく斑に焦たるが故に斯くは名付たるものならむ。扨譬へ虎の皮にせよ土竈にせよ既に残飯とあれば是れ貧窟の貴き商品にして怪人種等の争ふて購求する所なり。世に桂を焚き珠を炊ぐ[三]とて富豪者の奢侈を意味する事なるが、実際是を為すものは富豪者にあらずして却て貧民、而かも極貧饑寒の境に在るものこそ

一　底本「飲」を訂した。

二　ユーモア。諧謔。「調」にも、からから、ふざけるの意がある。

三　楚の国の物価高を皮肉った『戦国策』楚策の、「楚国之食貴於玉、薪貴於桂」(楚の国の食べ物の値段は玉よりも高く、薪は桂よりも高い)による表現。貴重な桂や珠を火にかけることから、安価な日用品の代わりに貴重な品を使う贅沢をいう。贅沢な生活を、「桂を科(か)えて炊(か)ぐ」ともいう。

四　臼で粗く挽いた麦。挽き割り麦。

五　まとめ買い。値が安くなり経済的。

六　底本「慈慈」を訂した。

七　以下は、一日の食費を考える資料である。

八　二二六頁一一行で使われた表現を、ここでも用いる。典型的な光景というわけであろう。

九　松阪の酒屋の子三井高利が、延宝元年(一六七三)に江戸本町に開店した呉服屋・越後屋八郎右衛門が始まり。必要なだけの寸法の布地が自由に買える「切り売り」、「懸値なし」の定価販売を実行、商売を拡張した。全国に店を持ち発展、維新後は「三越」という名を用い、さまざまな事業を試みたが、新時代に対応する呉服店に転身。明治二十六年からは合名会社三井呉服店として、同三十七年からは株式会社三越呉服店として発展した。

真に珠を炊ぎ桂を焚くものなり　試に見よ彼の貧民輩が常例として買ふ一銭二銭づゝの炭、薪漬物の如何に高値なるよ、而して又彼等の五合七合づゝなる米、[四]割麦の如何に少量なるよ。十人二十人を賄ふ大庖厨の経済には平常米、薪の徳[五]用買といふ事あれば、実際珠桂の如き材料も会計上薪炭の値段となるなり是に反して貧民の庖所に於ては毎日の材料一銭的の小買を以て便ずるにあれば尋常の薪炭も計算上に於ては実に珠玉の価となるを免かれず。銭稀なる貧窟の人、奚で斯の珠玉を炊ひて生活し得べけんや。残飯残菜は実に斯の一銭的庖厨の惨状を救ふ慈悲[六]の神とも言ふべく。彼等五人[七]の家族にて飯二貫目、残菜二銭漬物一銭、総計十四五銭位にて一日の食料十分なるなり。若し強て一銭的材料を以て是を充さんとせば彼等は日に三十銭を費さゞるを得ず。是を以て残飯屋の繁昌は、常に最下層の生活談に於ける、画図的光景[八]の一に数へらるゝにありき。

（八）貧民と食物

[九]越後屋又は大丸屋[一〇]の飯焚男が薪を焼くべく少しの注意を持つ事に依て、如何に多くの薪物が其処に剰され得るか、小説として作られたる、越後伝吉[一一]、其人が、庖厨の散漫なる事に於て長く其家を禍いせしところの廓内[一二]の一の宏肆[一三]に

小林清親『駿河町雪』（明12-13頃）

一〇 享保二年（一七一七）に初代下村彦右衛門正啓が京都伏見に開いた大文字屋呉服店が始まり。のち大丸屋と改称、「先義後利」を標語に各地に発展、明治四十一年には株式合資会社大丸呉服店となった。三越とともに、近代の代表的な百貨店として知られる。

一一 享保年間（一七一六-三六）の講談師神田伯龍子の講談に登場する人物。勤勉な主人公を大岡政談の中に仕組み、多くの読者を得た。歌舞伎にも脚色され、さらに広まった。明治になって、十八年六月に東京の永昌堂から『越後伝吉孝子之誉』や、二十二年四月に大阪の中村芳松から『越後伝吉孝子誉』（梅亭鵞叟序）などが刊行された。

一二 吉原遊廓の内。

一三 大店。引手茶屋を通さないと上がれない格式ある総籬（そうまがき）。

飯焚男として勤労すべく新らしき契約を結びし或日の後。彼が、薪を焚く事の親切と漬物を截る事の器用と、及び僅かなる砂糖、些かなる松魚節[一]を節倹[二]し、醤油の残物、味噌の沈澱、若しくは焦たる飯の一塊を仕末する事に依て、如何に多くの費用を省き、而して其れが三年を積て、如何に多くの資本を作りなせしかの一事は、我々をして常に珍らしき話説に入らしむべく特別の題目として其れが、演劇、若しくは講釈に依つて証拠立らる。

然れども是れが決して特別の題目にはあらぬ。都府の下層に棲みて常に庖厨を神聖にすべく注意を有ツ人は、越後伝吉其人よりも、より多く節倹に猶より多く器用にあるべく其れが事実である。トハ言へ彼れが、節倹に依て育はれたる質朴の心を以て、直ちに奢侈の問屋を料理するべく走りし時に於て極端なる相互の習慣から闘争を生ずべく其れが如何に奇異なる観物にてありしよ。

事実は常に極端の結着に依ツて珍らしくある。而して予の境遇が平凡なる結着に於て又斯の越後伝吉にてありし。予は予がいまだ残飯屋に入らざりし以前に於ては、焦飯及び骸魚[三]の如何に価のあるべきかを疑ひしのみならず、漬物の残りは常に是を棄べきものと思ひ居たりしが。特別なる人々の生活は、見るに従ツて食物の貴重すべきものなる事を覚らせ、彼等が飢に依ツて余義なき時は

一 かつお節。かつおは「松魚」「鰹」「堅魚」などと表記。
二 倹約し。
三 魚のあら。「骸(いが)」は、むくろ、死体、肉が腐ってなくなった骨。

粉になりし麵包、枯たる葱の葉も尚。立派なる商品として通用するを見たりき。
貧民の群が如何に残飯を喜びしよ、而して是を運搬する予が如何に彼等に歓迎されしよ。予は常に此の歓迎に酬ゆべく、あらゆる手段を旋らして庖厨を捜し、成宜く多くの残物を運びで彼等に分配せん事を務めたりき。然れども亦哀しかりき、或る朝其処に《士官学校の庖厨》運搬すべき残物の何にもがあらざりし時に。然れども又嬉しかりき、或夕其処に飯及び菜を以て剰されたる新らしき残物が、三輛の荷車に余るべく積れし時に。而して予は常も此等の潤沢を表する時に是を「豊年」と呼び、常も此等の払底[四]を表する時に予が「饑饉」と呼びて、食物に就て渇望したる彼等に向ツて前触をするにありき。

或る朝、――それは三日間一磅[五]の飯をも運ぶ事能はざりし事程左様に哀れなる飢饉の打続きし或朝――庖厨を捜して運ぶべく何物があらざりし時に予が大なる失望を以て立ちし、如何に貧民の歎きを見せしむるよ。然れども予は空しく帰らざりし。予は些かの食物を争ふべく賄方に向ツて歎願を始めし、『今日に限ツて貧民を飢せしめざる部屋頭閣下、冀くば彼の麵包の屑にても』然る時に彼が言ひし『若しも汝が左程に乞ふならば其処に豕の食ふべき餡[六]殻と畠を肥すべく適当なる馬齢薯の屑が後刻に来るべく塵芥屋を待ちつゝある』と。予が

四 底本「払庭」を訂した。

五 「磅」は、イギリスの単位poundの音の当て字。一ポンドは約四五三・六グラム。

六 「餡」は、小豆やいもなどを煮てつぶし、砂糖を加えたもの。「餡」とも表記。

其れを見し時に其れは薯類を以て製せられたる餡の較腐敗して酸味を帯びたるものと、洗ひたる釜底の飯と及び窄りたる味噌汁の滓にてありき。縦へ是れが人に向ツて食すべき物にあらぬとはいへ、数日間の飢に向ツては是れが多少の饗応となるべく注意を以て、其処にありし総てを運び去りし。

斯くして予が帰りし時に飢たる人々は非常なる歓娯を以て迎へし、『飢饉』と予が一言前触れをなせし時に彼等の顔色が皆失望に包まれし、『オ、如何に、夥しき食物が其処にあるよ』と荷車を見て一人が叫びし時に店の主が探奇[一]の眼を注ぎし、『飯ならば早く分配せよ、我々は唯菜のみにてもよし』、と催促が始まりし時に、荷は解かれし、而して其処に陳べられし。人々は彼等が三日の飢饉から其処に如何なる豊年の美食が湧きしかを疑ぶべく伺きし。腐れたる餡を名称べく予が其れを「キントン」[二]と呼びし時に店の主人が如何に高価なる珍菜であるかを聞糺せし、而して其れが一碗五厘に売られし。味噌の糟が猶多く需用者を有ちし。饐[三]たる飯が売るべく足らざりし。

吁、如何に是が話説すべく奇態の事実でありしよ、予は予が心に於て残飯を売る事の其れが慥かに人命救助の一つであるべく予をして小さき慈善家と思わせし。然るに是れが時として腐れたる飯、饐れたる味噌、即ち豕の食物及び、

一　珍しいものを探るさま。
二　甘く煮た栗や隠元豆に「餡」をからめて作る。色が金色のため、「金団」「金糖」などとも表記。ここに記されているのは、そうしたものと似ても似つかぬものだが、著者の苦肉の命名であろう。
三　→二二五頁注一八。
四　してはならないこと。専門的には、法律に当てはまる条文が無くても、裁判官がなすべきでないと判断した場合には処罰できることをいう。
五　「音楽を鳴らす」という表現からみて、救世軍などが思い浮かぶ。救世軍は社会福祉事業などを推進するプロテスタントの団体。日本救世軍は、明治二十八年にライト大佐が最初の日本救世軍司令官として来日し創設され、翌年山室軍平が最初の救世軍士官となり、社会改良運動を展開。街頭でラッパを鳴らすなどして人々に訴えた。
六　著者以外に、見せかけの慈善事業を批判した

畠の食物を以て銭を取るべく不[四]応為を犯すの余義なき場合に陥入らしめたり。若しも汝等が世界に向ツて大なる眼を開くならば、彼の貧[五]民救助を唱へて音楽を鳴らす処の人、亦は慈[六]恵を名目として幟を樹つる所の尊き人々等の常に道徳を語り又た慈善を為す事の其れが必らずしも道徳、慈善であらぬかを見るであらう。

(九)貧[七]民倶楽部

文学者と交はれば文学者を聞き、政事家と交はれば政事家を聞くと同じく貧民と交はれば亦聞くものは貧民なり。人は各々皆共に其社会に於ての秘密を語り合ふものなり、語り合はずんば饜かざるものなり。世に何々文学倶楽部、何々政党倶楽部、又は何某集会所、何某会合所たる場所に其社会の人々の名誉談、失敗談は勿論其外奇話珍説一切の秘密即ち新聞雑[八]報的項事が漏[九]洩し来ツて輻[一〇]湊するが如く、貧民の集会所に於ても亦同じく貧民に関する一切の秘事は日毎に潮流の如く流れ来ツて彼等の社会に於ける新聞紙の第[一一]三面を填めなすものなり。予が居る所の残飯屋は恰も彼の人達の社交倶楽部とも言ふべきものにして下男の境界にありし予は即ち斯の書記役なりしなり。

人物には、例えば北村透谷がいる。↓補一〇。

七 本文八―九行に「人は各々皆共に其社会に於ての秘密を語り合ふ」とあるように、何らかの共通の関心を満たすべく、一定の取り決めの中で運営される集団を「クラブ」という。「倶楽部」の字を当てるのも、いかにも明治らしい。欧米を模倣し、上流階級などで一つの団体として機能したが、次第に社交的な側面が強まり、欧米とは異なる発展をみた。政治的な倶楽部について、明治二十一年九月七日『国民之友』二十九号の「時事」欄の一項「倶楽部の繁昌」に、「後藤伯の丁亥倶楽部を昨年末組織せられてより、頃ろ改進党派の人々の組織せられたる明治倶楽部なる者起り、又た井上伯の組織せられたる倶楽部も、渋沢、益田等の諸氏が尽力せらるゝと云へり、兎に角今後は倶楽部繁昌の世となりつ可し」とある。明治二十八年一月十七日『毎日新聞』掲載の天涯茫々生(横山源之助)「戦争と地方労役者 第七社交倶楽部」は、式亭三馬『浮世風呂』にならい銭湯も一種の「社交倶楽部(ソシャルクラップ)」だとし、そこでの自由闊達な議論のエネルギーを評価している。明治二十八年七月、泉鏡花は小説『貧民倶楽部』を発表するが、時期的にみても、本作の直接的な影響が指摘されよう。

八 社会のさまざまな側面をうかがわせる事件や出来事を報じたもの。明治の小説家は、新聞の雑報を元に作品を構想することが多かった。

九 秘密が漏れること。「ろうえい」とも読む。

一〇 方々から集まるように。

一一 社会面。新聞の紙面構成が固まりつつあった明治二十年代から、政治経済を中心にした一、二面に対して社会・世相に関する記事を三面に載せたことから、その名がある。

如何に貧民倶楽部が、社員の数多を以て賑はひしよ。彼等の銘々[一]は一個の面[二]桶、一個の笊、或は小桶、或は味噌漉、を手に〱携へて、倶楽部の庭に蹲み、或は腰掛け、或は立ながら若干の時間を待ち受くる間に於て各々其平常の実験談を材料として例の談話会を催すにありき。

如何に彼等が談話の材料に富み居るよ、試に予をして其の二三[三]種を編纂せしめよ。

運動会の余慶[四]――嘗て青山の練兵場[五]に於て某法律学校の春季大運動会の催ふされし時、行厨方より弁当として生徒一人に一個づゝの箱を当飼たりしが衆くの学生中には是を食ふもの少く、千二百人前の弁当配り合せてやがて三四百も遺したりければ、其幹事なる人心得て、早速其最寄に見物居たりし一人の貧児を招き、扨て今日の恩恵として汝等に此の土産を遣はさんとす、如何に衆くの夥伴を集へ来らずやと言ひければ。貧児大に走ツて檄[六]を伝へ、原[七]に学校のお葬礼[八]あり皆の衆往ずやと触れたる程に忽ち集る者百余人、施与に福のありし嘗て此の日の如きはあらざりし。這ふ様なる小児の手にも一つ宛の所得ありて家内五人一日の食膳[九]を儲け、近年珍らしき施餓鬼[一〇]なりしとて其たまかなる[一一]御馳走を喜び合ひしが　他の貧窟の人々亦是を聞伝へて後れ馳せに駈け付けしに練

一　底本「酩々」を訂した。　二　↓二四九頁注九。　三　「運動会の余慶」（七行）、「施与米」（二五七頁六行）、「昔しは御救ひ米と称して」（二五八頁九行）から「云々」（二五九頁六行）までの三つの話題を指す。　四　運動会の起源は、明治七年三月、海軍兵学校の校庭で行われた「競闘戯遊会」とされ、のちにさまざまな学校の運動会として普及した。最初は東京大学予備門・札幌農学校など高等教育機関で開かれたが、明治二十年代からは全国の小学校に広がった。

五　赤坂区（現・港区）の北西隅に位置する陸軍練兵場。そこにあった建物を明治二十二年から撤去し、平地にして使用した。近衛兵・師団兵の練兵行進のほか、さまざまな行事に使われた。眺望の良さもあり、明治三十六年七月の『風俗画報』臨時増刊二七一号「新撰東京名所図会」第三十八編、赤坂区の部二に、「雪晴れ日麗（うらら）かなる時。原頭に立て眺望すれば。西の方（かた）千駄谷の樹林鬱蒼として人家其（そ）の間に隠見し。坤位（こん）。南西の方角）には富士山巍然（ぎぜん）として白雪を戴て。箱根、足柄の諸山相連りて。風景甚だ佳なり。殊に雪月の時に至りてはその奇観いふべからず」と紹介された。

六　伝えなければならない重大な知らせ。ここでは、施しがあるから集まれと伝えたことを表現した。

七　練兵場のこと。

八　施しがもらえる場をそう表現した。

九　食事。「ひあし」は通常は一日の食費。

一〇　飢えに苦しむ衆生に飲食を施す仏教の法会。

一一　慎ましやかな。　一二　底本「売」を訂した。

一三　↓二四九頁注一七。

一四　「些々」はわずかなの意。坪内逍遥『当世書生気質』（明治十八―十九年刊）の冒頭は、飛鳥山

兵所の中央に山の如く弁当殻の積重なりしを見出して其中より飯の残れるを拾ひ出して持ち還りしが是又一廉の所得なりし。最後に五六人の乞食何処からともなく此事を嗅ぎ付けて来り、残物を穿ちて傍らより食ひ尽し終には蟻の所得。をも残さゞりしと、吁些々たる学校の運動会にしてこの如く、若し彼れが戦争にてもありたらんば如何に此の人々の沾ひし事ならむと語り合ひけり。

施与米――某の頭取より府下の貧民一同へ玄米五十石施与致すべければ貧窮人共誘ひ合せて高縄泉岳寺へ集るべし、但し一人に付米五合宛の事、年月日行司と諸方の辻に標榜したり。如何に玄米五合の施し、早速往きて此の恩賜をもらはずや。五合といへば少なけれど家内三人一日の食として時の急なるを救ふに足るべしと遥かなる泉岳寺を足の数ともせずして往けば、何ぞ図らむ今日は切符の摂待にして現米の受け渡しは明日の事ならんとは。吁何ぞ施主たる者の「貧民」を知らざるの甚だしきや。貧民は決して明日の我慢あるものにあらず、若し貧民にして明日の我慢ある程の余裕あらば何ぞ始めより貧民を以て甘んぜんや。貧民は実に今日今夜の忍耐も出きぬ程にセワシナク且つクルシキものなり。貧民救助として単に物を与ふるの主意は実に此のクルシク、急遽場合を救ひ取るを以て肝要なりとするにあれば其取扱は極めて直接にし

で開かれた「さる私塾の大運動会」の出来事から、始まる。慶応義塾では明治十九年に第一回運動会を行い、年々規模が大きくなった。明治二十七年五月二十六日の運動会のさまが同年七月十日の『風俗画報』に記されており、見物人が一万人内外もあったという。本文では学生に用意した弁当の数が「千二百人前」(二五六頁九行)というのだから、「些々たる学校の運動会」とされたのであろう。

『風俗画報』挿絵(山本松谷画)

一五 困窮民に米を施す習慣は、江戸時代から行われた慈善事業の一つである。↓二五八頁注五。

一六 一石は約一五〇キログラム。

一七 東京都港区高輪にある曹洞宗の寺。慶長十七年(一六一二)に徳川家康が外桜田に創建、寛永十八年(一六四一)から現在地に移る。赤穂藩浅野氏の菩提所で、赤穂浪士の墓所としても著名。

て与ふるものは成宜即当の物ならざるべからず、即ち衣類よりは食物、米よりは飯にして施主の手が貧民の手に触るゝ程に直接せざるべからず。されば其貰ふ者に於ても其即当なるを喜んではるかなる道を遠しとせず、[一]二里三里を厭はず走つて其処に赴き、以て其日の危急を塞ぐにあり。然るに是を為換[二]にして明日を待たすが如きは、轍魚[三]のクルシミを知らざるものにして折角の救米を無益にしたるものなり。切符手形は物品の為換券にして既に世間余裕者[四]の利用する処。然るに是を今日の御救米[五]に使用す、知らず施主は貧民を以て余裕あるものと見たりし乎。と語る[六]ものありしが、実に尤の事と聞へし。

昔しは御救ひ米と称して広庭に俵を積出し、難渋人の乞ふに任せて、苟くも嚢の口を空しうして来る者には誰彼の差別なく施し与へたるものなれども斯くては貧民の狡猾なる数々姿を変して空嚢の取次なすものあるを期せず、利するものは過分に利し、一升一人の主意万遍なく行度らざらん事を危ぶみて、斯く[七]は規則を立たるものならむ乎。

苟くも施主として万民の上に立たんと欲せば須らく其心眼を寛闊[八]にして可なり。タトエ其中に狡猾なる者あつて人の三人前、若くは五人前を貪り取る者あらんとも是は決して驚くに足らず。苟くも貧民として彼が生存せん限りは、到

一八 「行事」に同じ。物事をとり行う担当者。ここは施与米の主催者。
一九 人々に掲げ示すこと。
二〇 たどりつくのがたいへんなのをものともせず。 二一 接待。ほどこし。
二二 せわしい。経済的に困窮していること。ここは、飢えている意。この部分でカタカナが使用されているのも、ある情感を示すためである。二葉亭四迷の文体を真似たものか。

以上二五七頁

一 一里は三十六町(約三・九キロメートル)。
二 為替。金や物の代わりとして発行される証書。ここは、米と引き換える「切符」(二五七頁一一行)。
三 轍(わだち)のあとにたまった水の中で苦しむ魚のこと。転じて、困窮に迫られていることのたとえ。
四 底本「余裕」を訂した。
五 江戸時代に、災害や飢饉などの時、困った人々に幕府や藩が与えた米。江戸などでは、飢饉以外にも恒常的に窮民に施米がなされ、天保年間(一八三〇—四四)以降では男子成人なら一日米五合十日間というように与えられた。窮民救済のための仮小屋を「御救小屋」、土木事業を「御救普請」「御救堀」などといった。
六 「貧民倶楽部」の「社員」(二五六頁一行)、つまり貧民たちが話していることを著者が筆録・編纂した、という意識である。
七 前日に切符を配布する方法。
八 ゆったり。寛大なこと、度量の広いこと。

底彼れ一人の身を以て数人前の分配を占領するの鄙吝[九]あるを容されず、必らずや其日随一の働らき者として周囲の称讃を博すると共に其貪り獲たる物品は、直ちに両隣合壁[一〇]へ向つて散じ、万遍なく其土地の霑沢となるを見るは、殆んど類似たる共産主義[一一]の斯の社会に行はれ居るが故なり。是れを思はずして眼前に窮窟なる法を設く、知らず施主なる者は貧民の炊煙的組織[一二]を奈何に見たる乎、云々。

是等の例は毎日の新聞雑報種として余が倶楽部の談話を筆記せしものに過ぎず、而して茲に予が一段奇異の事実として感じたるは、往年予が◯◯義塾[一三]の末席に在りて修業中、当時お坊様育ち[一四]の間に賄退治[一五]といへる事流行せしが一度び其徒党に加はりて非常なる乱暴を働き、広き食堂に於て恰も一揆の起りし如く、飯櫃、皿、膳、茶碗の差別なく、手当り次第に抛擲せし其狼藉は後尚記臆して忘るゝ事能はざりしが、是れが図らずも貧民社会の霑となりし事、数年の歳月を経て、今此の貧民倶楽部に於て是を聞かんとは、思ひ寄らぬ事にてありき。而して亦彼等の中なる齢老たる者の記臆には精密なる残飯の歴史ありて、是が時々貧民叢話の旁証[一六]として毎に引用さるゝを見る、曰く二十年前東京の開き始め、即ち鎮台屋敷[一七]なるものゝ置かれし当時に於ては、サスガに江戸的[一八]の貧

九　卑しく、けちなこと。
一〇　近隣の人々。「合壁」は壁一つで仕切られている隣り同士をいう。
一一　「共産主義」の語が用いられるのは、この部分のみである。
一二　食物を分け合う一つの世帯のような集団。
一三　著者が一時学んだ慶応義塾のこと。慶応義塾での経歴について詳細は定かではない。
一四　お坊ちゃん育ち。
一五　学校の寄宿舎や下宿屋などで、賄料理への不満から皆が団結して炊事場の器物などをこわしたりする騒ぎを起こすこと。明治の初期からよく行われ「賄征伐(ばつ)」「賄改革」「賄方征討」などともいわれ、特に旧制高校では昭和に入っても行われた。明治三十四年五月、民友社刊の徳冨蘆花『思出の記』の五章四には、兵庫県の学校の食堂の外壁に賄退治の檄文(げきぶん)が掲げられたりすることが記されている。
一六　「傍証」に同じ。
一七　鎮台(→二四八頁注三)の建物のこと。
一八　江戸の気性を受け継いだ。

貧民を集めて穀を施与す

民は、兵隊飯[一]など喰ふものにあらずとて賄方は常に其始末に困じ、時としては態々舟を漕ぎて品川の海へ抛擲したる事さい[二]ありしに今は其れさい銭もて購ふ事容易ならざるに至りしは、全く世の必迫[三]せし証拠ならむ。或は狡猾なる商人輩庖厨へ出入して残物の糶買をなし、亦は鄙吝なる賄方の彼等と通じて利を図るあり、貧者をして増々価の高き食物を喰わしむる[四]に至りぬ。蓋し商人のなき場合に於ては、可惜貨物を海中へ投ずるの不始末ある易りには常に貧民が価のなき食物を喰ひ得べくも既に商人なるもの其間に入ッて有無を通ずるに至れば　至宝天物[五]は世に暴殄されざるも斯の貧民は常に飢ざるを得ず、吁々恐るべき哉経済[六]の原理翅なくして飛び足なくして探り遂に斯の暗黒界にむぐり込み[七]斯の残飯たる乞食めしの間を周旋[八]するに至らんとは、要す

一　→二四八頁注二。

二　「さえ」の変化した言葉。以下も同様。明治三十五年六月、博文館刊の内田魯庵『社会百面相』に、「俺でさい爾(そ)ぢやもの」という用例がある。

三　「逼迫」に同じ。

四　底本振り仮名「か」を訂した。

五　天地の物質は絶えることがなくても。「暴殄」は、天の物をそこない絶やすこと。転じて、物を大切にしないで消耗すること。

六　残飯でさえも売買の対象となり、そこに金銭問題、営利のシステムが入り込む近代経済の赤裸々な姿を思い描いている。

七　もぐり込み。

八　底本「週施」を訂した。

九　Georges Jacques Danton（一七五九―九四）。フランスの政治家。フランス革命に際し、パリ民衆を指導、一七九二年にチュイルリー宮殿を襲撃。ジャコバン党の指導者として恐怖政治を行った

るに貧民倶楽部の雑報種、若し世にダントン マラアの如き人あツて、他日貧民新聞を発行するの計画ありとせんか、予は差向き其編輯長としてこれが材料を集蒐せん、好笑、

斯くて予は残飯屋に駐まる事数日、半身は貧民倶楽部の書記となつて彼等生活の実際報告を編纂し、亦一半身は飯焚男の越後伝吉となつて焦たる飯、枯たる沢庵を塩梅して彼等の真逆に向つて供給する事を努めたりしが、扨て太平の世の中には殆んど無用なる予が身も是に至つて頗る有用の人となり、一日も欠ぐべからざる家の宰領として遇されたり、然れども本来是れ、一個の世界探検船なり。同じ港口に長く碇泊するは広き世界を看察するの道にあらずと程なく茲に碇を引揚げ、一週間の給料二十五銭と恵まれたる下駄一足を航海入費として是を出帆なし、亦例の労働者の宿所なる弥兵衛氏の宅を阜頭として茲に暫らく発程すべき航路の羅針盤を考校したり。

世界中の出稼人が湊まる桑 港の水門とも言ふべき是の労働人的宿泊所に於ては恰も彼等の希望にカリホルニヤの銀坑のあるが如く。何れも越中、越後、加賀、越前等多くは北陸道地方より出たる崛強の働らき人にして或は永田町の官邸へ厩丁に住込まんと冀望する人、或は妓楼、割烹店、呉服店、酒問屋等の

が、ロベスピエールと対立、断頭台で処刑された。

一〇 Jean-Paul Marat(一七四三―九三)。フランスの革命家、ジャコバン党の指導者の一人。『人民の友』を刊行。ジロンド派の女性に暗殺される。

一一 おかしく、滑稽なことだ。

一二 →二五一頁注一一。

一三 古くなった。通常は「陳」の字を用いる。

一四 緊急のこと。目の前に迫っていること。

一五 監督、世話役。

一六 →二四五頁七行。

一七 通常は「埠頭」と表記。

一八 出発。

一九 考え調べる。取り調べる。

二〇 ここでサンフランシスコは、さまざまな人間が集まる場所としてイメージされる。→補一一。

二一 久米邦武編『米欧回覧実記』(明治十一年)の初編第四巻「桑方斯西哥(サンフランシスコ)ノ記下」に、「加利福尼(カリホルニア)尼哇達(ネヴアダ)、及ビ附近ノ諸州ニ、金銀汞(ミツカネ)ノ三礦ニ富ムコト、世界ニ於テ第一ト称スル所ニテ」とある。一八四八年一月、カリフォルニアのサクラメントに近いアメリカ川で砂金の粒が発見されたというニュースが全世界に広まり、一攫千金を夢みる人々が世界各地から押し寄せ、それまで百人そこそこの町だったサンフランシスコは、カリフォルニアへの入口として一気に巨大都市へと変貌した。

二二 屈強。「崛」は、山が高く抜きん出るさま。

二三 皇居の南に位置し、江戸時代初期に永田姓の武家屋敷が多かったため、この名が付いた。明治初期は軍用地であったが、次第に政治の中心地として整備された。

二四 馬丁(ばてい)。馬の世話をする人。

大家へ飯焚として働らかんと望む人、或は湯屋の水汲み、蕎麦屋の出前持、亦は米搗き、酒造男、職業の如何を問はず給料の高きを望む人々の新らしき希望を以て如何に東京が他県に比して銭儲のあるかを語らせば、亦一方に於ては恰もパナマの堀割事業が中途にして廃業せしかの如く[一]、出稼三年、必死となつて働ぎ溜めたる金は何れかの堀割へ投じて無一銭となりし人々の後悔[二]。或は、東京も予想せし程の金儲はなき処なればと是れより北海道へ向けて出立せんと欲する人、札幌の大火[三]に依つて動産を喪ひ、流れ〳〵て亦斯の大都会へ糊口[四]を尋ね来りし人、或は真に越後伝吉の衣鉢を襲て[五]呉服屋へ三年酒屋へ七年江戸的の奉公風を以て給金を溜め込み毎年三十両づゝ国元へ運送する辛棒人の一類。彼等は殆んど眼に一丁字なく[六]亦心に一の詐計[七]なき純樸の輩にて故郷へ通信せんとする時は二銭或は二銭五厘の書き賃を払つて文言を依頼し、木綿の四幅[八]風呂敷に柳行李を包み、其内に衣類足袋等を収めて要鎮[九]を堅固にし、一枚の柱暦[一〇]、或は荒神暦とか称して「彼岸」「八十八夜」「土用」「盆」「二百十日」等の厄日が象形文字を以て描き出されたる挿秧的アルマナック[一一]とも言ふべき一種の暦書、或は氏神鎮守の「守札」亦は善光寺如来の「御符」[一二]の如きものを懐中して五年乃至七年間稼ぎ出したる金の、幾何の高に登り亦は其金を以て幾段歩の

一 一八五五年にアメリカの民間会社によって完成したパナマ地峡の横断鉄道に続き、運河建設がフランスの民間会社によって計画され、スエズ運河を建設したレセップスの指揮のもと一八八〇年に建設が開始されたが、資金不足、マラリヤや黄熱病の猛威により、一八八九年に五分の二を掘ったところで中断した。実際は「廃業」ではなく、のちアメリカ政府の手で続行され、一九一四年にパナマ運河が開通した。

二 それを元手に何か事業を起こそうとして失敗した。

三 明治二十五年五月四日夜の、札幌始まって以来の大火。↓補一二。

四 暮らしを立てること。生計の道。

五 前人の事業や行動を受け継いで。

六 文字が読めない。「一丁字(いってい)」は、一つの文字のこと。

七 他をいつわるはかりごと。通常は「さけい」と読む。

八 並幅(九寸五分。約三六センチメートル)が四枚あること。通常は「よの」と読む。

九 守らなくてはいけない最も大切な場所。

一〇 家の柱などに掛ける小さい暦や、火を使う場所に祀る三宝荒神に掲げる暦。一枚刷りにし、柱や壁などに貼って見やすくした略暦で、文字の代わりに絵などで暦日を判読するようにしたものも用いられた。

一一 一般に用いられる暦。「挿秧」は、田植えをすること。アルマナックは、暦のこと。

一二 有名な社寺の護符(御守)は、あらゆる災難を防いでくれると信じられていた。ここでは、信州信濃の善光寺(本尊は阿弥陀如来と観音菩薩・勢至菩薩の「一光三尊仏」)の護符をいう。

田園[一三]の購はれ得べきかを目的として労働するの人々なりしが十に八九は大抵其目的を遂ぐるものにてありき。

戦争に於ては焚出し方となり、軍旅に於ては運送方となり、田舎に在つては耕作の人たり都会に在つては庖厨の人たり、如何なる場合に於ても常に人生々活の下段を働らく処の彼等の覚悟の如何に健全にして其平常の如何に安怡[一四]なるよ、彼等は身を働らかすの外に向つて希望を擁かず、労銀を求むる外に就て大きを貪らず、蒼々[一五]たる故郷の山嶽、穣々[一六]たる田間の沃野を最後の楽園として懐ふの外には何物をも見ざる彼等の生涯には、一の小説もなく、一の伝奇[一七]もなしと雖も、彼等の朝夕には磨滅せざる一のバイブルなるもの在りて存す。如何に彼等の血液の清潔なるよ。吁予をして若し此の不治の癈疾（学問したる一の癈疾）あらざらしめば直ちに進んで彼等の群に入るべかりしものを。併し其[一八]は兎に角予は当年百の政事家あつて社会の上層を働らかんよりは寧ろ此の種の人物の一人世の下層に在つて静かに仕事せん事を喜びたりき。

滞在数日此の間予は彼等の書翰を認むる代書人となり亦信書[一九]を読み聞かす飜訳人となりて過分の尊敬を博し、傍ら彼等の行跡を看察して大に得る処ありしが扨て是れより何の方角に向ひて出帆せんか面白き事実を探究せんと欲せば常

一三　田地。
一四　安らかで楽しげなこと。「怡」は、喜ぶこと、楽しむこと。
一五　草木が青く繁った。
一六　豊かに実った。
一七　珍しいことを記したもの。珍しい話。
一八　それはそれとして。それはさておき。
一九　特定の人が特定の人に意思を伝える文書。書状。

に多人数、人種の会る方面に向けて梶を取らざるべからず、世界周遊を目的として東洋の事情を見んと欲せば必らずまづ香港、上海、神戸横浜ならざるべからず。ニユーゼランドの名もなき港、カムシヤツカの寂しき岸頭へ船を着けたりとて麼で混合せる人々の面貌を描き得らるべき。遊廓、市場、是れ最後の問題乎。安泊、土方部屋、是れ恰好の場面にあらずや、芸人仲間、職工組合、亦久しく不問に置くべからずと独り自から計較[一]するうち桂庵[二]の神は意外なる辺より手を下して当分余が身を購受けんと申し来れり。予は驚いて其如何なる処なるかを問合せば、近所にて八百屋を業とせる店に一人の買出し方、近日逃亡して甚だ不自由を感ずる折から、其跡釜として早速雇入たしとの事実にてありき。

(十)新網町[三]

東海道よりすれば旧江戸の入口にして芝浦の海浜に近く、四谷、下谷の両貧窟と相対して正三角最後の起点となる処に一区域あり、又窮民の棲居にして廃屋の集まるもの五百余、陋穢[四]不浄の甚だしきに至つては蓋し都下[五]六貧窟中其第一に位するもの、偶々其貧状を目撃して其形容を作るの人は、彼等自から彼等を認識して、茲に日本一貧乏者の麕園[六]なりと。

一 通常は「けいかく」と読む。比べること。

二 底本「挂庵」を訂した。口入れ屋。『言海』二版の「けいあん」の項に「奉公人、縁談ナドノ口入(クチイレ)スルコトノ異称。雇人ノ請宿」とある。

三 新網町は現在の浜松町二丁目。ここで初めて具体的な地名が見出しに登場する。底本のこの章から「(十六)座食」までは、著者の『国民新聞』デビュー作「芝浦の朝烟」を踏まえて、一部その文章を利用しながら新たな視点で書き直された部分。この章は、明治二十五年十一月十一・十二日掲載の記述を踏まえる。↓補一三。なお、初出には、二回分を除き表題脇に、竈と破れ団扇のカットが添えられているが(図⑨)、それはかつて明治二十三年二月九・十日に『国民新聞』に掲載された宮崎湖処子「貧民の生活」に添えられていたものと、同一ではないが同趣向のものである(久保田金僊〈↓二三八頁絵注〉の筆か)。

図⑨

家は客車的[七]の長屋なれども順序よく排列して比較的に清潔なるは鮫ケ橋[八]なり。町は頽廃して溷雑[九]を極むれども戸々寧静にして比例的襤褸を顕はさゞるは万年[一〇]町なり。然れども彼等の自認を以て其日本一の塵芥場と許したる此の地の境界はあらゆる不潔を以てあらゆる溷雑を料理し、汚水[一一]縦横して腐鼠日光に曝露され、圊厠[一二]放任朽屐塚[一三]をなし饐飯敗魚[一四]の汚穢を極めたる物散点して路傍に祀らるゝの有様より破蓆簷担[一五]を覗き落壁人顔を描くの状、其人間生活最後の墜落を示したるの様は、さながら炮撃されたる野外の営所を見るが如し。

家の広きも五畳敷なるは稀にして、大概は三畳に土間二尺、狭まきに至つては薄縁[一六]二枚の敷合せのみ、甚だしきは二坪の座敷を蓆の屏風にて中を仕切り、其処に夫婦、兄弟、老媼と小児を寄せて六七人軀を擁へて雨露を凌ぐの状況、而して其畳なきは荒根板に薦[一七]敷きて僅かに身を置き、蓆といふも古鳶[一八]のごとく煤ぼり敝れて糸目を断らし隅々藁のばらけたるもの多し、家財[一九]として見るべきものは、屋内さがして古葛籠一個の身代、縄と襷を繋ぎ合せて仏壇釣るすまでの造作なり、膳椀あれども悉く縁欠け、鍋釜あれども多くは尋常の什にあらず、茲に万般の事欠として土瓶に汁を煎るを見しが。欠摺鉢に輪のかゝりて灰の盛られしを見て始めて其火鉢なるを暁りぬ。

四 せまくて汚ならしい。「陋」は、せまい、いやしい。「穢」は、汚れた、汚らわしい。

五 下谷万年町・四谷鮫ケ橋・芝新網町を三大貧窟とするのは実例が多いが、六貧窟という言い方は一般的ではない。浅草松葉町・本所花町・深川富川町などを加えて、六貧窟と考えたものか。

六 群がる、寄せ集まるの意。「貧乏者の轟園」という表現がみられる先行の文章は未見だが、著者不詳「府下貧民の真況」に、「新網こそ府下第一の貧民町なるべけれ」という表現がある。

七 →二二六頁注九。

八 →二四五頁注八。

九 混雑。「溷」は、乱れる、濁るの意。

一〇 →補三。

一一 泥水。

一二 「圊」「厠」とも、便所の意。

一三 朽ち古びて役に立たなくなった履き物が山になって。「屐」は、履き物。下駄、足駄の類。

一四 腐って酸っぱくなった飯や魚。

一五 家の軒の破れ蓆(むしろ)から、家の中が覗かれて。「簷担」は、通常は「簷端(えんたん)」と表記。

一六 布で縁どりをした筵。

一七 わらなどを荒く織った筵。

一八 古い鳶合羽(とんびがっぱ)。『言海』二版に「羅紗製ノ合羽、近年西洋ノ製ヲ伝フ、袖、広ク長クシテ、翅ノ如シ」。ここは色をたとえるか。

一九 以下の日用品、什器の描写は、初出の描写を若干変えたもので、明治二十六年八月に下谷万年町の貧民窟探訪を試み、「(四)住居及び家具」で詳しく描かれることとなる(二三七頁)。欠け擂鉢を火鉢としている所など、共通性が多い。

獣類を屠したる余の臓腑を買ひ来つて按排し、舌、膀胱、腸、肝臓等の敗物を串貫[一]して煮込にし路傍に鍋を鼎出して是を售る[二]、一群の小童は其周囲を擁して塩梅を賞翫し「ホク」[三]、「フハ」亦は「シタ」等の名称を諳記して以て鼎中の美味を模る、是れ此の貧街一種の割烹店なり、価二厘、八歳ばかりなる小女の背に負はれたる児にして其齢を見れば漸く産後十ケ月、未だ眼に色なく、声に言なく、口に歯なき稺孩が亦此の貫串を口にして恰も乳房の如く甘き舐りを求めんと泣きつゝありき。或る一群の小児等は猫屍を葬埋せんとして厠側を穿ちて騒ぎ、或る一群の小児等は下水の渟潴[四]を排泄せんと欲して満身ドブ鼠の如し、其不潔其醜戯は蓋し以て彼等の父兄が日夕従事する所の業躰を模倣したるものにして其雛形を学ぶの所為は偶々以て彼等が教育の地位を知るに足る。

斯の貧窟元[五]と北と南に別る、南河岸[六]は商家にちかくして貧状も軽く、野菜売る店あり雑菓子屋あり、文久店[七]、伊佐葉店[八]、炭薪、煮売、漬物、雑魚、蛤蜊、乾びたる塩魚、乃至足袋、股引、襦袢、襤褸切を繕ひて売る店、貸夜具、残飯屋、屑的古道具屋、卜筮灸点家、並びに書簡認め所、且稀れには一箇の唐臼を据へて足搗する米屋、白米一合が価の量り売、一銭的御客の需めに応ずる万般の日用品売店、それ相応なる店がまへありて陋巷ながらも町家の姿をなせど、

一　串刺しにして。
二　「売る」に同じ。
三　以下三つの名称については未詳。
四　「渟(てい)」は、水がたまって流れないの意。
五　新網町は、南北、東西とも二〇〇メートル足らずの四角い形をしているが、北側と南側の二つに分けて説明されることが多い。明治三十四年十一月の『風俗画報』臨時増刊二四一号「新撰東京名所図会」第三十二編、芝区の部一では、「芝新網町北側」「芝新網町南側」に分けて解説する。「芝新網町。昔は芝浦と唱へし地の内にて。漁業盛んに行はれ。寛永三年幕府に白魚を献じたりしかば。同七年網干場として百間四方の地を賜る。同十一年九月市街地となり。今の名を付せる」と町名の起源を記し、本作とやや違うが(南側の方がより貧民窟らしいとする)、「芝新網町南側」の「景況」として、「当町は。むかしよりの浅草堂前、下谷万年町、四谷鮫橋と同様なる貧民の居住地にして。東京市民の破産して後は。先づ松島町に移り。夫(それ)より橋本町に転じ。更に零落して前記の所に来住するよしなれば。従来の貧民窟たるは免かれざるなり。今は稍々(やや)改りたるも。猶ほ七分の旧態を存せり」とある。
六　宮崎湖処子「貧民の生活」の「家屋及職業」の項に、新網町全体のことであるが、「彼等は身躰即ち能(よ)く働く手と足とを持てるが故に米屋、薪屋、炭屋を上乗の営業として洗濯屋、古着屋古足袋大安売屋　鞋(わら)屋　靴修繕屋　木賃宿毀物屋　ボロ片(ぎ)屋、芋屋　団子屋　抑(そも)も又マッチ函屋、デー屋(注・雪駄直し。「でいでい」と呼ぶ声からいう)等上中下等に相分れたり」と、職業の各種を紹介する。また、著者不詳「昨今の貧民窟(芝新網町の探査)」には、新網

北は皆目無職業一帯の棲居にて半ば乞食の境界。板壁の壊れかゝりし破れ目に襤褸片新聞紙を粘りて、辛ふじて人目を除けるのみなり。

この貧窟にあつて渡世する諸職人に就て其重なる者を挙ぐれば、第一に人力車夫、其半を占め、日雇取、土方職工、紙屑買を始めとして蛤蜊売、足駄直し、[九]羅宇屋、鋳物師、襤褸師、灰買、桶屋、其外あらゆる縁日小細工人の類、此等は此の社会にあつて営業柄上等の部にして雨天に降り籠められぬ限りは日に幾銭かの稼ぎをなして兎も角今日を暮すに左まで事欠を来さずと雖も　是れより下つて彼の[一〇]むしろ商人の[一一]儔に至つては、日に儲くる高甚だ些かにして[一二]口を糊するに年中の苦艱を免れざるなり。

生業として陸に動くものは、交はる処の自然に依つて商人の気風を模せど。海に働らく者は、日夕鱗屑[一三]の色に馴染て風俗自から漁師に似る、手網持替へて川尻に鰕を撈ぐる者あり、盥を浮めて浅瀬に蛤蜊を拾ふ者あり。ハゼ釣を稼業とし[一四]甜菜取を稼業とする者は一竿の棹、一器の壺を以て[一五]沙弥より集む。較智恵あり、較資力あり、較飄軽なるもの、較文字を解するものは皆おのれ〳〵の働らきに憑つて口を糊す、利の砕かきもの酸漿屋、彼れ文久銭より集む、[一六]元の廛さきもの納豆売、山々五六銭の買出しなり、而して一家五六人の口を過し行

町全部で三百戸のうち、比較的店らしいものとして、「地主差配、質屋、米屋、酒屋、豆腐屋、薪炭油屋、荒物屋、湯屋、焼芋屋、煮しめ屋、駄菓子屋、古着屋、紙屑問屋、襤褸(ぼろ)屋、人足請負業等の四、五十戸」を挙げる。

七 文久銭(→二二一頁注五)で買える物を売る店。

八 →二二八頁注一。

九 →二二七頁注二一。

一〇 初出の一節に、「むしろ商人(大道に席〈ござ〉舗〈し〉て口を売る者)」という注記がみえる。

一一 仲間、類の意。

一二 →二六二頁注四。

一三 うろこ。転じて魚、魚類の意。

一四 磯菜(磯辺に生えて食用になる草)。

一五 「しゃみ」とも。出家した少年僧。ここでは、子どもの意。

一六 元手。

く者あり、按摩、鍼治者、加持山伏、八卦見[一]、猶巫女、星見家[二]の徒にして霊験奇跡の魔力を喪ひし者、一朝此の窟に来つて其余命を維ぐ者衆し。

観世物師の木戸番も茲より出で賭博所の張番も出づ、身の軽き事飛鳥の如く智恵[三]の慧こき事猿郎の如き十二三四の狡童[四]にして神社仏閣の祭礼衣香帽影[五]の群集する裏面へ隠れて人の袖下を挊ぐの一類、掏摸、万引、昼鳶[六]と称する即席の拐帯者[七]にして既に探偵の眼中[八]に含まれたる者、此窟のみにて三四十名に登るといふ。

（十一）飢寒窟の日計[九]

衣食住の三のものにて貧民の重担に艱むものは家賃なり、新網、鮫橋の如きは勿論他の貧天地に於ても其日稼ぎの細民に向つて建られたる家並は、概して日掛[一〇]の集銭なり、蓋し月極として纏まりたる金員[一一]を請求するも此（こ）の種の活計者にして到底協ふ事にあらず、故に是を日計の内より算出せしめて毎日或は隔日の足労に委ぬ。家賃の階級、上等なるものは日掛四銭、四畳半に二畳の小座敷あつて造作可なりのもの、貧人中比較的資力あるの棲居にして飢寒窟中稀に見るの家なり、彼の客車的長屋にして横なりに畳三枚を敷くの造作、露天に木馬[一二]

一　易者。「八卦置（おき）」ともいう。
二　星占い。
三　底本「智悪」を訂した。
四　悪賢い子。「狡」は、ずるいの意。
五　たくさんの人々が集まっている様子。「衣香」は衣にたきしめた香、「帽影」は帽子をかぶった人の姿。
六　ひるとんび。昼間、人家に忍び入って金品を盗む。
七　かっぱらい。
八　怪しいとマークされている者。
九　この章は、「芝浦の朝烟」の明治二十五年十一月十八日の記述を踏まえる。
一〇　毎日いくらかずつの掛け金をすること。ここは、一日単位の意。
一一　金銭。金額。
一二　木の台。木材を山から搬出するために使い木でソリの形に作った物を「木馬（きうま）」という。

を置いて膳椀を洗ふ、彼の天幕的小屋に於ては総躰日掛二銭より三銭位にして一列十家混同[一三]の厠を以て屋後の用を便ずるもの、下つて月五十銭より四十銭のものあり大破放任野獣の居と其結構を比するに遠からざるものなり、而して日掛三銭以上の場所に於ては、譬へ天幕的小屋なりと雖も細民の日計より見れば甚だしき重荷なるを以て、多分は甲乙同居して其負担を軽くするの計をなす、故に襤褸師は多く屑屋と同居し、縁日小細工人は呼売商人と日雇稼は車夫土方の類と、其他辻芸人は辻芸人と盲人は盲人と同業相呼び相集まつて以て一個の竈を立つるにあり。

一ヶ月十円の収益をなす者は五円を以て庖厨一切の雑費に供し、余の五円を以て家屋、衣裳、寝具、什器、履物、其他日用諸雑品の費用に充てゝ渇々に生活をなす。是れ其日計なり斯る人々に於ては元より遊楽の余裕なく、交際[一四]の義捐なく、況や修飾の冗費、況や貯蓄の余算。然れども困苦の生計をなす者と雖も決して衣食住の三を以て満足あるべきにあらず、時としては遊楽の義務あり附合あり不時の災厄、祝、弔それ〴〵の義捐は余義なく平常の日計中より算出せざるべからざるを以て家計常に欠陥するを免かれざる是れ一般の習なり。

貧窟に住する者の日計は是れより下る事数等乃至数十等の下級に彷徨するを以

一三　共同。

一四　交際に使えるような金も無く。

て一日の稼ぎ高を以て衣食住の三方に振分くる事能はざるのみか、僅かに一升の米を買ひ、一種の漬物を買ふの費用に一日の労銀を空くし、家賃は妻女の内職を以て補ひ、薪炭は明日に延ばし、塩噌は明後日に延ばして以て稍く其日を送るが如きにあツては、必用なる衣類の調達は不時の儲けを待つか左もなくば日済[一]の金を借りて一時の凌ぎをなすの外に大なる策なし。

車夫[二]の営業は飢寒窟中にあツて較活潑のものたり、一日の労銀三十銭は貧天地の日計に比較して甚だ優かなるものなれども、損料[三]、草鞋、蠟燭其他営業用諸入費に空了[四]するもの日に十銭以上に登るを以て実貨の計算上に余裕を見ざる事、彼の土方日雇人の類に等し、壮丁男子の力役[五]として一日に獲る所二十二三銭に過ぎず、以て日計の王たる米を買ひ薪を買ひ、醤油一銭、味噌一銭、燈油一銭、雑魚一銭、猶漬物、煙草、茶、炭、家賃、損料等一銭的の雑兵は、主人の帰宅を待受けて八方より飢渇の声を揚げて迫る、未だ財布の口を開かざるに労銀の過半は、蝶、蜂、螽斯の如く翅を生じて飛び去る。

車夫的労働者に比して較、耐久の計をなすものは夜商人[六]なり、彼等「スイトン」を煮、稲荷鮨を作り、一碗五厘的の「マカロニー[七]」を茹出すに、温飩粉三升、米二夕釜の仕込にして一日の資料二十銭を超へず、彼等の利潤する所は、

一　毎日少しずつ返すという「日済」の約束で借りる金。日銭。
二　以下、実際の数字を紹介しつつ、人力車夫の仕事内容に初めて少し踏み込んだ部分。初出では、「此の窟にても手前のよき家は車挽まずといふ事なし。取る時は日に三貫を挊ぐ。孰れ年壮くして威勢ある僤なり、されど車には歯代かゝりて日に三四銭を収めらる。家族三人米壱升にては足りがたし、薪炭、油、醤油、家賃より雑魚も買ひ野菜漬物までも小買してかゝれば一二十銭なくて維ぎがたし。それには雨天あり　草鞋銭歯代を恪みて休めば、それだけの喰ひ込みと知らる。勤勉にして経済のこゝろ掛あるものにあらねば出世しがたし。日雇人足土方の類大低同じ」とあり、底本所収の際、かなり手を加えているのがわかる。人力車夫の経済については、後出の「(二十四)夜業車夫」で詳述される(二八六―二八八頁)。
三　↓二四二頁注一一。
四　むなしく無くなる。すっかり消える。
五　「りきえき」とも。力業のかせぎ。
六　夜に商う人については、後出の「(二十四)夜業車夫」で詳述される(二八八頁)。初出では、人力車夫の次に描かれるのは「夜商人」ではなく、もっと一般的な「小商人」であり、その後「職人」「巡拝修行者」「軽業」と順に描かれる。しかし、それらの部分は底本に収録されていない。

売上にあらずして多くは残物なり、[八]商品の残りを糊口に宛て丶売代を明日の元へ廻し以て僅かに商法の利得を見る、左れども是は唯夜業のみ、昼間半日は又他の仕事を務めて日計を幇く、是の類の細民にして能く労する者は早朝蛤蜊を売り、昼間[九]座業を励み、夜に入ツて亦露店を担ぐ、一人にして二足乃至三足の草鞋を穿き替へて稼業する　是貧天地商法家の習ひなり。若夫雨天連続して営業頽廃に及ぶか、左もなくば其人飲酒[一〇]弄銭して[一一]質屋、[一二]日済貸、損料屋等と交渉を闢くに至つては重税荷担二六時中営々として猶足らざるに至る。彼等常に言ふ、[一三]貧人の境界は実に石上の住居なりと、[一四]宜なり石は鋼鉄に燧れて火を出すの外には鋤て穀を作る事能はず、穿つて水を湧す事能はず、是故に彼等は唯人々相軋るの際に発する火に依つて生を営むに過ぎざるなり。猶其[一五]火輪的生活に就ては後段『融通』の部に於て説く所あるべし。

(十二)[一六]融　通

質屋、日済貸、[一七]無尽講、[一八]損料屋等は例に依つて下層社会へ一時の融通を幇くるものなり、細民が是等融通法に依ツて稟る利益、及び損失、其事実に至ツては随分錯雑したるものにして一廉の研究を価すべき処なれども今俄かに其差別

七 現在のマカロニではなく、饂飩を意味しよう。
八 売れ残りを自分の食料とし、今日の売り上げを明日の元手とする。
九 座ってする仕事。
一〇 金を無駄に使うこと。「弄」は、ほしいままに用いること。
一一 こうした貧民の経済と関係する店について、以下、少しずつ明らかにされていく。
一二 →二四二頁注一〇。
一三 この「貧人の境界は実に石上の住居なり」という印象的な言葉は初出には無い。一方、明治二十五年十一月十九・二十二・二十五日の「芝浦の朝烟」連載六―八回は、「貧状及び貧困」「貧縁」「貧約」と題された三つの章で構成されている。いわば貧困をめぐる理念的な指摘、分析であるが、そうした部分は底本収録に際し、まったく削除されている。部分的修訂すらない。あまりにも理念的で観念的な、まだ十分こなれていない議論を展開したために、単行本に吸収すべきではない、という判断が下されたのであろうか。が、かえってそうした部分に著者の生の心情がうかがえるとみることもできよう。→補一四。
一四 なるほど、その通りだ。
一五 「火の車」に同じ。
一六 金品などを相互に流通させること。金や品物をやりくりして、貸し借りをすること。
一七 「頼母子講(たのもしこう)」ともいう。組合員が一定の掛け金を出し、一定の期日に抽選で所定のまとまった金額を順次に組合員に融通していく組織。鎌倉時代から行われた。
一八 →二四二頁注一一。

をなすの暇なし。彼の新網、鮫ケ橋、万年町、三河町[一]等最下層の地面に向ツて樹られたる質店が、四面廃頽[二]、目も当られざるアバラス堂[三]の一方に巍然[四]として門戸を構へ、塗籠の蔵、煉瓦の塀、鋼鉄の忍返し[五]其要鎮[六]の堅固なると共に実着なる富の分量を示すもの亦決して偶然のものにあらず。高利貸然り、損料屋然り、無尽講の発起者亦然り、彼等金主の成功したる因縁に付ては種々あるべしと雖も畢竟する処唯細民の膏血[七]を丹青[八]したるものに過ぎざるなり。請ふ[九]少しく其丹青の模様に就て言はしめよ予は当分質屋、損料屋の丁稚[一〇]として諸君に語る処あるべし。

貧乏町の小質屋と掛けては何と解かん、諸君試に一日予が家へ来つて商法の有様を見給へ。実に世の中は斯くも物騒千万なるものなるかを観じ玉ふべし。其顧客として朝夕出入する人々は大抵土方日雇人、車夫、屑屋、暖簾師[一一]、古手買[一二]、棒手振[一三]、職工等にして其典物[一四]の材料は印半天、股引、襦袢、夜具蚊帳の類が通例なれども少しく旱魃凶荒の場合に至れば直ちに飯櫃を持参す、鍋、釜、鉄瓶、傘、火鉢等に及び或は襤褸切、屑絮、手桶、盤台、車の輪、履物、譬へ下駄笠の如き物と雖も苟も見て以て十銭[一五]以上の価ありと思はるゝ品ならば取つて以て相当の銭を貸す、然れども質種は衣類を以て通例となし夜具、傘、以上

一 現在の千代田区内神田一―三丁目辺り。→補六「神田区」。 二 廃れ、崩れること。頽廃。
三 「荒簾戸」とも。あばらや、茅屋。岩波文庫版本作の立花雄一注に「神奈川県高座郡地方の方言」とある。
四 高く抜きん出て、偉大な様子。
五 塀などの上に尖ったものを取り付け、盗賊の侵入を防ぐもの。 六 →二六二頁注九。
七 人のあぶらと血。ここでは、苦労して得た財産。 八 →二三七頁注一六。
九 初出においては、「質屋」への言及は以下のようである。「質は衣類を尊みて借すこと何所もかわりなく一円以上の品は一円に付て二銭五厘を制限す。されど此の窟にて一円の品を置くものは大名なり。大抵は二三十銭より五六十銭を頂上とす、五十銭には二銭の利を取る、十銭には八厘を取る。五銭には尚六厘を取る、若し五銭の品を十度出入れすれば、高五銭の金を借りて六銭の利息を払ふたる勘定なり。十度二十度は愚にして月三十日欠さず通ふて其日を継ぐものあり、股引一つ襦袢一枚帯とゆもじを集めて彼れ此れ四品十五銭を借るもの宵に典じて翌朝に受出すに一銭づゝ引かる、唯十五銭の資なき為に一年三円五十銭の利息を払ふ、手数に福のある推して知るべし。出入れ頻繁にして質店皆富を殖す」。底本では、いくつかの言い回しを利用しつつ、さらに詳細な説明が加えられる。
一〇 質屋や損料屋の内実をよく知りうる「丁稚」に身を置いて描く。語り手の設定は、それだけ著者に余裕が生れたことを示している。一度視点を確かなものにすることにより、初出にない生き生きとした、詳細な筆使いが生れたといってよい。 一一 →二四二頁注一六。

古道具品より銅鉄類に及んで取扱に不便なる品は倍利若くは三倍利に廻す、利息の割合は規則[一六]に依つて一円に二銭五厘を制限す、左れど貧街の小質屋へ向つて大枚一円の質を投ぐるものは至つて稀有の事なり、通例は五十銭以下二十銭十銭の口、頻繁なり、是を以て五十銭には一銭八厘を取り二十銭には一銭を取り十銭尚八厘を取る、則ち十銭の口、十人取扱へば一円を貸出して一ケ月に八銭の利を収むるものなり、然れども是は唯質屋の太平時代を観念して計算したるものに過ぎず。細民の金銭に必迫なる決して十銭の質種を以て一ケ月間安閑として置くものにあらず、大概は一週間を延さず或は二日三日、甚だしきは朝[一七]夕に入替をなす、即ち晩に秤量を典[一八]じて飯櫃を請出し朝に襦袢を以て股引の入替をなすが如く其頻繁なるに至つては筆以て名状すべからず、其都度手数料として八厘乃至一銭づゝの日合[一九]を払ふ是を捨利といふ、貧街の質店十中八九皆是の如き客を以て賑ふ、是を御直参[二〇]といふ、蓋し規約外の取引を許したるものにして通帳[二一]持参するを要せず亦時としては無抵当譬へば煙管一本又は手拭一筋を記念として置けば一日乃至二日間該当品の代りとして融通を許さる、此の場合にあつては質屋も亦一種の日済貸にして敢て典物を庫裏へ運ぶの手数を煩はさず、又一々台帳[二二]へ記入するの面倒を見ず、座辺に預り置て以て朝夕の需めに

一二 古着商人。古物買い。
一三 天秤棒に品物を振り分けて担ぎ売り歩く商人。「ぼてふり」とも。 一四 質草。抵当の品。「典」には、質に入れるの意がある。
一五 本作よりもやや後の記事だが、著者不詳「昨今の貧民窟(芝新網町の探査)」に、「一般に質屋の規定として十銭以下の品物は預からざる事となりおれば彼ら貧民が日用品のほかに十銭と纏(まと)まりたる品を所持するいわれあるべからず」とある。
一六 昭和五十七年六月、早稲田大学出版部刊、渋谷隆一・鈴木亀二・石山昭次郎『日本の質屋』は、各地の質屋の組合は利率を協定で決めていたが、その現状を踏まえて明治二十八年三月に質屋取締法が公布され、法的に規制されることとなる背景を紹介する。それによると、同法には、「貸金二十五銭以下一ケ月一銭、一円以下一ケ月百分ノ四(年利四八%)、五円以下一ケ月百分ノ三(同三六%)、十円以下(一ケ月)百分ノ二半(同三〇%)」とあり、独特の利子計算方法となっているという。さらに「質草による貸付利率の相違」もあり、「衣類に対する貸付利率が最も低く、大道具、小道具などいわゆる嵩張物は逆に高い」という事情があり、「質置主が零細な資金を借りれば借りるほど利子は高くなる。貧弱な質草しかもたない貧窮者ほどそうである」とも指摘する。 一七 著者不詳「府下貧民の真況」に、すでにこれと似た話が出ている。→補一五。
一八 →注一四。 一九 一日分の利息。
二〇 将軍に直属の一万石以下の武士を「直参」というが、特定の質屋をいつも利用するあり方を比喩的にいったもの。
二一 通常は、掛買のとき品名等を記して、後日金銭を授受する際の控えとする帳簿のこと。

応ず、恰も貧人の輪出入(稼ぎ高)を吟味する一種の税関吏とも言ふべし、御直参の名誉あるもの其実は質屋の奉公にして一日所得の一割乃至二割は捨利の為めに貢租をなすの勘定なり、一見甚だ愚の所為なるが如しと雖も是れ細民一般の習慣にして寧ろ先天の約束に依ツて禀け来りたる一種の痼疾[一]とも言ふべく其境界に在ツては亦是れ止むを得ざるの情実の存ずるものあるべし。

質屋に次で忙がしきは日済貸なり、一円貸して日に三銭づゝ取立四十日にして済しくづすあり是を外日済といふ、又八十銭貸して日に二銭づゝ五十日に済すあり是を内日済といふ、共に月二割の利息とす此の内手数料として五銭と印紙料一銭を引き去れば正味七十五六銭に過ぎず、若し期限内に皆済せざれば債主は是を幸機会として喜び、残額に少許を補足して亦是を元金に書き直す、畢竟利を以て利を殖すの工風なり、斯の如くして借主は一生奉公す、債主得意を獲れば中々捨てず飽くまで是に丹青を施して一生使役す、顧客は耕作人の如し、計算すれば一円の資を以て年中に三百六十銭にするの勘定なれども日済は決して息算[二]を以て言ふべからず一円の元は貸出したる当日より取立るものなれば債主の懐中既に三割以上の成算あり其丹青の仕様に依て是が直ちに又明日の元金となる、即ち右から取ツて左へ貸出し、向より集めて隣へ廻し、元を涵し[三]

三 質屋取締法の第五条では、「質屋ハ質契約及質物処分ニ関スル事項ヲ帳簿ニ記載スベシ　質屋ハ質契約ノ証トシテ質札又ハ通帳ヲ質置主ニ交付スベシ」とあり、規則として書類作成が義務付けられていた。明治十七年三月の太政官布告、質屋取締条例にも「質物台帳」作成の指示がある。

——以上二七三頁

一 久しく治らない病気。持病。

二 利息の計算。

三 元手を豊かにして。「涵(かん)」は、浸す、潤すの意。

て利を殖し利から湊めて元を組立、[四]韲々し団々し朝散、暮聚、斯の如くして一年中の精算を見れば些々たる一円の元資立廻ツて七八円に陞る、[五]錙利砕算所謂[六]鼠勘定にして韲々たる金粉の交接を以て驚くべき殖利を致す、取るもの敢て詐偽するにあらず只一丹青をなすにあり取らるゝもの又決して愚なるにあらず唯算に暗らきのみ、必竟日々に消へ行く日済なるを以て負債主たるもの格別の要鎮なしと雖も債主の巧計は蓋し茲にあるなり、譬へば魔酔剤を以て肉を斬るが如し、斬らるゝもの甚だしき苦痛を感ぜざる如しと雖も睡眠中に奪ひ取らるゝ[七]宝血は結局其身を耗さゞるを得ず。

[八]高利貸と細民の間には種々の事情あつて中々証文一ト通の貸借に了らず、其融通法に就ても千種万様にして彼の[九]相対証文の如き臨機の場合に於ての取引、或は[一〇]書き入と称して芝居興行主が金を借るが如く或る無形物を抵当にして一時の融通をなす事あり、譬へば借主車夫の如き者なれば年末歳暮の切迫したる時日に於て債主と談判するに正月の三日間を抵当として借金する事を得る、即ち大都会の盛観たる年首年頭を書入にして節季の融通を請ふ者なり、恰も興行主が見物人の木戸銭を書入にして金談をなすが如く天晴三日の上り高は悉皆債主の所有にして正味五六十銭の金を僅か三日間一円にして返済するも元より双方

四 あえ物を作るように細かに切り、また一つにまとめること。「韲」は、あえる、あえ物、漬物。
五 きわめて僅かな利益を細かに数えること。「錙」は、きわめて僅かなこと。「砕算」は「細算」に同じ。
六 鼠が繁殖するように利益が増えること。
七 身体にとって大切な血液。
八 高利貸についてはさまざまなことがいわれる。「人非人とまで打罵られて、得々としてその業を営めるは、高利貸なるべし。質屋は都下に八百余戸もあれども、金利に制裁ありて、猶ほ甚だ貪れるとはいひ難く、一歳の貸出高八百九十一万円を超ゆるといへば、細民の為めにまたなかるべからざる金の泉ならんか。それさへ世には質屋三代続かずとて、その正業にあらざるを罵れり。昔五両一分といへば聞く者猶ほ身を寒うせしに、今の高利貸は普通にも五両一分の天引二割とて、一円につきて月利五銭と定め、別に手数料として予め貸金の二割を徴り、これを五十日乃至六十日に日済を以て返済せしむ」(平出鏗二郎『東京風俗志』上)。
九 当事者同士が直接会って合意し、取り交わした証文。
一〇 書き入れ時(営業の利益が最もあがる時)の利益の期待。

の約束なれば是に苦情のあるべき筈なし、勿論又此の場合に於ては一年一度[一]の関所なれば是を以て是非とも妻子の晴衣を受出し是非とも一枚のノシ餅を買はざるべからず、富士の山の絶頂へ登つて一膳の飯が二銭に価し一個の卵子が五銭に売れるも其値を聞いて空腹を我慢すべきにあらざれば譬へ六十銭の金が一円に向ひ十銭の餅が十八銭に向ふも今更躊躇すべきにあらず、恩日[二]書入の金談大概斯の如し高利家の最も利を見るの時にして又最も危険あるの時なり、総て如何なる融通に属する場合と雖も既に日済貸の手より受取るものとあれば一円の金は到底七十五銭より以上に通用する事能はざるものなり、世間で一斗五[三]合の米を喰ふ時も這般の融通に依頼して生活する人々は常に七升三合[四]の米を喰ふの覚悟なかるべからず、斯くて此の上例の税関的質屋に依頼し、又彼の地頭的損料屋に依頼して生計する人々に於ては一円の稼ぎ高も身に着く処は正味五六十銭にして喰ふ所の白米は昇つて六升の高価に至る、明治年間一円に付て六升の米を喰ふものは恐らく他にあるべからず、桂[五]を焚き玉を炊ぐの贅沢は天下富豪の膳部を形容するの詞にあらずして却て細民の庖厨を厳[六]じむるの辞なりとありしが果せる哉、高利貸に依頼して衣食する人々は、日本一の高米を食ふ者と知るべし。

一 通過するのが難しい場所。ここは、一年に一回がんばって乗り越えなければならない時の意。大我居士『貧天地饑寒窟 探検記』に「万年町の歳首歳暮」と題された一章(初出、明治二十四年一月五日『日本』)があり、年末年始をかろうじて乗り越えるさまが描かれている。明治も末(四十二年)の文章だが、樹下石上人「貧民の正月」にも、「親子の情は変わりなし 子供の着物に最も貧民の正月の家庭を現わす。貧民と世間から別物扱にされてゐる程だから、正月の旦(あした)に襤褸(ぼろ)を纏(まと)うて、ぶる〳〵戦(ふる)へてゐる者も見えないでもないが、子供に晴れ着一枚着せない者は、先(ま)づない。正月に為れば、仮令(たとい)三度の食事を二度に減じても、のし餅三枚買ふのを二枚に減らしても、子供の着物丈けは質屋よりだす。これ丈けは不思議です、と嘗て左る差配の薬缶(やかん)頭より聞いたことはあつたが、親子の情より言へば不思議でも何でもない」という一節がある。

二 決められた債務の履行を恩恵的に猶予するための契約。「恩日」は、恩恵日。

三 約一五・八キログラム。

四 約一一・〇キログラム。

五 →二五〇頁注三。

六 いじめる、せめる。「厳」は、きびしい、苛酷なの意。

日済に続いて危急なるは損料屋なり、貸し衣裳、貸布団、貸車。貸布団は一枚八厘より二銭まであり、尤も絹布上下三枚襲ねて一夜三十銭より五六十銭に登る損料物もあれども此等は専ら贅沢社会の需用にして寒を凌ぐ為めに供給する貧街の談にあらざれば茲に是を語るを要せず。貸衣裳又同じく一枚三銭より五六銭位までのもの多くは下等芸人一日の晴衣に向ツて用立ツ。中には股引法衣、又布子[七]を貸す内あり是れ車夫的労働者の必要に向ツて供へたるもの大抵は貸車営業者に於て是を兼業す、就中貧街に於て繁昌するは貸布団にして冬の十二月より翌年三月まで厳冬四ケ月間の戦争、所謂飢寒窟の勁敵[八]に向ツて供給するものなれば、其時節に至れば貧街の営業中何ものかよく此の商法の劇しきに及ぶものあらん、細民の生計として夏より秋に移る際唯一枚の着物すらも着替ゆる事能はざる程なるもの況して夜具布団の穿鑿、到底出来る事にあらず、凌げるだけは日光の温袍[九]に依頼して凌ぐも十二月の月に入つては日光最早頼むべからず是に至ツて一枚の布団用意せんと欲するも俄かに作る事能はざるを以て余義なく損料に依頼せざるを得ず。蓋し細民の覚悟の英邁[一〇]なる彼等決して始めより敢て損料に依頼するが如き本意にあらず、一年中借布団の為めに払ふたる損料を計算して其高に驚くものは皆振ツて決心をなし、来年は是非共一組の

七　木綿の綿入れ。

八　強い敵。強敵。

九　→二二三頁注七。

一〇　才知が抜きん出て優れていること。

夜具を新調して自分の安眠を覚悟せざるものなし、然れども如何せん事実其場合に至つては流石に是を実行するの資力なきものと見へ、憐れ今年も又今年も旧に依つて尚又損料屋の手数を煩はすに至るもの比々[一]皆是なり、是実[二]に余義なき貧民の情態、英邁なる覚悟の貧人間に存在するに拘らず、損料の繁昌するは是又自然の理数なるか。是を以て貸夜具の繁昌、芝新網町の如きは三百四五十戸の貧窟中に於て損料布団を営業する内七軒、其商法を活溌にするものは大概四五十枚より百枚位の商品を供へて取替へ引替に貸出す、是が十二月を超えて一月中旬の頃に至れば物品俄かに欠乏を告げて顧客の請求を謝絶するに至る、殊に其物品たるや、煎餅の如き薄縁のものにあらざれば雑巾の如くに側を綴ぎ集めたるもの是を借用して一夜一銭づゝの損料を払ふものは孰れも皆よく〳〵の貧家にして見るさい[三]憐れなる母子三人裸体を抱き合ひて身を縮め、慄ひ且戦きて辛ふじて危寒[四]を禦ぐ、此の場合に於ても料銭の延滞するに至れば直ちに寝所へ踏込んで剝ぎ取らざるを得ず、実に涙あつては出来ぬ商法、無慈非道と見らるゝも余義なし。

普通の場合に於て質屋は細民の飢に向つて金銭を貸与し、損料屋は是が寒に向つて物品を貸出すにあれども時としては損料布団も亦是一種の融通品にし

一 ものごとの連なるさま。みな同じ状態にあるさま。いずれも。

二 以下の記述と骨格・用語など、ほぼ同じ文章が、明治三十五年十月、大学館刊、原田道寛『貧民窟』の「融通機関」と題された章にある。「貧民の状態此の如くなれば、損料屋の繁盛するは自然の勢ひである、之を以つて貸夜具の繁昌は、都下の大貧窟に於いて之を営業とするもの、少なくとも十軒は下らないのである、その商法を活発にするものは、凡そ四五十枚より百枚位の商品を供へて、取り替へ引き替へに貸し出すのである、殊に十二月を越えて、一月中旬の頃に至れば、物品俄かに欠乏を告げて、顧客の請求を謝絶するごとき繁昌を極むるのである、而してその物品たるや、煎餅のごとき薄縁のものに非ざれば、雑巾のごとくに側を綴ぎ集めたるものである、而も如此き布団を借りて、一夜一銭づゝの損料を払ふものは、孰れも皆よく〳〵の貧家にして、見るも憐れなる境涯なることは、固より言を俟たないのである、母子三人裸体を抱き合ひて、身を縮め、慄ひ且つ戦き、辛ふじて一枚の煎餅布団の寒さを凌ぎつゝあるので、この場合に於ても、料銭の延滞するに至れば、直ちに寝所へ踏み込んで剝ぎ取らざるを得ないので、涙あつては出来ぬ商法、無慈非道と見らるゝも余儀ないのである」。完全に本作を下敷きにしているといってよい。つまり、本作発表後に貧民窟問題が盛んになると必ず、本作が蘇ってくるわけである。この一節だけでなく、類似の部分は多い。

三 →二六〇頁注二。

四 厳しい寒さ。

て少しく無頓着なる者は憶面なく是を融通に使用す、即ち一夜二銭の布団ならば質屋は喜んで三十銭以上を貸すべし、後日の難義は兎も角一時危急の凌ぎとして是又[五]倔強の計策なり、然れども斯の如き罪を犯せば罰金は覿面にして着ざる布団の損料毎日二銭づゝ払はざるを得ず、此の困難を救はんとして亦第二回の計略を廻らさゞるを得ず、計略は即ち犯罪なり、犯罪には又罰金附加す、此の罰金を償はんが為めに更に又第三回の計略を廻さゞるべからざるの余義なきに至る、第三の所為は第四の所為を喚起し第四の所為は又第五の所為を呼び起す、斯くて漸々罪過に罪過を重ねて遂に重罪に陥入る、憐むべし僅か三十銭の融通の為めに此人は大枚五円何某の大借財家となり、損料布団一枚質置したる為めに三方四方七八軒の財産を濫用したる大罪人と名指さるゝに至る、[六]行路険怪計策図の如くならず、最後の大破裂に至ツて其人の所業を見れば実に[七]言語道断沙汰の限りにして千万不埒の極度なれども其原因を尋ぬれば針小些々たる事件に過ぎず、貧窟相談の材料は常に大概此辺に彷徨す。

危急なる場合の融通として[八]質屋と貧民の間を往復する物件は唯決して尋常一様の衣類什器に限らず時としては煮たる食物、植たる植物、生命ある家畜、塩噌的流動物も亦一時入替の質種として彼等の間に[九]玩弄せらるゝの余義なき場合

五 「究竟」に同じ。究極の。きわめて都合のいいこと。
六 人として生きていく道がけわしい。「険」は、けわしい、難儀の意。
七 底本「言語同断」を訂した。
八 渋谷隆一ほか『日本の質屋』は、神戸金場質店の明治十一―十二年調査などをもとに、「神戸市内の労働者や雑業層を主要な対象としていたためか、衣類が点数、貸付額ともに八〇%を超え、これに蒲団、蚊帳、さらに質草の欠如、質置主の極貧状況を示す鍋・釜なども僅かながらみられ」ると具体的数字を挙げながら論じている。
九 もてあそばれる。

以下二八〇頁

一 白張。白布の狩衣。 二 底本「夜類」を訂した。
三 刑法(明治十三年布告、同十五年一月施行)第三九五条に、「受寄ノ財物借用物又ハ典物其他委託ヲ受ケタル金額物件ヲ費消シタル者ハ一月以上二年以下ノ重禁錮ニ処ス」とある。
四 通常は「昵懇」と表記。
五 饗庭篁村は、明治二十二年九月、金港堂刊『当世商人気質』の中で、「質といふもの誰が置き初めて流れの末を止めあへぬ恨みをば世に残しけん…左れども此業には大ひなる高下ありて高きは外国の鉱山を質に取りて政府へ金を貸す西洋の大質屋　亦は華族の商法に丈夫を取得の安利貸　百円以下は御断わり申し候といふ向もあれど下りての下に至りては五銭三銭付く付かぬを争ひて客と組打をする」と書いた。その「下」にさらに下が存在するわけである。

あり、車夫の困究して車の輪を抜き、日雇者の困究して着たる白帳[一]を畳み、洗濯婦の困究して其衣類[二]を包むが如きは、既に委托品[三]私用の罪たるを知ると雖も事情に於て又忍びざる処あり、炊立の飯を持参されたる場合、醤油の詰りたる樽を持参されたる場合、蘇鉄、金柑柘榴の植りたる植木鉢を持参されたる場合、是等元より規約になき処なりと雖も、既に店を開いて日頃の昵懇[四]を重ねたる上は幾分の情実を察して臨機の約諾を与へざるべからず、斯る習慣よりして或る[五]質店に於ては手飼の猫を預りたる例あり或る質店に於ては「カナリヤ」の雛を預りたる例あり而して亦或る質店に於ては実に仏壇の霊牌を預りたる事あり彼の蘇鉄彼の柘榴、此の家畜此の珍鳥且此の霊牌が如何なる因縁に由て斯の如き恥辱に遭ふに至りたるか、其の事実を探究すれば是に又一条の小説的記事あるべし、狡猾なる乞食の社会に於ては二歳より三歳位なる貧家[六]の小児を賃借して融通に使ふ事あり、即ち弔礼祭礼の場所に向ツて恵与[七]を求むるの時にして、人頭に依ツて慈恵者の眼を欺くの手段となす、生命ある人間も茲に至つて亦一種の商品となる、然れども真逆[八]に是[九]を質としては、置く人もなかるべし。

(廿)最暗黒裡の怪物

六 平出鏗二郎『東京風俗志』上にも、「多くの棄遺児を養ひ、乞丐(かたい)等に損料を徴して貸与する」「残忍なる小児の損料屋」の話が紹介されている。七 おめぐみ。八 いくらなんでも。
九 「貧家の小児」(一一行)を指す。
一〇 貧民窟探訪を始めてからの夏と考えれば、明治二十六年と推定される。この章が底本初出であることも、その傍証となろう。
一一 →二四二頁注一六。次行「詰物」は、売る品物。
一二 「刺鯖」に同じ。背開きにして塩漬けにした鯖。
一三 日除けの屋根を付けた担荷に、いろいろな風鈴をつり下げて、春から夏にかけて売り歩く。

風鈴屋
(『風俗画報』明24.10)

一四 古くから知られた伊香保温泉は、明治十七年の上野—高崎間の鉄道開設(所要時間四時間)によって、さらに繁昌することとなった。伊香保へは、高崎から渋川を経由する渋川路と、高崎から北上し柏木・水沢を経由する柏木路があった。板鼻・安中とも高崎より西方であり、ここは柏木路を通って温泉に達したと推定される。
一五 石段。「磴」は、石の坂道。伊香保温泉が急な斜面にあることは有名で、明治十五年六月、天香楼蔵梓・竹中邦香出板、木版本三冊の大槻

予が貧大学の課程中、[一〇]或る夏の事なりき、一ト度宮物師[一一]の仲間となツて塩鯖[一二]、鯣、鱒、棒鱈等の詣物を担ぎ、秩父を目的にして河越在より売始め大宮郷へ着くまでに大概売尽したれば其処より亦商法を変へて此度はガラス玻璃の風[一三]鈴屋が夥伴となり、時節柄気楽なる上州あきないと出かけ、高崎在より安中、板鼻、の近傍を旋り終に彼の浴客を以て有名なる[一四]伊香保の薬泉場へ辿り着きしが茲にて図らずも、一の話すべき好財源を発見したりき。其れは果して何事なりしか、世に知られたる如く伊香保の宿は山頂の半腹に構へられたる一幅の崖地にして屋上、屋を積み、階下に階を重ね、通路隘く往来僅かに[一五]石磴を畳みて歩を開くの処、隣は即ち屋上にして裏は家の[一六]檐下に在り、[一七]羇亭、茶亭、割烹店は上層に在ツて礦泉の新らしきを引き、酒類、燈油、蔬菜、荒物を売る廛、仕出しや、洗濯や、飲屋、煮売屋、[一八]縦覧所、貸本屋等は多く下層に在ツて浴客の需用を充たす、大なるは数百人の浴客を控へたる羇亭より三百の[一九]廛軒、壁画大の山腹を這ツて西北の谿間に臨みたれば、下層に住する家は二六時中天日を看る事稀なり、而して此の下層に復下層あり扨其最下層といふ処は如何なる有様にして且何人の住する処なるかと見るに、まづ其家は酒屋、蔬菜屋、荒物屋等下層の家の床下五尺ばかり穿ちたる[二〇]土窖にして出入梯子を以てするべ

文彦『伊香保志』にも、「市街東西三町南北四町棟数凡(およそ)四五百(皆明治十一年春　市中悉(ことごと)く焼失して後の新築なり)なり　中央に一条の坂路を開き石段にて畳みあげ人家左右に建ち並びて外裏町もありてすべて上町下町の称(となへ)なり」とある。鉄道開設により温泉案内も新しくなり、明治十七年七月、絵入自由出版社刊、和田稲積・岩神正矣編『浴客必携伊香保便覧』も、大槻文彦の言い回しをほとんどそのまま借りており、「之れを分ちて上下の両町とす」とする。この「上町」「下町」が、本文の「上層」(一〇行)、「下層」(一一行)に対応する。

『伊香保志』挿絵

一六　底本「擔下」を訂した。
一七　旅館。
一八　新聞縦覧所。
一九　店舗。「廛」は、屋敷、住まいの意。

く、三尺の出入口は即ち天井の窓にして往来人の歩行する処なり、窖内は十畳乃至十二畳の広さにして四壁、板を以て囲みたる処、植物の新芽を萌し硅臭[一]一室に瀰漫して窒気[二]鼻に迫るの穴窟、近来世に最暗黒[三]といへる文字猥りに利用されて世間其解説に苦しむ者多し、然れども形容ならざる最暗黒の生活は実に茲にして如何なる眼を以て見るも茲を最暗黒の世界にあらずとする者あるべからず。而して此等[四]土窖中に眠食する者元来如何なる種類の人なるかと見るに、孰れも皆盲膏[五]或は啞聾[六]等の痼疾ある癈人にして多くは彼れ浴客の余興に活計する座芸者[七]、笛、尺八を吹く者[八]、琴、三味線を弾る者の外は皆揉療治按腹[九]の輩にして鍼治、灸焼を主る者の類なり。今茲に其癈疾を物色すれば或は躄あり跛あり、馬鈴薯大の贅瘤を額上に宿して眼を蠣の如くに潰したる大入道[一〇]、短身齃背[一一]の小入道、痘瘡の為めに面躰を壊したる瞽女[一二]、座上常に拳を以て歩行する足痿者、象皮病者[一三]、侏儒[一四]、是等の者一窖内に五人乃至七八人嗜好を共にして同住す、窖内暗黒にして物を弁ずべからずと雖も住する者皆盲人なれば元より燈火の必要なし　其数百数十人、中に酋長[一五]あり、鍼治者にして、左りの額上に碗大の隆肉[一六]を宿めたる大奇物なるが二十五六歳より四十歳まで瞽女妻妾四人を蓄へ食事の時は常に左右より抱持されて喫飲す、其倨傲[一七]なる事宛然大江山の酒[一八]

二〇「窖」は、穴倉の意。こうした場所は、大槻文彦『伊香保志』にも、また伊香保関係の文献の集成である、昭和四十五年十月、伊香保町役場刊の『伊香保誌』などにも記載はない。明治十八年七月に伊香保鉱泉場取締所ができ温泉場全体の運営を司ったが、こうした場所は、公機関の眼が届かない場所、存在が知られていても人々が見て見ぬ振りをしている場所として、グロテスクな相貌を持っていよう。

——以上二八一頁

一 二酸化珪素の臭いか。

二 こもった空気。　三 →二二一頁注二。

四 前田愛は、昭和五十七年十二月、筑摩書房刊『都市空間のなかの文学』の一章「獄舎のユートピア」で、以下、一六行「喫飲す」までの描写に注目し、「このグロテスクなイメージは、松原の偏奇な好奇心の証明としてではなく、都市の一方の極にある地下世界(アンダーワールド)の暗喩として読みとらなければならないだろう。『最暗黒の東京』のなかに盛りこまれているスラム街の豊饒なディテイルは、そのいっさいがこの闇に閉(とざ)された洞窟のイメージへと収斂するおもむきがある」と指摘している。

五「膏肓」の誤りか。膏肓は、病が入ると容易に治らない体の奥深い場所のこと。

六 耳が聞こえない人と口がきけない人。

七『伊香保誌』は、明治十二年八月発行『群馬新誌』第四十六号の、「浴客は日に益々多く、洋人も妻子をたづさえて来浴する者少からず。且つ俳優芸人等も稼業の閑なる時節なれば随分多く来り、日々芸能尽しの遊び抔(など)ありて中々面白し」という記事を紹介する。ここは、さらに下級の芸人たちであろう。

呑童子の如く、客毎に必らず頭を刎る[一九]、一客三厘、窖内の座業者[二〇]は総て是に貢ぐ、其鼻息[二一]を伺ふて営業するや奴隷の如し、若し一人にても曖昧する事あれば直ちに是を桎梏[二二]して鉄鞭を加ふ左れば他より来ツて浪りに営業する者は見つかり次第に執へて是を裁断す、蓋し宿内の座業権は悉皆彼の掌握する処なればなり、是を以て彼は常に冥黙暗算を以て居り、宿内の客の増減、散財の景況、繁昌、微衰の気運を考へ何の羈亭には如何なる客あツて什麼様に振舞ふものなるかに至るまで仔細に吟味して、知らずと言ふ事なし、百十数人の座業者が貢ぐ処の料銭、一ト夏積算して数百円に登る事あり、是を以て彼は亦傍ら宿内の小商人に金資して彼の高利を繰る、若し延滞する者あれば直ちに盲目的の催促をなして一日も猶予せざるなり、而のみならず亦此の盲人は其膝下に数人の小童を飼養して其技[二三]を習はせ、二時間毎に流しと唱へて宿中一ト旋り呼あるかせ、帰れば即ち其客の種類を吟味して稼金を没収す、常に稽古の為として其肩[二四]癖を揉ませ足を摩らす、而して此等の盲童子は彼の瞽女と称する盲人に依て炊事されたる粥を食事として日課を務め、眼なくして斯る懸崖[二五]を上下するにありき、而して亦彼の瞽女輩も平日按摩し弾絃し歌唱して賃銀を取り以て其主に奉ず、彼れ盲人の艶福[二六]常に夥伴の為めに羨まる、蓋し斯の如き艶福、斯の如き権

八　底本「吸く」を訂した。
九　腹をもんだりさすったりする按摩術。
一〇　坊主頭の人。見さげていう。
一一　「齲(く)」は虫歯。痛みで背を丸めたような様子をいう。　一二　盲目の女性のこと。
一三　ヒトを宿主とするリンパ管・リンパ節寄生性のフィラリア類が寄生することによる後遺症の一つ。身体の末梢部の皮膚や皮下組織の結合組織が著しく増殖して硬化し、象の皮膚状の様相を呈するため、この名で呼ばれる。陰嚢、上腕、陰茎、外陰部、乳房などで発症しやすい。
一四　背丈のひどく低い人。こびと。
一五　ある集団の中心人物を指す。「酋」は、未開人の頭をいう。
一六　盛りあがった筋肉。ここは、こぶのこと。
一七　おごりたかぶった。
一八　鬼の格好で盗みをしたり婦女子をかどわかした盗賊。丹波国大江山や近江国伊吹山に住んだ。大江山のものは源頼光が退治。さまざまな絵や物語・芝居の材料となる。「丹波国大江山には鬼神のすみて日暮るれば、近国他国の者迄も、数をも知らずとりて行(ゆ)く」(『御伽草子』)。
一九　ここは、歩合を掠め取るの意。
二〇　座芸、笛・三味線などの楽器を使ったり、按摩をする者。　二一　人の意向や機嫌。
二二　底本振り仮名「ちっこく」を訂した。手足を縛り、かせをはめて。
二三　揉療治と按腹(二八二頁八行)。
二四　首から肩にかけての凝ったあたり。肩こり。「けんべき」「けんびき」とも。
二五　けわしい崖。伊香保にはけわしい石段が多い(→二八一頁注一五)。
二六　多くの異性に(とくに男が女に)愛されること。

威、斯の如き栄耀、要するに彼が人に長たるの一技能は、南蛮鉄[一]の如き自信を以て我意を通すと剛愎我慢[二]舌より一歩も退かざるの土蛮的強情に因るものなれども、亦其冥黙暗算中より拈出し来る一種の法律と声を聞きて直ちに其臓腑を見るの天稟[三]に因らずんばあらず、兎に角彼れは土窖中の一大酋長なり。

此の如き話説是れ此の都会を距る事数十里上毛伊香保山中の事実として風鈴[四]子の齎らし来りたるものなり、而して我が最暗黒の世界に於ても、縦し其の傲慢彼の如くに甚しからず縦し其艶福彼の如くに贅沢ならず且其仲間に向ツて歩銭[五]徴集の約束の如きなしと雖も、宛[六]たる彼の大入道の面影は至る処に存在して時々我意を振ふを見る。

因に言ふ。彼等盲人が蟄居的生活は極めて穢陋[七]なるものにして、窮窟幅員[八]九尺に足らず、圊溷[九]厨房皆一室にして飲食起臥房[一〇]を彊らず、韲豉[一一]一品、畦蔬[一二]一菜を以て朝夕し、喫飯するに多く乳羹[一三]を需めず、常に葷莘[一四]混合、盌碟[一五]汚埃す、喫了すれば即ち器皿を払拭して之を庫裏に収む、曾て洗滌する事なし。居常[一六]蒙塵芥埃掃なく、醜虫[一七]網窠し木芽萌茁し、或は湿気浸透して苔蘚[一八]氈蒸。黴菌群生す。

一 室町時代に渡来した強いはがね。江戸時代まで刀剣や甲冑の材料とした。
二 人の言葉に耳を貸そうとしないさま。「剛愎」「我慢」ともに、頑固、我を張るの意。
三 生れつきの性質、才能。
四 岩波文庫版本作の立花雄一注は、「この章冒頭部分の「この度はガラス玻璃の風鈴屋が夥伴となり」にかけた語であろう。または単に風来坊の意にとってもよいか」とする。
五 借金の高利、または高利貸に借りた金。ここは、利益の一部(歩合)のこと。
六 まさにさながら。　七 →二六四頁注四。
八 幅。　九 便所と台所。　一〇 仕切りをしない。「房」は部屋、家の意。「彊(きょ)」は、→二二六頁注一一。　一一 底本振り仮名「さいこ」を訂した。漬物か。「韲(せ)」はなます、あえ物。「豉」は味噌。　一二 野菜。　一三 汁物か。
一四 「葷辛」の誤記か。葷辛は、にんにくやにらなど臭気が強く辛味のある野菜。　一五 碗や小皿。
一六 部屋は常にちりやほこりに覆われていても掃除をせず。　一七 蜘蛛が巣を張って。
一八 苔生している。こけが毛氈のように生えている。
一九 初出、明治二十六年六月十三日『国民新聞』。「探検実記 東京の最下層」の一章、見出し「(八)車夫の徹夜」。二枚の挿絵を付す。「轎下に車夫徹夜」と題された挿絵は底本

図⑩

(二十四)[19]夜業車夫

徹夜の車夫を「ヨナシ」[20]と唱へて晩景より倣度し一時過る頃まで夜を更すあり或は九時頃より出でゝ払暁[21]に帰宿するもあり其の夥伴決して少数にあらず。

或人の言ふに、寝ざる東京五千人にして其中に車夫は四千を占むると。実に大都の露店に通夜するもの千を以て数ふべく而して車夫是に四倍す豈亦寡少と為すべけんや。蓋し夜業は昼業よりも賃銀豊かに且亦客を獲るに易く時としては意外の報酬を得る事あツて彼等が営業の性質より希望する道楽心を満足さするに適合す。即ち「好き種」[22]「好き鳥」「禽を羅る」[23]「珠を逃がす」等の方言[24]は彼等社会に於ける活潑なる通用詞にして専心其獲物を掠奪せんとして夜冷を犯し闇冥を劈いて探究捜索する事頗る堪能[25]なり(一睨一顧、当時の車夫が客を覘ふは宛然探偵[26]のごとし看客[27]須らく誤解するなからん事を)而て是の寡からざる人数は、新橋ステーション近傍、京橋[28]、鎧橋、万世両国等の橋詰[29]、浅草橋、雷門前、上野広小路、九段坂下、四ツ谷牛込赤坂等山手の見附[30]、赤羽[31]根、永代橋畔[32]等四通八達[33]の要路、北廓、南廓[34]、新橋、柳橋等怪窟隘巷[35]の出入口に屯集群簇[36]して嫖客[37]の来り命ずるを待ツあり、又は彷徨佇立人影を逐ふて

収録(二八七頁)。もう一枚の無題の挿絵(図⑩)は描き直されて「徹夜の屋台店」として収録(二八八頁)。本文の手入れはほとんど無い。

二〇 夜間専門に働く人力車夫。「ヨナ」ともいう。二八七頁五行では「夜業仕」。昼間働く車夫は「ヒルテン」と呼ばれた。↓補一六。

二一 明け方。あかつき。

二二 以下、「種」「鳥」「禽」「珠」は、いずれも人力車の客を示す言葉。

二三 捕らえる。「羅(ら)す」(二八六頁五行)も同じ。

二四 隠語。 二五 その道に優れている。

二六 『言海』二版に「マハシモノ。シノビノモノ。オンミツ」とある。 二七 読者。

二八 以下、東京の四つの代表的な橋の名がみえる。「鎧橋」は現在の中央区日本橋の兜町と小網町をつなぐ橋で明治五年に初架橋、「万世(めがね)」は神田川にかかる現在の千代田区外神田と神田須田町をつなぐ洋風石造りの眼鏡橋で万代橋といったが、明治三十九年に鉄橋として建設され、一般に「万世(まんせい)橋」と呼ばれるようになった。

二九 橋のたもと。橋ぎわ。

三〇 門と門の間に枡形(ますがた)といわれる場所を持つ城門。江戸城の見附でも、ここに挙がる三つは代表的な場所。

三一 芝区(現・港区)にある赤羽橋。交通の要所であった。

三二 隅田川にかかる橋。当時は、現在の中央区日本橋箱崎町と江東区佐賀付近をつなぐ橋で、現在より一〇〇メートル北側にあった。

三三 諸方に道が通じて便利なこと。「四通五達」ともいう。 三四 吉原を北廓と称するのに対し、品川遊廓をいう。本郷根津遊廓は明治二十一年六月に深川洲崎に移転しており、それをも含めていう可能性もある。

徐行随意なるあり。而して亦或は辺鄙なる街道筋、小路、横町、淋しき辻角等寂寥なる場所に停車して茫然と客を待つあり。雨の夜、雪の晨、偶々歩行して見れば、彼等が往来の檐下に踞まりて人影の来り近づくを窺ふの状を見留む、烈寒、雨湿、扨も辛棒の強き、斯の寂寞なる天地に網を張りて何の鳥をかよく羅し得ん、無益迂闊なる所行ならむと思へど実際は必らずしも想像するほどの世界にはあらで。大都会の人事の多端なる、如何なる風烈。暴雨の夜と雖も往来に用便の断絶する事なくタトへ深更徹して天籟[一]呼吸を屏め人畜共に眠つて街上に物影を認見せざる時と雖も尚交通神の魔力は活動して甲所より乙所に伝はり、丙の家より丁の家に。某町より某町まで鴉の立が如く流星の飛ぶが如く、[二]椿の零るが如く電光の閃めくが如く陰霾[三]を縫ふて卒然偶然に跫音響き人影現はれて彼等の営業に追随す。是実に大都会奇特の恩恵にして彼等営業者の依つて立つ所、寒夜は股間に灯燈を挟みて暖を採り、夏は幌の裡に一睡を催ふして払暁を待ち、雨には簷下に佇立して毛布を頸より捲おろし。斯くして些かに冷気雨湿を凌ぎ客あれば急速袢纏を解きて趨る、路泥濘にして歩に艱む時、或は雨脚傾斜[四]して通行困難を感ずる時は即ち彼等が不意の獲物を射る時にして、[五]十町走りて八銭、或は麹町より深川まで四十銭などいふ価を請

三五 狭巷。せまくて汚くごみごみした町。

三六 「屯集」「群簇」とも、集まるの意。本巻末収録の「(十九)無宿坊」には、人力車夫と立ん坊が夜明かししているさまを描いた「路傍に徹して払暁を待つ」という挿絵(図⑪)が添えられている。

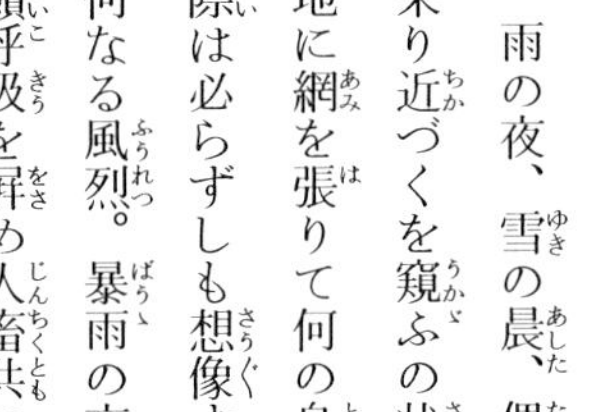

図⑪

三七 飄客。花柳界に遊ぶ客。明治二十四年一月二十七日『都新聞』によると、明治二十二年中に品川遊廓に遊んだ客は二十五万七千人。

以上二八五頁

一 風の音が静まって。「天籟」は、自然に鳴る風の音。「屏」は、隠れる、遠ざかるの意。

二 椿は花びらが散るのではなく、萼の部分から丸ごと落ちる。突然起こることのたとえ。

三 暗やみ。土砂が降るごとく黒々としたさま。正しくは「いんばい」と読む。「霾(ばい)」は、大風が土砂を空に舞い上げ降らせること。

四 風雨が強いことを表す。

五 定められた賃金表では、「風雨昼」は「一里十銭以内」、「風雨夜」は「一里十二銭以内」。一里は三十六町(約三・九キロメートル)に相当。一町は約一〇九メートル。

求するなり而して亦時には嫖客[六]のウタイコミ[七]て乗車するあり中央市場より遊廓に持ち込むは、過当の贐[八]を恵投さるゝの時なり是を以て彼等は此の夜冷を犯して健康を害するに拘はらず通宵闇を縫ふて行止、彷徨、客を待ち、獲物を尋索し歩くなり。而して亦彼等の稼ぎ方に二様あり甲を「クロウト」といひ乙を「シロウト」といふ。黒人稼ぎは即ち純粋の夜業仕にして一直線に例の獲物に着眼し、敢て短き距離、廉き賃銀に動かず、夜半に雑踏せる客は悉皆他に譲ツて最後の一二客に留心傾倒するものなれば時としては通宵一厘を稼がざる事あり或は一時間に五十銭、雨天三日三円を稼ぐ事あり気を焦せらず体を労せず悠然として獲物の呼吸を伺ふまことに黒人なり、白人は是に反して夜半の雑沓客に着目し焦心切息[九]我先きにと乗車をすゝめ新橋より本郷へ八銭。両国橋より赤坂へ十銭などいふ禽を上客として分争し、五丁、八丁十二丁の距離二銭三銭、

檐下に車夫徹夜

六　底本「漂客」を訂した。
七　人力車夫仲間の隠語。客の方から目的地をいって頼んでくること。
八　「花」「纏頭」とも表記。祝儀、花代。
九　あせって、息せき切って。

徹夜の屋台店

五銭七銭等の端銭を集めて奔走屢々十二時乃至一時過る頃まで営業して退散す其数無慮[一]。薄暮往来に聯絡して人肩[二]を撃つもの方十町に千を以て数ふべし。

おでん、煮込、大福餅、海苔巻稲荷鮨、すいとん、蕎麦ガキ、雑煮、ウデアヅキ、焼鳥、茶飯餡カケ、饂飩、五目めし、燗酒、汁粉、甘酒等の屋[三]台店は専らに此彼等夜業の車夫に依ツて立つもの。其要衝[四]に当る者は毎夜二円より三円近くの食品を商ふ、利潤大約三割内外にして燗酒煮込切餅等其多きに居る、中に大傘を担ぎ出して天蓋を設らへ障子を建て廻し僮婢[五]四五人を使役して飯、天麩羅を炊き出して売るあり、此類の露店午後十時の通行に於て新橋[六]より万世橋までの総計曾て八十六個を算へき、同じく十二時の通行に於て四十一個、更て午前二時の通行に於て二十三個を見残せり。即ち露廛六

一 およそ。ざっと。ここは、数えきれないの意。
二 体がぶつかり合う。
三 明治三十五年二月六日『東京日日新聞』所載の「府下の下層社会 人力車夫(七)」に、「車夫を第一の顧客として営業して居る飯食店がある 勿論(もちろん)車夫許(ばか)りが客と限られては居(を)らぬが何(いづ)れの居酒屋、めしやでも車夫を上客として遇する 又た屋台見世などで牛めし、深川めし、大福餅、おでん煮込、すいとん、茶めし、餡かけ、燗酒などを商ふのは客の九分迄は車夫で中には夜明かし営業して居るのがある それで場所にも依るが少なくも一日に三円から六円位の売高になるのでそれも両国の広小路辺から浅草橋天王橋の間浅草広小路などは随分軒を並べて出店して居るがそれが皆前記位に相応の収入がある それで客の殆ど全部が車夫である」とある。本巻末収録の「(二十九)車夫の食物」「(三十)下等飲食店第一の顧客」に、具体的な事情が記されている。→補一七。
四 要(かなめ)となる場所。 五 手伝いの女や子ども。
六 →二八五頁注二八。
七 初出、明治二十六年六月二十三日『国民新聞』。見出し「(十二)宿車、及び其収益」。「やどぐるま屋」(図⑫)、「車夫部屋の二階に賭博す」(図⑬)と題された底本未収録の二枚の挿絵を付す。

図⑫

に対する二の徹夜なるを知る。

(二十五)やどぐるま[七]

華門盛楼の片庇、大廛宏肆[八]の隘巷。密会所。割烹店。官宅、会社、扣邸。の所在。近傍には必らずやどぐるまなるもの丶在るを見る。即ち車屋[九]の部舎なり。店躰縄簾を垂げ。行燈腰障子[一〇]に屋号を記して車台五七輌桐油[一一]十襲[一二]。塗を光らし輪を磨き、真鍮バネ。ゴム幌。綿[一三]スコッチの膝掛、蹴込[一四]の敷皮。一輌の車台に十五円の装飾、紺の法被に白股引、血気熾んの壮漢五六人、声に応じて威勢に駈け出す触込み仕事、路傍営業を意久地なしと嘲ける連中にして。南鍋町[一五]より目黒まで雨天三台壱両二分、平河町[一六]より墨堤へ五台、往復二円を大負の賃銭として饅頭[一七]を貪求し昼食茶菓の御馳走に与かる夥伴なり。一ケ月三円の食料にて飯は喰放題。夜具襦袢を始め、股引法被の洗ひ濯ぎ皆宿の世話に委す。或は夜徹し昼寐。不断は座敷に囲炉裏を切りて佐倉炭[一八]を焼き相互胡座して放言哄笑、同輩を呼ぶに亀公、源公を以てし。或は「エーオイ聴きねえ」亦は「ネーオイ見ねえ」などの冒頭を以て話説し「チャブタラ[一九]、スカタン」などの術語[二〇]を善し、巻煙草を咥へ。骨牌[二一]を弄し。馭者[二二]廐丁に交際を有ち、デロレン[二三]賽文を学ぶ。

八 大きい店。「肆」は、店の意。
九 人力車夫を雇用している会社のようなものをいう。
一〇 腰板(障子の腰の部分にはった板)の高さが三〇センチメートルほどの明かり障子。
一一 桐油塗りの雨合羽。
一二 重ねて着る着物のこと。
一三 スコットランド南部産の織物。
一四 人力車で客が足を置くところ。

図⑬

一五 現在の銀座五・六丁目付近。
一六 現在の千代田区の町名。
一七 →二八七頁注八。
一八 現在の千葉県佐倉市を産地とする良質の黒炭。クヌギを蒸し焼きにして製する。
一九 「チャブタラ」は、横浜の方言で痘痕(あばた)のこと。「スカタン」(「スカ」「スコタン」とも)は、近世から使われた俗語で、当てが外れること、だまされること。見当違いのことをした人を罵る言葉。
二〇 学術用語、専門用語。ここは、隠語、俗語の類。
二一 ここは、花札賭博であろう。
二二 →二六一頁注二四。
二三 →二四二頁注七。法螺貝を吹き、短い錫杖(しゃくじょう)を鳴らして語り、合の手に「でろれん、でろれん」という。

所謂車夫中の車夫にして純粋なる部屋ものなり。

家主の収納は大抵上り高の三割にして、一ケ月の平均に於て八九十円に上るをまづ上等の部屋なりとす尤も正月と四月は例外なり。此の内四五十円を六七名の稼ぎ高として配当し余の三十円乃至三十五円を親方の収入に勘定して歯[一]代、器具の損料、炭、油其他の雑費に当るものなり、八官町[二]、弓町等の銀座裏、平河町、隼町[三]、赤坂田町辺は上部屋[四]にして皆得意先を有する古顔なり。左れど是等の上部屋は現今至て尠く、大抵は皆半触込み、半追駈にて殊に近年辻車[五]の繁殖せしと賃銀の下落を以て宿車ハヤラズ、余程贅沢なる顧客にあらざれば申し込みなきが故に簷行燈[六]のみにては営業立ち行きがたく、不断は大抵辻に出て営業するなり。輪代として日に四銭を収む。五台の上り高平均五六円是れに触れ込みの頭[七]を刎ねて一ケ月の収益十円内外を親方の利潤とす。去れば中々車台を新調するの余裕なく、轄[八]には泥付き泥除は剝げ膝掛麁末にして蹴込に毛皮なく。一輛漸く五六円の品にて修繕物多く装束また新しかるを得ず。而して其貧窶なるに至ッては宿の躰裁、畳は壊れ庭は朽、当坐帳[九]は鼻紙にて綴。炉辺に薪を焼き膳椀、破れ、且寐所は二階に天井なく、煤烟藤のごとくに這下り頭上低く棟梁傾斜し、座敷は撓みて踏ごたへなく、朝夕臥床を揚げず、障子

一　人力車の損料を指す。「輪代」(一〇行)、「端代」(二九一頁四行)も同意。車宿の主人が車夫から徴収する。「歯」は車輪の縁のこと。
二　「八官町」「弓町」は、いずれも銀座にあった町名。
三　現在の千代田区の町名。
四　→補一八。
五　路傍で客待ちする人力車。
六　看板がわりに屋号を記した行燈を軒につるすこと。
七　→二八三頁注一九。
八　漢字の読みや意味からして振り仮名は「くさび」が通常だが、底本のママとした。なお、初出も「わたち」。
九　毎日使う手控え。

を払はず、塵芥を掃なく、燐寸の燼しかす蠟燭の真、破れ布団の堆積ね、竹の皮、木枕の散乱、一面荒寥たる寝室に或は横臥し、或は僵伏[10]して鮨、大福餅を喰ひ、或は円座[11]鳩会して花がるた[12]樗蒲一[13]を闘かわし。猥褻を語り、妓楼の光景を演ずる様、粗彼の土方部屋に髣髴せり。屋根代一銭布団料一銭端代合して一ケ月一円八十銭を宿元へ納むる勘定なれども、多くは滞りを生じて厳促に遭ひ、三四ケ月にして他へ転ずるを一般の風俗となす而して此の類の労働者無慮一万。薄暮より出轅[14]して午後一時まで、或は払暁の二時間と夜半の三時間だけ営業して日に二十銭より時としては三十七八銭を収得し亦一厘も稼がざる事あり。食事は戸外に於てし日に七八銭より二十銭まで有る時は遣ひ無ければ節倹し飲食に定度[15]なし。或ひは下等講釈に立寄り鈍帳芝居[16]を覗き。同輩醵銭[17]して快飲し賭場を開き、娼妓に費消し以て年中着のみ着の儘、些の財物なく。四角なる帯一筋、格好なる下駄一足の蓄蔵もあらず、時には巻煙草を咥ゆるの口にして煙管の雁首はヒシゲ、カマス[18]は敝れて粉を洩らし。何れも婦人の擯斥[19]を買はざるなきの身持、是の如き者是れ皆な部屋棲み車夫の境界なり。

一〇 横になって、寝ころがって。「僵」は、倒れる、伏せるの意。
一一 丸く集まり座って。「鳩」は、集まるの意。
一二 →二八九頁注二一。
一三 中国から渡来した賭博の一種。一個の賽で勝負を争う。予定の目が出れば、賭金の四倍を得るという。
一四 車を出すこと。「轅(ながえ)」は、車の両側から前へ突き出ている二本の棒。
一五 決まった回数。
一六 小芝居。大芝居のように引幕でなく緞帳を用いることによる蔑称。
一七 金を出し合って。
一八 叺。刻み煙草を入れる袋。
一九 婦人にいやがられる。「擯斥」は「排斥」に同じで、人を退けること。

（二十六）[一]老耄車夫

一円二十銭の家賃、四畳半に三尺の台所、家内四人の暮し、日に二十五銭の日計[二]。是れ中等なる世帯持にして未だ甚だしく老耄せず。亦た甚しく小児を放擲して堕落の境界に逐はずと雖も一段下つて年齢五十を過ぎ、頭禿し面皺して過激なる労働に耐得ず、終日営業して骨痛み、眼暈み、齲疼[三]喘息を儲け。身体一面に膏薬、灸を点綴して漸やく起つが如き者に至つては、妻は手内職せざれば店賃を補なふ事能はず。娘[四]は絵の具屋へ通勤せざれば菜を喰ふ事能はざるなり。卑湿せる隘巷に棲ひて身を扁くせざれば通行出来ず、体を屈めざれば這入難き家の檐は朽ち庇は老媼の歯のごとく疎に抜け、日光蔽遮されて室内暗く宛然麹窩[五]のごとき棲居。古葛籠、蓙、敝布団の外には家産なく、土竈は癩のごとくに壊れ畳の上被は常に荷馬の腹袍の如くに汚れても是を新調するの資力なきなり。然れども是等尚いまだ一個の世帯持たるを失なはざるなり下つて彼六十にして車を挽き六十八にして尚労役に従事する者。実に養育院[六]又は救貧院[七]に入るべく適当なる鰥[八]夫の境界を見れば転た大都会の無慈悲を歎かざるを得ず。彼等の或る者は実に憑るべき親戚なく亦依るべき主家なく、元より一個の庖厨

一　初出、明治二十六年六月二十四日『国民新聞』。見出し「（十三）老耄車夫」。「老耄車夫廃屋に縊死の妄想を見る」（図⑭）、「老耄車夫壮士を乗せて走る」（図⑮）と題された二枚の挿絵がある。後者は、描き直されて底本収録。

図⑭　図⑮

二　一日の働きに対する賃金。「立前」とも表記。
三　虫歯の痛み。
四　明治における「絵の具屋」の位置を示す用例として、明治三十六年一月、『小天地』に発表された島崎藤村の「爺」に、「木曽の山の中から出て来て、僕ほど種々の事業（こと）をやった者も有るまいね。絵具屋の手代、紅（べに）製造業、紙漉などから、朝鮮貿易と出掛け」という一節がある。
五　「むろ」は、物を入れて暖め、外気に触れないように特別の構造とした場所。ここは、窓もなく換気の悪い、せまい住居のたとえ。
六　貧民救助のために開かれた公立の施設。明治六年二月四日、上野護国院内に府立の「養育院」ができ、その後全国に広がる。場所も板橋本院、巣鴨分院など転々して整備される。明治二十三年に、東京府から東京市に移管。『日本帝国統計年鑑』第十三回（明治二十七年）「教育」の項に「東京市養育院」の資料があり、「本院ハ公立ニシテ明治六年二月ノ創立ニ係リ現今東京市本所

を立つるの資力なきが故に貧なる羅宇屋[九]煙管と同居し亦は屑屋、下駄の歯入[一〇]。飴菓子売などを合厨して、下谷万年町[一一]、四ツ谷鮫ヶ橋[一二]亦は芝、麻布等の貧窟に於ても最後の取抜[一三]となりし頽廃堂[一四]に住居し。根板[一五]は頽れ、天井は霤滴[一六]に湿り、壁紙瀋を流して壁虎の足跡を印したる暗黒室に蟄居して眼光を燦つかせ。溜息を吐き。

『ハア、つまらねえ〳〵世の中はもう厭たちうに不思議はあるめえ。もう苦労するほどの物アねえぜ、苦労したちて一人前喰ふほど稼げねえだ。店賃はガミ〳〵言はれる、内の者には面倒がられる。車屋ぢや善顔して貸さない、こりや最う頸でも縊れよう。野郎め。屋根代ガミ〳〵言つて見ろい。てめえの檐の下へつゝ[一七]蹲んで犢鼻褌括り付てやるぞ。車屋の因業婆[一八]アめ、若しおれの車ア没収でも仕やがると台所から這ひ蹲んで斃ばツてやるぞ。篦棒めイ六

老耄車夫　壮士を乗せて走る

区長岡町ニ在リテ市内在籍ノ鰥寡（くわん。配偶者を亡くした男女）孤独ヲ救済スル所ナリ　但シ明治十六年ヨリ行旅病者ノ救養　同十八年ヨリ棄児遺児、迷児ノ保育人ナキモノヲ保育スルコト、ナリシヲ以テ之ヲモ算入ス」とある。明治二十六年の項に、「前年ヨリ越人員」五〇六、「本年入院」五四九、「帰院」六十五、「合計」一一二〇、「出院」二七三、「他へ預」五十八、「病死」二六六、「逃亡」十一、「合計」六〇八とあり、「年末現員」として五一二名の数字がある。その前数年は、絶えず約三百名から五百名の貧民が収容されている。→補一九。

七 この名称の施設はない。「貧窮院」のことか。貧しい人を救う施設という一般的な言い方か。

八 男やもめ。年取った妻のない男。

九 →二二七頁注二一。

一〇 →二二七頁注二二。

一一 →補三。

一二 →二四五頁注八。

一三 例外、除外物。「とりのけ」ともいう。

一四 →二七二頁注三。

一五 根太板(床板)のこと。根太は床板をうけるために床下にわたす横木のこと。

一六 雨だれ。

一七 「つっ」は接頭語。動詞の上に付いて意味を強め、語調を整える。

一八 頑固で無情なひどい婆あ。

十八老爺イ知らねえかア。』

暗黒室に於て怪しき眼の光。懶き溜息は、終日斯の如き妄想魂を韞[一]みたる半身不随の廃体なり、然りながら此の廃体も始終値なき妄想界に沈没し居る訳にも参らざれば、気を取直して稼業に出ざるべからず。稼業?。如何にして往来人は此の廃骨[二]を買ふべきや。且亦廃骨は如何にして往来に其労力を売るべきや。読者は看玉ふべし、彼等が敝れ袢纏を被、古毛布を纏ひ、廃車の楫を握りつゝ耄々として貧街の左右に彷徨低徊し居るを。彼等偶々客を獲れば虫の這ふごとくに歩み、三丁にして息を切らし、二丁にして腰を伸し四五丁にて気息奄々殆んど斃れんとするまでの苦痛を忍んで纔かに賃銀を獲、以て一椀の飯を口腹に補なふ。而して乗る者は老人婦女のみにあらず、時としては壮年血気の健脚者も賃銭[三]の廉なるを見込て此の廃人を駆役す。世間の事態逆倒なるが如し。警視の取締りには元より厳重なる規則あり。然れども彼等是を為さざれば飢死せざるを得ざるを以て。法被を借り代人を立てゝ表面の検査[四]を済し、以て密かに営業するなり。我々は平日往来に於て彼等の苦労なき顔色、無恙き容態を見ると雖も、是は一時彼等が日光の恩恵に依て快闊なる蒼空を見たる気の晴に依るのみ。踵を廻らして其蝸廬[五]を訪へば彼等の境界の実に盲想鬼たるを認識す。

一　しまっておく。おさめておく。

二　おとろえてだめになったからだ。老骨。

三　明治二十六年六月二十九日『国民新聞』所載の見出し「(十七)労働者考課状」(本巻末収録の「(三十二)」に当たる)に、若い「一等車夫」(全体の二割)、壮年の「二等車夫」(同五割)の一日の収入(それぞれ、一七七丁走り六十五銭、一〇六丁走り三十銭)に対し、「虚弱者」=「年齢六十前後の老衰者亦は病弱にして力役に耐へざる半病人」(全体の三割)の収入が、七十一丁走り十六銭五厘であったとし、「老耄車の営業は大抵是の如く、彼等は壮年の如く好き客を攫む事能(あた)はず、亦(たま)攫んでも充分なる賃銀を得て走る事能はず　僅かに壮年車夫の放擲したる禽(とり)を拾ひて乗客となすなり。彼等は賃銀の外に一銭若(も)しくは五厘の増銭(ましせん)を乗客より恵まるゝ時は実に三拝九拝して其恩を謝するなり、奈何(いか)に彼等老耄車夫の憫然なるよ」という記述がある。→補二〇。

四　警視庁刊『警視庁統計書』の「交通」の項に、「警察令第十九号」による「人力車定期検査」の結果が出ており、明治二十四年版(同二十六年五月刊)には、人力車夫で検査不合格や検査未済の者が合格者を上回る警察署もあったと記されている。

五　蝸牛(かたつむり)の殻のようなせまい家。

(二十七)生活の戦争[六]

現今府下に営業人力車[七]の数は六万台にして其内二万は順番の休息車として控へ余の四万台は悉皆外出して運動するとの実算[八]なれば。車夫一人の日計二十五銭に内算しても彼等の労働者が日に一万円の賃銀を得ざる事には尋常に生活する能はざるなり。実に一万円恰も是れ東京人一同申し合せて其玄関に日当一万円の大車夫を抱へ置くものに等し、抱へ主は尋常に是の日給を下げ渡すべきや。車夫は尋常に是の賃銀を収得べきや。而して亦大都会は能く此の大車夫を真成[九]に養ひ得るの力量あるや。我々をして須からく熟考なさしめよ都下三十万戸百五十万の現住民が深川[一〇]の米廩を喰ひ耗すこと四千五百石[一一]、人間の生命を維ぐべき最第一の要品にして尚日に三万円を過ぎず。都人が乗車賃に払ふもの実に此の三分一に居る。大衆百五十万中、一人として米を喰はざる者なく。一ト半晌米[一二]を廃する事能はざるべし。然るに営業車を利用するもの世に幾人ありや。老人、小児、婦女子の大半、深窓の人、座業者、貴紳、而して世に数多なる貧人、亦は馬車に乗る人等を除けば世間に営業人力車を利用する者寔に少数ならざるを得ず。是れを今個人的に紏せば、茲に多忙なる事務者あり、毎

図⑯

六 初出、明治二十六年六月十五日『国民新聞』。見出し「(九)生活の戦争(一)」。底本未収録の「東京の下層に巨人生る(日当一万円の抱へ車夫)」という挿絵(図⑯)がある。本文の手入れは、ほとんど無い。

七 警視庁刊『警視庁統計書』の「交通」の項に、細かい統計数字とともに「営業人力車累年比較」がある。明治二十四年版に、「人力車ヲ累年比較スルニ　二十二年ニ於テハ人力車取締規則改正ノ結果トシテ一時一千四百余輌ヲ減少シタリト雖モ　爾来再ビ増加ヲ来シ本年ニ於イテハ三万九千三百余輌ノ多キニ至レリ」とあり、明治二十五年版(同二十七年六月刊)に、「営業人力車ハ其数、年ヲ遂ひテ増加シ本年ノ如キハ四万八百二十三輌ノ多キニ至リ　前年ニ比シ千四百七十四輌ヲ増加シタリ」とある。さらに明治二十六年版(同二十八年一月刊)に、「本年ニ於テハ四万一千五百輌以上ニ至リ前年ヨリ七百四十五輌ヲ増加シ　五年以前ニ比シ四千七百八十余輌ノ増加ヲ見ル」とある。

八 底本振り仮名「じつけん」を訂した。

九 まことに。真誠に。

一〇 江戸時代から、深川には米倉が多く見られた。「廩」は、米などの穀物を貯蔵する倉。

一一 約六七五トン。

一二 かたけ(片食)は、一日二度の食事のうち(近世は二食が通常)一回の食事。食事の回数を数える語としても使われる。

日用便の為めに車代三十銭を払ふて内十銭は鉄道馬車[一]に投じたるものあり、鉄道馬車の繁昌は十目[二]の見る処、人力車は常に其営業[三]を奪ひ去らるゝが如き光景あつて尚僅かに三百五十円の上り高に過ぎざるなり。而して亦た茲に普通の商人あり、商用にて神田より銀座に行き、銀座より深川へ用達して一日二十銭を人力車に払へり、然れども是は毎日にあらず三日若くは五日に一度の乗用たるに過ぎず。而して亦茲に人あり保養を思ひ立ちて忍ケ岡[四]より金龍山[五]、墨堤[六]亀井戸等へ足跡して当日の散財若干の内にて車賃三十銭を費したり[七]。然れども是偶々霽たる晴和の好天気に乗じたる出遊のみ一ケ月に三回ともあるべからず。而して亦茲に人あり、朋友親戚への音問[八]病気見舞等にて某区より某区へ旋つて車賃若干を払へり、而して世間の無沙汰は七十五日[九]に一度の見舞。タトエ当日人力車の賃銭に十円を払ふと雖も一日に平均して車夫の懐中へ落る所は十二銭五厘に過ぎず。到底以て車夫を養ふべきにあらず。音問者保養者寥々[一〇]として元より車夫を養ふに足らず。然らば商人か、事務者歟、都下の住民を平均して此種の人物元来何程の数あるべきぞ。殊に眼前鉄道馬車の繁昌、林の如く人を積んで一日の上り高五百円に超ゆるを得ざるを以て比較せば彼等の営業は実に危からざるを得ず。都人はよく彼等に一万円の車賃を払ひ得るや、払はざれ

一　二頭立ての馬車がレールの上を走る東京馬車鉄道が新橋—日本橋間に開通したのは、明治十五年六月二十五日で、十月には日本橋—上野—浅草—日本橋間の環状線も竣工し四十二輛の鉄道馬車が走るようになった。一輛にほぼ三十六人まで乗れた。
二　多くの人。
三　馬車鉄道の開通後、客を取られると不安を抱いた人力車夫と鉄道馬車の馭者との間の喧嘩は、よく見られる光景となった。
四　上野公園。
五　浅草の金龍山浅草寺。浅草、隅田川、亀戸などは下町の保養地、行楽地の代表的な場所。
六　隅田川の堤。現在の隅田公園の辺り。
七　以下、底本三字分欠字。初出により補った。
八　安否を問う手紙や伝言。通常は「いんもん」と読む。ここは、訪ねて行くこと。
九　人の噂が消えない日数として七十五日を考える風習がある。
一〇　数の少ないさま。
一一　「権」は重り、「衡」はさおで、秤のこと。
一二　以下は、初出、明治二十六年六月十七日『国民新聞』。見出し「(十)生活の戦争同輩の喧嘩(一)」。底本未収録の「車夫停車場に於て雑談」(図⑰)、「生活の大戦争」(図⑱)という二枚の挿絵を付す。
一三　代表的な人力車の乗り場。両国橋の交通は多く、明治二十九年八月十五日『報知新聞』

図⑰

ば彼等は餓死せざるを得ず、餓死せざらんと欲せば彼等は一万円を請求せざるべからず。是れ実に現今の難問題にして以て上下社会の平均を秤るべき権衡[11]たるべく、且以て下層社会生活の依ツて定まる処を見るべきの標準たらん歟。請ふ須らく生活戦争の実境を開陳せん。

時刻[12]は正午なり、両国橋畔[13]の停車場に車夫簇まつて語る、「コー小哥[14]昨夜は」「オラアあれから『ダリカン』[15]よ」甲、乙に問ふて曰く「あれから其方如何した」「からもう意久地のネエあぶれよ」丙、丁に私語して曰く「おらあ酷からう昨宵は『バンドウ』[16]だ」甲は孔の穿きたる紅毾を腰部に纏ひ、丙は紺法被に白脚し[17]。乙は敝れたる窄袖[18]を着て襤褸股引を穿ち[19]、丁は兵隊帽[20]を頂きて軀背なり。一人は壮漢、一人は老耄、一人は肥満して豕[21]のごとく一人は貧瘠して蚊脚のごとし、或は禿頭夫[22]、或は俊俏、饅頭蓋[23]、鉢巻、大黒帽[24]の頭格、手甲[25]、袖襦袢、長股引、短脚衣等一様ならざる服装。不揃なる姿形。或は鋭き眼窩、魯鈍なる顔面、残酷なる容貌、俊秀なる眉目、野鄙なる人相、才慧[26]なる眸神、或は扁鼻猫額[27]亦隆準[28]清癯あらゆる骨相の標本を集めたるが如き此夥伴。乾は曰く「どうです当今の閑な事は」坤は語るらく「私共は先刻新橋まで買出に行ましたが彼地はまだひどうごす橋から先は車で埋つてあるけない、龍閑町[29]

に、「一昨日午前十時より同十一時までの一時間に、両国橋を通行せしは、男千二百三十六人、女二百一人、合計千四百三十七人。人力車二百三十四台、赤馬車九台、荷車三百二十四台、荷馬車五台」という報告がある。同じ頃の日本橋一時間の通行量と比べると多いとしている。

図⑱

一四 以下は、甲乙丙丁乾坤巽艮の人力車夫八名の会話。 一五 四十銭。「ダリ」は、近世の駕籠かきや馬方の隠語で「四」のこと。「カン」は「貫」で、明治には十銭を一貫といった。
一六 八銭。坂東が八カ国から成るところから、青物商、船乗り、駕籠かきなどの隠語で「八」のこと。
一七 白い脚絆(きゃはん)をつけて。 一八 たもとのない、筒のような形の袖がついた衣服。
一九 →二三九頁注八。 二〇 兵士がかぶる軍帽。
二一 豚のこと。「いのこ」は猪をもいう。
二二 はげあたまの男。
二三 饅頭のように上部が丸い形の、竹・籐・菅(すげ)などで編んで作った笠。
二四 大黒頭巾のように上が丸くて横がふっくらとした帽子。 二五 布や革で作った、手の甲をおおうもの。「てっこう」とも。 二六 賢そうな目。
二七 鼻が低く額がせまい。 二八 高い鼻を持ち、ほっそりと痩せたさま。 二九 神田区柳原土手付近にあった町名(現・千代田区内神田)。近くに神田川にかかる龍閑橋がある。

へ『セイナン』[一]の帰りで飯一杯無罪[二]でげすテ」巽は逐駈仕事の下落せしをいひ、艮は停車場仕事の寂れたるを言ふ。「篦棒奴、赤坂へ三百で誰が行くものか、車屋さんは米の飯イ喰ツて稼せぐんだ、べらぼうめえ、東京の者は石の上の住居だ、水まで買て飲むのを知らねえか」勤番者[三]は悪口を吐きぬ「亀の野郎めまた行きあがつた、ほんとうに意久地のねえ瓢箪[四]だ、帰つて来たら胴骨[五]打挫いて遣らう。」亀の野郎は正直者なり、安値に仕事して仲間を除られぬ。「どうだ世帯持昨夜はシツカリ挊いだか」世帯持は笑つて点頭きぬ「然さ氷川へ『ドテジバ』[六]本郷へ『ドテゲン』、それから帰りに観音へ『ドテヤマ』[七]「此の畜生め」夥伴は叫びぬ、或る者は毎日の稼ぎ高に法螺を吹き、或者は一ケ月五円の平均なる事を実説す、或は神田の歯代[八]の高きをいひ。或は上野の交番の厳酷きをいひ、賃銭下落、損料不納、部屋放逐、或は無銭飲食、居酒屋不面躰[九]、亦は賭博に敗走したる事金貸を倒したる事、無尽[一〇]の当り損[一一]せし事、姦淫を遂げ得ざりし事、其他歎息すべき話説放笑すべき問答、高尚らしき議論、鄙猥なる椿談の断続し、沸騰し、流伝し、渦溢し来る此の無壁の大集会は不知不識の間に変仄[一二]なる自家生活の実相を説明して風塵木石[一三]に吹聴す、如何に彼等の境界の閑散にして気楽なるかを見よ。斯る処へ一人の紳士革鞄を提げて突然に顕は

一 七銭。
二 飯一杯の収入にしかならない。
三 江戸時代に江戸や大坂の大名の藩邸に勤めた武士のこと。岩波文庫版本作の立花雄一注は、「ここでは、値をおとさずに勤める車夫の意」とする。
四 以下、底本「瓢簞」を訂した。ぬらりくらりとして要領を得ない男。二九九頁の「瓢助」(八行)、「瓢箪野郎」(九行)も同じ、相手を馬鹿にする言葉。
五 あばら骨。
六 以下にみえる符牒は、それぞれ十二銭、十五銭、十八銭のこと。「ドテ」は十のこと。「ジバ」は二、「ゲン」は拳固の意で五、「ヤマ」は八。明治三十五年一月二十三日『東京日日新聞』所載の「府下の下層社会 人力車夫(二)」に、その他の符牒として、「符牒もオジ、ジバ、ヤミ、ダリ、ゲンコ、ロンジ、と云ふ様なことは素人でも知つて居るが十銭をチンケー又はチンタ二十五銭をヤリ五十銭をフリ一円を大ヤリと云ふのになると馴れん者には一寸マゴつく」と紹介されている。
七 底本閉じカギ無し。文脈から補った。以下、同様の対処をした箇所があるが、逐一注記しない。
八 →二九〇頁注一。
九 不面目の意。
一〇 →二七一頁注一七。
一一 当たりそこなったこと。または、くじが当たったのに元がとれない状態のことか。
一二 みすぼらしい。「仄」は、卑しい、せまいの

る、[一四]衆車夫は閑話を放擲して一斉に立上り、眼を鋭くして此の紳士を見る、甲まづ叫ぶ「旦那参りませう」、続いて乙言ふ「旦那御安く」、丙は近づきて「紳士何方様」、丁は突進して「紳士御都合まで」、紳士は彼等を顧みて一睨しぬ。甲乙丙丁一斉に躍り立つて進み口を揃へて「貴紳何処様」、紳士は一言す[一五]「衆議院」「畏こまり」、バタ〳〵ガラ〴〵と甲乙丙丁戊己庚辛我れ先きにと空車を引ずり出して紳士の八方四面より轅棒さし向く、紳士は当惑して唖然たり、畜生め、箆棒め、己が先だ、何を吐す、糞でも喰へ、野郎張倒すぞ、巫山戯あがんな瓢助め、ガラ〳〵バタ〳〵旦那参りませう、何をぬかす此の畜生、己れが先だい箆棒め旦那参ります糞でも喰へ、胴突倒すぞ瓢簞野郎め旦那参ります、旦那々々、一面の光景正に是戦争なり。[一六]

[一七]（二十八）下層の噴火線

利益は上に[一八]壟断されて下層に金銭の[一九]流液するなく、賃銀廉、稼業閑、労働者は既に絶躰して将に絶命に陥入らんとす。彼れ等の夥件には是れを予防するの策ありや、如何に彼れ等の思想彼れ等の智識。甚麼に彼等の卓絶せる見解。甚麼に彼等の高尚なる議論。彼等労役者には元より社会的の思想あるなし。但し

意。

一三　世の中全体に。「風塵」は俗世間、「木石」は人間の感情を解しないもの。

一四　多くの、多数のの意。

一五　最初の国会議事堂は、明治二十三年の国会開設に間に合わせるために麴町区内幸町二丁目（現・千代田区霞ケ関一丁目）に建設された。東に向いた正門から入ると、右が貴族院、左が衆議院であった。しかし、翌年一月焼失、衆議院は一時虎ノ門の元工部大学校を仮の建物とした。

一六　初出では、以下に、「記者は次項に於て聊か此の始末を尋究せん、」の一文がある。

一七　初出、明治二十六年六月二十日『国民新聞』。見出し「（十一）生活の戦争、下層の噴火線（三）」。「懐中と相談乗らぬ気七分の客人」（図⑲）、「利益壟断」（図⑳）という二枚の挿絵があり、前者はかなり描き直されて同題で底本収録（三〇一頁）。鉄道馬車を描く後者は底本未収録。↓補二一。

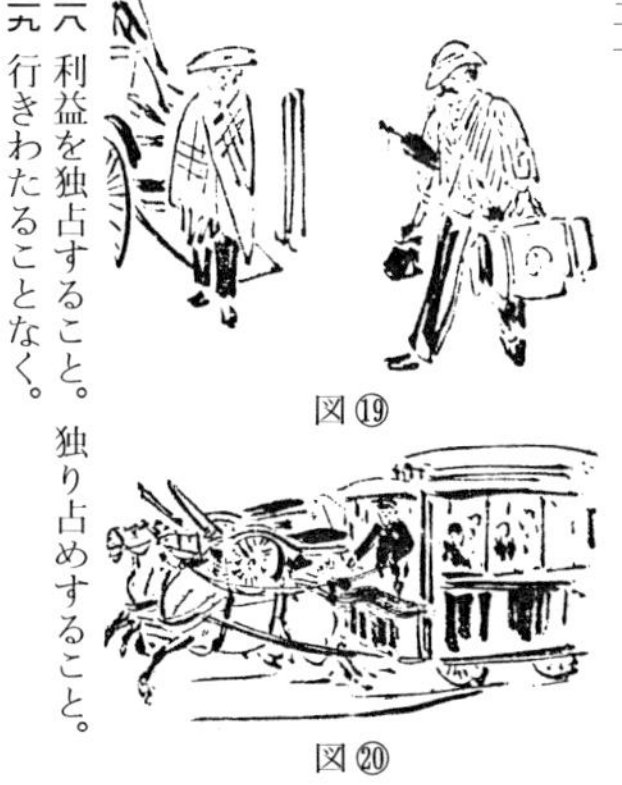

図⑲　図⑳

一八　利益を独占すること。独り占めすること。

一九　行きわたることなく。

追究すれば是れなきにもあらずと雖ども、彼等は世間の事よりもまづ第一自家の生計に忙がし、彼等は日に三十五銭の賃銭を得れば東京の未来が如何に進歩し如何に退却するも別に痛心する処あらざるなり。

然れども亦中には自家営業上の困難より帰納して。乗客の種類、車台の数、物価賃銀の比較、世間の購買力[一]、節倹或は奢侈の程度等、尤も近浅なる智識を篩ひ出して憂心顧慮するものなきにあらず。曰く六万の車台、曰く五万の労役者、曰く二十五銭の生活費、曰く一万円の賃銀。東京は東京自身運動するの歩行若しくは奔走の為めに毎日一万円を払はざるべからざる無契約の抵当品[二]を負債す東京人はよく此の抵当品の利済[三]を為すべきや。一刻一秒時たりとも利済の怠慢をなさば饑たる債主は速かに厳促せん。実に厳促して請求し得ざれば止まず。試に見よ少しく小奇麗なる衣裳を着。少しく艶ある羽織、少しく贅沢なる履物を穿ち亦たは蝙蝠傘、帽、革嚢等を提さへて街衢に立てば飢へたる債鬼[四]は往来の八方より群がり集ツて厳談督促我れを争ふて追随請願、恰も戦争場のごとくなるにあらずや。実に厳重なる貸金催促と曰はずして何ぞ。巧慧[五]なる一人の車夫は言へり当今の追駆仕事は乗らるゝにあらずして乗せるにありと。怜悧[六]なる一人の労働者はいへり、現今の客は乗る気三分にして乗らぬ気七分な

一　底本「購賣力」を訂した。
二　東京という都市が、交通手段として人力車による交通の条件を抱えていることを、「抵当」という表現にこめたもの。
三　利子を払うこと。
四　客を取ろうと狙っている人力車夫たちを、こう表現した。
五　巧みで賢い。
六　利口。

りと。実に然り三分の乗る気はありても懐嚢と相談すれば到底七分の乗らぬ気に勝たれざるを得ず、然るを巧慧なる車夫是れに追随して巧言令色[七]百方請願漸く口説落して是れを乗す。乗せたる処は立派な客なれども元来七分は乗らぬ気の種[八]なり。怜悧は客の内懐を察し、巧慧は是れを口説落す、二者合躰し[九]百怜千慧して始めて一人の客を獲る、是れ実に現今追駆仕事の実況にして都下[一〇]八千二百杭の停車場、何れの場所に持ち行き如何なる車夫に聞かすも是れを虚言なりとて屏くる者はあるべからず。是豈真成の営業ならむや。必要を以て起りたる営業ならむや。大都会が養ふべき力量あツて養ひ得たるの抱へ車夫なるを得むや。

以上は元より記者の偶感にして一家の管見論[一一]たるに過ずと雖も衆くの労働者は斯の奇想を翫味して善後の良策を講ずるの智識を揮ず、唯一随[一二]に目前の少慧[一三]に拘泥

懐中と相談　乗らぬ気七分の客人

七 巧みな言葉やしつこいさそいで客の心を引き。「百方」は、いろいろな手立て、あらゆる手段のこと。

八 →二八五頁注二二。

九 「百怜千悧」に同じ。聡明で抜け目がないこと。

一〇 人力車夫は勝手に路上で駐車・客引きをしてはならないことになっており、必ず決められた駐車場で客待ちをするのを習慣とした。そこに立てられているのが杭(くい)のような標柱(五寸〈約一五センチメートル〉角、高さ六尺〈約一八〇センチメートル〉)で(→挿絵)、三〇六頁一行には「停車標」とも記されている。公設のほか、警察署の認可を受けた私設駐車場もあったという。

一一 細い管を通してみたような見解。自分の見識の謙称。

一二 他のことを顧みないで。一途に。

一三 小さな恵み。

して、曰く鉄道馬車倒すべし、曰く円太郎馬車廃すべし。[一] 曰く歯代を廉価にすべし。曰く巡査の制裁を寛宥にすべしと。嗚呼是れ何事ぞ鉄道馬車の収納高、彼等が生活費の総計より見れば実に些々たるものなり。然れども彼等は是れを[二]的面のカタキとして頗る念頭を煩はす彼等は時々刻々斯の長蛇の為めに自家の営業を掠奪されて裕かなる稼業を貧乏にされ、豊饒なる地面を砂漠にさるゝが如くに感じて常に是れを撤回せざるべからざるをいふ。然れども思へ長蛇の収納は三百五十円にあらずや、全然是れを倒したりとて彼等の財嚢に幾何のものを益べき。彼等の総数に配当せば実に一銭貨にも満たざるの数のみ、然れども彼等は時々刻々自家の商売ガタキを目撃して五銭十銭或は日に稼ぐべきの半額、全額を攫み去られしものゝ如くに感じて寄る処、触る処に於て切歯[三]扼腕して語る。然り彼等の同輩は明に斯の長蛇を妨害視して一揆、暴動尚以て是れを転覆し去らん事に同意を表す。然れども彼等の夥伴には発頭人、[四]巨魁[五]たるべき人物なく而して亦彼等の社会には檄文、[六]集会、団結、同盟等の器械的勢力若しくは精神的運動力に於て頗る微弱なり。彼等は銘々の意志に於て頗る発動あり。而れども是を概括したる威力に乏し。彼等は五指[七]の交弾力あツて而して一拳の大勢力なし、故に彼等の憤焔[八]は天を衝べき噴火山の頭上にあらずして、

一 明治の一時期にあった、運賃の安い乗合馬車。「乞食馬車」「ガタクリ馬車」(三〇三頁四行)ともいった。三〇四頁一三行に「我楽多馬車」の語もみえる。石井研堂『明治事物起原』に、「世間、よぼくの乗合馬車をあだ名して円太郎馬車といふ。これ、落語家橘家円太郎が、高座にて乗り合馬車をまね、一つの呼物となりしより出でし名なり。…下等の乗物として、円太郎は、当時普通名詞なり」とあり、円太郎の極り文句「おばあさん、あぶない」という言葉も紹介されている。また明治十八年一月九日『東京絵入新聞』の「府下の大雪」という記事に、鉄道馬車などが止まり、「牛込小石川四ツ谷市ケ谷辺より内務大蔵迄の車代は三人挽にて一円五十銭より二円三十銭位又根津より神田多町辺は平常十銭が二円五十銭位と云法外の直段(ねだん)なれば雪の為に思ぬ銭を儲た車夫あり　又円太郎馬車は雪を物共せず乗り回し殊に今迄通(かよ)はざりし上野へも鉄道馬車の止りしを幸ひと往復したるより是亦大繁盛を極め」という記述がある。また、平出鏗二郎『東京風俗志』(中、明治三十四年)には、「軌道(レール)に拠らざれば動揺甚だし、人呼んでがた馬車といひ、其(その)車体を朱塗にしたるにより赤馬車といふ」とある。

二 目の前の。覿面。

三 歯ぎしりして自分の腕を握りしめる。感情を抑えきれずに、ひどく残念がること。

四 事を企て、起こした人。首謀者。

五 首領、かしら。大親分。

六 自分の主張を人々に告げる文章。

七 五本の指それぞれには多くのエネルギーがあるが。個々人には強い意識があるということ。

八 いきどおり。不満の炎。

九 初出では以下に、「乞ふ我々をして一二の観

常に山腹亦は海底の下層に於てあるを見る。[九]

[一〇]什麼に利益の壟断。[一一]下層の噴火熱はいまだ噴火山脈の径道を探り得ずして、尚地下に混乱融液[一二]するの状を見る。勿論彼等の社会には事に臨んで団結するの粘着力に乏しきは瞭かなり。然れども茲に鉄道馬車或はガタクリ馬車にして、日に三千円乃至五千円の収納をなして、営業上屹然[一三]彼等の勁敵[一四]をなさば、或は彼等も全身を挺して同盟団結し以て勁敵を倒すの策を講ずるに至らむも料るべからず。されど何をいふにも、馬車賃合算して僅か千円にも満たざるの収入なれば是を倒したりとて格別彼等の財嚢に豊なる配当あるとも見えねば。進んで事を企つも愚の至りなりとて手を控ゆるものなりとは聡明なる馬車会社[一五]の説なり。聴けば成程利益壟断といふも強ち大きく言ふ程の事にもあらざらむ歟。然れども下層の融液[一六]は苦熱の度を加ふに随ッて発作し、突然意外の処に沸騰するの奇観あるべし。馬車会社は一個眇然[一七]たる山形に過ぎざるべしと雖も彼等の為めには危険なる火山質にして、恰も其火導脈に当り居るもの丶ごとし。

[一八]閑話休題。

噴火なき下層の苦熱如何に混乱を極むるよ。一日記者は彼等の営業に就て実際の景況を見届けんと欲して一車夫に追随せり。彼等営業者は常に買出し[一九]と唱

察点を記載せしめよ」の一文がある。

一〇 以下は、初出、明治二十六年六月二十一日『国民新聞』。見出し「(十二)営業の困難、同類の搏噬(ぜい)」。「客を争ふて車夫喧嘩す」(図㉑)という挿絵を付す。描き直されて同題で底本収録(三〇六頁)。

図㉑

一一 →二九九頁注一八。

一二 →二三九頁注四。

一三 高く持して屈せず。

一四 強い敵。大敵。昭和五十四年六月、クオリ刊、斉藤俊彦『人力車』に、鉄道馬車の出現に危機感を覚えた人力車夫たちの抵抗運動の詳細が紹介されている。車夫懇親会が各地で演説会を開いたり、大井憲太郎・奥宮健之らが車夫の親分三浦亀吉と明治十六年九月二十四日に「車会党」を結成(即日禁止)するなどの動きもあったという。

一五 東京馬車鉄道会社は明治十五年十二月三日の開業式で、この説を表明した。

一六 ここは、車夫たちの不満を指す。

一七 はるかな様子。「眇」には、遠い、高いの意がある。

一八 それはさておき。物語の場面転換に用いられる常套句。

一九 車夫仲間の隠語。客を求めて移動すること。

へて辺鄙なる住所より繁華なる場所に向けて空車を輓出すを例とせり。即ち本[一]所二ツ目、三ツ目、割下水、亀島町、太平町等の裏屋に住ふ車夫は重に両国、相生町通りに出輳し。[二]谷中、根津、堂前、稲荷町辺の僻在に住する者は上野広小路、山下。雷門前、吾妻橋等の繁華に向け、外神田一面、下谷の車夫は万[三]代橋へ。深川に住する者は、江戸橋、鎧橋[四]、小網町、小舟、蠣殻[五]、水天宮の近傍、人形町一帯の繁昌地へ向け、其他芝赤坂に住するものは新橋へ麻布に住するものは赤羽根、三田へ。それ〳〵最寄の繁栄、人脚の絡繹[六]する方面へ向けて出輳し、或は彷徨客を逐ひ。佇立四顧[七]し。若しくは停車休息して四辺の閑暄[八]を伺ひ。群集の内より客を見出して辞を低くするにあり。然しながら客の多き処はまた同業者衆く。車輛街道に聯絡して往来紛糾し、所謂善き鳥好き種[九]も数多き歯に撲かツて微塵となり(歯にぶつかるとは車夫が客を附る事、微塵とは賃銭の粉韲[一〇]されしをいふ皆彼等社会の隠語也)小用の客大半鉄道馬車に奪ひ去らるゝの馬車価となり。亦は影繁き巡査の見張。我楽多馬車の蹂躙。其他繁華に伴ふて出没する種々の塵影に妨げられて安穏に営業するを得ざるなり。或は金[一一]比羅、水天宮の縁日観音の開帳、墨堤の花[一二]、上野、芝山内[一三]等の公園に於て事あるの日、若しくは酉の市、恵方参り[一四]等、衣香[一五]、帽影の群集する方角を慕ふて輳

一 以下の地名は、人力車夫たちの住む地域と営業場所の関係を示しており、興味深い。ここに初出の地名の現在の場所を記す。割下水(現・墨田区亀沢)、亀島町(現・中央区日本橋茅場町)、太平町(現・墨田区太平)、堂前(現・台東区松が谷)、稲荷町(現・台東区東上野)、山下(現・台東区上野)、江戸橋(現・中央区日本橋川に架橋)、小網町(現・中央区日本橋小網町)、小舟(現・中央区日本橋小舟町)、蠣殻(現・中央区日本橋蛎殻町、日本橋人形町)。
二 →二九一頁注一四。
三・四 →二八五頁注二八。
五 底本「蠣売」を訂した。
六 道路に人馬などの往来が絶え間なく続くこと。
七 たたずんで辺りを見回すこと。
八 込み具合。　九 →二八五頁注二二。
一〇 わずかになること。「韲」は、砕く意。
一一 以下、人出の多い繁華街、よく知られた東京の年中行事などを列挙する。
一二 →二九六頁注六。
一三 芝増上寺境内のこと。
一四 正月元日に、その年の恵方に当たる神社に参詣すること。
一五 →二六八頁注五。　一六 雑踏。人ごみ。
一七 噛み付くような激しい争い。通常は「ぜいげつ」と読む。
一八 横目で見る。流し目に見る。
一九 新橋ステーションなど鉄道の構内人力車営業については、斉藤俊彦『人力車』に詳しい。それによると、それまで問題の多かった新橋駅の人力車営業において、明治十三年には新橋車夫会社の出願が許可され、のちに二十五年六月鉄道庁が「停留場内人力車措置規則」を決め、ルールがより整備されたという。明治二十五年十一

を向くるも、同じく雑遝[一六]に遮ぎられ蹂まれて充分なる稼業なす事能はずして溢れ帰る者多し。素人、正直者、老耄、気の鈍き者総じて然り。而して繁華の場所、要衝、枢区に於ては常に残忍なる同類の噬齧[一七]を見る。一日素人車夫轅を握つて突然買出しに向へり。往来の雑沓元より好客を獲事能はず、屈托して左右睇視[一八]するに恰も好し新橋の[一九]ステーションに汽車の来着したる模様あり、是れ幸機と空車を絞ツて急ぎ停車場に向ひ、蟻の垤を壊したるが如くに群集の浪立て来る前に轅を差向くれば果然手荷物を携たる一個の福客眼ざ[二〇]して乗車しぬ、[二一]猾たり慧こし、好き禽、好き種、[二二]神機妙算と喜びつゝ梶棒をさし上げて将に発程せんとする後より『野郎待て』と[二三]歯を喰ひ止める者あり、彼れ驚怪みて見れば是れ同じく一個の車夫なり。何事と思ふ間に亦一人背後より突然顕はれて彼の頭上に痛く一拳を加へ「泥棒奴」「何処からうせあがつた[二四]車ぶち破して仕舞ふぞ」権幕鋭く、残酷なる面相に泥棒呼はれながら彼れ尚いまだ其所以を暁らず。「此の野良太い野良だ、さあ梶を卸さぬか、篦棒め[二五]二十両の株だい。テメエ達に横領されて溜るものか」、「面ア見あがれ、此のヌスト野良め」「覚へてやがつて今度うせあがつたら、[二六]ドテツ骨なぐり飛すぞ」「斯の瓢助奴」実に[二七]停車場は二十円の敷金なり彼れ漸く其所以を悟り争ふ力もなく[二八]悄々として立去り、

月二十九日『東京日日新聞』に、構内車夫会所の所長が出した営業広告も紹介されている。

人力車營業廣告
私儀従來新橋鐵道局御構内にて人力車營業致居候處今般更に同局の御許可を經賃錢を改正し(賃錢表は切符賣場に掲ぐ)一層廉價に營業致候間舊に倍し御用被仰付度萬一御乗客に對し不相當の賃錢を請求し或は途中にて車の乗換を申立其他不都合の所爲有之節は車夫の姓名を御聞取郵[illegible]先携にて下名へ御通知被下度此段併て奉願候也
府下南豊島郡下澁谷五百十五番地
新橋停車場構内
車夫會所々長
加治屋正左衛門

『東京日日新聞』広告

二〇 見つけて。
二一 得たり賢し。しめた。これはありがたい。物事がうまくいって得意になった時、発する言葉。
二二 霊妙で巧みなはかりごと。妙策。
二三 →二九〇頁注一。 二四 やって来やがった。
二五 人力車夫は営業のために、加入金を支払い「番」と呼ばれる組合のようなものに加入した。番に入っていない車夫は、番の者が客と金銭の折り合いがつかなかった時に初めて、「貰います」と挨拶し客を譲り受ける習慣であった。↓補二一。 二六 胴骨。→二九八頁注五。
二七 斉藤俊彦『人力車』は、明治四十二年九月十二日『東京日日新聞』の記事を踏まえ、新橋停車場の組合員株はかなり高額で、「新橋の本組合員株は三百円近くであったという。上野や両国では、新橋とくらべ、多くの収入は見込めないので、株価もたかだか六、七十円ぐらいであったようだ。ただ、そのころ、しだいに馬車や自動車などが停車場から客を乗せるようになったので、その値もだんだんと低落していった」と記す。なお、明治四年五月十日太政官布告の新貨条例により、一両は一円に換算。
二八 すごすごと。元気なく、しおれる様子。

客を争ふて車夫喧嘩す

向ふの停車標を見て梶を卸しぬ。「オイオイ若い衆どうしたんだ其処へ腰を掛るなら気の毒ながら三両持つて来な」ハツと彼は亦駭きて振返りぬ「否なら除ない其処はオマイ等の腰をかける処ぢやねえぞ、此の寐ぼけ野良顔でも洗ツて来あがれ」是は飛だ処、所詮迷誤突場処にあらずと亦窩轂を曳づりて往来に出掛彳立[一]して茫然と眺むる眼の前へ忽然一客顕はれて「九段坂まで廉く行かないか」「ハイ畏こまりました」と梶を卸して倉皇[二]乗せんとする所へ後ろより俊俏[三]なる一壮夫ガラ〳〵と曳ずり来りて「旦那参ります」と梶を下す「イヤ爾はなるまい」「何を吐す此の野良、オイラがコサイタ客だい篦棒め愚図〳〵吐しあがると張り倒すぞ」鷙悍[四]なる車夫は暴言乱奪して咄嗟の間に走り去れり。彼は啞然として後影を打睇め居りぬ「コラ〳〵何故往来の中央へ鵠立[五]ツて居るか、何所

一 たたずんで。「彳亍」は、足元がそろうこと。

二 慌てふためいて。あわただしいさま。

三 優れて、立派な。二九七頁一一行では「俊俏」を「わかもの」に当てている。「俏」は、見目がよいこと。

四 強く荒っぽい。

五 「鵠立(こくりつ)」は首を伸ばし足をつま立てて待ち望むの意。

だ、[六]免許証を出せ、何時車を輓き始めた、何女房が死殁て何様した、イカンぞ、[七]処分を被せて遣らふ歟」。彼は唯[八]叩頭平身するのみ。

什麼に憫然なる労役者が他の[九]呑噬に遭ふよ。而して[一〇]軽捷なる者は如何、読者須らく、彼等の営業圏に就て注目せよ。一車夫飛び来つて行人の背後より「旦那参りませう」他の車夫[一一]疾睨して「何をしやがる停車場の前で」「停車場がどうした盲録め」「此畜生太い野良だサア交番へ来い」「箆棒め交番も明番もあるものかサア旦那召て下さい」「ウヌ生意気吐しあがる擲り倒すぞ」「何だ擲る此の野良め」遂に乱拳、殴打、撲闘を見る。

六 明治三十五年一月二十一日『東京日日新聞』所載の「府下の下層社会 人力車夫(一)」に、車夫になる手続きが記されている。「車夫になる手続きも至つて容易なもので寄留籍さへ定まつて居れば饅頭笠　法被(はっぴ)、長蛸(ながだこ。長股引)夏期は半蛸(はんだこ。半股引)　雨具　是れ丈(だ)けの品さへ揃ひさへすればそれで何処(どこ)でも其の近傍に人力車営業組合取締と云ふのがあるから其処(そこ)へ行つて八九銭の手数料さへ出して頼めば其の手続をしてくれる　直ちに在籍区の警察署より借人力車輓と云ふ免許証を下付されると同時に賃銀表と人力車借証明書を組合で渡して呉れる　之れで一人前の立派な車夫になれるのである」。

七 処分してやろうか。「被せる」は、負わせる、受けさせるの意。

八 頭を地につけてひれ伏すこと。恐れ入ってぺこぺこする。

九 他国を攻略して、領土を奪うこと。ここは、利益を横から奪い取ること。

一〇 身軽ですばやいこと。

一一 怒りでにらんで。「疾」には、嫉む、いかる、憎むの意がある。

高山樗牛

滝口入道(たきぐちにゅうどう)

池内輝雄 校注

〔初出〕『読売新聞』明治二十七年四月十六日（第六〇一五号）より五月三十日（第六〇四七号）まで、「懸賞入撰小説 滝口入道」と題し、第一面第三段（二段、四段の日もある）に連載、全三十三回（五月九―二十日休刊）。作者名の記載はなし。総振り仮名。「第二十七」掲載の五月二十四日（第六〇四一号）は欠紙のため、未見。

〔底本〕単行本初版。架蔵本。菊判、二〇二頁。総振り仮名。紙表紙。表紙・口絵に水野年方の画を付す。明治二十八年九月二十日発行。作者名の記載なし。編輯兼発行者和田篤太郎、発行所春陽堂。実価金三拾銭。本作の後に小説二編、関如来「滝口入道を読む」を収録。

〔諸本〕『樗牛全集』（全五巻。博文館・春陽堂）第五巻（姉崎正治編、明治三十九年）に収録。一部振り仮名。編者による表記の改変がある。『増補縮刷 樗牛全集』（全六巻。博文館）第五巻（姉崎正治・畔柳都太郎・笹川種郎・藤井健治郎編、大正五年）に「戯作 滝口入道 明治廿六年十二月卅日起稿 予定凡三十回」（作者筆の影印）を扉に用いて収録。一部振り仮名。『改訂注釈 樗牛全集』（全七巻。博文館）第六巻（姉崎正治・笹川種郎編、昭和六年）に収録。注を施し、原稿の写真一折を挿入。原稿には振り仮名なし。ほかに、岩波文庫、角川文庫、新潮文庫など、文庫多数。

〔梗概〕治承三年春、絶頂期の平家一門は、清盛の邸宅で花見の宴を催す。建礼門院の女官横笛は優美な舞を披露し、重盛の家来、斎藤滝口時頼の心を奪う。彼は慣れぬ手で横笛に手紙を送り続けるが、返事は来ない。恋心と武士の本分との間で悩んだ末、ついに出家を決意する。ひそかに暇を告げるため、重盛のもとを訪れた彼に、重盛は嫡子維盛の行く末を頼む。時頼の出家を知った横笛は、自分の真情を伝えるため、一夕、嵯峨野の往生院に滝口入道（僧名）を訪ねるが、会うことを断られる。悲嘆にくれた彼女は行方知れずとなる。ある日、滝口は深草のほとりで新塚を見つけ、横笛の墓であることを知る。その年の秋、重盛が病没、翌年、平家は源氏の旗揚げに驚愕し、都を捨てて西国に逃れる。それを知った滝口は往生院を出て姿を消す。寿永三年、維盛主従が屋島の陣営を離れて高野山で修行中の滝口を頼って来る。滝口は武士の心得を諭し、維盛主従は入水し、滝口も自刃する。

〔付記〕特に記述がない限り、注釈での『平家物語』の引用は『日本古典文学大系 平家物語』（岩波書店、一九五九―六〇年）、『源平盛衰記』は『校訂 源平盛衰記』（博文館、明治二十六年）に拠った。また、全集は明治三十九年版を参照した。

かへるへき梢はあれといかにせん
風をいのちの身にしあなれは

歌 結末部にあげられる和歌の一首(四〇四頁四―五行)。帰らなければならない「梢」(場所)はあるけれども、どうしようもない。風に吹かれる葉のようによるべない身であるのだから(→四〇四頁注二)。

応需
年方絵
印

絵 明治期に活躍した、大蘇芳年門の挿絵画家、水野年方(としかた)(一八六六-一九〇八)による口絵。薄墨を配した夕闇の景色のなかにわずかな彩りを見せる秋草。中央の人物の紅・藍・緑のあでやかな装いと憂いを帯びた顔(かんばせ)。なかぞらの月影も印象的である。登場人物の横笛が、嵯峨野(↓三六二頁注三)の奥、滝口入道の庵をひとり訪れる場面を描く(三六四頁一三-一五行)。作中、最も優美で哀切に富んだ場面である。なお、底本表紙・裏表紙には、同じく年方による彩色画が用いられている(↓三〇九頁)。こちらは、御所のなかの曹司(ぞうし)。几帳(きちょう)の帳(とばり)と、燭台の火影、床に置かれた一管の横笛から、そこが横笛の部屋と推量される。ただし、横笛は不在。彼女はどこに行ったのか。口絵につながる出来事を暗示させる装丁(画)。

一 寿永二年(一一八三)七月、平家は京を捨て、十月屋島に逃れ、二年後の文治元年(一一八五)三月、壇ノ浦の合戦で滅亡した。ここは、寿永二年七月(初秋)の都落ちをさす。本作の時間は、治承三年(一一七九)春から寿永三年春までの五年間。

二 治承三年春のこと。治承の「春」(盛)と寿永の「秋」(衰)を対比。治承年間(一一七七-八一)は平家一門の絶頂期。

三 平家の滅亡に嘆きの涙を落とした人々。かつて栄華を極めた平家の関係者。「直衣」は公卿など高貴な人の平常服。

四 「歓会」は楽しい催し。饗宴。↓補一。

五 『平家物語』「おごれる人も久しからず」(巻一「祇園精舎」)を背景に持つことば。

六 平清盛(一一一八-八一)。「入道」は、仏道に入って剃髪した人。特に高貴な人に対する敬称。清盛は仏門に入る前は太政大臣。

滝口入道

第一

やがて来む寿永の秋の哀れ、治承の春の楽に知る由も無く、六歳の後に昔の夢を辿りて直衣の袖を絞りし人々には、今宵の歓会も中々に忘られぬ思寝の涙なるべし

驕る平家を盛りの桜に比べてか、散りての後の哀は思はず、入道相国が花見の宴とて、六十余州の春を一夕の台に集めし都西八条の邸宅、君ならでは人にして人に非ずと唱はれし一門の公達、宗徒の人々は言ふも更なり、華冑摂籙の子弟の苟も武門の蔭を覆ひに当世の栄華に誇らんずる輩は、今日を晴にと装飾ひて、綺羅星の如く連りたる有様、燦然として眩き計り、さしも善美を尽せる虹梁鴛瓦の砌も影薄げにぞ見えし、あはれ此程までは殿上の交をだに嫌はれし人の子、家の族、今は紫緋紋綾に禁色を猥にして、をさ〱傍若無人の振舞あるを見ても、眉を顰むる人だに絶えて無く、夫れさへあるに衣袍の紋色、烏帽子のため様まで、万六波羅様をまねびて時知顔なる　世は愈々平家の世と

七 日本全国。畿内・七道六十六カ国に壱岐・対馬を合わせた国々。 八 「台」は高い建物、高殿。ここは、一カ所に集めた意。

九 清盛が東寺の北、八条壬生(みぶ)に構えた広大な邸宅(現・京都市下京区)。清盛の本邸。

一〇 平家一門が栄華の絶頂にあったことをさす。「平家の一族を挙げて世には又人無くぞ見られける」(三一四頁六行)とも。『平家物語』(巻一「吾身栄花」)による。→補一。

一一 摂家・清華(がせい)など位の高い貴族の子息の称。平家の子弟もこう呼ばれた。 一二 主だった者。

一三 「華冑」は高い門閥の家柄。「摂籙」は摂政の異称。 一四 夜空に輝く多数の星のように、きらびやかに居並ぶさま。

一五 虹のように上方に反りを持たせ、彫刻、彩色などを施した梁(はり)、丸瓦(男瓦)と平瓦(女瓦)を組合せて整然と並べた美しい屋根と、その下の広い石だたみ。ともに邸宅の豪華さを形容。「鴛(をし)の瓦、玉の石だゝみ」(『平家物語』巻七「福原落」)を踏まえるか。

一六 平家の子弟。清盛は受領(地方官)出身のため、はじめ公卿(殿上人)から対等に扱われなかった。

一七 紫・緋色は天皇・親王たちの着ける衣装の色。臣下の平家一門が禁をおかして使った。

一八 下に打消の語を伴い、「ほとんど」。

一九 位袍。位階によって衣に使う色を異にする。くらいぎぬ。

二〇 烏帽子の上部をたわめて格好をつけるさま。

二一 清盛の邸宅があった現在の京都市東山区五条通の北方池殿町から六波羅蜜寺の付近。西八条邸(→注九)とともに京の東西の要衝。転じて、「六波羅」で平家一門をさす。ここは平家一門の人々が流行させた風俗をいう。 二二 得意顔。

覚えたり。

見渡せば正面に唐錦[一]の茵を敷ける上に、沈香[二]の脇息に身を持たせ、解脱同相[三]の三衣の下に天魔波旬[四]の慾情を去りやらず、一門の栄華を三世[五]の命とせる入道清盛、さても鷹揚に座せる其傍には嫡子小松[六]の内大臣重盛卿、次[七]男中納言宗盛、三位中将知盛[八]を初として同族の公卿十余人、殿上[九]三十余人、其他衛府[一〇]諸司数十人、平家の一族を挙げて世には又人無くぞ見られける、時の帝の中宮、後に建礼門院[一一]と申せしは入道が第[一二]四の女なりしかば、此夜の盛宴に漏れ給はず、冊[一三]ける女房曹司[一四]は皆々晴の衣裳に綺羅を競ひ、六宮[一五]の粉黛何れ劣らず粧を凝して、花にはあらで得ならぬ匂ひ、そよ吹く風毎に素袍[一六]の袖を掠むれば、末座に並居る若侍等の乱れもせぬ衣髪をつくらふも可笑し、時は是れ陽春三月の暮、青海[一七]の簾高く捲上げて、前に広庭を眺むる大弘間、咲きも残らず散りも初めず、欄干近く雲[一八]かと紛ふ満朶の桜、今を盛りに匂ふ様に、月さへ懸りて夢の如き円なる影、朧に照渡りて、満庭の風色碧紗[一九]に包まれたる如く、一刻千金[二〇]も啻ならず、内には遠侍[二一]のあなたより、遥対屋[二二]に沿うて楼上楼下を照せる銀燭の光、錦繍[二三]の戸張、龍鬢[二四]の板畳に輝きて、さしも広大なる西八条の館に光到らぬ隈もなし、あはれ昔に有りきてふ、金谷園[二五]裏の春の夕もよも是には過ぎじとぞ思は

一 中国渡来の錦の敷物。
二 ジンチョウゲ科の常緑高木。代表的な香木で、高級調度品に用いられる。
三 『平家物語』では「解脱幢相(どうさう)の法衣」(巻二「教訓状」)。「同」は誤記か。「解脱幢相」は出家解脱したことを表す袈裟の美称。「三衣」は僧が用途別に着る三種類の衣。→補三。
四 仏教における欲界の頂上、第六天にいて仏道の妨げをする魔王。→補四。　五 「三世」は、一般に前世・現世・来世を意味する仏語。ここでは、吾身・子・孫の意と考えられる。平家一門が栄えることを最も大事なことと考える。→補五。
六 清盛の長男、平重盛(一一三八―七九)。邸が現在の京都市東山区上馬町付近の小松谷にあったので小松と号した。内大臣は左右大臣を補佐する大臣。卿は三位・参議以上につける敬称。
七 平宗盛(一一四七―八五)。正しくは三男。清盛の死後、一門を率いて源氏と戦ったが、壇ノ浦で捕えられ、近江篠原で殺された。なお、『平家物語』でも次男とされている。
八 平知盛(一一五二―八五)。清盛の四男。のち権中納言。壇ノ浦で入水。中将は左右近衛府(→注一〇)の次官。　九 殿上人の略。　一〇 近衛府、衛門府など、禁裏の警備をつかさどる役所の総称。
一一 高倉天皇の中宮徳子。治承四年(一一八〇)、言仁(ときひと)親王(のちの安徳天皇)の即位により、天皇の生母として門院の称号を受けた。清盛は天皇の外祖父となった。　一二 正しくは次女。
一三 主人として大切に仕える。「二人の夫に冊(かしづ)かなければならない」(尾崎紅葉『多情多恨』明治三十年)。
一四 「女房」は、宮中でひとり住みの部屋を与えられた高位の女官。「曹司」は、その部屋。転じて、雑用をする女官、雑仕。→補六。

れける
饗宴の盛大善美を尽せること言ふも愚[二六]なり、庭前には錦の幔幕を張りて舞台を設け、[二七]管絃鼓箏の響は興を助けて短き春の夜の闌くるを知らず、予て召し置かれたる[二八]白拍子の舞もはや終りし頃ひ、[二九]さと帛を裂くが如き[三〇]四絃一発の琴の音に連れて、[三一]繁絃急管のしらべ洋々として響き亘れば、堂上堂下俄に動揺めきて、「あれこそは隠れもなき[三二]四位の少将殿よ」、「して此方なる壮年は」、「あれこそは小松殿の[三三]御内に花と歌はれし[三四]重景殿よ」など女房共の[三五]罵り合ふ声々に、人々等しく楽屋の方を振向けば、右の方より薄紅の素袍に右の袖を肩脱ぎ、[三六]螺鈿の細太刀に紺地の水の紋の[三七]平緒を下げ、[三八]白綾の水干、[三九]桜萌黄の衣に山吹色の[四〇]下襲、背には[四一]胡簶を解きて[四二]老掛を懸け、露の儘なる桜かざして立てられたる四位の少将維盛卿、御年辛やく二十二、青糸の髪紅玉の膚、平門第一の美男とてかざす桜も色失せて、何れを花何れを人と分たざりけり、左の方よりは足助の二郎重景とて、小松殿[四三]恩顧の侍なるが、維盛卿より弱きこと二歳にて今年方に二十の壮年、上下同じ素絹の水干の下に燃ゆるが如き緋の下袍を見せ、[四四]厚塗の立烏帽子に[四五]平塵の細鞘なるを佩き、袂豊に舞出でたる有様、宛然一幅の画図とも見るべかりけり、二人共に何れ劣らぬ優美の姿、[四六]適怨清和、曲に随て一糸

一五 皇后に仕える女官たちの化粧をこらした顔。「六宮」は中国の後宮。「六宮の粉黛の、顔色の無し」(白居易「長恨歌」)を踏まえる。
一六 武士の出仕服であった直垂(ひたたれ)をいう。
一七 すがすがしい青色のすだれ。
一八 枝いっぱいに花をつけた桜樹のさま。「満朶」は「万朶(ばんだ)」とも。 一九 あおみどり色のうすぎぬ。月光を浴びた様子をいう。→補七。
二〇 中国北宋の詩人蘇軾の「春宵(しゅんしょう)一刻(いっこく)値(あたい)千金(せんきん) 花に清香(せいこう)有り 月に陰(かげ)有り」(「春夜」)による。満開の桜、月影の下での今宵の宴は千金どころか、それ以上に値するの意。 二一 武家邸で本殿から離れた中門などに設けられた、警護のための詰所。
二二 寝殿造で、本殿とは別の建物。夫人、女房が居住する。
二三 部屋などの仕切りに垂らす美しい織物。
二四 藺草(いぐさ)を五彩に染めて織り、板を芯にした畳。 二五 中国、西晋の富豪、石崇(せきすう)が洛陽の西北、金谷に造ったという別荘で、奢侈を極めた。 二六 到底形容できない。言いつくせるものではない。
二七 雅楽に用いられる楽器の総称。笙・ひちりき・横笛(おうてき)(管)、楽琵琶(がくびわ)(絃)、鞨鼓(かっこ)・太鼓(鼓)、楽箏(がくそう)・和琴(わごん)(箏)など。
二八 平安末期に起こった歌舞、またそれを踊る女性芸人。男装して立烏帽子(→注四四)、水干(→注三八)、緋の長袴、太刀をつけて舞う。
二九 さっと。
三〇 四絃の楽琵琶の各絃を一弾きで鳴らすこと。
三一 楽器を急に激しく演奏すること。またその音。 三二 平維盛(一一五八‐八四?)。重盛の嫡子。
三三 代々奉仕する家臣。

(三二五頁へ続く)

も乱れぬ歩武[一]の節、首尾能く青海波[二]をぞ舞ひ納めける　満座の人々感に堪へざるは無く、中宮よりは殊に女房を使に纏頭[三]の御衣を懸けられければ、二人は面目身に余りて退り出でぬ、跡にて口善悪[四]なき女房共は、少将殿こそ深山木[五]の中の楊梅、足助殿こそ枯野[六]の小松、何れ花も実も有る[七]武士よなど言合りける、知るも知らぬも羨まぬは無に、父なる卿の眼前に此を見て如何計り嬉しく思ひ給ふらんと人々上座の方を打見やれば、入道相国の然も喜ばしげなる笑顔に引換へて、小松殿[八]は差し俯きて人に面を見らるゝを懶げに見え給ふぞ訝しき

第　二

西八条殿の揺ぐ計りの喝采を跡にして維盛重景の退り出でし後に一個の少女こそ顕れたれ、是ぞ此夜の舞の納めと聞えければ、人々眸を凝して之を見れば、年歯は十六七、精好[九]の緋の袴ふみしだき、柳裏[一〇]の五衣打重ね、丈にも余る緑の黒髪後にゆりかけたる様は、舞子白拍子の媚態あるには似で、閑雅に﨟長[一一]けて見えにける、一曲舞ひ納む春鶯囀[一二]、細[一三]きは珊瑚を砕く[一四]一両の曲、風に靡けるさゝがにの糸[一五]軽く、太きは滝津瀬[一六]の鳴渡る千万の声、落葉の蔭に村雨[一七]の響重し、綾羅[一八]の袂ゆたかに翻るは花に休める女蝶の翼か、蓮歩[一九]の節急なるは蜻蛉の水に

一 足の運び。　二 雅楽の曲目の一つで最も華麗優美な名曲。二人舞。別甲(べっかふ)に青海の波と千鳥の文様をあしらった袍を一番上にまとう襲(かさね)装束、千鳥の螺鈿の太刀を帯びて舞う。
三 「てんとう」とも。歌舞・演芸をした者に、褒美(ほうび)として衣類、金銭などの品物を与えること。→補八。　四 批評がましく口うるさい。
五 深山に生えている木々の中でひときわ目立つ楊梅(やまもも)の意。『源氏物語』に、光源氏と頭中将の青海波の舞を評して「花(源氏)のかたはらの深山木(頭中将)なり」(「紅葉賀」)とあり、『平家物語』に、維盛の青海波の舞を評して「内裏の女房達のなかには、深山木のなかの桜梅(さくらむめ)とこそおぼゆれなどいはれ給(たま)ひし人ぞかし」(巻十「熊野参詣」)とある。
六 ひときわ目立つもの。
七 名実ともに備わったまことの武士。
八 一人父親の重盛だけが、周囲の賞賛のなかで沈痛な面持ち。→解説。　九 精好織のこと。絹織物の一種で、地が緻密で精美。
一〇 柳襲(やなぎがさね)の五衣(いつつぎぬ)のこと。襲(かさね)は衣の表地と裏地の色、または衣の袖口・襟などに見える色の取り合わせをいう。ここは、表が白、裏が青(現代でいう緑)の衣を数枚重ねて着たさま。「赤キ袴ニ柳裏ノ五衣著テ」(『太平記』巻二十三「大森彦七事」)。　一一 洗練されて上品なこと。　一二 別名「天長宝寿楽」。雅楽の曲目の一つで、華麗な曲。四人舞または六人舞。『源氏物語』に「春の鶯囀(さへづ)るといふ舞　いとおもしろく見ゆる」(「花宴」)。　一三 初出は「繊き」。
一四 注一六とともに、楽器の音色が多様なことを形容した表現。「鉄は珊瑚を撃つ一両曲　氷は玉盤に写す千万声」(白居易「五絃弾」)による。なお、原詩は「鄭の雅を奪うを悪(に)むなり」と

点ずるに似たり、折[二〇]らば落ちん萩の露、拾はゞ消えん玉篠のあはれにも亦婉[二一]やかなる其姿、見る人憺[二二]然として酔へるが如く、布[二三]衣に立[二四]烏帽子せる若[二五]殿原は、あはれ何処の誰が女子ぞ、花薫り月霞む宵の手枕に、君[二六]が夢路に入らん人こそ世にも果報なる人なれなど、袖褄引き合ひてのゝしり合へるぞ笑止なる

栄華の夢に昔を忘れ、細太刀の軽さに風雅の銘を打ちたる六波羅武士の腸をば一指の舞に溶したる彼の少女の、満座の秋[二七]波に送られて退り出でしを此夜の宴の終として人々思ひ〳〵に退出し、中宮もやがて還[二八]御あり、跡には春[二九]の夜の朧月、残り惜げに欄干の辺に跉跰ふも長閑けしや

此夜三条大路を左に御所の裏手の御[三〇]溝端を辿り行く骨格逞しき一個の武士あり、月を負ひて其顔は定かならねども、立烏帽子に稜[三一]高の布衣を着け、蛭[三二]巻の太刀の柄太きを横へたる夜目にも爽かなる出立は、何れ六[三三]波羅わたりの内人と知られたり、御溝を挟で今を盛なる桜の色の見て欲しげなるに目もかけず、物思はしげに小[三四]手叉きて、少しくうなだれたる頭の重げに見ゆるは、太息吐く為にやあらん、扨[三五]ても春の夜の月花に換へて何の哀れぞ、西八条の御宴より帰り途なる侍の一群二群、舞の評など楽しげに誰憚らず罵り合ひて、果は高笑して打興ずるを、件の侍は折々耳側て、時に冷やかに打笑む様[三六]仔細ありげなり、

付しているように、五絃の音は鉄や氷をうつような音で好ましくないとの意である。
二五 ささがには蜘蛛の異称。蜘蛛の糸から、「いと」の枕詞。ここでは「糸」と「いと」(副詞)が掛詞。蜘蛛の糸のように大層軽く。
二六 急流の大きく響きわたる音。
二七 強く降る雨。にわか雨。
二八 薄い綾織の絹。転じて美しい衣装。
二九 舞いのしなやかな足の運びが早くなったのが、とんぼが水面を点々とするさまに似ている。「蓮歩」は、中国、南斉の東昏侯(とうこんこう)が、潘妃(はんひ)に金で作った蓮(はす)の花の上を歩かせ、「歩歩、蓮華を生ず」といったという故事(『南史』「斉東昏侯紀」)から、美人のうるわしい歩みのこと。 三〇 はかなく繊細なもののたとえ。「御心のまゝに、おらば落ちぬべき萩の露、拾はば消えなんと見る玉笹の上のあられなどの、艶にあへかなる」(『源氏物語』「帚木」)を踏まえた表現。本文の「玉篠のあはれ」は「あられ」の誤記か。
三一 「品(ひん)ヨクシテ美シク」(大槻文彦『言海』二版、明治二十四年)。
三二 見とれてぼんやりしているさま。うっとりしているさま。 三三 狩衣。
三四 底本「立帽子(たてぼし)」を改めた。初出も「立帽子」。 三五 若者たち。「殿原」は武士などの男子を敬っていう語。
三六 横笛の夢の中に入るような人。小野小町「思つゝ寝(ぬ)ればや人の見えつらむ夢としりせば覚めざらましを」(『古今和歌集』恋二)など、人を思って寝るとその人に夢の中で会えると信じられていた。
三七 異性の関心を引こうとして媚を含んだ目つきをすること。流し目。「ヨコメツカヒ。イロメ」(『言海』二版)。 三八 すぐに。まもなく。

中宮の御所をはや過ぎて、垣越の松影月を漏さで墨の如く暗き辺に至りて不図首を挙げて暫し四辺を眺めしが、俄に心付きし如く早足に元来し道に戻りける、西八条より還御せられたる中宮の御輿、今しも宮門を入りしを見、最と本意無[一]げに跡見送りて門前に佇みける、後れ馳せの老女の訝しげに己れが容子を打瞻り居るに心付き、急ぎ立去らんとせしが、何思ひけんツと振向て、件の老女を呼止めぬ

　何の御用と問はれて稍躊躇ひしが、「今宵の御宴の終に春鶯囀を舞はれし女子は何れ中宮の御内ならんと見受けしが、名は何と言はるゝや」、老女は男の容姿を暫し眺め居たりしが微笑みながら、「扨も笑止の事も有るものかな、西八条を出る時、色清げなる[二]人の妾を捉へて同じ事を問はれしが、あれは横笛とて近き頃[三]小室[四]の郷より曹司に見えし者なれば、知る人無きも理にこそ、御身は名を聞いて何にし給ふ」、男はハツと顔赤らめて[五]「勝れて舞の上手なれば」、答ふる言葉聞きも了らで、老女はホヽと意味ありげなる笑を残して門内に走り入りぬ

　「横笛横笛」、件の武士は幾度か独語ちながら、徐に元来し方に帰り行きぬ、霞の底に響く大覚寺[六]の鐘の声　初更[七]を告ぐる頃にやあらん、御溝の那方に長く

二九　春の朧月さえもが去り行きかねている様子。
三〇　御溝水(みかわ)。内裏の殿舎や塀に沿って設けられた溝を流れる水。特に、清涼殿の前を流れるものが風流の趣があって名高い。
三一　袴の左右の側面にある縫止めの所を高く仕立てたもの。狩袴(かりばかま)の類。
三二　太刀の柄や鞘などを鉄・銀・金銅(こんどう)などの細長い薄板で蛭が巻きつくようにらせん状に巻いた長刀。
三三　六波羅辺りの武士だとわかる。西八条から帰るなら、そのまま東へ向かうはず。御所の裏手へと遠回りしている。　三四　腕を組んで。
三五　春の夜のうるわしい風景に代わる、いかなる感興があるのか。
三六　何か深いわけがありそうだ。朧化法。

以上三一七頁

一　残念そうに。落胆したというふうに。
二　容姿のすっきりとして美しい人。舞納めの少女に関心を抱いた人物がもう一人いることがわかる。
三　最近。
四　未詳。『樗牛全集』(博文館・春陽堂、明治三十七―四十年。以下、全集と略)の編者姉崎正治(嘲風)手入れの本文は「御室」。↓補九。
五　底本に脱落の起こしのカギを補った。
六　現在の京都市右京区嵯峨にある古義真言宗の寺。
七　「更」は、日没から日の出前までを五等分して呼ぶ時の名。「初更」はその最初の時で、現在の午後七時から九時頃。

曳ける我影に駭きて、傾く月を見返る男、眉太く鼻隆く一見凜々しき勇士の相貌、月に笑めるか、花に咲ふか、あはれ瞼の辺に一掬の微笑を帯びぬ

第　三

当時小松殿の侍に斎藤滝口時頼[8]と云武士ありけり、父は左衛門茂頼[9]とて齢古稀に余れる老武者にて、壮年の頃より数ヶ度の戦場にて類稀なる手柄を顕したりしが、今は年老たれば其子の行末を頼りに残年を楽ける、小松殿は其功を賞で給ひ、時頼を滝口の侍に取立て、数多き侍の中に殊に恩顧を給はりける

時頼是時年二十三、性闊達にして身の丈六尺[10]に近く筋骨飽くまで逞しく、早く母に別れ武骨一辺の父の膝下に養はれしかば、朝夕耳にせしものは名ある武士が先陣抜懸けの誉ある功名談に非ざれば、弓箭甲冑の故実、髻垂れし幼時より剣の光、弦の響の裡に人と為りて、浮きたる世の雑事は刀の柄の塵程も知らず、美田の源次[11]が堀川の功名に現を抜して[12]、赤樫の木太刀を振舞はせし十二三の昔より、空肱撫でて[13]長剣の軽きを喞つ[14]二十三年の春の今日まで、世に畏しき者を見ず、出入の息を除きては六尺の体、何処を胆[15]と分くべくも見えず、実に保平[16]の昔を其儘の六波羅武士の模型なりけり、然れば小松殿も時頼を末

八 本名は斎藤時頼。官職から滝口という(→七行)。生没年未詳。「滝口」は天皇に近侍して雑事をつかさどる蔵人所(くろうどどころ)に属し、宮中の警護と雑用を務める武士で武芸に長じた者が選ばれる。清涼殿の東北、滝口(御溝水〈→三一七頁注三〇〉の落ち口)に詰所があった。

九 藤原利仁(としひと)。平安中期の武将)の子孫で疋田斎藤氏。以成(もちなり)の子。『平家物語』では茂頼(もちより)。

一〇 一尺は約三〇・三センチメートル。かなりの長身。

一一 平安中期の武士渡辺綱(つな。九五三―一〇二五)のこと。源頼光の四天王の一人。大江山の酒呑童子、京都一条堀川の戻橋で女に化けた愛宕山の鬼を退治した(「堀川の功名」)という伝説がある。

一二 夢中になって。

一三 腕前が活用できないで。

一四 託つ。嘆く。

一五 「胆」は心臓、肝臓などの主要な内臓。転じて急所(弱点)。どこに急所があるのか分からないほど身体を鍛えての意。

一六 保元の乱(保元元年〈一一五六〉)、平治の乱(平治元年〈一一五九〉)の当時。保元の乱では皇室内部および摂関家で対立が激化し、崇徳上皇側が源為義らを、後白河天皇が源義朝・平清盛らを味方にして交戦。後白河側が勝ち、武士の実力が認められ、武士の中央政治進出の契機となった。平治の乱では源義朝側と平清盛側とがそれぞれ摂関家と結んで交戦。清盛が勝利。源氏の勢力は衰退し、平氏政権が出現した。

頼母しき者に思ひ、行末には御子維盛卿の附人になさばやと常々目を懸けられ、左衛門が伺候の折々に、「茂頼、其方は善き悴を持ちて仕合者ぞ」と仰せらるゝを、七十の老父、曲りし背も反らん計りにぞ嬉しがりける

時は治承の春、世は平家の盛、そも[一]天喜康平[二]の以来、九十年の春秋、都も鄙[三]も打靡きし源氏[四]の白旗も、保元平治の二度の戦を都の名残に、脆くも武門の哀れを東海[五]の隅に止めしより、六十余州に到らぬ隅無き平家の権勢、驕る者久しからずとは驕れる者如何で知るべき、養和[六]の秋富士河の水禽も、まだ一年の来ぬ夢なれば、一門の公卿殿上人は言はずもあれ、上下の武士何時しか文弱の流に染みて、嘗て丈夫の誉に見せし向ふ疵もいつの間にか水鬢[七]の陰に掩はれて、重さを誇りし円打の野太刀[八]も、何時しか銀造の細鞘[九]に反を打たせ、清らなる布衣の下に練貫[一〇]の袖さへ見ゆるに、弓矢持つべき手に管絃の調とは言ふもうたてき[一一]事なりけり

時頼世の有様を観て熟々思ふ様、[一二]扨も心得ぬ六波羅武士が挙動かな、父なる人祖父なる人は、昔知らぬ若殿原に行末短き栄耀[一三]の夢を貪らせんとて其膏血[一四]はよも濺がじ、万一事有るの暁には、糸竹[一五]に鍛へし腕、白金造の打物は何程の用にか立つべき、射向[一六]の袖を却て覆ひに捨鞭のみ烈しく打て、笑を敵に残すは眼

一　そもそも。
二　天喜年間(一〇五三―五八)、康平年間(一〇五八―六五)。源頼義・義家親子が陸奥の豪族安倍頼時・貞任(さだとう)・宗任(むねとう)親子を鎮圧した前九年の役(永承六―康平五年〈一〇五一―六二〉)をさす。後三年の役(永保三―寛治元年〈一〇八三―八七〉)とともに源氏が東国に勢力を築くきっかけとなった。
三　都から遠く離れた場所。
四　平家が赤旗を用いたのに対する源氏の旗じるし。東国を中心に清和源氏が勢力をのばしていた。
五　永暦元年(一一六〇)、源頼朝が伊豆(→三七九頁注一〇)に配流されたこと。
六　「養和」は安徳天皇の御代の年号。天皇即位の翌年、治承五年(一一八一)七月十四日に改元。維盛の平家軍と源頼朝の源氏軍とが富士川を挟んで戦陣を張ったおり、平家が水鳥の飛び立つ羽音を敵の来襲と誤り、敗走したことをいう。ただし、富士川の合戦があったのは治承四年十月で、養和改元の前年。
七　水でなでつけ、整えた髪。外見を飾ることをいう。
八　実戦用の堅固な仕立てとして肉厚に打ち出した長刀。
九　鞘に銀の金具で装飾した儀礼用の細太刀。
一〇　経(た)糸を生糸、緯(よ)糸を練ってやわらかにした糸で織った布。
一一　いやな、情けないこと。
一二　以下、三二一頁二行「所存の程こそ知らね」

のあたり見るが如し、君の御馬前に[一七]天晴勇士の名を昭して討死すべき武士が、何処に二つの命ありて、歌舞優楽の遊に荒める所存の程こそ知らね――弓矢の外には武士の住むべき世有りとも思はぬ一徹の時頼には、兎角慨はしく、苦々しき事のみ耳目に触れて平和の世の中面白からず、あはれ何処にても一戦の起れかし、いでや二十余年の風雨に鍛へし我技倆を顕して、日頃我を武骨者と嘲りし[一八]優長武士に[一九]一泡吹かせんずと思ひけり、衆人酔へる中に独り醒むる者は容れられず、斯る気質なれば時頼は自ら儕輩に疎ぜられ、滝口時頼とは無骨者の異名よなど嘲り合ひて、時流外れに粗大なる布衣を着て鉄巻の丸鞘を[二〇]鴎尻に横へし後姿を、蔭にて指し笑ふ者も少からざりし

＊　＊　＊　＊

西八条の花見の宴に時頼も連りけり、其夜[二一]更闌けて家に帰り、其翌朝は常に似ず朝日影窓に差込む頃、やうやく臥床を出でしが、顔の色少しく蒼味を帯びたり、[二二]終夜眠らでありしにや

此夜、御所の溝端に人跡絶えしころ、中宮の御殿の前に月を負て歩むは、紛ふ方なく先の夜に老女を捉へて横笛が名を尋ねし武士なり、物思はしげに御門の辺を行きつ戻りつ、月の光に振向ける[二三]顔見れば、まさしく斎藤滝口時頼なり

までが時頼の心中思惟。独白体。

一三　「えいえう」の約。栄えて世に時めくこと。

一四　あぶらと血。ここは鍛練した腕前。

一五　箏・琵琶など管絃を弾くこと。

一六　弓を射るとき敵に向かう左手（弓手〈ゆんで〉）の袖で顔を防御し、逃げるための馬への鞭だけは右手（馬手〈めて〉）で烈しく打ちの意。

一七　ああ、見事な。「あはれ」から転じた語。武士の死を覚悟した行為を賞賛する語。

一八　「優長」は物事にすぐれていること。ここでは管絃に秀でる軟弱な武士を批判することば。

一九　相手の意表をついて驚き慌てさせてやろう。

二〇　刀の鞘尻（さやじり）を上にそらせるように帯びること。

二一　深夜（→三一八頁注七）。

二二　一晩中眠らないでいたのだろうか。語り手の推測。

二三　顔を見たのは語り手とおぼしき人物。臨場感を強める表現。

けり

第四

[一]物の哀も是よりぞ知る、[二]恋ほど世に怪しきものはあらじ、[三]稽古の窓に向て三諦止観の月を楽める身も、一朝折かへす花染の香に幾年の行業を捨てし人、[四]百夜の榻の端書につれなき君を怨みわびて、乱れ苦しき忍草の露と消えにし人、さては[五]相見ての後のたゞちの短きに　恋悲みし永の月日を恨みて三衣一鉢に空なる情を観ぜし人、惟へば孰れか[六]恋の奴に非ざるべき、[七]恋や、秋萩の葉末に置ける露のごと、空なれども、中に写せる月影は円なる望とも見られぬべく、今の憂身をつらしと喞てども恋せぬ前の越方は何を楽に暮しけんと思へば[八]涙は此身の命なりけり、夕旦の鐘の声も余所ならぬ哀に響く今日は、過ぎし春秋の今更心なきに驚かれ、鳥の声、虫の音にも心何となう動きて我にもあらで情の外に行末もなし、恋せる今を迷と観れば悟れる昔の慕ふべくも思はれず、悟れる今を恋と観れば昔の迷こそ中々に楽しけれ、恋程世に訝しきものはあらじ、[九]そも人、何を望み何を目的に渡りぐるしき恋路を辿るぞ、我も自ら知らず、只朧げながら夢と現の境を歩む身に　ましてや何れを恋の始終と思ひ別たんや、

一 恋心を抱くことにより、しみじみとした情趣や悲哀を知ることになる。藤原俊成「恋せずは人はこゝろもなからましものゝあはれも是よりぞしる」(『長秋詠藻』)、幸田露伴「物のあはれも是よりぞ知る旅」(『風流仏』明治二十二年)などを踏まえた表現。

二 「恋フコト。＝愛、＝恋情、＝愛恋、＝ラブ」(山田美妙『日本大辞書』日本大辞書発行所、明治二十六年)。「恋愛」の語はまだ一般に使われていなかった。↓補一〇。

三 多年の修行の成果を一日の恋のために失ってしまった人(『太平記』巻十七「山門牒送南都事」を踏まえた表現。↓補一一)。インド波羅奈(はらな)国の一角仙人、あるいは志賀寺の上人(『太平記』巻三十七「身子声聞、一角仙人、志賀寺上人事」)をさすか。一角仙人は修行のすえ通力を得るが、美女にまどわされ通力を失う。志賀寺の上人も、九品(極楽浄土)の境地に達していたが、あるとき一目見た高貴な夫人(宇多天皇の后)に恋慕して道心を失ってしまう。

四 深草の少将をさす。深草の少将が小野小町に求愛し、百夜通えば許すという彼女のことばに従って毎夜通い、そこに印をつけたが、九十九夜通い、百夜目に差しさわりがあって成就せず、恨み死んだという説話。謡曲「通小町(かよいこまち)」などに描かれる。「榻(しじ)」は、牛車から牛を外したときの車の轅(ながえ)を置く台。

五 西行をさすか。西行が、高貴の女性から許さ

そも恋てふもの何こより来り何こをさして去る、人の心の隈は映ずべき鏡なければ何れ思案の外なんめり

一〇 いかなれば斎藤滝口、今更武骨者の銘打たる鉄巻一一をよそにし、一二負ふにやさしき横笛の名に笑める、いかなれば時頼、常にもあらで夜を冒して中宮の御所には忍べる、吁々いつしか恋の淵に落ちけるなり

西八条の花見の席に中宮の曹司横笛を一目見て時頼は、世には斯る気高き美しき女子も有るもの哉と心窃に駭きしが、雲を遏め雪を廻す妙なる舞の手振を見もて行くうち、胸怪しう轟き心何となく安からざるが如く、廿三年の今まで絶て覚なき異様の感情雲の如く湧出でゝ、例へば渚を閉ぢし池の氷の春風に溶けたらんが如く、若くは満身の力をはりつめし手足の節々一時に緩みしが如く、茫然として一三行衛も知らぬ通路を我ながら踏迷へる思して、果は舞終り楽収りしにも心付かず、軈て席を退り出でゝ何処ともなく出行きしが、あはれ横笛とは時頼其夜初めて覚えし女子の名なりけり

日来快活にして物に鬱する事などの夢にも無かりし時頼の気風何時しか変りて、憂はしげに思ひ煩ふ朝夕の様唯ならず、紅色を帯びしつや〳〵しき頰の色小く蒼ざめて、常にも似で物言ふ事も稀になり太息の数のみぞ唯増さりける、

れた一夜の契りがとこしえの別れになることに感応(→四〇〇頁注三)し、出家したという説話(『源平盛衰記』)がある。「三衣一鉢」は僧体を表す。→補一二。

六 恋にとらわれた者。

七 恋ははかないものだけれど、成就する望みもきっとあるにちがいない。露の中に映った月影が欠けることのない円であることを恋の成就にたとえる。

八 この苦しみは自分にとって最も大切なものだ。武勇を誇る時頼の心情に変化が起こったことを意味する。

九 以下、段落終わりまで「そも」で始まる対句表現。細部でも「何」(一四行)、「何こ」(三二三頁一行)が対句。

一〇 次行の「いかなれば」と重ねて、強調する。

一一 なおざりにして。

一二 「負ふに…名」で、名に負うの意か。その優美な横笛という名。鉄巻の太刀(無骨者)と対置した表現。

一三 會禰好忠「由良の門(と)をわたる舟人かぢをたえゆくゑもしらぬ恋の道かも」(『新古今和歌集』恋一)を踏まえる。

果は[一]濡羽の厚鬢に水櫛当て、筈長の大束に[二]今様の大紋の布衣は平生の気象に似もやらずと、時頼を知れる人訝しく思はぬは無かりけり

第五

打て変りし滝口が今日此頃の有様に、あれ見よ、当世嫌ひの武骨者も一度は折らねばならぬ[三]我慢なるに、笑止や日頃吾等を尻目に懸けて軽薄武士と言はぬ計りの顔、今更何処に下げて吾等に対ひ得る、など後指さして嘲り笑ふ者あれども、滝口少しも意に介せざるが如く応対等は常の如く振舞ひけり、されど自慢の頬鬚掻撫づる隙もなく、[四]青黛の跡絶えず鮮かにして、萌黄の狩衣に[五]摺皮の藺草履など　よろづ派手やかなる出立は人目にそれと紛ふべくもあらず、顔容さへ稍々[六]痩れて起居も懶きが如く見ゆれども、人に向つて気色の勝れざるを喞ちし事もなく、偶々病など無きやと問ふ人あれば、却て意外の面地して常にも益して健かなりと答へけり

皆是れ恋の業なりとは、哀れや、時頼未だ夢にも心づかず、[七]我ともなく人ともあらで只思ひ煩へるのみ、思ひ煩へる事さへも心自ら知らず、例へば[八]夢の中に伏床を抜出でゝ終夜山の巓　水の涯を迷ひつくしたらん人こそ　さながら

一 烏の羽のように黒くつややかな色の髪に水をつけて櫛で整えるさま。「厚鬢」は、頭の中央から額にかけて髪をせまくそり落とし、左右の髪をふさふさとさせる結い方。「筈長の大束」は、髪の先端部を頭の中央部で束ね、長く大きく結ぶこと。

二 流行の着物。大形の模様や紋のついた狩衣。

三 強情。

四 青いまゆずみでかいた眉。

五 なめし革に模様をすり染めにした鼻緒がついた、藺草(いぐさ)で編んだ草履。

六 底本振り仮名「かつ」を改めた。

七 自分が自分であるような気がしないまま。

八 成就するかどうかわからない恋に滝口が苦しんでいるさまを描く。→補一三。

九 実戦向きの軽装の鎧。円筒型で胴を保護するために用いられた。腹巻とも。

一〇 柱と柱をつなぐ化粧横木。金具をつけて槍などを納めた。

一一 →三一五頁注三六。

一二 すり磨いた鮫皮を鞘に巻きつけた短刀。「鞘巻」は鞘に糸、皮などを巻いた漆塗の腰刀。

一三 華奢。上品で風流なさま。

一四 平重盛。

一五 熊野は紀伊半島の南部、熊野川流域と熊野灘に面する一帯の地域。古代からの霊験の地で、熊野三社(熊野本宮大社、熊野速玉大社、熊野那智大社)があり、一定の期間昼夜こもって祈願する。

一六 筆の穂先の中心にある長い毛。書くのに最も大切な部分。

滝口が今の有様に似たりとも見るべけれ
人にも我にも行衛知れざる恋の夢路をば、滝口何処のはてまで辿りけん、夕とも言はず、暁とも言はず屋敷を出でゝ、行先は己れならで知る人もなく、只門出の勢に引きかへて、戻足の打蕭れたる様、さすがに遠路の労とも思はれず、一月余も過ぎて其年の春も暮れ、青葉の影に時鳥の初声聞く夏の初となりたれども、かゝる有様の悛まる色だに見えず、はては十幾年の間、朝夕楽みし弓馬の稽古さへ自ら怠り勝になりて、[九]胴丸に積る埃の堆きに目もかけず、名に負へる鉄巻は高く[一〇]長押に掛けられて、[一一]螺鈿の桜を散せる黒鞘に、[一二]摺鮫の鞘巻指し添えたる立姿は、若し我ならざりせば一月前の時頼、唾も吐きかねざる[一三]花奢の風俗なりし

されば変り果てし容姿に慣れて、笑ひ譏る人も漸く少くなりし頃、蟬声喧しき夏の暮にもなりけん、滝口が顔愈々やつれ、頬肉は目立つ迄に落ちて眉のみ秀で、凄きほど色蒼白みて、濃かなる双の鬢のみぞ愈々其沢を増しける、気向かねばとて病と称して[一四]小松殿が[一五]熊野参籠の伴にも立たず、動もすれば、己が室に閉籠りて、夜更くるまで寝もやらず、日頃は絶て用なき机に向ひ、一穂の燈挑げて、怪しげなる薄色の折紙延べ拡げ、[一六]命毛の細々と認むる小筆の運び

(三一五頁より続く)
三四 足助二郎重景(一二―一三行)。伝不詳。平治の乱(↓三一九頁注一六)の際、平家側で忠死した与三左衛門景安(↓三四五頁注二〇)の子。
三五 言い騒ぐ。
三六 柄や鞘に夜光貝などを施した儀礼用の飾り太刀。
三七 幅広の平打ちの組緒。束帯(有位の官人が朝廷に出仕する際に着用した衣)のとき、飾り太刀をつるすために胴に巻き、結び余りを前に垂らす。
三八 白地の綾織物でつくった盤領(まるえり)、脇あけの装束(常装束)。「すいかんにたて烏帽子、白ざやまきをさいて(差して)まひければ、おとこまひとぞ申ける」(『平家物語』巻一「祇王」)。
三九 表地に萌黄色(青黄色)、裏地に薄青色を用いた衣。
四〇 下に着ける衣装。
四一 矢を入れて背に負う武具。武官の正装用。
四二 冠につけた飾り。馬の尾の毛などで作った覆いを顔面の左右にかける。武官の正装用。
四三 特別に目をかけること。重盛は自身の名の一字を授けた(三四五頁一一行)。『平家物語』(巻十「維盛出家」)にみえる。
四四 中央部の峰(みね)を高く立てたままで折らない烏帽子。折烏帽子に対して本来の烏帽子をいう。「厚塗」は漆を厚く塗ったもの。
四五 鞘に金粉をまき散らし、漆を塗って研(と)ぎだした儀礼用の細太刀。
四六 適(のどか)・怨(うらみ・かなしみ)・清(きよらか)・和(なごやか)の四つの詩情をいうか。「適怨清和節ニ随テ移ル」(『太平記』巻四「笠置囚人死罪流刑事 付藤房卿事」)。

絶間なく、巻てはかへす思案の胸に、果は太息と共に封じ納むる文の数々、燈の光に宛名を見れば　薄墨の色に哀を籠めて、何時の間に習ひけん[一]貫之流の流れ文字に『横笛さま』

世に[二]艶めかしき文てふ者を初めて我思ふ人に送りし時は心のみを頼みに、[三]安からぬ日を覚束なくも暮せしが、[四]籬に触るゝ夕風のそよとの頼だになし、[五]前もなき只の一度に人の誠のいかで知らるべきと、更に心を籠めて寄する言の葉も亦[六]仇し矢の返す響も無し、心せわしき三度五度、答なきほど迷は愈々深み、気は愈々狂ひ、十度、二十度、哀れ六尺の丈夫が二つなき魂をこめし[七]千束なす文は、底なき谷に投げたらん礫の如く、只の一度の返り言もなく、[八]天の戸渡る梶の葉に思ふこと書く頃も過ぎ、何時しか秋風の哀を送る夕まぐれ、露を命の虫の音の葉末にすだく声悲し

第　六

[九]思へば我しらで恋路の闇に迷ひし滝口こそ哀なれ、[一〇]鳥部野の煙絶ゆる時なく、仇し野の露置くにひまなき　まゝならぬ世の習はしに漏るゝ我とは思はねども、[一一]相見ての刹那に百年の契をこむる頼もしき例なきにもあらぬ世の中に、いかな

一　紀貫之(?-九四五)。平安前期の歌人で名筆家。流麗な仮名書きをよくした。

二　恋文。

三　不安な日をもどかしく過ごしていたが。

四　ほんの少しの風さえ吹かないように、横笛からなんの返事もこない。

五　たった一度(最初)の文で。

六　かたちばかりの返事さえこない。「仇矢(徒矢)」は命中しない矢。

七　いく束にも及ぶたくさんの手紙。↓補一四。

八　七夕に牽牛・織姫の二星が天の川戸(狭くなった所)を渡って相会うということから、舟の舵(かじ)に音が通じる梶の葉に男女が願いを書くという風習があった。『平家物語』に「秋の初風吹ぬれば、星合(あひ)の空をながめつゝ、あまのとわたるかぢの葉に、おもふ事かく比(ころ)なれや」(巻一「祇王」)。

九　以下、三二八頁一二行「然るにても」まで、叶わない片恋の苦しみに悩む時頼の心中が表出される。

一〇　「鳥部野」は鳥辺野。鳥辺山とも。平安時代の火葬場・墓地。現在の京都市東山区の清水寺から西大谷に通じる辺り。「仇し野」は、鳥辺野と同じく火葬場のあったところ。現在の京都市嵯峨野(→三六二頁注三)の奥、小倉山のふもとの野。ともに、人の世の無常のたとえとしてよく使われる。「あだし野の露きゆる時なく、鳥

れば我のみは、[一二]天の羽衣撫で尽すらむほど永き悲みに、只一時の望だに得協はざる、思へば[一三]無情の横笛や、過ぎにし春のこのかた、書き連ねたる百千の文に、今は我には言残せる誠も無し、[一四]良し有ればとて此上短き言の葉に、胸にさへ余る長き思を寄せん術やある、情なの横笛や、よしや送りし文は拙くとも、変らぬ赤心は此の春秋の永きにても知れ、一夜の松風に夢さめて、思寂しき[一五]衾の中に、我ありし事、薄が末の露程も[一六]思ひ出さんには、[一七]など一言の哀を返さぬ事やあるべき、思へば〳〵心なの横笛や

然はさりながら[一八]他し人の心、我誠もて規るべきに非らず、[一九]路傍の柳は折る人の心に任かせ、野路の花は摘む主常ならず、数多き女房曹司の中に、いはゞ萍の浮世の風に任する一女子の身、今日は何れの[二〇]汀に止りて明日は何処の岸に吹かれやせん、千束なす我文は読みも了らで捨てやられ、さそふ秋風に[二一]桐一重の哀を残さゞらんも知れず、況し〔て〕やあでやかなる[二二]彼が顔は、[二三]浮きたる色を愛づる世の中にそも[二四]幾その人を悩しけん、かの宵にすら[二五]かの老女を捉へて色清げなる人の、嫉ましや、早や彼が名を尋ねしとさへ言へば、思を寄するもの我のみにては無かりけり、よしや他にはあらぬ赤心を寄するとも、[二六]風や何処と聞き流さん、[二七]浮きたる都の艶女に二つなき心尽しのかず〳〵は我身ながら恥

部山の烟立ちさらで」(『徒然草』七段)による。

一一 顔を合わせた瞬間に百年(永遠)の夫婦の縁を結ぶ心強い前例もあった世の中に。

一二 非常に長い時間のたとえ。天人が百年に一度ずつ四十里四方の石を羽衣で撫で、その石がすり減ってなくなってしまうような長い時間の意。「恋悲(コヒカ)ミシ月日ハ、天(マ)ノ羽衣撫(デ)尽スラン程ヨリモ長ク」(『太平記』巻十一「越中守護自害事 付怨霊事」)。

一三 つれなし。形容詞の語尾が省略された用法。以下、逐一注記しない。

一四 かりに。たとえ。

一五 夜具。

一六 思い出すとしたら。

一七 どうして。

一八 他人。

一九 以下、一一行「吹かれやせん」まで、女が言い寄る男に従って生きることの形容。

二〇 同じ行の「岸」は縁語。

二一 「桐一重」は「桐一葉」と同じ。秋風に散り終わる桐の葉のように、一通の文も残していないかもしれない。

二二 「彼女」の意。彼女の語が一般化するのは明治四十年以降(広田栄太郎『近代訳語考』東京堂出版、一九六九年)。

二三 心が浮き立つような美しい容姿。

二四 どのくらい多くの。

二五 三一八頁七行以下をさす。

二六 どこ吹く風。人のことなどまったく無視している様子。

二七 軽薄な都会の女。「たをやめ」は手弱女。なよなよとした女。『言海』二版は「たわやめ」の項に「丈夫(ラヲ)ニ対シテ、女ヲ、手弱キニ就キテイフ語。タヲヤメ」。

しや、アゝ心なき人に心して我のみ迷ひし愚さよ
待てしばし、然るにても立波荒き大海の下にも人知らぬ真珠の光あり、外には見えぬ木影にも情の露の宿する例、まゝならぬ世の習はしは、善きにつけ、悪しきにつけ、人毎に他には測られぬ憂はあるものぞかし、あはれ後とも言はず今日の今、我が此思を其儘に　いづれいかなる由ありて、我思ふ人の悲み居らざる事を誰か知るや、想へば那の気高き臈たけたる横笛を萍の浮きたる艶女とは僻める我心の誤ならんも知れず、さなり、我心の誤ならんも知れず、鳴く蟬よりは鳴かぬ蛍の身を焦すもあるに、声なき哀の深さに較ぶれば、[一]仇浪立てる此胸の浅瀬は物の数ならず、そもや心なき草も春に遇へば笑ひ、情なき虫も秋に感ずれば泣く、[二]血にこそ染まね、千束なす[三]紅葉重の燃ゆる計りの我思に、薄墨の跡だに得還さぬ人の心の有耶無耶は誰か測り誰か知る、然なり、情なしと見、心なしと思ひしは僻める我身の誤なりけり、然るにても――
滝口が胸は麻の如く乱れ、[四]とつおいつ、或は恨み或は疑ひ、或は惑ひ、或は慰め、去りては来り往きては還る念々不断の[五]妄想、流は千々に異れども、落行く末はいづれ同じ恋慕の淵、迷の羈絆目に見えねば、勇士の刃も切らんに術なく、あはれや、鬼を挫がんず[六]六波羅一の剛の者、何時の間にか恋の奴となりす

一「浅瀬に仇波」で、思慮の浅い者ほど落ち着きがなく、ささいなことにもいたずらに大騒ぎする意の諺。「仇波」は無駄に立ち騒ぐ波。
二 底本「血にこそ染まぬ」を改めた。血に染まったわけではないのに。「紅葉」のように赤く「燃ゆる」に続く。
三 紅と青の薄手の雁皮紙を重ねた料紙。手紙のこと。
四「取っつ置いつ」の転。あれやこれやと思案が定まらないさま。
五 底本「忘想」を改めた。
六 →三一三頁注二一。

ましぬ

一夜時頼、更闌けて尚眠りもせず、[七]意中の幻影を追ひながら為す事も無く茫然として机に憑り居しが、越し方、行末の事、[八]端なく胸に浮び、今の我身の有様に引き比べて思はず深々と太息つきしが、何思ひけん、一声高く胸を叩て躍り上り『[九]嗚呼過てり〳〵』

第七

[一〇]歌物語に何の痴言と聞き流せし、[一一]恋てふ魔にさては吾れ疾より魅せられしかと、初て悟りし今の刹那に滝口が心は如何なりしぞ、「嗚呼過てり」とは何より先に口を衝いて覚えず出でし[一二]意料無限の一語、襟元に雪水を浴びし如く、六尺の総身ぶる〳〵と震ひ上りて、胸轟き息せはしく、「むゝ」とばかり暫時は空を睨で無言の躰、やがて眼を閉てつく〴〵過越方を想ひ返せば、哀れにもつらかりし思の数々、さながら世を隔てたらむ如く、今更明し暮せし朝夕の如何にしてと驚かれぬる計り、夢かと思へば、現せ身の陽炎の影とも消えやらず、現かと見れば　夢よりも尚淡き此の春秋の経過、例へば永の病に本性を失ひし人のやうやく我に還りしが如く　滝口は只恍惚として呆るゝ計りなり

七　底本振り仮名「ふちう」を改めた。

八　思いがけなく。

九　時頼の内なる「声」が発せられる。「過てり〳〵」は、何を誤ったのかここでは不明。

一〇　和歌や物語に語られる恋。

一一　その恋という魔もの。恋は人の心を迷わせるものとされ、「げに恋は曲物(くせもの)曲物かな」(『閑吟集』)とも。

一二　限りなく思いをめぐらした。

「嗚呼過てり〳〵、弓矢の家に生れし身の天晴功名手柄して、勇士の誉を後世に残すこそ此世に於ける本懐なれ、何事ぞ、真の武士の唇頭に上するも忌はしき一女子の色に迷うて、可惜月日を夢現の境に過さんとは、あはれ南無八幡大菩薩も照覧あれ、滝口時頼が武士の魂の曇なき証拠、真此の通り」と、床なる一刀スラリと抜きて青燈の光に差し付くれば、爛々たる氷の刃に水も滴らんず無反の切先、鍔を銜で紫雲の如く立上る焼刃の匂目も覚むる計り、打見やりて時頼莞爾と打笑み、二振三振、不図平身に映る我顔見れば、こはいかに、肉落ち色蒼白く、ありし昔に似もつかぬ悲惨の容貌、打駭きてためつ、すがめつ、見れば見るほど変り果てし面影は我ならで外になし、扨も痩れたるかな、愧しや我を知れる人は斯る容を何とか見けん——そも斯くまで骨身をいためし哀と思へば、深さは我ながら程知らず、是も誰が為、思へば無情の人心かな

砕けよと握り詰めたる柄も気も、何時しか緩みて、臥蚕の太眉閃々と動きて、覚えず「あゝ」と太息つけば霞む刃に心も曇り。映るは我面ならで、烟の如き横笛が舞姿、是はとばかり眼を閉ぢ、気を取直し、鍔音高く刃を鞘に納むれば、跡には燈の影ほの暗く、障子に映る影さびし

嗚呼々々六尺の躰に人並の胆は有りながら、さりとは腑甲斐なき我身かな、

一 底本「巧名」を改めた。
二 惜しむべき。以下、たびたび繰り返されるキイワード。
三 八幡大菩薩に誓って自分の武士としての志にうそ偽りはない。
四 「真」は、本当にの意。
五 底本閉じカギなし。全集に従い補った。
六 底本「刀」を改めた。以下、同様の対処をした箇所があるが、逐一注記しない。
七 刀を焼き入れした際、表面に現れる白い線状に見える模様。刃文。よく手入れがされているさま。
八 にっこりと微笑み。
九 刀身の平たい部分。
一〇 以下、一〇行「何とか見けん」まで、時頼の心中を直接表す。
一一 眠期(脱皮を行うために静止している時期)の蚕のような湾曲した太い眉。
一二 底本「畑」を改めた。

影も形もなき妄念[一三]に悩されて、しらで過ぎし日はまだしもなれ、迷の夢の醒め果てし今はの際に、めゝしき未練は、あはれ武士ぞと言ひ得べきか、軽しと嘲ちし三尺[一四]二寸、双腕かけて畳みしはそも何の為の極意なりしぞ、祖先の苦労を忘れて風流三昧に現を抜かす当世武士を尻目にかけし、半歳前の我は今何処にあるぞ、武骨者と人の笑を心に誇りし斎藤時頼に、[一五]あはれ今無念の涙は一滴も残らずや、そもや滝口が此身は空蟬のもぬけの殻にて、腐れし迄も昔の胆の一片も残らぬか

世に畏るべき敵に遇はざりし滝口も、恋てふ魔神には引く弓も無きに呆れはてぬ、無念と思へば心愈々乱れ、心愈々乱るゝに随れて、乱脈打てる胸の中に迷の雲は愈々拡がり、果は狂気の如く[一六]いらちて、時ならぬ鳴絃の響、剣撃の声に胸中の渾沌を清さんと務むれども、[一七]心茲にあらざれば見れども見えず聞けども聞えず、[一八]命の蔭に蹲踞る一念の恋は、[一九]玉の緒ならで断たん術もなし

[二〇]誠や、恋に迷へる者は猶底なき泥中に陥れるが如し、一寸上に浮ばんとするは一寸下に沈むなり、一尺岸に上らんとするは、一尺底に下るなり、所詮自ら掘れる墳墓に埋るゝ運命は、悶え苦みて些の益もなし、されば悟れるとは己れが迷を知ることにて、そを脱せるの謂[二一]にはあらず

一三 底本「忘念」を改めた。以下、同様の対処をした箇所があるが、逐一注記しない。

一四 三尺二寸（約一メートル）の太刀を、右手で握り、左手の鞘に収めること。

一五 底本「あれは」を改めた。

一六 いらだちて。「いらつ」の活用形。

一七 心がほかのことにとらわれていると、眼前のことに集中できない。「心焉（ここ）に在らざれば、視（み）れども見えず、聴けども聞こえず、食（くら）えども其（そ）の味を知らず」（『大学』）による。

一八 →補一五。

一九 「玉の緒」は命のこと。命を落とさない限り、断つすべがないこと。式子内親王「玉の緒よ絶えなばたえねながらへばしのぶることのよはりもぞする」（『新古今和歌集』恋一）。

二〇 以下、語り手が自身の意見などを直接述べる草紙地。

二一 意味。

哀れ、恋の鴆毒[一]を渣も残さず飲み干せる滝口は、只坐[二]して致命の時を待つの外なからむ

第　八

消[三]えわびん露の命を何にかけてや繋ぐらんと思ひきや、四五日経て滝口が顔に憂の色漸く去りて、今までの如く物につけ事に触れ、思ひ煩ふ様も見えず、胸の嵐はしらねども、表面は槙の梢のさらとも鳴さず、何者か失意の恋にかへて其心を慰むるものあればならむ

一日滝口は父なる左衛門に向ひ、「父上に事改めて御願致し度き一義あり」、左衛門「何事ぞ」と問へば、「斯る事、我口より申すは、如何なものなれども、二十を越えてはや三歳にもなりたれば、家に洒掃[四]の妻なくては万に事欠けて快からず、幸ひ時頼見定め置きし女子有れば、父上より改めて婚礼を御取計らひ下されたく、願と言ふは此事に候」、人伝てに名を聞てさへ愧らふべき初妻が事、顔赤らめもせず、落付き払ひし語の言ひ様、仔細ありげなり、左衛門笑ひながら、「これは異な願を聞くものかな、晩かれ早かれ、いづれ持たねばならぬ妻なれば、相応はしき縁もあらばと老父も疾くより心懸け居りしぞ、シ

一 中国南方の山中にすむ鴆（ちん）という鳥の羽にある猛毒。ここでは、恋という猛毒。
二 何もしないで恋の結末の訪れを待つしかないだろう。「致命」は命にかかわること、死ぬこと。
三 わびしさのあまり死んでしまいそうなはかない命をどのようにして繋ぐのだろう。転じて、望みない恋の苦しみからどのようにして抜け出すのだろう。藤原俊成女（むすめ）「消（き）えわびぬ命をあだにかけそめし露の契りを結ぶ別れは」（『俊成卿女家集』）を踏まえるか。
四 「洒掃」は水をまき、ほうきで掃くこと。掃除。家事をし、家を守る妻。

テ其方が見定め置きし女子とは、何れの御内か[五]、但しは御一門[六]にてもあるや、どうじや」、「小子が申せし女子[七]とは、然る門地[八]ある者ならず」、「然らばいかなる身分の者ぞ、衛府附[九]の侍にてもあるか」、「否、さるものには候はず、御所の曹司に横笛と申すもの、聞けば小室わたりの郷家の娘なりとの事」

滝口が顔は少しく青ざめて、思ひ定めし眼の色徒ならず、父は暫し語なく俯ける我子の顔を凝視め居しが、「時頼、そは正気の言葉か」、「小子が一生の願、神以て[一〇]詐ならず」、左衛門は両手を膝に置直して声励まし、「やよ[一一]時頼、言ふまでもなき事なれば、婚姻は一生の大事と言ふこと、其方知らぬ事はあるまじ、世にも人にも知られたる然るべき人の娘を嫁子にもなし、其方が出世をも心安うせんと、日頃より心を用ゆる父を其方は何と見つるぞ、よしなき者[一二]に心を懸けて家の誉をも顧みぬほど無分別の其方にてはなかりしに、扨は兼てより人の噂に違はず、横笛とやらの色に迷ひしよな」、「否、小子こと色に迷はず香にも酔はず、神以て恋でもなく浮気[一三]でもなし、只少しく心に誓ひし仔細の候へば」

左衛門は少しく色を起し[一四]、「黙れ時頼、父の耳目を欺かん其語、先頃其方が儕輩[一五]の足助[一六]の二郎殿、年若きにも似ず、其方が横笛に想を懸け居ること後の為ならずと懇に潜に我に告げ呉れしが、其方に限りて浮きたる事のあるべきとも

五 →三一五頁注三三。
六 平家の一族。
七 底本「女子と、」。初出により「は」を補った。なお、全集は「女子は」に改訂。
八 高い家柄。
九 →三一四頁注一〇。
一〇 下に否定語を伴い、「神に誓って」。
一一 やあ。呼びかけの語。
一二 くだらない者。つまらない者。
一三 『日本大辞書』の「うはき(上気＝浮気)」の項に「ウツリヤスク、カハリヤスクアルコト」。
一四 怒りに顔色を変える。「色を作(な)す」に同じ。
一五 傍輩。同じ主に仕える同僚、仲間。
一六 重景。

思はれねば心も措かで過ぎ来りしが、思へば父が庇蔭目の過なりし、神以て恋にあらずとは、何処まで此父を袖[一]になさんずる心ぞ、不埒者め、話にも聞きつ[二]らん、祖[三]先兵衛直頼殿、余[四]五将軍に仕へて抜群の誉を顕せしこのかた、弓矢の前には後れを取らぬ斎藤の血統に、女色に魂を奪はれし未練者は其方が初ぞ、それにても武[五]門の恥と心付かぬか、弓矢の手前に面目なしとは思はずか、同じくば名ある武士の末にてもあらばいざしらず　素性もなき土民郷家の娘に、茂頼斯くて在らん内は、斎藤の門をくゞらせん事思ひも寄らず」

　老の一徹短慮に息巻き荒く罵れば、時頼は黙然として只差俯けるのみ、やゝありて左衛門は少しく面を和げて、「[六]いかに時頼、人若き間は皆過ちはあるものぞ、[七]萌出る時の美はしさに、霜枯の哀は見えねども、何れか秋に遭はで果つべき、花の盛は僅に三日にして跡の青葉は何れも色同じ、あでやかなる女子の色も十年はよも続かぬものぞ、老いての後に顧れば色めづる若き時の心の我ながら解らぬほど痴けたる者なるぞ、[八]過は改むるに憚る勿れとは古哲の金言、父が言葉腑に落ちたるか、横笛が事思ひ切りたるか、時頼、返事のなきは不承知か」

　今まで眼を閉ぢて黙然たりし滝口は、やうやく首を擡げて父が顔を見上げし

一　おろそかにする。ないがしろにする。
二　聞いているだろう。
三　未詳。
四　平安中期の武将、平維茂(これもち)のこと。貞盛の養子で十五男だったことから「余五」と呼ばれた。信濃の国戸隠山の鬼女退治の説話(謡曲「紅葉狩」)で知られる勇将。
五　「武門」を第一義とする父の論理が置かれている。
六　さあ。呼びかけの語。
七　若いときの美しさには、年老いたときの哀れさはわからないけれど。『平家物語』にある和歌「もえ出るもかるゝもおなじ野辺の草いづれか秋にあはではつべき」(巻一「祇王」)の字句を踏まえる。
八　『論語』「子(し)曰く、君子重からざれば則(すなわ)ち威(い)あらず。学べば則ち固(こ)ならず。忠信を主とし、己(おのれ)に如(し)かざる者を友とすること無かれ。過(あやま)ちては則ち改むるに憚(はばか)ること勿(な)かれ」(「学而」)による。

が、両眼は潤ひて無限の情を湛へ、満面に顕せる悲哀の裡に揺かぬ決心を示し徐に両手をつきて、「一々道理ある御仰、横笛が事、只今限り刀にかけて思ひ切て候、其代に時頼が又の願、御聞届下さるべきや」、左衛門は左もありなんと打点頭き、「それでこそ茂頼が悴、早速の分別、父も安堵したるぞ、此上に願とは何事ぞ」、「今日より永のおん暇を給はりたし」、言終るや、堰止めかねし溜涙、はら〳〵と流しぬ

第九

天にも地にも意外の一言に、左衛門呆れて口も開かず、只其子の顔色打瞄れば、滝口は徐に涙を払ひ、「思の外なる御驚に定めて浮の空とも思されんが、此願こそは時頼が此坐の出来心には露候はず、[九]斯る暁にはと予てより思決めし事に候、事の仔細を申さば只御心に違ふのみなるべけれども、申さゞれば猶以て乱心の沙汰とも思召されん、申すも[一〇]面はゆげなる横笛が事、まこと言ひ交せし事だに無けれども、[一一]我のみの哀は中々に深さの程こそ知れね、つれなき人の心に猶更狂ふ[一二]心の駒を繋がむ手綱もなく、此の春秋は我身ながら苦かりし、神かけて恋に非ず、迷に非ずと我は思へども、人には浮気とや[一三]見えもしけん、唯

九 父が許してくれない、そのとき。

一〇 底本「思はゆ」を初出により改めた。恥ずかしいような。

一一 自分だけの情愛はかえってその思いの深さがはかり知れない。

一二 感情が激して自制しがたいこと。「心の馬」に同じ。↓三九七頁注一〇。

一三 見えもするだろう。

剣に切らん影もなく、弓もて射らん的もなき[一]心の敵に向て、そも幾その苦戦をなせしやは、父上、此顔容のやつれたるにて御推量下されたし、時頼が六尺の軀によくも担ひしと自らすら駭く計りなる積り〳〵し憂事の数、我ならで外に知る人もなく、只[二]恋の奴よ、心弱き者よと、世上の人に歌はれん残念さ、誰に向て推量あれとも言はん人なきこそ、かへす〴〵も口惜しけれ、此儘の身にてはどの顔下げて武士よと人に呼ばるべき、腐れし心を抱きて、外見ばかりの伊達に指さんこと、両刀の曇なき手前に心とがめて[三]我から忍びず、只此上は横笛に表向き婚姻を申入るゝ外なし、されどつれなき人心、今更靡かん様もなく、且や素性賤しき女子なれば、物堅き父上の御容しなきこと元より覚悟候ひしが、只最後の思出にお耳を汚したる迄なりき、所詮[四]天魔に魅入られし我身の[五]定業と思へば、心を煩はす者更に無し、今は小子が胸には横笛がつれなき心も残らず、月日と共に積りし哀も宿さず、人の恨も我悲も洗ひし如く痕なけれども、残るは只此世の[六]無常にして頼み少きこと、秋風の身にしみ〴〵と感じて[七]有漏の身の換へ難き恨、今更骨身に徹へ候、惟れば誰が保ちけん[八]東父西母が命、誰が嘗めたりし[九]不老不死の薬、[一〇]電光の裏に仮の生を寄せて、妄念の間に露の命を苦む、愚なりし我身なりけり、横笛が事御容なきこそ小子に取りては此上もな

一 心の中のはっきりしない、もやもやとした感情。
二 恋のやっこ(→三二二頁注六)。
三 我ながら、堪えられない。
四 →三一四頁注四。
五 仏語。善悪の報いを受ける時期が前世から定まっている行為。
六 仏語。一切万物が生滅変転して、常住でないこと。人の世のはかないこと。無常はしばしば花を散らす風のイメージとして使われる。『平家物語』の冒頭部、「祇園精舎の鐘の声、諸行無常の響あり」(巻一「祇園精舎」)の一節が有名。
七 仏語。煩悩を持つ身。「漏」は煩悩の意。
八 東王父と西王母のこと。東王父は陽の気の精とされる中国伝説上の仙人で、仙人の統率者。

き善智識[11]、今日を限りに世を厭て誠[12]の道に入り、墨染の衣に一生を送りたき小子が決心、二十余年の御恩の程は申すも愚なれども、何れ遁れ得ぬ因果[13]の道と御諦ありて、永遠の御暇を給はらんこと、時頼が今生の願に候」、胸一杯の悲に語さへ震へ、語了ると其儘、歯根喰ひ絞[14]りて、詰と耐ゆる断腸の思、勇士の愁嘆流石にめゝしからず

　過ぎ越せし六十余年の春秋、武門の外を人の住むべき世とも思はず、涙は無念の時出づるものぞと、思ひし左衛門が耳に、哀れに優しき滝口が述懐の、何として解かるべき、歌詠む人の方便とのみ思ひ居し恋に悩みしと言ふさへあるに、木[15]の端とのみ嘲りし世捨人が現在我子の願ならんとは、左衛門如何でか驚[16]かざるを得べき、夢かとばかり一度は呆れ、一度は怒り、老の両眼に溢るゝ計りの涙を浮べ、「やよ悴[17]、今言ひしは慥に斎藤時頼が真の言葉か、幼少より筋骨人に勝れて逞しく、胆力さへ座りたる其方、行末の出世の程も頼母しく、我白髪首の生甲斐あらん日をば、指折りながら待詫び居たるには引換へて、今と言ふ今　老の眼に思ひも寄らぬ恥辱を見る者かな、奇怪とや言はん、不思議とや言はん、慈悲深き小松殿が　左衛門は善き子を持たれし、と我を見給ふ度毎のお言葉を常々人に誇りし我れ、今更乞食坊主の悴を持て、いづこに人に合す

西王母は中国西方の崑崙(こんろん)山に住むという仙女。『平家物語』の「西王母ときこえし人、昔はあって今はなし」(巻十「横笛」)、「誰がたもちたりし東父西母が命、秦の始皇の奢(おご)りをきはめしも、遂には驪山(りざん)の墓(つか)にうづもれ」(巻十一「大臣殿被斬」)による。

九 西王母が持っていたとされる、いつまでも老いず死ないという薬。

一〇 「電光」は稲光、稲妻。電光も露も消えやすいことから、短い時間の意。現世が短い仮の住まいであることの表現に「娑婆電光の境」(謡曲「葵上」)がある。

一一 仏語。正しい道(仏道)に導いてくれる人、またそのきっかけ。

一二 仏道をさす。→補一六。

一三 仏語。原因と結果。一切の現象の原因と結果を、仏教では六因、四縁、五果をもって説明。

一四 通常は「縛りて」。

一五 人情を解しないもの、転じて僧侶や尼のことをいう。「(法師は)人には木の端(はし)のやうに思はるゝよと清少納言が書けるも、げにさることぞかし」(『徒然草』一段)。

一六 驚かないでいられようか。

一七 以下は浄瑠璃などの「くどき」に当たる。くどきは嘆息や苦悩などを訴える内容で、情に訴えて相手を非難するが、ここでは父親が武家の義理を説く。

る二つの顔ありと思うてか、やよ、時頼、ヨック聞け、他は言はず、先祖代々よりの斎藤一家が被りし平家の御恩はそも幾何なりと思へるぞ、殊に弱年の其方を那程に目をかけ給ふ小松殿の御恩に対しても よし、如何に堪へ難き理由あればとて、斯る方外[一]の事、言はれ得る義理か、弓矢の上にこそ武士の誉はあれ、両刀捨てゝ世を捨てゝ、悟り顔なる悴を左衛門は持たざるぞ、上気[二]の沙汰ならば容赦もせん、性根を据ゑて、不所存のほど過つたと言はぬかッ」

両の拳を握て、怒の眼は鋭けれども恩愛の涙は忍ばれず、双頬伝てはふり落つるを拭ひもやらず、一息つよく、「どうじや、時頼、返答せぬかッ」

第十

深く思ひ決めし滝口が一念は石にあらねば転ばすべくも非ざれども、忠と孝[三]との二道に、恩義をからみし父の言葉に、思ひ設けし事ながら、今更に腸も千切るゝばかり、声も涙に曇りて、見上ぐる父の顔も定かならず、「仰せらるゝ事、時頼いかで理と承はらざるべき、小松殿の御事は云ふも更なり、年寄り給ひたる父上に、斯る嘆を見せ参らする小子が胸の苦しさは、喩ふるに物も無けれども、所詮浮世と観じては、一切の望に離れし我心、今は返さん[四]術もなし、

一 人の守るべき掟から外れていること。

二 狂気。

三 臣下としての義務を尽くすことと、子としての義務を尽くすこと。『平家物語』には「孔子・顔回はしな震旦に出て忠孝の道をはじめ給ふ」（巻五「咸陽宮」）ほか、武士の忠義を説くところが多い。「教育勅語」（明治二十三年発布）にも、「我ガ臣民克（よ）ク忠ニ克ク孝ニ億兆心ヲ一ニシテ」とある。

四 思い直す。

忠孝の道、君父[五]の恩、時頼何として疎かに存じ候べき、然りながら一度人身[六]を失へば万劫還らずとかや、世を換へ生を移しても生死妄念[七]を離れざる身を思へば、悟の日の晩かりしに心急がれて、世[八]は是迄とこそ思はれ候へ、只是れまで思ひ決めしまで重ね〴〵し幾重の思案をば、御知りなき父上には定めて若気の短慮とも、当座の上気とも聞かれつらんこそ口惜しけれ、言はゞ一生の浮沈に関る大事、時頼不肖[九]ながらいかでか等閑に思ひ候べき、詮ずるに自他の悲を此胸一つに収め置て、亡らん後の世まで知る人もなき身の果敢なさ、今更是非もなし、父上、願ふは此世の縁を是限りに、時頼が身は二十三年の秋を一期[一〇]に病の為に敢なくなりしとも、御諦らめ下されかし、不孝の悲は胸一つには堪へざれども、御詫申さんに辞もなし、只々御赦を乞ふ計りに候」

濺ぐ涙に哀を籠めても、飽くまで世を背に見たる我子の決心、左衛門今は夢とも上気とも思はれず、愛しと思ふほど弥増す憎さ、慈悲と恩愛に燃ゆる怒の焰に満面朱を濺げるが如く、張り裂く計りの胸の思に言葉さへ絶え〴〵に、「イ言はして置けば父をさし置きて我れ面白の勝手の理屈、左衛門聞く耳持たぬぞ、無常因果と、世にも痴けたる乞食坊主のえせ仮声、武士がどの口もて言ひ得る語ぞ、弓矢とる身に何の無常、何の因果、――時頼、善く聞けよ、畜類

五 主君と父親。「きみトちちト。「―ノ恩」(『言海』二版)。
六 仏語。一度人身を失うと、永遠に人に戻れないの意。「一たび人身(にん)を失ひつれば万劫にも復せず」(親鸞『教行信証』)。
七 仏語。生まれ変わり死に変わりして輪廻しても、常に迷いの心がつきまとうこと。
八 現世との関わりはもはやこれまで。
九 愚かなこと、また愚かな者。
一〇 一生。

の[一]狗さへ、一日の飼養に三年の恩を知ると云ふに非ずや、匐へば[二]立て、立てば歩めと、我年の積るをも思はで、育て上げし廿三年の親の辛苦、さては[三]重代相恩の主君にも見換へん者、世に有りと思ふ其方は、犬にも劣りしとは知らざるか、不忠とも、不孝とも、乱心とも、狂気とも、言はん様なき不所存者、左衛門が眼は、我子の容に化けし悪魔とより外は見ざるぞ、それにても見事其処に居直りて、斎藤左衛門茂頼が一子ぞと言ひ得るか、ならば御先祖の御名、立派に申して見よ、其方より暇乞ふ迄もなし、人の数にも入らぬ木の端は、勿論親でもなく、子でもなし、其一念の直らぬ間は、時頼、シヽ[四]七生までの[五]義絶ぞ」言ひ捨てヽ、[六]襖立切て畳触りも荒々しく、ツと奥に入りし左衛門、跡見送らんともせず、時頼は両手をはたとつきて、両眼の涙さながら雨の如し

[七]外には鳥の声うら悲しく、枯れもせぬに散る青葉二つ三つ、無情の嵐に揺落されて窓打つ音さへ恨めしげなる――[八]あはれ、世は汝のみの浮世かは

第十一

一門の[九]采邑[一〇]六十余州の半を越え、公卿殿上人三十余人、諸司衛府を合せて、門下郎党の大官栄職を恣にするもの其数を知らず、げに平家の世は今を盛

一 犬は一日でも飼えば三年恩を忘れない(まして人間は)。
二 子供の成長を楽しみに待ちかねる親心をいう。「はへば立てたてばあゆめの親ごころ」(『俳風柳多留』)。
三 先祖代々、相伝えて恩を受けること。
四 仏語。七度生まれ変わること。この世に転生できる極限。
五 縁を絶つこと。勘当。
六 閉め切って。
七 情景描写とともに時頼の心中を表す。→解説。
八 ああ、お前だけがつらいのか、いやそうではない、父親も同じことだ、という語り手の感慨。草紙地。「浮世」は「憂き世」を掛ける。
九 領地、知行所。
一〇 →三一三頁注七。
一一 治承元年(一一七七)、新大納言藤原成親・成経父子、平康頼、藤原師光(西光)、僧俊寛など後白河法皇の近臣が京都東山鹿ケ谷(ししがたに)にある俊寛の山荘で平家討伐の密議を行った事件。鹿ケ

とぞ見えにける、新大納言[一一]が隠謀脆くも敗て身は西海の隅に死し、丹波の少将成経、平判官康頼、法勝寺の執事俊寛等、徒党の面々、波路遥に名も恐しき鬼界[一二]が島に流されしより、世は愈々平家の勢に麟伏[一三]し道路目[一四]を側つれども背後に指す人だになし、一国の生殺与奪の権は入道[一五]が眉目の間に在りて衛府判官は其爪牙たるに過ぎず、苟も身一門の末葉に連れば、公卿華冑[一六]の公達も敢て肩を並ぶる者なく、前代未聞の栄華は天下の耳目を驚かせり、されば日に増し募る入道が無道[一七]の行為、一朝の怒に其の身を忘れ、小松内府[一八]の諫をも用ゐず、恐多くも後白河法皇[一九]を鳥羽[二〇]の北殿に押籠め奉り、卿相雲客[二一]の或は累代の官職を褫れ、或は遠島に流人となるもの四十余人、鄙も都も怨嗟の声に充ち、天下の望既に離れて衰亡の兆漸く現れんとすれども、今日の歓に明日の哀を想ふ人もなし、盛者必衰[二二]の理とは謂ひながら、権門の末路、中々に言葉にも尽されぬ

父入道が非道[二三]の挙動は一次再三[二四]の苦諫[二五]にも及れず、君父の間に立ちて忠孝二道に一身の両全を期し難く、驕る平氏の行末を浮べる雲と頼なく、思積りて熟々世の無常を感じたる小松の内大臣重盛卿、先頃思ふ旨ありて、熊野[二六]参籠の事ありしが、帰洛の後は一室に閉籠りて、猥に人に面を合せ給はず、外には所労[二七]と披露ありて出仕もなし、然れば平生徳に懐き恩に浴せる者は言ふも更なり、

谷の陰謀。

一二 古代の流刑場。鹿児島県大隅諸島の硫黄島とも、薩南諸島の古称とも。

一三 ひれふす。

一四 人々は目をそむけているけれども。「道路」は世の中、世間の意。「目を側つ」は「目を側(そば)む」のことで、視線をそらす、うとんじる、きらうの意。

一五 清盛。

一六 →三一三頁注一三。

一七 非道。

一八 内大臣の別称。

一九 久寿二年(一一五五)即位。保元三年(一一五八)譲位し、五代三十四年にわたり院政。治承三年(一一七九)十一月、清盛によって鳥羽殿(→次注)に幽閉された。『平家物語』「法皇をば鳥羽殿へをしこめまいらせうど候が」(巻二「教訓状」)。

二〇 平安中期、現在の京都市南区上鳥羽、伏見区下鳥羽と中島・竹田にまたがる地に造営された離宮。白河上皇より、鳥羽、後白河の三代の院御所として使用された。北・南・東殿などがある。

二一 公卿、殿上人。

二二 勢いの盛んな者でも、いつかは必ず衰えるということ。『平家物語』冒頭部に「娑羅双樹の花の色、盛者必衰(じやうしやひつすい)のことはりをあらはす」(巻一「祇園精舎」)。

二三 底本振り仮名「にだう」を改めた。

二四 「一度再三」に同じ。一度だけでなく何度も。

二五 苦言をもって諫(さい)めるも、ききめを及ぼすことができず。

二六 時頼が病と称して供をしなかった時のこと(三二五頁一四行)。

二七 病気。患い。

知るも知らぬも潜に憂ひ傷まざるはなかりけり

*　*　*　*

[一]短き秋の日影もやゝ西に傾きて、風の音さへ澄渡る[二]はづき半の夕暮の空、前には閑庭を扣へて左右は廻廊を繞し、[三]青海の簾長く垂れこめて、[四]微月の銀鉤空しく懸れる一室は、小松殿が居間なり、内には寂然として人なきが如く、只簾を漏れて心細くも立迷ふ香煙一縷、折々かすかに聞ゆる[五]戛々の音は念珠を爪繰る響にや、主が消息を齎していと[六]奥床し

やゝありて「誰かある」と呼ぶ声す、那方なる廊下の[七]妻戸を開けて徐に出来りたる[八]立烏帽子に[九]布衣着たる侍は斎藤滝口なり、「時頼参りて候」と申上ぐればやがて一間を出立給ふ小松殿、身には[一〇]山藍色の形木を摺りたる白布の服を纏ひ、手には水晶の珠数を懸け　ありしにも似ず痩れ給ひし御顔に笑を含み、「珍らしや滝口、此程より病気の由にて、予が[一一]熊野参籠の折より見えざりしが、僅の間に痛く痩せ衰へし其方が顔容、日頃は[一二]鬼とも組まんず勇士も[一三]身内の敵には勝たれぬよな、病は癒えしか」、滝口はやゝしばし、詰と御顔を見上げ居たりしが、「久しく御前に遠りたれば、余りの御懐しさに病余の身をも顧みず、先刻[一四]遠侍に伺候致せしが、幸にして御拝顔の折を得て時頼身にとりて恐悦の至

一 以下、人物が登場する前の情景描写。芝居の舞台に似る。
二 葉月。陰暦八月。
三 →三一四頁注一七。
四 三日月の白く細いかぎ状のさまをいう。陰暦八月の半ばは十五夜前後なので、矛盾する。
五 硬いものが触れ合う音。
六 奥深くて慕わしい。
七 寝殿や対屋(むかいや。→三一四頁注二二)の四隅にあって出入り口となる開き戸。
八 →三一五頁注四四。
九 →三一七頁注二三。
一〇 小忌の衣(→三四五頁注二四)。「山藍」はトウダイグサ科の多年草で、葉から採った汁は青色の染料となる。「形木」は物の形を彫った木。その形を布に摺って染めつけるのに用いるもの。
一一 →三二五頁注一五。
一二 鬼とさえ組討ちをしようとする。
一三 病をさす。
一四 →三一四頁注二一。

に候」、言ふと其儘御前に打伏し、[15]濡羽の鬢に小波を打たせて悲愁の様子、[16]徒ならず見えけり

哀れや、滝口、世を捨てん身にも、今を限の名残には一切の諸縁何れか煩悩ならぬは無し、此世の思出に夫とはなしに[17]余所ながらの告別とは神ならぬ身の知り給はぬ小松殿、滝口が平生の快活なるには似もやらで、打萎れたる容姿を、訝しげに見やり給ふぞ理なる

[18]四方山の物語に時移り、入日の影も何時しか消えて冴え渡る空に星影寒く、[19]階下の叢に虫の泣声露ほしげなり、燭を運び来りし水干に緋の袴着けたる童の後影見送りて、小松殿は声を忍ばせ、「時頼、近う寄れ、得難き折なれば、予が改めて其方に頼み置く事あり」

第十二

一穂の燈を挟して相対せる小松殿と時頼、物語の様最と蕭やかなり

[20]「こは思も寄らぬ御言葉を承はり候ものかな、御世は盛とこそ思はれつるに[21]など、然る忌はしき事を仰せらるゝにや、憚り多き事ながら、殿こそは御一門の柱石、天下万民の望の集る所、吾れ人諸共に御運の程の久しかれと、祈らぬ

一五 →三二四頁注一。
一六 尋常でないように見える。
一七 それとなく告げる別れ。時頼が重盛の館を訪れた真意。
一八 世間話などの雑談。
一九 座敷の一段下。庭。
二〇 この前に重盛の「言葉」が発せられたことがわかる。
二一 なぜ、どうして。

者はあらざるに、何事にて御在するぞ、聊かの御不例[一]に忌[二]はしき御身の後を仰せ置かるゝとは、殊更少将殿[三]の御事、不肖弱年の時頼、如何でか御托命の重きに堪へ申すべき、御言葉のゆゑよし、時頼つや〳〵[四]合点参らず」

「時頼、さては其方が眼にも世は盛と見つるよな――世は盛に見ゆればこそ、衰へん末の事の一入深く思ひ遣らるゝなれ、弓矢の上に天下を与奪するは武門の慣習、遠き故事を引くにも及ばず、近き例は源氏の末路、仁平久寿[五]の盛の頃には、六条判官殿[六]、如何でか其一族の今日あるを思はれんや、治に居て乱を[七]忘れざるは長久の道、栄華の中に没落を思ふも徒に重盛が杞憂[八]のみにあらじ」

「然るにても幾千代重ねん殿が御代なるに、など然ることの候はんや[九]」

「否とよ、時頼、朝の露よりも猶空なる人の身[一〇]の、何時消えんも測り難し、我れ斯くてだに[一一]在らんにはと思ふ間さへ中々に定かならざるに、いかで年月の後の事を思ひ料らんや、我もし兎も角もならん跡には心に懸るは只少将が身の上、元来孱弱[一二]の性質、加ふるに幼より詩歌数寄[一三]の道に心を寄せ、管絃舞楽の娯の外には弓矢の誉あるを知らず、其方も見つらん、去んぬる春の花見の宴[一四]に、一門の面目と称へられて舞妓白拍子にも比すべからん己が優技をば　さも誇り顔に見えしは、親の身の中々に恥しかりし、一旦事あらば、妻子の愛、浮

一　病気。特に貴人の病をいう。
二　重盛の死後に予測されるよくないこと。
三　平維盛のこと。
四　少しも。いささかも。
五　仁平年間(一一五一―五四)、久寿年間(一一五四―五六)。保元以前の時代で、平家台頭の前に当たる。
六　平安末期の武将源為義(一〇九六―一一五六)。源氏の家督を継ぎ、検非違使となり六条堀川に住んだので「六条判官」といわれた。保元の乱(→三一九頁注一六)で敗れ、斬首。
七　『易経』繋辞下「治而不忘乱」による。平和な世にあっても戦乱の時を忘れないで武を練ることが武道が長続きする道であるの意。
八　没落の予想で、三四三頁一四行「然る忌はしき事」の具体的内容。
九　どうしてそんなことがありましょうか。
一〇　朝露ははかなく消えるものだが、人の身はそれ以上にはかない。
一一　こうして生きている現在さえどうなるかわからないのに。
一二　ひ弱。
一三　風流を好むこと。
一四　花見の宴(第一回)で見せた重盛の態度(→三一六頁七行)の意味が明らかにされる。

世の望に惹されて、如何なる未練の最期を遂ぐるやも測られず、世の盛衰は是非もなし、平家の嫡流として卑怯の挙動などあらんには、祖先累代の恥辱是上あるべからず、維盛が行末守り呉れよ時頼、之ぞ小松が[一五]一期の頼なるぞ」[一六]「そは時頼の分に過ぎたる仰にて候ぞや、現在足助二郎重景など屈竟の人々少将殿の[一七]扈従には候はずや、若年未熟の時頼、人に勝りし何の能ありて斯る大任を御受申すべき」

「否々左にあらず、いかに時頼、[一八]六波羅上下の武士が此頃の有様を何とか見つる、一時の太平に狎れて衣紋装束に外見を飾れども、誠武士の魂あるもの幾何かあるべき、[一九]華奢風流に荒める重景が如き、物の用に立つべくもあらず、只彼が父なる[二〇]与三左衛門景安は[二一]平治の激乱の時、二条堀河の辺りにて、我に代りて[二二]悪源太が為に討たれし者ゆゑ、其遺功を思うて我名の一字を与へ少将が扈従となせしのみ、繰言ながら維盛が事頼むは其方一人、少将事あるの日、未練の最期を遂ぐる様の事あらんには、時頼、予は草葉の蔭より其方を恨むぞよ」

思ひ入りたる小松殿の御気色、物の哀を含めたる、[二三]心ありげの語の端々も、余りの忝なさに思ひ紛れて、只感涙に咽ぶのみ、風にあらで[二四]小忌の衣に漣立ち、持ち給へる珠数震ひ揺ぎて、さら〳〵と音するに、滝口首を擡げて、小松

一五 →三三九頁注一〇。ここでは死にぎわ、末期。

一六 初出、全集ともに、ここで改行を施す。

一七 つき従うこと。供。

一八 →三一三頁注二一。

一九 上品でみやびなこと。管絃和歌などをもてあそんでいるの意。

二〇 『平家物語』に「重景が父、与三左衛門景康は、平治の逆乱のとき、故殿(重盛)の御共に候(さうらひ)けるが、二条堀河のへんにて、鎌田兵衛にくんで、悪源太にうたれ候ぬ」(巻十「維盛出家」)。

二一 →三一九頁注一六。

二二 源義朝(→三一九頁注一六)の長男義平(一一四一-六〇)の通称。

二三 何か考えていることがありそうな。

二四 白い布に山藍で模様を摺り出した神事用の衣。

殿の御様を見上ぐれば、燈の光に半面を背けて、御袖の唐草に[一]徒ならぬ露を忍ばせ給ふ、御心の程は知らねども、痛はしさは一入深し、夜も更け行きて、何時しか簾を漏れて青月の光凄く、澄渡る風に落葉ひゞきて、主が心問ひたげなり

　虫の音亘りて月高く、いづれ哀は秋の夕、憂しとても逃れん術なき己が影を踏みながら、[二]腕叉きて小松殿の門を立出でし滝口時頼、[三]露にそぼちてか布衣の袖重げに見え、足の運さながら酔へるが如し、今更思決めし[四]一念を吹かへす世に秋風は無けれども、積り〳〵し浮世の義理に迫られ、胸は涙に塞りて、月の光も朧なり、武士の名残も今宵を限り、余所ながらの告別とは知り給はで、亡からん後まで頼み置かれし小松殿、御仰の忝さと、是非もなき身の不忠を想ひやれば、御言葉の節々は骨を刻むより猶つらかりし、哀れ心の灰は冷え果てゝ[五]浮世に立てん烟もなき今の我、あゝ何事も因果なれや

　月は照れども心の闇に夢とも現とも覚えず、行衛もしらず歩み来りしが、ふと頭を挙ぐれば、こはいかに、[六]身は何時の間にか御所の裏手、中宮の御殿の辺に立てりける、此春より来慣れたる道なればにや、思はぬ方に迷ひ来しものかな、と無情かりし人に通ひたる昔忍ばれて、[七]築垣の下に我知らず彳みける、折

一　尋常ではない涙。
二　↓三一七頁注三四。
三　涙に濡れたせいか。
四　決心を変えさせるような理由はないけれども。出家への強い決心を表す。「吹く」は「風」の縁語。
五　この世に何の未練もない。
六　底本振り仮名「め」を改めた。
七　「築地(ついぢ)」に同じ。土塀の上に屋根を葺いたもの。

柄傍なる小門の蔭にて「横笛」と言ふ声するに心付き、思はず振向けば、立烏帽子に狩衣着たる一個の侍の此方に背を向けたるが、年の頃五十許りなる老女と額を合せて咡けるなり

第十三

月より外に立聞ける人ありとも知らで、件の侍は声潜ませて、「いかに[八]冷泉、折重ねし[九]薄様は薄くとも、こめし哀は此秋よりも深しと覚ゆるに、彼の君の気色は如何なりしぞ、夜毎の月も数へ尽して、[一〇]円なる影は二度まで見たるに、身の願の満たん日は何れの頃にや、頼み甲斐なき[一一]懸橋よ」、怨の言葉を言はせも敢ず、老女は疎らなる歯茎を顕はしてホヽと打笑み「然りとは恋する御身にも似合はぬ事を、此の冷泉に[一二]如才は露無けれども、まだ都慣れぬ彼の君なれば、御身が事可愛しとは思ひながら、返す言葉のはしたなしと思はれんなど想ひ煩うてお在すにこそ、[一三]咲かぬ中こそ莟ならずや」、言ひつゝツと男の傍に立寄りて耳に口よせ、何事か暫し囁きしが、一言毎に点頭きて冷かに打笑める男の肩を軽く叩きて、「お解りになりしや、其時こそは此の老婆にも、[一四]秋にはなき梶の葉なれば、[一五]渡しの料は忘れ給ふな、世にも憎きほど羨ましき[一六]二郎ぬしよ」、

八 底本振り仮名「れいせん」を改めた。以下、同様の対処をした箇所があるが、逐一注記しない。老女の名。「冷」に性格を表すか。
九 ごく薄く漉いた鳥の子紙(上質な和紙の一種)。ここでは手紙のこと。
一〇 満月を二回見た。冷泉に口利きを頼んでから二カ月近く経ったということ。
一一 仲介する者。七夕の夜、天の川にかかるという鵲(かささぎ)の橋をさす。
一二 手ぬかりは少しもないが。
一三 結果がはっきりしないうちこそ期待が大きいの意か。
一四 相思相愛の男女の仲を取り結ぶ梶の葉(↓三二六頁注八)のことで、七夕は初秋、今は中秋なので、「秋にはなき」というか。
一五 天の川の渡し舟を出す、その渡し賃。謝礼の意。
一六 横笛に関心を持ったもう一人の人物「色清げなる人」(三一八頁一〇行)の名前が初めて出る。

男は打笑ふ老女の袂を引きて、「そは誠か、時頼めは愈々思ひ切りしとか」己れが名を聞きて松影に潜める滝口は愈々耳を澄しぬ、老女「此春より引きも切らぬ文の、此の二十日計りはそよとだに音なきは、言はでも著るき、空なる恋と[一]思ひ絶えしにあんなれ、何事も此の老婆に任せ給へ、又しても心元なげに見え給ふことの恨めしや、[二]今こそ枯枝に雪のみ積れども、鶯鳴せし春もありし老婆、万に抜目の有るべきや」、袖もて口を覆ひ[三]さなきだに繁き額の皺を集めて、ホヽと打笑ふ様、見苦しき事言はん方なし

後の日を約して小走りに帰り行く男の影をつく〲見送りて、滝口は枯木の如く立ちすくみ、何処ともなく見詰むる眼の光徒ならず、「二郎、二郎とは何人ならん」、独りごちつゝ首傾けて暫し思案の様なりしが、忽ち眉揚り眼鋭く、「さては」とばかり面色見る見る変りて、握り詰めし拳ぶる〱と震ひぬ、何に驚きてか、垣根の虫、礑と泣き止みて、空に時雨るゝ落葉散る響だにせず、良ありて滝口顔色和らぎて握りし拳も自ら緩み、只太息のみ深し、「何事も今の身には還らぬ夢の恨もなし、友を売り人を詐る末の世と思へば吾が為に善[四]智識ぞや、誠なき人を恋ひしも浮世の習と思へば少しも腹立たず」立上りつゝ築垣の那方を見やれば、琴の音の微に聞ゆ、月を友なる怨声[五]は若

一 諦めたのだろう。
二 今でこそ年老いて白髪の我が身ながら、かつては男にもてはやされた色盛りの時もあった。
三 そうでなくても。
四 →三三七頁注一一。
五 悲しい音。

しや我慕ひてし人にもやと思へば、一期の哀自ら催されて、ありし昔は流石に空ならず、あはれよりても[六]合はぬ片糸の我身の運は是非もなし、只塵[七]の世に我思ふ人の長へに汚れざれ、恋に望を失ひても、世を果敢なみし心の願、優に貴し

千緒万端の胸の思を一念「無常」の溶炉に溶し去て、澄む月に比べん心の明るさ、何れ終は同じ紙衣[八]玉席、白骨[九]を抱きて栄枯を計りし昔の夢、観じ来れば、世に秋風の哀もなし、君も、父も、恋も、情も、さては世に産声挙げてより二十三年の旦夕に畳み上げ折重ねし一切の衆縁[一〇]、六尺の皮肉[一一]と共に夜半の嵐に吹き籠めて、行衛[一二]も知らぬ雲か煙、跡には秋深く夜静にして亘る雁の声のみ高し

第十四

治承[一三]三年五月熊野参籠の此方、日に増し重る小松殿の病気、一門の頼、天下の望を繋ぐ御身なれば、さすがの横紙裂り[一四]ける入道も心を痛め、此日朝まだき西[一五]八条より遥々の見舞に、内府も暫く寝処を出でゝ対面あり、半晌[一六]計り経て還り去りしが、鬼の様なる入道も稍涙含みてぞ見えにける

相随ひし一門の人々の入道と共に還りし跡には、館の中最と静にて小松殿の

六 縒りをくれても一本の糸にならない片糸。片思いをいう。「片糸をこなたかなたによりかけてあはずは何を玉の緒にせむ」(『古今和歌集』恋一、読人しらず)。
七 自分の恋する人がいつまでも世の悪習に染まらないでほしい。恋が成就する望みは失っても、出家を決意した時頼の願いは、大変立派である。
八 紙で作った粗末な衣を着て定めの場所(墓)につくことをいうか。
九 仏語。九想観にもとづく「白骨」は、死後に変相する九つの相のうちの八番目。白骨を観じとり、人生の無常を悟るべきなのに、それをしないで現世のことに一喜一憂したのは昔の夢と悟れば。
一〇 仏語。しゅえん。さまざまな因縁。直接・間接の種々の条件。
一一 皮と肉、肉体。
一二 滝口が去った後の情景描写。
一三 →三二五頁一四行。
一四 無理に通したこと。重盛の苦諫を聞き入れなかったことをいう。
一五 →三一三頁注九。
一六 「晌」は「刻」と同じ。一刻は約二時間。半刻は一時間。「晌、今俗に半刻と謂い半晌と曰う」(『正字通』)。「片晌即ち片時と謂う」(『故事成語考』歳時)。

側に侍る者は御子維盛卿と足助二郎重景のみ、維盛卿は父に向ひ、「先刻祖父[一]禅門の御勧ありし宋朝渡来の医師、聞くが如くんば世にも稀なる名手なるに、父上の拒み給ひしこそ心得ね」、訝げに尋るを、小松殿は打見やりて、はら〳〵と涙を流し、「[二]形ある者は天命あり、[三]三界の教主さへ、[四]耆婆が薬にも及ばずして、[五]跋提河の涅槃に入り給ひし、仏体ならぬ重盛、まして[六]唯ならぬ身の[七]業繋なれば、薬石如何でか治するを得べき、唯父禅門の御身こそ痛ましけれ、位人臣を極め、一門の栄華は何れの国、何れの代にも例しなく、齢六十に越え給へば、[八]出離生死の御営、[九]無上菩提の願の外、何御不足のあれば[一〇]煩悩劫苦の浮世に非道の権勢を貪り給ふ浅ましさ、如何に少将、此頃の御挙動を何とか見つる、臣として[一一]君を押籠め奉るさへあるに、下民の苦を顧みず、[一二]遷都の企ありと聞く、そもや平安三百年の都を離れて何こに平家の盛あらん、父の非道を子として救ひ得ず、民の怨を眼のあたり見る重盛が心苦しさ、思ひ遣れ、少将」

維盛卿も、傍に侍せる重景も首を垂れて黙然たり、内府は病疲れたる身を脇息に持たせて少しく笑を含みて重景を見やり給ひ、「いかに二郎、保元の弓勢、平治の太刀風、今も草木を靡かす力ありや、[一三]盛と見ゆる世も何れ衰へる時はあり、末は濁りても涸れぬ源には、流も何時か[一四]清まんずるぞ、言葉の旨を付り得

一 在家のまま剃髪して僧の姿になった男子をいう。ここは清盛のこと。
二 かたちのある者は、かならず天の定めた命(寿命)がある。
三 仏語。衆生に生死輪廻(しょうじりんね)する欲界・色界(しきかい)・無色界の三界の教え(→三七六頁注五)を説いた仏教の開祖である釈迦(しゃか)。
四 釈迦の時代に、マガダ国の首都の王舎城にいたとされる名医。
五 古代インドのマラ国の首都クシナガラを流れる川。釈迦がこの川の西岸で入滅したという。
六 普通でない身体。重い病におかされた身。
七 仏語。ごうけ。業に縛られること。自分ではどうしようもないこと。
八 仏語。生死の苦しみや迷いの境地を離れて仏の境地に至ること。
九 仏語。最上の悟り。一切の法を知り尽くす、完全でこの上ない悟り。仏の悟り。
一〇 仏語。悩みや苦しみの絶えない現世。「劫苦」は「業苦」(前世に犯した悪業のために、現世で受ける苦しみ)のこと。
一一 後白河法皇を鳥羽殿に幽閉したこと(三四一頁八行)。
一二 福原(現・兵庫県神戸市兵庫区)に遷都しようとする清盛の計画。
一三 底本「盛を」を改めた。全集も「盛と」。
一四 底本振り仮名「きよ」を初出により改めた。

しか」、重景は愧はしげに首を俯し、「如何でかは」と答へしまゝ、はか〴〵しく応せず

折から一人の青侍廊下に手をつきて、「斎藤左衛門、只今御謁見を給はりたき旨願ひ候が、如何計らひ申さんや」と恐る〳〵申上れば、小松殿「是へ連れ参れ」と言ふ、暫くして件の青侍に導かれ椽端に平伏したる斎藤茂頼、齢七十に近けれども、猶矍鑠として健なる老武者、右の鬢先より頬を掠めたる向疵に、栗毛の琵琶股叩いて物語りし昔の武功忍ばれ、籠手摺に肉落ちて節のみ高き太腕は、そも幾その人の首を切り落しけん、肩は山の如く張り、頭は雪の如く白し「久しや左衛門」小松殿声懸け給へば、左衛門は窪みし両眼に涙を浮べ、「茂頼此の老年に及び、一期の恥辱、不忠の大罪、御詫申さん為、御病躰を驚せ参らせて候」、小松殿眉を顰め何事ぞと問ひ給へば、茂頼は無念の顔色にて、「愚息時頼」、と言ひさして涙をはら〳〵と流せば、重景は傍より膝進め、「時頼殿に何事の候ひしぞ」、「遁世致して候」

是はと驚く維盛、重景、仔細如何にと問ひ寄るを応も得せず、やうやく涙を拭ひ、「君が山なす久年の御恩に対し、一日の報効をも遂げず、猥に身を捨つる条、不忠とも不義とも言はん方なき愚息が不所存、茂頼此期に及び、君に合

一五 位の低い若侍。公家に仕える六位の侍が青色の袍を着たところからいう。
一六 老いても元気なさま。
一七 底本「頬(ほ)」を改めた。
一八 馬の後脚上股の、肉が広く高くついた部分。琵琶の形に似る。
一九 籠手(肩先から腕をおおう鎧の付属具)をつけていることによってできる胼胝(たこ)。
二〇 時頼が仏門に入ったことを初めて明示。

はす面目も候はず」、言ひつゝ懐より取出す一封の書、「言語に絶えたる乱心にも君が御事忘れずや、不忠を重ぬる業とも知らで、残しありし此の一通、君の御名を染めたれば、捨てんにも処なく、余儀なく此に」と差上ぐるを小松殿は取上げて、「こは予に残せる時頼が陳情よな」と言ひつゝ繰りひろげ、つく〴〵読了りて嘆息し給ひ、「あゝ我れのみの浮世にてはなかりしか[一]――時頼ほどの武士も物の哀には向はん刃なしと見ゆるぞ、左衛門、今は嘆きても及ばぬ事、予に於て聊か憾なし、[二]禍福はあざなへる縄の如く、世は塞翁が馬、平家の武士も数多きに、時頼こそは中々に嫉しき程の仕合者ぞ」

第十五

[三]更闌けて、天地の間にそよとも音せぬ[四]午夜の静けさ、やゝ傾きし下弦の月を追うて、冴え澄める大空を渡る雁の影遥なり、ふけ行く夜に奥も表も人定りて、築山の木影に鉄燈の光のみ佗びしげなる御所の[五]裏局、女房曹司の室々も、今を盛の寝入花、[六]対屋を照せる燈の火影に迷うて、[七]妻戸を打つ虫の音のみ高し、廻廊のあなたに、[八]蘭燈尚微なるは誰が部屋ならん、主は此夜深きにまだ寝もやらで、独黒塗の小机に打ちもたれ、首を俯して物思はしげなり、側にある衣桁に

一 自分だけが苦悩しているわけではなかった(人にはそれぞれ悩みがある)。
二 禍だと思ったことがかえって福となるように、人の世の吉凶、禍福は予測できない、というたとえ。時頼の出家も「禍」とばかりは言えない。
三 →三二一頁注二一。
四 午前零時。
五 裏側の部屋。
六 →三一四頁注二二。
七 →三四二頁注七。
八 「蘭燈」は美しい灯籠。灯籠のあかりがまだかすかに見えるのは、いったいだれの部屋だろうか。

は[九]紅梅萌黄の三衣を打懸けて、焚き籠めし移り香に時ならぬ花を匂はせ、机の傍に据付けたる蒔絵の架には、色々の歌集物語を載せ、柱には一面の古鏡を掛けて、故とならぬ女の魂見えて床し[一〇]、主が年の頃は十七八になりもやせん、身には薄色に草模様を染めたる小袿[一一]を着け、水際立ちし額より丈にも余らん濡[一二]羽の黒髪、優に振分けて後に下げたる姿、優に気高し、誰見ねども膝も崩さず、時々鬢のほつれに小波を打たせて、吐く息の深げなるに、哀は是処にも漏れずと見ゆ、主は誰ぞ、是ぞ中宮が曹司横笛なる

其の振上ぐる顔を見れば、[一三]鬚眉の魂を蕩して、此世の外ならで六尺の躰を天地の間に置き所無きまでに狂はせし[一四]傾国の色、凄き迄に美はしく、何を悲みてか、眼に湛ゆる涙の珠、[一五]海棠の雨も及ばず、膝の上に半繰弘げたる文は何の哀を籠めたるにや、打見やる眼元に無限の情を含み、果は恰も悲に堪へざるものゝ如く、ブル〳〵と身震ひして、文もて顔を掩ひ、泣音を忍ぶ様いぢらし

折から此方を指して近く人の跫音に、横笛手早く文を巻き蔵め、涙を拭ふ隙もなく、忍びやかに、「横笛様、まだ御寝ならずや」と言ひつゝ部屋の障子徐に開きて入来りしは、冷泉と呼ぶ老女なりけり、横笛は見るより、蕭れし、今までの[一六]容姿忽ち変り、屹と容を改め、言葉さへ雄々しく、「冷泉様には何の要

九　重ねて着るための華やかな色をした何枚かの衣のことか。あるいは、「紅梅萌黄」は唐衣などの襲(かさ)の色目として、表地に紅梅(紅色)、裏地に萌黄(青黄色)をかさねたものか、衣を重ねたときの袖口・襟・褄(つま)に見える色の取り合わせをいうか。ただし通常は、紅梅に紫紅色の蘇芳(すおう)を組合せる。

一〇　上品である。

一一　女房装束の略装として一番上に着る普段着。

一二　→三二四頁注一。

一三　しゅび。鬚や眉。転じて男子。

一四　男を魅了し、国を傾け、滅ぼすような女性の魅力。

一五　美人のうちしおれた姿を、海棠が雨にうたれたさまにたとえていう。「しほるゝ姿。海棠の雨をおびたる風情也」(浄瑠璃『神霊矢口渡(しんれいやぐちのわたし)』)。

一六　底本「容忞」を改めた。

事あれば夜半には来給ひし」、と咎むるが如く問ひ返せば、ホヽと打笑ひ、「横笛さま、心強きも程こそあれ、少しは他の情を酌み給へや、老枯れし老婆の御身に嫌はるゝは、可惜武士の恋死せん命を思へば物の数ならず、然るにても昨夜の返事、如何に遊ばすやら」「幾度申しても御返事は同じこと、あな[一]蒼蠅き人や」、慚しげに面を赧らむる常の様子と打て変りし、さてもすげなき捨言葉に、冷泉訝しくは思へども流石は巧者[二]、気を外さず、「其御心の強さに弥増す思に堪へ難き重景さま、世に時めく[三]身にて、霜枯[四]の夜毎に只一人、憂身をやつさるゝも恋なればこそ　横笛様、御身はそを哀とは思さずか、若気の一徹は吾れ人共に思ひ返し[五]の無きもの、可惜丈夫の焦れ死しても御身は見殺しにせらるゝ気か、さりとは情なの御心や」、横笛はさも懶げに、「左様の事は横笛の知らぬこと」、「またしてもうたてき[六]事のみ、恥しと思ひ給ふての事か、年弱き内は誰しも同じながら、斯くては恋は果てざるものぞ、女子の盛は十年とは無きものなるに、此上なき機会を取り外して、卒塔婆小町[七]の故事も有る世の中、重景様は御家と謂ひ、器量と謂ひ、何不足なき好き縁なるに、何とて斯くは否み給ふぞ、扨は滝口殿が事思ひ給ふての事か、武骨一途の滝口殿、文武両道に秀で給へる重景殿に較ぶべくも非ず、況してや滝口殿は何思立ちてや、世を捨て

一　ああ。
二　したたか者。
三　もてはやされる。
四　霜枯時。
五　考え直すことをしないもの。
六　→三二〇頁注一一。
七　謡曲「卒都婆小町」では、百歳の老女で乞食となった小野小町が現れ、彼女は若いとき、男たちから寄せられるたくさんの文に「そらごとなりとも一度の返事も無うて」、今その報いを受け、ことに狂い死にした深草の少将(→三二二頁注四)の怨念に苦しめられる。そうならないようにという冷泉の忠言。

給ひしと専ら評判高きをば、御身は未だ聞き給はずや、世捨人に情も義理も要らばこそ、花も実もある重景殿に只一言の色善き返り言をし給へや、[八]軈て[九]兵衛にも昇り給はんず重景殿、御身が行末は如何に幸ならん、未だ浮世慣れぬ御身なれば、思ひ煩ひ給ふも理なれども六十路に近き此の老婆、いかで為悪しき事を申すべき、聞分け給ひしか、や」

　顔差し覗きて猫撫声、「や、や」と媚びるが如く笑を含みて袖を引けば、今まで応もせず俯き居たりし横笛は、引かれし袖を切るが如く打払ひ、忽ち柳眉を逆立て、言葉鋭く、「無礼にはお在さずや、冷泉さま、栄華の為めに身を売る遊女舞妓と横笛を思ひ給ふてか、但は此の横笛を飽くまで不義淫奔に陥れんとせらるゝにや、又しても問ひ[一〇]もせぬ人の批判、且は深夜に道ならぬ媒介、横笛迷惑の至、御帰あれ冷泉様、但し高声挙げて宿直の侍を呼起し申さんや」

第十六

　鋭き言葉に言懲されて、余儀なく立上る冷泉を、引立てる計りに送り出し、[一一]本意無げに見返るを、見向もやらず、其儘障子を礑と締めて、仆るゝが如く座に就ける横笛、暫しは[一二]恍然として気を失へる如く、いづことも無く詰と凝視め

八 すぐに。まもなく。
九 律令制で、左・右兵衛府の四等(しとう)官(上級官人)外の武官。内裏の諸門の警衛や、行幸の供奉(ぐぶ)などに当たる。身体強健、弓馬の術にすぐれた者が選ばれた。
一〇 こちらから尋ねたわけでもない人のこと。「人」は滝口をさす。
一一 →三一八頁注一。冷泉の行動。
一二 ぼんやりして気が抜けた様子。

居しが、星の如き眼の裏には溢るゝばかりの涙を湛え珠の如き頬にはら〳〵と振りかゝるをば拭はんともせず、蕾の唇惜気もなく喰ひしばりて、噛み砕く息の切れ〴〵に全身の哀を忍ばせ、はては耐へ得で、躰を[一]岸破とうつ伏して、人には見えぬ幻に我身ばかりの現を寄せて、よゝとばかりに泣き転びつ、涙の中にかみ絞る袂を漏れて、幽に聞ゆる一言は、[二]誰に聞かせんとてや、「エ許し給はれ」

良しや眼前に屍の山を積まんとも、涙一滴こぼさぬ勇士に、世を果なむ迄に物の哀を感じさせ、夜毎の秋に浮身をやつす六波羅一の優男を物の見事に狂はせながら、「許し給はれ」とは[三]今更何の酔興ぞ、吁々然に非ず、何処までの浮世なれば、心にもあらぬ情なさに、互の胸の隔てられ、恨みしものは恨みしまゝ、恨みられし者は恨みられし儘に、あはれ皮一重を堺に、身を換へ世を隔てゝも、[四]胡越の思をなす、吾れ人の運命こそ果敢なけれ、[五]横笛が胸の裏こそ、中々に口にも筆にも尽されね

[六]飛鳥川の明日をも竢たで、絶ゆる間も無く移り変る世の淵瀬に、百千代を貫きて変らぬ者あれば、そは人の情にこそあんなれ、女子の命は只一の恋、あらゆる、此世の望、楽、さては優にやさしき月花の哀、何れ恋ならぬは無し、胸

一 突然、力を込めて行うさま。

二 誰に聞かせようとするのか。

三 いまさら何のたわむれを言うか、いやそうではない。

四 古代中国北方の胡国と、南方の越国は遠く離れて縁のないこと。転じて二人の間が離れすぎていることをいう。

五 横笛の胸のうちは筆舌に尽くしがたいとして、読者の想像を喚起する。

六 飛鳥川の流れのように世の中に常であるものはない。「飛鳥川」に「明日」を掛ける。「世中はなにか常なるあすか河きのふの淵ぞけふは瀬になる」(『古今和歌集』雑下、読人しらず)。

に燃る情の焔は、他を焼かざれば其身を焚かん、まゝならぬ恋路に世を喞ちて[七]、秋ならぬ風に散りゆく露の命葉、或は墨染[八]の衣に有漏の身を裹む、さては淵川に身を棄つる、何れか恋の炎に其軀を焼き尽して、残る冷灰の哀に非ざらんや、女子の性の斯く情深きに、いかで横笛のみ独無情かるべきぞ

人知らぬ思に秋の夜半を泣きくらす、横笛が心を尋ぬれば次の如くなりしなり

想ひ廻せばはや半歳の昔となりぬ、西八条の屋方に花見の宴ありし時、人の勧に黙し難く、舞ひ終る一曲の春鶯囀[九]に、数ならぬ身の端[一〇]なくも人に知らるゝ身となりては、小室[一一]の郷に静けき春秋を娯みし身の心惑はるゝ事のみ多かり、見も知らず、聞きも習はぬ人々の人伝に送る薄色の折紙に、我を宛名の哀れの数々、都慣れぬ身には只胸のみ驚かれて、何と答へん術だに知らず、其儘心なく打過ぐる程に雲井[一二]の月の懸橋絶えしと思ひてや、心を寄する者も漸く尠くなりて、始に渝らず文をはこぶは只二人のみぞ残りける、一人は斎藤滝口にして、他の一人は足助二郎なり、横笛今は稍々浮世に慣れて、風にも露にも、余所ならぬ思忍ばれ、墨染[一三]の夕の空に只一人、連れ亘る雁の行衛消ゆるまで見送りて、思はず太息吐く事も多かりけり、二人の文を見るに付け、何れ劣らぬ情の濃か

七 嘆いて。

八 尼になる。「有漏の身」は、→三三六頁注七。

九 →三二六頁注一二。

一〇 →三二九頁注八。

一一 いなか育ちの身(→補九)。

一二 空の高みにある月(横笛)に近づく手段。月の「欠け」ることと「懸橋」(→三四七頁注一一)を掛けた表現。「雲井」は遠く離れた所をいう。

一三 夕暮に同じ。「墨染の」は「夕べ」「たそがれ」などの枕詞。

さに、心迷ひて一つ身の何れを夫とも別ち兼ね、其とは無しに人の噂に耳を傾くれば　或は滝口が武勇人に勝れしを誉むるも有れば、或は二郎が容姿の優しきを称ゆるも有り、共に小松殿の御内にて世にも知られし屈指の名士、横笛愈々心惑ひて、[一]人の哀を二重に包みながら、浮世の義理の柵に何方へも一言の応へだにせず、無情と見ん人の恨を思ひやれば、身の心苦しきも数ならず、夜半の夢、屢々駭きて、涙に浮くばかりなる枕辺に、[二]燻籠の匂のみ蕭やかなるぞ憐なる

　或日のこと、滝口時頼が発心せしこと、誰言ふとなく[三]大奥に伝はりて、さなきだに[四]口善悪なき女房共、寄ると触ると滝口が噂に、横笛轟く胸を抑へて蔭ながら様子を聞けば、情なき恋路に世を果なみての業と言ひ囃すに、人の手前も打忘れ、覚えず「そは誠か」と力を入れて尋ぬれば、女房共、「罪造りの横笛殿、[五]可惜勇士を木の端とせし」と人の哀を面白げなる高笑に、是はとばかり、早速のいらへもせず、ツと己が部屋に走り帰りて、終日夜もすがら、泣き暮し泣き明しぬ

第十七

一　人情を抱いていながら。「二重」は衣のこと。

二　伏籠。中に香炉を置いて衣装に香を移すための道具。

三　「大奥」は江戸城内に関することば。京都御所内の皇后・妃などが住んだ後宮（こうきゅう）の誤り。

四　→三一六頁注四。

五　立派な勇士を僧侶（→三三七頁注一五）にした。横笛の心情を表すキイワード。

「罪造の横笛殿、あたら勇士に世を捨させし」、あゝ半戯に、半法界悋気[六]の此の一語、横笛が耳には如何に響きしぞ、恋に望を失ひて浮世を捨てし男女の事、昔の物語に見し時は世に痛はしき事に覚えて、草色の袂に露[七]の哀を置きし事ありしが、猶現ならぬ空事とのみ思ひきや、今や眼前かゝる悲に遇はんとは、而かも世を捨てし其人は命を懸けて己を恋ひし滝口時頼、世を捨てさせし其人は可愛とは思ひながらも世の関守[八]に隔てられて無情しと見せたる己、横笛ならんとは、余の事に左右[九]の考も出でず、夢幻の思して身を小机に打伏せば、「可惜武士に世を捨てさせし」と怨むが如く、嘲るが如き声、何処よりともなく我耳にひゞきて、其度毎に総身宛然水を浴びし如く、心も躰も凍らんばかり、襟を伝ふ涙の雫のみ　さすが哀を隠し得ず

搔乱れたる心、辛う我に帰りて、熟々思へば、世を捨つるとは軽々しき戯事に非ず、滝口殿は六波羅上下に名を知られたる屈指の武士、希望に満てる春秋長き行末を二十幾年の男盛に断截りて、楽しき此世を外に身を仏門に帰し給ふ、世にも憐の事にこそ、数多の人に優りて、君[一〇]の御覚殊に愛たく一族の誉を双の肩に担うて、家には其子を杖[一一]なる年老いたる親御もありと聞く、他目にも数あるまじき君父[一二]の恩義、惜気もなく振捨てゝ、人の譏り、世の笑を思ひ給はで、

六 自分に関係のない他人のことを嫉妬すること。
七 涙でぬらしたこと。
八 「関守」は、関所を守る役人。転じて、男女の恋の通い路をはばむもの。
九 かれこれ。
一〇 重盛をさす。
一一 頼みとする。
一二 →三三九頁注五。

弓矢とる御身に瑜珈[一]三密の嗜は、世の無常を如何に深く観じ給ひけるぞ、あゝ是れ皆此身、[二]此横笛の為せし業、刃こそ[三]当てね、可惜武士を手に掛けしも同じ事、――思へば思ふほど、乙女心の胸塞りて泣くより外に[四]せん術も無し

　吁々、協はずば世を捨てんまで、我を思ひくれし人の情の程こそ中々に有り難けれ、儘ならぬ世の義理に[五]心ならずとは言ひながら、斯る誠ある人に、只一言の返事だにせざりし我こそ今更に悔しくも亦罪深けれ、手筐の底に秘め置きし滝口が送りし文、涙ながらに取出して、[六]心遣りにも繰返せば、先には斯までとも思はざりしに、今の心に読もて行く一字毎に[七]腸も千切るゝばかり、[八]百夜の榻の端がきに今や我や数書くまじ、只つれなき浮世と諦めても、命ある身のさすがに露とも消えやらず、我思ふ人の忘れ難きを如何にせん、――など書き聯ねたるさへあるに、よしや墨染の衣に我哀をかくすとも、心なき君には上の空とも見えん事の口惜しさ、など硯の水に泪落ちてか、薄墨の文字定かならず、つら〳〵数ならぬ賤しき我身に引き較べ、彼を思ひ此を思へば、横笛が胸の苦しさは譬へんに物もなし、[九]世を捨てん迄に我を思ひ給ひし滝口殿が誠の情と並ぶれば、重景が恋路は物ならず、況して日頃より文伝へする冷泉が、ともすれば滝口殿を悪し様に言ひなせしは、我を誘はん腹黒き人の計略ならんも知れず、

一 仏語。真言宗の行者が手で印を結び、口で真言を唱え、心に本尊を念ずる三密(秘密の三業)を行い、仏菩薩と心身を一体化すること。「瑜伽(ゆが)三蜜の法雨は、時俗を尭年の昔にかへさん」(『平家物語』巻七「返牒」)。
二 時頼の自分への思慕を無にさせただけでなく、出家によって武士の忠孝心を捨てさせたことを、横笛は悔やむ。
三 底本「当てぬ」を改めた。
四 仕方がない。
五 本心ではない。
六 慰み。
七 悲しくつらく。断腸の思い。
八 →三二二頁注四。以下、「如何にせん」(一〇行)までと、「よしや」(一一行)から「口惜しさ」(一二行)までが時頼の文のことば。
九 以下、一六行「計略ならんも知れず」までが横笛の心中思惟。

[10]──斯く思ひ来れば、重景の何となう疎ましくなるに引き換へて、滝口を憐むの情愈々切[11]にして、世を捨て給ひしも我故と、思ふ心の身にひし〳〵と当りて立ても坐りても居堪らず、窓打つ落葉のひゞきも、虫の音も我を咎むる心地して、繰拡げし文の文字は宛然我を睨むが如く見ゆるに、目を閉ぢ耳を塞ぎて机の側に伏し転べば、「あたら武士を汝故に」、といづこともなく囁く声、心の耳に聞えて、胸は刃に割かるゝ思ひ、あはれ横笛、一夜を悩み明して、朝日影窓に眩き頃、ふらふらと椽前に出れば、憎くや、檐端に歌ふ鳥の声さへ、己が心の迷から、「汝ゆゑ、〳〵」、と聞ゆるに覚えず顔を反けて、あゝと溜息つけば、驚きて起つ群雀、行衛も知らず飛び散りたる跡には、秋の朝風音寂しく、残ん[12]の月影夢の如く淡し

第十八

女子こそ世に優しきものなれ、恋路[13]は六つに変れども、思はいづれ一つ魂に映る哀の影とかや、つれなしと見つる浮世に長生へて、朝顔[14]の夕を竢たぬ身に百年の末懸けて、覚束なき朝夕を過すも胸に包める情の露あればなり、恋か、あらぬか、女子の命はそも何に喩ふべき、人知らぬ思に心を傷りて、あはれ一[15]

一〇 以下、横笛を外側から描写する。
一一 胸にせまって。
一二 「残りの」の音便形。明け方空に残っている月。有明の月。
一三 ここでは、恋の道が六欲によって変化することをいうか。六欲(仏語)とは、眼・耳・鼻・舌・身(身体で触れること)・意(意識)をいう。塩田良平の「校註」(『滝口入道』角川文庫、一九五八年)では、「色欲には一、男女相視る、二、相笑ふ、三、手を執る、四、相抱く、五、形を交へる二相、以上六相がある」という。
一四 朝顔のようなはかない身に永遠を誓ってもどかしい日々を過ごすのも、胸に秘めている情愛のうるおいがあるからである。「朝顔」は花が朝咲いて昼を待たないでしぼむところから、命のはかなさをいう。「情の露」は情愛のうるおいの意。
一五 山から吹き下ろす風の一吹き。

山風に跡もなき、[一]東岱前後の烟と立昇る、うら弱き眉目好き処女子は、年毎に幾何ありとするや、世の随意ならぬは是非もなし、只[二]いさゝ川、底の流の通ひもあらで、人はいざ、我にも悟らで、世を果なむこそ浮世なれ

然れば横笛、我故に武士一人に世を捨てさせしと思へば乙女心の一徹に思返さん術もなく、此朝夕は只泣暮せども、影ならぬ身の失せもやらず、せめて[三]嵯峨の奥にありと聞く滝口が庵室に訪れて我誠の心を打明さばやと、さかしくも思決めつ、誰彼時に紛れて只一人、[四]うかれ出でけるこそ殊勝なれ

頃は[五]なが月の中旬すぎ、入日の影は雲にのみ残りて野も山も薄墨を流せしが如く、[六]月未だ上らざれば、星影さへも最と稀なり、袂に寒き[七]愛宕下しに秋の哀は一入深く、まだ露下ぬ野面に、我袖のみぞ、早や沾ひける、[八]右近の馬場を右手に見て、何れ昔は[九]花園の里、霜枯れし野草を心ある身に踏み摧きて、[一〇]太秦わたり辿り行けば、[一一]峰岡寺の五輪の塔、夕の空に形のみ見ゆ、やがて月は上りて[一二]桂の川の水烟、山の端白く閉罩めて、尋ねる方は朧にして見え分かず、素より慣れぬ徒歩なれば、数たび或は里の子が落穂拾はん畔路に、さすらひ　或は露に伏す[一三]鶉の床の草村に立迷うて、糸より細き虫の音に、覚束なき行末を喞てども、問ふに声なき影ばかり、名も懐しき[一四]梅津の里を過ぎ、大堰川の辺を沿ひ

一「東岱」は中国の泰山の別称。人が死ぬとその魂魄が泰山に還るとされていたところから、墓地のある山。転じて火葬墓地のある場所。ここでは鳥辺山(→三二六頁注一〇)をさす。「東岱前後の夕煙、昨日もたなびき今日も立」(空也和讃)。
二 細い小川。小川の水のように流れるだけで情を通わすこともなくの意。次行「人はいざ」を引き出す。
三 現在の京都市右京区嵯峨、桂川の左岸一帯の称。嵯峨野。古くから、秋草や虫の名所として知られる。
四 さすらい出て行った。
五 長月。陰暦九月。
六 以下、場面の進行とともに月の変化が描かれる。
七 現在の京都市右京区北西部、上嵯峨の北部にある愛宕山から吹き下ろす風。
八 右近衛府に属した馬場。現在の北野天満宮の東南。
九 現在の京都市右京区花園妙心寺町にある臨済宗妙心寺派の大本山、妙心寺付近。
一〇 現在の京都市右京区中部の地名。
一一 真言宗の寺、広隆寺の別称。「蜂岡寺」と書くのが一般的。
一二 現在の京都市南西部を流れる桂川。大堰川(二六行)の下流。鴨川と合し、宇治川に合流して淀川となる。
一三 鶉の臥す草むら。
一四 梅津は現在の京都市右京区の地名。四条通の西端、桂川の左岸に位置する。→補九。

行けば、河風寒く身に染みて、月影さへもわびしげなり、裾は露、袖は涙に打萎れつ、霞める眼に見渡せば、嵯峨野も何時しか奥になりて、[一五]小倉山の峯の紅葉、月に黒みて、[一六]釈迦堂の山門木立の間に鮮なり、噂に聞きしは嵯峨の奥とのみ、何れの院とも坊とも知らざれば、何を便に尋ぬべき、燈の光を的に、数も無き在家を彼方此方に彷徨ひて問ひけれども、絶えて知る者なきに、愈々心惑ひて只茫然と野中に彳みける、折から向ふより[一七]庵僧とも覚しき一個の僧の通りかゝれるに、横笛渡に舟の思して、「慮外ながら此わたりの庵に　近き頃様を変へて都より来られし俗名斎藤時頼と名告る年壮き武士のお在さずや」、声震はして尋ぬれば、件の僧は横笛が姿を見て暫し首傾けしが、「露しげき野を女性の唯一人、さても／＼痛はしき御事や、げに然る人ありとこそ聞きつれど、まだ其人に遇はざれば、御身が尋ぬる人なりや、否やを知り難し」、「して其人は何処にお在する」、「そは此処より程遠からぬ[一八]往生院と名くる古き僧庵に」

僧は最と懇ろに道を教ふれば、横笛世に嬉しく思ひ、礼もいそ／＼別れ行く後影、[一九]鄙には見なれぬ緋の袴に、夜目にも輝く[二〇]五柳の一重、件の僧は暫したゝずみて訝しげに見送れば、焚きこめし異香、吹き来る風に時ならぬ春を匂はするに、俄に忌はしげに顔背けて小走りに立去りぬ

一五 現在の京都市右京区嵯峨野西部にある山。保津川の対岸の嵐山と並ぶ紅葉の名所。
一六 現在の京都市右京区嵯峨釈迦堂藤ノ木町にある浄土宗清涼寺の通称。
一七 寺ではなく草葺きの小屋で修行する僧。
一八 現在の京都市右京区嵯峨鳥居本にあった真言宗の寺。滝口入道、祇王、祇女らが隠遁したので有名。明治二十八年、その庵跡に祇王寺が再建された。
一九 →三一〇頁注三。
二〇 「五柳」は「柳裏の五衣」(→三一六頁注一〇)。「一重」は単衣(ひとえぎぬ)。

第十九

斯くて横笛は教へられしまゝに辿り行けば、月の光に影暗き、杜の繁みを徹して微に燈の光見ゆるは、げに古りし庵室と覚しく、隣家とても有らざれば、[一]闃として死せるが如き夜陰の静けさに、[二]振鈴の響、さやかに聞ゆるは、若しや尋ぬる其人かと思へば、思設けし事ながら、胸轟きて急ぎし足も思はず緩みぬ、思へば現とも覚えで此処までは来りしものゝ、何と言ふて世を隔てたる門を敲かん、我真の心をば如何なる言葉もて打明けん、うら若き女子の身にて夜を冒して来つるをば、[三]蓮葉の者と卑下み給はん事もあらば如何にすべき、将また、千束の文に一言も返さゞりし我無情を恨み給はん時、いかに応へすべき、など思ひ惑ひ、恥しさも催されて、御所を抜出でし時の心の雄々しさ、今更怪まるゝばかりなり、斯くて果つべきに非ざれば、辛く我と我身に思決め、ふと首を挙ぐれば、振鈴の響耳に迫りて、身は何時しか庵室の前に立ちぬ、月の光にすかし見れば、半は頽れし門の廂に、虫食みたる一面の古額、文字は[四]危げに往生院と読まれたり

横笛四辺を打見やれば、[五]八重葎茂りて門を閉ぢ、払はぬ庭に落葉積りて、秋

一 ひっそりとしていること。
二 密教の修法で、諸尊（如来、仏、菩薩など、仏教における多くの尊者）を勧請（かんじょう）し、供養するために鈴を振り鳴らすこと。
三 軽はずみな女。
四 何とか。かろうじて。
五 雑多に繁茂している雑草。

風吹きし跡もなし、松の袖垣[六]隙あらはなるに、葉は枯れて蔓のみ残れる蔦生えかゝりて、古き梢の夕嵐、軒もる月の影ならでは訪ふ人も無く荒れ果てたり、檐は朽ち柱は傾き、誰棲みぬらんと見るも物憂げなる宿の態、扨も世を無常と観じては斯る詫しき[七]住居も、大梵高台[八]の楽に換へらるゝものよと思へば、主の貴さ[九]も弥増して、今宵の我身やゝ愧しく覚ゆ、庭の松が枝に釣したる、風暗き鉄燈籠の光に檐前を照させて、障子一重の内には振鈴の声、急かず、緩まず、[一〇]四曼不離の夜毎の行業に慣れそめてか、籬の虫の駭かん様も見えず、横笛今は心を定め、ほと〳〵[一一]と門を音づるれども答なし、玉を延べたらん如き[一二]纎腕、痲るゝばかりに打敲けども応せん気はひも見えず、実に仏者は行[一三]の半には王侯の召にも応ぜずとかや、我ながら心なかりし[一四]と、暫し門下に彳みて、鈴の音の絶えしを待ちて復び門を敲けば、内には主の声として、「世を隔てたる此庵は夜陰に訪はるゝ覚無し、恐らく門違にても候はんか」、横笛潜めし声に力を入れて、「大方[一五]ならぬ由あればこそ夜陰に御業を驚し参らせしなれ、庵は往生院と覚ゆれば、主の御身は、小松殿の御内なる斎藤滝口殿にてはお在さずや」、「如何にも某が世に在りし時の名は斎藤滝口にて候ひしが、そを尋ねらるゝ御身はそも何人」、「妾こそは中宮の御所の曹司、横笛と申すもの、随意ならぬ世

六 建物のわきに添えて造った短い垣。
七 侘住まい。世間を離れてひっそり暮らすこと。
八 仏語。帝釈天と並んで諸天(天上界の神々)の最高位にある大梵天の住む宮殿。
九 底本振り仮名「あふと」を改めた。
一〇 密教において四種の曼荼羅(まんだら)が互いに融通して作用し、不離の関係にあるということ。四曼相即。曼荼羅は諸尊(→注二)の悟りの世界を描いた図。
一一 戸や物などを軽く叩く音を表す語。
一二 しらたま(真珠)を長く延ばしたような。
一三 修行。勤行。
一四 思慮がなかった。
一五 一通りでない。

の義理に隔てられ、世にも厚き御情に心にも無き情なき事の数々、只今の御身の上と聞侍りては、悲しさ苦さ、女子の狭き胸一つには納め得ず、[一]知られで永く已みなんこと朽惜しく、一には妾が真の心を開明け、且は御身の恨の程を承はらん為めに茲まで迷ひ来りしなれ、こゝ開け給へ滝口殿」、言ふと其儘、門の扉に身を寄せて声を潜びて泣居たり

滝口はしばらく応へせず、やゝありて、「如何に女性、我れ世に在りし時は、御所に然る人あるを知りし事ありしが、我知れる其人は我を知らざる筈なり、されば今宵我を訪れ給へる御身は我知れる横笛にてはよもあらじ、良しや其人なりとても、此世の中に心は死して、残る躰は[二]空蟬の我、我れに恨あればとてそを言ふの要もなく、よし又人に誠あらばとて、そを聞かん願もなし、[三]一切諸縁に離れたる身、今更返らぬ世の[四]憂事を語り出でゝ何かせん、聞き給へや、女性、何事も過ぎにし事は夢なれば、我に恨ありとな[五]思ひ給そ、[六]己に情なき者の善知識となれる例世に少からず、誠の道に入りし身のそを恨みん謂れやある、されば遇ふて益なき今宵の我、唯何事も言はず、此儘帰り給へ、二言とは申すまじきぞ、聞き分け給ひしか、横笛殿」

一　(自分の本心を)知られることなく永遠に終わってしまうこと。

二　蟬の抜け殻のように中身がないこと。

三　浮世との関係をすべて切って出家した身。

四　底本「浮事」を初出により改めた。

五　お思いになってはいけない。

六　自身にとって無情な者が、かえって正しい道へと導いてくれるものだということ。「善知識」は、→三三七頁注一一。

第二十

[七]因果の中に哀を含みし言葉のふし〴〵、横笛が悲しさは百千の恨を聞くよりもまさり「其の御語、いかで仇に聞侍るべき、只親にも許さぬ胸の中、女子の恥をも顧みず、[八]聞え参らせんずるをば、聞かん願なしと仰せらるゝこそ恨なれ、情なかりし昔の報とならば、此身を千々に刻まるゝとも露厭はぬに、愁ひ仇を情の御言葉は、心狭き妾に恥て死ねとの御事か、[九]無情かりし妾をこそ憎め、可惜武士を世の外にして、様を変へ給ふことの恨めしくも亦痛はしけれ、茲開け給へ、思ひ詰めし一念、聞き給はずとも言はでは已まじ、[一〇]喃滝口殿、こゝ開け給へ、情なきのみが仏者かは」

喃々と門を叩きて今や開くると待詫ぶれども、内には寂然として声なし、やゝありて人の立居する音の聞ゆるに、嬉しやと思ひきや、振鈴の響起りて、りん〳〵と鳴渡るに、是はと駭く横笛が呼べども叫べども答ふるものは庭の木立のみ

月稍西に傾きて、草葉に置ける露白く、桂川の水音幽に聞えて、秋の夜寒に立つ鳥もなき真夜中頃、往生院の門下に虫と共に泣き暮したる横笛、哀れや、

七 こうなったことはすべて因果（不運なめぐりあわせ）であるとの悟り。

八 申し上げようとすることを。

九 つめたい仕打ちをした私を憎みなさい。

一〇 呼びかけるときに発する語。

[一]紅花緑葉の衣裳、涙と露に絞るばかりになりて、濡れし袂に裹みかねたる恨のかず〳〵は、そも何処までも浮世ぞや、我から踏める己が影も、萎るゝ如く思ほえて、情なき人に較べては月こそ中々に哀深けれ、横笛、今はとて、涙に曇る声張上げて、「喃、滝口殿、葉末の露とも消えずして今まで立ちつくせるも、妾が赤心打明けて、許すとの御身が一言聞かんが為、夢と見給ふ昔ならば、情なかりし横笛とは思ひ給はざるべきに、など斯くは慈悲なくあしらひ給ふぞ、今宵ならでは[二]世を換へても相見んことの有りとも覚えぬに、喃、滝口殿」

　春の花を欺く姿、秋の野風に暴して、恨みわびたる其様は、如何なる[三]大道心者にても、心動かん計なるに、[四]峰の嵐に埋れて歎の声の[五]聞えぬにや、鈴の音は調子少しも乱れず、行ひすましたる滝口が心、飜るべくも見えざりけり

　何とせん術もあらざれば、横笛は泣く〳〵元来し路を返り行きぬ、氷の如く澄める月影に道芝の露つらしと払ひながら、[六]ゆりかけし丈なる髪、優に波打たせながら、画にある如き乙女の歩姿は、[七]葛飾の真間の手古奈が昔忍ばれて、斯くもあるべしや、あはれ横笛、乙女心の今更に、命に懸けて思ひ決めしこと空となりては、帰り路に足進まず、[八]我やかたき、人や無情き、[九]嵯峨の奥にも秋風吹けば、いづれ浮世には漏れざりけり

一 紅い花と緑の葉を模様にした衣か。
二 生まれ変わっても。
三 仏道に帰依する心が堅固な人。
四 峰から吹く風。『平家物語』「峯の嵐か、松風か、たづぬる人のことの音（ね）か」（巻六「小督（こごう）」）。
五 聞こえないのだろうか。
六 ゆらゆらと揺れて垂れかかっている髪。揺り掛け髪。
七 葛飾は、古く下総国の郡名で利根川・江戸川の下流域一帯の地名。真間は現在の千葉県市川市真間。手古奈（手児奈）はこの地にいたという伝説上の美女。多くの男に思いを寄せられて悩んだすえ投身自殺。
八 私が一途なのか、それともあの人が薄情なのか。
九 嵯峨の奥にも秋風が吹いたので、花が枯れるようにしおれた横笛の思いは、いずれにしても世間に知られなかったの意か。
一〇 「胸中に只一の恋の字を擺脱（ひだつ）すれば、便ち十分に爽浄に、十分に自在なり。人生最も苦む所は、只是れ此の心の泥に沾（うる）ひ水を帯ぶ

第二十一

[一〇]胸中一恋字を擺脱すれば、便ち十分爽浄、十分自在、人生最も苦しき処、只是れ此心、然ればにや失意の情に世をあぢきなく観じて、嵯峨の奥に身を捨てたる斎藤時頼、[一一]滝口入道と法の名に浮世の名残を留むれども、心は生死の境を越て、[一二]瑜珈三密の行の外、月にも露にも唱ふべき哀は見えず、[一三]荷葉の三衣、秋の霜に堪難けれども、[一四]一杖一鉢に[一五]清捨を求むるの外、他に望なし、実にや[一六]輪王位高けれども[一七]七宝終に身に添はず、雨露を凌がぬ檐の下にも[一八]円頓の花は匂ふべく、[一九]真如の月は照すべし、旦に[二〇]稽古の窓に凭れば、垣を掠めて靡く霧は不断の烟、夕に[二一]鑽仰の嶺を攀づれば、壁を漏れて照る月は常住の燭、昼は小室、太秦、梅津の辺を[二二]巡錫して、夜に入れば、[二三]十字の縄床に[二四]結跏趺座して[二五]唵阿の行業に夜の白むを知らず、されば僧坊に入りてより未だ幾日も過ぎざるに、苦行難業に色黒み、骨立ち、一目にては[二六]十題判断の[二七]老登料とも見えつべし、あはれ、[二八]厚塗の立烏帽子に鬢を撫上げし昔の姿、今安くにある、今年二十三の壮年とは如何にしても見えざりけり

顧みれば滝口、性質にもあらで[二九]形容辺幅に心を悩めたりしも恋の為なりき、

るなり」(『酔古堂剣掃』巻五「素」)による。「擺脱」は正しくは「はいだつ」。除き去ること、脱却すること。

一一 「滝口入道」の呼称が初めて出る。「入道」は、→三一三頁注六。

一二 →三六〇頁注一。

一三 「荷葉」は蓮の葉。蓮の葉の繊維で作った衣。

一四 一本の杖と一鉢の器。仏道修行者が托鉢(たくはつ)のときに携える。

一五 「喜捨」「浄施」に同じ。見返りを求めない清らかな施し。

一六 仏語。転輪王。身に三十二相を備え、武力によらず正義によって、感得した輪宝を回転させて四方の世界を治めるという理想の帝王。

一七 仏語。転輪王が所持するという輪、象、馬、珠、女、居士、主兵臣の七宝。

一八 仏語。天台宗の用語。すべてのものが円満に備わった完璧な花。悟りの境地を意味する。

一九 仏語。永遠不変の真理を明らかに示す月。

二〇 次行「鑽仰の嶺を攀づれば」とともに、毎日の修行の意(→補一一)。

二一 底本「讃仰」を改めた。

二二 錫杖を携えて巡行し、教えをひろめること。

二三 縄を十文字に張った座台。

二四 足の甲で左右それぞれ反対側の股をおさえる形の座り方。

二五 真言密教で、大日如来に祈るときの最初のことば「唵阿毘羅吽欠(おんあびらうんけん)」をさす。

二六 仏語。五人の問者から出される十題の問いに一人で答えること。また、それができるほどの知識・力量を備えていること。

二七 学者。「老」は敬語。

二八 →三一五頁注四四。

二九 外観、うわべを飾ること。

[一]仁王とも組まんず六尺の丈夫、躰のみか、心さへ衰へて、めゝしき哀に弓矢の恥を忘れしも恋の為なりき、思へば恋てふ悪魔に骨髄深く魅入られし身は、恋と共に浮世に斃れんか、将た恋と共に世を捨てんか、択ぶべき途、只此二つありしのみ、時頼世を無常と観じては、何恨むべき物ありとも覚えず、武士を去り、弓矢を捨て、君に離れ、親を辞し、[二]一切衆縁を挙げ尽して恋てふ悪魔の犠牲に供へ、跡に残るは天地の間に生れ出でしまゝの我身、滝口時頼、命と共に受継ぎし活達の気風再び爛熳と咲出でゝ、[三]容こそ変れ、性質は恋せぬ前の滝口に少しも違はず、[四]名利の外に身を処けば、自ら嫉妬の念も起らず、憎悪の情も萌さず、山も川も木も草も、愛らしき[五]垂髫も、醜き老婆も、我に恵む者も我を賤しむ者も、我には等しく可愛らしく覚えぬ、げに[六]一視平等の仏眼には[七]四海兄弟と見えしとかや、病めるものは之を慰め、貧しき者は之に分ち、心曲りて郷里の害を為す者には、因果応報の道理を諭し、凡て人の為め、世の為に益あることは躊躇ふことなく為し、絶えて彼此の差別なし、然れば滝口が錫杖の到る所、其風を慕ひ其徳を仰がざるはなかりけり、或時は里の子供等を集めて、昔の剛者の物語など、面白く言ひ聞かせ、喜び勇む無邪気なる者の様を見て呵々と打笑ふ様、二十三の滝口、何日の間に[八]習ひ覚えしか、さながら老翁の孫女を

一 金剛力士とも恐れず組討ちするような大男。「仁王」は金剛力士のこと。三四二頁一三行には「鬼とも組まんず」。
二 →三四九頁注一〇。
三 底本振り仮名「こたち」を改めた。
四 名誉と利得。
五 子どもの垂らした髪。さげがみ。また、そのような髪型の子ども。
六 すべての人を差別せずに平等に見ること。
七 世界中の人々はすべて兄弟のように親しくし、愛し合うべきであるということ。『論語』の「四海の内、皆兄弟なり」(「顔淵」)による。
八 底本振り仮名「わら」を改めた。

弄ぶが如し

斯くて風月ならで訪ふ人も無き嵯峨の奥に、世を隔てゝ安らけき朝夕を娯み居しに、世に在りし時は弓矢も誉も打捨て、狂ひ死に死なんまで焦れし横笛、親にも主にも振かへて恋の奴となりしまで慕し横笛、世を捨て様を変へざれば、吾から懸けし恋の絆を解く由も無かりし横笛、其横笛の音づれ来りしこそ意外なれ、[九]然れども滝口、口にくはへし松が枝の小揺ぎも見せず、見事振鈴の響に耳を澄して、[一〇]含識の流、さすがに濁らず、思へば悟道の末も稍頼もしく、風白む窓に、傾く月を麾きて、冷に打笑める顔は[一一]天晴大道心者に成りすましたり

＊　＊　＊　＊

さるにても横笛は如何になしつるや、往生院の門下に一夜を立明して暁近く御所に還り、後の二三日は何事も無く暮せしが、間もなく行衛知れずなりて、其部屋の壁には日頃手慣れし古桐の琴、主待ちげに見ゆるのみ

第二十二

或日、天長閑に晴れ渡り衣を返す風寒からず、秋蝉の翼暖む小春の空に、滝口[一二]すゞろに心浮かれ常には行かぬ桂、鳥羽わたり巡錫して、嵯峨とは都を隔て

九 一切動揺する素振りが見えないことを描写。
一〇 仏語。ごんしき。対象をとらえる「心」とそれを判断し認識する「識」を有すること。心のはたらき。本来は心識を有するものの意で、衆生をさす。
一一 →三二一頁注一七。
一二 これという理由もなしに。覚えずそうなるさま。

て南北、深草[一]の辺に来りける、此あたりは山近く林密にして、立田[二]の姫が織り成せる木々[三]の錦、二月の花よりも紅にして、匂あらましかばと惜まるゝ美しさ、得も言はれず、薪採る翁、牛ひく童、余念[四]無く歌ふ節、余所に聞くだに楽しげなり、滝口行々四方の景色を打眺め、稍々疲を覚えたれば、とある路傍の民家に腰打掛けて、暫く休らひぬ、主婦は六十余とも覚しき老婆なり、一椀の白湯を乞ひて喉を湿し、何くれとなき浮世話の末、滝口、「愚僧が庵は嵯峨の奥にあれば、此わたりには今日が初めて、何処にも土地珍しき話一つはある物ぞ、何れ名にし負はゞ、哀も一入深草の里と覚ゆるに、話して聞かせずや」、老女は笑ひながら「かゝる片辺なる鄙には何珍しき事とては無けれども、其の哀にて思ひ出せし、世にも哀なる一つの話あり、問ひ給ひしが因果[五]、事長くとも聞き給へ、御身の茲に来られし途すがら、渓川の有る辺より、山の方にわびしげなる一棟の僧庵を見給ひしならん、其庵の側に一つの小やかなる新塚あり、主が名は言はで此の里人は只恋塚[六]々々と呼びなせり、此の恋塚の謂に就きて最[七]とも哀なる物語の候なり」、「恋塚とは余所[八]ならず床しき思す、剃らぬ前の我[九]も恋塚の主は半はなりし事もあれば」、言ひつつ滝口は呵々と打笑へば、老婆は打消し、「否、笑ふことでなし、此月の初頃なりしが、画にある様な上﨟[一〇]の

一 現在の京都市伏見区北部の地名。東山連峰の南端、稲荷山南西側のふもとにある。古くは秦氏一族の居住地であったが、のちに貴族の別荘地となった。仁明天皇深草陵、深草北陵(深草十二帝陵)がある。鶉(うずら)、月の名所。深草の少将(→三二二頁注四)の屋敷があったといわれる土地。

二 現在の奈良県生駒郡三郷町西部の山の呼称。龍田山は、奈良京(平城京)の西に当たり、西は五行説で秋に当たるところから秋をつかさどる女神とされた。

三 中国晩唐の詩人杜牧の「車を停めて坐(そぞ)ろに愛す楓林の晩(くれ) 霜葉(そうよう)は二月の花よりも紅(くれない)なり」(「山行」)による。

四 底本「余急」を改めた。

五 因縁。「お尋ねになったのもめぐりあわせでしょうから」ということ。

六 恋の苦しさから死んだ人を葬った墓。謡曲「卒都婆小町」に「鳥羽の恋塚秋の山」とある。

七 底本「量とも」を改めた。

八 他人ごとではなく懐かしい思いがします。

九 恋に悩み死んで塚の主になりかけたことがあったので。

一〇 身分の高い女房。

如何なる故ありてか、かの庵室に籠りたりと想ひ給へ、花ならば蕾、月ならば新月、いづれ末は玉の輿にも乗るべき人が、品[一一]もあらんに世を外なる尼法師に様を変へたるは、慕ふ夫に別れてか、情なき人を思ふてか、何の途、恋故ならんとの噂、薪とる里人の話によれば、庵の中には玉を転ばす如き柔しき声して、読経の響絶ゆる時なく、折〳〵閼伽[一二]の水汲みに、谷川に下りし姿見たる人は、天人の羽衣脱ぎて袈裟懸けしとて、斯くまで美しからじなど罵り[一三]合へりし、心なき里人も世に痛はしく思ひて、色〳〵の物など送りて慰むる中、かの上臈は思重りてや、病みつきて程も経ず返らぬ人となりぬ、言ひ残せし片言だに無ければ、誰も尼になるまでの事の由を知らず、里の人〴〵相集りて涙と共に庵室の側に心ばかりの埋葬を営みて卒塔婆一基の主とはせしが、誰言ふとなく恋塚〳〵と呼びなしぬ、来慣れぬ此里に偶〳〵来て此話を聞かれしも他生の因縁と覚ゆれば、帰途には必らず立寄りて一片の回向[一四]をせられよ、いかに哀なる話しに候はずや」、老婆は話し了りて、燃えぬ薪の烟に咽びて、涙押拭ひぬ、滝口もやゝ哀を催して、「そは気の毒なる事なり、其上臈は何処の如何なる人なりしぞ」、「人の噂に聞けば、御所の曹司なりとかや」、「ナニ曹司とや、其名は聞き知らずや」、「然れば、最とやさしき名と覚えしが、何とやら、――おゝそれ慥に横

一一 他にも（様を変える）種類はあったでしょうに。
一二 仏前に供える水。
一三 →三一五頁注三五。
一四 死者の成仏を祈ること。

笛とやら言ひし、嵯峨の奥に恋人の住めると人の話なれども、定かに知る由も無し、聞けば御僧の坊も同じ嵯峨なれば、若し心当の人もあらば、此事伝へられよ、同じ世に在りながら、斯る婉やかなる上﨟の様を変へ、思ひ死するまでに情なかりし男こそ、世に罪深き人なれ、他し人の事ながら誠なき男見れば取りも殺したく思はるゝよ」、余所の恨を身に受けて、他とは思はぬ吾が哀れ、老いても女子は流石にやさし、滝口が様見れば、先の快げなる気色に引きかへて首を垂れて物思の躰なりしが、やゝありて、「あゝ余に哀なる物語に、法躰[一]にも恥ぢず、思はず落涙に及びたり、主婦が言に従ひ、愚僧は之より其恋塚とやらに立寄りて、暫し回向の杖を停めん」

網代[二]の笠に夕日を負うて立去る滝口入道が後姿、頭陀[三]の袋に麻衣、鉄鉢を掌に捧げて、八つ目[四]のわらんづ踏みにじる、形[五]は枯木の如くなれども、息ある間は血も有り涙もあり

第二十三

深草の里に老婆が物語、聞けば他事ならず、いつしか身に振りかゝる哀の露、泡沫夢幻[六]と悟りても、今更驚かれぬる世の起伏かな、様を変へしとはそも何を

一 仏語。仏門に入り、剃髪し僧侶の衣をつけた身。

二 竹を薄く削り、網状に編んだ笠。

三 仏語。僧侶が経典などを入れるために首にかける袋。

四 ひもを通すための輪が八つついた丈夫な草鞋(わらじ)。修験者などが用いた。

五 仏門に入ったとはいえ、感情を持つ生身の人間であるとの意。「枯木」は「木の端」(→三三七頁注一五)に同じ。

六 泡と夢とまぼろし。はかないことのたとえ。幸田露伴『風流仏』に「石鹼玉(シヤボンだま)泡沫夢幻の世に楽をせでは損と」。

観じての発心ぞや、憂に死せしとはそも誰にかけたる恨ぞ　あゝ横笛、吾れ人共に誠の道に入りし上は、影よりも淡き昔の事は問ひもせじ、語りもせじ、閼伽の水汲絶えて流に宿す影止らず、観経[七]の音已みて梢にとまる響無し、いづれ業繋[八]の身の、心と違ふ事のみぞ多かる世に夢中に夢を啣[九]ちて我れ何にかせん

滝口入道、横笛が墓に来て見れば、墓とは名のみ、小高く盛りし土饅頭[一〇]の上に一片の卒塔婆を立てしのみ、里人の手向けしにや、半枯れし野菊の花の仆れあるも哀れなり、四辺は断草離々[一一]として跡を着くべき道ありとも覚えず、荒れすさぶ夜々の嵐に、ある程の木々の葉吹落されて、山は面瘦せ、森は骨立ちて目もあてられぬ悲惨の風景、聞きしに増りて哀なり[一二]、あゝ是ぞ横笛が最後の住家よと思へば流石の滝口入道も法衣の袖を絞り[一三]あへず、世にありし時は花の如き艶やかなる乙女なりしが、一旦無常の嵐[一四]に誘はれては、いづれ遁れぬ古墳一墓の主かや、そが初めの内こそ憐と思ひて香花を手向くる人もあれ、やがて星移り歳経れば、冷え行く人の情に随れて、顧る人も無く、あはれ何れをそれと知る由もなく荒れ果てなんず、思へば果敢なの吾れ人が運命や、都大路に世の栄華を嘗め尽すも、賤[一五]が伏屋に畦の落穂を拾ふも、暮すは同じ五十年[一六]の夢の朝夕、妻子珍宝及王位[一七]、命終る時に随ふものはなく、野辺[一八]より那方の友とては、

七　読経すること。看経(かんきん)に同じ。
八　→三五〇頁注七。
九　嘆いて。
一〇　土を饅頭のようにまるく盛り上げた墓。
一一　きれぎれの草むらがあちこちにあること。
一二　底本「哀なり」を改めた。
一三　しぼることができないほど、涙がとまらないさま。
一四　「無常の風」と同意。風が花を散らすように無常が生命を奪うこと。「無常の風に誘われ、ただいま冥途へ赴く」(狂言『朝比奈』)。
一五　身分の低い者の住むそまつな家。
一六　人の寿命。一生。「人間五十ねん。げてんの内をくらぶれば、夢幻(ゆめまぼろし)のごとくなり」(幸若舞「敦盛」)。人間界の五十年は、天上界の最下位である「下天(げてん)」の一昼夜でしかなく、はかないということ。織田信長が愛吟したことでも有名(太田牛一『信長公記』)。
一七　妻子や珍しい宝や王位など、この世で最も大切なものでも、死ぬときは一つとして持っていけない。「妻子と珍宝と及び王位と、命の終わる時に臨んでは、随(した)ふ者無し」(『大方等大集経』第十四「虚空蔵菩薩所問品」)。
一八　葬送の野、火葬場。

結脈[1]一つに珠数一聯のみ、之れを想へば世に悲むべきものも無し、滝口衣の袖を打はらひ墓に向て合掌して言へらく[2]「形骸は良しや冷土の中に埋れても、魂[3]は定かに六尺の上に聞しめされん、そもや、御身と我れ、時を同うして此世に生れしは過世何の因、何の果ありてぞ、同じ哀を身に担うてを語らふ折もなく、世を隔て様を異にして此悲むべき対面あらんとは、そも又何の業[4]、何の報ありてぞ、我は世に救を得て、御身は憂きに心を傷りぬ、思へば三界[5]の火宅を逃れて、聞くも嬉しき真の道に入りし御身の、欣求浄土[6]の一念に浮世の絆を解き得ざりしこそ恨なれ、恋とは言はず、情とも謂はず、遇ふや柳因[7]、別るゝや絮果、いづれ迷は同じ流転の世事、今は言ふべきこと有りとも覚えず、只此上は夜毎の松風に御魂を澄されて、未来の解脱こそ肝要なれ、仰ぎ願はくは三[8]世十方の諸仏、愛護の御手を垂れて出離[9]の道を得せしめ給へ、過去[10]精霊、出離生死、証大菩提」、生ける人に向へるが如く言ひ了りて、暫黙念の眼を閉ぢぬ、花[11]の本の半日の客、月の前の一夜の友も、名残は惜まるゝ習なるに、一向[12]所感の身なれば、先の世の法縁も浅からず思はれ、流石の滝口、限無き感慨胸に溢れて、転[13]た今昔の情に堪へず、今かゝる哀を見んことは、神ならぬ身の知る由もなく、嵯峨の奥に夜半かけて、迷ひ来りし時は、我情なくも門をば開け

一 仏語。血脈（けちみゃく・けつみゃく）。在家結縁（けちえん）のもとに与える法門相承の系譜。所持者が死去の際は棺に入れる。「野辺よりあなたの友とては血脈一つに数珠一連」（浄瑠璃『夕霧阿波鳴渡（ゆうぎりあわのなると）』）。

二 言うことには。

三 （横笛の）魂は私の頭上でお聞きになっていることだろうの意。

四 過去にどんな善悪の行為をしたためか、またどんな報いがあってか。

五 仏語。「三界」は、欲界・色界（しきかい）・無色界で、不安や苦しみの絶えない世界のこと。それを火災にあった家にたとえていう。煩悩多き俗世間の意。

六 仏語。極楽浄土を心から願い求めること。「それ往生極楽の教行は、濁世（じょくせ）末代の目足（もくそく）なり。…一には厭離穢土（えんりえど）、二には欣求浄土」（源信『往生要集』）。

七 出会うのは何かの因縁で、別れるのは何かの結果である。春に柳の木の綿毛を持った実が飛び散る（柳絮（りゅうじょ））が、それを絮果（結果）、その元を柳因（原因）という。

八 仏語。過去・現在・未来の三世と、東・西・南・北・西北・西南・東北・東南・上・下の十方。また、無限の時間と空間をいう。

九 仏語。→三五〇頁注八。

一〇 死者を回向するときの文句。経文。「結願には大なる卒兜婆（そとば）をたて、「過去聖霊、出離生死、証大菩提」とかいて」（『平家物語』巻三「少将都帰」）。

一一 わずかな半日一夜の知り合いも、前世の因縁が浅くなかった結果であることをいう。「花の下の半日の客、月前の一夜の友、旅人が一村雨の過行（すぎゆく）に」（『平家物語』巻三「少将都帰」）。

ざりき、恥をも名をも思ふ遑なく、様を変へ身を殺す迄の哀の深さを思へば、我こそ中々に罪深かりけれ、あゝ横笛、花の如き姿今いづこに在る、[一四]菩提樹の蔭明星額を照す辺、[一五]耆闍崛の中香烟肘を繞るの前、昔の夢を空と見て猶我ありしことを思へるや否、逢ひ見しとにはあらなくに、別れ路つらく覚ゆることの我ながら訝しさよ、思胸に迫りて、吁々と吐く太息に覚えず我に還りて首を挙れば日は半西山に入りて、峰の松影色黒み、落葉を誘ふ谷の嵐、夕ぐれ寒く身に浸みて、ばら〳〵と顔打つものは露か時雨か

第二十四

[一六]其年の秋の暮つかた、小松の内大臣重盛、予ての[一七]所労重らせ給ひ、御年四十三にて[一八]薨去あり、一門の人々、恩顧の侍は言ふも更なり、都も鄙もおしなべて、悼み惜まざるはなく、町家は商を休み、農夫は業を廃して哀号の声到る処に充ちぬ、入道相国が非道の挙動に御恨を含みて時の乱を願はせ給ふ[一九]法住寺殿の院と、三代の無念を呑て只すら時運の熟すを待る源氏の残党のみ、内府が[二〇]遠逝を喜べりとぞ聞えし

[二一]士は己を知れる者の為に死せんことを願ふとかや、[二二]今こそ法躰なれ、ありし

一二 仏語。すべて善悪の行為の結果としてもたらされるもの。
一三 いっそう。
一四 釈迦がその下で悟りを開いたという樹木。
一五 耆闍崛。古代インド、王舎城(→三五〇頁注四)の北東方にそびえていた山。霊鷲山、鷲峰山。釈迦説法の地。
一六 治承三年(一一七九)。
一七 病気。患い。
一八 皇族または三位以上の人が死去すること。
一九 後白河法皇。「法住寺殿」は後白河法皇の院御所。
二〇 死ぬこと。
二一 武士は自分を認めてくれる者のためには、意気に感じて命を捨てることもいとわない。『史記』「士は己を知る者の為に死す」(「刺客列伝」)による。
二二 今は出家した身であるものの。

昔の滝口が、此君の御為ならばと誓ひしは天が下に小松殿只一人、父祖十代[一]の御恩を集めて此君一人に報し参らせばやと、風の旦、雪の夕、蛭巻[二]のつかの間も忘るゝ隙も無かりしが、思ひもかけぬ世の波風に、身は嵯峨の奥に吹き寄せられて、二十年来の志も皆空事となりにける、世に望なき身ながらも、我から好める斯る身の上に君の思召の如何あらんと、折々思出されては流石に心苦しく、只長き将来に、覚束なき機会[三]を頼みしのみ、小松殿逝去と聞きてはそれも協はず、御名残今更に惜まれて、其日は一日坊に閉籠りて、内府が平生など思出で、回向三昧に余念なく、夜に入りては読経の声いと蕭やかなりし

先には横笛、深草の里に哀をとゞめ、今は小松殿、盛年の御身に世をかへ給ふ、彼を思ひ是を思ふに、身一つに降かゝる憂き事の露しげき今日此ごろ、滝口三衣[四]の袖を絞りかね、法躰の今更遣瀬なきぞいぢらしゝ[五]、実にや縁に従て一念頓に自理[六]を悟れども、曠劫[七]の習気は一朝一夕に浄むるに由なし、変相殊躰[八]に身を困めて、有無流転[九]と観じても、猶此世の悲哀に離れ得ざるぞ是非も無き

徳を以て将人を以て、柱とも石とも頼まれし小松殿、世を去り給ひしより、誰言ひ合さねども、心有る者の心にかゝるは、同じく平家の行末なり、四方の波風静にして、世は盛りとこそは見ゆれども、入道相国が多年の非道によりて、

一 重代(三四〇頁二行)か。以下、逐一注記しない。
二 刀の「束」と「つかの間」を掛ける。「蛭巻」は、→三一七頁注三一。
三 待ち遠しい機会。いつか再び会うときの意。
四 →三一四頁注三。
五 いたわしい。
六 「事理」に同じ。仏語。因縁によって生じたすべての現象と、因縁によらない絶対の真理。転じてものごとの道理やすじみち。
七 長い年月の間に身についたこと。習慣。
八 「変相」は形相を変えること。出家して僧体になること。「殊躰」は普通と違った姿。
九 仏語。生まれ変わり死に変わって迷いの世界をまどい歩くこと。生死(しょう)流転。
一〇 現在の静岡県伊豆の国市四日町にあり、当時は狩野(かの)川の中州。
一一 筑波山の方向から吹き下ろす北風。
一二 武蔵、相模、上野、下野、上総、下総、安房、常陸の関東地方八カ国の称。江戸時代に使われた語。浄瑠璃『平家女護島(にょごのしま)』に「いざ白旗をひるがへす、扨(さて)も兵衛佐(ひょうえのすけ)頼朝公、関八州を切したがへ、其せい既に十万余騎」と

天下の望已に離れて敗亡の機はや熟してぞ見えし、今にも蛭[一〇]が小島の頼朝にても、筑波[一一]おろしに旗揚げんには、源氏譜代の恩顧の士は言はずもあれ、苟も志を当代に得ず、怨を平家に銜める者、響の如く応じて、関八州[一二]は日ならず平家の有[一三]に非ざらん、万一斯る事あらんには、大納言殿(宗盛)は兄の内府にも似ず、暗弱[一四]の性質なれば、素より物の用に立つべくもあらず、御子三位の中将殿(維盛)は歌道より外に何長じたる事無き御身なれば、紫宸殿[一五]の階下に源家の嫡流と相挑みし父の卿の勇胆ありとしも覚えず[一六]、頭[一七]の中将殿(重衡)も管絃の奏こそ巧なれ、千軍万馬の間に立ちて采配とらん器に非ず、只数多き公卿殿上人の中にて、知盛、教経[一八]の二人こそ天晴未来事ある時の大将軍と覚ゆれども、これとても螺鈿[一九]の細太刀に風雅を誇る、六波羅上下の武士を如何にするを得べき、中には越中次郎兵衛盛次[二〇]、上総五郎兵衛忠光、悪七兵衛景清、なんど[二一]名だゝる剛者なきにあらねど、言はゞ之れ匹夫の勇[二二]にして大勢に於て元より益する所なし、思へば風前の燈に似たる平家の運命かな、一門上下花に酔ひ、月に興じ、明日にも覚めなんず栄華の夢に、万代かけて行末祝ふ、武運の程ぞ浅ましや

入道ならぬ元の滝口は平家の武士、忍辱[二三]の袈裟も主家興亡の夢に襲はれては

ある。

一三 領有の意。

一四 道理に暗く気が弱いこと。

一五 紫宸殿は平安京内裏の正殿。従来、重盛が源氏の嫡流と戦ったのは紫宸殿前の南庭と見なされていたが、正しくは待賢門(たいけんもん)を西に入った内裏の前の大庭。平治の乱(→三一九頁注一六)の際、当時二十三歳の重盛は平家軍の大将として、大内裏に籠る謀反軍、源義朝の軍勢と戦い、義朝の嫡男悪源太義平と組打ち、勝利をおさめた(『平治物語』巻二「待賢門の軍の事附けたり信頼落つる事」)。

一六 必ずしも思われない。

一七 平重衡(一一五七-八五)。清盛の五男。のちに本三位中将。以仁王(→三八〇頁注一四)の乱を鎮圧、南都焼打(→三八一頁注一九)など平家の主力として活躍したが一ノ谷で捕えられ鎌倉へ送られる。のち奈良へ送られる途中、処刑。

一八 平教経(一一六〇-八五?)。清盛の弟教盛の子。壇ノ浦で自害。一ノ谷で討死とも。

一九 →三一五頁注三六。

二〇 以下の三人は平家側の武者。忠光・景清は兄弟で侍大将上総守藤原忠清の息子。

二一 など。

二二 思慮分別がなく、ただ血気にはやること。蛮勇。

二三 忍辱の心はいっさいの害難を防ぐというところから、忍辱の心を身を護る衣にたとえていう語。転じて、袈裟のこと。「忍辱衣(にんにくえ)」「忍辱慈悲の衣」「忍辱の鎧」など。「忍辱」は仏語で、耐えしのび、怒りの気持ちを起こさないこと。種々の苦難や迫害に耐え、安らぎの心を持つこと。また、その修行の徳目である忍辱波羅蜜(にんにくはらみつ)をいう。

今にも掃魔の堅甲となりかねまじき風情なり

第二十五

其年も事無く暮れて、明くれば治承四年、浄海が暴虐は猶已まず、殿とは名のみ、蜘手結ひこめぬばかりの鳥羽殿には去年より法皇を押籠め奉るさへあるに、明君の聞え高き主上をば、何の恙もお在さぬに、是非なくおろし参らせ、清盛の女が腹に生れし春宮の今年僅に三歳なるに御位を譲らせ給ふ、あはれ聞きも及ばぬ奇怪の譲位かなとおもはぬ人ぞ無かりける、一秋毎に細りゆく民の竈に立つ烟、それさへ恨と共に高くは上らず、野辺の草木にのみ春は帰れども、世はおしなべて秋の暮、枯枝のみぞ多かりける、元より民の疾苦を顧みるの入道ならねば、野に立てる怨声を何処の風とも気にかけず、或は厳島行幸に一門の栄華を傾け尽し、或は新都の経営に近畿の人心を騒がせて少しも意に介せず、世を恨み義に勇みて源三位、数も無き白旗、殊勝にも宇治川の朝風に飜せしが、脆くも破れて空しく一族の血汐を平等院の夏草に染めたりしは、諸国源氏が旗揚の先陣ならんとは、平家の人々いかで知るべき、高倉の宮の宣旨、木曾の北、関の東に普く渡りて、源氏興復の気運漸く迫れる頃、入道は上下万民

一 魔を一掃する堅固な鎧。「魔」は平家滅亡を企てる人々をさす。平家のために俗世に戻って戦いかねない様子。
二 清盛の法名。
三 木や竹などを打ち違えに組んだ柵で幽閉するような。
四 →三四一頁注二〇。
五 高倉天皇のこと。
六 建礼門院。
七 東宮。皇太子。即位後の安徳天皇。
八 季節は春になっても世の中はあまねく秋の暮れのように暗く荒廃している。
九 治承四年(一一八〇)三月の高倉院の行幸。
一〇 治承四年六月、福原遷都をさす(三八一頁一行)。
一一 源頼政(一一〇四-八〇)。源三位入道とも。平治の乱で清盛方についたが、のち以仁王(もちひと・とおう。→注一四)を奉じて平氏打倒の兵を挙げて敗れ、宇治平等院で戦死。和歌にも秀でた。
一二 →三二〇頁注四。
一三 治承四年(一一八〇)五月、宇治川を挟んでの平家と源氏の戦い。このときは源氏側が敗れる。
一四 後白河法皇の皇子、以仁王(一一五一-八〇)。三条高倉に邸宅があったことから、高倉宮、三条宮とも称された。治承四年四月に平家追討の命令「以仁王の令旨(りょうじ)」を出し、宇治川の戦いに臨んだが、戦死。

の望に背き、愈々都を摂津の福原に遷し、天下の乱、国土の騒を露顧みざるは、抑も之れ滅亡を速むるの天意か、平家の末はいよ〳〵遠からじと見えにけり

[一五]右兵衛佐(頼朝)が旗揚に草木と共に靡きし関八州、心ある者は今更とも思はぬに、[一六]大場の三郎が早馬きて、夢かと驚きし平家の殿原こそ不覚なれ、討手の大将、三位中将維盛卿、赤地の錦の直垂に[一七]萌黄匂の鎧は天晴平門公子の容儀に風雅の銘を打たれども、[一八]富士河の水鳥に立つ足もなき十万騎は、関東武士の笑のみに非ず、前の非を悟りて旧都に帰り、さては[一九]奈良炎上の[二〇]無道に余忿を漏せども、源氏の勢は日に加はるばかり、覚束なき行末を夢に見て其年も打過ぎつ、[二一]治承五年の春を迎ふれば、世愈々乱れ、都に程なき信濃には、[二二]木曾の次郎が兵を起して、兵衛の佐と相応じて其勢破竹の如し、傾危の際、老ても一門の支柱となれる入道相国は、折柄怪しき病に死し、一門狼狽して為す所を知らず、[二三]墨股の戦に少しく[二四]会稽の恥を雪ぎたれども、新中納言(知盛)軍機を失して必勝の機を外し、木曾の圧と頼みし[二五]城の四郎が北陸の勇を挙りし四万余騎、[二六]余五将軍の遺武を負ひながら、[二七]横田河原の一戦に、脆くも敗れしに驚きて、今はとて平家最後の力を尽して北国に打向ひし十五万余騎、一門の存亡を賭せし[二八]倶利加羅、篠原の二戦に、哀れや残り少なに打なされ、[二九]背疵抱へて、すご〳〵

一五 兵衛府(→三五五頁注九)の次官。左右各一名。
一六 相模国高座郡(現・神奈川県)の武士。大庭とも。関東一の名馬を清盛に贈ったという(『平家物語』巻五「物怪之沙汰」)。
一七 上の方を色濃く、だんだん薄くなるように鎧の縅毛(おどしげ)を配色したもの。
一八 →三二〇頁注六。
一九 治承四年(一一八〇)十二月、平家は奈良諸寺を焼き払った。
二〇 →三四一頁注一七。
二一 この年七月に「養和」と改元(→三二〇頁注六)。
二二 木曾義仲(一一五四-八四)。治承四年(一一八〇)九月、以仁王の令旨に応じて挙兵し、各地で平家軍を破り、京へと兵を進めた。
二三 養和元年(一一八一)三月、美濃国(現・岐阜県)と尾張国(現・愛知県)の境を流れる墨俣川(現・長良川)を挟んでの会戦。
二四 復讐をすること。中国春秋時代、越王勾践(こうせん)が会稽山で呉王夫差(ふさ)と戦い降伏したが、後に夫差を破り、その恥をすすいだという故事による。
二五 城四郎助茂(すけもち)。改名して長茂(ながもち)。越後国(現・新潟県)の武士で、木曾軍と対戦(『平家物語』第六「横田河原合戦」)。
二六 →三三四頁注四。
二七 信濃国(現・長野県)更科、千曲川の西岸付近。
二八 「倶利加羅」は寿永二年(一一八三)五月、越中国(現・富山県)と加賀国(現・石川県)との境の砺波山倶利伽羅峠において、「篠原」は同月(六月とも)現在の石川県加賀市篠原新町、篠原町付近において行われた木曾軍と平氏との戦い。
二九 逃げ傷。

都に帰り来りし、打漏されの見苦しさ、木曾は愈々勢に乗りて、明日にも都に押寄せんず風評、平家の人々は、今は居ながら生る心地もなく、然りとて敵に向て死する力もなし、木曾をだに支へ得ざるに、関東の頼朝来らば如何にすべき、或は都を枕にして討死すべしと言へば、或は西海に走て再挙を謀るべしと説き、一門の評議まち〳〵にして定らず、前には[一]邦家の急に当りながら、後には人心の赴く所一ならず、何れ変らぬ亡国の末路也けり

平和の時こそ、供花焼香に経を繙して、[二]利益平等の世とも感ぜめ、祖先十代と己が半生の歴史とを刻みたる主家の運命日に非なるを見ては、[三]眼を過ぐる雲煙とは滝口いかで看過するを得ん、人の噂に味方の敗北を聞く毎に、無念さ、もどかしさに耐へ得ず、[四]双の腕を扼して、法躰の今更、変へ難きを恨むのみ

或日滝口[五]閼伽の水汲まんとて、まだ明けやらぬ空に往生院を出でゝ、近き泉の方に行きしに、都六波羅わたりと覚しき方に、一道の火焔天を焦して立上れり、そよとだに風なき夏の暁に、遠く望まば只[六]朝紅とも見ゆべかんめり、風静なるに六波羅わたり斯る大火を見ることこそ訝しけれ、いづれ唯事ならじと思へば[七]何となく心元なく、水汲て急ぎ坊に帰り、[八]一杖一鉢、常の如く都をさして出で行きぬ

一　国の大事。ここは平家一門のこと。「邦家」は国家、「急」は差し迫ったさま。
二　仏語。仏が衆生に授ける恵みには差別がないこと。
三　自分に無関係のこととして。
四　両腕を強く握りしめること。
五　→三七三頁注一二。
六　朝焼けに違いないようにも思える。
七　何となく不安で気がかりに思い。俗世とのつながりが切れない様子。
八　→三六九頁注一四。

第二十六

滝口入道都に来て見れば、思の外なる大火にて、六波羅池殿[九]西八条の辺より、京白川四五万の在家、方に煙の中にあり、洛中の民はさながら狂せるが如く、老を負ひ幼を扶けて火を避くる者、僅の家財を携へて逃ぐる者、或は雑沓の中に傷きて助を求むる者、或は連れ立ちし人に離れて路頭に迷へる者、何れも姿容を取り乱して右に走り左に馳せ、叫喚呼号[一〇]の響、街衢[一一]に充ち満ちて、修羅の巷[一二]もかくやと思はれたり、只見る[一三]幾隊の六波羅武者、蹄の音高く馳せ来りて、人波打てる狭き道をば、容赦も無く蹴散し、指して行衛は北鳥羽の方、いづこと問へど人は知らず、平家一門の邸宅、武士の宿所、残りなく火中にあれども消し止めんとする人の影見えず、そも何事の起れるや、問ふ人のみ多くして、答ふる者はなし、全都の民は夢に夢見る心地して只心安からず惶れ惑へるのみ

滝口事の由[一四]を聞かん由[一五]も無く、轟く胸を抑へつゝ、朱雀[一六]の方に来れば、向より、形乱せる二三人の女房の大路を北に急ぎ行くに、滝口呼止めて事の由を尋ぬれば、一人の女房立止りて悲しげに、「未だ聞かれずや、大臣殿[一七](宗盛)の思

九 平家一門の居宅のあった六波羅池殿(現・東山区五条通の北方池殿町から六波羅蜜寺付近)を中心に、南西の清盛の邸宅のあった西八条一帯(現・下京区七条、京都駅西方の梅小路公園付近)、北方の白川筋一帯(現・東山区祇園町、左京区北白川付近)。

一〇 「叫喚」「呼号」ともに、大声でわめき叫ぶこと。

一一 人家、店などの並ぶ町なか。

一二 激しい戦争や争乱の場所。

一三 見えるものは。ただ…が見えるばかり。漢文訓読法からきた倒置表現で、「幾隊の六波羅武者」の様子を強調する。

一四 いきさつ。次第。

一五 手がかり。方法。

一六 朱雀大路。朱雀門(平安京大内裏の正面)に通じる南北の大通り。

一七 寿永二年(一一八三)七月、宗盛は安徳天皇以下平家一門の都落ちを決断。平家一門は邸宅群に火を放ち都を離れた。

召にて、主上を始め一門残らず西国に落ちさせ給ふぞや、もし縁の人ならば跡より追[一]つかれよ」、言捨てゝ忙しげに走り行く、滝口、あツとばかりに呆れて、さそくの考も出でず、鬼の如き両眼より涙をはら〳〵と流し、恨めしげに伏見[二]の方を打見やれば、明[三]けゆく空に雲行のみ早し

栄華の夢早や覚めて、没落の悲方に来りぬ、盛衰興亡はのがれぬ世の習なれば、平家に於て独歎くべきに非ず、只まだ見ぬ敵に怯をなして軽々しく帝都を離れ給へる大臣殿の思召こそ心得ね、兎ても角ても叶はぬ命ならば、御所の礎枕にして、[四]魚山の夜嵐に屍を吹かせてこそ、散りても芳しき天晴名門の末路なれ、三代の仇を重ねたる関東武士が野馬の蹄に祖先の墳墓を蹴散させて、一門おめ〳〵西海の陲に迷ひ行く、[五]とても流さん末の慫名はいざ知らず、まのあたり[六]百代までの恥辱なりと思はぬこそ是非なけれ

滝口はしばし、無念の涙を絞りしが、せめて焼跡なりとも弔はんと、西八条の方に辿り行けば、夜半にや立ちし、早や落人の影だに見えず、昨日まではさ[七]しも美麗に建て連ねし大門高台[八]、一夜の煙と立昇りて、焼野原、茫々として立木に迷ふ鳥の声のみ悲し、焼け残りたる築垣[九]の蔭より、屋方の跡を眺むれば、朱塗の中門のみ半残りて、[一〇]門もる人もなし、[一一]嗚呼、被官郎党の日頃寵に誇り恩

一　底本「迫」を改めた。
二　平安京の南部にある、貴族の別荘地。寺院も多く建立された。
三　情景描写とともに、滝口の不安な心情を暗示。
四　都の寺院の声明を聞きながら死ぬこと。魚山は、魏の曹植(そうしょく)が空中に梵天の音を聞き、その音律を模して梵唄(ぼんばい。声明(しょうみょう))を作ったと伝えられる土地。「魚山の嵐」は声明の響きをいう。日本には、中国から慈覚大師が伝え、のちに天台宗の声明として大成された。
五　どうやっても流れるだろう後代の悪い評判はともかくとして。
六　(宗盛が)百代までの恥辱であると思わないのはどうしようもないことだ。
七　然しも。あんなに。
八　→三一三頁注八。
九　→三四六頁注七。
一〇　門を守る人もいない。
一一　以下、三八五頁六―七行「何処まで惜まるゝ一門の人々ぞ」(いったいどこまで、昔の栄華を惜しんでいらっしゃる平家の人々だろうか)まで、滝口の心中思惟。

を恣にせる者、そも幾百千人の多きぞや、思はざりき主家仆れ城地亡びて、而も一騎の屍を其焼跡に留むる者無らんとは、げにや栄華は夢か幻か、高廈[12]十年にして立てども一朝の煙にだも堪へず、昨夕玉趾珠冠[13]に容儀を正し、参仕拝趨[14]の人に冊かれし人、今朝長汀[15]の波に漂ひ旅泊の月に跉跰ひて、思寝に見ん夢ならでは還り難き昔、慕うて益なし、有為転変の世の中に、只最後の潔きこそ肝要なるに、天に背き人に離れ、いづれ遁れぬ終をば、何処まで惜まるゝ一門の人々ぞ、彼を思ひ是を思ひ、滝口は焼跡にたゝずみて、暫時感慨の涙に暮れ居たり

稍ありて太息と共に立上り、昔ありし我屋敷を打見やれば、其辺は一面の灰燼となりて、何処をそれとも見別け難し、さても我父は如何にせませしか、一門の人々と共に落人にならせ給ひしか、御老年の此期に及びて、斯る大変[16]を見せ参らすることそうたてき[17]限なれ、滝口今は誰しれる人も無き跡ながら、昔の盛忍ばれて、尽きぬ名残に幾度か振廻りつ、持ちし錫杖重げに打鳴して、何[18]思ひけん、小松殿の墓所指して立去りし頃は、夜明け日も少しく上りて、焼野[19]に引ける垣越の松影長し

一二 高く大きな邸宅。
一三 「玉趾」は天子・君子などの足。「珠冠」は玉をちりばめた冠。ここでは衣束帯に身を整えることをさすか。
一四 参内し、拝謁すること。
一五 長く続く波打ちぎわ。
一六 一大事。大きな変事。
一七 →三二〇頁注一一。
一八 滝口の心中がわざと隠される。読者の興味を引く手法。
一九 松の大木だけが焼野のなかに残っているさま。

第二十七

世の果を何処とも知らざれば、亡き人の碑にも万代かけし小松内府の墳墓、見上ぐるばかりの石の面に、彫り刻みたる浄蓮大禅門[一]の五字、金泥の色洗ひし如く猶鮮なり、外には没落の嵐吹き荒さみて、散り行く人の忙しきに、一境閴[二]として声なき墓門の静けさ、鏘々[三]として響くは松韻、戛々[四]として鳴るは聯珠[五]、世の哀に感じてや、鳥の歌さへいと低し

墓の前なる石階の下に跪きて黙然として祈念せる滝口入道、やがて頭を挙げ、泣く〳〵御墓に向て言ひけるは、「あな浅ましき御一門の成れの果、草葉の蔭に如何に御覧ぜられ候やらん、御墓の石にまだ蒸す苔とても無き今の日に、早や退没の悲に遇はんとは申すも中々に愚[六]なり、御霊前に香華[七]を手向くるもの明日よりは有りや無しや、北国関東の夷共の君が安眠の砌を駭かせ参らせん事、思へば心外の限にこそ候へ、君は元来英明にましませば、事今日あらんことかねてより悟らせ給ひ、神仏三宝[八]に祈誓して御世を早うさせ給ひけるこそ、最と有り難けれ、夢にも斯くと知りなば不肖時頼[九]、直に後世の御供仕る[一〇]べう候ひしに、性頑冥にして悟り得ず、望無き世に長生へて、斯る無念をまのあたり見

一 重盛の戒名。「大禅門」は戒名の下につける位号で仏門に入った者の中で高位の者をいう。重盛は病の中で出家していた。
二 →三六四頁注一。
三 松が風に吹かれて高くさえた音を立てている様子。
四 →三四二頁注五。
五 数珠のこと。
六 →三一五頁注二六。
七 仏前に供える香と花。
八 仏語。仏・法・僧の三宝。仏と、その仏が説いた教えと、その教えを信奉する僧のこと。
九 →三三九頁注九。
一〇 殉死すること。「後世」はあの世。

る事のかへす〴〵も口惜う候ふや、時頼進では君が鴻恩[一一]の万一に答ふる能はず、退ては亡国の余類となれる身の、今更君に合はす面目も候はず、あはれ匹夫[一二]の身は物の数ならず、願ふは尊霊の冥護を以て、世を昔に引き返し、御一門を再び都に納れさせ給へ」

急きくる涙に咽びながら、掻[一三]き口説く言の葉も定かならず、乱れし心を押鎮めつ、眼を閉ぢ首を俯して石階の上に打伏せば、[一四]あやにくや、没落の今の哀に引き比べて、盛なりし昔の事、雲の如く胸に湧き、祈念の珠数にはふり落つる懐旧の涙のみ繁し、あゝとばかり我知らず身を振はして立上り、蹌めく躰を踏みしむる右手の支柱、暁の露まだ冷かなる内府の御墳、哀れ栄華十年の遺物なりけり

＊　＊　＊　＊

[一五]盛の花と人に惜まれ、世に歌はれて、春の真中に散りにし人の羨まるゝ哉、陽炎の影より淡き身を慭ひ生残りて、木枯嵐の風の宿となり果てゝは、我為に哀を慰むる鳥も無し、家仆れ国滅びて六尺の身おくに処なく、天低く地薄くして昔をかへす夢も無し――吁々思ふまじ、我ながら不覚なりき、[一六]修行の肩に歌袋かけて、天地を[一七]一廬と観ぜし昔人も有りしに、[一八]三衣を纏ひ一鉢を捧ぐる身の、

一一 大恩。「鴻」は大きく広いこと。
一二 つまらない存在。
一三 心の中の思いをこまごまと訴える。『平家物語』に「直衣の袖もしぼるばかりに涙をながしかきくどかれければ」(巻二「烽火之沙汰」)。
一四 思うにまかせぬことであるよ、予期に反して。
一五 重盛を花(桜)、平家の盛りを春にたとえて(→三一三頁注二)、没落前の重盛の早世をうらやむ。
一六 和歌の詠草を入れておく歌袋を肩にかけ、天地を住処(すみか)として旅した人。西行をさす。
一七 底本「一爐」を改めた。
一八 →三一二頁注五。

世の盛衰に離れ得ず、[一]生死流転の間に彷徨へるこそ朽惜しき至なれ、世を捨てし昔の心を思出せば、良しや天落ち地裂くるとも、今更驚く謂やある、[二]常無しと見つる此世に悲むべき秋もなく、喜ぶべき春もなく、青山白雲長へに青く長へに白し、あはれ、[三]本覚大悟の智慧の火よ、我胸に尚蛇の如く縈はれる一切煩悩を渣滓も残らず焼き尽せよかし

斯くて滝口、主家の大変に動きそめたる心根を、辛くも抑へて、常の如く嵯峨の奥に朝夕の行を懈らざりしが、都近く住みて、変り果てし世の様を見る事を忍び得ざりけん、其年七月の末、年久しく住みなれし往生院を跡にして、[四]飄然と何処ともなく出で行きぬ

第二十八

昨日は[五]東関の下に轡並べし十万騎、今日は西海の波に漂ふ三千余人、強きに附く人の情なれば、世に落人の宿る蔭は無く、[六]太宰府の一夜の夢に昔を忍ぶ遑もあらで、[七]緒方に追はれ、[八]松浦に逼られ、[九]九国の山野広けれども、立止るべき足場もなし、去年は[一〇]九重の雲に見し秋の月を、八重の汐路に打眺めつ、覚束なくも明し暮せし寿永二年、[一一]水島室山の二戦に勝利を得しより、勢漸く強く、

一 →三七八頁注九。 二 無常。→三三六頁注六。 三 仏語。衆生に本来備わっている一切の迷いを離れた純粋無垢な本性を、煩悩を捨てて悟ること。 四 寺を出た滝口の真意は示されない。 五 東山の関の意で、逢坂の関のこと。寿永二年(一一八三)四月に木曽義仲追討のため出動したことをさす。 六 平家一門は太宰府に落ちる。現在の福岡県太宰府市。福岡市の南東部に隣接する地名。鎮西府が置かれて政治・経済・社寺などの役割を果たした。 七 緒方三郎惟義。豊後国(現・大分県)緒方の武士。平家にそむいた。 八 松浦党(まつらとう)。肥前国松浦地方(主に現・佐賀県)の武士集団。武装的貿易業、漁業などに従事し、水軍としても活躍した。 九 九州。 一〇「九重」は都。「八重」は幾重にも重なっていることで、はるかの意。平家の境遇の変わりようをいう。『平家物語』「灌頂巻」に「むかしは九重の雲の上にて見し月を、いまは八重の塩路にながめつゝ、あかしくらしさぶらひし程に、神無月の比(ころ)ほひ」(「六道之沙汰」)。 一一 寿永二年(一一八三)十月、現在の岡山県倉敷市南玉島地区の水島湾、および同年十一月、兵庫県たつの市揖保川町付近での平家と源氏の攻防戦。 一二 寿永二年二月、源頼朝と敵対した志田義広と源行家を木曽義仲が庇護したことで、二人の間が不和になったことをさす。 一三 寿永三年(一一八四)二月、現在の兵庫県神戸市須磨区南西の鉄拐山(てっかいさん)鉢伏山(はちぶせやま)が海岸に迫る地域で行われた戦い。「鵯越(ひよどりごえ)のさか落し」と呼ばれる源義経(→次注)の奇襲作戦が功を奏し、一ノ谷に陣を敷く平家は敗走した。 一四 源義経(一一五九-八九)。俗に九郎判官とも。治承四年(一一八〇)、頼朝の挙兵に参じ、その武将とし

[一二]頼朝義仲の争の隙に山陰山陽を切従へ、福原の旧都まで攻上りしが、[一三]一の谷の一戦に源[一四]九郎が為に脆くも打破られ、[一五]須磨の浦曲の朝風に、[一六]散り行く桜の哀を止めて、落行く先は、[一七]門司[一八]赤司の元の海、[一九]六十余州の半を領せし平家の一門、船を繋ぐべき渚だに無く、波のまに〳〵行衛も知らぬ[二〇]梶枕、[二一]高麗契丹の雲の端までもとは思へども、流石忍ばれず、今は[二二]屋島[二三]壇の浦に錨を止めて、只すら最後の日を待てるぞ哀なる

* * * *

寿永三年三月の末、夕暮近き頃、[二四]紀州高野山を上り行く二人の旅人ありけり、浮世を忍ぶ旅路なればにや、一人は深編笠に面を隠して、顔容知るに由無けれども、其装束は世の常ならず、[二五]古錦襴の下衣に、[二六]紅梅萌黄の浮文に[二七]張裏したる狩衣を着け、[二八]紫[二九]裾濃の袴腰、横幅広く結ひ下て、[三〇]平塵の細鞘、優に下げ、[三一]摺皮の踏皮に同じ色の[三二]行纏穿ちしは、何れ由緒ある人の公達と思はれたり、他の一人は年の頃[三三]二十六七、前なる人の従者と覚しく、日に焼け色黒みたれども、眉秀で眼涼しき優男、少し色剝げたる[三四]厚塗の立烏帽子に[三五]卯の花色の布衣を着け、黒塗の[三六]野太刀を佩きたり、旅慣れぬにや、将永の[三七]徒歩に疲れしにや、二人とも弱り果てし如く、踏み締むる足に力なく青竹の杖に身を持たせて、主従相扶け

て木曽義仲を討ち、さらに平家を一ノ谷、屋島(→注二二)、壇ノ浦(→注二三)に破った。
一五 現在の兵庫県神戸市南西部の海岸地域。
一六 平家一門が戦いに敗れていくさまを、風に散る桜花のイメージで表す。
一七 現在の福岡県北九州市の東端部。門司港は関門海峡に面している。 一八 赤馬関(下の関の古称)か。 一九 →三一三頁注七。
二〇 梶を枕に寝ること、つまり舟の中で寝ること。なみまくら。 二一 遠く朝鮮半島、内蒙古の空のかなた。転じて地の果て。
二二 文治元年(一一八五)二月、現在の香川県高松市北東部にある地域で行われた戦い。 二三 文治元年三月、現在の山口県下関市、関門海峡東端の早鞆(はやとも)瀬戸北岸一帯で行われた戦い。
二四 現在の和歌山県北東部の山地。一〇〇〇メートル前後の山に囲まれた八〇〇メートルの山頂平坦面。弘仁七年(八一六)に弘法大師が開山した真言宗の霊地。金剛峯寺など一群の寺院がある。
二五 古く中国などから渡来したといわれる織物の一種。絹地に金箔した糸を織り込み、模様を作り出したもの。古金襴。以下、高貴な者らしい服装。
二六 「浮文」は浮き文(もん)のこと。萌黄色の下地の上に紅梅(紅)色の文様が浮き出るように織られた絹布。
二七 張りをもたせるために裏に別の布を張った衣。「はりうらの狩衣の、ことにさやめきたるをなんきて」(『古今著聞集』巻十、三七六)。
二八 染色法の一種。紫色を上は薄く下にいくほどだんだん濃くしたもの。
二九 袴の後ろの腰にあたる部分。男子用は中に台形の腰板を入れて仕立てる。
三〇 →三一五頁注四五。

喘ぎ〳〵上り行く高野の山路、早や夕陽も名残を山の巓に止めて崖の陰、森の下、恐しき迄に黒みたり、[一]秘密の山に常夜の燈無ければ、あなたの木の根、こなたの岩角に膝を打ち足を挫きて、仆れんとする身を辛く支へ、主従手に手を取り合ひて、顔見合す毎に弥増る太息の数、春の山風身に染みて[二]入相の鐘の音に[三]梵缶の響幽なるも哀なり

十歩に小休、百歩に大憩、辛うじて猶上り行けば、読経の声[四]震鈴の響、漸く繁くなりて、老松古杉の木立を漏れて仄に見ゆる諸坊の燈、早や行先も遠からじと勇み励みて行く程に、間も無く[五]蓮生門を過ぎて主従[六]御影堂の此方に立止りぬ、従者は近き辺の院に立寄りて何事か物問ふ様子なりしが、やがて元の所に立帰り、何やら主人に耳語けば、点頭きて尚も山深く上り行きぬ

[七]飛鈷地に落ちて嶮に生ひし古松の蔭、半立木を其儘に、結びたる一個の庵室、夜毎の嵐に破れ寂びたる板間より、漏る燈の影暗く、香烟窓を迷ひ出で、心細き鈴の音、春ながら物さびたり、二人は此の庵室の前に[八]立止りしが、従者は[九]やがて門に立ちよりて、「滝口入道殿の庵室は茲に非ずや、遥々訪ね来りし主従二人、こゝ開け給へ」、と呼ばゝれば、内より燈提げて出来りたる一個の僧、「滝口が庵は此処ながら浮世の人にはる〴〵訪はるゝ覚はなきに」、と言つゝ

三一 なめし革で作った足袋。革足袋。↓三二四頁注五。 三二 遠行の外出や狩猟の際、両足の覆いにした布や毛皮の類。
三三 重景のことなら二十五歳のはず(↓三一五頁一三―一四行)。 三四 ↓三一五頁注四四。
三五 直衣、狩衣などの表地と裏地の配色(↓三五三頁注九)で、表は白、裏は萌黄色。卯花襲(うのはながさね)。 三六 ↓三二〇頁注八。
三七 旅慣れていないのだろうか、それとも長い道のりを歩いて疲れているのだろうか。

――以上三八九頁

一 真言密教の寺院のある山。
二 日没時につく鐘。晩鐘。
三 寺で鳴らす缶(ほとぎ)。拍子をとるのに打ち鳴らす瓦器(がき)。
四 振鈴。↓三六四頁注二。
五 未詳。高野山の地形が蓮の花の八葉(花弁)に似ていた(金岡秀友『古寺名刹辞典』東京堂出版、一九七〇年)ところから名づけられたか。
六 師祖弘法大師や高僧の肖像画などを安置した堂宇。
七 弘法大師が唐から帰朝するに当たり、密教流布の霊地を祈念して投げたところ、高野山に落ちたと伝えられる三鈷の金剛杵(こんごうしょ)。飛行(ひぎょう)の三鈷。
八 底本「止(ち)りし」を初出により改めた。
九 まもなく。

訝しげなる顔色して門を開けば、編笠脱ぎつゝツと通る件の旅人、僧は一目見るより打驚き、砌にひたと頭を附けて、「これは〳〵」

第二十九

世移り人失せぬれば、都は今は故郷ならず、満目旧山川、眺むる我も元の身なれども、変り果てし盛衰に、憂き事のみぞ多かる世は、嵯峨の里も楽しからず、高野山に上りて早や三年、山遠く谷深ければ、入りにし跡を訪ふ人とてあらざれば、松風ならで世に友もなき庵室に、夜に入りて訪れし其人を誰と思ひきや、小松の三位中将維盛卿にて、それに従へるは足助二郎重景ならんとは、夢かとばかり驚きながら扶け参らせて一間に招じ、身は遥に席を隔てゝ拝伏しぬ、思懸けぬ対面に、左右の言葉もなく、先つものは涙なり、滝口つら〳〵御容姿を見上ぐれば、没落以来幾その艱苦を忍び給ひけん、御顔痩せ衰へ、青糸の髪疎かに、紅玉の膚色消え、平門第一の美男と唱はれし昔の様子何こにと疑はるゝばかり、年にもあらで老い給ひし御面に、故内府の俤あるも哀なり、「こは現とも覚え候はぬものかな、扨も屋島をば何として遁れ出でさせ給ひけん、当今天が下は源氏の勢に充ちぬるに、そも何地を指ての御旅路にて候やら

一〇 底本「件を」を初出により改めた。
一一 以下、八行「重景ならんとは」まで滝口の心中思惟。二行「これは〳〵」に呼応。
一二 見渡すかぎり。
一三 以前の。
一四 →三六二頁注三。
一五 平家が都落ちをしたのは寿永二年(一一八三)七月、維盛が高野山を訪れたのは翌三年三月なので、実際は八カ月後のこと。三九二頁二行「此三年の春秋」も同様。
一六 底本「次郎」を改めた。
一七 →三五九頁注九。
一八 →三一五頁一一行。
一九 故平重盛。
二〇 これは現実とは思われないことです。『平家物語』「こはうつゝともおぼえ候はぬ物かな。八嶋よりこれまでは、なにとしてのがれさせ給て候やらん」(巻十「高野巻」)。

ん」、維盛卿は涙を拭ひ、「さればとよ[一]一門没落の時は、我も人並に都を立出でゝ西国に下りしが、行くも帰るも水の上、風に漂ふ波枕に此三年の春秋は、安き夢とては無かりしぞや、或はよるべ無き門司の沖に、磯の千鳥と共に泣明し、或は須磨を追はれて明石[二]の浦に昔人の風雅を羨み、重ね重ねし憂事の数、堪へ忍ぶ身にも忍び難きは、都に残せし妻子が事、波の上に起居する身のせん[三]術無ければ、此の年月は心にもなき疎遠に打過ぎつ、嘸や我を恨み居らんと思へば弥増す懐しさ、兎ても亡びんうたかたの身にしあれば、息ある内に、最愛しき者を見もし見られもせんと辛くも思ひ決め、重景一人伴ひ、夜に紛れて屋島を逃れ、数々の憂き目を見て、阿波[四]の結城の浦より名も恐しき鳴門[五]の沖を漕ぎ過ぎて、辛く此地までは来つるぞや、憐と思へ滝口」、打萎れし御有様、重景も滝口も只袂を絞るばかりなり、滝口「優に哀なる御述懐、覚えず法衣を沾し申しぬ、然るにても如何なれば都へは行き給はで、此山には上り給ひし」、維盛卿は太息吐き給ひ、「然ばなり[六]、都に直[七]に帰りたき心は山々なれども、熟々思へば、斯る躰にて関東武士の充てる都の中に入らんは、捕はれに行くも同じこと、先には本三位[八]の卿(重衡)の一の谷にて擒となり、生恥を京鎌倉に曝せしさへあるに、我れ平家の嫡流として名もなき武士の手にかゝらん事、如何

一 相手のことばを受けて発する語。そのことだが。『平家物語』「さればこそ。人なみ〳〵に宮こをいでて、西国へ落ちくだりたりしかども、ふるさとにとゞめをきしおさなき物共の恋しさ、いつ忘るべしともおぼえねば」(巻十「高野巻」)。

二 光源氏をさすか。『平家物語』には光源氏を引く箇所がある。「福原の新都に在(ま)ます人々、名所の月をみんとて、或は源氏の大将の昔の跡をしのびつゝ、須磨より明石の浦づたひ」(巻五「月見」)。

三 どうしようもなかったので。

四 現在の徳島県海部郡美波町の海岸。

五 四国と淡路島の間の海峡。現在の鳴門海峡。

六 底本「然ばなり、「」の起こしのカギの位置を改めた。初出は底本と同じ、全集は「「然ばなり」」。

七 すぐに。

八 平重衡は寿永三年(一一八四)二月、一ノ谷の戦いで敗れ、捕虜となり鎌倉に護送された。

にも口惜しく、妻子の愛は燃ゆるばかりに切なれども、心に心を争ひて辛く此山に上りしなり、高野に汝あること風の便に聞きしゆゑ汝を頼みて、戒[九]を受け様を変へ、其上にて心安く都にも入り妻子にも遇はゞやとこそ思ふなれ」

滝口は首を床に附しまゝ暫泪に咽び居たりしが、「都は君が三代の故郷なるに、様を変へでは御名も唱へられぬ世の変遷こそ是非なけれ、思へば故内府の恩顧の侍、其数を知らざる内に、世を捨てし滝口の此期に及びて君の御役に立たん事、生前の面目此上や候べき、故内府の鴻恩に比べては高野の山も高からず、熊野[一〇]の海も深からず、いづれ世に用なき此身なれば、よしや一命を召され候とも苦しからず、あゝ斯る身は枯れても折れても、野末の朽木、素より物の数ならず、只金科玉条[一一]の御身として、定めなき世の波風に漂ひ給ふこと、御痛はしう存じ候」言ひつゝ泪をはら〳〵と流せば、維盛卿も重景も昔の身の上思ひ出でゝ泣くより外に言葉もなし

第 三 十

二人の賓客を次の室にやすませて、滝口は孤燈の下に只一人寝もやらず、つら〳〵思廻らせば、[一二]痛はしきは維盛卿が身の上なり、誰あらん小松殿の嫡男

九 仏門に入る儀式を受け、出家姿となり。

一〇 現在の和歌山県南東部および三重県南部の沖合いの海域。航海の難所。

一一 一般に法律をさすが、ここは、大切なものの意。「金玉の科条。貴(たつと)ぶべきしなじな」(落合直文『ことばの泉』大倉書店、明治三十一年)。なお、『全集』は「金枝玉葉(きんしぎよくえふ)」に改める。金枝玉葉は天皇の一門の意。

一二 以下、三九四頁一三行まで滝口の心中思惟。

として、名門の跡を継ぐべき御身なるに、天が下に此山ならで身を寄せ給ふ処なきまでに零落れさせ給ひしは、過世如何なる因縁あればにや、習ひもお在さぬ徒歩の旅に、知らぬ山川を遥る〴〵彷徨ひ給ふさへあるに　玉の襖、錦の床に隙もる風も厭はれし昔にひき換へて、露にも堪へぬかゝる破屋に一夜の宿を願ひ給ふ御可憐しさよ、変りし世は随意ならで、指せる都には得も行き給はず、心にもあらぬ落髪を遂てだに、相見んと焦れ給ふ、妻子の恩愛は如何に深かるべきぞ、御容さへ痩れさせ給ひて、此年月の忍び給ひし憂事も思ひやらる、思ひ出せば[一]治承の春、西八条の花見の宴に、桜かざして[二]青海波を舞ひ給ひし御姿、今尚昨の如く覚ゆるに、脇を勤し重景さへ同じ落人となりて、都ならぬ高野の夜嵐に、昔の哀を物語らんとは、怪しきまで奇しき縁なれ、あはれ肩に懸けられし[三]恩賜の御衣に一門の誉を担ひ、並居る人よりは[四]深山木の楊梅と称へられ、[五]枯野の小松と歌はれし其時は、人も我も誰かは今日あるを想ふべき、昔は夢か、今は現か、十年にも足らぬ間に変り果てたる世の様を見るもの哉

果てしなき今昔の感慨に、滝口は柱に凭りしまゝ、しばし茫然たりしが、不図電の如く胸に感じて、思起したる小松殿の言葉に、顰みし眉動き、沈みたる眼閃き、頽せし膝を立直して屹と衣の襟を掻合せぬ、思へば思へば、情なき

一　第一回、治承三年（一一七九）の宴のこと。
二　→三一六頁注二。
三　→三一六頁二行。
四　→三一六頁注五。
五　→三一六頁注六。

人を恨み詫びて様を変んと思ひ決めつゝ、[六]余所ながら此世の告別に伺候せし時、世を捨つる我とも知り給はで、頼み置かれし維盛卿の御事、盛と見えし世に衰へん世の末の事、愚なる我の思ひ料らん由もなければ少しも心に懸けざりしが、扨は斯らん後の今の事を仰せ置かれしよ、「少将は心弱き者、[七]一朝事あらん時、妻子の愛に惹かされて、未練の最後に一門の恥を暴さんも測られず、時頼、たのむは其方一人」、幾度と無く繰返されし御仰、六波羅上下の武士より、我れ一人を択ばれし御心の、我は只忝さに前後をも弁へざりしが、今の維盛卿の有様、正に御遺言に適中せり、都を跡に西国へ落給ひしさへ口惜しきに、屋島の浦に明日にも亡びん一門の人々を振捨てゝ、[八]武士は桜木、[九]散りての後の名をも惜み給はで、妻子の愛にめゝしくも、茲まで迷ひ来られし御心根、哀は深からぬにはあらねども、平家の嫡流として未練の譏は末代までも逃れ給はじ、斯くならん末を思ひ料らせ給ひたればこそ、故内府殿の[一〇]扨こそ我に仰せ置かれしなれ、此処ぞ御恩の報じ処、情を殺し心を鬼にして、情なき諫言を進むるも、御身の為、御家の為、さては過ぎ去り給ひし父君の御為ぞや、世に[一一]埋木の花咲く事も無かりし我れ、図らずも御恩の万一を報ゆるの機会に遇ひしこそ、息ある内の面目なれ、あゝ然なり、然なり〳〵と点頭きしが、然るにても痛はしき

六 →三四三頁注一七。

七 ひとたび。命運にかかわるような事柄についていう。

八 諺「花は桜木、人は武士」(『仮名手本忠臣蔵』十段目)と同じ。花の中では桜が最もすぐれており、人の中では武士がすぐれているの意。→補一七。

九 死後の名誉も惜しみなさらずの意。

一〇 それだから。

一一 世間に忘れられていた身がはなやかな地位に返り咲くこと。「埋木の花さく事もなかりしに身のなるはてぞかなしかりける」(『平家物語』巻四「宮御最期」)。

は維盛卿、斯る由ありとも知り給はで、情なの者よ、変りし世に心までかと、一図に我を恨み給はん事の心苦しさよ、あゝ忠義の為とは言ひながら、君を恨ませ、辱しめて、仕たり顔なる我はそも何の因果ぞや

[一]義理と情の二岐かけて、滝口が心[二]はとつおいつ、外には見えぬ胸の嵐に、乱脈打て暫時思案に暮れ居しが、やゝありて両眼よりはら〳〵と落涙し、思はず口走る絞るが如き一語「オ御許あれや、君」言ひつゝ眼を閉ぢ維盛卿の御寝間に向ひ岸破[三]と打伏しぬ

折柄杉の妻戸[四]を徐に押開くる音す、滝口首を挙げ燈差し向けて、何者と打見やれば、足助二郎重景なり、端[五]なくは進まず、首を垂れて萎れて出でたる有様は仔細ありげ也、滝口訝しげに、「足助殿には未だ御寝ならざるや」、問へば重景太息吐き、「滝口殿」、声を忍ばせて、「重景改めて御辺[六]に謝罪せねばならぬ事あり」[七]、「何と仰ある」

第三十一

何事と眉を顰むる滝口を重景は怯ろしげに打瞻り「重景、今更御辺と見合する面目も無けれども、我身にして我身にあらぬ今の我れ、逃れんに道も無く厚

一 維盛に一門の恥をさらさせるなという重盛の遺言と、妻子の愛に迷う維盛に対する同情とで板ばさみになったさま。義理は「人事ノスヂミチ」「人ノ交際(マジハリ)ニ務ムベキ道」、情けは「物ノ哀レヲ知ル心。情愛。アハレミ。慈悲」(『言海』二版)。
二 →三二八頁注四。
三 →三五六頁注一。
四 →三四二頁注七。
五 →三二九頁注八。
六 貴殿。同輩かやや目上に対して用いる二人称。
七 底本閉じカギなし。文脈に従い補った。

かましくも先程よりの躰たらく、御辺の目には嘸や厚顔とも鉄面とも見えつらん、維盛卿の前なれば心を明さん折も無く、暫の間ながら、御辺の顔見る毎に胸を裂かるゝ思ありし、そは他事にもあらず、横笛が事」言ひつゝ滝口が顔、窃むが如く見上れば、黙然として眼を閉ぢしまゝ、衣の袖の揺ぎも見せず、「世を捨てし御辺が清き心には、今は昔の恨とて残らざるべけれ共、凡夫の悲しさは、一度犯せる悪事は善きにつけ、悪しきにつけ　影の如く附き纏ひて、此の年月の心苦しさ、自業自得なれば誰に向て憂を分たん術も無く、なせし罪に比べて只々我苦の軽きを恨むのみ、[八]喃滝口殿、最早や世に浮ぶ瀬も無き此身、今更惜むべき誉も無ければ、誰に恥づべき名もあらず、重景が一期の懺悔聞給へ、御辺の可惜武士を捨てゝ世を遁れ給ひしも、扨は横笛が[九]深草の里に果敢なき終を遂げたりしも、起を糺せば皆此重景が所業にて候ぞや」、滝口は猶も黙然として聞て驚く様も見えず、重景は語を続けて、「事の始はくだ〳〵しければ言はず、[一〇]何れ若気は春の駒、止めても止らぬ[一一]恋路をば行衛も知らず踏迷うて、痩す憂身も誰故とこそ思ひけめ、我心の万一も酌みとらで、何処までもつれなき横笛、冷泉と云へる知れる老女を懸橋に様子を探れば、御身も疾くより心を寄する由、扨は横笛、我に難面きも御辺に義理を立つる為と、心に嫉ま

八 →三六七頁注一〇。

九 →三七二頁注一。

一〇 若者の行為は理性の抑制がきかないこと。幸田露伴『風流仏』に「止めて止まらぬ春駒の足掻(あが)(き)早く」。

一一 →三二三頁注一三。

しく思ひ、彼の老女を伝手に御辺が事色々悪様に言ひなせし事、いかに恋路に迷ひし人の常とは言へ、今更我ながら心の程の怪まるゝばかり、又夫れのみならず、御辺に横笛が事を思ひ切らせん為め、潜に御辺が父左衛門殿[一]に、親実[二]を上べに言ひ入れしこともあり、皆之れ重景ならぬ女色に心を奪はれし恋の奴の為せし業、言ふも中々慚愧の至にこそ、御辺が世を捨てしと聞て、あゝ許し給へ、六波羅の人々知るも知らぬも哀と思はざるは無かりしに、同じ小松殿の御内に朝夕顔を見合せし朋輩[三]の我れ、却て心の底に喜びしも恋てふ悪魔のなせる業、あはれ時こそ来りたれ、外に恋を争ふ人無ければ、横笛こそは我に靡めと、夜となく昼とも言はず、掻口説き[四]しに、思懸なや、横笛も亦程なく行衛しれずなりぬ、跡にて人の噂に聞けば、世を捨つるまで己を慕ひし御辺の誠に感じ、其身も深草の辺に庵を結びて御辺が為に節を守りしが、乙女心の憂に耐へ得で、秋[五]をも待たず果敢なくなりしとかや、思ひし人は世を去りて、残る哀は我にのみ集り、迷の夢醒めて初めて覚る我身の罪、あゝ我微りせば御辺も可惜武士を捨てじ、横笛も亦世を早うせじ、とても叶はぬ恋とは知らで、道ならぬ手段を用ゐても望を貫かんと務めし愚さよ、唯我ありし為、浮世の義理に明けては言はぬ互の心、底の流の通ふに由なく、御辺と言ひ、横笛と言ひ、皆盛年の身を

一 →三三三頁一五—一六行。
二 親切とまことを装って。
三 →三三三頁注一五。
四 →三八七頁注一三。
五 「春」の誤記か。

以て、或は墨染の衣に世を遁れ、或は咲きもせぬ蕾のまゝに散り果てぬ、世の恨事何物か之に過ぐべうも覚えず、今宵端なく御身に遇ひ、ありしにも似ぬ体を見るにつけ、皆是れ重景が為せる業と思へば[六]いぶせき庵に多年の行業にも若し知り給はゞ、嘸や我を恨み給ひけん、――此期に及び多くは言はじ、只々御辺が許を願のみ」、慚愧と悲哀に情迫り声さへうるみて、額の汗を拭ひ敢ず

重景が事、斯くあらんとは兼てより略々察し知りし滝口なれば、さして騒がず、只横笛が事　端なく胸に浮びては、流石に色に忍びかねて、[七]法衣の濡るゝを覚えず、打蕭れたる重景が様を見れば、今更憎む心も出ず、世に[八]ときめきし昔に思ひ比べて、哀は一入深し、「若き時の過失は[九]人毎に免れず、懺悔めきたる述懐は滝口却て迷惑に存じ候ぞや、恋には脆き我れ人の心、[一〇]など御辺一人の罪にてあるべき、言ふて還らぬ事は言はざらんには若かず、何事も過ぎし昔は恨もなく喜もなし、世に望なき滝口　今更[一一]何隔意の候べき、只々世にある御辺の行末永き忠勤こそ願はしけれ」

[一二]淡きこと水の如きは[一三]大人の心か、昔の仇を夢と見て今の現に報ひんともせず、恨みず乱れず、[一四]光風霽月の雅量は流石は世を観じたる滝口入道なり

六 むさくるしい。きたない。
七 法衣が涙で濡れるのも気がつかずに。
八 →三五四頁注三。
九 誰にでもあること。
一〇 どうして。
一一 心に何の隔てがあろうか、何もない。
一二 君子が人とまじわる場合、淡白で、しかもその友情は永久に変わらないの意。『荘子』「君子の交は、淡きこと水の若(ご)し」による(「山木」)。
一三 あなた。相手(滝口入道)を尊敬して呼ぶ語。
一四 さわやかな風と晴れわたった月。宋の黄庭堅(こうていけん)が周敦頤(しゅうとんい)の人柄を評した語で、性質が高明でこだわりがなく、快活であるさま。

第三十二

早やほのぐ〳〵と明けなんず春の暁、峯の巓、空の雲ならで、まだ照り染めぬ旭影、霞に鎖せる八つの谷間に「夜」[一]尚彷徨ひて、梢を鳴す清嵐に鳥の声猶眠れるが如し、遠近の僧院庵室に漸く聞ゆる、経の声、鈴の響、浮世離れし物音に暁の静けさ一入深し、まことや帝城を離れて二百里、郷里を去りて無人声[二]、同じ土ながらさながら世を隔てたる高野山、真言秘密の霊跡に感応[三]の心も転[四]澄みぬべし

竹苑椒房[五]の昔に変り、破れ頽れたる僧庵に、如何なる夜をや過し給へる、露深き枕辺に夕の夢を残し置きて起出で給へる維盛卿、重景も共に立出でゝ主や何処と打見やれば、此方の一間に滝口入道、終夜思ひ煩ひて顔の色徒ならず、粛然として仏壇に向ひ、眼を閉ぢて祈念の体、心細くも立上る一縷の香煙に身を包ませて、爪繰る珠数の音冴えたり、仏壇の正面には故内府の霊位を安置しあるに、維盛卿も重景も是はとばかりに拝伏し、共に祈念を凝しける

軈て観経[六]終りて後、維盛卿は滝口に向ひ、「扨も殊勝の事を見るものよ、今広き日の本に浄蓮大禅門[七]の御霊位を設けて、朝夕の回向[八]をなさんもの、滝口、

一　夜が主語であることを示すためのカギ。
二　底本「無人正」を改めた。人の声が聞こえてこないこと。人けがないこと。『平家物語』に「高野山は帝城(ていせい)を避て二百里、京里をはなれて無人声(むにんじやう)」(巻十「高野巻」)。
三　仏語。仏の人に応じたはたらきかけ(応)と、人がそれを感じとる心のはたらき(感)。
四　いっそう。
五　権勢を誇り、何不自由なく暮らした都での生活。「竹苑」には天子の子孫、皇室の血統、皇族の意がある。「椒房」は皇后の御所。「竹園椒房(セウバウ)・禁裡仙洞(キンリセントウ)ノ御領マデモ武家ノ人押領(アフリヨウ)シケル間」(『太平記』巻二十一「天下時勢粧ノ事」)。
六　→三七五頁注七。
七　→三八六頁注一。
八　→三七三頁注一四。

爾ならで外に其人ありとも覚えざるぞ、思へば先君の被官内人、幾百人と其の数を知らざりしが、世の盛衰に随れて、多くは身を浮草の東西、旧の主人に弓引くものさへある中に、世を捨てゝさへ昔を忘れぬ爾が殊勝さよ、其れには反して、世に落人の見る影もなき今の我身、草葉の蔭より先君の嘸かし腑甲斐なき者と思ひ給はん、世に望なき維盛が心にかゝるは此事一つ」言ひつゝ涙を拭ひ給ふ

滝口は黙然として居たりしが、暫くありて屹と面を挙げ、襟を正して維盛が前に恭しく両手を突き、「然ほど先君の事御心に懸けさせ給ふ程ならば、何とて斯る落人にはならせ給ひしぞ」、意外の一言に維盛卿は膝押進めて「ナ何と言ふ」、「御驚は然ることながら、御身の為、又御一門の為、御恨の程を身一つに忍びて滝口が申上ぐる事、一通り御聞あれ、そも君は正しく平家の嫡流にてお在さずや、今や御一門の方々屋島の浦に在りて、生死を一にし、存亡を共にして、回復の事叶はぬ迄も、押寄する源氏に最後の一矢を酬ひんと、日夜肝胆を砕かるゝ事申すも中々の事に候へ、そも[九]寿永の初め、指す敵の旗影も見で、都を落ちさせ給ひしさへ平家末代の恥辱なるに、せめて此上は、一門の将士、[一〇]御座船枕にして屍を西海の波に浮べてこそ、天晴名門の最後潔しとこそ申す

九 →三八三頁注一七。

一〇 貴人の乗る船。御召船(おめしぶね)。

べけれ、然るを君には宗族故旧[一]を波濤の上に振捨てゝ、妻子の情に迷はせられ、斯く見苦しき落人に成らせ給ひしぞ心外千万なる、明日にも屋島没落の暁に御一門残らず雄々しき最後を遂げ給ひけん時、君一人は如何にならせ給ふ御心に候や、若し又関東の手に捕はれ給ふ事のあらんには、君こそは妻子の愛に一門の義を捨てゝ、死すべき命を卑怯にも遁れ給ひしと世の口々に嘲られて、京鎌倉に立つ浮名をば君には風[二]やいづこと聞き給はんずる御心に候や、申すも恐れある事ながら、御父重盛卿は智仁勇の三徳を具へられし古今の明器、敵も味方も共に傾慕する所なるに、君には其正嫡と生れ給ひて、先君の誉を傷けん事、口惜しくは思さずや、本三位[三]の卿の擒となりて京鎌倉に恥を暴せしこと、君には口惜しう見え給ふ程ならば、何とて無官[四]の太夫が健気なる討死を誉とは思ひ給はぬ、あはれ君、先君の御事、一門の恥辱となる由を思ひ給はゞ、願くは一刻も早く屋島に帰り給へ、滝口君を宿し参らする庵も候はず、あゝ斯くつれなく待遇し参らするも、故内府が御恩の万分の一に答へん滝口が微衷[五]、詮ずる処君の御為を思へばなり、御恨の程もさこそと思ひ遣らるれども、今は言ひ解かん術も無し、何事も申さず、只々屋島に帰らせ給ひ、御一門と生死を共にし給へ」

一　一族一門の者や古くからの仲間。

二　→三二七頁注二六。

三　重衡。

四　平敦盛(一一六九―八四)のこと。平経盛の子。従五位下に叙せられたが官職がなく、「無官の大夫」と称せられた。笛の名手であった。一ノ谷の合戦で熊谷直実に討たれた。「是は故太政入道の弟に　修理大夫経盛と云ふ人の末の子　未だ無官なれば無官大夫敦盛とて　生年十六歳に成なりと宣ひけり」(『源平盛衰記』巻三十八「平家の公達最後　并頸共一の谷に懸くる事」)。

五　自分の本心、真心をへりくだっていう。

[六]忌まず、憚らず、涙ながらに諫むる滝口入道、維盛卿は至極の道理に面目なげに差し俯き、狩衣の御袖を絞りかねしが、言葉も無くツと次の室に立入り給ふ、跡見送りて滝口は其の儘岸破と伏して男泣に泣沈みぬ

第三十三

よもすがら恩義と情の岐巷に立ちて何れをそれと決め難し、滝口が思ひ極めたる[七]直諫に、さすがに御身の上を恥ぢらひ給ひてや、言葉も無く一間に入りし維盛卿、吁々思へば君が馬前の水つぎ執て、大儀その一声を此上なき誉と人も思ひ我も誇りし日もありしに、如何に末の世とは言ひながら、露忍ぶ木蔭も無く彷徨ひ給へる今の痛はしきに、快き一夜の宿も得せず、面のあたり主を恥しめて、忠義顔なる我はそも如何なる因果ぞや、末望みなき落人故の此つれなさと我を恨み給はんことの[八]うたてさよ、あはれ故内府在天の霊も照覧あれ、血を吐くばかりの滝口が胸の思ひ、聊か二十余年の御恩に酬ゆるの寸志にて候ぞや松杉暗き山中なれば、傾き易き夕日の影、はや今日の春も暮れなんず、[九]姿ばかりは墨染にして。君が行末を嶮しき山路に思ひ較べつ、渓間の泉を閼伽桶に汲取りて立帰る滝口入道、庵の中を見れば、維盛卿も重景も何処に行きしか、

六 遠慮せず、恐れず。

七 相手の地位・権力などに遠慮せずに、その非をあげて諫めること。

八 →三二〇頁注一一。

九 姿だけはまだ僧服を着て。

影も無し、扨は我諫を納れ給ひて屋島に帰られしか、然るにても一言の我に御告知なき訝しさよ、四辺を見廻せば不図眼にとまる経机の上にある薄色の折紙、取上げ見れば維盛卿の筆と覚しく、水茎[一]の跡鮮やかに、走り書せる二首の和歌

[二]かへるべき梢はあれどいかにせん
　　風をいのちの身にしあなれば

[三]浜千鳥入りにし跡をしらせねば
　　潮のひる間に尋ねてもみよ

哀れ、御身を落葉と観じ給ひて元の枝をば屋島とは見給ひけん、入りにし跡を何処とも知らせぬ浜千鳥、潮干の磯に何を尋ねよとや、――扨はとばかり滝口は折紙の面を凝視めつゝ暫時茫然として居たりしが　何思ひけん、予て秘蔵せし昔の名残の小鍛冶[四]の鞘巻[五]、狼狽しく取出して衣の袖に隠し持ち麓の方に急ぎける

路傍の家に維盛卿が事それとなしに尋ぬれば、狩衣着し侍二人麓の方に下りしは早や程過ぎし前の事なりと答ふるに、愈〱足を早め走るが如く山を下りて路すがら人に問へば　尋ぬる人は和歌の浦[六]さして急ぎ行きしと言ふ、滝口胸愈〱轟き[七]気も半乱れて飛ぶが如く浜辺をさして走り行く、雲に聳ゆる高野の山

一 筆跡。
二 八行によれば、「かへるべき梢」は平家一門が立てこもる屋島の地、自身は風に吹かれる「落葉」で、帰りたくてもどうしようもない、と時頼は解釈する。↓補一八。
三 同じく、八―九行に歌の解釈が明示され、維盛の覚悟が示される。
四 京都の刀匠、三条小鍛冶宗近のきたえた刀。
五 ↓三二五頁注一二。
六 現在の和歌山市の南西部の海岸。山部赤人「若の浦に潮満ち来れば潟をなみ葦辺をさして鶴(たづ)鳴き渡る」(『万葉集』巻六)など、古歌に詠まれた景勝地。高野山からは西方、直線距離にして約四〇キロメートル離れたところ。
七 底本振り仮名「とゞよ」を改めた。

よりは眼下に瞰下す和歌の浦も歩めば遠き十里の郷路、元より[八]一刻半晌の途ならず、日は既に暮れ果てゝ、朧げながら照り渡る[九]弥生半の春の夜の月、天地を鎖す[一〇]青紗の幕は雲か烟か将た霞か、風雅の[一一]すさびならで、生死の境に争へる身のげに[一二]一刻千金の夕かな、夢路を辿る心地して滝口は夜もすがら馳せて辛く着ける和歌の浦、見渡せば海原遠く烟籠めて、月影ならで物もなく、浜千鳥声絶えて、浦吹く風に音澄める[一三]磯馴松、波の響のみいと冴えたり、入りにし人の跡もやと、此処彼処彷徨へば、とある岸辺の大なる松の幹を削りて、夜目にも著き数行の文字、月の光に立寄り見れば、[一四]南無三宝「祖父太政大臣平の朝臣清盛公法名浄海、親父小松の内大臣左大将重盛公法名浄蓮、三位の中将維盛年二十七歳、[一五]寿永三年三月十八日[一六]和歌の浦に入水す、従者足助二郎重景年二十五歳殉死す」、[一七]墨痕淋漓として乾かざれども、波静にして水に哀の痕も残らず、滝口はあはやと計り、松の根元に伏転び、「許し給へ」と言ふも切なる涙声、[一八]哀を返す何処の花ぞ、行衛も知らず[一九]二片、三片、誘ふ春風は情か無情か

＊　＊　＊　＊

次の日の朝、和歌の浦の漁夫磯辺に来て見れば、松の根元に腹掻切りて死せる一個の僧あり、流石汚すに忍びでや墨染の衣は傍の松枝に打懸けて、身に纏

八 わずかな時間で行ける距離ではない。↓三四九頁注一六。

九 陰暦三月の満月の頃。本作は始まりも終わりも春の満月の頃が舞台。

一〇 辺りは月光に照らされて青い薄絹の幕を張ったように見える。↓補七。

一一 遊び事、慰み事。

一二 大事を前にして眺める景色の際立つ美しさを強調。第一回の春宵(三一四頁一二―一三行)とはまったく別の意味をおびる。

一三 強い海風のために枝や幹が傾いて生えている松。

一四 仏語。三宝(↓三八六頁注八)に帰依したてまつるの意で、仏の救いを求めることば。

一五 維盛が入水した日。↓補一九。

一六 ↓補二〇。

一七 墨の筆跡がみずみずしいさま。まだそれほど時間が経っていないことを示す。

一八 ふたひら、みひらの花弁が春風に吹かれて散り、どこに行くのか行方もわからない。花の二片、三片は三位中将維盛、足助二郎重景か、あるいは滝口入道か。

一九 底本振り仮名「ふり」を改めた。すぐ下も同じ。

へるは練布の白衣[一]、脚下に綿津見[二]の淵を置きて、刃持つ手に毛程の筋の乱れも見せず、血汐の糊に塗れたる朱溝[三]の鞘巻逆手に握りて、膝も頽さず端座せる姿は、何れ名ある武士の果ならん

嗚呼是れ、恋に望を失ひて、世を捨てし身の世に捨てられず、主家の運命を影に負うて、[四]二十六年を盛衰の波に漂はせし、[五]斎藤滝口時頼が、まこと[六]浮世の最後なりけり

滝口入道　完

一　仏語。インドでは白衣は在俗者を示す。絹織の白衣は滝口が還俗の意思を明らかにしたもの。
二　海の深い淵。
三　刀身部に彫られた溝に血の付着したさまをいうか。
四　登場人物の年齢は、治承三年(一一七九)では、維盛二十二歳(三一五頁一一行)、重景二十歳(同一三―一四行)、時頼二十三歳(三一九頁八行)だった。五年後の寿永三年(一一八四)では、維盛二十七歳(四〇五頁九―一〇行)、重景二十五歳(同一〇行)で記述は正しいが、時頼は二十八歳のはずで二十六歳は矛盾する。なお、『源平盛衰記』では、入水したときの維盛は二十七歳、重景のモデルである従者の与三兵衛は二十七歳、石童丸(本作には登場しない)十八歳。
五　「滝口入道」ではなく「斎藤滝口時頼」に還俗したことを明記。
六　一門の名誉を守る武士としての務めを果たしたことをいう。

補注

三日月

一 **町奴**(一四七頁注二)　弱きを助け強きをくじき、義理を重んじてそのためには命をも惜しまないことを信条とした。近世初期に旗本奴と対抗した幡随院長兵衛や唐犬権兵衛が有名。本文直後の「六法むき」「男達」もその異称。「六法むき」については、村上浪六が『妙法院勘八』(大正十五年)「妙法院勘八の執筆について」で「六法を振り歩くとは、無反新刀(むぞりあらみ)の大小を貫抜き指にして柄が前の二方に突出し鞘が後の二方に突出し両腕を左右に張出すから六法」と説明している。つまり、下図の左右の手、腰に差す大小の刀それぞれの前後で、六方向。

中村七三郎
(鳥居清信『風流四方屛風』元禄13〈1700〉)

二 **むさし一文字**(一四九頁注一三)　談洲楼燕枝の講談『三日月治郎吉』(『人民』明治三十七年四月)では東(むさし)一文字が後出の白洲(ママ)甲斐を救う話(→一七五頁注二〇)が読まれている。この講談について浪六は「撥鬢(ばちびん)小説の来歴」(『唾玉集』春陽堂、明治三十九年。平凡社東洋文庫版、一九九五年)で「燕枝の譚(はなし)ですかい、彼(あ)れは私のから取ツたのですよ」と話している。

三 **板金剛**(一五〇頁注一一)　大槻如電『江戸服飾史談』(芙蓉書房出版、二〇〇一年)「第一談　慶長、元和、寛永、正保、慶安、承応、およそ五十年」「この時代には、草履を金剛と唱えました。藁草履を藺(い)金剛と唱え、裏に板を付けましたを板金剛と唱えます。金剛と申しますは、大丈夫という心だそうです」。

四 **豆本多**(一五一頁注二三)　「本多」は本多髷のことで、髻(もとどり)を突き立てて結うことを特徴とする髪型。「豆本多」は、その一種で髷をごく小さく結ったもの。

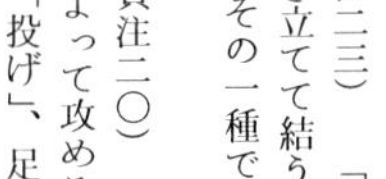

ぞべ本多　豆本多
(森山孝盛『賤のをだ巻』享和2〈1802〉序)

五 **四十八手**(一五七頁注二〇)　首をもって攻めるのが「反り」、手によって攻めるのが「捻り」、腰でもって攻めるのが「投げ」、足を掛けて攻めるのが「掛け」。四十八手の詳細は諸説あって一定しない。二〇〇一年初場所以降の決まり手は八十二手(金指基・財団法人日本相撲協会監修『相撲大事典』現代書館、二〇〇二年)。

六 **野晒し**(一六一頁注六)　村井静馬編『新古侠客　英名伝』(榎本直衛出版、明治十六年)「此人侠客の一人にして武勇剛勢を好みける。其志し殊勝にしてかねて禅法に帰し、一休禅師と具(とも)に所々を遊暦(ママ)し、談義説法の席へ出る衣類に野晒を染し

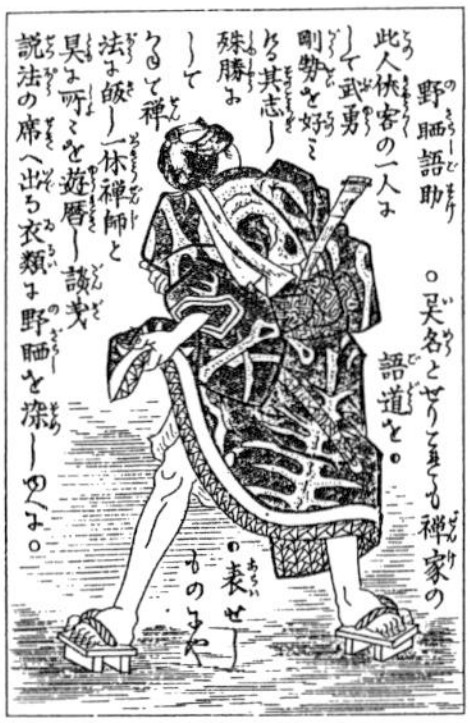

野晒語助
(『新古侠客 英名伝』京都風月堂，明17〈原版人榎本直衛 翻刻人風月庄左衛門〉)

故に異名とせり。これも禅家の語(マヽ)道を表(あら)せしものにや」。なお、この『英名伝』は松亭金水作、弘化五年(一八四八)刊の『俠客(おとこだて)銘々伝』に基づいた部分が多く、野晒語助も絵・文ともにほぼ一致している。

七　外ダスキ(一六二頁注一三)　「決まり手八二手の一つ。例えば、右四つに組んだら、左手で相手の右下手の手首をつかみ、自分の右下手は抜いて相手の右腕の上に回し、相手の右足太ももを右手で内側からすくい上げながら体(たい)を反らせて倒す。相手は差し手(で)を極められた状態で外側に落ちる」(『相撲大事典』「外たすき反り」)。

八　肩スカシ(一六二頁注一五)　「決まり手八二手の一つ。前に出てくる相手の腕のつけ根を差し手で抱えるか、引っかけるようにするかして、体を大きく開きながら、もう片方の手で相手の肩口をはたくように引き倒す」(『相撲大事典』「肩透かし」)。

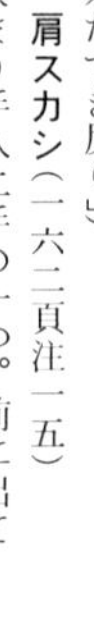
外たすき反り

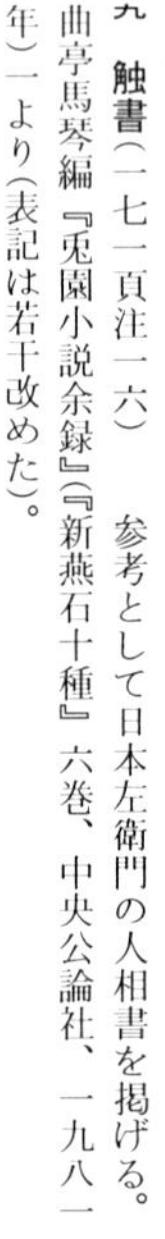
肩透かし

(『相撲大事典』)

九　触書(一七一頁注一六)　参考として日本左衛門の人相書を掲げる。曲亭馬琴編『兎園小説余録』(『新燕石十種』六巻、中央公論社、一九八一年)より(表記は若干改めた)。

○日本左衛門人相書

江戸より遣はされ候御書付写し

十右衛門事
浜島庄兵衛

一、せいの高サ五尺八九寸程、
一、年弐拾九才、〈見かけ三十一二才に相見へ申し候〉
一、鼻筋通り、
一、小袖鯨ざしにて三尺九寸、
一、月額濃く、引疵一寸五分程、
一、目、中細く、貌おも長なる方、
一、ゑり、右之方へ常にかたより罷り在り候、
一、びん、中少しそり、元ゆひ十程まき、
一、逃げ去り候節着用之品、
こはくびんろうじわた入小袖、〈但し、紋所丸に橘〉
下に単物もゑぎ色紬、〈紋所同断〉じゆばん白郡内、
一、脇差、長弐尺五寸、鍔無地ふくりん、金福人模様、さめしんちゆう筋金あり、小柄なゝこ、生物いろ〳〵、かうがい赤銅無地、切羽はゞき金、さや黒く、しりに少し銀有り、
一、はなかみ袋もえぎらしや、但し〈うら金入り〉
一、印籠、鳥のまき絵、

この者悪党仲ヶ間にては、日本左衛門と申し候、その身は曾て左様に名乗り申さず候、

右の通りの者これ有るにおいては、その所に留め置き、御料は御代官、私領は領主地頭え申し出で、それより、江戸、京、大坂、向き寄りの奉行所え申し達すべく候、尤も見及び、聞き及び候はゞ、その段申し出づべく候、隠し置き、後日に脇より相知れ候はゞ、曲事(くせごと)たるべく候、以上

延享三寅十月

右御書付、十二月十二日、御宿継ぎ奉書にて仰せ遣はされ候、

一〇　相模麻の重ね草履(一九〇頁注一三)　麻裏草履は麻の組緒を裏に縫い付けた草履で『守貞謾稿』巻三十には「鳶人足等およそ賤業俠風の輩これを用ふ」とする。ただし、同じく『守貞謾稿』によれば「重草履」は真竹の皮を表とし、淡竹(はちく)の皮を中として裏には革を付けた三枚重ねの草履。専ら京坂で用いられ江戸にはないとあって、未詳。

二　**名古屋帯**(一九八頁注一二)　三宅也来『万金産業袋(ばんきんすぎわいぶくろ)』(享保十七年〈一七三二〉序)巻四には「名古屋織　男女帯　いと真田の事なり。……男帯、幅弐寸五分ぐらい。尤(もっとも)いとさなだといふは只一枚に織たる物、なごや織といふは袋打なり……右何れも夏帯地なり」とある(『生活の古典双書』五、八坂書房、一九七三年)。浪六『妙法院勘八』「小天狗は固(もと)より町奴の金看板、……わざと幅広の名古屋帯」。

三　**只だ見る**(二〇〇頁注三)　上田秋成『雨月物語』(安永五年〈一七七六〉刊)「菊花の約(ちぎり)」に「たゞ看(みる)。おぼろなる黒影(かげろひ)の中に人ありて、風の随(まに〳〵)来るをあやしと見れば赤穴宗右衛門なり」。浪六『我五十年』(至誠堂、大正三年)「報知新聞」に「我は……小説を読む閑日月を得ずして、たゞ大阪の源光寺にありし時、たまたま馬琴の八犬伝と上田秋成の雨月物語と、支邦の小説として燕山外史を読みしのみ」。

四　**二間四方の仮屋**(二一〇頁注一一)　工藤行広編、天保十一年(一八四〇)成立『自刃録』(『武士道全書』十巻所収、時代社、昭和十八年)「場所を設(もう)くる事」に「場所拵は、……中輩は二間四方に虎落(もがり。竹で作った囲いのこと)を結(むす)び、南北に二ツ門を設る。南を修行門と云(い)ひ、北を涅槃(ママ)門と云(い)ふ。白縁の畳を二畳、撞木に敷、竪の畳に白絹六尺、四幅にし……」。

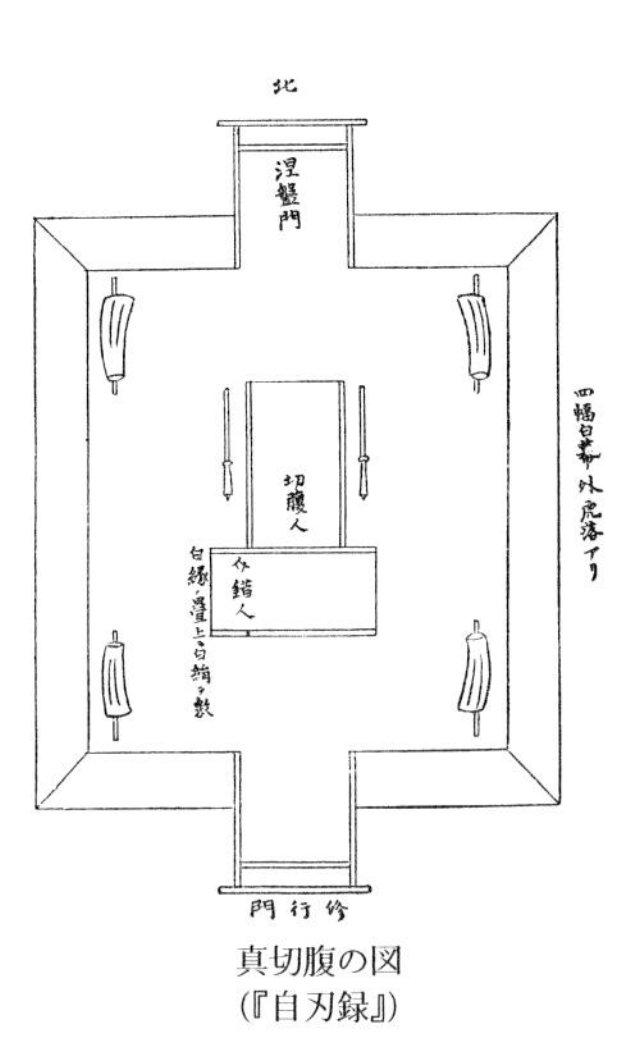

真切腹の図
(『自刃録』)

最暗黒の東京(抄)

一　**国民新聞**(二二一頁注一)　松原岩五郎は『国民新聞』紙上に、東京下層民の記録をいくつかの表題で断続的に執筆、その内容と文章力とが相俟って、読者に歓迎された。そうした連載を整理し、さらに加筆して再構成したものが本作である。単行本『最暗黒の東京』の成立過程は複雑であり、多くの問題が存在するので、基本的な書誌情報を整理しておく。

◆初出

松原岩五郎の『国民新聞』入社にともない断続連載された、一連の下層社会・貧民窟に関するルポルタージュである。これらは、五つに分類整理できる(各項とも、日付・号数・見出しを示す)。

①「芝浦の朝烟(最暗黒の東京)」

明治二十五年十一月十一日から三十日にかけて、十回断続連載された。署名「二十三階堂」、総振り仮名ではないが、かなりの部分に振り仮名が振られている。第一回を除き、見出しがある。竈と破れ団扇を描いたカット(→二六四頁注三)が添えられているが、それが無かったり(八七四・八七九号)、見出しが変わったり、「朝烟」の読みが、「けふり」から「けむり」になったり、不統一が多い。

十一・十一　(八六四号)　〈見出し無し〉
十一・十二　(八六五号)　其一　職業
十一・十五　(八六七号)　其二　人種(上)
十一・十六　(八六八号)　其二　人種(下)
十一・十八　(八七〇号)　其三　日計〈表題「芝浦朝烟」〉
十一・十九　(八七一号)　其四　貧状及び貧困〈表題「芝浦朝烟」〉
十一・二十二(八七四号)　其四　貧状及び貧困(続き)・其五　貧縁〈表題「芝浦朝烟」〉
十一・二十五(八七五号)　其六　貧約〈「最暗黒の東京」という副題無し〉
十一・二十六(八七六号)　其七　売買及び貸借(かし)

十一・三十　(八七九号)　其七　売買及び借貸(たいしやく)(続)〈文末に「(完)」とある〉

②「最暗黒の東京」

明治二十五年十二月十日から翌二十六年一月十四日にかけて、九回断続連載された。署名「二十三階堂」、総振り仮名ではないが、かなりの部分に振り仮名が振られている。ほぼ毎回見出しを付す。①とは違う、竈と破れ団扇を描いた同種のカットを添える。見出しの番号は①を引き継ぐが(若干混乱が見られる)、前回連載からやや時間がたっていること、表題が明らかに違うこと、十一月三十日(八七九号)文末に「(完)」とあったことなどから、①とは違うシリーズと整理する。

十二・十　(八八八号)　其八　雨天
十二・十一　(八八九号)　其九　雨天(つゞき)
十二・十五　(八九二号)　其十　雨天(つゞき)〈文末に「(未完)」とある〉
十二・二十六(九〇二号)　其十　雨降(つゞき)〈文末に「(未完)」とある〉
一・三　(九〇六号)　〈見出し無し。表題の下に「(続き)」とある〉
一・十一　(九一二号)　其十一　雑説
一・十二　(九一三号)　其十一　雑説の二
一・十三　(九一四号)　其十三　糶市〈番号を誤記、以下同じ〉
一・十四　(九一五号)　其十三　糶市(続き)〈文末に「(大尾)」とある〉

この連載中に、てっぷ(国木田独歩)「二十三階堂主人に与ふ」(『青年文学』明治二十六年一月)は、「足下昨年吾人に与ふに此上もなき賜を以てせられたるは、吾人の幾重にも謝せんと欲する所なり……貧と文字と何の関係ある。吾人は足下にして始めて、この問に答ふるを共にするを得る事を信ず」と評価している。

③「探検実記 東京の最下層」

明治二十六年六月一日から七月五日にかけて、二十三回断続連載された。署名「乾坤一布衣」、総振り仮名ではないが、かなりの部分に振り仮名が振られている。毎回見出しを付す。多くの回に挿絵が添えられている。かなりの部分が、単行本に収録された(＊印は収録された項目)。

六・一　(一〇二五号)　例言〈挿絵無し〉
六・二　(一〇二六号)　＊(一)日雇、労役者の人数
六・三　(一〇二七号)　＊(二)労役者の賃金と部屋頭〈挿絵無し〉
六・六　(一〇二九号)　＊(三)蓄妻者及び独身
六・七　(一〇三〇号)　＊(四)下等飲食店
六・八　(一〇三一号)　＊(五)下等飲食店の内訳
六・九　(一〇三二号)　＊(六)飲食店の下婢
六・十　(一〇三三号)　＊(七)居酒屋の客
六・十三　(一〇三五号)　＊(八)車夫の徹夜
六・十五　(一〇三七号)　＊(九)生活の戦争(一)
六・十七　(一〇三九号)　＊(十)生活の戦争同輩の喧嘩(二)
六・二十　(一〇四一号)　＊(十一)生活の戦争、下層の噴火線(三)
六・二十一　(一〇四二号)　＊(十二)営業の困難、同類の搏噬
六・二十三　(一〇四四号)　＊(十二)宿車、及び其収益〈番号を誤記、以下同じ〉
六・二十四　(一〇四五号)　＊(十三)老耄車夫
六・二十五　(一〇四六号)　(十四)人種の零落・(十五)人力車に依って繁栄する廛軒(てんけん)
六・二十七　(一〇四七号)　＊(十六)車夫の食物
六・二十九　(一〇四九号)　＊(十七)労働者考課状〈挿絵無し〉
六・三十　(一〇五〇号)　(十八)派手なる世帯持
七・一　(一〇五一号)　(十九)憐れなる処女〈挿絵無し〉
七・二　(一〇五二号)　(二十)驚ろくべき事実
七・四　(一〇五三号)　(二十一)彼等の離婚〈挿絵無し〉
七・五　(一〇五四号)　(二十二)薄命なる寡婦〈表題の下に

「〔終〕」とある〉

④「探検実記 夜の東京」

明治二十六年七月二十二日から八月五日にかけて、八回断続連載された。署名「乾坤一布衣」、総振り仮名ではないが、かなりの部分に振り仮名が振られている。毎回見出しを付す。すべての回に挿絵が添えられている。「(二)夜店」のみが、単行本に収録された。

七・二十二 (一〇六九号) (一)燈火の種類
七・二十三 (一〇七〇号) (二)夜店
七・二十五 (一〇七二号) (三)古着商人
七・二十八 (一〇七四号) (四)山鳥及び賍品(ぞうひん)買
七・二十九 (一〇七五号) (五)富籤及びチイパア
七・三十 (一〇七六号) (六)チイハアの心理的関係(謎題)
八・四 (一〇八〇号) (七)チーハアの解当
八・五 (一〇八一号) (八)アラボシ店〈文末に「〔終〕」とある〉

⑤「東京 最暗黒の生活」

明治二十六年八月九日から二十三日にかけて、六回断続連載された。署名「乾坤一布衣」、総振り仮名ではないが、かなりの部分に振り仮名が振られている。毎回見出しを付す。すべての回に挿絵が添えられている。すべてが単行本に収録され、それも巻頭に据えられた。

八・九 (一〇八四号) 〔はしがき〕・其一 探検者の人相
八・十三 (一〇八八号) 其二 貧街の夜景
八・十六 (一〇九〇号) (三)木賃宿
八・二十 (一〇九四号) (四)天然の臥床と木賃宿
八・二十二 (一〇九五号) (五)住居及び家具
八・二十三 (一〇九六号) (六)貧街の稼業

◆単行本

最初に、『最暗黒の東京』初版の書誌を記す。

明治二十六年十一月六日印刷、十一月九日発行。奥付での著作者・東京神田区連雀町十八番地 松原岩五郎、印刷所・秀英舎、発行所・民友社。定価十三銭。B6判、はしがき二頁、目次三頁、本文一五五頁。表紙には、デザイン化された書き文字で、「乾坤一布衣著 最暗黒之東京」とあり、扉も同一意匠。はしがきの冒頭は、「最暗黒之東京」だが、目次の次の本文の冒頭には、「最暗黒の東京 乾坤一布衣」とあり、本文最終頁にも、「最暗黒の東京 終」とある。挿絵が二十二葉添えられており、本書には画家の名前は明記されていないが、久保田金僊の筆。

後出の翻刻ⓓ、山田博光の「解題」に、初出と初版との対照表がありわかりやすいので、それを参照して以下に整理する。

単行本の章	新聞初出の表題と章	
〔はしがき〕	東京 最暗黒の生活	其一
(一)貧街の夜景	〃	其二
(二)木賃宿	〃	(三)
(三)天然の臥床と木賃宿	〃	(四)
(四)住居及び家具	〃	(五)
(五)貧街の稼業	〃	(六)

単行本初出

(六)日雇周旋	(七)残飯屋	(八)貧民と食物
(九)貧民倶楽部	(十)新網町	(十一)飢寒窟の日計
(十二)融通	(十三)新開町	(十四)糴市
(十五)古物買	(十六)座食	(十七)朝市
(十八)十文銭の市場	(十九)無宿坊	(廿)最暗黒裡の怪物

(二十一)日雇及部屋頭	探検実記 東京の最下層	二
(二十二)飯食店の内訳	〃	五
(二十三)居酒屋の客	〃	七
(二十四)夜業車夫	〃	八

(二十五)やどぐるま　〃　十二(一〇四四号)
(二十六)老耄車夫　〃　十三
(二十七)生活の戦争　〃　九・十
(二十八)下層の噴火線　〃　十一・十二(一〇四二号)
(二十九)車夫の食物　〃　十六
(三十)下等飲食店第一の顧客　〃　四
(三十一)飲食店の下婢　〃　六
(三十二)労働者考課状　〃　十七
(三十三)日雇労役者の人数　〃　一
(三十四)蓄妻者及び独身　〃　三
(三十五)夜店　探検実記 夜の東京　二

本書は読者の好評を得、版を重ねるが、その情況については、『国民之友』第二一一号(明治二十六年十二月十三日)所載の「再版」の広告からもうかがわれる。「本書出でゝより好評を蒙ること頗る多し、曰(いは)く、「悉(ことごと)く実地の観察より来れるが故に読み去り読み来れば宛然(さながら)実況を見るが如き思あり」(早稲田文学)　曰く、「東京の貧天地描き出して余蘊なし」(経済雑誌)　曰く、「心ある者一読すべし」(日本)　曰く、「窮民生計の情態写し得て之に対するもの暗黒時代を見るが如けん」(天則)　曰く、「世の素封家に読せたし」(二六新報)　曰く、「筆々能く其真情を写出して残すところなし」(東京朝日)　曰く、「観察精密筆法自ら深酷なり」(読売)　曰く、「二人息子　長者鑑を述作したる手腕が爾来貧民に与(く)みしてより如何に面白く変化したるかを見る」(大阪朝日)　以て本書が如何に歓迎せらるゝかを知るに足るべし」(圏点省略)。ここにも触れられている、『早稲田文学』五十二号(明治二十六年十一月)の新刊紹介の全文は、「此の面白げなる名称の而(しか)して読みて実に面白き一書は今春長らく『国民新聞』紙上に現れて江湖の喝采を博せしもの　今度更に増加して出版せるなり　著者乾坤一布衣実の名は松原吉(ママ)五郎氏　嘗て身を一貧児に窶(やつ)し彼等と伍する事百有余日　業を改むる事三十回　仔細に細民の状態を観察し下層社会の内情を探りてこれを直筆せしなり　労働社会の種類、等級、交際、合詞、生計、住処、家屋、家具、食物、等より飲食店、居酒屋、の内幕、糶(せり)市、朝市、夜店、古物買の実情、無宿坊、蓄妻者、独身者の境涯に至る総三十五項悉く実地の観察より来たれるが故に読み去り読み来たれば宛然実況を見るが如き思あり　最下層の情況を知らんとするものゝ好参考、かゝる新方面に新精神の眼を注がんもの今の新聞記者中『国民新聞』を除いて殆ど稀なり　或は云ふ乾坤一布衣は二十三階堂主人なりと」。

これまで、この民友社版は、「再版」(明治二十六年十一月十九日刊)、「三版」(明治二十八年二月十九日刊)、「四版」(明治二十九年五月三十一日刊)、「五版」(明治三十年四月三十日刊)まで確認されている。各版とも手入れがなく初版のままである。また、明治三十年には、横浜から出ていた *Eastern World* の編集者 F. Schroeder によって英訳され、八十頁ほどの、*In Darkest Tokyo: Skeches of Humble Life in the Capital of Japan* ("The Eastern World" Newspapers, Publishing and Printing Office)として刊行された。はしがきから全ての章が訳されているが、一部抄訳されている部分も見られる。

すでに多くの指摘があるように、『国民新聞』での連載だけではもの足らず、書下ろしを加えた単行本化が急遽計画されたのには、民友社と対抗していた政教社系の『日本』での明治二十三・二十四年のルポルタージュの断続連載(「貧天地」明治二十三年八月二十九日―九月二十一日、「饑寒窟」同十月七日―十一月八日、「万年町の歳首歳暮」明治二十四年一月五日)をまとめた、大我居士(桜田文吾)の『貧天地饑寒窟 探検記』の刊行(桜田文吾発行、明治二十六年六月十日)が影響していよう。松原岩五郎の『国民新聞』連載が、明治二十六年六月以降急速に活発化しているのも納得されるのである。岩五郎は新聞初出の連載から納得したものを選び、さらに一気に書下ろしを加えて、本書を刊行した。

戦後になり、『最暗黒の東京』の重要性、文学性への評価が高まり、何度か翻刻されてきた。いずれも書名としては、『最暗黒の東京』を採用。

ⓐ 西田長寿編『都市下層社会』(生活社、昭和二十四年一月)。再版による忠実な翻刻で、広く歓迎された。ただし一部振り仮名。編者の「解題」

を付す。

ⓑ鶴見俊輔編『現代日本記録全集14 生活の記録』(筑摩書房、昭和四十五年八月)。新字・新かなによる翻刻。はしがきは省略、挿絵は収録。

ⓒ古典文庫『最暗黒の東京』(現代思潮社、昭和五十五年十一月)。新字・新かなによる翻刻。挿絵は収録。神郡周による校注で、久保田芳太郎の「解説」を付す。

ⓓ山田博光編『民友社思想文学叢書 第五巻 民友社文学集㈠』(三一書房、昭和五十九年五月)。新聞初出の形を忠実に(ただし一部振り仮名)翻刻編集。単行本未収録の部分も読める。単行本書下ろし部分は初版から翻刻。新字・旧かな。山田博光の詳細な「解題」「解説」、岩五郎の「年譜・参考文献」が付され、現在においても必携の、『最暗黒の東京』研究のための一級資料である。ただし、先に初出のところで整理した②「最暗黒の東京」の二回分(八九二・九〇二号)の脱落が見られる。

ⓔ岩波文庫『最暗黒の東京』(岩波書店、昭和六十三年五月)。新字・新かなによる翻刻。挿絵も収録。明治下層記録文学の研究を推進してきた立花雄一の校訂。簡明な「注」と「解説」を付す。

さらに、初版の面影を伝える覆刻版が、「日本思想史資料叢刊之二」として、長陵書林編集部「松原岩五郎著『最暗黒之東京』について」という六頁の解説を付して、昭和五十二年六月に長陵書林編集・発行、若月書店発売で刊行された。ただし、覆刻本文の奥付に明らかなように、明治二十六年十一月十九日刊の「再版」を元にしているので、厳密には初版の覆刻版とはいえない。

◆その他(『最暗黒の東京』の周辺)

『文明疑問 上』(明治二十一年四月)を自費出版してから、硯友社系の作家として『好色二人息子』(春陽堂、明治二十三年十二月)、『かくし妻』(春陽堂、明治二十四年五月)、『長者鑑』(吉岡書籍店『新著百種』、同六月)を刊行していた松原岩五郎が、貧民窟探索から始めて、生き生きとした記録を執筆するようになるのは明治二十五年の秋であるが、岩五郎はのちに『最暗黒の東京』にまとめられる一連の文章に並行して、同時期に別のルポルタージュを『国民新聞』に執筆していた。『最暗黒の東京』の裏側にあるものなので、以下題名と発表日を記しておく。

「裏店」(明治二十五年十一月十三・二十日、十二月四・十四日、全四回)

「東京雑俎」(明治二十六年三月一日―四月三十日、付録欄に全九回)

また、のちに二冊目のルポルタージュとなる『社会百方面』(民友社、明治三十年五月)を刊行することになるが、その構成は次のようである。

「貧童の堕落」(明治二十九年五月十七―二十八日『国民新聞』)

「居留地風俗記」(明治二十七年初夏稿)

「台湾風土記」(明治二十八年九月二十八日―十月一日『国民新聞』連載の「台湾通信」より抄出)

「慶尚道風土記」(明治二十七年八月二十八日―十二月二十九日『国民新聞』より抄出)

「足尾銅山」(明治二十九年四月十二日―五月一日『国民新聞』)

「晩商」(前掲の「裏店」と、先に整理した初出④「探検実記 夜の東京」より「(三)古着商人」「(四)山鳥及び賍品(づけい)買」「(八)アラボシ店」で構成)

「椋鳥」(明治二十六年末稿)

「居職人の内情」(明治二十六年十月二十九日『国民新聞』「東京市の手工人」、十一月十九日同「資本主と手工者」、十二月九日同「工銀の比例」で構成)

貧民窟探訪からどう展開したかの一端が、うかがえよう。

『国民新聞』は明治二十三年二月一日の創刊時から積極的に社会問題を取り上げ、貧民問題をその一つとしていたようだ。紙面を辿ると、以下のような記事が

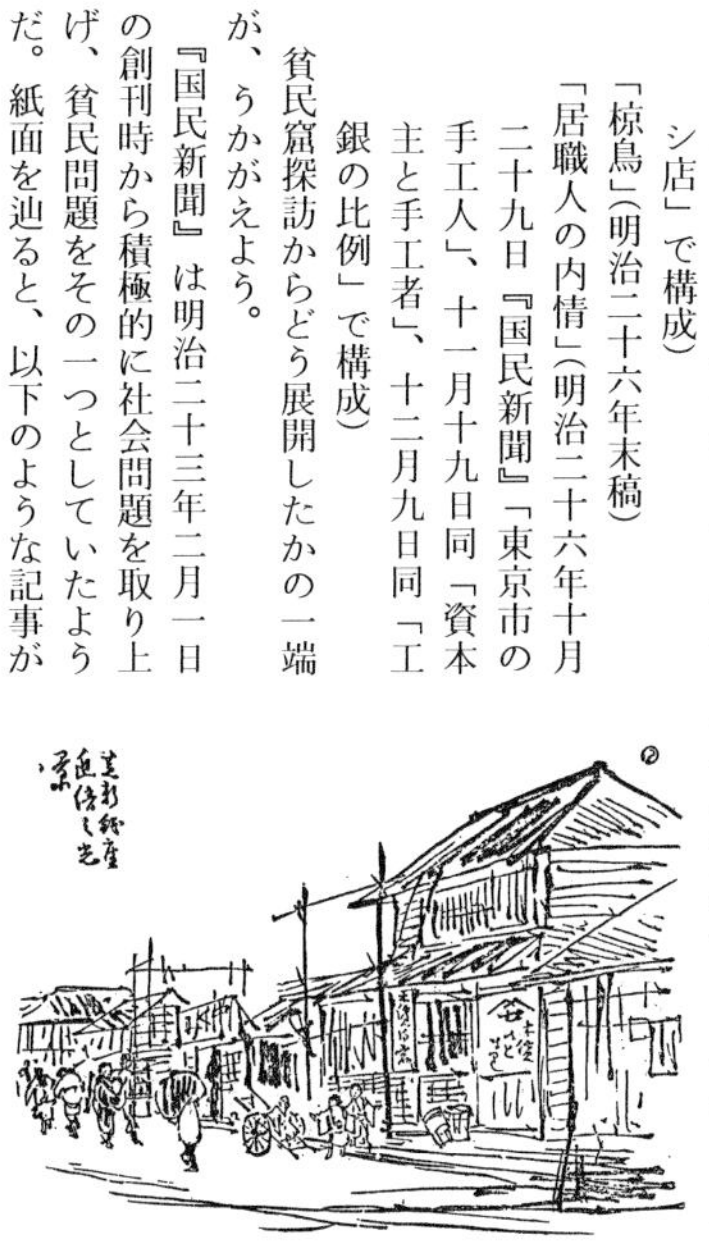

時折発見できる。

宮崎湖処子「貧民の生活」(明治二十三年二月九・十日)。「観察の思立」「家屋及職業」「子供」「地蔵尊の縁日」の四項。「一たび貧民の状況を観んと欲し此近所にては芝新網町即ち其処(そのところ)なるを聞き直ちに歩して其方角に出で往きぬ」とあり、簡潔な新網町の記録が見える。専属画家の久保田米僊描く、新網町光景の挿絵(前頁図)が載っている。これまで見落とされていた文章で、湖処子の歩みを考える場合でも注目すべきもの。

「憫れむべき窮民」(無署名、明治二十三年四月五日)。「麻布谷町の一隅に住む五十有余の老人」の死から、窮民の惨状を描く。

「府下貧民伝」(無署名、明治二十三年五月二十八・三十日)。深川区・本所区の貧民を物語風に描く。

宮崎湖処子「貧者」(明治二十三年六月八日)。「今や一雨ごとに物価騰(あが)り一相場ごとに貧民殖(ふ)へり　貧者の生命は宛(あた)も暴風に遂(お)はるゝ蛍の如し」とするものの、最後には宗教を持ってきてしまい、「貧者よ霊魂を救世主の胸に置け」という結論に堕ちてしまっている。

「貧民救助策」(無署名、明治二十三年六月十四日)。「吾人が見る所を以てすれば、貧民救助に就て最も必要なるは、貧民に産業を授くる即ち授産場を設くると、貧民を移住せしむる会社を設(もう)くるとの二種、最も急務なるが如し」という記述も見られる。

「窮民彙聞」(無署名、明治二十三年六月十五・十六・十八・二十日)。これまで知られていた初期の貧民文献の一つ。同時に「府下貧民の統計及び事故」(六月十五・十六・十八・十九・二十日)も発表されている。

四谷平々堂主人「鮫ケ橋貧民」(明治二十四年四月二十六日)。慈善会会員の妻から鮫ケ橋の様子を聞き、「物の哀れ」を感じて記した文。

「社会問題　売淫婦の増加」(無署名、明治二十五年四月一日)。「東京は、実に売淫の大都会と云はざる可からず」とする。

「最暗黒の東京　下宿屋改良」(無署名、明治二十五年四月十三日)。「東京下宿屋の悪風」を論ずる。

「暗黒なる監獄」(無署名、明治二十五年四月二十三日)。監獄の改良の提言。

こうした論調の中に、颯爽と、署名入りの松原岩五郎の文章が紙面に登場するのである。その背景を一度考えておくべきであろう。

これまで、『最暗黒の東京』出現までとその影響については、立花雄一『明治下層記録文学』(創樹社、昭和五十六年四月。増訂版、ちくま学芸文庫、平成十四年五月)に詳細な後付けがあり、原資料については、中川清編『明治東京下層生活誌』(岩波文庫、平成六年九月)という集成がある。

二　**最暗黒**(二二一頁注二)　General Booth の、*In Darkest England and the Way Out* は、以下の一文で始まる。This summer the attention of the civilised world has been arrested by the story which Mr. Stanley has told of "Darkest Africa" and his journeyings across the heart of the Lost Continent. 本書は International Headquarters of the Salvation Army から一八九〇年十一月に刊行されており、ということはこの 'This summer' は、一八九〇年の夏を意味する。

それは、ここに触れられているウェールズ出身のアフリカ探検家スタンレー(Henry Morton Stanley, 1841-1904)の二冊本の探検記 *In Darkest Africa: or The Quest, Rescue, and Retreat of Emin Governor of Equatoria* がこの年一八九

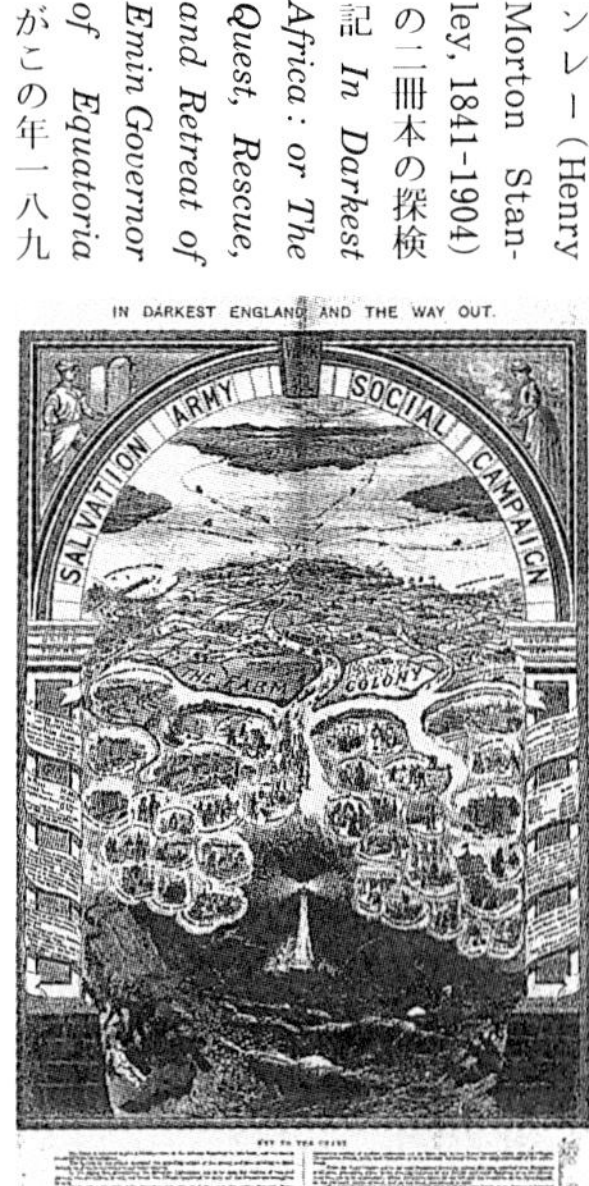

○年にCharles Scribner's Sonsから刊行されたという事実からも説明できよう。ブースはスタンレーの著作に影響されて、一気に自著を書き上げたのである。そして、それは本のタイトルにも影響を与えた。巻頭には挟み込みで本書全体のイメージ図が添えられており（前頁図）、手に取った人に強い印象を与えたと思われる。

この点に関連して、『最暗黒の東京』への新しい視点を提出した画期的な業績として、前田愛「獄舎のユートピア」（『叢書 文化の現在4 中心と周縁』岩波書店、昭和五十六年三月。のち『都市空間のなかの文学』筑摩書房、昭和五十七年十二月所収）がある。前田愛はその中で、「都市の表層の背後にうがたれた暗黒の地下世界（アンダーワールド）としてスラム街をとらえようとする『最暗黒の東京』の視点は、一八八〇年代から九〇年代にかけてのイギリスで出版されたイーストエンドの記録から示唆をうけているように思われる。ジョージ・シムズの『貧民の生活と怖るべきロンドン』（*How the Poor Live and Horrible London*, 1889）、チャールズ・ブースの『ロンドン民衆の生活と労働』（*Life and Labour of the People in London*, 1889）、ウィリアム・ブースの『最暗黒の英国とその活路』（*In Darkest England and the Way Out*, 1890）などの著作であるが、このなかで同時代の日本の識者にすくなからぬ衝撃をもたらしたのは、『最暗黒の英国とその活路』であった。徳冨（ママ）蘇峰が主宰する「国民之友」は、明治二十四年五月二十三日号と二十五年四月二十三日号（注・正しくは明治二十五年四月二十三日の一五二号と、同五月三日の一五三号）の二回にわたってその紹介記事を掲載しているし、横山源之助の『日本之下層社会』にも、「ゼネラルブースが最暗黒の英国に描きたるエストロンドンに住める者の如く、醜悪にして深刻なる貧民を見ること少きなり」という一節がある。松原岩五郎がこのブースの著作を通読していたかどうかをたしかめる資料はないが、民友社の客員としての彼がその内容を承知していたことは当然考えられる。何よりも『最暗黒の東京』というタイトル自体が、ブースからのヒントを推測させるのだ」と的確に指摘する。

また、スタンレーにも言及し、「ブースがイーストエンドのシンボルとしてえらんだ〈暗黒〉のイメージは、直接にはスタンレイの『最暗黒のアフリカ』（*In Darkest Africa*, 1890）から示唆をうけたものであった」とし、「松原岩五郎の『最暗黒の東京』は、単行本の出版に先立って、その原型に当るものが「国民新聞」紙上に断続的に掲載された。明治二十五年十一月から翌年の八月にかけてである。この連載期間中にスタンレイの『最暗黒のアフリカ』が『闇黒亜非（注・弗）利加』というタイトルで博文館から出版される。訳者は矢部新吉（注・作）、全六篇の分冊形式で、第一篇の刊行は明治二十六年三月である。さきに言ったように松原がブースの著作に接していたかどうかは確定できないが、スタンレイについては『最暗黒の東京』のなかに言及があり、それは東京の貧民窟が探検者を待ちうけている未知の世界として松原の眼に見えていたことを暗示している（事実「貧窟探検者」という表現がくりかえしあらわれる）」としている。

前田愛が紹介する松原のスタンレーへの言及は、単行本刊行に向け新たに書き下ろされた部分で本巻未収録の「（十六）座食」冒頭の、「座して喰へば山をも空し、一句是れ老婆的慣用語にして業（やは）已に陳腐に属したるものなれども其事実なる事は尚スタンレーが蛮国探検と共に一大事実たるを失はず」という箇所だが、そこでは「最暗黒」Darkestの語へのこだわりはない。また、前田愛が紹介する『国民之友』所載論文は「倫敦窮民救済事業現状の一斑」だが、その他にも、『六合雑誌』一三二号（明治二十四年一二月）に、救世軍創始者ブースを紹介する四頁ほどの記事「将軍ブース氏の廃人利用策」（無署名）があり、「昨年十一月一の著述を為せり　此書一度世に出で丶未だ三四ヶ月に過ぎずと雖も其発売の高（かた）幾千万冊なるを知らずといふ」と、具体的に書名への言及は無いが『最暗黒の英国とその活路』の存在に触れていた。こうした時代の雰囲気の中で、「最暗黒」の文字は次第に実体化されていったのである。

「最暗黒」という言葉にこだわった実例として、北村透谷の評論「「罪と罰」の殺人罪」（『女学雑誌』甲の巻、第三三六号、明治二十六年一月十四日）がある。透谷は、直前の「罪と罰（内田不知庵訳）」（『女学雑誌』甲の巻、第三三四号、明治二十五年十二月十七日）では、まだ「ドスト氏は躬（みづ）

ら露国平民社界の暗澹たる境遇を実践したる人なり」と評していただけだが、年が明けたこの評論では、「最暗黒」の文字を使い始め、「罪と罰とは最暗黒の露国を写したるものにてあるからに馬琴の想像的侠勇談にある如く或(ある)復讐或(あるは)忠孝等の故を以て殺人罪を犯しめたるものにあらざること分明なり。最暗黒の社会にいかにおそろしき魔力の潜むありて学問はあり分別ある脳髄の中に、学問なく分別なきものすら企(くはだ)つることを躊躇(ためろ)ふべきほどの悪事をたくらましめたるかを現はすは蓋(けだ)しこの書の主眼なり」と論じ、さらに深い認識を見せている。

三 下谷山伏町より万年町、神吉町（二二六頁注一二） 『風俗画報』臨時増刊三八〇号「新撰東京名所図会」第五十二編、下谷区の部二（明治四十一年二月）に、「下谷万年町」の紹介があり、「●貧民窟」として次のような説明がある。本作に描かれているよりは時期的にやや後のものだが、その有様の概要はよく理解できよう。「下谷万年町及(および)同山伏町の辺は、市内に於ける有名なる貧民窟にして芝の新網、四谷の鮫ケ橋と併び称せらる、左に其模様を記／○住居 彼等の住居は、一棟(むね)の陋屋を七八戸より乃至十数戸に仕切りたる所謂九尺二間の棟割長屋にして、或(あるい)は壁の落ちたるあり、或は閾(しきみ)の朽ちて戸締りの成らざるあり、中には屋根破れて雨露を凌ぐに堪えざるを思ふもの莫(な)きにあらず、敷物といへば畳の床の出でたるもの、又は薄縁(うすべり)の黒く汚れて所々に穴の明きたるものを漸く二枚三枚布(し)き並べたるのみにて、竈(へつつひ)の有るもあれば無きもあり、火鉢などを置ける家は指を屈する程の数に過ぎず、加ふるに大抵毎戸に二三人の同居者あるを以て普通とすれば、其状宛然(さながら)豚小屋に似たり。／○衣服 住居の有様既に前項の如し、衣服の醜陋(しうらう)固(もと)より云ふまでもあらず、殊に暑中に在(あ)りては男子は犢鼻褌(ふんどし)の外(ほか)一物も身につけず、女子は垢染たる腰巻にチヤン〳〵(注・袖なしの羽織。ちゃんちゃんこ)を纏ふ位が関の山にて、洋画家の称して以て美の極とする裸体と相距(あひへだた)る遠からざるの態裁なり。／○食物 十数の棟を並べたる長屋中に在て、日々米を買て自ら炊(かし)ぐものは殆ど十分の三に過ぎず、其七分は界隈なる各工場等より貰ひ来れる残飯を購(あがな)ふて間に合(あは)すなり(同所には予〈かね〉て各工場へ残飯を貰ひに行き之を持還りて更に長屋中へ売渡すを業と為す者あり 各自銘々に工場へ貰ひに行〈い〉を禁ず) 其価は時に依りて多少の高下あれど、普通の味噌漉一杯一銭五厘より二銭位迄とす、去れど雨天其他の事故にて三文の稼ぎもなき時は、此残飯すら購ふ能(あた)はずして、空腹(すきはら)の儘(まま)一日乃至二日間も我慢するもの往々あり、其代りに偶々(たまたま)三四十銭も手に入る時は、忽(たちま)ち酒よ肴よと贅沢を極め、一度に之を遣ひ果して、又一銭も剰(あま)さゞるを常例とす、概して彼等一人一日の生活費は五六銭を出でざるものと知るべし／○職業 彼等の職業は一定せずと雖も、要するに資本の入らざる業を択ぶが故、紙屑拾(ひろひ)其大部分を占むるが如く、人力車輓(ひき) 下駄の歯入、六部、門附等は先づ上等の部類にして、団扇編、燐寸(マッチ)の箱張、紙屑撰(えり)等を其重(おも)なるものとす」。

四 木賃宿（二二八頁注七） 明治の東京の木賃宿を生き生きと描いた代表的な文献は、幸徳秋水の「東京の木賃宿」(『週刊平民新聞』明治三十七年一月十・十七・二十四・三十一日)であろう。その一節に、次のようにある。「東京にて木賃宿をば、一般に安宿或(あるい)は安泊と呼び做せど、其客となる人々の社会にては、ヤキ又はドヤと呼び、又アンパク、ボクチンなど云ふ言葉もあり。／ヤキとは宿屋のヤの字と木賃のキの字を続けしにて、ドヤとは宿を倒(さかさ)まに読める也、アンパクは安宿、ボクチンは木賃を音読せるは言ふまでもなし、労働に忙しき人々は其言葉も簡単にて響き強く聞ゆるを便とすれば斯(かか)る符牒を用ゆるが多し。／斯る怪しき符牒もて呼ばるゝ宿屋、昔しは市内各所に散在せしが、去(さ)る明治二十二年の末、時の警視総監三島通庸(みちつね)は、市街の対面を保つが為にとて、その営業の区域を限りて一定の場処(ばしょ)に移らしめぬ、現在営業の場所と数とは、／浅草区浅草町…二十余戸 本所区花町、業平町…七十余戸 深川区富川町…六十三戸 四谷永住町…十八戸 芝区白金町(俗にエテ町)…七戸 麻布区広尾町(俗に古川端)…十一戸 本郷区駒込…二戸／にて其お客様をいへば歯代借の車夫、土方人足、植木人夫、荷車挽、縁日商人、立ン坊、下駄の歯入、雪駄直し、見せ物師、料理屋の下流しなど、何れも其日稼ぎの貧民ならぬはなし」。のちに、『東京市内の木賃宿に関する調査』(東京市社会局、大正十二年五月)という資料が刊行されるが、「明治二十年十月警察令第十九号宿屋営業取締規則」による規制を経て、その後木賃宿がどう変遷したかを数字を含めて跡づけている。そこに明治二十年末の区別木賃宿数が記されている。「麹町区八　神田区一二八　日本橋区三十四　京橋区三十一　芝区五十六　麻布区三　赤坂区二　四谷区十六　牛込区六　小石川区六　本郷区二十七　下谷区五十六　浅草区八十三　本所区十五　深川区九(合計四八〇)」。さらに時代の変化を見据え、「昔時の木賃宿泊客は物貰(ものもらひ)世間師の如き一夜泊りのもの相当に多かりしが今日は之等のもの減じ宿泊客は主として、労働者及(および)普通旅客にして労働者は労働需求交通の利便の関係上市部に集中し、普通旅客亦(また)都会に多きを以て漸次木賃宿が郡部に減少し市部に増加する状態を誘致せし所以なるべし」と分析している。

五　人力車(二四〇頁注五)　明治文学に関係の深い人力車の始まりについては、いち早く野口勝一「人力車の発明」(『風俗画報』明治二十九年十月)という記事が詳しく述べている。筑前国生れの和泉要助が明治二年に発明したとの説を軸に、諸資料を紹介しつつ人力車の草創期を跡づけたものである。斉藤俊彦『人力車』(クオリ、昭和五十四年六月)はその他の資料を広く収集、人力車の歴史を、風俗史・文化史的に詳細に描いている。小説に描かれたものでは、坪内逍遙『当世書生気質』(明治十八―十九年)の冒頭近くの一節がよく知られる。「中にも別(わけ)て数多きは。人力車夫と学生なり。おの〳〵其数六万とは。七年以前の推測計算方(おしあてかんじやう)。今はそれにも越えたるべし。到る処に車夫(くるまや)あり。赴く所に学生あり。彼処(かしこ)に下宿所(こと)の招牌(かんばん)あれば。此方に人力屋の行燈あり。横町に英学の私塾あれば。十字街(つぢ)に客俟(ま)ちの人車(じんりき)あり。失敬の挨拶は。ゴツサイの掛声に和し。日和下駄の痕は。人車(じんりき)の轍(わだち)にまじわる。実(げ)にすさまじき書生の流行。またおそろしき車の繁昌」。それ以前の作品については、明治の開化風俗誌に描かれた人力車の項目が興味深い。服部撫松『東京新繁昌記』(明治七年四月、山城屋。『新日本古典文学大系　明治編1　開化風俗誌集』岩波書店、平成十六年二月所収)の「人力車」の項は、初編でまず取り上げられていることからも、人力車が時代の新鮮な素材であったことをうかがわせる。稲垣達郎「近代文学の夜明け前」(『特選名著複刻全集近代文学館　作品解題』日本近代文学館、昭和四十六年五月)はさらに、明治初期流行の漢文体の狂詩として、原田道義『東京開化繁昌詩選』(明治七年六月の序文あり)の一節をも引用し、「この時代、新時代の労働者であるはずの人力車夫の貧困が、すでに諷刺文学者の視野に入り、明治三〇年代へくだって、貧窟にうごめく下流細民として、横山源之助や松原岩五郎のルポルタージュ文学に取材されるところへつながってゆく」と、こうした文学の命脈を明らかにしている。

六　上野山崎町より……(二四五頁注七)　呉文聡「東京府下貧民の状況」(『スタチスチック雑誌』五十七号、明治二十四年一月)には、区ごとに貧民窟が紹介されている。なお、四谷区は二四五頁注八で詳述するので、ここでは割愛する。

下谷区　「貧民の最も多きは万年町一二丁目なれど」、「今ま一層貧困者の多きは山伏町にして此れを同区内第一等貧乏町とす」。

浅草区　「最も貧民の多きは松葉町なるが」、「次ぎて貧困なる細民の居住する田島町、北松山町及び北清島町等の裏長屋にて」。

本所区　「貧民の根拠とも云ふべきは吉岡町、吉田町、横川町、若宮町、北二葉町、荒井町等の裏長屋にして営業は人力車夫、日雇稼ぎ、土方荷車挽等最も多く」。

深川区　「貧民の多き場所は海浜最寄りにして即ち蛤町一二丁目、大島町、黒江町其れより少しく北に離れて霊岸島の町々なるが」。

本郷区　「貧民最も多きは元町一、二丁目の裏長屋とす」。「次に貧民の住めるは根津にして之は昨年中貸座敷の移転せしより家賃俄かに下落せしかば窮民は何れも先を争ふて此処に引越したるなりといふ尚ほ菊坂台町、菊坂田町、金助町、三組町　それより離れて駒込東片町、上下富士前町等は何れも貧民多き場所にして折々は窃盗を働らく者も出る由」。

小石川区「音羽町一丁目より七丁目までは大概貧民のみにして」、「其他餌差町、大塚下富坂町、戸崎町、下富坂町、青柳町、指ケ谷町等は何れも同区内の貧困者多き地なるが」。

芝区「貧民の最も多きは南新網町と北新網町にして此処こそ区内一等の貧乏町とは見へたり」。「次は金杉町四丁目、本芝一、二丁目等にて此辺は漁師の住居する処ゆへ獲物ある時は随分賑かなやうに見ゆれど」、「其他本芝材木町、同下町、西応寺町等の裏長屋は人力車多く」。

京橋区「府下指折りの繁昌区と云ふ丈ありて貧困者も少なく先づ其内岡崎町、松屋町二丁目、長崎町、元島町、新港町、本港町等は貧乏町とは云へ三食に差支ゆるが如き困窮者は至て稀れなり」。

神田区「貧民の居住する処は三河町三丁目、新白銀町及び外神田の元佐久間町等なるが此裏屋は何れも一円以下の家賃にて人力車夫、日雇稼ぎ、土方、棒手振り、職人など多く此処には随分貧困者あれど未だ其筋へ活計の立たざる旨を申出でたる者は無き由なり」。

麹町区「府下にて先づ上等の区内なるゆゑ自(おのづか)ら貧民すくなき勘定なれど麹町一丁目及び七丁目、元園町二丁目等には随分貧窮者あり」。

赤坂区「貧民の少なき場所なるが、其内貧民の住居せるは裏一、二、三丁目及び青山南町、北町、新町三、四、五丁目等なり」。

牛込区「同区にて貧民の多く居住するは白銀町、長延寺町、馬場下町、袋町、弁天町等にて」。

麻布区「市兵衛町等は貧窮者多ほき町なりしに」、「総じて同区は貧民の稀れなる地なり」。

七　**四ツ谷鮫ケ橋**（二四五頁注八）　この地区は古くから問題の場所で、明治三十九年三月の『新紀元』に最初に掲載され、同四十年四月刊の『飢渇』に収録された、木下尚江の「鮫ケ橋と東宮御所」に、「此処は貧者の巷なり　無学の巷なり、形容枯槁の巷なり、病めども服薬すること能(あた)はざる巷なり、死ぬれど埋葬する能はざる巷なり」とある。当時、「新築中なる東宮御所の階上より望めば、名にし負ふ鮫ケ橋の貧民窟眼下に歴々露出されて、甚だ恐れ多き」として、鮫ケ橋移転問題が取りざたされていたという。また、『風俗画報』臨時増刊二七七号「新撰東京名所図会」第三十九編、四谷区の部上（明治三十六年十月）に、「鮫河橋谷町」の紹介があり、「●貧民窟」として、「四谷鮫河橋は、芝新網、下谷山伏町と並びて、東京市中に於ける三大貧民窟と称せらる。谷町を中心として凡そ卑湿の地、到る所、軒低く、壁壊(やぶ)れ、数千の貧民、蠢々如(しゆんしゆんじよ)として纔(わづ)かに雨露を凌ぐの状、憫(あはれ)なり。質屋は唯一の機関にして、九尺間口の米屋あり、薪炭商あり、酒舗、魚戸(ぎよ)、古着店、日用の肆(みせ)、欠く所あらず、以て一社会を組織せり」と説明され、「鮫ケ橋貧家ノ夕」と題された挿絵が添えられている（下図）。また、明治三十年代の鮫ケ橋貧民窟を描いた記録として、明治三十八年四月十六日の『直言』に掲載された原子草水の「●鮫ケ橋の貧民窟」という一文がある。「▲雨ばかり続いた此頃(このごろ)には珍らしい好天気だツたので四月八日朝四谷鮫ケ橋なる貧民窟探険と出掛けた。鮫ケ橋の入口の坂を下りかけた時、下の方から一人の老婆がノロ〳〵とやツて来た。余り窶(やつ)れ方がひどいので五十歳か六十歳か年さへ分らぬ青瓢箪、深尾君はそれを見て「僕は最(も)う迚(とて)も貧民窟へ入ツて行く勇気がない」と立ち止ツて了(しま)ふ。無理やり引ツ張ツて裏店の方に歩を向けた。成るほど思ふに増した哀れな有様だ。……／▲此貧民窟は外のと比べると割合に進んでゐるらしいが、それでも貧血病者の多いのとトラホームの多いのは

免れぬ。人間の色をしてゐる人間は可哀そうに容易に見付かりやしない。／▲最後に児童保護者の職業別をしるして見やう。／人力車夫七四　日雇四二　煙草職三一　土工夫一七」。大正時代になり、大正四年十一月、籾山書店刊、永井荷風『日和下駄』の「第八 空地」(初出『三田文学』大正三年十二月・同四年一月、のち「閑地」と改題)に、「四谷と赤坂両区の高地に挟まれた此の谷底の貧民窟は、堀割と肥料(こえ)船と製造場とを背景にする水場の貧家に対照して、坂と崖と樹木とを背景にする山の手の貧家の景色を代表するものであらう。四谷の方の坂から見ると、貧家のブリキ屋根は木立の間に寺院と墓地の裏手を見せた向側の崖下にごた〱と重り合つて其の間から折々汚らしい洗濯物をば風に閃(ひらめか)してゐる。初夏の空美しく晴れ崖の雑草に青々とした芽が萌え出で四辺(あたり)の木立に若葉の緑が滴る頃には、眼の下に見下すこの貧民窟のブリキ屋根は一層(ひとしほ)汚らしく、かうした人間の生活には草や木が天然から受ける恵みにさへ与(あづか)れないのかとそゞろ悲惨の色を増すのである」とある。荷風は、やや一風変わった美意識から、この独特の風景を眺めていよう。なお、木下尚江が触れている貧民窟移転問題に関連して、安岡憲彦『近代東京の下層社会』(明石書店、平成十一年十二月)は、赤坂離宮に近い元鮫ケ橋町の殆どを、明治九―十一年にかけて赤坂離宮付属の火避地確保の名目で買収、その後明治三十八年に、そのうち六十六、六十七番地を、慈善事業となった二葉幼稚園の用地として無料借用許可とした経緯を明らかにしている。確かに、明治十六年測量の地図にあった家並みが、後になくなっていることに気付こう(→付図2)。安岡憲彦はさらに、鮫ケ橋近辺の工場の増加と、貧民街住民の労働状況の変化を、幼稚園建設と結び付けて考えている。

八　残飯屋(二四五頁注一四)　いち早く、明治十九年三月二十四日―四月八日『朝野新聞』に断続連載された著者不詳「府下貧民の真況」に芝新網町の様子として、「此町内に残飯(のこりめし)と唱ふるものを売る家あり　此は近衛隊鎮台兵等の食ひ残りたる食物を買ひ集め香の物醬油煮〆の露など浸込みたるを水桶に涵(ひた)してザク〲洗ひ落し大きなる笊に上げて水を切り之を味噌漉に一杯何銭と定めて貧民に売捌くなり」とある。『最暗黒の東京』以後でも、明治三十二年の横山源之助『日本之下層社会』「第一編 東京貧民の状態」の「第九 貧民と飲食」に、「唯々残飯の存ずるによりて少しく生活を寛(ゆる)うすることありたるを多とせんのみ」とあり、同三十八年七月二・九・十六・二十三日、『直言』に断続連載された斎藤兼次郎「下谷万年町 貧民窟の状態」にも、「残飯といふても兵隊屋敷の残飯などは万年町へは来ない、造兵の職工の残飯とか、市中の飯屋、料理屋の残飯とか、是等は極上等の分で、此のことを彼らの仲間では「白」といふ、麦の入つて居ない故にかく名(なづ)けたのであろう、一升入り位の器に一杯が三銭である、予の意外といふのは此残飯の事では無い、一杯二銭の麦飯である、此の麦飯は実に監獄の囚人が食ひ余した南京米と麦との混合飯で犬も食はない様な食物なのだ、これを一手に売つて居るのは、入谷町九十二番地西山と謂ふ家であるが、夕刻に此の西山の家に行つて見ると、残飯を買ふべく貧民が群集して、子供や老人には仲々容易には買へない位だ」と記されている。

九　福島中佐の歓迎(二四九頁注一一)　明治二十六年六月三十日『時事新報』には、「停車場(ステーション)の左側には青竹を以て間口十余間奥行七間程の歓迎場を設け白縮緬(ちりめん)に歓迎福嶋安正君同郷信州松本有志と記せる大旗を樹(た)て又近傍には信濃学生団と書したる大旗あり　白の鳥打帽に旭日を縫出したる一様の帽子を被りたる学生数百名は此旗の下に佇立し其他慶応義塾有志者を始めとして大小の旗を押(おした)てゝ出迎ふもの幾組なるを知らず　近衛及(および)第一師団の兵士集まるもの無慮千余名老若男女の停車場近傍に群がり来るものは実に数万の多きに達し古今未曾有の盛況を極めたり　立錐の余地なしとは真に此事を云ふならん　人々只(ただ)呆然たるばかりなり　斯(かか)る有様なれば幾多の憲兵、警部、巡査の制止するをも聴かず皆我先(われさき)にと進み寄り其(その)混雑実に名状すべからず」と記され、上野不忍池の歓迎会の後、矢来町の自宅に戻った時のこととして、「式場の下より馬見所玄関前は歓迎者蝟集(ゐしふ)して殆ど身動(みうごき)もならざる程なれば警官憲兵非常の尽力にて人を退け漸く中佐の馬車を通じ得べき道を造りたれば」とも記されている。

一〇 **慈恵を名目として幟を樹つる所の尊き人々等**(二五五頁注六)　北村透谷は、死後の明治二十七年六月、『評論』に掲載された論文「慈善事業の進歩を望む」の中で、「豪富岩崎氏が一万金を憲法発布の際貧民に施与したるを聞きしが、是れ彼等を酔はしめ病ましめ業を怠らしむるの一助たりしに外ならず、貴婦人慈善会なる者を見るに是れ亦(ま)た吾人が思ふ所の慈善主義の者ならず。或(ある)英人の米国人を嘲る者を聞けり、曰く米人の中には盛宴を張り珍味を並らべ而して貧民を招いて傍観せしむ、思へらく貧民は佳肴口にする能(あた)はざれば せめては是を観るを好まむと 蓋(けだ)し我が貴婦人慈善会の如き此の類にあらざるか。福田会(ふくでんかい)。注・明治十二年創設の育児院)あるを聞き、二三の貧民学校あるを聞けども慈善の目的を達するには甚だ遠し。／何が故に不可なる。蓋し貧民全般の渇望する所の者は此れ聊(いさ)かの慈恵金にあらずして(病ある者職〈つと〉めなき者等の特例を外き)富者の同情にあるなり」と、「同情」の重要さを説く。

一一 **桑港**(二六一頁注二〇)　明治四年十二月にサンフランシスコを訪れた岩倉使節団の人々の印象は、久米邦武の書いた『米欧回覧実記』(明治十一年)の初編第三巻「桑方斯西哥(サンフランシスコ)ノ記上」と第四巻「桑方斯西哥ノ記下」に詳しい。そこでは、「桑港ハ、加利福尼(カリホルニヤ)全州ノ咽喉ニテ、米国西方ノ要地ナリ、内海ノ水ハ、「サクラメント」ト、「サンチョーキム」トノ両大河ヲウケ、此(ここ)ヨリ加利福尼州ノ内地ヘ、南ヘモ北ヘモ、三四百英里(マイル)ノ漕運ヲナス、外洋ノ潮ハ、東洋南洋ニヒカヘ、南北亜米利加ノ西岸ニ毘連(ひれん)シ、東ニ航シ南ニ航スル諸船舶、ミナ此ヨリ出入シ、米国ノ西岸ニ、百貨吐納ノ口ニテ、即チ東南外客ヲ款待スルノ門ナレバ、重門撃柝(げきたく)ノ禦備(ぎょび)、亦厳ナラザルヲ得ズ、是ヨリシテ南北ハ、特ニ土壌ノ開ケザルノミナラズ、山巒(さんらん)海ニ迫リ、大洋外ヨリ浸シ、良港湾ニ乏シ、只(ただ)北方華盛頓(ワシントン)部北緯四十八度ノ地ニ、是ニ亜(つ)グベキ港湾アリ、近来米人其(その)港ヲ起シ、日本満州及ビ清国ヘノ郵船運舶ニ利ヲアタヘ、益(ますます)貿易ヲ隆(さかん)ニセンコトヲ謀(はか)ルトナリ」と記されている。

一二 **札幌の大火**(二六二頁注三)　明治四十四年七月、札幌区役所刊行の『札幌区史』に、「官治時代に於ける積極的諸経営は頗る札幌を繁華ならしめ、二十三年の交に至り其(その)全盛を極めしが、明治二十五年五月四日月明の夜午後九時頃より西南の烈風大(おお)いに起りしに、会々(たまたま)南三条西四丁目服部文諸火を失し、札幌開市以来未曾有の大火となれり、時に札幌消防組の組織は僅かに三組　独逸(ドイツ)喞筒(ポンプ)三台あるに過ぎず、其(その)規律秩序亦(また)今日の如く整備せず、猛火忽(たちま)ち四方に延焼して殆んど消防配置の暇(いとま)なからしめ、消防夫亦(また)其(その)独逸喞筒を委棄(いき)し、分散して各其(その)知己の急に赴き、有志奮然其(その)委棄したる喞筒を動かして消防に従事する者あるに至り、暁天の頃に至り大通(おおどおり)以北に飛火するに及んでは消防夫等疲労其(その)極(きわみ)に達し、又馳せ赴くを得ざりき、為に南三条北側より大通以南、新川通(どおり)より西二丁目間は悉(ことごと)く烏有に帰し、札幌警察署、北海道毎日新聞社亦(また)類焼し、大道以北に於ては札幌創成、札幌女子二小学校、札幌地方裁判所同区裁判所等皆類焼し、其(その)延焼戸数実に八百八十七戸　全市街の約五分の一(二十三年末札幌警察署調査戸数四千二百五十一戸)を失ふ、而(しか)して其地域は皆全市中の首脳部に属し、札幌商業繁成の要地(当時停車場通〈どおり〉未だ商業地とならず)なるを以て当時の混雑惨状、殆んど名状すべからざるものあり」とある。

一三 **(十)新網町**(二六四頁注三)　「芝浦の朝烟」をどのように修訂したかについては、補注一に示した単行本翻刻ⓓの『民友社思想文学叢書　第五巻　民友社文学集㈠』で初出の翻刻も容易にみられるので、詳細に紹介はしない。一つの見本として、「芝浦の朝烟」の冒頭に記された鮫ケ橋を紹介する。この部分が、本作「(十)新網町」の最初の十数行に書き直されるわけである。「皇城の南に当つて一区海浜にちかし。山内の小丘(こやま)に登つて眺望すれば品海を隔てゝ東南遥かに総房の山を覩(み)る、湾端品川の岬より引いて北は御浜離宮(ごてん)の杜に擁さる、一帯の地を芝浦といふ、小汽船の通ふところ。白帆砲台を旋(めぐ)り漁舟波に浮ぶ朝烟を眺めて詞を諷する亦(また)必ずしも風情なしといふべからず。岡を下つて海浜ちかきところ金杉に橋あり、川尻受けて茲に一区域あり名(なづ)けて新網といふ、頽廃見るべからざる窮民の棲居(すまひ)簇(あつま)つて五百、陋穢不浄の酷(はなは)だしき都下六貧窟の中に就て蓋(だけ)し其(その)最なるもの、偶々(たまたま)其貧状を目睹(もくと)して是が形容に辞(ことば)なきの人は、皆呼んで彼所は日本一貧乏人の塵集(はきだめ)なりと曰(い)ふ。／遊子一日、閑あってこの貧窟をさぐる。元(もと)荘厳の楼台(うてな)を望み、歌舞の巷にかよひて、彫虫の技をなす。是れ敢て詩人の栄耀と限らず。熱閙(ねっとう)の市、繁華の街。乃至(ないし)名山大沢を周遊して、豪快四筵(注・満座)を驚かすの硯筆を逞(たくま)しふす、亦(また)強(あなが)ち文客の事業とのみなさず。たまく\窮巷貧区に入て、ゆくりなくも命運の神に見放されし廃人の状態を睹(み)る、是れ亦(また)必ずしも無益の業にあらず、と詩の観念を無言に托してアヱヘルの塔より高き理想の天閣より、一飛してこの陋巷に踏入る。四顧廃頽、溷雑(こんざつ)の状を瞻(なが)むるに殆ど人の棲居をなさず。地引高からざるに棟割の家並低く、ゆがみなりの廃屋(あばらや)斜めに溝尻うけて建(た)つゞく、檐(のき)の羽目朽ち、柱歪みて戸障子の壊(やぶ)れ目に筵薦(ござ)を覆ひて一時を凌ぐ曝露の眼ざわり。土間に竈築(つき)きて炊(かし)ぐあり　根板に蓆覆(き)せて臥するあり。厨所も寝所も一つに、介剝(かいむ)く傍らに食事し、病み臥したる枕頭(まくらもと)に菜を煮る」。

一四　貧人の境界(二七一頁注一三)　「芝浦の朝烟」六—八回の三章から一部を紹介しておく。「世間貧困の原因を説くに種々あり、懶惰、愚痴、臆病、奢侈、安心、不徳、無気力、等何れも精神的不具の因縁を襲(かさ)ねて然るものならむと雖(いへ)ども、是れを総括して言へば唯(ただ)惰の一字にありと知るべし、貧困を知らむと欲する　強(あなが)ちむづかしき穿鑿(せんさく)を要せず　啻(ただ)貧状を見るに若(し)なし。……不規律と破廉恥は斯(こ)の窟(しま)一帯の慣習なり。……不規則と不経済は斯の窟一帯の習慣なり」(「貧状及び貧困」)。「日本国中広しといへども、凡(およ)そ此の窟(しま)位世帯を持つに造作のなきところはあるまじ。物皆借りて棲(すま)ふ。畢竟(ひっきやう)木賃の世界なり。如何なる貧人といへども茲(ここ)に白銅の五六片もあれば新(あら)に世帯を構へて一家の主公となるに難(かた)からず、……世界広しと雖も凡そ斯(か)のごとく棲ふに安心にして居るに便利なるところはあるまじ、人は皆謂ふ、裏店社会は人の口蒼蝿(うるさき)ものなりと　然(しか)れども茲のうるさきは世間のうるさきと蒼蝿きが違ふなり。世間のうるさきには人顧省(かへりみ)て其(その)行跡を整(ただ)す、然れども茲のうるさきには人、平気なり。否、平気なるにあらずして実はうるさからぬなり、否、蒼蝿からぬにあらずして全くは其(その)蒼蝿に纏(まと)りたる制裁のなきが故なり、故に我人共に平気にして悠々と自適に任す、自適は貧の縁なり、天恩の洽(あまね)かる、世に斯のごとき楽土はあるまじ」(「貧縁」)。「兎も角もして一日稼ぐ、兎も角もして一日喰ふだけなり。今日暮せば今日だけの事は済む。明日は明日なり、今年は今歳(ことし)の風に任せ来年は来稔(らいねん)の運気に委(まか)す。我れ人共に我れを知らず、雨ふれば降れ、晴れればまた挊(かせ)ぐ。天道人を殺さず、貧人の昔時より飢へて死(しに)たるを聞(きか)ず。死んだ処が何事ぞ　高(たか)が地獄へ行くまでなり。地獄が恐くて貧乏世帯が張れるものか」(「貧約」)。

一五　朝夕に入替をなす(二七三頁注一七)　著者不詳「府下貧民の真況」には、「世間の人に動(やや)ともすれば「借金を質に置く」と云ふ語を発する者あり　如何なる理由なるを知らず　之を或る人に問へば其人の云ふ是れ等の事は中等以上の夢にだも知らざることなれば之を疑ふも理なり　凡そ下等社会中に鳶の者などは最も借金を質に置くこと多し　其故(ゆゑ)如何と云へば是れ等の徒は大抵損料夜具を借りて夜を凌ぐ人々なるが素(もと)より道徳法律など云ふものは糸瓜(へちま)の皮一般に心得居る輩なれば此損料夜具を以て質に入るゝことを常の如く思へり。……鳶の者は腹掛股引など質に置くことは常の事にて腹掛股引もなき時は古足袋古下駄古傘を質に置くこと往々あり　尋常なれば此等のものは質屋にて取りもせまじ、縦令(よし)取りたりとても文久三文か天保一枚にも当らざるべきなれど、之を置くには強談(ゆすり)半分請求(もらひ)半分の手段を施すなり……尚ほ之よりも甚しきものを記せば、いろは長屋中二三軒組み合いて一個の釜を使用するさへ甚だしきに其日の飯を焚き畢(をは)れば其釜を携へて質屋に至り之を布団と入れ換へ来り　既に夜明けて起出れば又布団を持て質屋に至り昨夜の釜と入れ換へ来り飯を焚くの用に供し夜に入れば又質屋に行きて布団と入れ換へること前日の如し　斯く毎日々々布団と釜を携へて質屋に往来するなどの情況に至りては他より見れば馬鹿々々しき程なれど此社会にては常の事と思ひて少しも怪しむことなし」と描かれている。大我居士(桜田文吾)「万年町の歳首歳暮」(『日本』明治二十四年一月五日)にも、「朝夕の入替」を描いた一節がある。「仮令(たと)ば妻の衣服を典せんと欲せば女房は終日夜具を引被(か)づきて留守を守り亭主は之を資本として其職に従ふなり　故に亭主先生の志聊(いさ)かにても齟齬し事業一たび失敗せんか女房は何日間にても何週間にても一枚の夜具中に籠城せざる可らざるなり　鍋、釜の類は大抵質入となれるを通例とす　その偶(たま)ま之れあるは例外なり　故に十軒の長屋に一個の鍋、釜を共有して之を使用せり　又た一ケ月の中(ちう)少なくも廿回の拘留を質屋庫中に受くるものは夜具、布団なり　是れは朝疾く起き出でゝ之を典し晩に利純を得て之を受け戻すなり　出没変化実に測るべからず」。

一六　ヨナシ(二八五頁注二〇)　明治三十五年十一・十二月、『友愛』に発表された天涯茫々生(横山源之助)の「人力車夫」に、「蓋(けだ)し昼夜間断なく労働を続けて、未だ曾て休まざるは、工場労働者には紡績職工あり、普通労働者には人力車夫あり、東京市中四万の人力車夫ありとせん乎(か)、其の一万五千はヒルテンにして、他の二万五千はヨナなりとす、世人の称する所にして、而(しか)して余も亦(また)其の幾分を認む者なり、良好なる車体を有せるはヒルテンに多く、少額を払ふて借車を輓(ひ)けるは、ヨナに多し、ヒルテンは、日中太陽を受けて労働するが故に、其の皮膚黒く光り、ヨナは太陽を受けずして、常に月光を浴び、提灯を侶(とも)とし、闇黒を縫ふて、労働を続くるが故に、其の色白くして、蒼し、之を以て渠等(かれら)の間に在りては、ヒルテンを烏(からす)と呼び、ヨナを鷺(さぎ)と呼べるなり」とある。

一七　屋台店(二八八頁注三)　田山花袋は小学校初等科を終えた九歳の明治十四年、京橋の大通りの本屋有隣堂の小僧になるが、のちの回想、大正六年六月、博文館刊『東京の三十年』の冒頭「その時分」で、「夜は通りに種々な食物の露店が出た。鮨屋、しる粉屋、おでん燗酒、そば切の屋台、大福餅、さういふものが小さい私の飢(うゑ)をそゝつた。中で、今は殆どその面影をも見せないもので、非常に旨さうに思はれたものがあつた。冬の寒い夜などは殊にさう思はれた。それはすいとんといふもので、蕎麦粉かうどん粉かをかいたものだが、其の前には、人が大勢たつて食つた。大きな丼、そこに入れられたすいとんからは、暖かさうに、旨さうに湯気が立つた。そこにゐる中小僧が丼を洗ふ間がない位にそのすいとんは売れた。／京橋の橋の西の袂には、今では場末で見ることの出来ない牛のコマ切の大鍋から、白い湯気が立つて、旨さうな匂ひが行(いき)かふ人々の鼻を撲(う)つた。立派な扮装(いでたち)をした人達も平気で其処(そこ)で立つて食つた」とある。

一八　上部屋(二九〇頁注四)　天涯茫々生の「人力車夫」に、東京のよく知られた部屋のことが記されている。「東京一の称ある新橋停車場前の木下部屋の如きは、四十幾人の中(ちう)一人として独身者なく、其の品性風習も大(おほ)いに他と異(こと)なる者あれ共(ども)、斯くの如きは異数にして、多数は路上に彷徨せるオツカケ車夫と異ること少なし。……輓子(ひきこ)雇入営業者の一般を挙ぐれば、今日東京市十五区に、五百四軒の部屋あり、是れ三十四年の調査にして、警視庁統計書の示す処なるが、或(ある)意味に於ては、此の輓子雇入業者は、輓子を使役する車夫の親方なると共に、又或(ある)意味に於ては、貸車営業者たる性質を兼ね備へり、……今日東京市に在りて、有名なるは、乗客多く、業務の繁忙なる上より言へば、新橋停車場前の木下部屋、帝国ホテルの車夫部屋、日本橋瀬戸物町の大金(だいきん)部屋の如きは、其の最たる者にして、木下部屋の如きは、昨年一ケ年の稼高一万六千円、即ち一ケ月には千幾十円、一日四十円余の稼高ありしとなり、四十幾人の輓子を使役して一日四十幾円なりとは、軽少にして、聊(いさ)か信じ難しと雖(いへど)も是れ営業税其の他の関係よりして、殊更に稼高を少額にせる者なるべく、其の実際は、或は二万円以上に出でたるべしと称せらる。／車体多く、部屋の数多きは、恐(おそ)らくは神田淡路町に本城を構える相川なるべし。神田、下谷、本郷、等の数区に散在せる相川部屋の数十四、車体二百三十、輓子二百、一昨年の稼高は、総計三万円にして、昨年は減じて二万六千円、本年は凡そ昨年と等しかるべし、とは主人相川勝太郎の語れる所なり」。本作で記されているのは、それよりもかなり小規模の部屋であろう。

一九　**養育院**(二九二頁注六)　　公立の養育院と類似の施設は私立のものも現われた。明治二十三年一月一日—二月五日『読売新聞』に発表された斎藤緑雨「唯我」の、「慈善は慈善で養育院でも福田会でも施し所はいくらもある」という一節にある「福田会育児院」は、明治十二年六月に麻布区笄町に設立された施設で、『日本帝国統計年鑑』には、「東京府下ノ極貧家或(ある)ハ父母死シテ養育シ能(あた)ハザル当歳ヨリ満六歳迄ノ者」を養育する、とある。明治二十六年の収容者は五十二名。「養育院」はその後も文学作品の中の背景として時折登場するが、明治四十年六月、『文芸倶楽部』掲載の国木田独歩「窮死」は、主人公文公をめぐって、「可憐(かあい)さうに。養育院へでも入れば可(い)い。」と亭主が言つた。／「所が其養育院とかいふ奴は面倒臭くつてなか〳〵入れないといふ事だぜ。」／と客の土方の一人がいふ。／「それじやあ行倒(ゆきだほれ)だ！」と一人がいふ」という一節がある。やや遅れて、大正二年四月、『アララギ』掲載、伊藤左千夫の「養育院」と題された連作短歌に、「夫には棄てられ子には皆死なれ心うつろにむくろ残れり」「自殺する人も多きを聞きし時おのが生けるを怪しむもあらん」などの歌がある。

二〇　**賃銭の廉なるを見込て此の廃人を駆役す**(二九四頁注三)　　「(十七)労働者考課状」にはまた、「警察署の簿冊面(ぼさつめん)に於ては五十才以上の営業者割合に寡少なるが如しと雖(いへ)も実地に就て調査すれば案外に老人多く」とも記されている。明治三十五年二月十三日『東京日日新聞』の「府下の下層社会　人力車夫(八)」にも、五十歳以上の老年の「老耄車夫(おいぼれしやふ)」を描いた一節がある。「仕事の仕方が違つて来る」ので、相箱(二人乗り)をひくこともあり、それは勢いよく走らないですむからで、「賃銭が非常に安い　夫(そ)れを承知で乗る位であるから遅い位は我慢する　又(ま)た二人乗つて居るから重からうと云ふので辛棒するのである」。「老耄(おいぼれ)車夫になると仕事ばかりでなく場所も亦(ま)た違つて来るので市内の好い場所には出ないで大抵場末の停車場に出るか日本橋の魚市場とか大根河岸、多町の青物市場などを重(おも)なる仕事場とする」。

二一　**(二十八)下層の噴火線**(二九九頁注一七)　　この章に描かれた人力車夫の「戦争」とでもいえる争いに対し、平成十年九月、葦書房刊(のち、「平凡社ライブラリー」所収)の渡辺京二『逝きし世の面影』は、「第四章親和と礼節」で、「東京のいたるところに人力車夫の溜り場があり、四、五人から一ダースほどの車夫が待機している。客をめぐって口論するかわりに、長さのちがう紐の束を用いてくじを引くのが彼らのやり方だ。客になりそうなのが近づいて来るのが見えると、彼らはそれをやる。お目当の人物が初めから乗る気などなくて通り過ぎてしまうと、当りくじを引いていた気の毒な車夫に向って笑い声が起る。その当人も嬉しそうに笑っている」(ウィリアム・ディクソン)や、「このスラムともいうべき場所——もともここはスラムではない——で、手当り次第にひろい上げた百人の子供について、私は、彼らがニューヨークの五番街上で手当り次第にひろい上げる百人の子供よりも、もっと丁寧で物腰はしとやかに、より自分勝手でなく、そして他人の感情を思いやることがはるかに深いと敢ていう」(モース)などの証言に注目し、人力車夫たちの節度ある姿勢を浮かび上がらせ、「平和で争いのない人びとはまた、観察者によれば礼譲と優雅にみちた気品ある民であった」という視点を提出している。

二二　**二十両の株**(三〇五頁注二五)　　明治三十五年一月二十八日『東京日日新聞』所載の「府下の下層社会　人力車夫(五)」に、「車夫を営業とする以上はぜひとも番に加入するの必要がある、と云ふのは途上(みち)で乗車を勧めることは勿論規則が許さぬのであるからして人力停車場に梶を付けて客待(きやくまち)をするが夫(そ)れでは前に述べた様な次第で容易に客が取れぬ、それ許(ばか)りでなく夏季は兎も角も冬分になつて火の気の無い停車場に永く客待することは中々耐へ兼ねる、そこで何うしても番に加入せんければならぬ様になる　之に加盟するには番金と云ふものを出さんければならぬ此の番金には場所の善悪に依つて多少があるが普通の番で大概一円から二円位であるが最も高い場所は遊廓地にある番で吉原の本町番などは二三年前までは六円位であつたが現今は十円位に上つて居る……それで番金を出して番に加盟しても必ず自分の番で仕事せんければ成らぬと云ふこともなければ何処の停車場にも梶を下す　又(ま)た他の番の設けられて居る処にも停車する、然(しか)し何れの番にでも加入して居れば先でもさう無法な事はしない　必竟番に加入するのはホー助(新米の車夫のこと)でないと云ふことを証明するのである」と具体的な記述がある。明治二十年代の資料としては、明治二十八年十二月二十六日『毎日新聞』所載の天涯茫々生「都会の半面　人力車夫の種類」がある。「「ばん」に入らんとするには加入金若干(そこばく)を入れざるべからず　連雀のごときは二十銭なれども三十銭の処ろあり五十銭の処ろあり、既に加入金を入れその組の一員とならば番名を看板に記るし(車夫の看板は提灯なり)東京八百八街大手を振つて　もうろうの呆助(ほーすけ)めこの兄貴をしらねえかなど呼んで威張ることは出来るなり」という一節がある。

滝口入道

一　今宵の歓会（三一三頁注四）　本作の構想・執筆に当たり作者が原拠とした古典文学は、主に『平家物語』『源平盛衰記』など。特に『平家物語』巻十「横笛」「高野巻」「維盛出家」「熊野参詣」「維盛入水」、および『源平盛衰記』巻四十「維盛出家の事」「維盛入道熊野詣　付熊野大峯の事」「中将入道水に入る事」によるところが多い。「今宵の歓会」は、『平家物語』(「熊野参詣」)では、安元二年(一一七六)の春、後白河法皇の五十の賀が行われたときのこと。本作では、物語の時間を五年の間に限定し、その開幕である「治承の春」を強調するための虚構。

二　君ならでは人にして人に非ず（三一三頁注一〇）　『平家物語』(巻一「吾身栄花」)に「吾身の栄花を極るのみならず、一門共に繁昌して、嫡子重盛、内大臣の左大将、次男宗盛、中納言の右大将、三男知盛、三位中将、嫡孫維盛、四位少将、惣じて一門の公卿十六人、殿上人卅余人、諸国の受領、衛府、諸司、都合六十余人なり。世には又人なくぞみえられける」とある。

三　解脱同相の三衣（三一四頁注三）　『平家物語』(巻二「教訓状」)では、清盛が「三世の諸仏、解脱幢相の法衣(はうえ)をぬぎ捨(す)て、忽(たちまち)に甲冑をよろひ」とある。塩田良平「校註」(『滝口入道』角川文庫、一九五八年)では、「解脱同相　仏道に入り悟りをひらくさま、僧形をさす。解脱幢相ならば袈裟のこと」とする。内閣文庫ならびに黒川家所蔵の写本に松井簡治所蔵の刊本を校合したという『平家物語抄』巻二・上「教訓の事」(『国文註釈全書』第一巻、すみや書房、一九六七年)には、「解脱同相」の表記がある。

四　天魔波旬（三一四頁注四）　『源平盛衰記』(巻八「法皇三井の灌丁の事」)に、「天魔波旬」について、後白河法皇の前に住吉大明神が現れ、「聊(いさ)か通力をえたる畜類也　比に付て三品(ぼん)あり　一には天魔……其形頭(かしら)は天狗(てんぐ)　身は人にて　左右(さう)の羽生ひたり　前後百歳の事を悟(さと)つて通力あり　虚空を飛ぶ事隼(はやぶさ)の如し　仏法者なるが故に地獄に

は堕ちず　無道心なる故に往生もせず……二には波旬　天狗の業(ごう)已に尽果(はて)て後　人身(じんじん)を受けんとする時　若しは深山の峯　若しは深谷の洞(ほら)　人跡絶果て　千里有る所に入定(にうぢやう)したる時を波旬(はじゆん)と名(なづ)く」と語る。これによれば、「天魔波旬」は「仏法者」にもかかわらず、仏道に精進せず、おごり高ぶる者のこと。暗に清盛をさす。

五　三世の命（三一四頁注五）　本文「三世の命とせる」以下は、「吾身の栄花を極るのみならず、一門共に繁昌して」（『平家物語』巻一「吾身栄花」）を踏まえた表現。ただし、補注三に引用した「三世の諸仏、解脱幢相の法衣」（『平家物語』巻二「教訓状」）の「三世」は、前世・現世・来世のこと。作者はこの二つを結びつけ、出家したはずの清盛が俗界の欲望を断ち切れず、吾身だけでなく、子・孫、一族の繁栄を願っていることを表した。

六　女房曹司（三一四頁注一四）　『平家物語』での「曹司」の表記は延慶本・屋代本など。高野本（流布本）（『日本古典文学大系』）、覚一本（『新日本古典文学大系』）、百二十句本（『新潮日本古典集成』上中下、一九七九・八〇・八一年）などは「雑仕」。

七　碧紗に包まれたる如く（三一四頁注一九）　論文「月夜の美感（審美上の説明）」（『太陽』明治三十二年十一月）で作者は月夜の美しさについて言及し、「月夜の青き」色が「「無限」「永遠」「神秘」と云ふが如き不可思議なる実在がその実在を示さむが為に、仮りに色相を帯び来れるが如きなり」という。さらに、「幽渺(いうべう)にして定かならざる月夜の感情は是れと類を同うせる他の物象に伴はるることによりて、更に一層の痛切を増す」こと、「精神に一種の名状すべからざる安静と慰藉」を与えることなどを説いた。明治期、月夜の美を再発見し、作品に反映させたことは特筆に値する。

八　纏頭の御衣（三一六頁注三）　維盛が青海波を舞った催しは、安元二年（一一七六）の春、後白河法皇の五十の賀（→補一）。『平家物語』（巻十「熊野参詣」）によれば、後白河天皇の女御で、高倉天皇の母である建春門院（一一四二-七六）が、維盛の舞をめでて御衣を下賜したという。その際、衣を受け、維盛の肩にかけたのは父重盛。本文第一回末の重盛の沈痛な面持ちは、作者の設けた虚構。

九　小室の郷（三一八頁注四）　横笛の出身地は、「小室(こむろ)わたりの郷家」（三三三頁四行）、「小室(をむろ)の郷」（三五七頁九行）とある。横笛が嵯峨野の滝口入道（時頼）を訪れる際、現在の京都市右京区梅津の辺りで「名も懐しき梅津の里」（三六二頁一六行）という。梅津はまた、後段で滝口が日ごろ巡行する「小室(をむろ)、太秦、梅津の辺」（三六九頁九―一〇行）でもあった。「名も懐しき」は横笛が親しんだ場所ということか。とすれば、横笛の出身地「小室」は梅津近辺ということになるだろう。ただし、『源平盛衰記』には、「横笛と云ふは　本(もと)は神崎(かんざきの)遊君(ゆふくん)　長者の娘なり　……太政入道　福原下向(げかう)の時召具(めしぐ)したりけるを女院(にようゐん)未だ中宮にて渡らせ給ひけるとき進(まい)られたり　小松内府如何(いか)思ひけん横笛(よこぶえ)と名を付られたり」（巻三十九「時頼横笛の事」）とある。『平家物語』長門本にも同様の記述があり、諸注は現在の兵庫県神崎辺りとする。流布本・高野本・屋代本・延慶本系には出身に関して記述がない。百二十句本（『新潮日本古典集成』）には「もとは江口（摂津国淀川の河口部、遊女の里）の長者が娘なり」とある。室町時代の物語『横笛草紙』にも「つの国かんさき君の、ちやうしやのむすめ」（津国は現・兵庫県南東部、大阪府北西部）とある。「小室の郷」は、後段で、夕刻、嵯峨野まで一人で歩いて行く横笛のことを考えた作者の虚構であろう。

10　恋愛（三二二頁注二）　「恋愛」の語はloveの翻訳語。明治近代語の一つ。それまでは「恋」「色」「愛」「愛恋」が使われた。「恋愛」の比較的古い用例として、加藤弘之訳「米国政教（第六号ノ続キ）」（『明六雑誌』十三号、明治六年七月）に「自由恋愛党　夫婦共時々恋愛スル所ノ変ズルニ随テ縦(ほしいまま)ニ配偶ヲ改ムルヲ以テ真ノ自由トナセル一党アリ」がある。ただし既婚者の例。文学作品では、坪内逍遙の『一読三歎　当世書生気質』（明治十八―十九年）に「上(かみ)の恋中(うち)の恋。及び下(しも)の恋」があげられ、「上の恋」が「意気相(あひ)投じて相愛する」という。また二葉亭四迷『新編　浮雲』第一篇（明治二十年）には「男女交際論」が使われる。ともにいわゆる「恋愛」の内容に近似する語。「恋愛」が使われ始めるのは、北村透谷の「厭世詩家と女性」(『女学雑誌』明治二十五年)あたりからで、冒頭の一節「恋愛は人世の秘鑰(ひやく)なり、恋愛ありて後(のち)人世あり」は「恋愛」に意味を与えたことばとして有名。一般に使われるのは、広田栄太郎『近代訳語考』(東京堂出版、一九六九年)によれば、明治四十年頃から、国語辞典では、金沢庄三郎『辞林』(明治四十年)、落合直文『大増訂ことばの泉 補遺』(明治四十一年)などにはじめて姿を現す。

一一 稽古の窓に向て……行業を捨てし人(三二二頁注三)　『太平記』巻十七「山門牒送南都事」に、「三千ノ衆徒 悉(コトゴトク)此抽賞(チウシヤウ)ニ誇ラバ、誰カ稽古ノ窓ニ向テ三諦止観ノ月ヲ弄ビ、鑽仰(サンギヤウ)ノ嶺ニ攀(ヨヂ)テ一色(シキ)一香ノ花ヲ折ラン」とある。「三諦止観」は、一切の存在が①空、②仮、③空でも仮でもない、という天台宗の三諦の教理を、心を動揺させることなく観想すること。月を深遠な教理が過不足なく具現されたものとして仰ぎ、修行に努める。「鑽仰ノ嶺ニ攀テ」以下は、仏徳を仰ぐために比叡山に登り、花のような天台宗の教義を修めようか、の意。「一色一香」は「一色一香、中道に非る無し」(『摩訶止観』)ということで、たとえ些細な草花にさえ、仏徳が宿るという天台宗の教えをいう。それなのに、山門(延暦寺)の衆徒(信徒・僧兵)が、戦の報償に狂奔し、日ごろの修行を怠ることを論したもの。本作はこれを恋に心を奪われ、修行を怠ることに転用した。

一二 相見ての後の……空なる情を観ぜし人(三二二頁注五)　『源平盛衰記』巻八「讃岐院の事」には、「さても西行発心(ほつしん)のをこりを尋ぬれば源は恋故とぞ承る　申すも恐ある上臈(じやうらう)女房を思ひ懸け進(まゐ)らせたりけるを　あこぎの浦ぞと云ふ仰せを蒙りて思ひ切り　官位は春の夜見はてぬ夢と思ひ成し　楽栄(たのしみさかへ)は秋の夜の月　西へと准(なず)らへて　有為(うい)の世の契(ちぎ)りを遁(のが)れつゝ　無為(むゐ)の道にぞ入りける　あこぎは歌の心なり

　伊勢の海あこぎが浦に引く網も度(たび)重なれば人もこそしれ

と云(いふ)心は　彼(かの)阿漕(あこぎ)の浦には神の誓(ちか)ひにて　年に一度の外網を引かずとかや　此仰(おほせ)を承て西行が読みける

　思きや富士の高根(たかね)に一夜(よ)ねて雲の上なる月をみんとは」とある。

一三 夢の中に伏床を抜出でゝ……(三二四頁注八)　恋に悩む時頼が「暁とも言はず屋敷を出でゝ」(三二五頁三行)さまよう様子は、ゲーテの『若きウェルテルの悩み』を作者が翻訳した「淮亭郎の悲哀」(『山形日報』明治二十四年七月二十三日—九月三十日)と関係が深い。淮亭郎(ヱルテル)は紗娘(チヤーロツト)との叶わぬ恋に苦しみ、「予は野原をさまよひ廻り、険岨なる岩石を攀ぢ、或は叢(くさむら)の中に突入(つきい)りて荊棘(いばら)の間に我身を引き掻き、……又或時は草木も眠る真夜中頃、予は寂しき林の中に分け入り、銀(しろがね)の如き月影のもと、変りたる木の上に吾身をもたれ、乱るゝ心を静めんが為に日の出づるまでソコに眠るなり」(二十八翰)といった「彷徨」(五十九翰)をくりかえす。本作にはゲーテの影響が見られる。

一四 千束なす文(三二六頁注七)　時頼が横笛の心をとらえようとしてとった方法は、手紙を書くこと。人を介することも、策を弄することもせず、ひたすら自身の思いをつづるというところに、相手に寄せる思いの純情さが見てとれる。補注一三「淮亭郎の悲哀」との関係が強いところ。

一五 命の蔭に蹲踞る一念の恋……(三三一頁注一八)　武士の本分と「恋情」とに引き裂かれる時頼の苦悩が示される。作者がワシントン・アービングの『ブロークハート』の一節を翻訳したという「恋情論」(明治二十四年頃)の「感想」(『樗牛全集』第五巻)には、「愛情の失望は男子をして激切なる痛苦を感ぜしめ、為に其の温柔なる感情を傷(きず)つけ、多少粗放険暴に流れしむるの恐れあるも、職業の変化するに随ひ、境遇の徙移(し)するに随ひ、自ら鋭意新境地を切開するを務め、又昔時の哀情を顧みざるに至る」とある。時頼が横笛への恋の苦しみをどのように「切開する」に至るのか、この第七回は以下の展開を期待させて終わる。

一六 誠の道(三三七頁注一一)　時頼の出家の事情は、『平家物語』(巻十「横笛」)、『源平盛衰記』(巻三十九「時頼横笛の事」)に明らかである。後者によれば、時頼は建礼門院の雑仕横笛と相思相愛となり、周囲に知られる

に至るが、それを知った父は、横笛が殿上の官女であり、身分の低いことをあげ、官女と契ることは「上」(主君)に対して親としての面目を失い、また時頼が立派な家の婿となって出世することもかなわないと反対する。時頼は女への愛と父への孝心とに引き裂かれ、「世にあらば悪縁なり不孝なり」と考えて出家を決意する。本作では、父の主張は「武門の恥」(三三四頁五行)に重きが置かれ、時頼を「女色に魂を奪はれし未練者」(同四行)、「弓矢の手前に面目なしとは思はずか」(同五行)と面罵する。時頼は、武士として主君に尽くすべき忠義心と、横笛に寄せる深い愛情との、いわば公と私の対立を一挙に解決する道として「誠の道」を選ぶことになる。

一七　**武士は桜木**(三九五頁注八)　補注一六で触れたように、時頼(滝口入道)の出家は武士としての道を捨てることにあった。しかし、彼はここで武士の道(武士道)を想起している。「小松殿の言葉」(三九四頁一五行)、「頼み置かれし維盛卿の御事」(三九五頁二行)とともに、作品構造にかかわるキイワード。なお、新渡戸稲造も、「日本の武士道は、之を表象する桜花と共に、我国土に特生せるの華なり。斯(こ)の花たる、今や乾枯せる古代道徳の標本として、僅に其形骸を、歴史の腊葉(さくよう)品彙(ひんい)に存するものに非らず。其力、其美、尚且つ浩然、旺盛、剛大なるものありて、我民族の心裡に生々たり」という(「武士道の倫理系」『武士道』桜井鷗村訳、明治四十一年。原典は *Bushido*, 1899)。明治期の「武士道」認識として、作者樗牛と通底するところがある。

一八　**かへるべき梢はあれど……**(四〇四頁注二)　『源平盛衰記』巻四十「中将入道水に入る事」は、維盛の辞世の歌として、「生(むま)れては終(つひ)にしぬてふ事のみぞ定(さだめ)なき世に定ありける」、「故郷(ふるさと)にいかに松風(まつかぜ)恨(うら)むらん沈(しづ)む我身(わがみ)の行(ゆく)へしらずは」の二首を挙げる。後者の「故郷」とは、妻子の待つ(「松風」を掛ける)京都。死を覚悟しながら、妻への慕情を断ち切れない維盛の姿が浮かび上がる。これに対して作者は、屋島の一族を思いやる武士としての悲痛な思いを表す歌に作り変えた。創作意図が明確に示された箇所。

一九　**寿永三年三月十八日**(四〇五頁注一五)　『平家物語』『源平盛衰記』では、維盛の入水は三月二十八日。維盛は三月十五日に屋島を出、高野山で滝口入道に会い、出家し、熊野参詣をした後、熊野灘沿岸の那智の浦で入水する。これに対して、本作では熊野参詣の場面を省いたため、入水までの日を十日早めたと思われる。なお、本文第二十八回では、維盛主従が高野山を訪れるのを「寿永三年三月の末」(三八九頁八行)としているが、中頃の誤記であろう。

二〇　**和歌の浦に入水す**(四〇五頁注一六)　『平家物語』では維盛の入水の場所は那智の浦(現・和歌山県新宮市から東牟婁郡那智勝浦町を経て太地町にいたる熊野灘の沿岸)。ここは古代からの霊験の地で付近に熊野三社(→三二五頁注一五)や那智の滝など名勝が多い。観世音菩薩の住むという補陀落(ふだらく)を目指して渡海する出発地でもあった。高野山からは東南方、直線距離にして約六、七十キロメートル。途中山岳地帯もあり、半日や一日で駆けつけられる距離ではない。なお、和歌の浦は西方に屋島を臨み、さらに西方浄土を求めるのに適する場所である。物語の結末を劇的に高めるための場所であろう。

付録

三日月

わけがき

『三日月』のいづるや、満月には十二日の間あるをも待たず、人皆(み)な批評を逞(たくまし)ふして無遠慮にも露伴といひ或は紅葉ならむといふ、新聞雑誌また彼是(かれこ)れいへり、噫(ああ)、露紅の二氏は前世に如何(いか)なる罪業をや作られけむ、当時文壇の大家をもて素人の浪六と間違はれし災難さぞ奇怪におぼさむ、斯(か)くいふ浪六も小気味悪く奇怪に思ひながら、今日まで其を弁ずる便りを得ざりしが、今こそ心やすくおぼせ、たしかに二氏の冤(えん)を雪(すす)ぎぬ、浪六は月のあはれを知り花の情けを汲む風流士にあらず、ちぬの浦辺の汐風に吹晒(ふきさら)されて色まッくろ〳〵の荒男ぞや、

　うやむや隠士とは何人なるを知らざりしが、一回いづる毎(ごと)に細評を報知新聞に寄せられたり、浪六深く其(その)好意を喜び、一たび拝(はい)眉(び)を得んものと書を通ぜしに、賜はりし返章のうち「実は日夜理屈ぽい空想にのみ耽る身分にありながら　此(かく)の如き謀反心を起し折角の名玉に泥をぬりし条々　嘸(さぞ)かし不届な奴と思し召されんが　是も治郎吉の侠気とひとしく付いた癖ゆへ御あきらめ下され度(た)く　尚又御誘ひにまかせ推参も仕(つかまつり)度く　且は御光来も望ましく存(ぞんじ)候へども　何やら板倉の茶臼(ちやうす)殿も思ひいでられ　此事結了までは可成(なるべく)互ひの胸に写真を作り云々」浪六膝をうつて是はやられたりと、其後は寄送せらるゝ細評を拝読して省(かへりみ)るのみなりしが、こたび其を乞ひうけて一回毎に挿(さしはさ)みぬ、うやむや隠士とは世を忍ぶ仮りの名、まこと本名は安部徳太郎氏その人なり、

細評

うやむや隠士

「三日月」が報知叢話の関取(せきとり)なる訳、数多あり。文章の妙絶佳絶なるは更(さ)らにもいはず。「人に骨なく、腸は魚河岸にのみある、今の世」を諷刺せんとの趣旨、先づ以て殊勝なり。文字を撰びしのみならず、よく文法に注意し、前後の順序をとゝのへしこと、近頃珍しきばかりなり。先きつ日「かむろ」とやらん君の評言あれど、これ一二の言語文字に過ぎざりき　隠士の心とは異なれり。「三日月」を評するに、完尾せざるは第一の困難なり。されど之(これ)を待たんも気の毒なれば、時々正誤や繰(くり)返(かへし)などを覚悟の上にて筆を執りぬ。人皆実名の判然せざるを口説けど、そは批評者にとりて却(かへ)りて幸ひなり。紅葉でも、露伴でも、善は善、悪は悪なるものを。

序説

此の章、全篇の骨子とする価値は、確かに請合(うけあ)ひなり。先づ分(わか)ちて三段とす。首段には治郎吉一生の有様をうつしたり。文簡な

れども、治郎吉の容貌と気象とは明かに述べ尽し、天晴れ全篇の大本なり。次段にいたりて、首段の例証を挙げんとて、喧嘩の状態を写し、併せて題目「三日月」の謂はれを示さん為めの用意となす。語気急にして烈しく、濁浪怒濤の起るが如く、文字亦精撰せり。(「かむろ」の評の如し)末段には「三日月」の名称を断言し、住居よりその挙動に及ぼし、首段の欠を補へり。此の章の全勢は高山の如く、首末両段は平かに、中段は突如として高し。なかく〵動かぬ有様なり。猶、目に立たずして誉むべき所は、冒頭「徳川の流れに花をうつせし云々」と、結末の「花の大江戸に、只ならぬ一種の花を咲かしてけり」との花の字にて前後相照応し、中段の惨状をして、一層の観を増さしめたり。老手々々

あしきところは、先づなしといふも可なり。唯「端緒」とか「発端」とかいふべきを「序説」とせしは如何。

(かむろ評)　ちぬの浦浪六ぬしの三日月は、万緑叢中紅一点、此頃のように艶猥なる物語りにて胸をツク時、此壮絶快絶の書に接す、如何ぞ眉昂り眼刮せざるを得ん、句々霊活、字々飛動、(其治郎吉が武士を罵り、両手を小柄にて橋の欄干に縫れながら、武士が冷笑ひつゝ「小童奴、痛むか、其代り小柄は汝に呉れる」といふを聞て、治郎吉は血走る眼を上げてジロリと武士の面を睨み「有難ふございます」といふや否や必死の力を込めて、エイとばかりに双手を引けば、べり〵と音して紙を裂く如く、縫はれし縁を離れて己のが手に戻れど、小柄は尚ほ依然として血糊のまゝ橋の欄干に残れり、山なす群衆は悽みに打たれて言句なく、武士は草履脱捨てゝ一目散に逃げ出すを、見るより掌の真只中から指の股へ掛けて割り切たる儘の手に小柄を抜取り「サンピン待つた、礼を云ふ」と叫びつゝ跡を追ひし治郎吉の振舞ひ云々)に至ては悽絶壮絶、思はず胸悸し粟生ぜんと欲す、其他金玉の句挙て数ふべからず、而して著者ちぬの浦浪六とは定て変名にて、余は紅葉山人ならんと思ふは僻目か。

第壱回

愈〻、事実の叙伝となり、全章二段に分つべし。前段には温雅なる筆もて、治郎吉が世をしのぶ状態より、逆に其原因に説き及ぼし。茲に「序説」を承けて、後章の根原を叙したり。後段には前段をうけ、治郎吉が心の安からざるをうつさんとて、二失計を挙げ後章に至りて揚げんとの下心として、先づ抑へ付けたり。結末の短句、少しく手を弛べ、妻の言もて次章を起せり。
浪六どのゝ長所と見え。冒頭と結末との照応はいつも絶妙にして、此の章に於ても、優にやさしく、村里の秋景色を叙し、その中より、粗末なる大の男を惹き起し、終に復、細き声音にて、「エヽ埒あかぬ、これは何うしたもの」と止むる所、いと面白し

前段、老女の言中、「……城下のお武家が束になつても叶ふまい、これから村に悪徒が暴れ込んでも心配ない……」の二句は簡短にして、治郎吉の武勇村嫗をも感ぜしむることを、能くもあら

はし。且(かつ)は後段のはたらきを生む用意とせる様、感服の外なし。又チヨト戸の開閉もて、連鎖とせるも亦面白し。

　瑕(きず)も「序説」より多き様にて、「三年前飛鳥山の花咲く中に……」の所、再び花を呼び出だせしはよけれど、これ後章の糸口ともなり、後段を起す原因ともなるものなれば、モチツト委(くは)しくなり、強くなり、書きてはいかゞなりしか。尤(もつとも)後章を見ぬ前には、余り言はれぬところなれど、腹ふくれぬまゝ、チヨト御相談旁(かたがた)ゝ申置くなり。又二つ失計はこれ此の章の真の大失計なりと思ふ。大凡(おほよそ)、人の頭と立てらるゝ程のものは、かくまで粗忽なる挙動あるべしとも思はれず　十四五人の武士に取りまかれ、（第三回の結末を見よ）ビクともせぬ治郎吉にしては、受け取れぬ事共なり。何とか工夫のなきものにや。

　因(ちなみ)に申す。第三回までの所にては、一直線にして、波瀾(はらん)曲折の著しきを見ぬ様なり。此辺は宜しく御注意あらまほし。先づは御忠告旁々、浪六どのへ一槍(ひとやり)進上仕る。

第二回

　繊々(せんせん)として細く、綿々として断えざること、縷(いと)の如き女の声音もて、第一、第二、両回の連鎖となし。こはこれ、治郎吉の女房なりとの事より、徐々(ゆるゆる)と説き起し。つゞいて、女房の来れる原因と、治郎吉が留守跡の有様とを、二人の物語にてあらはし。遥かに、前章「三年前飛鳥山云ゝ」との、聯絡(れんらく)を付け、陰に後章を喚び起し。末に至りて、村男の耳語もて、次段の糸口となし。更に一頓(いつとん)して、コロリと寝させ、これにて第一段を収めたり。第二段には、先づ秀五郎に力付け。転じて治郎吉との威勢競べとなり。一言の約束もて之を引分け、茲(ここ)に後章の端を開き。「お菊塩まけ」以下、此段を一笑の下に結びたり。次には、突然草藪より別味を釣り出して、前段の結末に応じ。更に田原家より使者来るとして、第一段夫婦の物語を承(う)け。妻の三嘆、夫の一言もて、第三段を結び、兼ねて全章を一括す。

　扠(さ)てそのよきところを摘(つ)まんに、起首「曲みし破窓の戸」の一語は、些細の事なれど、前章と連続して面白し。又そのスグ次に、治郎吉が「……エ、髪が汚れるは……」の一言は、無量の深味あり。文勢を曲折して陰に恩あるむさし一文字が娘なることをあらはし。陽に弱きを助くる侠客の心ざまをうつしたり。一語千金とは、げにこれらをやいふならん。中頃、「衣裳一襲(かさね)、金子(きんす)百両」をお菊に持たせしは、是亦、用意周到。治郎吉ならぬ隠士も、誉めたきところなり（失敬ながら）　結末の一言中、「心配すな」は、手拭なげし情と照映し。「ム、面白くなつて来たはへ」は、後章の伏線となる。こも亦短句にして力あり。

　次に小言を申さん、第二段、秀五郎とお菊との問答は、お菊の語気、強きに過ぎたるが如し。モチツト、恭謙(きようけん)、慇懃(いんぎん)の体ありたし。思ふに、此処、勉(つと)めて秀五郎を揚げ置き、後章勝負の時、之を抑ゆる用意となさば、文勢も一層の興味を添ふべきにあらずや。又末段、村男が小判を拾ふところは、如何なる必要ありてか。（こも亦全篇通読の上ならではいかゞと存じたれど思ふまに〳〵）

第　三　回

此章、前章なる両俠の約束と、田原の使者とを、収むるを主とし。分ちて二段となす。前段には、うるはしき筆もて、治郎吉の出でたちを叙し、茲にお菊の用意を利用せり。愈(いよいよ)、勝負の場合となりて、マンマト秀五郎を一捻し。「……頼んだザブがあらふ……」の伏線にて、静かに結び。それより後段に入りて、平穏主客応対の有様を叙し来り。突然「ソレ客人　獲物が掛つた」、「騒ぐなサンピン、三日月治郎だ」なる、刃より鋭き二言もて、筆を止め。人をして覚えず慄如(りつじよ)たらしむ。

冒頭の、景色を写せしところは、全章に余響を伝へ。前段の結末と、後段の起首とに於て、尋常に之を承け。更に後段の収結なる、電光石火の間にも、「霜夜の篠薄」なる一語を入れ、毫(がう)も其勢を挫(くじ)かざりしのみならず、却りて一層の凄味(すごみ)を添へしは、なか〳〵凡筆の及ぶところにあらず。又前段、「怪我だ〳〵許してくれ」の一句も、曲折甚妙(じんめう)にして、前章の「髪が汚れるは」と、好一対のものなり。後段田原の若侍案内のところ、前後、左右、二人などの文字は、いと面白く用ひたり。

大角治郎の問答中、身の上話は、余り面白からず　却りて文勢を弱めしが如し。全体をいへば、此の章、後章に勢付けんためか、力稍(やや)衰微の有様にて、活気も何となく失(う)せたる様なり。これも変化少なく一直線に進みしゆゑにはあらざるべきか。

第　四　回

前回の萎微(ゐび)に引き換へ、這回(このくわい)は筆力猛烈を極め、文勢も亦最高度に達したり。先づ始には、第二回に於て、夫婦が物語の中にひそめ置きし、子分小車源次をひき出だし。次に前回。涙ながら夫の門出を見送りし、お菊をつれ来り。之を左右の翼となしたり。それより、治郎吉が田原家に於ける状態をつゞけ。之に両翼をそへて、敵の十有五人と対峙(たいぢ)せしめ。双方の掛引には、飽くまで大角の威勢を挫き、「……返す言葉もなく……終に影を隠しぬ」となし。治郎吉には、此上なき全勝を得させ、「……唔きに唔く自負広言……悠々と去りぬ」となして、勝負を一決せり。末には、その余波として、治郎吉が、源次を誉めお菊を叱りし一二言も、頓挫(とんざ)いと面白かりしが。忽ち筆鋒を転じて、取手の人数、「シマツタ　油断すな源次　かけられた」、「お菊　面倒だ　隠れろ」と茲に両翼を収めて、後章の端緒を開けり。

氷の如き白刃もて格闘の媒(なかだち)とはなさで、玉の如き稚児もて之に換へ、文勢に一入(ひとしほ)の興味を添へしは、近頃希有の好趣向。浪六どの自らも、こゝこそと、得意がりしところなるべし　さるにても、抜きし白刃の、丸で用なく、又之を鞘に収むる隙なかりしは、気の毒の次第なり。初めより抜かざるに孰(いづ)れ。その他にもよきあしき、数多あれど、くだ〳〵しければ省きぬ。

　未だ全豹を窺はずして、かく申すも、大早計の事なれど、「三日月」の仕組、之にて一階段を了れるが如くなれば、聊か、そが全体を評せんに。事の起りは遠く飛鳥山の喧嘩に淵源し、治郎吉は異なる奉行白須甲斐の情にて、一時身を潜ませしが。当の敵なる旗本の縁者等、仇を酬ひんとてそを探知し、佐倉の家老田原大角に手頼りて、其の志を遂げんとせしも、却りてその勢をひしがれ。治郎吉が大勝利を得たるにて、局を結べり。全文の勢は、治郎吉の勢と均しく、一回々々毎に高まり、終局に至りて極まれる様。之を物に譬ふれば、旭の昇り〳〵て、中天に達せるが如く。はた花の一輪二輪又三輪、終に満開となれるに髣髴たり、茲にチトロ惜かりしは、文に上下曲直少なく、為に時々衰弱の患を来せる事なり。古来の名文佳章はいふも更なり、凡そ文の妙味は、唯曲線又は変化の如何にあるものを。されど、こはその一斑なり。いざ結尾を待たん。

第五回

　一転甚妙矣。意匠も改まり、文勢も変じたり。前には殺伐の声ありしも、今は悽愴の風となり。前には読む者目を見張りしも、今は眉を顰むるに至れり。かくてこそ、文章の妙味も存するなれ。別ては三段となし得べく、初段には突然あらはれし「尋ねもの触書」、上前回と連絡を保ち、下後章の糸口なる。次段には、冬の景色をうつし　遥かに第一、第二、両回に伏せ置きし、白須甲斐なる寛斎が隠居の有様を説きいだし、茲に治郎吉と邂逅せしめ、彼は一生の暇乞、此は風流の雪見なる、奇怪の一対、「邸宅へ来い」の一言もて、容易く之を収めたり。末段は二人の問答、これにて初段なる触書の偽なるをあらはし、又寛斎が人となりをもうつして、結末雪と心とを厳しく一括せんとて、「潔う存じます」と止めしは妙なりき。

　寛斎が一二言、簡にして能くその恩を忘れぬ義と、機を知る智と、事に動ぜぬ勇とを備へ、彼の治郎吉さへ、膝を屈して、早速おのが生命をさし上ぐる程の、人物なることをあらはせしは感服なり。又結末の一句は、全章を洩すことなく収め、兼ねて後章を起し、読者をしてはやその続きをと、首を延ばして待たしむる様、講釈師が「何れ明晩」の語調より一層巧みなるは、毎回然らざるはなし。こも浪六どのゝ長所なりかし。

　中段は何だか物足らぬ心地ぞする、寛斎が閑居の有様、チト粗略に過ぎしためか。はた、両個の会合、余り淡泊にして無味なりしためか。

第六回

　大老酒井若狭守より、白須寛斎に宛てし、一封の招状を以て端を開き。茲に寛斎が想像を添へて、前回なる「詩歌俳諧の風流三昧」の句を承け。続いて、私交に上下貴賤の懸隔なき所以を説き、以下両人の応接に及ぼし。愈問答の段に入りては、治郎吉を一揚一抑し、「……惜むに余りあれど致し方ない」とて一結せり。更に筆鋒を転じて、深夜寂寥の裏に、突然電光石火の状を現出し。討たるゝも討つものも、共に之を闇中に伏せをき。直ちに白須邸の混雑、治郎吉の奮激もて、暗に寛斎が危急を知らしめしも、生死の事は之を明言せずして、後回を惹けり。此の章、凡て二段とす。前段はその勢緩にして平穏に、後段は急にして激烈なり。所謂寛猛相半なるものか。

　よきところは後段激烈のところに多く、語気短に、首尾に「夜いたく深けて星の影暗く云ヽ」、「伝通院の午夜つく鐘も遠音に響きて云ヽ」の如き、優しき句をつけながら、却りて其惨状を想はしめしところ、例ながら妙なり。今思ひ付きたるものを出して、之を引き合はせんに、八犬伝なる信乃現八格闘の章中、「春ならば峰の霞か、夏ならば夕の虹か云ヽ」の一句は優美の文字なれど、却りて崇高の情を増さしめたり、これ稍相似たるところか。漢文にもこの風のもの数多あれど、冗長に渡ることなれば省きぬ。

　瑕は重に前段平穏のところに多く、若狭守と寛斎との問答は、前回と重複せる語句多き様にて、音調も亦流麗ならず、文字も精撰せざりしものと見え、大老や奉行の語気としては、不相応のところ、間々これあるがごとし。察するところ、浪六どのゝ長所は、後段激烈のところにありて、前段に存せぬ故か(眇見多謝々々)。小車源次の事、チヨト前段の末項に見えたれど、前回と連絡をつくる程委しからざりしは、後回に尽さん為めにや。

　前回に立ち戻りて、因に申しおくことあり。寛斎が隠居の態を叙するところ　詩歌に手頼りて、文雅の事などチト面白く書かれたかりし。然る時は、品位も高まり、文勢も一段の風味を添へたりしものを。実は隠士前回を評するとき、これ次回の伏案となせしものにやと思ひしゆゑ、唯「粗略に過ぎし」とのみいひおきしなり。

第七回

意気張り込んだる治郎吉も、今となりては重ね〴〵の不幸不運。第一、高恩ある主人寛斎の枉死の事は、二代目の白須主人と治郎吉との談合にてそれと知られ。第二には弟分なる源次の最後、そは前回を承けて、後段あからさまに之を説けり。全章悲愴を以て埋め、前には頭を失ひ、後には手足を切られしも、本はといへば、皆中心の胴体なるおのれ一身の上より起りし仕儀、その治郎吉が主人への申状、源次の介抱、げにさこそと思はれてあはれなり。此の章の主眼ともなり、伏案ともなれるものは、吉光の一刀、「大老の邸宅へ往つて呉れ」の一言及び源次の書置の三つこれなり。

　前回、若狭守と寛斎との談合にて、自殺と決せし治郎吉の身には恙なく、却りて寛斎が枉死となりしは、文勢頗面白く。又敵をうてとの刀もて、却りて源次をうたせしも、挫折いと佳味あり

前段、白須若主人の言語挙動、余り冷淡に過ぐるが如し、親の枉死してより未だ一二日を経ざるに、毫も悲哀の色なきは、仮令勇者とはいへ、不孝者との譏を免れず。それを哀気を抑へつゝ話す様にかゝれたらば、猶一層の妙味を添へしならんに。治郎吉の挙止は之に反し「……ポロリと落す一雫」とのこと、余り弱きに過ぎし思ひあり。又源次が事は、略前回の欠を補ひしも、猶その連絡にいたりては、チト物足らぬ心地せらる

第八回

寛斎が横死、源次が最後、これにて本篇の主人公なる、治郎吉の応援はその大部を失はれたり　本段は即之を補ひ、併せて第四回以後、他に隠し置きしお菊を呼び出さんため、新に「むさし一文字が形見の伯父、山谷の国五郎」なる老侠を引き起し。初段にはそが住居性情を短言もて述べ、更に之を確かめんとて、お菊を慰むる口上より、治郎吉を案ずる心底に移り、両侠の会合もて之を収めたり。中段は両侠密談の場にて、治郎吉の決心と、国五郎の奨励との中に、許多の伏案を据ゑ置き、後章佐倉邸の火事、酒井大老の問答等の予備となし。それより国五郎お菊の両人をば、告別の言葉もて一度之を収め。残れる治郎吉と子分の者とは、末段に持ち来り、当の敵なる佐倉の行列と衝突さしめ。奮闘激争の処、例の筆鋒もて見事に斬り伏せ、かへす尖鋒は治郎吉の危急。茲に全章を一括して余韻嫋々たり。

初段「……今朝チラと耳にせし寛斎の横死……」、及び中段「……憫然な奴は源次……」の二言を、国五郎の口より出せしは、聯絡ありていと宜しく。又初段「あゝ幼少時から……」より「……見どころ多し」までのところ、及び中段の結末惜別のところは、彩色ありて甚面白し。

国五郎を出だすには、浪六どのも随分脳を痛めし様なり。成程治郎吉の応援としては、然るべきものには相違なけれど、何やら桜の幹に桃の枝を添木せし心地して面白からず。寧寛斎源次を其の儘生かし置き、之を続けたらば、前後の連絡もつきて、左程の苦痛もせざるべきに。嘗て聞く、小説をつくる際、最困難なるは、満足なる仕方にて人を殺すにありと、さもあらんかし

第九回

前数章に於て、治郎吉が大老奉行等の信用を得しことを述べしゆゑ、此の章には下なる子分共の心腹を叙して、且は治郎吉を揚げ、且は応援を増さんとしたり。先づ前章格闘の結果を説きて、治郎吉の無事なりしことを知らしめ。それより子分共が国五郎の許に蟻集して仇討相談となり、治郎吉のためにはおのれらの命毫も惜むに足らず、却りて国五郎が礼をいひしは恨めしとの、子分の情をいと面白く写し。初めは相談中々纏まらざりしも、後に国五郎が説諭にて、「一先づ今夜を無事に退かせしもの、いはゞ紙の袋に火を盛りし心地」と次章を起し。これに佐倉邸失火の端

緒をそへて、一転の用意をなす。全章二段、前には国五郎を抑へ、後に之を揚ぐ、文勢頗(すこぶる)穏なれども、次章に取りては大切のところ多し。

後段「……町奉行が目を付ける……」「……今の奉行は鬼若三次の敵だぜ」など、奉行々々と一二個あるは、次章の伏案なるべく。又所々に「源次大哥」「鬼若三次」などあるは前数章との連脈をつけんとてなるべし、用意頗(すこぶる)行き届きたり。就中(なかんづく)結末に、お菊をチヨト引きて叱り付けしは、中々妙絶なり。

此の章余り故障のつけどころなけれど、強ひて云はゞ、相談のところチト男気を失ひし様なり、モチツト活潑(くわつぱつ)の気味ありたし。国五郎が何か思ふところある様子なれど、これも余り曖昧に過ぎざるか。

第十回

先づ第七回に続きて、大老と町奴との密談より、治郎吉が酒井邸に身を置く事に及ぼし、失火の急報にて初段を収め、前回の結尾と対合せしむ。後段は即ち、前回と本回前段とを一時に結束せんとて、猛火炎々の其の中、「一人の踏み込むで消止めんとするものなき」有様に怒れる奉行が、佐倉藩士と力を戮(あは)せて大喝一声、声に応じてどよめく人足連。その中間を割つて出でたる国五郎の叱咤(しつた)にては、中々鎮まるべうも見えざる、折しも中空にかゝつたる一物、そを「大老」と聞きては流石の奉行も、「治郎吉」と見ては流石の人足も、事なく局を結ぶと見えたり。

前段「遠州行燈」の四字は、第七回白須若主人が「……昼は憚ある　夜分に……」との言葉と照応してよろしく。又若狭守の声、「……、引下つて屠腹を　士分の扱ひ取らするぞ」も、第六回なる若狭守と寛斎との談合に連絡し。又治郎吉が独考の所も、次段の用意としては見所あり。火事の知らせも前回と重複せず、却りて之を補ひしと見えて面白し。後段殺伐(さつばつ)の状は、例ながら妙筆にて、目前之を見るの感あり。文も又失火と勢を斉(ひと)しうせるがためならん。中にも前回に応じて、奉行を出だし、佐倉藩士を出だし、人足、国五郎、治郎吉等を出だすにも、之を一時にせざりしは、順序ありて面白く。結末治郎吉を中空に登らしめしは、また一段の深味ある好趣向。

此の章、辞句余り切迫の体あり。何となれば前段後段何れも一章をなすに充分のところにて、之を前回と対比せば、一は無味にして矢鱈(やたら)に長く、一は字々突兀(とつこつ)として甚短し、猶(なほ)跛脚(はきやく)の歩行を見るの思ひあればなり。止むを得ずんば、前回を少しく縮め、之に本回の前段を添へて一章となし。後段は別に独立せしむる様(やう)工夫いたしたし。

第十一回

治郎吉が重ね〳〵の仇敵も、茲に始めて退治とこそは知られたれ。前後両段。前段には治郎吉が墓詣での帰りがけ、腰うちかけしは弟分源次がゆかりの茶屋なりとて、第七回の結末に続け、茲に数多の隠語を籠(こ)め置きて後段を惹き起し。愈(いよいよ)後段に入りては、遥に第三回なる「……復逢(また)ふまで命は預け置く」との伏案を承(う)け来り、秀五郎が懺悔話と、治郎吉の物語とにて、敵なる田原大角、十七人の旗本縁者、并(なら)びに奉行は公儀の裁判にて、それ〴〵罪科を蒙(かう)むり。身方も「火掛りせぬ罪……」を潔白に受け、「……この治郎もあすは立派に罪科をいたゞく覚悟」と、茲に治郎吉が心中をうつし。一転して源次を殺せしは、そが親戚なる秀五郎の所為なることをあらはし。秀五郎の絶体絶命、老婆の泣声、女(め)の童(わらは)のおろ〳〵声もて、之を一束し又後章をひく。

茲に秀五郎を引(ひき)しは余り間遠の如くなれど、源次を殺せしものは秀五郎なりとして、その連脈を断へざらしめしは感服せり。文法家は之を巨蛇匍匐(ほふく)の状に譬(たと)ふ。

突然出でし美人茶屋、そこに居る老婆と女童、みな彩色あれど連絡を欠きたり。仇敵裁判も、語気簡短に過ぎたる憂なきか。こはこれ本篇の主眼にて且田原大角の如きは、第三第四の両回を埋め曲者(くせもの)なれば、隠士もこれ定めて序説にて、小柄刺したる武士なめりと思の外に出でしは、隠士の誤か、はた浪六の失か。又後段秀五郎が「フヽ筆と紙取つてくれ……」は、無用の曲折なるが如し

第十二回

しば〳〵出でし自殺の事も、本篇の結尾と共に、愈落着を告ぐることとはなりぬ。冒頭は唯これ全章の彩色のみ。次段に至りて漸(やうやく)後段の予備となり、仮屋の装置より、治郎吉が覚悟の体(てい)に及ぼし。その応援なる酒井白須の両人が慰諭(ゐゆ)嘆賞の声を縁として、読者も隠士も待ちに待ちたる、小柄(こづか)武士の身の果(はて)と聞(きこ)ゑし琵琶法師をば、遥に序説より釣り出だし、懺悔の数言もて之を一括せり。更に進みて全章の主眼なる第三段に移り、悽愴(せいさう)の状 益(ますます)愴に入るにしたがひ、瀏朗(りうらう)の声 愈(いよいよ)朗に、両々相和して一種異様の妙味を帯び、恍惚の間に全章を収めたり。末段には又その余音をひき、お菊の一生を一言して終結となす。この章、本篇の大団円としては、遺憾の所いと多き様なり。

全章の妙所は、高雅なる琵琶をひきいだして、惨怛(さんだつ)たる自殺に配合せるところにあり。意象の奇なる文字の麗なるはいふも更なり。美妙と崇高との調和、殊にその宜しきを得、美の真味とはげにかくの如きところに存するものにやと思はるゝばかりなり、敬服々々

瑕瑾(かきん)も亦この琵琶法師に存するこそおかしけれ。この法師、初は本篇の頭首なる序説を占め、今またその結尾をなす程の者なれば、之を主人公が第一の対敵となすもよかるべきに、中間一言のこゝに及びし事なく、又一の伏脈だにあらざりしは、文法上ゆゝ

しき欠点なり。その他酒井の讃辞(はめごと)、お菊の成行(なりゆき)に付ても、過不及あるを免(まぬか)れず。

今また之を概評するに、「文章即佳　意象未佳」の八字を以てせん。されど自家独得の妙所なきにあらず。近頃文学界の通弊なる文弱卑猥の風塵(ふうぢん)を脱却して新に武侠(ぶけふ)高潔の好模範を案じ出だせしこと即(すなはち)是なり『三日月』の一篇げに強哉矯(きやうなるかなけうたり)

『最暗黒の東京』付図1　下谷区山伏町，万年町，神吉町
(『明治・大正・昭和 東京1万分1地形図集成』〈柏書房，1983年〉5000分の1東京図「東京北東部」明治16−17年測量による)

四谷区鮫ケ橋町

5000分の1東京図「東京西部」明治16-17年測量〈右〉，1万分の

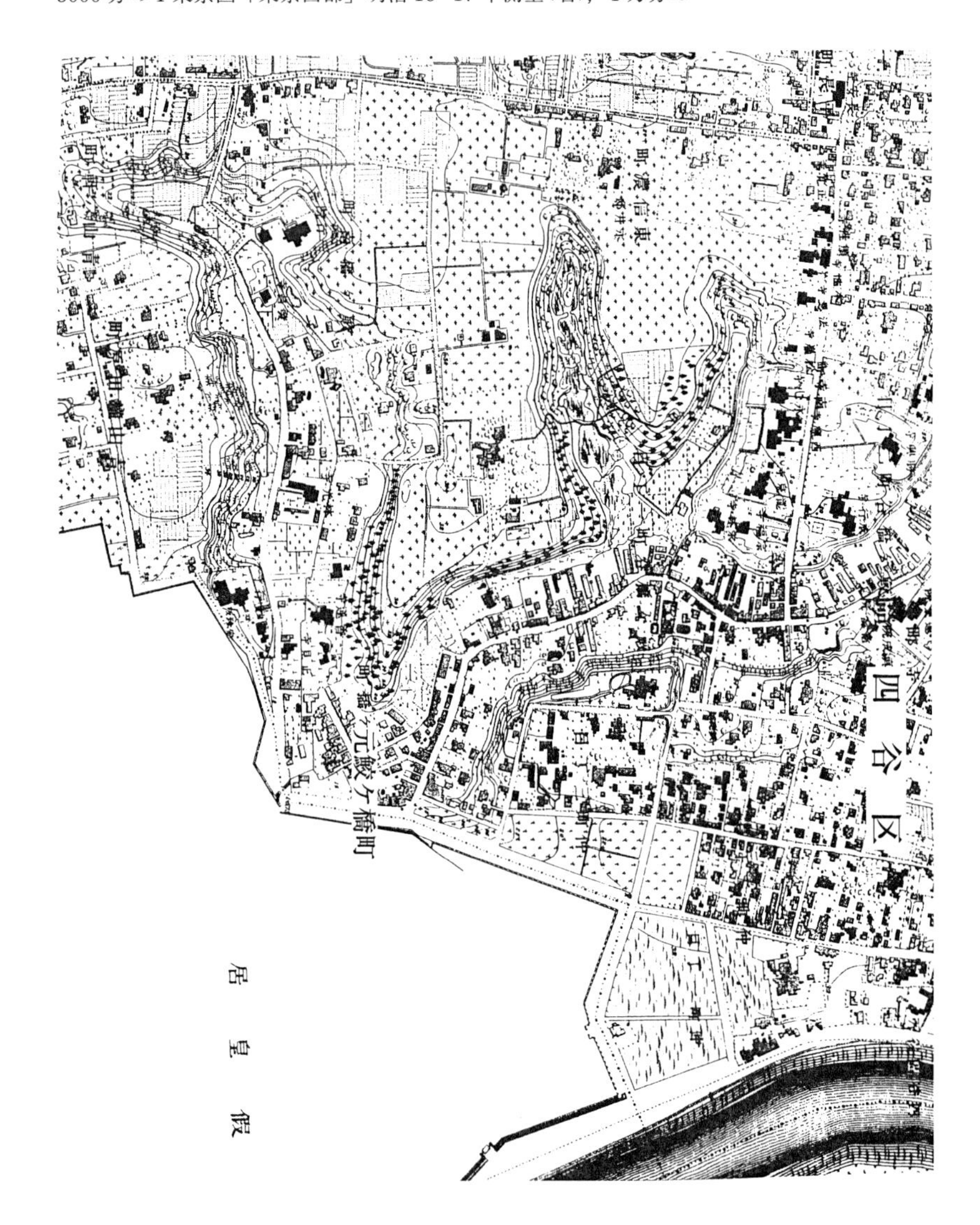

『最暗黒の東京』付図２

（『明治・大正・昭和　東京１万分１地形図集成』〈柏書房，1983年〉１地形図「四谷」明治42年測量〈左〉による）

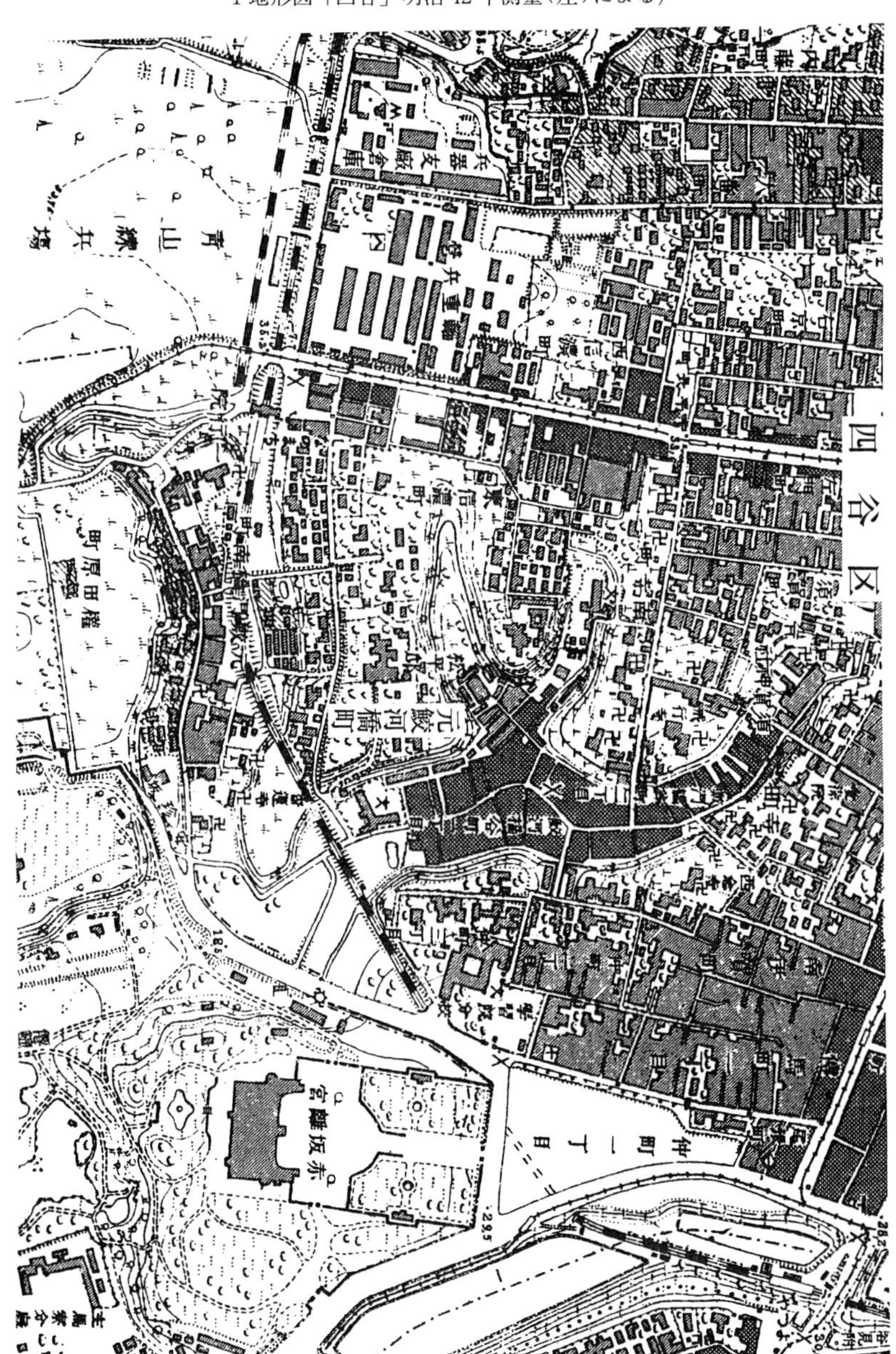

解説

「世路」という視界

谷川恵一

一

明治に始まる日本の近代は、無数の青年たちがやみくもに都会へと移動する時代だった。東京には「三千」の学校に「生徒凡そ五千人」がいるという服部撫松の見積もり（『東京新繁昌記』初編「学校」、明治七年四月）は、坪内逍遙の『当世書生気質』（明治十八年六月―十九年一月）になると「六万」の「学生」へとふくれあがることになるが、これら学生の多くは地方から上京した者だったのであり、学生でない者も含めるとすると、東京を目指してやってきた若者の数はさらに増えることになる。

東京へ行たら何か喰ふ種にありつくであらうと少しの目的もなくノツソリ出京して暫時旅人宿に逗留中僅かの貯金を遣ひ捨て二進（につち）も三進（さつち）もいかぬ様になり親類知己のない者は帰郷にも困り昨今各区役所へ国元まで宿駅逓送を願ひ出る者陸続とあれど（中略）此ほど神田区役所へ悄々（しほ〳〵）と宿駅逓送を願ひ出し意気地なしは高知県下土佐国高岡郡高岡村の士族久万政澄の長男信恒（二十九）といふ一騎当千らしき壮者（わかもの）なるが去る二月中太政大臣にもならんと

いふ気込みで出京して見ると自分位の者は帚で掃くほどある都会なれば朋友にも馬鹿にされ電信に取付くことが出来ずまごくしておるうちに金銭はなくなり持てゐた衣類は屑屋に売飛ばし今は三度の食にさへ差支へる仕儀となり朋友には愛想をつかされ（略）

（『郵便報知新聞』雑報、明治十四年五月七日）

「宿駅逓送」は宿場から宿場へと官費で故郷まで送り届けること、「電信」は官庁などへのコネをいう。秩禄処分によって安定した収入の道を失い困窮した士族の子弟たちの無謀な挑戦といってしまえばそれまでだが、熱にうかされたようにして何のあてもなく大都会を目指すこうした大勢の若者たちを出現させ、その背中を押していたのは、「太政大臣にもならん」などということを大まじめに考えることができたこの時代の空気だった。

凡ソ人ノ千辛万苦勉励シ其ノ宿志ヲ遂ゲ陣ニ臨メバ将帥トナリ官ニ就ケバ宰相トナリ或ハ天下無比ノ理学課化学課等ノ大家トナリ国恩ノ万分ノ一ニ報ズルヲ得ル皆ナ是レ秒分光陰ノ積ルガ致ス処ロナリ

（山田要蔵「光陰化為富貴説」『頴才新誌』第十号、明治十年五月十二日）

零細な時間を積み重ねることによって未来へと到達するように、日々の努力がやがて将軍や新しい学問の大家という結果をもたらす。都会への移動はすなわち未来への移動なのであり、都会にはチャンスがころがっていると考えた先ほどの若者は、こうした二重の移動を短絡的に実践してみせたに過ぎない。明治十年に創刊された若者たちの投書雑誌『頴才新誌』には、花の季節の隅田川畔を友人と遊び歩く夢を見たという鹿児島の小学生（「夢ニ隅田川ニ遊ブ」第一二二号、明治十二年七月五日)や、友人の洋行を見送る場面を想像してはなむけのことばを送る河内の小学生(「友人欧羅巴洲ニ遊学スルヲ送ル文」第九十一号、明治十一年十一月三十日)など、現在とは異なる時空に身を置く文章が多く寄せられている。都会や欧米の国にいる未来のもうひとりの自分というパターンは、明治の若者たちが持つことができたほとんど唯一の未来の思い描き方であったといっていい。

大多数の人びとが親の職業や生地に縛りつけられていたそれまでとは違い、明治という時代は、半ば強迫的であったとはいえ、若者たちが自分の手で未来を決定することがはじめて可能となった時代であった。明治十年を起点に、この年十歳の子供の十年後、二十年後の未来を想像してみせた福沢諭吉は、官員の職にありつけるのは十人に一人ほどに過ぎず、かといって田舎では教師になろうとしても薄給で、事業を起そうにも資本を得られず、中央に金が集中する状況がつづけば結局かれらの「学問ヲ用ユ可キ場所」はどこにもないだろうという悲観的な展望を披露しているが(「明治十年一月一日之文」『福沢文集』巻一、明治十一年一月)、こうやって戒めねばならないほど、多くの若者たちは十年後や二十年後の自分を思い描くという作業に競って熱中していたのである。

人生行路の意の「世路」と、日々の私的な記録という意味の「日記」との組み合わせによる、具体的なイメージをほとんど喚起しないかに思えるタイトルが多くの読者を引きつけたのは、その門出にあたり自分の今後の人生について考えをめぐらすことそのものが未だに新鮮な営みであったからであり、当時の若者たちはこのことばをたよりにそこに描かれていることがらをある程度想像することができた。「友人ノ東京ニ遊学スルヲ送ル」(『頴才新誌』第一三二号、明治十二年九月六日)などといった文章を繰り返し読みまた書いてきた読者にとって、『世路日記』が主人公である久松菊雄の都会への遊学を描くことはあらかじめとりきめられた約束事だったのであり、このことを含め、小学校の教師としての活動とその挫折、恋人との交情、親友との出会い、著作の執筆、父との死別、政党における政治活動など、久松をめぐる話柄を次々と連ねてゆく『世路日記』を読み進めることは、「太政大臣にもならん」などいまだ茫漠とした展望しかもちえなかった多くの若者たちにとって、かれらを待ち受ける人生行路の予行演習に他ならなかった。「独リ寂寥タル校ノ空室ニ留マリ　熟ラ往事ヲ追懐シ又将来ヲ予想」(二七頁九―一〇行)する久松(第六回)に自己を重ねるようにして読者は『世路日記』を読み進める。ひとつひとつのトピックに諺や格言をひいての教訓を添えることを忘れないのは、演習に参加した読者への『世路日記』のゆきとどいた配慮であったといっていい。

『世路日記』はこうして、人生行路というパースペクティブの中に恋愛を持ち込んだはじめての作品となった。「此ニ深ク省テ遠ク将来ヲ予想スル時ハ到底共ニ志望ヲ達シテ互ニ情念ヲ遂グルコト難カルベシ」(三九頁一〇―一一行)および「深ク思慮ヲ将来ニ及ボス時ハ到底互ニ志望ヲ遂ゲテ以テ快楽ノ歳月ニ一生ヲ送ル事能ハザルヤ明ナリ」(四〇頁一六行―四一頁一行)とは、親戚との婚姻を両親が勝手に決めてしまい二人の仲が引き裂かれそうだとタケから相談された際の久松のことばであり、この「予想」にもとづき、今は自分への思いは断ち切って親戚に嫁ぐのが「将来ノ得策」(四九頁一五行)だとかれはタケに向かって言明する(第十一回)。ここで「将来」とともに繰り返される「志望」ということばは、直接的にはふたりの婚姻を指すが、後に親友である結城が久松に対して「学已ニ君ノ地位ニ至リ　文已ニ君ノ才アレバ　其志望ヲ達スルノ日　又決シテ遠カラザルベシ」(一〇七頁一三―一四行)と語りかけているように(第二十九回)、久松の望みはタケとの婚姻だけではなかった。タケに親戚へ嫁ぐように言ったすぐ後で久松は、今は小学校の教師という「卑職」(四一頁三行)に従ってはいるものの「他日大ニ望ム所ア」(同四行)り、だから恋心のおもむくままに暴走することは止そうと付け加えている。利害を冷静に見極めた処世術からなされたものという側面を久松の判断から拭い去ることはできないが、自分が将来辿りたいと考えている人生の道筋に照してふたりの現在の関係はどうあるべきかを考える、かれの思考の進め方はまったく斬新なものであった。上京して政党に加わった久松が演説や文筆で活躍しているという、大望成就というにはいささか寂しいそっけないエピソードによって『世路日記』が物語を終えることができたのも、その直前に描かれたふたりの結婚があったからであり、『世路日記』は、恋愛を主人公の大望と肩をならべる人生のテーマとして提示するのである。

嗚呼　卿ガ迷心　何ゾ一朝ノ窮窘（きゅうきん）ニ由テ理害ヲ前后永遠ニ省リミザル　一ニ此ニ至ルカ　況ヤ窮窘ノ却テ他日快楽ノ因タルヲ知ベカラザルニ於テヲヤ（九九頁八―九行）

将来の「快楽」のために現在の困苦に耐えるべきだ、継母の仕打ちに絶望し身を投げようとしたタケに翻意を促す仲人江崎のこのことば（第二十六回）を、たんなる世故にたけた大人の機転として片付けてはならない。後に『世路日記』をリライトし、遊学中の男子学生と女子学生との恋を描いた中学生の高山林次郎（樗牛）は、「生の目的は快楽にあるのみ」ということばからその作品を語り出しているが（「春日芳草之夢」『増補縮刷 樗牛全集』第五巻、大正五年）、「生の目的」との関わりの中に恋愛をとらえる視点はすでに『世路日記』において用意されていたものであった。「快楽ヲ以テ義士烈夫ノ太ダ嫌悪スル所ナリ」とみなす俗論の倒錯を指摘し、「自由ノ未ダ拡張セズ権利ノ未ダ鞏固ナラザル「不安心不快楽」の状況を「改良」し「完全ノ快楽ヲ得テ人世ノ目的ヲ達セン」と論ずる浅野乾「快楽ノ説」（『朝野新聞』論説、明治十四年四月二十七日）など、生の充足を公然と希求しはじめた同時代の言説と同じ地点に『世路日記』

もまた立っていたのである。

恋愛を描くにあたり、『世路日記』は、若者たちにとって人生行路の出発点であった小学校を舞台として採用し、教師と生徒が恋におちるという設定をあたえた。丹羽純一郎『欧洲奇事花柳春話』(明治十一年十月―十二年四月)において、偶然窮地から救ったアリスを「塾生」としてマルツラバースが「教育」を施すくだり(第五章)にヒントを得たこうした設定により、『世路日記』は、せいぜい若旦那と芸妓たちの登場する人情本の世界にあこがれるしかなかった若者たちの知らない、新しい恋を示そうとする。「曾テ卿ガ敏才ノ凡ナラザルト智慮ノ衆ニ優レタルトニ感ジ以テ眷恋ノ情止ム能ハザルナリ」(二一頁一―二行)とは久松がタケに対して思いを打ち明けることばだが(第三回)、このことばに対しタケもまた「師ガ資性ノ怜悧ナルト師ガ容姿ノ美麗ナルト　実ニ妾ヲシテ恋々須臾モ禁ズルコト能ハザラシム」(同四―五行)と応答し、互いに相手の知的な能力に惹かれたことを伝え合う。ふたりの「眷恋ノ情」は、ひたすら「松江タケガ容色ノ美麗ニ心酔」(二三頁一二行)するだけの「痴漢」安井策太のそれ(第四回)と対比され、それを否定するところに成立するわけだが、しかし、『世路日記』がこうした新しい恋の実質を十分に描ききれたかとなると話は別で、『世路日記』の新しさは、これも『花柳春話』における恋人たちの語らいを日本に移植することによってもたらされた、それまでの恋人たちがけっして用いなかったであろうことばを用いてふたりが思いのたけを相手に直接伝え「将来」を語り合うという恋のモードそのものにあった。

二

『世路日記』に、主人公の久松が教師の職を辞して遊学に出ることを決意する際の心の中をあらわした次のようなことばがある（第十三回）。

嗚呼　蛟龍モ時ヲ得ズシテ蚯蚓ト巣窠ヲ同フセバ蟻螻ノ為メニ苦シメラルト　余今少シク為メニスル所アツテ以テ姑ク此卑職ヲ奉ズレバコソ又今日ノ如ク心ニアラザルノ卑屈ヲモ作ナス可ケレ　何ゾ止テ長ク此鄙事ニ従フ可キ者ナランヤ（五三頁一〇―一三行）

「英雄も時節にめぐりあわなければ一緒にされたつまらない人物に苦しめられるというが、この私もよんどころなくこんなケチな仕事をして、時には心にもない卑屈なふるまいをしなければならない。いつまでもこんなつまらない仕事をしていていいものだろうか」といったほどの意味なのだが、じつは、この直前に、同様のことが語り手のことばとして語られている。

嗚呼　今ヤ少年ニシテ卑職ヲ奉ズルノ人　世間幾万ノ多キ中　或ハ好ンデ之ヲ勤メ或ハ甘ジテ之ヲ奉ジ　其喜ンデ之レニ従事スルガ如キ　固ヨリ鮮すくナカラザル可シト雖ドモ　然レドモ亦皆ナ悉ク然リトセンヤ　必ズヤ中ウチ黄鶴ノ翅ツバサヲ垂テ暫ク燕雀ノ林ニ遊ビ　蛟龍ノ雲雨ヲ得ズシテ猶ホ鰌鮒ノ池中ニ在ルガ如キノ人無キヲ知ラザランヤ

（同三―七行）

語り手のことばを縮めると久松が心の中で思っていることばになる――そう錯覚させるほどふたつのことばは似て

いる。あるいは、タケとの仲が噂となった久松が辺鄙な学校へと転勤させられたことを叙したくだり（第八回）では、語り手のことばと久松のことばが微妙にもつれ、重なりあう。

半夜孤月ヲ渺茫タル滄溟ノ上ニ眺メテハ　退之ガ潮州ノ当年ヲ想起シテ空シク其腸（ハラワタ）ヲ断チ　三更猿声ヲ凄然タル巴峡ノ西ニ聞テハ　マタ菅公ガ筑紫ノ昔日ヲ追懐シテ徒ニ感涙其衾ヲ湿（うる）ハシ　真ニ罪無フシテ配所ノ月ヲ観ルト古人ノ歎辞モ今ヤ恰モ我身ニアリト　常ニ感慨ハ蝟（アツマ）ツテ須臾（しゅゆ）モ其胸間ヲ散ズルノ時アルコトナシ（三六頁二―六行）

ここで「其（その）」は語り手が久松を指すことばだから、「感涙其衾ヲ湿ハシ」とは久松のふとんが涙でぬれたと語り手が語っているのだが、その先を読み進めていくと突然久松が「我」ということばとともに登場して読者は面くらう。やや間をおいて、遡って「真ニ罪無フシテ」というところから久松のことばが始まっていたのだと了解しはするが、語り手と久松のことばが継ぎ目なくつづいているような印象をぬぐうことができない。

語り手と作中人物のことばの関係についてのこれらの例は、作者の不用意な言い回しといったことではすまされない問題をはらんでいる。

① 諸事意ノ如クナラザルモノハ　蓋シ人世ノ常態ナルカ（第四回）
② 人事ノ頼ミ難クシテ栄枯ノ定リ無キハ塵世ノ常態ナリ（第五回）
③ 諸事意ノ如クナラザルハ又是レ浮世ノ常ナルカ（第七回）

④　夫レ浮沈苦楽ニ窮極ナキハ塵世ノ常態ナリ（第十一回）

⑤　諸事意ノ如クナラザルハ是レ人世ノ常態ナリ（第十四回）

⑥　浮世固ヨリ意ノ如クナラザルハ何ゾ特リ我ノミナル可キニアラザルベシ（第十四回）

この六例はほぼ同一のことを述べているが、それぞれ、①と⑤は語り手のことば、②と④は久松のことば、③と⑥はタケのことばである。こうした一致は、語り手と作中人物（久松とタケ）がことばづかいに関してほぼ同じ素養を有しているという推定を可能にするが、生徒だったタケがかつて先生である久松から聞かされたことばをそのまま繰り返していること（第三十六回、一三二頁三行以下）を考慮に入れると、やはり語り手と久松との親密さが際立つといっていいだろう。「資性怜悧　博覧強記　好ンデ文章ヲ作リ　兼テ和歌ヲ能クス」（一六頁六―七行）とされる久松（第一回）なら、語り手とおなじように「蛟龍」などといった漢語を操り、韓愈の故事をちりばめながら語ることは苦もなくできたはずだ。こうした事情により『世路日記』は、あたかも語り手が久松ら作中人物に寄り添い、その視点で作中の物事を眺めているかのような語りを出現させることになる。

残陽西嶺ニ没シテ余光尚ホ遠ク海波ニ映ジ　一天雲収テ暮禽漸ク林樹ニ帰ントス　時已ニ午后六時ナリ　菊雄ハ終日精神ノ煩労ヲ医（いせ）ント欲シ　校ヲ出デ而シテ海浜ニ到リ　独リ岸上ニ佇立シテ暫ク四方ノ遠景ヲ眺望シ　稍（やや）其神思ニ爽快ヲ覚ントスルノ際　忽チ一夫ノ一翰ヲ齎（もたら）シ来ル者アリ（第九回、四四頁五―八行）

松江タケハ独リ寂々タル空斎ニ在テ　沈々タル孤燈ニ対（ムカ）ヒ　蕭然トシテ窓下ニ縫衣ス　時維（こ）レ恰モ十月ノ候ナリ　颯々タル西風ハ疎雨ヲ吹キ来テ幽窓ヲ敲（タヽ）キ　喞（ショク）々タル寒虫ハ夜霜ニ苦ンデ戸上ニ鳴ク　暗ニ声ヲ飛バシテ偏ニ愁

思ヲ添ルモノハ誰ガ家ノ玉笛ナルカ　タケハ針ヲ停メテ漸クニ其涙ヲ払ヒ　歎一歎シ謂テ曰ク（第十回、四七頁一五行―四八頁三行）

「残陽西嶺ニ没シテ」以下は夕暮の海辺であたりを「眺望」した久松の目に映った景色でもあり、タケもまた語り手とともにどこからか聞えてくる笛の音に耳を澄ましているのである。

『世路日記』の文体について前田愛は、「慷慨型のサワリ」をちりばめた「対句形式の美文」で、そこに見られる「紋切型の表現」は『頴才新誌』の投書家たちの「文章感覚」と過不足なく一致していたと分析しているが（「明治立身出世主義の系譜」『近代読者の成立』有精堂、一九七三年）、素人じみた「紋切型の表現」を連ねていくことしか知らない『世路日記』が、そのことを逆手にとり、物語が久しく忘れていた、語り手・作中人物・読者が同列に並ぶ語りの様式を明治の小説の中によみがえらせることができたのは、皮肉な結果だったといっていい。『世路日記』によって確立された、書生たちを主人公とする小説スタイルは、二葉亭四迷の『浮雲』をはじめとする明治二十年代の小説へと受けつがれ、わが国の近代小説の系譜を形づくっていくことになる。

村上浪六、『三日月』、俠客

高橋圭一

一　作家村上浪六誕生まで

村上浪六、本名村上信（まこと）は慶応元年（一八六五）十一月大坂堺（現・堺区材木町東）に生まれ、明治二十四年『三日月』の一作で流行作家となり、昭和十九年二月に没した。著作は優に等身を越え、全貌を語ることは筆者のよくするところではない。処女作『三日月』を中心に解説を加える。

木村毅は「明治大正文学夜話」第二十二回「バッド・テーストの文学――村上浪六」[1]で「明治文壇で、最も面白い小説というと、私は躊躇なく村上浪六の作をあげるのである」と浪六好きを公言している。続けて木村は、「浪六みずから語るところが信ぜられるとすれば、奇才と奔放な性癖から青少年時代の血気にまかせて関西中国各地に放浪し、あげ句のはてが東京に出て、木賃宿にどん底生活をおくること約一年半、百計つきて、あてもなく郵便報知新聞をたずね、編集長森田思軒から運よく月給四円（注・正しくは五円）の校正にひろわれたのが明治二十三年、二十三歳（注・正しくは二十四歳）の時である」と、『三日月』発表以前の浪六の略歴をまとめている。『郵便報知新聞』について付言すると、明治五年創刊の大新聞で、十年代から森田思軒（一八六一―九七）の慶応義塾時代の師である矢野龍渓を主筆として自由民権の論陣を張ったが、二十三年に龍渓は退社し、思軒が編集主管となっていた。なお、木村が拠ったのは、浪六最初の自叙伝で明治二十八年までを記した『我五十年』（至誠堂、一九一四年）ではなく、その後関東大震災まで加筆し覆面居士の名で出した『波瀾曲折六十年』（大東書院、一九二七年）である。愛読者木村をして「浪六みずから語るところが信ぜられるとすれば」と頗る慎重な物言いをさせるあたりが、浪六の自伝の怪しさである。[2] とは言え、浪六について語るとき利用せずにはおかれない。『三日月』を書くことになった思軒とのやりとりを、『我五十年』から引用する。

一日（あるひ）、思軒居士、いはゆる文学記者の机を並べし前に向ひ、諸君、いよ〳〵来月より日曜毎に新聞の附録として『報知叢話』なるものを発刊せむとす、まづ第一に小説を主とし、その余白は文学に関する内外の記事を以て埋むべし、幸ひ諸君の労を乞ふ、おの〳〵大に詩嚢（しなう）を開いて多年の蓄積を発揮されたしと、さらに片隅の我を顧みて曰く、どうです村上さン貴君（あなた）も何か小説を一篇（ひとつ）、書いて下さらないか、きツと貴君なら一気軸（ママ）を出した尋常以外の面白い小説が出来ませうと、我これに応じて曰く、随分これまで人に負けず恥を掻いた事はありますが、まだ生れて小説といふものを書いた事はありませン、しかし別に大した業（わざ）でもなし、なアに書けば書けるでせうよ、一番、洒落半分に遣ツて見ませうかと、社中いづれも思軒居士の顔を打守りて我の無遠慮なる返答に驚けるが如し。

浪六にはむやみに英雄豪傑ぶるところがあって、思軒と果たしてこのような洒洒落落とした会話がなされたかどうか疑問である。森田思軒研究会編『森田思軒とその交友』（松柏社、二〇〇五年）に拠れば、当時思軒は『郵便報知新聞』再建のために死を賭して闘おうとしており、その秘策が『報知叢話』であった。思軒に「洒落半分」を許す余裕があったろうか。また校正係は、ただ校正のみを事としていたのだろうか。新聞社の内情について何の知識もない筆者であるが、明治十九年の山田美妙『嘲戒小説天狗』第一回（『我楽多文庫』第九集）に以下の一節があることに気が付いた。

三四度の投書を縁として　押強くも記者の家へ出掛け　どうかこうか頼込で　ざつとまア校正方位(かうせいかた)な役目になるとサア大変　今度は有頂天で横に寐た了簡となり動きツこは無いとの大澄まし　落語家仕入か乃至(ないし)は焼直の小説をエンヤラヤツと作て（略）

（『新日本古典文学大系明治編　硯友社文学集』岩波書店、二〇〇五年）

思軒に校正係として雇われた時点で、浪六は小説を書くことを期待されていたのではなかったか。

二　ベストセラー『三日月』

再び『我五十年』を引く。

『三日月』の第二回目に当りし時、書肆春陽堂の主人(あるじ)和田篤太郎(わだとくたろう)、報知社に来りて浪六先生に拝謁せむ事を乞ふ、（略）始めて春陽堂に会ひ、その来意を聞きしに、『三日月』出版の前約を乞ひ、さらに原稿料を問ひしが、当時の我いまだ小説の原稿料なるものを知らず、笑うて曰く、そも〳〵今日の小説家中その第一に最も高価なるは誰にして幾何ぞと、春陽堂その二三の例を挙ぐ、我さらに曰く、原稿料を取らざれば取らざれど、取れば第一の高価に三倍を取るべし、ページ数の如き我の関するところにあらずと、春陽堂この一言に聊か辟易して去りしが、『三日月』の第四回目に再び来りて、三倍の原稿料を払はむとす、我また笑うて、二回目は三倍なれど四回目の今は六倍なり、七回目を十倍とし十回目に至れば二十倍なりと、これを聞いて彼の惘れ返りし時、我その肩を叩いて、実は戯れしのみ、たとひ百回に及ぶも三倍にて可なり、もし我に金があれば無代で遣るべしと、春陽堂また製本の体裁に苦しみ表紙口絵の用意を急いで、当時まづ有名の画工を列挙す、我は曰く、面倒なり、一切他人を学ぶに及ばず、ついでに表紙も口絵も描いてやるべしと、蓋し菊版を絹糸に綴ぢて表紙絵を裏より表へ廻し口絵を袋張とせしは『三日月』に始まり、その以後の小説出版また多くは之を倣ふ、

山崎安雄『春陽堂物語』(春陽堂書店、一九六九年)には浪六も登場する(「無名の浪六を見いだす」「村上浪六にてこずる」)が、『三日月』の出版事情については、浪六を見出したのが石橋忍月の推奨によったこと以外、ほぼ『我五十年』に負っている。出版後について同書を引くと、「『三日月』は明治二十四年七月の初版以来、九月には再版、十一月には三版、二十五年二月には四版、三月には五版、六月には六版と版を重ねて十数版におよんだ(3)」。春陽堂版『三日月』は文字通りベストセラーとなった。明治二十七年、内田魯庵が匿名で同時代の文壇・文学者を揶揄した『文学者となる法』では浪六も標的にされている。第五「著述に於ける心得並に出板者待遇法」の一節。

社会の報酬　(略)今最も分り易き様に社会が与へし文学者の報酬を算測せば、

一『三日月』………………………………………総字数凡そ三万六千
一冊定価二十銭にて発売部数を一万二千部と見積れば総高二千四百円――即ち一字七銭に当る
（『新日本古典文学大系明治編　風刺文学集』岩波書店、二〇〇五年）

魯庵が売れなかった本の代表として挙げたのは明治二十五年刊の森鷗外『水沫集（みなわしふ）』で、僅か五百部にも達しなかったという。『文学者となる法』（十川信介・関肇校注）の脚注に拠れば、五百未満という数字には誇張があるようだが、最も本の売れた作家として浪六が選ばれたのに変りはなく、両者の差は甚だ大きい。

三　浪六の創作した「俠」

江戸文学には俠客がしばしば登場する。『三日月』にも名前の見える幡随院長兵衛（一六七頁）や、花川戸助六は江戸っ子の誇りであったし、曲亭馬琴にも読本『開巻驚奇俠客伝』（天保三―六年〈一八三二―三五〉。続稿は萩原広道著）がある。主人公の三日月は火消の俠客であるが、俠客研究の専著尾形鶴吉（裕康）『本邦俠客の研究』（西田書店、一九八一年復刻）につけば、「職業的に、自覚心を有する俠客によつて位置された時期」である「後半期」（宝永〈一七〇四―一一〉―慶応〈一八六五―六八〉）の俠客の最初に置かれたのが火消である（第一章第一節）。古臭い題材と言って可なのであるが、その頃の文壇の潮流にあっては却って新鮮であった。そのことは『我五十年』でも詳しく語っているが、当人以外の言を紹介する。伊原青々園（敏郎）「明治の新聞小説」（『中央公論』大正十五年七月）から。

(略)村上浪六の「三日月」が大評判になつた。紅葉はじめ其の一派の小説が大かた繊弱なる恋物語であるのに反し、勇壮なる侠客の伝記を書いたのと、其の文趣に一種の気骨あることが世間をして矚目せしめたのである。

改めて「侠客」がいかなる人物かと言えば、男気に富み、一度引き受けたことは必ずやり通す、そして何より「弱きを助け強きをくじく」人であろう。『三日月』序説の「弱くば除けて通す、強くば手鞠に取らん」(一四九頁)は、それを一ひねりした表現である。批評家の多くが浪六を貶める中、好意的な評を寄せた星野天知が『三日月』刊行の翌年に「侠客論」(『女学雑誌』明治二十五年六月)を発表している。その一節に言う。

彼は弱き者に向ふては涙脆き慈愛の処女(をとめ)にして、強き者に向ふては鉄血の虎将軍(こしやうぐん)なり、後進者には無二の愛友にして先進者には不屈の攻撃者なり、

うやむや隠士の第二回評(4)に「陽に弱きを助くる侠客の心ざまをうつしたり」(四三三頁)とある。三日月の女房お菊への心遣いに対する評である。ところが三日月は、そして他の浪六作品の主人公たちの多くも、強きをくじくことには命をも投げ出すのであるが、弱きを助けることはほとんど顧みられない。こう言い切ってしまうと、すぐに反証も出て来ようし、説明するためには浪六作を梗概付きで相当並べる必要があるが、紙幅の都合もあり難しい。はしがきで「侠客神髄」を冠し、冒頭の「妙法院勘八の執筆について」で『三日月』以来久方ぶりに侠客を主人公とした作であるという『妙法院勘八』(大日本雄弁会講談社、一九二六年)を代表として取り上げることにする。浪六は同じ冒頭の一文

で侠客をこう定義している。

いはゆる弱きを助け強きを挫くといふ侠客の意味は、どうしても時の政府者たり時の権威者たりに向うて屈せざるものより出なければならない、つまり政治の中心点に活躍せざるを得ない自然の使命を持つて居る、

この定義が星野天知のそれに比べて、著しく「強きを挫く」ことに比重をかけていることは指摘するまでもあるまい。『妙法院勘八』は以下のような内容である。

妙法院は親王門跡の京都の名刹で、その執事山田勘解由の末子が勘八である。訳あって勘八は浅草の非人頭車善七の居候をしている。日本橋に建てられた高札の第一条「忠孝ヲ励ム可キ事」を泥で塗りつぶし、さらに馬糞を塗り付けた者がいる。元禄十六年(一七〇三)二月、赤穂義士切腹直後のことで、庶民は快哉を叫んだが公儀としては放置できず、役人たちが躍起になって犯人を捜したが杳として知れない。実は勘八の仕業であった。その頃江戸市中の嫌われ者は火消人足「がえん」で、無銭飲食・婦女暴行その他乱暴の限りを尽くしていたが、町奉行も充分に取り締まることができないでいた。ある夜、がえんの役部屋に一人で踏み込み二十数人に傷を負わせて立ち去った者がいた。勘八である。神田の町奴、虫腹(むしばら)の作兵衛は子分が痛めつけられたために勘八の住まいに乗り込んできたが、勘八の人間的魅力に魅かれて秘かに彼の協力者となる。そんな中、横紙破りの旗本菅野左源太が作兵衛の娘小夜に一目惚れし縁談を申し込んだが、作兵衛に断わられた腹いせに闇討ちにする。勘八は小夜に

助太刀して見事敵討をさせる。

まずは公儀をからかい、市中の厄介者がえんを懲らしめ、横道な旗本を成敗する。正に時の政府、時の権威者である強者を挫いている。

前掲、『文学者となる法』第五「著述に於ける心得並に出板者待遇法」に、「張扇小説」を立項するが、これは浪六の作を指している(脚注による)。その特徴、書くときの心得等を何項か挙げる中から一項を抜き出す。

悪人と善人との不必要　此派の小説には悪人無用なり。例へば悪人を描くとも心底(しんそこ)の悪人でなく義の為とか忠の為とか何か曰くありて悪を働く者ならざるべからず。独り悪人のみならず善人も同じく不必要なり。若し善人を写す事あらば此善人は慈悲の泉を満腔に蓄へて貧しきを愍(あはれ)み衰へたるを労(いた)はるものにあらずして自(みづか)ら妄想(もうざう)せる善事の為に他を殺戮残害して以て快となす善人たらざるべからず。

浪六の作品論として、優れたものであろう。殊に後半善人不要の部分に注目したい。勘八が小夜に助太刀して親の敵を討たせることは、「衰へたるを労はる」行為のはずである。が、その実彼は悪旗本を成敗するという「妄想せる善事」に快感を覚えていた。

翻って『三日月』に戻れば、三日月は特に誰も救っていない。鬼若三次も小車源次も、また他の子分たちも。ことの発端となった飛鳥山花見のときの「町家の娘子供」(一七七頁)は多分救われたのであろうが、作者浪六は閑却している。三日月の切腹は、恩人白須寛斎を暗殺した田原大角の切腹・家名取り潰しの対価であった。彼はそのことを喜び、琵琶の音に聞き惚れつつ快然として逝った。この場合「他を殺戮残害」することではなく、自らの死を「快とな」したのである。この意味で『三日月』は痛快な小説である。

四　その後の『三日月』

『三日月』は歌舞伎に仕組まれた。手近な伊原敏郎『歌舞伎年表』(岩波書店、一九五六―六三年)を検すると、明治三十六年には東西で集中的に上演されている。十一月の歌舞伎座興行の項には「村上浪六の原作を桜痴居士が脚色」との注がある(福地桜痴の脚本は未見)。映画化もされた。目玉の松ちゃんこと尾上松之助(一八七五―一九二六)の遺作は『侠骨三日月』(一九二六年)である(佐藤忠男・吉田智恵男『チャンバラ映画史』芳賀書店、一九七二年)。映画のポスターには「黒鷹組」云々とあり、浪六の原作とは異なる筋になっていたらしい。

講談との関係も考察すべきである。うやむや隠士の第五回評に言う。「読者をしてはやその続きをと、首を延ばして待たしむる様、講釈師が「何れ明晩(いつ)」の語調より一層巧みなる」(四三五頁)。『三日月』と講談を比較している如くである。事実、斎藤緑雨は「荊鞭(けいべん)」でうやむや隠士のこの言を引いて「賀せや祝せや明治の聖代講釈師と巧妙を競ふの小説家出でたり」(『国会』明治二十四年九月)とからかっている。(5) 三度、内田魯庵『文学者となる法』を見る。前節では引かなかった「張扇小説」の定義から。

張扇小説　恋愛小説の外に近頃流行せるは張扇小説なり。張扇小説とは講釈師の張扇の音に大悟して立案せしも

のを云ふ。最も珍重せらるゝ材料は町奴、俠客、(略)

(中略。この間に前節の一項も入る)

講釈を聞く事　此派の小説家たらんとするものは精々勉強して講釈——就中吉瓶、貞水、燕林、伯山等の講釈を聞きに行き一心に張扇の叩き具合を研究し、二ツには軍書実録物、取別け『幡随院長兵衛実記』或は『天保水滸伝』の類を朝夕二三遍づゝ復読する心掛肝腎なり。(略)

「張扇小説」とは「講釈から思いついた小説。浪六の撥鬢小説を指す」(脚注による)。「講釈を聞く事」まで読むと、浪六の小説は講談及びその種本である実録に基づいている、と暴いているようだが、『三日月』にそのような種本があったかどうかは未詳である。(6)『三日月』に講談風の言葉遣いの散見することは、注釈で若干指摘した。浪六の随筆『牛肉一斤』(至誠堂、一九一二年)には「講談の歴史」の一文が収まり、浪六の講談への関心を物語っている。『三日月』が世に出た後に講談師等の持ちネタになったことについては、幾らか証言があり、管見に入ったものを列挙する。明治三十七年の落語家談洲楼燕枝による「講談」(掲載紙『人民』の見出し等による)については補注二に述べた。東一文字と白洲甲斐の逸話が加わり、飛鳥山での喧嘩の発端がやや詳細なこと以外は、浪六そのままと言ってよい。吉沢英明『講談作品事典』(私家版、二〇〇八年)には猫遊軒伯知が『三日月』を新講談として読んだことを載せる。正岡容は『雲右衛門以後』(文林堂双魚房、一九四四年)に一心亭辰雄の浪花節「三日月治郎吉」を聞いたことを記し、辰雄が講談師服部伸になってからの講談「三日月物語」は田邉孝治が昭和三十七年の本牧亭での口演を記録している(『講談研究』二〇〇二年六月号「聴講記3」)。講談を大衆文学にした立川文庫の製作秘話、池田蘭子『女紋』(河出書房新社、一九六〇年）にも「寧（注・著者の母）は、古い講談本を受け持ち、それに愛読している村上浪六の『当世五人男』『三ケ月次郎吉』などを取り入れていた」とある。立川文庫のどこかに、浪六作品を利用した跡が見つかるはずである。大衆文庫『侠客三ケ月次郎吉』（大衆講談編輯会、大文館書店、一九三九年）は、書き講談（講談師によって読まれた物ではなく、机上で創作された小説。『三日月』には他にもそういう作品がある）の一作らしい。最期の切腹の場から琵琶法師は逃げ出し、三日月は切腹したと見せて実は命を助けられ公儀隠密となる。『三日月』の眼目を台無しにした凡そ読むに堪えない愚作である。『三日月』もしくはそれを種とする講談が流行したことを証する以外価値のない、こういう作まで生まれたのである。

（1）『国文学　解釈と鑑賞』一九六六年十月特集増大号。
（2）浪六の息、村上信彦の「虚像と実像・村上浪六」（『明治文学全集　明治歴史文学集㈠』筑摩書房、一九七六年）が実例を挙げて詳述している。
（3）筆者が見た中で最も版を重ねたものは、関西大学図書館蔵の『後の三日月』と合綴された明治二十八年五月十五日奥付の第十三版である。『彷書月刊』二〇〇一年二月号に鳴海文庫が「『三日月』第十五版明治二十九年九月」を出品していたが、実物は見ていない。何版まで出版されたものか精査に及ばない。
（4）うやむや隠士の評は、専ら文体と物語の趣向・構成にその批評眼が向けられており、主題や思想といったことには無関心である。曲亭馬琴の評答や小説評論を思わせる、いわば近世的な評であり、近代の文芸批評に慣れた眼からは却って新鮮であろう。
（5）『斎藤緑雨全集』一、筑摩書房、一九九〇年。
（6）浪六は「撥鬢小説の来歴」で、記者に「『三日月』の材料の出所、及び奈何なる考を以て、作されしや」と聞かれてこう答えている。「此の作には、別に何も材料の事実のと云ふものは御坐いません、唯自分は或事情があッて、年の割に通常の人よりは、侠客社会の生活の状態に通じてゐたのでした、彼の話の中で拠りどころのあると云ふは、唯寛文二年に三日月治郎吉といふ名の者が、二人あッたといふだけに過ぎないのです、燕枝の譚ですかい、彼れは私のから取ッたのですよ。／一体私の小説は、人物の名前と、其の当時の周囲の事情だけは真実のものをつかッて、其の余は残らず空想でこねあげます」(伊原青々園・後藤宙外編『唾玉集』平凡社東洋文庫、一九九五年)。

寛文二年に二人の三日月治郎吉が存在したことだけは、何らかの資料に基づいていると言うのだが、不敏にして捜し得なかった。読者諸賢の示教を俟ちたい。

大谷女子大学(現・大阪大谷大学)の大学院演習で『三日月』注釈に参加してくれた諸君に感謝する。『三日月』の講談について御教示を得た吉沢英明氏、文献の閲覧複写を許可して下さった早稲田大学図書館・関西大学図書館に深謝する。

『最暗黒の東京』の評価軸

中島国彦

一　俯瞰の視線の意味するもの

東京の貧民窟探訪――今となっては、必ずしも実質を伴わなくなった、その明治の言葉を念頭に置き、その言葉がまだ輝かしい時期の、時代の持つエネルギーを改めて考えてみる。江戸・東京に貧民窟が古くから存在していても、探訪という行為によって記録され言語化されて、それは初めて実体化される。現在その場所に出かけても、もとよりそこにあるのは貧民窟の遺址であり、形を変えた場所の余韻のようなものだけであろう。横山源之助『日本之下層社会』(教文館、明治三十二年四月)が出現するまでの、明治二十年代という時期において、松原岩五郎が乾坤一布衣の署名で刊行した『最暗黒の東京』は、その内容・文章いずれから見ても最も注目すべき著作である。その表題の、語の順序に注意しよう。横山源之助の著作が、「日本」の「社会」のシステム・隠された構造に眼が向いているとすれば、松原岩五郎が描くのは、「最暗黒の」という形容語句の付いた下層社会の、さまざまな臭い・日々の生活のさまが漂う、あくまで生きた「東京」の現場に他ならない。そこに記された地名は、だから、場所が持つ想像力が喚起される、生々しい記号なのである。

「一名 東京散策記」の副題を持つ永井荷風の『日和下駄』(籾山書店、大正四年十一月)には、岩五郎が描いてから二十年後の東京の貧民窟のさまが記された部分がある。その一章「第六 水 附 渡舟」では、まず「東京の水の美に関しては諸処の下水が落合つて次第に川の如き流をなす溝川(みぞかは)の光景」と言い、麻布の古川(ふるかは)を取り上げ、「溝川が貧民窟に調和する光景の中、其の最も悲惨なる一例を挙げれば麻布の古川橋から三之橋に至る間の川筋であらう」とし、「真黒な裸体の男や、腰巻一つの汚い女房や、又は子供を背負つた児娘までが笊や籠や桶を持つて濁流の中に入り乱れつゝ富有な屋敷の池から流れて来る魚を捕へやうと急つてゐる有様は、通りがゝりの橋の上から眺めやると、雨あがりの晴れた空と日光の下に、或時は却つて一種の壮観を呈してゐる事がある」と描く。「橋の上から眺めやる」という余裕の視点は、苦しい当事者からは白い眼で見られることだが、いかにも荷風の位置を示していよう。

　かゝる場合に看取せられる壮観は、丁度軍隊の整列若しくは舞台に於ける並び大名を見る時と同様で一つ〳〵に離して見れば極めて平凡なものも集合して一団をなす時には、此処に思ひがけない美麗と威厳とが形造られる。古川橋から眺める大雨の後の貧家の光景の如き矢張此一例であらう。

対象と充分距離を置いて見る時、ものはこれまでと違った相貌を現わす。ここで思い出すのが、岩五郎が『最暗黒の東京』で、貧民窟の棟割長屋を描くときに使った、「蒸汽客車の聯絡せるごとき」(二二六頁一一―一二行)という比喩である。「予」は、「上野の山」から下谷万年町の貧民窟を見下ろし、おもむろに山を下り、「眼下に顕はれ来る一の画図的光景」に驚く。他にも、「画図的光景」という語を使用するが(二五一頁一一行)、絵のような鮮明で印象深い光景という一句は、一定の距離から見た突き放した対象としての性格を示していよう。実はそれを保証するのが、高みから眺める、俯瞰するという視線のあり方なのである。

下谷万年町に行くのに、改めて上野の山に登ってから行く必要は、全く無い。あるのは、遠くからその全貌を見渡し、さあこれからそこに出かけるぞ、と自分に言い聞かせながら歩いて行くという、一種の儀式性であろう。岩五郎の視線には、そうした動きがどこかに感じられる。

『国民新聞』デビューの最初のルポルタージュともなった「芝浦の朝烟」の冒頭(明治二十五年十一月十一日)は、次のように始まる。

> 皇城の南に当つて一区海浜にちかし。山内の小丘(こやま)に登つて眺望すれば品海を隔てゝ東南遥かに総房の山を観る、湾端品川の岬より引いて北は御浜離宮の杜に擁(やう)さる、一帯の地を芝浦といふ、小汽船の通ふところ。白帆砲台を旋り漁舟波に浮ぶ朝烟を眺めて詞を諷する亦必ずしも風情なしといふべからず。岡を下つて海浜ちかきところ金杉に橋あり、川尻受けて茲に一区域あり名けて新網といふ、

単行本『最暗黒の東京』の「十 新網町」では書き直されており、この興味深い原型は見られない。「山内の小丘(こやま)」(芝増上寺境内の小さな高み)から見下ろし、広く見渡してから、「岡を下つて」、目的の新網町が姿を現わす、という運びなのだ。初期『国民新聞』の新網町探訪記である宮崎湖処子「貧民の生活」(明治二十三年二月九・十日)では、「新橋より鉄道馬車会社を経て行人自ら減じ家屋も低く道路も次第次第に縮まれり」という風に、実に無造作に、平面的に

目的地へ入っていく。が、岩五郎は、まるで助走でもするかのように、高みから入り、一気に核心の場所に到達するのである。『国民新聞』に添えられたそれぞれの挿絵（久保田米僊と金僊）をよく注意して見れば、挿絵のアングルが微妙に文中の視線と対応していることに気付こう。高みから風景を領略する、そうしたあり方が、岩五郎の心情に無いだろうか。

日清戦争時に、岩五郎は民友社の従軍記者として朝鮮に渡り、後に『征塵余録』（民友社、明治二十九年二月）にまとめられる記事を書くが、例えば釜山の光景を次のようにさっと俯瞰的に描き、印象付けるのである。

釜山の市街は中央に龍頭山と称する松樹の密茂せる小丘あり居住地の人家は此の丘を囲繞して街衢を造る、登臨眼下の眺望は、前に湾を控へて遥かに日本海を看渡すべく、街道幅広くして廛軒佳なり条列せるは愛宕山上旧帝都の小景に彷彿して、一般殷庶の躰を示す、欧人及び支那人の家屋は市街を距つて数丁、韓民の豚小屋的草蒙部落に近き山の半腹に設けらる、白亜の洋館三四軒、詹牙聳へて雲を衝く、高き生活の標本と低くき土窟の雛形と上下相映し両々相対して玆に一個の奇観を示す。

こうした文章にも、「愛宕山上旧帝都の小景に彷彿して」とあるように、東京を描く時と同じアングルが存在するように思う。

ここで想起するのが、荷風の『濹東綺譚』（岩波書店、昭和十二年八月）の「二」で、「わたくし」が隅田川を渡り、「東武鉄道玉の井停車場」の土手に登り、眼下に広がる風景について、「わたくしは脚下（あしもと）の暗くなるまで石の上に腰をかけてゐたが、土手下の窓々にも灯がついて、むさくるしい二階の内がすつかり見下されるやうになつたので、草の間に残つた人の足跡を辿つて土手を降りた」と記されていることである。隣家のラジオを避けようとする主人公は、ここではのめりこむように、ラジオの音がする眼下のごたごたした家並の地域に入って行くのである。視線・見られるもの・その関係性、そういった隠されたドラマに、何か潜んでいるものが無いだろうか。

わたくしは、岩五郎の貧民窟への視線、その距離感覚に大きな問題があると指摘したいわけではない。ただ、貧民窟を探訪し、そのルポルタージュを描くと言っても、決して簡単ではなかったろうと考えたいのである。国木田独歩が「二十三階堂主人に与ふ」(『青年文学』明治二十六年一月)で、「芝浦の朝烟」など初期の連載をいち早く読んだ時点で、一定の評価をしながらも、「足下は則ち彼れ大我居士の如く、自ら身を窶して貧民のむれに入り以て観察したるに非ず、只だ之れ見聞録たるに過ぎず、而も此の看察を此の文章とせり」と批判したことは、よく知られている(「大我居士」は、岩五郎にも影響を与えた『貧天地饑寒窟 探検記』〈明治二十六年六月〉の作者、桜田文吾)。対象に近づくということは、必ずしも容易ではないのだ。

ここで、岩五郎研究の最新の達成の一つである浅野正道「「貧民窟」、その解釈と鑑賞の手引き——明治二〇年代のスラム・ルポタージュを巡って」(『日本近代文学』第六十九集、二〇〇三年十月)の問題提起を想起しよう。浅野氏は、描かれた社会の意味するものの大きさによってのみルポルタージュのテクストを評価するのでなく、それを書く人物の置かれた意識構造にまで注意を向けるべきだとし、この時期流行した貧民窟への「探検」に、「〈内部〉にありながら、〈外部〉であろうとする姿勢、「貧民」たちと寝食を共にしながらも、一定の距離を置きつつ、〈彼ら〉を〈対象〉として調査しようとする——視点を変えれば、〈彼ら〉を〈対象〉として自らの知=力に隷属せしめようとする——姿勢」があると論じた。浅野氏の言う「周到にその距離を確保している」という側面が、わたくしの注意した俯瞰の視線に存在すると思えるのである。

大正初めの永井荷風にあっては、特に『日和下駄』の安定した視線と造型にあっては、そうした俯瞰の視線は対象の裏面を暴くというより、対象を愛しむ、美的とも言える感受性によって支えられている。「第八　空地」(のち「閑地」と改題)は、山の手の代表的貧民窟四谷鮫ヶ橋谷町のその後を記録している。

> 四谷鮫ヶ橋と赤坂離宮との間に甲武鉄道の線路を堺にして荒草萋々たる火避地がある。初夏の夕暮なぞ私は四谷通の髪結床へ行つた帰途又は買物にでも出た時には、法蔵寺横町だとか或は西念寺横町だとか呼ばれた寺の多い横町へ曲つて、車の通れぬ急な坂をば鮫ヶ橋谷町へ下り貧家の間を貫く一本道をば足の行くがまゝに自然(おのづ)とかの火避地に出で、こゝに若葉と雑草と夕照とを眺めるのである。
>
> この散歩は道程(みちのり)の短い割に頗る変化に富み且つ又自分一個の絵心(ゑごゝろ)を悦す処が尠くない。第一は鮫ヶ橋なる貧民窟の地勢である。四谷と赤坂両区の高地に挟まれた此の谷底の貧民窟は、堀割と肥料船(こえぶね)と製造場とを背景にする水場(みづば)の貧家に対照して、坂と崖と樹木とを背景にする山の手の貧家の景色を代表するものであらう。

もとより、岩五郎が詳細に報告したような住居・家具・食料など、生活のディテイルは、ここには一切記されない。俯瞰の視線は、ここでは美的感受性の発現として、初夏の、そして冬の貧民窟の印象を、わずか一行余りで描くのである。「冬の雨降り濺ぐ夕暮なぞには破れた障子の燈火の影、鴉鳴く墓場の枯木と共に、遺憾なく色あせた冬の景色を造り出す」という風に。人影も、一切無い。あるのは、例えば、「夏の夕暮」にふと聞こえた、「御所から落ちて来るらしい水の流」(現在は下水道になっている赤坂川〈別名鮫川〉であろう。実際は鮫ヶ橋谷を水源として南東に走り、赤坂御用地を経て赤坂濠に至っている)の「雨のやうな水音」である。

荷風は、大正九年五月、麻布市兵衛町一丁目六番地に引っ越す。昭和二十年の空襲まで住んだ、所謂「偏奇館」である。実はそこも、眼下に低い土地、古川沿いとは違うが、明治には貧民窟の一つであった土地を見下ろせる場所であった。そうしたことを念頭に置きつつ、もう一度俯瞰の視線と対象への密着度を考えなければならないだろう。

二　岩五郎の文学的閲歴からみた貧民窟ルポルタージュの位置

松原岩五郎は、『国民新聞』紙上のルポルタージュ第三作目として、四カ月半ぶりに明治二十六年六月一日から「探検実記 東京の最下層」シリーズの連載を開始した。第一回の「例言」に、「世の変仄なる生活を見。奇態なる経歴を算へ来りし結果を一幅の画図となして大方の読者諸君に紹介せん」とあるが、その方法は二種設定されている。一つは貧民窟社会を「一幅パノラマ的側面の図画を以て顕は」す方法で、もう一つは、「彼らの運命を代表するに足るべき人間の行跡」を「随次世話的の記述を以て首尾を聯接」する方法である。単行本に収められなかったこの一回分は、著者の一つの中仕切りとしての意識がうかがえるが、これまで検討してきた内容は、言わばこの二つのうちの前者に当たる。六月二日からの連載は、以後六月二十九日までの部分のほとんどが、単行本『最暗黒の東京』の「二十一」から「三十四」に編成替えされ吸収された。最下層の人々の暮らしぶり、飲食、そして本巻にも収録した人力車夫を描く部分がそれである。が、六月三十日以後の五回は、その後どの単行本にも収録されなかった。実は、その部分こそ、「世話的の記述を以て」、つまり生の記録ではなく物語風の描写により、ある特定の人物の運命を描こうとした一節なのである。

最近の『コンテンポラリレビウ』は労働者の状態を概括して説を立て。若し彼等にして肆なる嗜慾《飲酒及び賭博》だに省まば清潔なる住居も得らるべく、適当なる娯楽も満足さるべくして着々下層の生活を改良し得らるべきに彼等の風俗及び習慣に於て謹厳なる能はざるが為めに年々数多の薄命者を出すものなりとて精密なる統計表を作つて吾人に報道せり。其論寔に感ずべきの至りなり。然れども其恣まゝに発達せる一個人の嗜慾が本来如何なる習慣に依つて働きつゝあるかの内情を示さざるは甚だ以て遺憾なりとす、

六月三十日掲載部分の冒頭に、それまでの書き方を大きく転換させるような、以上のような宣言が見られる。直前の回が、「労働者考課状」の題で、車夫の種類と賃金体系を詳細に数字を出して説明した部分（単行本「三十二」にあたる）であるので、その落差は大きい。

ここで語られているのは、もう一つの新しい岩五郎研究の達成である木村洋「明治中期、排斥される馬琴——松原岩五郎の事例をめぐって」（『日本文学』二〇〇八年六月）が指摘しているように、*The Contemporary Review* の一八九三年一月号所載の E. R. L. Gould, “The Social Condition of Labour” という、二十八頁にわたる長大論文のことである。延べ十一頁分の膨大な資料図表が収められており、アメリカからヨーロッパ各地の労働事情が詳細に分析されている。貧民窟探訪の連載を一時中断し、明治二十六年三月から四月にかけ「東京雑俎」を『国民新聞』付録欄に断続

連載していた岩五郎は、その年初めの頃出会ったこうした分析に圧倒され、何らかの技癢を感じたことは無いであろうか。「一幅パノラマ的側面の図画」なら、前年来の方法で続けることは可能だろう。が、そうではない、それも外国の論文に対抗できるような文章は、別の書き方で勝負するより仕方が無いのではないか。

岩五郎がここで試みたのは、わずか連載五回ではあったが、「兼吉と呼ぶ三十前後の血気熾んなる稼ぎ人」を設定し、人力車夫として有能なのに道楽のため妻を離別し、彼に思いを寄せる同じ長屋の娘と再婚するが、子どもが二人出来ても家族を捨ててしまう、という物語を描くことであった。貧民窟の記録ではわずかの例外を除き人名は与えられないのが通常だが、ここでは一般の小説のように与えられ、「派手なる世帯持」「憐れなる処女」「驚ろくべき事実」「彼等の離婚」「薄命なる寡婦」と、その五回に見出しが付けられている。が、木村氏の言うように、「学士・知識人たちの思弁的論説」「観念的言語」とは違う、「小説の機能についての、当時としては際立って積極的な自覚」があるとしても、その連載五回の世界は小説世界に程遠い。「嗚呼是れぞ実に彼女が運命の尽にぞありけり。／月を閲(こへ)て彼女の運命は愈々定まりぬ、彼女の運命は。嗚呼実に彼女は彼の妻となりたるなり。妻となつて間もなく彼女は一男一女を産みぬ。然れども悲むべし彼男の勉強と謹慎は全く新婦に対する一時の義務にして彼男本来の性質にあらざりしなり是を以て彼女は余義なき因縁よりして又離縁せざるべからざる場合となりぬ」と、「運命」「因縁」を表に出すのでは、小説としての造型は難しい。

かつて小説を書いていたという自負が、ここでは裏目に出ていよう。「老耄車夫」の卑俗な声が言文一致で定着されている部分も、実はここに引用した宣言より前に書かれていたのであり、かつての小説執筆体験とルポルタージュ体験を止揚して新たに打ち立てられた、高度の文学表現ではなかったのである。そこには、何かが足りない。その不足の何かは、かつて書いた小説、二十三階堂主人の名で刊行された、『好色二人息子』(春陽堂、明治二十三年十二月)、『かくし妻』(春陽堂、明治二十四年五月)などの中に、既に胚胎していたのではないか。

兼吉を主人公とした小説世界構築に挫折した岩五郎が、次に試みるのは七月二十二日から連載されるシリーズ「探検実記　夜の東京」だが、進展は無い。繰り返し「記者」という一人称が見られる。少し吹っ切れたのは、八月九日からのシリーズ「東京　最暗黒の生活」であろう。単行本『最暗黒の東京』で冒頭に据えられたそのシリーズは、「生活は一大秘密なり」(単行本では「秘密」の語を、問いかけ口調が顕著な「疑問」に書き換え)というはしがきから始まる。六回分が一気に駆け抜けられている、という感じだ。「記者」という語も、最初は散見するが、主体が明確になるとともに、「予」「余」「我れ」「我」という用語に収斂する。表記が乱れているのは、それだけ主体の生みの苦しみを示しているのではないか。

しかし、文章の緊張感という視点から見ても、単行本『最暗黒の東京』を頂点として、岩五郎には新たな進展は見られない。わずかに、徹底した取材が生かされた文章として、国民新聞社を去った後の『日本名勝地誌　第九編　北海道之部』(博文館、明治三十二年九月)の絢爛たる表現が見られるだけである。北海道最高峰「ヌツタアカウシユベ(ヌタカウシユベ)」を大雪山と命名したのは岩五郎だが、その描写は、例えば以下のようなもので、見事である。

此の山巓(さんてん)は悉く巉岩(ざんがん)を以て成り白雪常に其上に被(かむ)り風丰磈奇(くわいき)半腹以上は崁岢(かんか)岞崿(さくがく)にして攀援(はんえん)すべからず加ふるに硫気(いわう)坑所々に散在して四辺硫黄の臭気甚だしく澗水(かんすゐ)為に硫化して全く魚介を産せざる所あり、

言わば、岩五郎は漢文脈に根差した持ち前の文章力を保持するのと引き換えに、近代文学としての文学性を育てる方向を見失ったのではないか。岩五郎が一時狙った、下層民の世界を背景とした新たなる小説造型の達成は、明治二十年代の終わりから日清戦争の時期を越えて、樋口一葉や広津柳浪たちの作品の登場を待たなければならなかったのである。

歴史小説「滝口入道」の誕生

池内輝雄

一

「滝口入道」は高山樗牛が東京帝国大学文科大学（現・文学部）哲学科の一年に在学中、『読売新聞』（日就社）の「歴史小説・歴史脚本」懸賞募集に応募し、「優等」に選ばれた作品である。明治二十七年四月十六日から五月三十日まで三十三回にわたって同紙に連載された。連載期間と回数が合わないのは同紙が五月九日から二十日まで休刊のためで、休載はない（ただし、五月六日の第二十一回は、末尾十行が欠落し、翌七日の第二十二回末尾に補われている）。連載のさい、題名の上に「懸賞入撰小説」と角書がある。作者名の記載はない。以後、作者の生前に刊行された単行本『滝口入道』（春陽堂、初版・明治二十八年九月二十日、再版・同年十二月二日、生前はこの二版のみ）にも作者名は公表されない。作者名が公になるのは、没後、桂浜月下漁郎（大町桂月）の追悼文「文芸時評 樗牛の一生」（『太陽』明治三十六年二月）によってである。当時、一般には作者不明の名作とされていた。

さかのぼって、『読売新聞』は明治二十六年十月二十六日、「社告」として締切りを翌年二月十五日とする「歴史小説歴史脚本懸賞募集」を報じ、次のような要項をかかげた。

一　募集の小説脚本は必ず歴史小説若しくは歴史脚本たるべし　但し時代文体は著者の自由に任するも舞台は日本の範囲を脱するを許さず
一　入撰者には左の賞を贈与す／一等賞　金百円　二等賞　金時計一箇
一　入撰の懸賞文は本社新聞に掲載するを以ツて分載の便を計り予じめ回を分つべし
一　回数は三十回以上六十回以下とし一回の行数二十三字詰百行を超ゆ可らず
一　著者は匿名にて原稿を送るべし　但し入撰者の姓名住所は判定の結果を発表したる後直に本社に通知すべし　但し入撰者の望により其姓名は必しも本社紙上に於て公示せざるべし
一　懸賞文の優劣を定める為め左の諸氏を判者とす／尾崎紅葉　依田学海　高田半峯　坪内逍遙

翌年、「小説十六種脚本六種」計二十二作品が集まり、判者の「熟覧精査」の結果、「「滝口入道」を以て優等と為すと決したれども一等賞に当るの価値を欠くを以て二等賞（金時計）を与ふることに評決し」たという（「社告」明治二十七年四月十五日）。「滝口入道」が二等に甘んじなければならなかった背景には、判者、特に坪内逍遙の反対の意見が働いたようである。「社告」のなかに「一等賞」に該当する作品を求めて再募集する旨の記述もある。

また、当選作に決まった「滝口入道」は翌十六日から新聞紙上に掲載されることになるが、作者名が要項どおり「匿名」だったため、「「滝口入道」の著者は住所姓名を本社に通ぜらるべし」という付記がある。作者は早速名乗り出たようで、「「滝口入道」の著者は果して何人なるかと諸所より問合せの向（むき）もありたれど（中略）昨日初めて其の帝国大学々生某氏なることを知り得たり、同氏は此まで一回も小説を作りたることなく今回の著が初めてなれども小説家を以て身を立てんとするものにあらず且つ修学中にてもありかた〴〵姓名を紙上に披露するは大に憚かる所ありとの事に付き我社は之を承諾したり」(「雑報」同十七日)と報じる。作者は帝国大学の学生で、紙上に名前を明らかにすることを断ったという。作者名を伏せたのは作者、高山樗牛の意向であった。

その一年半後、すなわち単行本『滝口入道』が刊行されたころ、坪内逍遥は『読売新聞』に「歴史小説につきて」(明治二十八年十月七日)、「歴史小説の尊厳」(同二十八日)を書き、作者批判を行った。彼は、わざと「滝口入道」と特定せず、暗に「歴史は只の借物と見做してか人物の姓名と大事件の年代とのみを正史の表より借り来て人物の性格、事件の性質、風俗人情等はすべて作者の想像より作りいだし譬へば巣林子が時代物のやうに今様物ぶりの空想に過去の薄ぎぬを着せたるもあり」と批判し、そうした作品を書く「小才子は、皆日就社の金時計を貰ふべし」と皮肉った(「歴史小説につきて」)。逍遥の考える「歴史小説」とは、「国風」や「其の当時の人情及び風俗を反映する」こと、いわば、歴史の再現を重視するもので、現代風の解釈は「今様の空想」であり、「歴史の尊厳をいたく侮蔑せる振舞」とまで言い切った(「歴史小説の尊厳」)。

これに対して反対の動きがあったようで、樋口一葉の日記に、「如来ぬし来訪。(中略)「これより上田敏君とひて、『桐一葉』の事評させんとす。『滝口入道』は大学生某の作なるに、それが批難を、『歴史小説』といへる題かり来て坪内が書立つべければ、大学よりは上田を呼おこして、これに当らせばやとなり。横やりは依田の学海翁やとひ入るべし　いやとても応とても、今宵は上田を説きつけ来べし」と意気さかんなるもをかしく、ともに『よみうり』の紙上にてたゝかはせんの目ろみなるべし」(「水のうへ日記」明治二十八年十月七日の項。引用は前田愛編『全集　樋口一葉』三、小学館、一九七九年）とある。

如来は関如来。『読売新聞』の美術・文芸担当記者で、関大和の筆名でいち早く同紙上にかなり長文の批評「寄書滝口入道を読む」（明治二十七年六月四日）を書いていた。一葉によれば、関如来は、逍遙が「滝口入道」を非難しようとしていることに対して義憤をあらわにし、上田敏や依田学海にはたらきかけて、逆に逍遙の戯曲「桐一葉」（『早稲田文学』明治二十七年十一月―二十八年九月）を批判させようと考える。彼の「大学生某の作なるに」という言辞に、若い作者を擁護しようとする口吻があらわである。なお、このときにも樗牛の名前は明らかにされない（関は当然知っていたはずだが）。

関の要請にこたえて、『読売新聞』に依田学海「桐一葉の評」（明治二十八年十月十四―三十日、断続七回）、上田敏「桐一葉を読みて」（同年十一月四日・十一日・十八日）が掲載される。学海は「近来人の文字著作を論ずるもの、やゝもすれば、嘲謔の語を雑へて愚弄し」と暗に逍遙の批評態度をとがめ、さらに主人公片桐且元が「思慮稠密」を欠く人物として造型されていることをあげて、「作者此頃歴史小説の事を新聞にのせて歴史小説はその時その人に適合せざれば、歴史といふに足らずといふ。この篇の且元は恐くは、その人物に適しがたきかと疑はるゝなり」（句読点一部変更）と逍遙の矛盾を指摘し、その他の人物描写についても「田舎芝居の悪謔」「児戯にひとし」いと酷評した。上田敏も「忌憚なき直言を恕し給へ、『桐一葉』は未だ憾み無く今代の新思潮を発現したる美術品に非らず」と断じた。

高山樗牛も遅れて逍遙批判を展開する。「春のやが『桐一葉』を読みて」（『太陽』明治二十九年三月二十日・四月五日。著者名は謫天情仙）では、「情浅くして感薄し」と批評した。つづけて、「春のや主人の『牧の方』を評す」（『太陽』明治三十年六月二十日―八月五日。著者名は高山林次郎）では、「作家は明白なる歴史の拘束を免れ、比較的自由に其の詩想を構ふることを得べし」として、「桐一葉」が「あまりにも正史に忠実な」ために「悲曲（注・悲劇）の形式」において「欠くる所」があったとし、さらに戯曲について次のように言う。

戯曲とは場に上れる人物の言語と動作とに縁りて、過ぎ去りたる事柄をまのあたりに表象する詩歌の一種なり。かく戯曲の中に現はるゝ事柄は、全く曲中の人物のはたらきの中に終始すべきものなるが故に、其の由来経過を解せむが為に、曲外に他の話説、若しくは註釈を要するが如き事柄は、未だ以て戯曲的とは称し難からむ。われ等は常に戯曲小説をば一個の有機体に喩ふ。そは其の活動の因縁の、すべて自家によりて説明し得らるべきを謂ふなり。（中略）『牧の方』はたしかに是の要素を蔑視せるものにあらざるか。

樗牛の考える戯曲・小説とは、「人物の言語と動作とに縁りて、過ぎ去りたる事柄をまのあたりに表象する詩歌の一種」だと言う。作品外の知識を援用しなくても、作品内の事象によって作品全体が理解できるものでなければならないというのである。それに対して「牧の方」は歴史上の北条氏に関する知識がないと、作品を読んだだけでは理解不能だと言う。ここには、「滝口入道」に対する自負とともに、逍遥の歴史の再現という歴史小説観に対する反論が込められていると言うべきであろう。ここではこれ以上触れないが、以後、歴史劇をめぐって逍遥との間に激しい応酬が展開されることになる。

二

「滝口入道」が『読売新聞』の懸賞小説に当選したとき、樗牛は満二十三歳の、文学的にはまだ無名の青年であった。彼の来歴はどのようなものであったか。

彼は明治四年一月十日、羽前国鶴岡新山東小路（現・山形県鶴岡市山王町一番地）に、父斎藤親信、母芳の次男として生れた。林次郎の名は祖父の斎藤親良の通称林八郎にちなんで命名されたという。父は元庄内藩士で、高山家から妻となる斎藤芳の家に入り、家督を継ぎ、長年大宝寺村（現・鶴岡市大宝寺町）の村長を務めた。

父の兄（伯父）高山久平、妻岩江には子がなかったため、満一歳のとき、その養嗣子となった。久平は山形県庁、福島県庁、東京警視庁などに勤め、彼が大学を出るまで学費の面倒を見た。ただ、転勤が多く、彼は小学生時代、たびたび転校を余儀なくされたが、成績は優秀だった。福島中学（養父の東京転勤により中退）、東京の東京英語学校に学び、明治二十一年、仙台の第二高等中学校（後の二高）予科に入学、二十六年、本科を首席で卒業し、その年九月、東京帝国大学文科大学哲学科に入学した。『読売新聞』の懸賞募集が報じられたのは、大学入学まもなくのことだった。

それまで、彼は福島中学時代、「光陰誌行」と題する日記をつけ、詩文をよくしたが、特にその第八集（明治十八年五月）には、世の小説類の叙景の仕方が机上の想像でなされることを問題にし、次のような「実写」を試みた。

午前八時昇校。体操休業、算術欠科。校庭、開花の盛時たり。右に団桜の綽態（しやくたい）あり、左に清梅の妍姿あり、幽桃其中に交り、梨花之（これ）を綴る。一眸熳然として、身亦白雲漠々の間にあるが如く、香雪郁々の中にあるが如し。呫（せう）

嘩の余暇、其間に彷徨すれば、一胸爽々乎として宛然水晶宮裏に逍遥するが如し。

このように、春、校庭の桜、梅、梨の花が咲き誇る中で自分の身が白雲、芳香の中をたゆたい、さわやかな気分になるとともに、まるで杜甫の詩にある水晶で造られた華麗な宮殿の中にいるような錯覚を味わうさまを描き出している。ここには漢詩文の影響があるとはいえ、情景描写と合わせて自身の心象風景を写そうとしており、注目に値する。その試みはやがて「滝口入道」に生かされることになる。また、翌年、習作「春日芳草之夢」を芳雪仙史の筆名で試みている。

東京英語学校時代は、福島中学の級友近野衛門治に宛てて、「雁音や、なく音血を吐く秋の空、昨とすぎて今と去り、積もる月日を数ふれば、いとゞせきなす胸の内、去んぬる三日の朝迄も、互に手を採りとられつゝ、親しく行来せしものを、今は百里の旅の空、相遇ふ事さへ奈良坂や、児手柏の其頃に、群にはなれし雛鳥の、翼もがれし悲しさは、何にたとへんかたも無し」といった和文体による一種のラブレター(明治十九年十月二十一日)を書いたり、市川団十郎、左団次、尾上菊五郎などの芝居見物を楽しんだりしている。

仙台の高等中学時代は、『文学会雑誌』を創刊して「文学及人生」などを執筆し、『山形日報』にゲーテの訳稿「淮亭郎の悲哀」を寄せ、原稿料「二円」を得ている。このころ養家の財政が逼迫したため、二円の金は貴重だったようである。

また、妹に宛てた短歌(明治二十五年九月六日)には、

思ひ見よまがきに咲ける里のはな　かぜをいのちの桐の一葉を

の一首があり、下句「かぜをいのちの桐の一葉を」は、「滝口入道」の維盛の辞世の歌とかかわりが深い。

いずれにしても文学的な修業は始まっており、「滝口入道」執筆の道はこのころから開けつつあったといえる。

「滝口入道」の執筆開始は、『増補縮刷樗牛全集』第五巻（博文館、大正五年三月）の作品の第一頁に、日記の一部と思われる「戯作　滝口入道　明治廿六年十二月卅日起稿　予定凡三十回」という影印が使われており、その時期が明らかである。「戯作」は「小説というほど」の意味。「予定凡三十回」は募集要項の「三十回以上六十回」によるもので、新聞連載小説として構想されたことも見てとれる。つまり、毎回山場を作り、読者に次回の展開を期待させることがおそらく目論まれていたであろう。また、養父宛の書簡（明治二十七年四月十九日）にも、募集に合わせて「慰み半分に小説でも書きて見んと思立ち、去年十二月二十九日より着手」とある。以上のように、「滝口入道」は締切りの二月十五日までのわずか一月半で書き上げられたことになる。ついでに同書簡によれば、「書生之事故金時計は用る所なければ」という理由で現金五十円に換えてもらったという。彼は自身の学費だけでなく、下宿に同宿する第一高等中学校生の実弟斎藤良太の面倒も見なければならなかったのである。

三

こうして書かれた「滝口入道」は、日本の古典文学、なかでも『平家物語』『源平盛衰記』に材をとった作品で、募集要項の「小説脚本は必ず歴史小説若しくは歴史脚本」で「舞台は日本の範囲を脱するを許さず」に則っている。

「滝口入道」はおよそ次の四部から構成される。

①　斎藤滝口時頼の恋、出家をめぐる物語（第一―第十四）
②　横笛をめぐる物語（第十五―第二十三）
③　平家の没落と滝口の高野山行きをめぐる物語（第二十四―第二十七）
④　平維盛と滝口の邂逅をめぐる物語（第二十八―第三十三）

これらは『平家物語』でいえば、主に巻十「横笛」から「維盛入水」の内容にもとづいている。ただし、『平家物語』では滝口時頼と横笛が最初から相思相愛の仲として登場するのに対し、「滝口入道」では二人を未知の間柄とし、滝口の横笛に寄せる至純な恋心と苦悩、出家を選ぶに至る彼の心理①、滝口の出家後、その真情を悟った横笛の心理②など、内面のドラマにしたのをはじめ、死を覚悟した重盛の滝口への依頼が結末への重要な伏線になること①、維盛の逃避行をいさめて武士として死ぬことへと赴かせ、自らも忠に殉じる滝口の覚悟のこと④など、大幅に改変し、新しい物語世界を作り出した。こうしたところが「史実の再現」を「歴史小説」の本意と考える坪内逍遙の批判を招いたのであろう。しかし、登場人物がみな死へと赴く壮大な「悲曲（悲劇）の形式」を想像力を駆使して実現しえたという自負が作者のうちにあったにちがいない。

さらに、「恋愛」について、その語とともに概念がまだ定着していなかった明治二十年代にあって問題を掘り下げ、純愛の概念を提出したこと、また、この年七、八月に開戦となる日清戦争の直前の時期に報恩を重視する武士像を描き出したことなど、荒唐無稽な「今様物ぶりの空想」ではない、切実な時代的、時局的な問題も併せ持つ。

もうひとつ、この作品を特徴づけるのは、柔軟な語りの文体である。語り手は人物を客観的に観察し、また、人物の心中に立ち入り、あるいは、人物の声を直接伝える。さらに、物語の展開をわざとぼかして読者の想像に任せ、興味を次回に継続させる。このように新聞連載のテクニックを駆使した自由自在な文体なのである。ここでは、そのいくつかの例を示すにとどめよう。

・小松殿は差し俯きて人に面を見らるゝを懶げに見え給ふぞ訝しき（三一六頁七行）

語り手は、維盛が衆人にもてはやされるのに、一人浮かぬ顔の父小松殿に焦点を合わせ、「訝しき」と疑問符をつける。そこに物語の内容にかかわる問題が隠されているのだが、わざと明らかにしない。問題を暗示し、読者の興味を引き出す。

・越し方、行末の事、端なく胸に浮び、今の我身の有様に引き比べて思はず深々と太息つきしが、何思ひけん、一声高く胸を叩て躍り上り『嗚呼過てり〱』（三二九頁三―五行）

「胸に浮」ぶのは、滝口の心中の様子。語り手はそこに入り込んでいるが、「何思ひけん」と、わざとのように解釈を加えない。ここも読者の興味を引く。

・外には鳥の声うら悲しく、枯れもせぬに散る青葉二つ三つ、無情の嵐に揺落されて窓打つ音さへ恨めしげなる――（三四〇頁一一―一二行）

うら悲しい鳥の声、散る青葉、無情の嵐などは、情景であるが、単にそれだけではない。出家を決意し、父と離別する悲しみに閉ざされた滝口の心象風景でもある。こうした方法は、当時としては大変新しかった。

この語りの方法が、少年時代から愛読した近松門左衛門の浄瑠璃、よく見物した歌舞伎の影響を受けていることは疑いない。

結論的に言えば、高山樗牛は「滝口入道」によって新しい歴史小説を誕生させたと言える。また、新聞界にも影響を及ぼし、以後『読売新聞』紙上に、明治二十七年十月の泉鏡花「予備兵」、十一月の同じく鏡花「義血侠血」、三十年から三十五年にかけての尾崎紅葉「金色夜叉」、三十六年の小杉天外「魔風恋風」など、評判の高い作品が次々に掲載されるきっかけをなした。

最後に、受賞後の高山樗牛に触れておく。

明治二十七年十二月、東京帝国大学の教官を中心に結成された帝国文学会は翌年一月、雑誌『帝国文学』を創刊した。彼は「雑報及び批評」を担当し、同月に博文館から創刊された『太陽』にもかかわり、旺盛な批評活動に入った。二十九年、大学を卒業し、母校の第二高等学校教授となったが、辞職。博文館から請われて『太陽』の編集主幹となり、主に「時評」欄を担当し、幅広い分野に腕を揮った。三十三年、文部省から独仏伊国へ三年間の留学を命ぜられ、帰国後は京都帝国大学教授に就任が決まっていたが、喀血のため果たせず、三十五年十二月二十四日、結核で死去した。享年三十一歳。

新 日本古典文学大系 明治編 30
明治名作集

2009年3月27日 第1刷発行
2025年4月10日 オンデマンド版発行

校注者 谷川恵一（たにかわけいいち） 高橋圭一（たかはしけいいち）
中島国彦（なかじまくにひこ） 池内輝雄（いけうちてるお）

発行者 坂本政謙

発行所 株式会社 岩波書店
〒101-8002 東京都千代田区一ツ橋2-5-5
電話案内 03-5210-4000
https://www.iwanami.co.jp/

印刷／製本・法令印刷

ISBN 978-4-00-731544-2 Printed in Japan